中国新诗发生论稿

Manuscripts on Chinese New Poetry Embryology

许霆 著

人民出版社

责任编辑:王怡石
装帧设计:毛 淳 徐 晖

图书在版编目(CIP)数据

中国新诗发生论稿/许霆 著. -北京:人民出版社,2012.12
ISBN 978－7－01－011221－3

Ⅰ.①中… Ⅱ.①许… Ⅲ.①新诗-诗歌史-研究-中国 Ⅳ.①I207.209

中国版本图书馆 CIP 数据核字(2012)第 222487 号

中国新诗发生论稿

ZHONGGUO XINSHI FASHENG LUN GAO

许 霆 著

人民出版社 出版发行
(100706 北京市东城区隆福寺街 99 号)

北京新魏印刷厂印刷 新华书店经销

2012 年 12 月第 1 版 2012 年 12 月北京第 1 次印刷
开本:710 毫米×1000 毫米 1/16 印张:24.25
字数:360 千字 印数:0,001-3,000 册

ISBN 978－7－01－011221－3 定价:55.00 元

邮购地址 100706 北京市东城区隆福寺街 99 号
人民东方图书销售中心 电话 (010)65250042 65289539

国家社科基金后期资助项目
出版说明

后期资助项目是国家社科基金设立的一类重要项目，旨在鼓励广大社科研究者潜心治学，支持基础研究多出优秀成果。它是经过严格评审，从接近完成的科研成果中遴选立项的。为扩大后期资助项目的影响，更好地推动学术发展，促进成果转化，全国哲学社会科学规划办公室按照"统一设计、统一标识、统一版式、形成系列"的总体要求，组织出版国家社科基金后期资助项目成果。

全国哲学社会科学规划办公室

目　　录

导　论　新诗发生的时限、动因和内涵 ……………………………… 1

第一章　诗界革命开拓新境界 ………………………………… 17
　　第一节　从新学诗到新派诗 ……………………………… 17
　　第二节　"新意境"与"新语句" ………………………… 25
　　第三节　"以古人之风格入之" ………………………… 32
　　第四节　"新世瑰奇异境生" ……………………………… 39

第二章　辛亥时期的诗歌嬗变 ………………………………… 51
　　第一节　诗歌嬗变的过渡时期 …………………………… 52
　　第二节　诗歌内质的现代趋向 …………………………… 59
　　第三节　诗歌语言的现代趋向 …………………………… 65
　　第四节　诗歌体式的现代趋向 …………………………… 72

第三章　五四新诗运动的功绩（上） ………………………… 80
　　第一节　文学观念的变革 ………………………………… 81
　　第二节　发生资源的借取 ………………………………… 91
　　第三节　现代媒体的传播 ………………………………… 101

第四章　五四新诗运动的功绩（下） ………………………… 114
　　第一节　诗质的现代化 …………………………………… 114
　　第二节　诗语的现代性 …………………………………… 120

第三节　诗体的现代性 ················· 125

第五章　初期白话诗体的诞生 ··············· 135
　　第一节　胡适的尝试："作诗如作文" ·········· 135
　　第二节　胡适的尝试："诗体大解放" ·········· 143
　　第三节　先锋刘半农：为白话诗奠基 ·········· 153
　　第四节　同人的创作：塑白话诗形象 ·········· 160
　　第五节　阅读的驳难：诗与非诗对话 ·········· 167

第六章　自由诗体的横空出世 ··············· 174
　　第一节　胡适之体与无韵诗体 ············· 174
　　第二节　郭沫若与自由诗体 ·············· 181
　　第三节　郭沫若与小诗体 ··············· 193
　　第四节　《尝试集》与《女神》 ············· 199

第七章　初期诗体建设的成果 ··············· 211
　　第一节　发生期的自由体诗 ·············· 212
　　第二节　发生期的散文诗体 ·············· 219
　　第三节　发生期的歌谣体诗 ·············· 227
　　第四节　发生期的格律体诗 ·············· 235

第八章　世纪诗学的伟大起点 ··············· 244
　　第一节　面对时代课题的不同选择 ··········· 244
　　第二节　现代诗学体系的多元建构 ··········· 248
　　第三节　百年诗学建设的光辉起点 ··········· 255

第九章　新诗运动与白话运动 ··············· 260
　　第一节　白话正宗论和白话作诗论 ··········· 261
　　第二节　语言本体论与诗体解放论 ··········· 264

第三节　文学的国语与国语的文学 …………………… 269

第四节　语言现代性和新诗现代性 …………………… 273

第五节　五四语言革命的三个问题 …………………… 278

第十章　白话新诗脱胎旧体论 ………………………… 282

第一节　白话古体诗阶段 ……………………………… 283

第二节　白话词调诗阶段 ……………………………… 287

第三节　纯粹的白话新诗阶段 ………………………… 291

第四节　关于白话新诗脱胎旧体 ……………………… 296

第十一章　接受外国诗歌影响论 ……………………… 302

第一节　接受外国诗歌影响的三重机缘 ……………… 302

第二节　接受外国诗歌影响的基本途径 ……………… 306

第三节　接受外国诗歌影响的主要内涵 ……………… 312

第四节　新诗的语言欧化及其评价 …………………… 318

余　论　反思新诗发生的若干问题 …………………… 322

附录一　百年中国现代诗体流变史论 ………………… 340

附录二　新诗的民族民间诗歌资源论 ………………… 360

主要参考文献 …………………………………………… 372

后　记 …………………………………………………… 377

导论　新诗发生的时限、动因和内涵

中国新诗的发生,是中国新诗百年发展的第一华章,是中国现代文学发展历史的重要组成部分。洪子诚在《论新诗的出路》的序言中说:"中国新诗的发生,原本就是一场试图'推翻'古诗成规的'美学革命',这一'革命'所秉持的'资源',许多又来自国外(西方)。因此,新诗与'传统',与外国诗歌的关系,新诗是否与'传统'断裂,是否是对欧美诗歌的仿作,'断裂'和'仿作'是否孕育了新诗的'危机',种种问题,就伴随新诗的行进无休止反复提出。"①梳理中国新诗发生的线索,有利于我们廓清五四文学革命的历史,更好地认识中国新诗的特质、传统和建设任务,回答百年新诗发展途中关于新诗发展"危机"的问题。作为导论,先就研究中国新诗发生课题涉及的三个方法论的问题——新诗发生的时限、动因和内涵,作出说明。

一、新诗发生的时限

传统的观点是把新诗发生的时限确定在民国五六年而起的五四文学革命运动期间。胡适在《中国新文学大系·建设理论集导言》中引陈独秀的话说,"常有人说,白话文的局面是胡适之陈独秀一班人闹出来的。其实这是我们的不虞之誉。中国近来产业发达,人口集中,白话文完全是应这个需要而发生而存在的。"胡适接着说:"中国白话文学的运动当然不完全是我

---

① 洪子诚:《论新诗的出路序三》,北京,中国社会科学出版社 2004 年版,第 5 页。

们几个人闹出来的,因为这里的因子是很复杂的。""至于我们几个发难的人,我们也不用太妄自菲薄,把一切都归到那'最后之因'。""白话文的局面,若没有'胡适之陈独秀一班人',至少也得迟出现二三十年。这是我们可以自信的。"①在《逼上梁山》中,胡适就记载了民国五六年从凯约嘉湖上一支小船的打翻,到朋友之间围绕着打油诗的争论,再到用进化论和实验主义来尝试新诗的过程。胡适的基本结论是:这个白话文学工具的主张,是我们几个青年学生在美洲讨论了一年多的新发明,是向来论文学的人不曾自觉的主张。

这种新文学(新诗)发生时限和动因的观点虽然在一段时期里较为流行,但其谬误极其明显。因为中国新诗的发生,是中国诗歌由古典型向现代型的转变,它是一个转型的过程,绝对不是一蹴而就的,也绝对不是用偶然在国外发难就能解释的。因此,近20年来研究者都把新诗发生的"起"的时间前推,经典性的论述是茅盾的话:

> 解放后写的现代文学史很少对"五四"前夜的文学历史潮流给予充分论述,私心常以为憾。目前正在陆续出版的《中国现代文学史》(唐弢主编)第一册前边,也未重视这个问题。我以为我们论述"五四"新文学运动的时候,应该立专章论述清末的风气变化和一些起过重要间接作用的前驱者。梁任公、黄遵宪等人的新运动(新小说运动和所谓"诗界革命")已经在动摇着旧文学的阵脚,同时在一定程度上替"五四"新文学运动准备条件。至于清末的翻译西方文学和各地出现的白话小报,都是"五四"新文学运动的前驱,这是大家都比较重视的,现代文学史的前边也应有一定的篇幅论述。②

茅盾指出了作为五四新文学运动的前驱,包括梁任公、黄遵宪的文学革新运动,以及清末的翻译西方文学和白话文运动,都是我们在考虑新文学发生时应该值得重视的事件。更值得我们注意的是,茅盾的论述也大致划出了新

---

① 胡适:《中国新文学大系·建设理论集导言》,上海,上海良友图书印刷公司1935年版,第15—17页。

② 茅盾:《中国现代文学史的另一种编写方法——致节公同志》,载《社会科学战线》1980年2月号。

文学运动发生的时限，即"五四前夜"。具体说就是19世纪末和20世纪初的"清末"。

把新文学的发生时间向前推，早有人从"源流"出发推到明末。显然新文学的"源流"不能代替新文学的"发生"。寻找"源流"的时间不妨推到明末，有人把16世纪晚期（大致相当于明万历年间）至20世纪末叶大致400年作为一个"统一的流程"，认为"其实质是中国文学由传统向现代的转变"。陈伯海主编的《近四百年中国文学思潮史》中这样论述：

> 从文学史演变的事实来看，"五四"文学革命也并非单凭少数人登高一呼，或输入几个外国的新名词、新观念，就能鼓动起来的，它有一个渐进积累的过程。早在其30年前，约当戊戌变法前后，传统的文学观念就已经发生变化；当时文坛上"诗界革命"、"文界革命"、"小说界革命"的提出，戏剧改良的风行，"新民体"和晚清白话文运动的兴起，都在为文学的大变革创造条件，从而构成"五四"文学革命的直接的前驱，虽然其力度和亮色不可同日而语。更往上溯，我们还能发现，晚清时期的文学变局实肇始于清中叶鸦片战争前后社会和文学思潮的蜕变，而蜕变的根子则又远远埋藏于明清之际社会格局和文化精神的变动之中。就这样，以"五四"新文学为出发点，通过一步步追根溯源，当能具体揭示出传统与现代之间的内在联系，现出一条由传统向现代转化的贯串线索来。[①]

这段论述使我们领悟到，追寻中国新文学"源流"可以采用像周作人那样，把时间推向明末，但其"直接的前驱"则在戊戌变法前后。这一关于新文学发生时限的论述，是与茅盾的论述完全一致的。虽然陈伯海是把晚明以降近400年的文学思潮作为整体的流程来进行探讨而得出的结论，而茅盾则是在考察中国现代文学时看到清末旧文学动摇阵脚，新文学条件准备而得到结论的，但两者都毫不犹豫地把新文学的直接前驱即我们所说的"发生起始"放在19世纪末和20世纪初的清末。这样就帮助我们界定了新诗发生的时限，即19世纪和20世纪之交开始到五四文学革命期间。

---

① 陈伯海：《近四百年中国文学思潮史》，北京，东方出版社1997年版，第2—3页。

这一时限,正是梁启超所说"19 世纪与 20 世纪之交之一刹那顷,实中国两异性之大动力相搏相射,短兵紧接,而新陈嬗代之时也。"①陈子展在《中国近代文学之变迁》起头也说明,自己讲中国近代文学是从"戊戌维新运动"开始,认为"这个运动虽遭守旧党的反对,不久即归消灭,但这种政治上的革新运动,实在是中国从古未有的大变动,也就是中国由旧的时代走入新的时代的第一步。""我们要讲中国近代文学的变迁,实在这个时候真是中国文学有显明变化的时候。"具体例证就是:第一,这个时候才知道要废八股,文人才渐渐从八股里解放出来。第二,这个时候才开始接受外来的影响。② 这是中国文学由古典向现代转型的质的裂变期,中国小说的近代化发端的标志是 1897 年天津《国闻报》所载《本馆附印说部缘起》(严复、夏曾佑所撰),就小说功能提出崭新的观念;到 1902 年梁启超发表著名论文《论小说与群治的关系》,就奠定了"小说界革命"的理论基础;同年梁启超主编《新小说》创刊,则推动了新小说的创作。1899 年底,梁启超在《夏威夷游记》中提出了"诗界革命"的口号和"文界革命"的预测,到 1902 年梁启超创办《新民丛报》,发表《饮冰室诗话》,开辟《诗界潮音集专栏》,1898 年戊戌变法和《清议报》创刊,"时务文体"和"新民体"流布,1902 年梁启超通过《新民丛报》的风行,使"新民体"达到鼎盛期。1899 年,上海的学生开始演出取自西洋的新剧,以后又有反映戊戌六君子和义和团的"时事新戏",戏曲的改良运动和学生演出时装剧成为中国文明新戏的先声;1902 年梁启超在《新民丛报》和《新小说》上发表宣传新思想的新传奇剧本,1905 年出现开创戏剧观念新纪元的论文,如陈独秀的《论戏曲》,我国最早的戏剧专门杂志《二十世纪大舞台》创刊,1906 年李叔同等在东京发起成立春柳社。以世纪之交的"诗界革命"、"文界革命"、"小说界革命"和"文明戏运动"为肇始,经过 20 年左右的中国文学近代化(这里所说的"中国文学近代化"是指中国近代历史上文学争取现代化的历程)运动,最终在五四时期初步完成了中国文学由古典到现代的转型。就诗歌而言,在这 20 年间由 19 世纪末

① 梁启超:《本馆第 100 册祝辞并论报馆之责任及本馆之经历》,《清议报》第 100 期。
② 陈子展:《中国近代文学之变迁 最近三十年中国文学史》,上海,上海古籍出版社 2000 年版,第 6 页。

的"诗界革命"到 20 世纪初的"白话诗运动",到辛亥革命时期诗歌,再到民国五六年以后的新诗运动和五四时期的诗体解放运动,终于完成了中国诗歌由古典到现代的转型。

二、新诗发生的动因

19 世纪和 20 世纪之交是中国新诗开始发生的年代,也是中国现代文学开始发生的年代。陈子展在《最近三十年中国文学史》序论中说:

> 即如桐城文派和江西诗派在前一时期是极有势力的文学;但到了这个时期,已不能继续前一时期的权威,只能算是前一时期的残余了。以前的中国文学是自为风气的文学;到了这个时期,就开始接受西洋的影响了。以前的中国文学,重在摹仿古人,摹仿古代;到了这个时期,就开始要求创造现代的现代人的文学了。以前的政府待遇文人的政策,是用八股试士,科举抢才的,这种政策的流毒,最足锢蔽文人的思想,妨害文学的进步;到了这个时期,最初就有不少的人对它怀疑攻击,后来就得废八股,停科举了。以前的所谓文学,差不多只限于诗古文辞的;到了这个时期,一向看做小道末技的小说词曲,乃至民间流行的所谓鄙俗歌谣,下等小说,都要把它同登文学的大雅之堂,各各还它一角应有的地位了。以前的文学工具——语言文字,是不成问题的;到了这个时期,由国语运动以至国语文学运动,语言文字的解放,成为文学革命的中心问题,甚至有人主张废弃汉字了。以前的文学,只算得士大夫的干禄之具,或消遣之物的,换言之,只是特殊阶级极少数人利用或享乐的东西;到了这个时期,文字要怎样才得给大众容易使用,文学要怎样才得成为平民的,就都成了问题;从今以后,文学成为替民众喊叫,民众替自己喊叫的一种东西,这样的时期,快要到来了。这种种的演变,虽极缤纷奇诡之观,却有一种共同的特色,便是反抗传统;这种种的演变,虽似突如其来地一一发生,实则共同的其来有自,便是社会背景。

这里历数"戊戌维新变法"前后文学的区别,就充分表明这确实是中国文学的剧变时期,中国文学正在剧变中由传统向现代的转变,中国现代文学由此开始发生。而这种剧变和发生是有社会背景的。陈子展的结论是:"中国社会既已处在一个剧变的时期,反映社会生活的文学,随着时代的,社会的生活之剧变而生剧变,将至转而成为显示将来的新时代新社会的一种标识,这并非偶然的事。"①

关于中国新诗发生的动因,先贤已经有许多的论述,其中较为全面准确的当推康白情在 1920 年 3 月 25 日写于上海的《新诗底我见》中的论述。其主要论述摘要如下:

(一)社会上经济的组织不完善,人不聊生,于是对于旧的制度文物,一切怀疑,而各色新的主义应运而生,旧诗坛也不能不受其潮流底撼动。

(二)庚子拳变以后,从枪炮以至学术思想,逐渐输入中国。中国人逐渐有了科学的脑筋,于是在诗里也不免要想得一些具体的观念;旧诗拘于形式,不能应我们底要求,只得革命。

(三)辛亥革命后,中国人底思想上去了一层束缚,染了一点自由,觉得一时代底工具只敷一时代底应用,旧诗要破产了。同时日本英格兰美利坚底"自由诗"输入中国而中国底留洋学生也不免有些受了他们底感化。

(四)物穷则变。诗由三百篇而辞赋,而乐府,而五言,而七言,而词,而曲,都是循着一定的程径,由体裁底束缚而变为自由的。到了曲,辞句已经用白话了;体裁已经很自由了;不作散文的诗,更可以怎么变去呢?

(五)从历史上看来,人群思想底进化,是从法古而至于法今,从师人而至于师己,从地方的而至于世界的。新诗以当代人用当代语,以自然的音节废沿袭的格律,以质朴的文词写人性而不为一地底故实所拘,是在进化底轨道上走的。——进化非人力所能挡得住的。

---

① 陈子展:《中国近代文学之变迁　最近三十年中国文学史》,上海,上海古籍出版社 2000 年版,第 121—122 页,第 131 页。

康白情的结论是:"有了这些逼迫而知道新诗底成就是绝不可免的。"①这些说明涉及社会、时代、思想、文化等内外的影响,说明中国新诗的诞生是中国近代自庚子以来一系列社会变动和思想革命综合因素互动的必然结果,拿他的话来说"实在是必然的倾势"。其中,我们认为最重要的是四个方面:

一是社会生活的剧烈变动。新诗发生的20多年是中国社会剧烈变动的时期。周作人在论及五四文学革命时说:"自从甲午年(1894)中国败于日本之后,中间经过了戊戌政变(1898),以至于庚子年的八国联军(1900),这几年间是清代政治上起大变动的开始时期。""自甲午战后,不但中国的政治上发生了极大的变动,即在文学方面,也正在时时动摇,处处变化,正好象是上一个时代的结尾,下一个时代的开端。"②中国新文学(新诗)的质的裂变期就发生在这种背景下,是与这种政治社会大变动互为影响的。加斯特说:"1911年不是像某些旧说法所认为的那样是现代民主运动史上的转折点,它是中国将近二十年大动荡的顶点;这二十年中国发生的变化比以往任何世纪的任何二十年都要急剧。"③中国新诗就发生在这动荡的二十年间。在剧烈的变动中,新诗不但成了启蒙大众思想和改革政治制度的政治文化革命的先驱,而且还被政治家"醉翁之意不在酒"地当做工具,从而导致政治改革自新文化运动始,新文化运动自文学革命始,文学革命自新诗革命始的特殊现象。无论是19世纪末的"诗界革命",还是20世纪初的"白话诗运动",都是被严重意识形态化(政治化)和世俗化(急功近利地实用化)的,时人是利用诗的潜能来进行政治文化的启蒙。推动新诗发生的是中国第一代"近代知识分子",深重的民族危机的历史环境与适逢其会的教育背景,赋予他们强烈的历史性格。他们相对于孙中山、宋教仁、黄兴等一辈革命家和政治家,有着更浓厚的知识分子和学者的性格,思想上更倾向于文化价值的取向,但是他们都是政治革命的积极参与者,大都

---

① 康白情:《新诗底我见》,载《少年中国》第一卷第9期,1920年3月15日。
② 周作人:《中国新文学的源流》,上海,华东师范大学出版社1995年版,第53、56页。
③ [美]费正清、刘广京:《加斯特共和革命运动》,见《剑桥中国晚清史1800—1911年》下卷,中国社会科学院历史研究所编译室译,北京,中国社会科学出版社1993年版,第533页。

与清末民初的政治有着千丝万缕的关系。如郭沫若就对梁启超做过这样的分析：

> 文学革命是资产阶级革命的一种表征，所以这个革命的滥觞应该要追溯到清朝末年资产阶级的意识觉醒的时候。这个滥觞时期的代表，我们当推数梁任公。梁任公本是一位文化批评家，他在文学上虽然没多少建树，然而近代资产阶级的意识，他是把捉着的。①

这些文学现代化的先驱者和前卫在以后虽各有变化，但在世纪之交的文学革新运动中他们都有着不可磨灭的时代作用。新诗发生的年代是中国政治、"文化大革命"时期和社会大动荡时期，此间爆发的五四运动是中国历史巨大的转折点。政治文化上的变革必然带来文体革命，政治秩序的瓦解必然带来诗体秩序的瓦解，特别是诗体秩序与政治秩序和道德秩序高度统一的中国瓦解会来得更快更猛。

二是文学发展的内在推动。周作人在分析新文学源流时虽然也注意到社会生活的逼迫，但他更注重的是从文学发展的内部推动来揭示五四文学革命运动的发生。他要论述清楚的是："要说明这次的新文学运动，必须先看看以前的文学是什么样。现在我想从明末的新文学运动说起，看看那时候是什么情形，中间怎样经过了清代的反动，又怎样对这反动起了反动而产生了最近这次的文学革命运动。"②周作人的基本结论是："明末的文学，是现在这次文学运动的来源，而清朝的文学，则是这次文学运动的原因。"③具体来说就是明末的公安、竟陵的理论和创作，是五四新文学的源，而反对清代八股文、试帖诗、桐城古文则是激动起清末和民国初年的文学革命运动的动因。我们可以对周作人的具体分析持保留意见，但其从中国古代文学发展的内在规律去揭示五四文学革命运动发生动因的思路还是值得我们注意的。中国新诗的发生固然同社会历史变革的形势紧密相关，同时也同传统诗歌内在演化规律紧密联系。从明万历初开始，在中国传统思想文化体系

① 郭沫若：《文学革命之回顾》，见《郭沫若全集》(16)，北京，人民文学出版社1989年版，第88页。

② 周作人：《中国新文学的源流》，上海，华东师范大学出版社1995年版，第19页。

③ 周作人：《中国新文学的源流》，上海，华东师范大学出版社1995年版，第30页。

内部开始孕育出近代意识萌芽,由此开始,中国文学由传统向现代演进。就诗歌而言,其间的个性思潮、实学思潮及人文思潮,尊情说、经世说和性灵说的诗学理论,生活方式的趋俗、文艺观念的崇俗和诗文创作的融俗倾向,以及俗文学在语言形式方面的追求,都作为"思想资料"给予中国新诗发生以巨大的影响,中国文学自明末以来由传统向现代的渐变为中国诗歌在世纪之交的质变提供了条件。周作人比较明末性灵竟陵派的革新与新诗运动的关系后说:

> 两次的主张和趋势,几乎都很相同。更奇怪的是,有许多作品也都很相似。胡适之,冰心和徐志摩的作品,很像公安派的,清新透明而味道不甚深厚。好像一个水晶球样,虽是晶莹好看,但仔细地看多时就觉得没有多少意思了。和竟陵派相似的是俞平伯和废名两人,他们的作品有时很难懂,而这难懂却正是他们的好处。同样用白话写文章,他们所写出来的,却另是一样,不像透明的水晶球,要看懂必须费些功夫才行。①

胡适就说到自己提倡白话诗受到禅门语录、理学语录、白话诗曲子、白话小说的启示。当然,新诗的发生更是出于对那时诗坛不满的反动。在清代后期就已经有对于文坛、诗坛的反动倾向了,只是那时的人们在无意识中做着这一件工作。到了19世纪和20世纪之交,新一代知识分子才开始较为自觉地推动"诗界革命"。以格律为正统的古代汉诗体到了清末,确实已经成为强弩之末需要改革了。当时除政治改良和革命的需要外,"诗界革命"爆发的重要原因就是当时文坛及诗坛的保守势力严重影响了汉诗的健康发展,特别是影响着汉诗适应新时代、抒写新事物、抒发新感情的需要。面对晚清的复古思潮和守旧诗派,梁启超在《清代学术概论》中这样评述晚清诗坛:

> 以言夫诗,真可谓衰落已极:吴伟业之靡曼,王士祯之脆薄,号为开国宗匠;乾隆全盛时,所谓袁(枚)、蒋(士铨)、赵(翼)三大家者,臭腐殆不可向迩;诸经师及诸古文家,集中亦多有诗,则极拙劣之砌韵文耳;

---

① 周作人:《中国新文学的源流》,上海,华东师范大学出版社1995年版,第28页。

> 嘉道间,龚自珍、王昙、舒位,号称新体,则粗陋浅薄;咸同后,竟宗宋诗,
> 只益生硬,更无余味……①

这段评论虽是过激之言,但却也反映出那时的先驱者对于传统诗歌的不满,正是这种不满激起了他们倡导诗界革命的要求,以后的新诗运动始终如一的就是对于晚清诗歌直至中国传统旧诗的否定,所谓新诗之"新"就是针对着旧诗的。

三是域外思想的输入扰动。这里的"思想"既包括西方的思想文化,也包括西方诗学诗作,即周作人所说的"西洋的科学、哲学和文学各方面的思想","到民初年,那些东西已渐渐输入得很多,于是而文学革命的主张便正式地提出来了。"②中国社会进入近代以后,传教、留学和翻译等活动带来中西文化的激烈碰撞,只是在相当长的时间里西学受到守旧势力的压制,未能在社会上形成权威;到了19世纪末,中国屡遭外侮的现状和经世致用的思潮终于把西学推上了权威的地位。尤其是进化论思想被社会广泛接受,"物竞天择,优胜劣汰"的天演论成为知识分子思考社会问题的准则。这时,人们选择与现实对比的参照系不再像过去那样只能作历史的纵向比较,选择古代为参照系,而是可以做现实的横向比较,选择外国为参照系,尤其是西方、日本等资本主义国家为参照系。正是这种新的参照,在19世纪和20世纪之交启动了文学近代化的车轮,使中国的小说、诗歌、戏剧和文体,生发了新内容,披上了新形式,运用了新方法,吸收了新词汇。"要救国,只有维新,要维新,只有学外国",这就是那时中国人学习外国的情形。康白情在《新诗底我见》中说到那时诗人欣羡和学习域外自由诗的情形:

> 日本英格兰美利坚底"自由诗"输入中国而中国底留洋学生也不免有些受了他们底感化。看惯了满头珠翠,忽然遇着一身缟素的衣裳,吃惯了浓甜肥腻,忽然得到几片清苦的菜根,这是怎么样的惊喜! 由惊喜而摹仿;由摹仿而创造。③

---

① 梁启超:《清代学术概论》,北京,东方出版社1996年版,第92页。
② 周作人:《中国新文学的源流》,上海,华东师范大学出版社1995年版,第57页。
③ 康白情:《新诗底我见》,载《少年中国》第一卷第9期,1920年3月15日。

推动现代诗歌发生的这一代知识分子,大都有"书香门第"的家庭背景,从小受着严格和良好的教育,不少人还是留学潮中的先行者,有亲履、目睹异国的机会,受过完整的近代大学或更高的教育。由于这样的历史条件和机会,他们是历史上罕见的新旧学问、中外知识相对均衡、集于一身的一代知识分子,对中西文化比较更易产生敏感和造成文化心理的冲突。傅斯年认为新文学的白话,首先必须根据我们说的活语言,必须先讲究说话;其次"必不能避免欧化","只有欧化的白话方才能够应付新时代的新需要"。胡适倡导白话诗写作,注意到的是"18、19世纪法国嚣俄英国华茨活治等人所提倡的文学改革,是诗的语言文字的解放",并认为"初期的白话作家,有些是受过西洋语言文字的训练的,他们的作风早已带有不少的'欧化'成分。""凡具有充分吸收西洋文学的法度的技巧的作家,他们的成绩往往特别好,他们的作风往往特别可爱。"①在新诗草创时期,面对由于社会政治革命及文化激进主义造成的汉诗旧诗体的被否定,很多诗人求助于外国诗歌建立中国现代诗体。新诗发生期刊物大量刊登域外诗歌,由单个诗人介绍到诗体、诗歌流派的集中译介,出现过散文诗译介热、浪漫主义诗歌译介热、民歌民谣译介热和意象诗译介热等。近代西方诗歌散文化、自由化过程主要有三大显著标志:散文诗文体在19世纪中后期问世并蔓延全球;19世纪中期强调人的主体性和个性解放与诗体解放的浪漫诗歌流行诗坛;19世纪中后期到20世纪初现代派诗歌及自由诗运动的兴起。这些诗潮是当时西方诗歌文体改良运动中的重要诗潮,在这诗潮中的诗歌具有诗的散文化、自由化和平民化的特点。外国诗歌的介绍工作与新诗的发生是同时进行的,它直接加速了中国新诗革命,不仅影响到新诗革命的态度、方式和内容,也影响到新诗草创期的形态、体式及初期新诗的文体特征、文体价值,甚至整个新诗百年发展史中的诗体建设。正是域外自由诗和散文诗的翻译、介绍和仿作,才最终促成了中国诗体解放,诞生了中国白话诗和自由诗。正是在这样的意义上,梁实秋、朱自清说新诗发生"最大的影响是外国的影响"。覃子

---

① 胡适:《中国新文学大系·建设理论集导言》,上海,上海良友图书印刷公司1935年版,第24页。

豪说:"中国新诗自五四运动以来,否定了旧诗词,而新诗尚不能独自生长,不得不依赖外来的影响,在西洋诗中去学习方法。"①可见,新诗的发生向域外的借鉴是自觉的必然的。

四是现代传媒的发生空间。现代诗歌诞生中的诗歌创作、诗学批评、诗体改造和诗歌翻译,都有赖于现代媒体推动。"戊戌变法"以后,谭嗣同、梁启超、夏曾佑等就开始讨论诗学,但由于仅限私人交往中,所以没有什么影响,只有当梁启超主编报刊辟出"诗界潮音集"专栏时,诗界革命的口号才有了落实和影响。在诗界革命中,梁启超利用他创办的《清议报》、《新民丛报》、《新小说》等刊物,开辟了"诗文辞随录"、"诗界潮音集"和"杂歌谣"等,发表了百余位诗人的1400余首新派诗歌,显示了诗界革命的实绩。这些新派诗追求新意境、新语句,并由此不自觉地呈现着诗歌语言的通俗和诗歌体式的自由,从而成为中国诗歌现代转型的重要环节。梁启超还在《新民丛报》连载《饮冰室诗话》,集中阐释资产阶级维新诗学主张,直接影响到五四新诗运动面貌和中国新诗传统特征。辛亥时期的南社诗人的创作趋向现代化。这同他们的创作进行政治宣传,又利用媒体发表有着密切的关系。南社诗人的创作正处在晚清白话运动的高潮,白话报刊大量出版,这使他们的创作开始突破文人酬唱和民间口头流传,基本的传播方式和空间是报纸发表和诗集刊刻。现代报刊和平装书籍的大量出现,标志着文学的传播媒介的工业化和商业化,由于其受众是广大社会读者,就自然地推动着诗人的创作意识和语言表达发生相应的变化,其基本的趋向就是将文学从知识阶层垄断的状态下摆脱出来,诗歌的现代趋向必然出现。具体表现为诗歌内质的现代趋向,诗歌语言趋向通俗,趋向媚俗,趋向白话,诗体大量采用歌词体、歌行体和歌谣体等。

五四新诗运动在"历史的进化的文学观"的烛照下,自觉地同新文化运动紧密结合,使之成为新文化运动的组成部分。在这过程中,现代媒体发挥着关键的作用。首先是现代媒体发表新诗的最初尝试之作,同旧诗争夺势

---

① 覃子豪:《新诗向何处去?》,见《中国现代诗论》(下),广州,花城出版社1985年版,第199页。

力范围和发生空间,从而形成自足的新诗发生传播空间。到 1920 年,出现了新诗史上最早的两部新诗选集,其所选新诗基本都来自报刊,可见报刊在传播新诗中的意义。其次是现代媒体帮助新诗确立自身合法性。新诗的诞生引起激烈的争论,确立其合法性并把它提升为某种发展方向来暗示诗歌的现代形态,就成为时代课题。先驱者全力借助媒体争取新诗的合法地位,塑造新诗的社会形象,因而刊物的"发表"不仅传播了新诗,而且还可能肯定新诗和发明新诗。再次,现代媒体在重塑着诗人、文本和读者之间的公共关系。没有媒体的推动,就没有胡适白话诗的进化;没有媒体的传播,郭沫若的自由抒情诗发表至少要推迟;没有报刊的大量发表,就不会迅速形成新诗的读者群和作者群;没有报刊关于新诗的争论,就没有五四新诗美学品格的逐步确立。

三、新诗发生的内涵

中国现代新诗的发生,就是中国诗歌由传统到现代的转型,就是中国诗歌趋向现代化的过程。"现代化",首先是个时间的观念,现代即新的时代,区别于传统的古代,"新诗"的概念是在"诗界革命"中形成的,它也首先表明一种区别于古代诗歌的现代诗歌,体现了一种特殊的时间观念。其次也是个价值的观念,现代即现代品格,区别于传统的品格,新诗的命名也同时表明它不独艺术上与旧诗词区别,而且在精神上也具有现时代的精神。因此在我们思考新诗发生时,除了从时间的角度明确新诗发生的时限以外,还需要从价值的角度明确新诗发生的内涵。应该说,新诗现代化的标志主要存在于四个层面,一是语言符号层面,语言符号系统为适应现代社会生活和现代思维要求而发生的变化;二是诗艺技巧层面,创作的思维方式为适应现代生活和现代思维要求而发生的变化;三是诗学观念层面,主要表现在文学审美本性观念的自觉化和文学功能价值观念的多样化;四是情思生活层面,诗歌内质趋向于现代人的主体自主性要求,传达出现代生活意念和现代情绪色彩。新诗的现代品格就存在于这些层面的现代化运动的过程和结果中。诗体是有序化的语言符号系统。但是,诗体不仅是语言符号,"文体是指一定的话语秩序所形成的文本体式,它折射出作家、批评家独特的精神结构、体验方式、思维方式和其他社会历史、文化精神"①。由此要求我们在思考现代诗体发生时,一方面需要着重从语言体式(语言秩序)层次去考察,另一方面需要从语言所指(精神品质)层次去理解,而且需要把二者有机地结合起来思考。因此,从新诗发生的情形来看,中国诗歌是在现代社会生活和思想文化环境中,诗质、诗体和诗语这些内涵在趋向现代的演进时才完成由传统到现代的转型的。这就是我们对新诗发生内涵的理解,也是我们叙述中国新诗发生的基本线索。

诗质的现代性。诗质即诗的精神品质,它是有鲜明的时代品格的。古代诗歌具有古代诗质,现代新诗具有现代诗质,诗质的现代性比诗体和诗语更直接地同现代知识谱系、现代思想文化、现代社会生活、现代人格精神结合。刘半农在《诗与小说精神上之革新》中倡导真实的现代诗歌观念,其批评的锋芒直指清末旧诗的诗质,即"假"。他说:

> 现在已成假诗世界。其专讲声调格律,拘执着几平几仄方可成句,或引古证今,以为必如何何何始能对得工巧的,这种人我实在没工夫同他说话。其能脱却这窠臼,而专在性情上用功夫的,也大都走错了路头。如明明是贪名爱利的荒伦,却偏喜做山林村野的诗。明明是自己没甚本领,却偏喜大发牢骚,似乎这世界害了他什么。明明是处于青年有为的地位,却偏喜写些颓唐老境。明明是感情淡薄,却偏喜做出许多极恳挚的"怀旧"或"送别"诗来。明明是欲障未曾打破,却喜在空阔幽渺之处立论,说上许多可解不解的话儿,弄得诗不象诗,偶不象偶。诸如此类,无非是不真二字,在那儿捣鬼。②

这里所指出的旧诗形式或情绪,都是旧诗的质,如若写旧诗,往往不能突破这种"质"的规定性。新诗应该有新质,诗界革命所强调的新意境和新语句就是一种新质的要求,其创作被称为"新学诗"。新诗运动主张解放诗体让

---

① 童庆炳:《文体与文体的创造》,昆明,云南人民出版社1994年版,第1页。
② 刘半农:《诗与小说精神上之革新》,见《中国新文学大系·文学论争集》,上海,上海良友图书印刷公司1935年版,第342页。

精神自由发展也是基于新质的要求,闻一多称赞郭沫若的新诗表现了20世纪动的精神、反抗的精神、科学的精神、世界大同的精神,也是立足在新质的要求。新诗的诗质要求新诗自由地反映现代知识、现代思想、现代生活、现代人生、现代人文等,集中到一点就是现代文化精神品质。1922年新诗坛曾开展过"丑的字句"的讨论,部分诗人认为"小火轮"、"洋楼"、"电灯"等是丑的,不能入诗,只有"茅屋"、"尺素"、"夷舶"等才是美的,可以入诗;另一部分诗人则认为"字的运用是作者的自由。世界上的事物,都可以入诗"。这场讨论,其实质超越"字"的层次,涉及的是诗质的现代性问题。在中国社会由传统向现代的大变动时期,中国新诗的诗质完成了由传统到现代的转型,这是新诗发生的重要内容。

诗语的现代性。语言对于文学的意义不言而喻,语言既是文学的本体,又是文学的表达。中国古典诗歌使用的是古代汉语,它成形于殷周至战国时期的社会急剧变动中,从而奠定了中国古代文化类型。虽然此后的两千多年中,古代汉语存在着局部变革,但其语言体系却始终如一。近代诗人有许多西诗翻译之作,虽然精神是现代的,但语言却仍然是古代的,所以总给人非驴非马的感觉,古代语言磨灭了现代精神,因此就其本质来说仍然是古典的。现代新诗则使用现代汉语,它是白话的,但却不是传统的白话。傅斯年在五四期写的《怎样做白话文》中认为现代汉语的白话相对传统的白话有两条最重要的修正。第一,白话文必须根据我们说的活语言,必须先讲究说话。第二,白话文必须不能避免"欧化",只有欧化的白话方才能够应付新时代的新需要。这就指明了五四文学革命中诞生的现代汉语白话是同现代人的表达相契合的,是接受了西洋语言以后形成的。这种汉语的转型自近代以来就开始,但发生质变的阶段又正是19世纪和20世纪之交。正是在这世纪之交,建立在现代汉语基础上的现代诗语终于形成。一般认为,19世纪末的"诗界革命"是对古代汉语的第一波冲击,20世纪初的白话文和白话诗运动,是对古代汉语的第二波冲击。正是在这语言的转型过程中,传统的白话吸收了现代社会用语优势,借鉴了西洋语言长处,最终形成适应时代需要的带有自身特点的语言体系,相应地中国现代诗歌的语言也完成了由传统到现代的转型。这同样是新诗发生的重要内容。

诗体的现代性。诗质、诗语和诗体的现代转型,促成了中国新诗的发生,三者缺一不可。但就诗歌这种独特的文学体裁来说,最根本的是审美形式的成形,而诗体的现代转型即现代诗歌文体审美特质的形成是新诗发生的最具个性也最具本质意义的。从表层看,文体是作品的语言秩序和语言体式;从里层看,文体负载着社会的文化精神和作家的人格内涵。康白情在《新诗底我见》中,根据初期新诗创作,就新旧诗的特征做过如下的分析:

> 新诗所以别于旧诗而言。旧诗大体遵格律,拘音韵,讲雕琢,尚典雅。新诗反之,自由成章而没有一定的格律,切自然的音节而不必拘音韵,贵质朴而不讲雕琢,以白话入行而不尚典雅。新诗破除一切桎梏人性底陈套,只求其无悖诗底精神罢了。①

这种分析,把体式作为区别新旧诗的重要视角,既指明新旧诗在语言秩序方面的区别,又揭示新旧诗精神品质方面的差异。应该说,诗体的现代转型,同诗质和诗语的现代转型基本是同步的,这是因为,一方面诗质和诗语的变化,必然会冲破旧诗的诗体形式,引起诗体文本的变化;另一方面,只有进行诗体变革,才能使新的诗质和诗语进入诗歌,引起中国诗歌整体嬗变。因此,在世纪之交的新诗发生过程中,与诗质和诗语的现代转型相应,存在着诗体的现代转型问题,大致说来,"诗界革命"阶段的诗体革新是无意识的,而新诗运动中的诗体革新是有意识的,诗体现代转型中的诗学核心观念是"诗体解放"论,它从根本上改变了中国诗歌的基本面貌,推动着中国现代新诗的发生。

诗质的现代性、诗语的现代性、诗体的现代性是中国新诗发生的基本内涵。这种现代性的追求是在19世纪和20世纪之交的剧烈社会变动的背景下进行的,贯穿其间的诗学观念由传统到现代的转变。这就是我们对新诗发生内涵的叙述思路。

---

① 康白情:《新诗底我见》,载《少年中国》第一卷第 9 期,1920 年 3 月 15 日。

第一章　诗界革命开拓新境界

　　求新,求变,求用,是中国近代文学的主要特征。鸦片战争至中日甲午海战这几十年,是始变时期;甲午海战覆败,继起戊戌变法,迎来剧变时期。在这中国文学现代化的裂变时期,中国诗歌经历了诗界革命运动、白话诗文运动、辛亥革命运动、新诗革命运动和诗体解放运动的洗礼,终于在剧烈的社会变动中完成了一次凤凰涅槃。这是中国诗歌历史的一次伟大转折,是中国诗歌文本的一次伟大革新,它确保中国诗歌能够适应现代生活,能够汇入世界诗潮,实现从古典向现代的伟大转型。中国诗歌加速转型的启动,是19世纪和20世纪之交的资产阶级维新派所鼓吹和实践的诗界革命运动。

第一节　从新学诗到新派诗

　　19世纪末兴起的诗界革命,同"文界革命"、"小说界革命"并称"三界革命",而以诗界革命为先。诗界革命是近代中国资产阶级文学革新运动,是资产阶级在特定社会背景下进行的政治维新变法的重要组成部分。陈子展在《中国近代文学之变迁》中说到中国自经1840年鸦片战争败于英国之后,积病积弱发展到19世纪达到顶点:

　　　　尤其是一八九四年(光绪二十年)为着朝鲜问题与日本开战,海陆军打得大败。以致割地赔款,认罪讲和。当时全国震动,一般年少气盛之士,莫不疾首扼腕,争言洋务。光绪皇帝遂下变法维新之诏,重用一般新进少年。是为"戊戌维新运动"。这个运动虽遭守旧党的反对,不久即归消灭,但这种政治上的革新运动,实在是中国从古未有的大变动,也就是中国由旧的时代走入新的时代的第一步。①

正是在这背景下,"时势思潮互为影响",国内思想界、文学界起了极大变化。陈子展的概括是:第一,这个时候才知道要废八股文,文人才渐渐从中解放出来。第二,这个时候才开始接受外来的影响,"到了这个时期,谭嗣同、梁启超一般人所倡的'新文体'与'诗界革命',又很显然的受到外来的影响,并为后来文学革命建立了一个根基。"②陈子展的分析告诉我们,中国文学的现代转型是从 19 世纪末的甲午海战到戊戌维新开始的,它同近代资产阶级政治变法互为影响,紧密相关。在维新变法中,资产阶级维新派就自觉地要求文学为政治服务,尤其是"戊戌变法"失败以后,梁启超等维新派沉痛地总结教训,就是群众的愚昧,缺乏民德、民智、民气,因此认为要变法维新,必先"新民",必先开启民智,进行思想启蒙,否则难以奏效。而要"新民",必先新文学,因此倡导文学革新,这就成为梁启超等思想启蒙的重要环节。它就使诗界革命带有浓厚的政治色彩和启蒙性质。

"诗界革命"一词出现在 1898 年,但这之前已经有不少人在探索诗歌革新问题,黄遵宪 1968 年在《杂感》中提出"我手写我口",胡适认为这"很可以算是诗界革命的一种宣言"。③ 诗界革命运动发生的年代与维新变法同时,经历了从新学诗到新派诗的发展过程。"新学诗"又称"新诗"、"新学之诗",梁启超、胡适、陈子展、朱自清等人的有关著述均作此称。"新学诗"出现在甲午战争之后,戊戌变法前夕,资产阶级改良主义思潮由舆论宣传转为政治运动的时期,集中创作于 1896 年至 1897 年间,主要作者有谭嗣同、夏曾佑、梁启超,正如胡适起手创作白话诗那样,首先是挚友间讨论和交流的产物。当时知识界整个处在"新学"与"旧学"的尖锐对立之中,谭嗣同等人在争论中决意同"旧学"告别,勇敢地探索"新学",自然地将"旧诗"归入

---

① 陈子展:《中国近代文学之变迁·最近三十年中国文学史》,上海,上海古籍出版社 2000 年版,第 5—6 页。

② 陈子展:《中国近代文学之变迁·最近三十年中国文学史》,上海,上海古籍出版社 2000 年版,第 7 页。

③ 胡适:《五十年来中国之文学》,见《胡适文存二集》卷二,上海,亚东图书馆 1924 年版,第 136 页。

"旧学"之列加以否定,同时提出"新诗"这一在诗史上全新的诗学概念而试作。梁启超在《饮冰室诗话》第六〇、六一、六二则里有具体的说明:

> 复生自喜其新学之诗……盖当时所谓新诗者,颇喜枨扯新名词以自表异。丙申、丁酉间,吾党数子皆好作此体。提倡之者为夏穗卿,而复生亦慕嗜之……其《金陵听说法》云:"纲伦惨以喀私德,法会盛于巴力门。"喀私德即 Caset 之译音,盖指印度分人为等级之制也。巴力门即 Parliament 之译音,英国议院之名也。又赠余诗四章中,有"三言不识乃鸡鸣,莫共龙蛙争寸土"等语。苟非当时同学者,断无从索解;盖所用者乃《新约全书》故实也。其时夏穗卿尤好为此……又云:"有人雄起琉璃海,兽魄蛙魂龙所徙。"此皆无从臆解之语。当时吾辈方沉醉于宗教,视数教主非与我辈同类者,崇拜迷信之极,乃至相约以作诗非经典语不用。所谓经典者,普指佛、孔、耶教之经……至今思之,诚可发笑。然亦彼时一段因缘也。
>
> 穗卿有绝句十余章,专以隐语颂教主者。余今不能全记忆,忆其一二云。"冰期世界太清凉。洪水茫茫下土方。巴比塔前分种教,人天从此感参商。"此其第一章也。冰期、洪水,用地质学家言。巴比塔云云,用《旧约》述闪、含、雅弗分辟三洲事也……当时在祖国无一哲理、政法之书可读。吾党二三子号称得风气之先,而其思想之程度若此。今过而存之,岂惟吾党之影事,亦可见数年前学界之情状也。
>
> 此类之诗,当时沾沾自喜;然必非诗之佳者,无俟言也。吾彼时不能为诗,时从诸君子后学步一二,然今既久厌之。穗卿近作殊罕见,所见一二,亦无复此等窠臼矣。浏阳如在,亮亦同情。①

一般意义上的"新学",正如毛泽东在《论人民民主专政》中所说,是"西方资产阶级民主主义的文化,即所谓新学,包括那时的社会学说和自然科学,和中国封建主义的文化即所谓旧学是对立的。"②"新学诗"所说的新学,诚如梁启超所说:"我们当时认为,中国自汉以后,学问全要不得的,外来的学问

---

① 梁启超:《饮冰室诗话》,北京,人民文学出版社 1959 年版,第 49、50、50 页。
② 毛泽东:《毛泽东选集》第四卷,北京,人民出版社 1991 年版,第 1470 页。

都是好的。既然汉以后要不得,所以专读各经的正文和周秦诸子;既然外国学问都好,却是不懂外国话,不能读外国书,只好拿几部教会的译书当宝贝,再加上些我们主观的理想——似宗教非宗教,似哲学非哲学,似科学非科学,似文学非文学的奇怪而幼稚的理想。我们所标榜的'新学',就是这三种原素混合构成。"①在这些"新学诗"里,诗人常常把自己并不成熟的宇宙观、人生观用诗写出,自由地表现自己的理想,而且又用自己的译音写入外来用语,创造新多新名词。所用字句都是象征,因此梁启超一方面说"读起来可以想起当时我们狂到怎么样,也可以想见我们精神解放后所得的愉快怎么样";另一方面承认"说的都是怪话","非常在一块的人不懂"。② 对于这种新学诗的创作,陈子展的评价是:"他们这种新典故的诗,取材既然狭隘,人家又不容易懂得,他们的'诗界革命'自然要受一番挫折。可是我们要了解他们是生在外来学术输入中国,不过一点半滴的时候,尽其最善之力,只能做到如此。同时我们还得佩服他们革新的精神,向诗国冒险的精神!"③这样的评价是十分中肯的。"新学诗"既是幼稚的,又是可贵的。无疑,"新学诗"是资产阶级改良派政治变革和思想启蒙的产物,在中国诗歌现代变革史上具有特殊的意义,它构成中国诗歌现代发生的起始。新学诗的出现,标志着一种新的诗学观念的诞生。这就是诗歌的破旧创新,探索诗歌现代转型之路。作为思想解放的先驱者和造诣很深的旧诗人,"新诗"的实验在于对旧诗历史和现状反思以后推动诗歌适应社会需要和走向世界诗潮的壮举。新学诗的出现,探索着传统诗歌的诗质和诗语的变化,标志着传统诗歌文本的开始现代转型。虽然新学诗还是律绝体,但外语译词、自然科学知识及社会政治学说概念的进入,已经破坏了传统诗歌的格调和格律。

当然,新学诗的革命是初步的。因此,梁启超在《饮冰室诗话》第六三则中说:"过渡时代,必有革命。然革命者,当革其精神,非革其形式。吾党近好言诗界革命。虽然,若以堆积满纸新名词为革命,是又满洲政府变法维

---

① 梁启超:《亡友夏穗卿先生》,载《晨报副刊》1924 年 4 月 29 日。
② 梁启超:《亡友夏穗卿先生》,载《晨报副刊》1924 年 4 月 29 日。
③ 陈子展:《中国近代文学之变迁·最近三十年中国文学史》,上海,上海古籍出版社 2000 年版,第 9 页。

新之类也。能以旧风格含新意境,斯可以举革命之实矣。"①因此,从越过新学诗阶段、革新诗歌精神出发,梁启超在《夏威夷游记》和《饮冰室诗话》中大张诗界革命旗帜。1898 年,他在《夏威夷游记》中说:

> 故今日不作诗则已,若作诗,必为诗界之哥仑布、玛赛郎然后可。犹欧洲之地力已尽,生产过度,不能不求新地于阿米利加及太平洋沿岸也。欲为诗界之哥仑布、玛赛郎,不可不备三长。第一,要新意境。第二,要新语句。而又须以古人之风格入之,然后成其为诗。不然,如移木星金星之动物以实美洲,瑰玮则瑰玮矣,其如不类何? 若三者具备,则可以为二十世纪支那之诗王矣!
>
> 宋明人善以印度之意境语句入诗,有三长具备者……然此境至今日,又已成革命旧世界。今欲易之,不可不求之于欧洲。欧洲之意境语句,甚繁富而玮异,得之可以陵轹千古,涵盖一切;今尚未有其人也……且其所谓欧洲意境语句,多物质上琐碎粗疏者,于精神、思想上未有之也。虽然,即以学界论之,欧洲之真精神、真思想,尚且未输入中国,况于诗界乎? 此固不足怪也。吾虽不能诗,惟将竭力输入欧洲之精神、思想,以供来者之诗料可乎? 要之,支那非有诗界革命,则诗运殆将绝。虽然,诗运无绝之时也。今日者革命之机渐熟,而哥仑布、玛赛郎之出世,必不远矣。②

梁启超这段话可以说是"诗界革命"之公开宣示,包括一些重要的诗学思想。第一,新意境和新语句,而又须以古人之风格入之,这是诗界革命的诗学追求和创作准则,完整地体现着诗歌关于诗质、诗语和诗体三方面的革新要求,它是一个整体。这是对新学诗创作得失的总结,也是新派诗人创作实践的总结,体现的是梁启超理想中的新诗的审美特征。这种审美特征的概括,延续着黄遵宪的诗歌革新探索。其使用的概念源自康有为的诗歌主张,即"新世瑰奇异境生,更搜欧亚造新声","异境"和"新声"正是新意境和新语句的具体内涵。对此,梁启超在《饮冰室诗话》中则用"镕铸新理想以入

---

① 梁启超:《饮冰室诗话》,北京,人民文学出版社 1959 年版,第 51 页。
② 梁启超:《夏威夷游记》,见许霆编:《中国现代诗歌理论经典》,苏州,苏州大学出版社 2007 年版,第 14—16 页。

旧风格"、"独辟新界而渊含古声"、"能以旧风格含新意境"予以概括。第二,运用社会进化论和文学进化论观点,强调诗歌出新,并且认为一代有一代之新,一代应新于一代,即使旧诗之新意境语句,时至今日已成旧世界。梁启超认为那时"诗之境界,被千余年来'鹦鹉名士'占尽矣。虽有佳章佳句,一读之,似在某集中曾相见者,是最可恨也"。① 这种求新求异的要求,体现的是政治维新变法的要求,体现的是变革旧诗创造新诗的要求。这个时期的诗界,无论新派旧派,都有求新倾向,求新是他们一种共同的倾向。不过旧派所求的新,都是闹的"字面问题",岔到歧路上去;而新派所求之新,则是以新事物新意境为内容的新诗。求新的倾向就把旧诗推到了自己的对立面,这对后来现代新诗的诞生影响至大。第三,创作新诗必须"求新声于异邦",因为欧洲的意境语句甚繁复,面向欧洲意境语句,不能停留在物质名词,而应竭力输入欧洲的精神思想,以供新诗创作的诗料。康有为在一次保国会演说辞中说道:"壬辰年,傅南雅《译书事略》言上海制造局译出两书,售出者仅一万三百部,中国四万万人,而购书者乃只有此数,则天下士讲求中外之学者能有几人? 可想见矣! 非经甲午之役,割台偿款,创巨痛深,未有肯翻然而改者。至此天下志士,乃知渐渐讲求,自强学会曾倡之,遂有官书局《时务报》之继起。于是海内缤纷,争言新学,自此举始也。"② 这就是梁启超所说的:"今日革命之机渐熟"的意思。

梁启超把自己倡导的"新诗"称为"新派诗",黄遵宪在 1897 年的《酬曾重伯编修》中也称为"新派诗",即"废君一月官书力,读我连篇新派诗。风雅不亡由善作,道丰之后益矜奇。"这儿的"新派",既指趋新倾向,也指维新党派。梁启超利用他创办的《清议报》、《新民丛报》和《新小说》三个刊物,分别开辟了"诗文辞随录"、"诗界潮音集"、"杂歌谣"等专门栏目,发表了百余位诗人的 1400 余首诗歌,推出一批新派人物的诗歌,显示了新派诗歌创作的实绩。他在这时期写成的《饮冰室诗话》,服务于当时现实的需要,

---

① 梁启超:《夏威夷游记》,见许霆编:《中国现代诗歌理论经典》,苏州,苏州大学出版社 2007 年,第 14 页。

② 康有为:《三月二十七保国会上演讲会辞》,见周谷城《中国通史》下册,上海人民出版社 1957 年版,第 455 页。

显示了鲜明的倾向性,同别的诗话泛论古今完全不同,坚决地同当时诗坛占据统治地位的各种拟古派相抗,只谈当时诗人,只谈维新派中的诗人诗作。以上诗作和诗论,大致就是诗界革命的诗人群、诗作集和诗论集。可以这样说,诗界革命是同近代的维新改良紧密相关的,尽管主张维新改良之人并非全部倾向诗界革命,但提倡诗界革命者几乎都赞成并参加维新改良运动。在新派诗人群中,梁启超力推的是黄遵宪和谭嗣同,树他们为新派诗的两面旗帜。黄遵宪足遍五洲,眼界开阔,丰富的时代内容,深挚的爱国热情,异域的绮丽多采,开拓了他诗歌新的审美领域。黄遵宪的诗可分为两个时期,从初作诗起,中经甲午以至戊戌,是为第一期;从戊戌政变后,中经庚子以至晚年,是为二期。丘逢甲说黄遵宪《人境庐诗草》"四卷以前为旧世界诗,四卷以后乃为新世界诗"。其之所以为新世界诗,在于其能够"变旧诗国为新诗国,惨淡经营,不酬其志不已",在于其能够"合众旧诗国为一大新诗国,纵横捭合,卒告成功"。① 梁启超在《饮冰室诗话》中称"公度之诗,独辟境界,卓然自立于二十世纪诗界中,群推为大家,公论不容诬也"。② 黄遵宪正是以其新派诗而确立近代诗坛巨人地位的。谭嗣同是"新诗"的首创者,他称自己 30 岁(1894)之后写的诗为"新学之诗",有诗集《莽苍苍斋诗》。汪惟奇在《光宣诗坛点将录》中评谭诗说"颇有诗界彗星之目"。梁启超推崇黄遵宪和谭嗣同,为诗界革命树起了两面旗帜。诗界革命中创作有实绩者,除黄、谭外还有夏曾佑、蒋智由、康有为、梁启超、丘逢甲、狄葆贤等一批诗人。

"新派诗"兴盛时期是 19 世纪末和 20 世纪初的六七年。由于诗界革命同资产阶级维新运动联系着,随着这场运动的失败,诗界革命到 1903 年便开始退潮,到 1905 年便告完结。虽然如此,这场革命所倡导的革新中国旧诗创造中国新诗的观念却普及开去,并且在辛亥前后出现了以南社为核心的资产阶级革命派诗人群体,成为诗界革命的余响。

诗界革命作为中国诗歌现代转型的起点,给予中国现代诗歌发生以重要影响。首先,诗界革命是同资产阶级改良派政治上维新变法紧密相关的,

---

① 丘逢甲:《人境庐诗草·跋》,见钱仲联:《人境庐诗草笺注》,上海古籍出版社 1981 年版,第 1088 页。

② 梁启超:《饮冰室诗话》,北京,人民文学出版社 1959 年版,第 24 页。

是为改良派当时政治斗争服务的。在清末民初的社会变革中,新诗不但成了启蒙大众思想和改革政治制度的文化革命先驱,而且还被政治家们"醉翁之意不在酒"地当做工具,从而导致政治改革自文学革命始,文学革命自诗界革命始的特殊现象。因此,诗界革命是被严重政治化和世俗化的非诗的文体运动,是利用了诗自身的文体革命潜能进行的政治改革和文化启蒙运动,这就使中国新诗的诞生就是一个难以进行诗体建设,并且与时代政治靠得太近的"畸形儿"。过多非诗因素文体革命,决定了现代诗体建设摒弃了古代诗体进化所具有的渐变传统,为以后诗体建设埋下了隐患。其次,诗界革命中明确地提出"新诗"的概念,以同旧诗对立,体现了新与旧对立的思维模式。诗界革命的倡导者从政治维新要求出发,决意告别"旧学",又将传统诗歌归入"旧学"加以否定,体现了一种求新求异的社会思潮。凡是新的都是好的,凡是旧的都不好,这种进化论观念制约下的诗界革命,自然形成以新旧划派、新旧分别的思维,它对整个中国诗歌现代转型起到了重要作用,五四前新诗运动和五四期诗体解放体现的也是这种思维,它的不良影响就是形成同中国诗歌传统的"断裂"。尤其是在否定中国传统旧诗以后,诗界革命又明确地提出"不可不求之于欧洲"的思路,这就使中国诗歌的现代转型更多地倾向横移,它对于中国新诗尽快完成现代转型、汇入诗歌近代诗歌发展大潮意义重大,但在一定程度上也给中国现代新诗的成长造成不良影响。第三,我们充分肯定诗界革命在中国诗歌现代转型中的历史意义。诗界革命所体现的求新、求异、求用的精神,给中国诗歌发生注入了生机活力,直接推动着中国诗歌的现代转型。有人把诗界革命称为五四新文学运动的一次"预演",认为它打破了传统诗歌的坚冰,开辟了中国诗歌现代转型的广阔道路。学者把诗界革命中的新派诗基本特征归结为"革新图强的思想性","堪称诗史的纪实性","求用于世的功利性","眩人耳目的新奇性","明白易传的通俗性"①,这些都对中国诗歌新变产生重要影响。尤其是诗界革命中提出的新意境和新语句,又须以古人之风格入之的诗歌审美要求,涉及诗歌的诗质、诗语和诗体的变革,直接推动着中国诗歌的现代

---

① 马卫中:《光宣诗坛流派发展史论》,苏州,苏州大学出版社 2000 年版,第 130—140 页。

转型。

第二节 "新意境"与"新语句"

诗界革命的"新派诗",其"新"就体现在意境之新与语句之新。"新意境"和"新语句"是新派诗人的审美追求,更是新派诗人的维新需要。正是"新意境"和"新语句"才使新派诗异于传统诗歌,新于旧派诗歌。康有为《论诗》中有"意境几于无李杜,目中何处着元明!飞腾作势风云起,奇变见犹神鬼惊。扫除近代新诗话,惝恍诸天闻乐声。兹事混茫与微妙,感人千载妙音生。"这充分显示了新派诗追求新的意境语句的豪壮之气。这种崭新的审美意识,是对当时的社会现状和诗坛现状的不满和冲击,代表着一批向西方寻求真理的先进中国人新的政治观和文艺观。在西方大炮打破闭关锁国的东方大门的文化背景下,这是中国诗歌冲破封闭系统、面向世界求变的新的抉择,具有全新的意义。

先说"新意境"。"意境",在中国传统诗歌中涉及"情"、"虚实"、"象"等问题,是个复杂而易产生歧义的诗学概念。就其审美来说是关乎言、意、象之间关系。我们以为诗界革命中所谓的"新意境"中的"意境"并不是传统诗学中的"意境",而是泛指"意"和"境"以及两者在诗中的审美呈现。梁启超有时把意境称为"精神"("革命者,当革其精神,非革其形式"),有时称为"新界"("独辟新界而渊含古声"),有时又称为"理想"("镕铸新理想以入旧风格","以新理想入旧风格"),康有为则把新意境称为"异境"("新世瑰奇异境生"),这就清楚地告诉了我们这一点。"意"的具体内涵指思想感情,"境"的具体内涵指事物景象。梁启超要求诗界革命有新的意境和新的语句,是以黄遵宪的诗为典范的。黄遵宪的《今别离》四首被梁启超称为"以旧风格含新意境"的佳作,陈伯严推为"千古绝唱",何藻翔誉为"以旧格调云新思想,千古绝作"。该组诗以近代科学知识和新事物轮船、火车、电报、照相和东西半球昼夜相反这些自然现象,抒写男女离情,别开生面。如"咏照相"的一首:

开函喜动色，分明是君容。自君镜奁来，入妾怀袖中。临行剪中衣，是妾亲手缝。肥瘦妾自思，今昔得毋同！自别思见君，情如春酒浓；今日见君面，仍觉心忡忡。揽镜妾自照，颜色桃花红。开箧持赠君，如与君相逢。妾有钗插鬟，君有襟当胸。双悬可怜影，汝我长相从。虽则长相从，别恨终无穷。对面不解语，若隔山万重；自非梦来往，密意何由通？

诗人以近代西方科学成就的照相写男女相思，不仅带有中西文化交融的特色，而且在新的题材中融入新的理趣和新的情味。黄遵宪有诗《以莲菊桃杂供一瓶作歌》，内含地球运动、自然变化之理，如"地球南北倘倒转，赤道逼人寒暑变。尔时五羊仙城化作海上山，亦有四时之花开满县"。梁启超评论说："半取佛理，又参以西人植物学、化学、生理学诸说，实足为诗界开一新壁垒。"①指明了诗中既有新的题材和新的事象，又有新的理趣和新的观念，抒发了诗人"四海一家"的开放意识。由此可见，把梁启超所说的新意境，理解为新的思想感情和新的事物景象并非臆断。这些新的意境给中国诗歌带来全新的气息，是旧诗意境所无法企及的。新派诗人充分注意到新意境在开诗坛新风中的重大意义，如王赓《今传是楼诗话》这样评价黄遵宪开一代诗风："嘉应黄公度京卿《人境庐诗》，多纪时事，且引用新名词，在晚清诗格中，良为变体，人谓其浸淫定庵，石遗则谓其嗣响《晞发》。要之一时代中，固有一时代作者，能开风气，舍君其谁？""意"和"境"以及两者在诗中的审美呈现，所指正是诗质。"新意境"求新者正是更新诗歌的诗质，这是中国诗歌现代转型的重要内涵。林庚在《诗的活力与诗的新原质》中说："我们如果注意诗坛的变迁，就必然会发现一件事情，那便是诗的原质时常在那里改变。我们所称为艺术的宝库的那永不改变的大自然，在诗人的笔下也时常在改变。这样便造成从来的诗的历史。"林庚认为诗的不断的追求是诗的原质，而诗的原质就是"新的事物上的感情"。林庚举例说：

如果说"琴"是伴随着五言的，"笛"便更是七言的知音了，它非特是一个新形式、新事物，而且正是一个新感情。它出现的时候，往往也

---

① 梁启超：《饮冰室诗话》，北京，人民文学出版社 1959 年版，第 30—31 页。

便是诗意出现的时候，它与诗是一而二，二而一的，它所以正是诗的一个原质。

唐代并非个个都是天才，但是诗人辈出，正因为那一个时期诗的新原质发现得最多，即以方才所举的几件事说，王维的《渭城曲》已经非是好诗不可了，因为"雨"、"柳"、"酒"、"关"每一句里都占一个新原质去。

由此可见，林庚得出结论："我们今日正是一个变迁的时代，一切事物本已非变不可。如从前常吃的'酒'，变成了现在吸的'烟'；从前人常骑的'马'，变成了现在的'脚踏车'；这些变迁正是发现诗的新原质最好的场合。"①林庚把"新的事物上的新感情"视为诗的原质，而诗的活力就在于诗的原质的发现。这给予我们重要的启发。梁启超等新派诗人强调新意境的发现，正是强调面对现实面向世界，在诗歌中写入新的思想感情和新的事物景象，注入诗歌新的活力，寻求诗歌新的变迁。正因为如此，我们懂得了新派诗人重视新意境的真正意义，也懂得了新派诗人把黄遵宪诗论"诗之外有事，诗之中有人"视为论诗纲领。"诗之外有事"之"事"，固然也指群经、诸子，但必须是"凡事名、物名切于今者"，而更重要的是"古人未有之物，未辟之境"，或"今人所见之理，所用之器，所遭之时势"而"又不能施之于他日者"，即指作家所处时代的现实生活。"诗之中有人"之"人"，强调的是诗中应有诗人的真情实感，而且这种真情实感应该是创新的而不是模仿的。如果没有这一点，则"诗之外有事"中的事的描绘或抒发乃至表现，仍然是一种公式化、概念化的东西，诗就缺乏艺术感染力量。黄遵宪在《与饮冰主人手札》中对梁启超说："意欲扫去词章家一切陈陈相因者语，用今人所见之理，所用之器，所遭之时势，一寓于诗。务使诗中有人，诗外有事，不能施之于他日、移之于他人。"黄遵宪所说的"事"与"人"正是新的事物景象和新的思想感情，即新的意境，强调的正是林庚所说的诗的新原质（"新的事物上的新感情"）。无疑，这是一种新的诗歌美学观念，体现了诗界革命中诗歌

① 林庚：《诗的活力与诗的新原质》，见《唐诗综论》，北京，人民文学出版社 1987 年版，第252 页。

革新所依据的诗学观念的进步性。

那么,诗界革命中所要求的意和境新在何处呢? 关于新的思想感情,舒芜在《饮冰室诗话》校点后记中把它概括为五个方面,即首先是进化论的哲学思想和近代自然科学知识,其次是爱国主义思想与为保卫祖国而战的尚武精神,再次是崇高的抱负和雄伟的气魄,复其次是关心政治、参与政治的政治态度和反映时局、保存诗史的创作态度,最次是对于科学技术的进步及其所带来的生活中的新事物的敏感。并认为"所有这些,显然都是资产阶级民主主义思想武库中的东西,是为当时的反封建斗争服务的。"①这大致是不错的。如黄遵宪创作的主旋律就是真实而艺术地反映了甲午战争前后40余年的历史,歌颂中国人民反帝爱国精神,同时描写五洲风云,异国风光,大大开拓了诗歌的审美领域。黄遵宪写于甲午战争前后的组诗《悲平壤》、《东沟行》、《哀旅顺》、《哭威海》、《马关纪事》、《降将军歌》、《台湾行》、《度辽将军歌》等,可作为中日战争史诗来读。夏曾佑的诗充分表现了一位维新志士对祖国危亡局势的关注和忧虑,如《送汪毅白出都》中就有"太息湘淮龙虎地,谁人慷慨策神州?"《元夜》写于戊戌政变发生后次年的元日夜,诗曰:"春阳春雨太模糊,如冰楼台望欲无。不信万家丝竹夜,有人挥涕读《阴符》。"反映了诗人在戊戌政变失败后另寻救国策略的思想动向。蒋智由的诗则热烈礼赞西方的科学与民主,坚决抨击封建专制与传统儒学,其著名诗作《卢骚》:"世人皆欲杀,法国一卢骚。《民约》倡新义,君威扫旧骄。力填平等路,血灌自由苗。文字收功日,全球革命潮。"其中末两句被杰出的资产阶级革命家邹容引入他的《革命军·自序》。

新派诗中新的事物景物,指现实社会人生的人事景致,更指别寓一脉青春活力的异国风物和文学。如康有为在诗歌中就描绘了世界风物民俗图,记述了资本主义国家的科学发明和艺术成就。如他写轮船:

> 渡海至锡兰,巍巍睹巨舰。楼观四五层,府临沧波澹。惊飞上云表,鹏翼九天鉴。其长六十丈,洞廊窗深堑。千室以容客,弘廓尤泛滥。

---

① 舒芜:《〈饮冰室诗话〉点校后记》,见梁启超:《饮冰室诗话》,北京,人民文学出版社1959年版,第146页。

重过一万吨,结构森惨淡。巨浪拍如山,邈若虮蜉撼。惊波了无觉,蹈海若枕簟。信兹楼舰力,能敌海石陷。昔称万斛船,北人信不敢。今乃廿倍过,后者应难勘。浮海突奇峰,岛屿筑天堑。眼前突兀见此船,海不扬波无险探。

　　　　　　　　——《锡兰乘仔摩拉巨舰往欧洲,新睹巨制,目为耸然》

康有为和黄遵宪等人的诗作反映异国风光达到了空前绝后的地步。近代诗论家陈衍说:"自古诗人足迹所至,往往穷荒绝域,山川因而生色。更千百年成为胜迹,表著着衰……中国与欧美诸洲交通以来,持英荡与敦盘者不绝于道。而能以诗名者,惟黄公度。其关于外邦名迹者作,颇为颐。而南海康长素先生以逋臣流寓海外十余年,更多可传之作。"①确实,黄遵宪和康有为由于经历特殊,诗中异域风光抒写充分反映出新意境之功。

　　再说新语句。诗界革命要求革新诗歌语言,核心的内容就是革除深奥古涩的传统诗语,要求现实词汇(包括外来词语)、通俗口语和散文句式入诗。早在 1868 年,黄遵宪就在《杂感》诗中说:"我手写我口,古岂能拘牵!即今流俗语,我若登简编。五千年后人,惊为古斑斓。"诗人用文学进化论的观点,强调了今人应该用今语,而使用今语的基本要求就是"言文合一",即"我手写我口"。到诗界革命期间,新派诗人旨在通过文学进行思想启蒙,更是把新语句作为新诗创作的语言要求,反映了新派诗人进步的文学语言观。正是这种语言观的倡导和实践,推进了中国诗歌语言的现代转型。

　　新语句在新派诗歌中的表现主要有三。一是新名词入诗,包括外来译语入诗。梁启超曾批评过新学诗使用"喀私德"、"巴力门"、"龙蛰"、"元花"等外人无法索解的新名词,但他并非反对使用新名词。他认为若能"以旧风格含新意境","虽间杂一二新名词,亦不为病"。他称赞麦孟华巧用新名词,对郑西乡以"共和"、"代表"、"自由"、"团体"、"归纳"、"无机"等新名词入诗的诗,"读之不觉拍案叫绝"。他还在《夏威夷游记》中说"吾近好以日本语句入文,见者已诧赞其新异;而西乡乃更以入诗,如天衣无缝。'天人团体一孤舟',亦几于诗人之诗矣!"其时新派诗中杂用新名词,是一

————————————

①　陈衍:《石遗室诗话》卷九,沈阳,辽宁教育出版社 1998 年版,第 113 页。

种较为普遍的现象。其中虽有堆砌名词术语,没有消化显得生硬难懂之例,影响了新派诗歌的表达和普及,但也有相当的诗歌能够融入新名词以开诗风。一般总认为黄遵宪的诗新名词少,连梁启超也说过他"新语句尚少。盖由新语句与旧风格常相背驰。公度重风格者,故勉避之也"(《夏威夷游记》)。其实,黄遵宪诗中的新名词为数不少。郭延礼在《中国近代文学发展史》中说他诗中的新名词有"留学生"、"地球"、"赤道"、"国会"、"殖民地"、"几何"、"领事"、"世纪"、"红十字"、"十字架"、"十字军"等,还有大量外国译名。马卫中在《光宣诗坛流派发展史论》中补充说还可举出"议院"、"共和"、"维新"、"革命"、"黑奴"、"教皇"、"西半球"、"五大洲","南北极"、"大西洋",以及"支那"、"波兰"、"俄罗斯"、"华盛顿"、"拿破仑"、"嘉富洱"、"玛志尼"等许多。只是同谭嗣同、夏曾佑相比,他能够尽量使新语句与诗歌浑为一体,少留痕迹。总体而言,黄遵宪在创作时注意以新事物含旧风格,如"星星世界遍诸天,不计三千与大千。倘亦乘槎中有客,回头望我地球圆"(《海行杂感》)。诗既有全新的意境,又具传统诗味。在语言的三要素中,词汇最具活性,反映社会生活变迁的思维首先是通过词汇的变化来体现的,这在社会转型期表现得尤为明显。清末民初,大批反映西学内容的新词语涌入中国,新派诗歌也起重要推动作用。就大量新词语的输入,中国学界曾展开过争论。但我们应该承认,新名词和新言语的输入,对于我国现代思想和现代汉语(包括现代诗语)的形成起到了积极推动作用。

二是散文句式入诗。中国传统诗歌,从诗骚到魏晋诗歌用词一般都涵义清晰和明确,名词、动词、形容词、关联词一应俱全,且基本遵循"主—谓—宾"规则,因此篇章富有逻辑性和思辨性;而自南北朝时期的山水诗、咏物诗到唐诗宋词,一般都追求词语的丰富而复杂的意蕴,造句自由而随意,诗句间关系以并列、对称为主,因此词语的内涵与外延模糊,诗句表意呈现非逻辑和非思辨特点。接的宋诗"以文字为诗,以才学为诗,以议论为诗",把词、句、篇重新纳入到诗歌创作的思维运动。明清以来诗坛始终在宗唐和宗宋之间徘徊。诗界革命强调新语句,尤其是黄遵宪开创"以文为诗",即散文句式入诗,使新派诗歌诗语发生重要变化。黄遵宪在《人境庐诗草》自序中提出诗歌创作"以单行之神,运排偶之体"和"用古文家伸缩离合之法以入诗"。前者就是以散文手法写诗,使其奇偶相生;后者就是打破诗歌固定句式和格律,伸缩自如地表达诗思诗情;两者共同取向是以文为诗,使诗歌表达回到涵义清晰、富有逻辑和思辨的传统上去。这就推动了诗语的新变。王力说到古代汉语到现代汉语演化时就强调了"逻辑性":"古代汉语不是没有逻辑性,而是有些地方的逻辑关系可以意会而不可言传。现在我们写文章不能象古人那样,我们要求在语句的结构形式上严格,表现语言的逻辑性。"①虽然诗界革命中的新派诗并没有完全实践黄遵宪的主张,但如黄遵宪的《冯将军歌》、《度辽将军歌》、《赤穗四十七义士歌》、《聂将军歌》、《锡兰岛卧佛》等大致还是有所创新的,在诗歌语句上呈现着新的面貌。尤其是散文句式入诗,为新派诗人创作诗史性质的纪实诗歌提供了便利。诚如钱仲联所说:"文章之革故鼎新,道无它,曰以文为诗而已。"②随着近代社会的前进,繁复的现实生活和外来新事物、新思想、新名词的输入,原有的传统诗歌词语和诗语在词汇、句式和篇章结构都已经无法充分表达了,所以散文句式入诗就成为近代诗歌发展的必然走向,也成为中国现代新诗语言革新的预演。过渡状态的近代汉语是现代汉语形成的前提,新派诗歌语句是现代诗语诞生的基础。

　　三是口语入诗。诗歌活泼的生命必然来自现实生活。它必然是有感而发,因情生文的。因此诗与口语有着天然的联系。口语是渗透在现实生活中的一种作为人的基本生存方式的内容,是与现实生活融为一体的,是不可分割的。写诗而回避口语,必然导致诗歌语言僵化,这正是导致明清传统诗歌衰落的重要原因。因此,诗界革命信奉"我手写我口",崇尚今语,崇尚口语。梁启超曾经说过,文学之进化有一大关键,即由古语之文学变为俗语之文学。各国文学史之开展,靡不循此轨道。梁启超倡导"三界革命"的目的之一,就是为了促进文学的通俗化,达到普及文化和思想的目标。从总的趋势看,诗界革命是朝着通俗化方向前进的,但是理论和实践之间存在裂痕。钱萼孙在《〈人境庐诗草笺注〉发凡》中就说黄遵宪在《杂感》中说"我手写

---

① 王力:《王力文集》第11卷,济南,山东教育出版社1990年版,第481页。
② 钱仲联:《梦苕庵诗话》,济南,齐鲁书社1986年版,第8页。

我口"其实在实践中并没有正式做到,钱仲联在《人境庐诗草》笺注中也说,公度诗正以使事用典擅长,其以流俗语入诗者,殊不多见。新派诗歌除了部分作品语言明白晓畅、富有民歌风味,确实是通俗的口语之外,大多数作品在语言形式上并未完全使用俗语文体,更未能全用白话口语,而是半文半白的文人诗语,甚至还是文言为主的诗语。如梁启超的《读〈陆放翁集〉》四章中的诗句:

> 诗界千年靡靡风,兵魂销尽国魂空。集中十九从军乐,亘古男儿一放翁,

> 辜负胸中十万兵,百无聊赖以诗鸣。谁怜爱国千行泪? 说到胡尘意不开!

诗通过讴歌陆游诗歌中的爱国思想,表达诗人的尚武精神,体现诗界革命新派诗新的境界,但是诗的语句虽然同当时古奥生涩的文言语句相比,显得较为好懂,但就其本质来看仍然是类似古代乐府的文言诗句,充其量也只能算是近代知识分子的半文半白的诗语,同现代白话语言存在很大差别。资产阶级维新派在政治上主张君主立宪,保留一个封建皇帝,在诗学上则主张"旧风格",保留古诗的格律声调。

新意境和新语句,从诗质和诗语两个方面体现了诗界革命运动中国诗歌现代转型的实绩,但同资产阶级改良在政治上革故鼎新的不彻底性一样,诗界革命在倡导新意境和新语句方面同样是不彻底的。在改良主义的局限下,这种诗歌革新没有形成也不可能形成对旧的传统的全面决裂,达到像五四运动时期的新诗理论和创作那样的境界。

第三节　"以古人之风格入之"

诗界革命的不彻底性,突出地表现在倡导新意境和新语句,却又"须以古人之风格入之"。这儿的"古人之风格",主要是指古代诗歌的民族风格和传统体式,包括诗歌格律和格调形式等。诗歌的现代转型应该包括诗质、诗语和诗体三方面内涵,三者相互影响推动诗歌革命性变革,若抱住古人之

风格不放,其结果必然是旧瓶装新酒,真正的现代新诗无法诞生。林庚在《诗的活力与诗的新原质》中虽然突出地强调诗质("新事物上新的感情")的创新,但同时又明确地指出:"其实任何一个新的诗潮,往往就具备一个新的形式","五言诗在魏晋六朝出足了风头,到唐代虽依然健在,却不能不把风头让给了七言,便是最公平的例证。我们要新,便样样都新,而且样样也自在会推陈出新。"①诗体形式是人们审美欣赏和创作积淀的产物,因而都是主客意蕴构建转化的"生命的形式",具有自身相对稳定的范式意义。作为诗体形式规范所具备的稳定机制和自洽性质,常常同丰富的诗的内容和诗的语言发生矛盾。诗体形式对诗质和诗语具有整理、净化、换质、定位等功能。诗界革命强调新派诗歌"新意境"和"新语句"又"须以古人之风格入之",公正地说,这同晚清学古、复古流派的专崇某一朝代甚至某一诗人不同,他们的旧风格几乎包容了历代诗歌各种风格。就创作实践来看,主要是把新意境和新语句纳入到五七言古诗体式之中,间杂长短句的词曲体,或杂言的骚赋体,这种诗体相对来说较为自由宽松。但是,诗歌的主要诗语构成和语音组合结构仍然基本采用二字组和三字组交替的传统诗歌建行方式和声韵节奏,总体上说同新的诗质和诗语是存在矛盾的,因此新派诗歌仍然还是以文言的格律诗为主,不是崭新的现代诗体。诗界革命理论和创作上的这种不彻底性,是同倡导者政治上的不彻底性联系着的,其"革命"其实是保持正统基础上的改良而已。其意义诚如王瑶在《谈晚清新派诗》中所说:"在未有彻底打破旧形式以前,要使诗能够容纳一定的民主主义的内容,而又不至破坏诗的表现力量,使诗仍能够发生艺术的作用。这就是新派诗所可能达到的最高成就。"②

尽管如此,在诗质、诗语同诗体的矛盾运动中,诗体固然制约着诗质和诗语的表现,但是诗质和诗语也会不以人的主观意志对诗体产生影响。因此,新意境和新语句入诗以后,尽管诗人欲以古人之风格去规范,但事实上不少诗歌的诗体形式仍然发生了变化。我们发现,当古人之风格无法规范

① 见林庚:《唐诗综论》,北京,人民文学出版社1987年版,第247页。
② 王瑶:《谈晚清新派诗》,载《光明日报》1955年11月27日。

诗人丰富的感情和特别繁复的诗语时,诗人常常会突破诗体规范,写作出格或杂言的自由诗体。如康有为在诗歌形式上仍用旧体,但随着新意境和新语句入诗,有些诗构句明显用"古文家伸缩离合之法",在诗体上对旧形式也有所突破。再如黄遵宪提出"用古文家伸缩离合之法以入诗"和"以单行之神,运排偶之体",虽然涉及的是"以文入诗"的新语句,但这种以散文的手法写诗,主要就是企图少受格律形式限制,以利于诗意的晓达流畅,在创作上开始突破传统诗歌声韵节奏的规范,如黄遵宪的《逐客篇》、《罢美国留学生感赋》,就因散文句式入诗增加了诗的纪实性,犹如明白如诉的叙事文;丘逢甲有"长篇通首数十韵竟无一偶句"者,从《汕头海关歌》、《东山松石歌和郑生》等诗中不难窥见其内含的散文句式和风格。尤其如黄遵宪的《冯将军歌》在写法上效仿《史记·魏公子列传》中叠用"公子"的手法,全诗十六次叠用"将军"一词,这是古典形式诗歌中所仅见的,因为诗人若不用此种诗体不足以表达他对反帝爱国将领的颂扬之情。这里录黄遵宪的《赤穗四十七义士歌》一段:

> 一时惊叹争歌讴,观者拜者吊者贺者万花绕冢每日香烟浮,一裙一屐一甲一胄一刀一矛一杖一笠一歌一画手泽珍宝如天球。自从天孙开国首重天琼锌,和魂一传千千秋,况复五百年来武门尚武国多贵育侍。到今赤穗义士某某某四十七人一一名字留,内足光辉大八洲,外亦声明五大洲。

这是歌颂爱国志士的不朽诗篇,体现了诗人崇高的理想和崭新的境界,由诗质所决定,诗人的思想感情激昂自然地外化成诗歌新的语句,三言、五言、七言、九言,到十数言,最长者竟达二十多言,这些诗句就突破了传统乐府诗和古体诗的形式规范,呈现着新的杂言自由诗体面貌。这些诗句读来抑扬顿挫,声情并茂,因此被胡适称赞为"在'以古文家抑扬变化之法作古诗'的方面,成绩最大。"[①]类似的诗体探索如梁启超的长诗《二十世纪太平洋歌》。诗以进化论观点纵论古今,说明一个国家、一个民族"优胜劣败"的道理,激

---

① 胡适:《五十年来中国之文学》,见《胡适文存二集》卷二,上海,上海亚东图书馆1924年版,第141页。

发国人奋发图强,情绪激越。为了充分表达这种昂扬奔放的情调,诗人在歌行体格调和风格的总体框架中,自由地组织诗句。如诗的结尾成这样的形式:

> 吾曹生此岂非福?饱看世界一度两度兮沧桑。沧桑兮沧桑,转绿兮回黄。我有同胞兮四万五千万,岂其束手兮待僵! 招国魂兮何方?大风泱泱兮大潮滂滂。吾闻海国民族思想高尚以活泼,吾欲我同胞兮御风以翔,吾欲我同胞兮破浪以飓! 海云极目何茫茫,涛声彻耳逾激昂。鼍腥龙血玄以黄,天黑水黑长夜长。满船沉睡我彷徨,浊酒一斗神飞扬,渔阳三叠魂惨伤,欲语不语怀故乡。纬度东指天尽处,一线微红出扶桑。酒罢诗罢但见寥天一鸟鸣朝阳。

这段诗中有"铁路"、"运河"、"舰队"、"海电"、"悲剧"、"喜剧"、"同胞"、"扶桑"等新名词,从而使诗呈现出新的气象,形成对传统诗歌语言的冲击。尤其是三言、四言、六言、十言以至十多言等各种诗句构成杂言体,而各种诗句运用对句和散句形式的有机结合,构成参差错落、回旋跌宕之势。尤其是在大量三字词收尾的诗句中,穿插着部分二字词收尾的诗句,穿插着部分散文句式的诗句,更加显得新颖多姿。诗体形式新的探索,强化了诗中新的意境和新的语句,虽然总体来说仍不失传统风格,但却已经明显地呈现着自由化、通俗化和散文化倾向,表明新派诗歌在诗体形式方面进行的新的探索成果。类似的探索,在梁启超的诗中还有《志未酬》、《去国行》、《举国皆吾敌》、《赠别郑秋蕃兼谢惠画》等。陈子展的评价是:"他在新派诗人中颇有别创新体的倾向。只因他不肯向这方面努力,所以他的成就止此。不过他已经算是这个时期最能用诗'陶写吾心'的了。"[①]这类诗的体制创新由于虽然尚未定型,应该属于不自觉的偶然为之,但却清楚地说明新意境和新语句入诗推动着一些新派诗在近代诗体解放中迈出新的一步。这是值得我们珍视的。

尤其值得珍视的是,一些新派诗歌其时已经在创作中意识到提倡新意

---

① 陈子展:《中国近代文学之变迁　最近三十年中国文学史》,上海,上海古籍出版社2000年版,第166页。

境和新语句,与"须以古人之风格入诗"之间存在着难以调和的矛盾,所以在写作传统诗体的同时,开始有意识地探索新的诗体,尽管这种探索是幼稚的、初步的。这主要就是黄遵宪和梁启超等人有意探索的"新体诗"。

黄遵宪开始诗歌创作,就有自觉的诗体意识。他在《〈人境庐诗草〉自序》中明确地说到诗体问题。他说"其炼格也,自曹、鲍、陶、谢、李、杜、韩、苏讫于晚近小家,不名一格,不专一体,要不失乎为我之诗。诚如是,未必遽跻古人,其亦足以自立矣"。并把它作为"虽不能至,心向往之"的理想诗体追求目标。这种诗体意识就是并不拘泥一家一派一格,而要众采所长创造为我诗体,充分表达诗的意境语句。其实践的结果,就是取各家神理而铸新词,他在戊戌变法前后的新派诗歌创作代表了诗界革命的最好成绩,被梁启超称誉为"能旧风格含新意境斯可以举革命之实矣"。但诗人并不满足和止于古人风格,在一些诗歌创作中有意无意地写作《聂将军歌》之类的杂言体,虽然从整体上说仍保留旧风格,但在传统诗格中已经显示了散文化和自由化倾向。新意境和新语句同旧风格存在的矛盾,促使黄遵宪在他创作的后期对诗体形式进行新的探索,开始正面提出诗体革新问题。黄遵宪认为家乡山歌的形式与竹枝词相似,所以用竹枝词形式写就了《日本杂事诗》。他在1902年8月写的《与任公书》中有这样的论述:

> 报中有韵之文,自不可少,然吾以为不必仿白香山之《新乐府》、尤西堂之《明史乐府》(西堂以前,有李西涯乐府甚伟,然实诗界中之异境,非小说家之支流也)。当斟酌于弹词粤讴之间,或三或九或七或五或长短句,或壮如《陇上陈安》,或丽如《河中莫愁》、或浓如《焦仲卿妻》、或古如《成相篇》,或俳如《俳伎辞》(即"骆驼有角,奋迅两年"之辞也),易乐府之名而曰"杂歌谣",弃史籍而采近事。至于题目,如梁园客之得官,京兆尹之禁报,大宰相之求婚,奄人子之纳职,候选道之贡物,皆绝好题目也。至固非仆之所能为,公试与能者商之。吾意海内名流,必有迭起而投稿者矣。①

---

① 黄遵宪:《黄公度牧歌手札·光绪二十八年八月二十二日》,见钱仲联《人境庐诗草笺注》,上海,上海古籍出版社1981年版,第1245页。

黄遵宪把新的诗体称为"杂谣体"，又称"新体诗"。这种诗体的特点：一是不仿作，而是自创，不是古人风格，而是今人风格，充分体现"为我之诗"。二是从民间诗歌主要是弹词、粤讴中吸取营养，重视诗歌的音乐性。粤讴同弹词一样来自民间，是流传于广东民间的说唱曲艺，相传为清代嘉道年间粤人冯询、招子庸在木鱼、南音等基础上发展起来的。三是形式自由多样，就篇幅来说或长或短，没有定格，从诗句来说可长可短，字数多少不论，平仄不严，选韵较宽，从风格来说或古或俳，或壮或丽或浓或淡。四是在内容上要求"弃史籍而采近事"，充分地反映现实人生。尤其是可以利用这种民间诗词的讽刺手法，来批判和抨击黑暗的社会现实。十分清楚，这种诗体的提出体现了黄遵宪自觉的诗体意识和大胆的革新意识。黄遵宪实践这种诗体革新主张，写出了一批山歌体诗，也在借鉴的基础上写出了《军歌》，包括《出军歌》、《军中歌》、《旋军歌》24 章，《幼稚园上学歌》10 章，《小学校学生相和歌》19 章，自称它们是"新体诗"。这里引《军歌》之《出军歌》：

四千余岁古国古，是我完全土。二十世纪谁为主？是我神明胄。君看黄龙万旗舞。鼓鼓鼓！

一轮红日东方涌，约我黄人捧。感生帝降天神种，今有亿万众。地球蹴踏六种动。勇勇勇！

南蛮北狄复西戎，泱泱大国风。蜿蜒海水环其东，拱护中央中。称天可汗万国雄。同同同！

绵绵翼翼万里城，中有五岳撑。黄河浩浩流水声，能令海若惊。东西禹步横庚庚。行行行！

怒搅海翻喜山撼，万鬼同一胆。弱肉磨牙争欲啖，四邻虎眈眈。今日死生求出险。敢敢敢！

剖我心肝挖我眼，勒我供贡献。计口缗钱四万万，民实何仇怨。国势衰微人种贱。战战战！

国轨海王权尽失，无地画禹迹。病夫睡汉不成国，却要供奴役。雪耻报仇在今日。必必必！

一战再战曳兵遁，三战无余烬。八国旗飐筘鼓竞，张拳空冒刃。打破天荒决人胜。胜胜胜！

这首《出军歌》后选入"学堂乐歌"，由近代音乐家李叔同选曲配歌，在当时产生一定影响。黄遵宪认为这类诗歌"择韵难，选声难，着色难"。

黄遵宪提出"新体诗"主张，是在读了梁启超1902年在日本横滨创刊的《小小说》杂志刊登的诗歌之后，再写信给梁启超推荐这种新诗体的，希望梁能"拓充，光大之"。梁启超其实也十分重视诗歌新的音乐节奏，在《饮冰室诗话》第七七则中，就谈到诗与乐的关系，梁启超说："盖欲改造国民之品质，则诗歌音乐为精神教育之一要件，此稍有识者所能知也。"他进一步指出："本朝以来，则音律之学，士大夫无复过问，而先王乐教，乃全委诸教坊优伎之手矣。读泰西文明史，无论何代，无论何国，无不食文学家之赐；其国民于诸文豪，亦顶礼而尸祝之。若中国之词章家，则国民岂有丝毫之影响耶？推原其故，不得不谓诗与乐分之所致也。"①由此，他读到有人主张改良音乐时，不禁拍案叫绝。也因此，他非常重视黄遵宪的新体诗，把《出军歌》四章、《幼稚园上学歌》十章刊登在《新小说》上，并把《军歌》二十四章、《小学校学生相和歌》十九章收入《饮冰室诗话》。他高度评价了这些创作，称《小学校学生相和歌》为"一代妙文"，对《军歌》的评价是："吾中国向无军歌，其有一二，若杜工部之前后《出塞》，盖不多见。然于发扬蹈厉之气尤缺。此非徒祖国文学之缺点，抑亦国运升沈所关也。往见黄公度《出军歌》四章，读之狂喜，大有'含笑看吴钩'之乐，尝以录入《小说报》第一号。顷复见其全文，乃知共二十四首，凡出军、军中、还军各八章。其章末一字，义取相属，以'鼓勇同行，敢战必胜，死战向前，纵横莫抗，旋师定约，张我国权'二十四字殿焉。其精神之雄壮活泼沈浑深远不必论，即文藻亦二千年所未有也，诗界革命之能事至斯而极矣。吾为一言以蔽之曰：读此诗而不起舞者必非男子。"②这段文字肯定了诗乐结合写就的新体诗的成就。不仅如此，他还在《新小说》和《饮冰室诗话》中发表和保存了一些杂谣式新体诗，如《饮冰室诗话》第五八则把发表在报中的《西涯乐府》数章录入，包括《黄花谣》四章、《辰州教案新乐府》四章，认为"谑而不虐，婉而多讽，佳构也"。而

---

① 梁启超：《饮冰室诗话》，北京，人民文学出版社1959年版，第58—59页。
② 梁启超：《饮冰室诗话》，北京，人民文学出版社1959年版，第43页。

且,梁启超自己也模仿《出军歌》写了《爱国歌》四章,《黄帝》四章和《终业式》四章。如《爱国歌》之一章:

> 决决哉我中华! 最大洲中最大国,廿二行省为一家。物产腴沃甲大地,天府雄国言非夸。君不见,英日区区三岛尚崛起,况乃堂堂吾中华。结我团体,振我精神;二十世纪新世界,雄飞宇内畴与伦? 可爱哉我国民! 可爱哉我国民![①]

这诗由日本横滨大同学校谱曲传唱。

虽然以上所说的"新体诗"基本都是歌词,诗界革命尚未创造出一种理想的富有音乐美的新诗,但它已经从根本上涉及了诗歌形式革新和普及问题。歌谣体句式多变,长短不一,趋向自由化,俗语浅显,明白易解,倾向通俗化和音乐性。黄遵宪、梁启超等把诗歌语言的音乐性与自由化、通俗化结合起来,尤其是黄遵宪关于杂谣体的完整论述,对于促进古典诗体的革新具有重要意义。事实上,这种"新体诗"的出现对于辛亥革命前后的歌体诗的诞生、对于新诗革命运动初期一些歌词体诗歌,如《教我如何不想他》,都产生了积极的作用。

第四节　"新世瑰奇异境生"

"新世瑰奇异境生"是康有为《与菽园论诗诗兼寄仕公孺博曼宣》中的诗句。"新世瑰奇异境生,更搜欧亚造新声。深山大泽龙蛇起,瀛海九州云物惊。""意境几于无李杜,目中何处着元明。飞腾作势风云起,奇变见犹神鬼惊。扫除近代新诗话,惝恍诸天闻乐声。兹事混茫与微妙,感人千载妙音生。"诗准确地传达出了诗界革命大风中新诗风格新变及其意义,这是一种全新的境界。诗界革命是中国数千年诗歌史上对诗歌的形式和内容影响较大的一次革命,它直接开启了诗歌现代化的新局。

诗界革命开启新的局势,反映了"这个时期,文学的各部分都显现着一

---

① 见《梁启超文集》,北京,北京燕山出版社1997年版,第756页。

种剧变的状态,和前一时期大两样。"具体来说,如"以前的中国文学是自为风气的文学;到了这个时期,就开始接受西洋的影响了。以前的中国文学,重在摹仿古人,摹仿古代;到了这个时期,就开始要求创造现代的现代人的文学了。"这种种的文学新变就是新文学发生的肇始,可以籍此追根溯源地去寻找其发生的深层原因。陈子展说,"这种种的演变,虽极缤纷奇诡之观,却有一种共同的特色,便是反抗传统;这种种的演变,虽似突如其来地一一发生,实则共同的其来有自,便是社会背景。"①诗界革命开启诗歌现代化的大门,而其发生也是其来有自,我们这里从三个方面分析。

第一,从开民智到文学救国到诗界革命。"中国在 19 世纪的经历成了一出完全的悲剧,成了一次确是巨大的、史无前例的崩溃和衰落过程……灾难接踵而至,一次比一次厉害,直到中国对外国人的妄自尊大、北京皇帝的中央集权、占统治地位的儒家正统观念,以及士大夫所组成的统治上层等事物,一个接一个被破坏或被摧毁为止。"②19 世纪的最后 30 年是外国帝国主义在中国加紧扩张的时期,中国发生多次与外来入侵者的战争,每次都以失败告终。"安南的丧失标志着经营了二十年之久的自强运动的失败。外交、政治和技术上有限的现代化,未能使这个国家强盛得足以抵御外国帝国主义。"③1895 年中日甲午战争后出现了列强瓜分中国的狂潮,清朝政府已无一点招架之力。中国的士大夫一改妄自尊大,开始思索强国新路。维新变法就在此背景中酝酿起来。1898 年的维新运动将改革推向高潮,其最大特点是为了达到在中国建立立宪政府和国民参政制度的改革目标。戊戌变法失败后,先进的中国人在反思中形成共识:我们应该进入一个"人心之营构"的新阶段。"人心之营构"就是开启民智、启蒙大众,是特定时期提出的时代课题。

---

① 陈子展:《中国近代文学之变迁 最近三十年中国文学史》,上海,上海古籍出版社 2000 年版,第 121—122 页。

② [美]费正清:《导言:旧秩序》,见 [美]费正清、刘广京:《剑桥中国晚清史(1800—1911)》上卷,中国社会科学出版社历史研究所编译室译,北京,中国社会科学出版社 1993 年版,第 4 页。

③ [美]徐中约:《晚清的对外关系 1866—1905》,见 [美]费正清、刘广京:《剑桥中国晚清史 1800—1911 年》下卷,中国社会科学出版社历史研究所编译室译,北京,中国社会科学出版社 1993 年版,第 123 页。

我国传统的经世致用思想,在 19 世纪被发挥到极致,成为对文学最重要的价值要求。其中 19 世纪传教士介绍西学,使经世致用思潮与学习西方思潮合流。在文学方面,传教士比中国士大夫更为功利,他们是从"劝善惩恶"来看待文学功能的,倡导用文学干预现实。1895 年 6 月,传教士傅兰雅在《万国公报》上发表《求著时新小说启》,认为中国的社会积弊,可以通过小说来"使人阅之心为感动,力为革除"。提出"窃以感动人心,变易风俗,莫如小说,推行广速,传之不久,辄能家喻户晓,气习不难为一变"。传教士还为时人提供了"政治小说"模本。1891 年底至 1892 年 4 月,上海《万国公报》连载《回头看纪略》。1894 年广学会出版《回顾》节译本《百年一觉》。它们立即在先进士大夫中引起震动。康有为在写作《人类公理》时参考过《回顾》,谭嗣同在他的《仁学》中提到:"若西书《百年一觉》者,殆仿佛《礼运》大同之象焉。"梁启超也将《百年一觉》列入《西学书目表》作了介绍。梁启超后来撰写《新中国未来记》,其构思与《百年一觉》相似。1896 年,传教士林乐知编辑出版《文学兴国策》,主张"文学为教化必需之端","有教化之国必兴,无文学者国必败,斯理昭然也。即如三百年前之西班牙,实为欧洲最富有之国,嗣因文学不修,空守其自然之利益,致退处于各国之后而不能振兴。此外各国,亦多有然。"所以"国非人不立,人非学不成,欲得人以治国者,必先讲求造就人才之方也,造就之方无他,振兴文学而已矣"。传教士为中国文学经世致用发展成"文学救国论"提供了途径,就是把文学作为教科书,通过出版或报纸来达到宣传启蒙的目的。这对于先进人士面对"开民智"时代课题,来进行启蒙宣传和动员大众,是有着直接借鉴意义的。由此,维新派在 19—20 世纪之交掀起了文界革命、诗界革命和小说界革命。由"文学救国论"引出的过分强化文学的社会功能的观念,在某种程度上决定了中国文学在近代转型时的发展趋向,甚至一直影响到现在。

在晚清,小说是"文学救国论"发展得最为成熟的文学体裁,但正统的诗文也受到影响。在西方文学输入的背景下,黄遵宪、梁启超等人力倡"诗界革命",使之成为维新运动的组成部分。梁启超的《夏威夷游记》首先把革命锋芒指向传统诗歌:"诗之境界,被千余年来鹦鹉名士(余尝戏名词章家为鹦鹉名士,自觉过于尖刻)占尽矣。虽有佳章佳句,一读之,似在某集中曾相见者,是最可恨也。""要之,支那非有诗界革命,则诗运殆将绝。"正面提出开辟诗歌发展新境界:"故今日不作诗则已,若作诗,必为诗界之哥仑布、玛赛郎然后可。""今日革命之机渐熟,而哥仑布、玛赛郎之出世,必不远矣。"而开辟新境界需要学习西方:"今欲易之,不可不求之于欧洲。欧洲之意境语句,甚繁复而玮异,得之可以陵轹千古,涵盖一切,今尚未有其人也。"诗界革命纲领是:"第一,要新意境。第二,要新语句。而又须以古人之风格入之,然后成其为诗。"他推荐黄遵宪的诗为模本:"时彦中能为诗人之诗而锐意欲造新国者,莫如黄公度。"①这些理论主张概括了诗界革命的基本面貌。

第二,从新派诗创作到白话报刊发表到诗歌新变。诗界革命重要实绩是新派诗创作。梁启超说"吾党近好言诗界革命",这里的"吾党"无疑是指维新派人士,揭示了诗界革命与维新运动的天然联系,但是维新派并不尽属诗界革命,如刘光第、林旭、陈三立、严复等都为维新运动做过贡献,而他们的创作却与诗界革命相去甚远。诗界革命的重要人物是梁启超、黄遵宪、康有为、丘逢甲、夏曾佑、谭嗣同、蒋智由等人。即使这些重要人物,前后的创作也有变化,谭嗣同有"三十以前旧学"与"三十以后新学"之别;蒋智由后期编辑诗稿时,将早年所为新派诗删除。"此外,新派诗作者又受旧式题材的限制,大量的排遣个人情怀和记述日常琐事的作品,是不能为诗界革命充数的。所以,尽管诗界革命影响巨大,但与当时并存的各复古流派相比,无论是理论的建树,还是创作的实绩,均不占优势。像黄遵宪这样以较大心力投入诗界革命者,仅属少数,正如他自叹的:'不过独立风雪中清教徒之一人耳。'"②这种分析符合实际。新派诗是纵向发展的古典诗歌与剧烈变动的社会生活相碰撞的产物,它集中暴露出古老的文学样式反映全新的客观对象时,或相容或矛盾的种种现象。

新派诗的创作成就有限,但诗界革命的影响却极其深远,它开启了我国诗歌由古典型到现代型转变的新局。这当然是有着深刻的社会和思想根源

---

① 梁启超:《夏威夷游记》,见许霆编:《中国现代诗歌理论经典》,苏州,苏州大学出版社 2007 年版,第 14—16 页。

② 马卫中:《光宣诗坛流派发展史论》,苏州,苏州大学出版社 2000 年版,第 129 页。

的,尤其是与资产阶级维新派呼应时代要求,面向世界的创新求变精神有关。需要特别提出的是,诗界革命发生及其巨大影响,是同近代报刊的出现密切相关,近代报刊扩大了诗界革命发生空间,推动着诗界革命有效进展。近代传媒的变革,主要体现在报刊和平装书成为主要传播媒体上,它是近代大工业的产物,比起传统媒体来效率大大提高,适应了城市化和社会化的需要。我国最早的报刊是由外国传教士举办的,我国报人开始出现时,一般士大夫并不关注,左宗棠甚至讽刺"江浙无赖之文人,以报馆为末路","报社之主笔访员,均为不名誉之职业,不仅官场仇视之,即社会亦以搬弄是非轻薄之"。但逐步地大家认识到近代报刊在宣传启蒙方面的作用,王韬、郑观应、陈炽等都论述了报纸在近代社会中的作用。到了甲午战争以后,这便成为改良派的共识。康有为提出"设报达聪",梁启超主张"去塞求通,厥道非一,而报馆导其端"。据方汉奇研究,从 1895 年到 1898 年,全国出版的中文报刊有 120 种左右,其中 80% 左右是中国人自办的,数量相当于以前 40 多年的 3 倍。这些报刊中由资产阶级维新派和与他们有联系的社会力量创办的数量最多、影响最大,出版地区遍及全国很多城市。维新派办报,主要目的是以唤醒国人救亡图存,以满足参政愿望,以疏通社会风气,以开启民智。梁启超自述其办报是"激于国家之危殆,怀于匹夫有责之义"(《时务报》创刊号),认为"中国受侮数十年"的原因是"上下不通"和"内外不通"(《论报馆有益于国事》)。康有为认为开启民智的方法一是办学校,二是兴学会,三是开报馆。他们都主张利用报刊这种反应敏捷,传递快速,针对性强,信息量大,覆盖面广的大众媒体,大力宣传维新思想,创造变法风气,为维新运动的深入发展提供舆论环境。诗界革命中新派诗主要通过报刊尤其是维新派主办的报刊发表,梁启超等又通过报刊评价和推荐新派诗,因而产生了巨大影响。在诗界革命中,梁启超利用他创办的《清议报》、《新民丛报》和《新小说》等刊物,开辟了"诗文辞随录"、"诗界潮音集"和"杂歌谣"等专栏,吸引了几乎全国的有志诗歌革新作家和留日学生投稿,发表了百余位诗人的1400 余首诗歌,推出一批新派诗歌,显示了诗界革命实绩。维新人士利用现代媒体,宣传诗界革命主张。如梁启超在 1902 年到 1907 年在《新民丛报》连载《饮冰室诗话》,批评时人诗作,集中阐释资产阶级维新诗学主张,直接影响到五四新诗运动面貌和中国新诗传统特征。维新人士还利用现代媒体,倡导白话新体诗的创作。1902 年 8 月,黄遵宪在读了《小小说》杂志刊登的杂谣体诗歌后,写信给梁启超要求在刊物"拓充,广大之"。这种诗歌的特点是不仿作重自创,吸收弹词粤讴诗体特点,重视诗的音乐性。后来梁把一批歌词体诗(如《出军歌》四章等)刊登在刊物,推动了近代歌体诗的发展。维新人士还利用现代媒体,推出翻译诗歌。如德国国歌《祖国歌》译诗就刊登在 1902 年的《新民丛报》第 11 号,法国国歌《马赛曲》译诗刊登在 1904 年的《新新小说》上。近代西诗翻译,基本都是通过刊物而同中国读者见面的。诗歌创作、诗学批评、诗体改造和诗歌翻译,都有赖于现代媒体推动,离开了媒体就没有诗界革命。

报刊发表新派诗,对于中国诗歌由传统到现代转型意义重大。由于创作者思想启蒙的追求、阅读者普通民众的特点和报业市场规律的支配,报刊发表推动着新派诗面向大众的"媚俗",从而引起了诗歌的诗质、诗语和诗体的变革,中国诗歌在诗界革命中出现了新变。这种新变我们可以以黄遵宪在《人境庐诗草》自序中的经验之谈来予以说明:

> 仆尝以为诗之外有事,诗之中有人;今之世异于古,今之人亦何必与古人同。尝于胸中设一诗境:一曰复古人比兴之体;一曰以单行之神,运排偶之体;一曰取《离骚》、乐府之神理而不袭其貌;一曰用古文家伸缩离合之法以入诗。其取材也,自群经三史,逮于周、秦诸子之书,许、郑诸家之注,凡事名物名切于今者,皆采取而假借之。其述事也,举今日之官书会典,方言俗谚,以及古人未有之物,未辟之境,耳目所历,皆笔而书之。其炼格也,自曹、鲍、陶、谢、李、杜、韩、苏讫于晚近小家,不名一格,不专一体,要不失乎为我之诗。诚如是,未必遽跻古人,其亦足以自立矣。①

这段话包含着新派诗的丰富内涵,体现了诗歌新变。一是新派诗重视在继承传统基础上的创新,特别强调"未必遽跻古人"的自立;二是新派诗重视

---

① 黄遵宪:《人境庐诗草自序》,见王运起主编:《中国文论选·近代卷(上)》,南京,江苏文艺出版社 1996 年版,第 445 页。

面向现实人生的真情实感，取材广泛，体现"诗之外有事，诗之中有人"；三是新派诗倡导求用于世的功利性，强调诗歌要面向"今之世"和"今之人"，为现实服务；四是新派诗要有新的意境，强调"今日之官书会典，方言俗谚"，写出"古人未有之物，未辟之境"；五是新派诗重视诗体创新，"不名一格，不专一体"，要旨是"不失乎我之诗"；六是新派诗接受宋诗传统，以文为诗，打破传统诗语和诗体格局。此外的新变就是采用古体而语言出现浅近化趋向，有人把它称为"浅近文言"。从诗语现代化进程看，浅近文言是由文言到白话的过渡形态，主要特点是：基本不用典，不用古字、难字、僻字，不讲究音节对偶，有时也不避俗字、俗语，语法更偏向于口语，叙述比较自由、随便。这是文言、白话两片水域对流产生的中间地带，后来成为接受西方影响的中国语言现代变革的起点。而这一起点就诗语来说是由诗界革命新派诗开创的。

第三，从进化论到接受外国诗歌影响到翻译诗。严复在 1898 年译出赫胥黎《进化与伦理学》，以《天演论》为名出版引起轰动。"新诗"的概念是在诗界革命初期提出来的，受到那时社会进化论和文学进化论的影响，"新诗"的出现体现了诗界革命变革旧诗创造新诗的要求。其实，这时期的诗界，无论是新派或旧派，都有求新倾向，求新是他们一种共同的倾向。胡适早就指出，新诗革命所遵循的是"历史的文学进化论"，而且这是被《天演论》因误译而误导的进化论，"新则壮，旧则老；新则鲜，旧则黯；新则活，旧则败；天之理也"，以时间发生、发展的顺序来判定诗歌的价值和选择的取向。首先认为"新"就意味着进步，其次是将新旧古今对立，再次是有意忽视新旧古今之间连续性。这样，"新诗"这一内涵不清、定性不准的名称，就成了在进化论观念指导下求新求变的产物。

新诗发生的观念以时间发生、发展的顺序来评定诗歌的价值。在晚清诗界革命中，梁启超就揭出新派诗求新倾向，并以"革命"称诗歌革新。因此维新人士自然就把"求新"与学习欧美结合起来的。以生存竞争、直线进化为特点的社会进化论，成为国人接受新的西方思想文化的思想动力。梁启超在提出诗界革命时，就说今日"若作诗，必为诗界之哥仑布、玛赛郎然后可"。"吾虽不能诗，惟将竭力输入欧洲之精神、思想，以供来者之诗料可乎？"①这时大量留学生陆续回国，他们"对祖国的第一个贡献，便是以中文译本介绍、输入外国的自然科学和人文科学，推动中国固有的封建制度和文化的改革波澜。从1890年至1919年这一段时期，是中国文化史上继翻译佛经以后的第二次翻译高潮。"②我国学人翻译外国诗歌始于诗界革命前后，翻译诗有效地推动我国诗歌由传统到现代的转型，开创了我国诗歌接受外国诗歌和诗潮影响的新局面。这种翻译既是诗界革命运动兴起的动因，又是诗界革命运动的重要组成部分，其基本的诗学观念和审美追求同新派诗歌是完全一致的。

在甲午战争以前，接触到外国诗的中国人寥若晨星。据《清外史》记载，汉文译诗最早出现在同治年间。据钱锺书发掘考证，又经马祖毅引用并进一步查考，最早的译诗是美国诗人朗费罗的《人生颂》。同治三年（1864），英国使臣威妥玛以汉文翻译了《人生颂》，译诗似通不通。威妥玛的属员便请任总理各国事务衙门的官员董恂润色，把每节翻译成一首七绝，共九首。钱锺书把《人生颂》作为"汉译第一首英语诗"。但由于首译者是英国人，所以一般学者认为董恂只是润色，似乎不懂英语，因此还不能算中国最早的翻译诗歌。其后，随蒲安臣出使欧美使团任通事的张德彝译过安南"著名大夫"的诗，时间在1869年（同治八年）9月23日，译文为杂言体古诗。张德彝使欧时注意到西诗，说："外邦诗文，率多比拟，无定式。诗每首数十韵不等，每句字数亦不等。缘西文有一言一音者，有一言数音者。"并说"文字章法，修短不等，大抵以新奇为贵。"③这大约是中国文人较早直接接触西诗原文的感受，突出地指明西诗异于中国传统诗歌者是诗体自由，因此译作也采用了自由的杂言体。可惜此译诗和感受仅载于张氏日记体的《欧美环游记》，直至1985年才由岳麓书社出版，所以谈不上社会影响。1871年王韬与张芝轩合译的《普法战纪》，其中有法国国歌（即《马赛曲》）

---

① 梁启超：《夏威夷游记》，见许霆编：《中国现代诗歌理论经典》，苏州，苏州大学出版社2007年版，第14、16页。

② 施蛰存：《翻译文学的输入——中国近代文学大系翻译文学集导言》，见郑晓芳编：《中国近代文学的历史轨迹》，上海，上海书店出版社1999年版，第289页。

③ 张德彝：《欧美环游记》，见《西海纪游草·乘槎笔记·初使泰西记、航海述奇》，长沙，岳麓书社1985年版，第771页。

和德国国歌《祖国歌》。梁启超认为译诗都是"名家之作,于两国立国精神大有关系者,王氏译笔亦能传其神韵,是不可以人废也。"①法国国歌译诗用七言排律形式,是新意境入旧格调。奋翮生在转录《祖国歌》后说:"吾读其《祖国歌》,不禁魂为之夺,神为之往也。德意志之国魂,其在斯乎,其在斯乎!今为录之,愿吾国民一读之。"②在奋翮生看来,中国缺少这种见"国魂"的诗。1904年的《新新小说》上又刊出"法兰西革命歌词"(即《马赛曲》)。这些译诗的意义正如学者所说:"中国的诗歌传统里缺乏面对严酷现实的突兀惨厉的悲剧精神。这与追求民族独立而需要的'军国民'(在清末这与日本的武士道精神通常是等量齐观的),形成了鲜明的对照。人们注目于这类域外诗和歌,在美学上便意味着采择西方各国在各自的民族独立过程中所表现的这类精神来转变中国传统诗歌。"③这种倡导在诗界革命创作中的直接意义,就是黄遵宪、梁启超等创作多首充满爱国激情的歌词体诗歌。

到诗界革命运动中,中国诗歌翻译域外诗歌更加自觉。这是因为,正如诗界革命强调新意境、新语句入古人之风格一样,汉译西诗是用中国旧诗各体来装西诗的思想内容。梁启超在《新中国未来记》第四回批注中说得十分清楚:"著者着以诗名,顾常好言诗界革命,谓必取泰西文豪之意境,之风格,熔铸之以入我诗,然后可为此道开一新天地。"④可见他把译诗视为"诗界革命"的组成部分。从诗界革命"惟将竭力输入欧洲之精神思想,以供来者之诗料"出发,由翻译域外语句到翻译西方诗歌就是十分自然的事了。1898年,严复出版《天演论》,其中赫胥黎引用英国18世纪诗人蒲柏《原人篇》片段,1902年,梁启超在《新小说》第2号刊出英国拜伦和法国雨果的照片,并说拜伦是"英国近世第一诗家也,其所长专在写情,所作曲本极多"。"每读其著作,如亲接其热情,感化力最大矣。摆伦又不特文学家也,实为

① 梁启超:《饮冰室诗话》,北京,人民文学出版社1959年版,第37页。
② 奋翮生:《军国民篇》(1902),见《新民丛报》汇编本第568页,新民社辑。
③ 范伯群、朱东霖主编:《中外文学比较史》,南京,江苏教育出版社1993年版,第148页。
④ 梁启超:《新中国未来记》第四回总批,见《新小说》第8号,1903年1月。

一大豪侠者。当希腊独立军之起,慨然投身以助之。"①梁氏推崇的是助希腊独立的拜伦,同诗界革命精神完全一致。于是,他在《新中国未来记》中译出诗人拜伦《渣阿亚》片段和《哀希腊》两节。他的翻译采用严复翻译《天演论》时所取的"达旨"的方法,根本不理会拜伦诗的形式,甚至认为若"取索士比亚、弥尔顿、拜伦诸杰构,以曲本体裁译之,非难也"。认为"译文家言者,宜勿徒求字句之间,惟以不失其精神为第一要义。"②因此,他用中国曲本这个旧瓶,来装拜伦精神这一新酒。以下是《哀希腊》两节的译诗:

　　咳!希腊啊!希腊啊!你本是和平时代的爱娇,你本是战争时代的天娇。撒芷波歌声高,女诗人热情好,更有那德罗士、菲波士荣光常照。此地是艺文旧垒,技术中潮。即今在否?算除却太阳光线,万般没了!

——《沉醉东风》

　　玛拉顿后啊,山容缥缈,玛拉顿前啊,海门环绕。如此好河山,也应有自由回照。我向那波斯军墓门凭眺,难道我为奴为隶,今生便了?不信我为奴为隶,今生便了!

——《如梦忆桃源》

这样的翻译结果,作为诗所必具的语言形式的价值被忽视了。当然,他对译诗的难处也不是一点没有感觉。在译拜伦《哀希腊》时,梁启超说:"翻译本属至难之业,翻译诗歌尤属难中之难。本篇以中国调译外国意,填谱选韵,在在窒碍,万不能尽如原意。刻画无盐,唐突西子,自知罪过不小。读者但看西文原本,方知其妙。"③这里同样显示出诗界革命的进步和局限。"进步"是完全从政治变法和思想启蒙出发来倡导新的诗歌创作,推崇诗歌的精神即新的意境语句,"局限"即仍然在于固守古典诗歌的传统,即以古人之风格入之。因此,梁启超当然不会想到通过翻译来给中国创造新的诗体,其结果只能在形式上"填谱选韵"。

　　沿着诗界革命译诗路子并有所发展的重要诗人是马君武和苏曼殊。马

---

①　见《新小说》第 2 号,1902 年 12 月。
②　梁启超:《新中国未来记》第四回总批,见《新小说》第 8 号,1903 年 1 月。
③　梁启超:《新中国未来记》第四回总批,见《新小说》第 8 号,1903 年 1 月。

君武是洋务学堂出身,懂英、法、德、日文,译著繁复,重要译作是英国诗人胡德的《缝衣歌》、歌德的《米丽容歌》、《阿明临海岸哭女诗》,拜伦的《哀希腊歌》,雨果的《重展旧时恋书》等。苏曼殊译诗更多,主要有拜伦《赞大海》、《哀希腊》、《去国行》、《星耶峰耶俱无生》,雪莱的《冬日》,豪易斯的《去燕》,歌德的《题沙恭达罗》等。马君武、苏曼殊译诗,也重视诗的精神,这里以他们译拜伦的诗为例。马君武认为西方 19 世纪大文豪很多,但只有雨果和拜伦"使人恋爱,使人崇拜"。他翻译了雨果的后来称为《题阿黛尔遗书》一诗,这是雨果的诗歌最早进入中国的记录:"此是青年有德书,而今重展泪盈裾。斜风斜雨人增老,青史青山事总虚。百字题碑记恩爱,十年去国共艰虞。茫茫天国知何处,人世仓皇一梦如。"以七律译西洋情诗,总是中国味。马君武称赞拜伦是"英伦之大文豪,而实大侠士也,大军人也,哲学家也慷慨家也。"①苏曼殊在《拜伦诗选自序》中称赞拜伦:"善哉,拜伦以诗人去国之忧,寄以吟咏,谋人家国,功成不居,虽与日月争光可也。"拜伦"是一个热烈的真诚的为自由而献身的人"。可见,其论拜伦诗的精神同梁启超是一脉相承的。但马君武不满梁启超的《哀希腊》翻译,1905 年据英文把《哀希腊》用较为自由的歌行体全部译出。这里引其一章译文:

> 劝君莫信佛郎克,自由非可他人托。佛郎克族有一王,狡童心深不可测。可托唯有希腊军,可托唯有希腊军。劝君信此勿复疑,自由托人终徒劳。吁嗟乎,突厥之暴佛郎狡,希腊分裂苦不早。

——第 14 章

马译把拜伦诗的诗意纳入到中国旧诗的形式中。苏曼殊读过梁译和马译,出于不满在 1909 年重译《哀希腊》。这是一章译文:"我立须宁峡,旁皇云石梯。独有海中潮,伴我声悲嘶。愿为摩天鹄,至死鸣且飞。碎彼娑明杯,俘邑安足怀。"(第 16 章)这是五言古诗的形式。拜伦的《哀希腊》是一首充满爱国热情和英雄主义的抒情诗,它通过一位希腊诗人的歌唱,激励人民为争取民族自由解放而战。全诗昂扬激越,沉郁悲壮,对于处在封建专制和异族统治下的中国人民极易激起共鸣。这样,拜伦就成为资产阶级改良派和

---

① 　马君武:《十九世纪二大文豪》,载《新民丛报》第 28 期,1903 年 3 月。

革命派推崇的英雄,正如鲁迅所说:"时当清的末年,有一部分青年的心中,革命思潮正盛,凡有叫喊复仇和反抗的,便容易惹起感应。"①这完全符合诗界革命关于新派诗歌新意境的精神要求,而其译作都寻找尽可能自由的旧形式,同样体现了诗界革命关于新派诗歌的形式要求。

诗界革命前后的译诗,是我国翻译文学的滥觞。它是同近代文学求新、求变、求用的总体特征相一致的。参与译诗的是中国近代一批开眼看世界、别求新声于异邦的知识分子。诗界革命之前,对异域诗歌的翻译介绍已经出现,但数量有限,影响不大。诗界革命中,因为借助西方文学来沟通中外之情,译诗就得以自觉提倡。最能反映诗界革命精神的,主要是对西方爱国歌曲的翻译和对拜伦诗歌的翻译。译诗不但是诗界革命的重要组成部分,而且直接推动着诗界革命中新派诗的创作。就译诗的实践来看,大致体现了诗界革命审美要求,只是由于新意境新语句同古人风格之间存在着根本上的矛盾,所以译诗大多采用格律较疏之古体,但西诗自由的体式潜在地冲击着严谨的体式,酝酿着中国诗歌体式的新变。

---

① 鲁迅:《杂忆》,见《鲁迅全集》第 1 卷,北京,人民文学出版社 1981 年版,第 221 页。

第二章　辛亥时期的诗歌嬗变

从晚清诗界革命到五四新诗运动之间,有一个诗歌现代化的过渡时期,大致是 1905 年到 1917 年的十多年时间,因为这一时期历来没有名目而又难以命名,我们姑且称为"辛亥时期"。这个时期的文学研究常常被人忽视成为"文学史的缺段"。近年来,这种情况有所改观,陈万雄的《五四新文化的源流》和刘纳的《嬗变——辛亥革命时期至五四时期的中国文学》都是研究这一"缺段"文学的重要成果。人们的研究结果显示,中国先进的知识分子在辛亥革命之前就开始批判旧思想、旧道德、旧文化的思想启蒙,"把这些文字同新文化运动初期的《新青年》比较一下,不难发现它们之间是何等相似! 我们甚至可以得出这样一个结论:初期新文化运动的那些基本特征……早在辛亥革命准备时期的最初阶段就已初见端倪了。"[1]史学家蔡尚思指出:"就这个反孔反礼教反封建传统思想而论,是超过了戊戌变法时期,而为五四运动时期的前驱。它是戊戌变法与五四运动之间的一个过渡时期,其作用在承上启下,历史是少不了这样一个时期的。"[2]因此,研究中国文学现代化,无法忽视辛亥革命前后这一段历史时期的文学发展,同样,研究中国诗歌由传统到现代的转型,我们也无法忽视晚清诗界革命到五四新诗运动这一重要过渡时期的诗歌嬗变。我们说这一时期是"一个过渡",因为它为五四新诗的发生和发展开拓了道路;其实它又不只是"一个过

---

①　胡绳武、金冲及:《辛亥革命与初期的新文化运动》,见《从辛亥革命到五四运动》,长沙,湖南人民出版社 1983 年版,第 278 页。

②　蔡尚思:《辛亥革命时期的新思想运动》,见《论清末民初中国社会》,上海,复旦大学出版社 1983 年版,第 1—2 页。

渡",因为它本身就是一个诗歌现代化的重要发展时期。

第一节 诗歌嬗变的过渡时期

1905 年中国同盟会成立,此后的十多年是资产阶级革命时期。辛亥革命前后,正是资产阶级革命派纵横诗坛的时期。这个时期主要由积极投身于民族民主革命运动的同盟会成员、与"实际上是同盟会外围组织和宣传机构"的早期南社诗人组成的诗人群,出于反对帝国主义列强的侵略、摧毁满清王朝腐朽封建统治和建立资产阶级政权的革命目的需要,积极推动诗歌创作和诗歌革新。事实上,自 20 世纪初期以来,每当变革斗争失败或受挫时,总有一些知识分子从精神方面,从文化方面,从民心、民气、民智,从民族的历史负累去寻找原因。这方面的原因又极易找到。在对戊戌变法、对辛亥革命的反思中,人们所获得的基本认识就是:"今欲革新政治,势不得不革新盘踞于运用此政治者精神界之文学"的论断。将文学与"救国"、与社会进步事业紧密结合起来,是 20 世纪初期以来中国的启蒙先驱们一以贯之的思路。每当中国知识分子把拯救中国的"法门"趋重在精神、思想、文化的方面,他们便对文学怀有殷切的期望,期望文学成为民族复兴的和社会变革的先导。辛亥时期的革命派诗人无不自觉地追求文学的功利性,心甘情愿地为大变革的时代做"马前卒",他们"捧出了心肝,喊破了喉咙",为民族振兴奔走呼号。而这种行动的社会大背景,则是"新陈嬗代之时",所以趋新求变就成为一种必然的现象,而趋新求变的结果必然又引发诗歌创作和诗歌改革的现代趋向,在以诗歌为鼓动民主革命思潮服务以及推动白话诗歌的发展、促进诗体解放推动现代化进程方面,取得了新的成绩。在这一时期,即使那些比较保守的所谓旧派诗人也都具有强烈的社会意识,也都自觉或不自觉地参与了诗歌的新陈嬗代变革。陈子展对此分析得极其精到:"同是生活在一个时代的空气里,当然有共呼吸共痛痒的地方。由这种共同的地方出发而产生的文学,产生的诗,找出其间共同的精神,共同的倾向,自是可能的事。""我所要说的这个时期诗界的共同倾向,正是这种求新的倾向。"①这就是我们研究和评价辛亥时期诗歌的基本思路。

推动辛亥时期诗歌现代嬗变的主要是南社诗人,资产阶级革命派诗人基本都是南社成员。南社酝酿于同盟会成立前后,1909 年正式建立,是一个政治色彩很强的资产阶级革命文学团体,其结社宗旨、组织机构、传播方式、创作时尚都呈现鲜明的现代化色彩。南社内部情况复杂,其文学观念与创作更是多样化,但南社诗歌在整体意义和诸多层面上毕竟代表着那一年代中国文学现代化的发展趋势。从总体上说,南社无论从人员组成还是诗歌理论都同诗界革命存在承续关系。其最基本的理论主张还是新意境、新语句,又须以古人之风格入之。柳亚子的话是具有代表性的:"所谓文学革命,当在理想,不在形式,形式宜旧,理想宜新,两言尽之矣。"②当然,社会向前发展了,南社诗人诗学主张和创作相对于诗界革命也有新进。在诗学观念方面,辛亥时期革命派发展了维新派重视诗歌政治教育功能的观念,使诗歌由传统的"载道"工具,变为"救国救民"的利器,较为彻底地置换了诗歌为封建礼教封建政治服务的实质内容。"首先,它体现出了与那个时代'特定主题'和'人们情绪'走向之间的一种深刻的契合,代表了一种健康向上的诗歌理论趋向,是一种从'血的蒸汽中醒过来的人的真声音',这已与作为统治者意志传声筒的'载道'、'美政'等传统诗学观有了本质的不同。其次,这种诗学观使诗人脱离了对咀嚼个人哀怨、吟风咏月、伤春悲秋内容的描写,而代之以火热的时代生活,给其诗歌创作带来了一种崭新的、昂扬向上的精神风貌,使其与祖国的命运、历史的潮流结合在了一起,获得了一种真实的艺术生命。再次,这种诗学观体现出了一种新的美学倾向———一种充满着弥天正气的崇高之美,这种美凝结了前所未有的浓烈的时代思想感情,它不仅与传统的中和之美针锋相对,而且还直启'五四'时期的崇高美学观。"③在诗歌语言方面,大量使用了新名词、新术语,使诗的语言开始出现了"新"变化,具有清新、自然、富有生命力的特点,在"欧化"的道路上走

---

①　陈子展:《中国近代文学之变迁　最近三十年中国文学史》,上海,上海古籍出版社 2000 年版,第 175—176 页。

②　柳亚子:《与杨杏佛论文学书》,载《民国日报》1917 年 4 月 27 日。

③　李金涛:《革命诗派诗歌的亦进亦撤及其意义》,载《江汉论坛》2007 年第 11 期。

出了新的步伐。随着白话运动的深入,辛亥时期诗歌在"俗化"上取得前所未有的全面突进,推出了一批在内容和语言形式上都具有鲜明现代诗歌特征的成功之作,甚至出现了一种由"新语词"和"俗语词"共同组成的现代"白话"诗。这些作品成为中国古典诗语向现代诗语转变的过渡形式。在诗歌体式方面,辛亥时期诗歌主要还是旧体诗,但大量采用的不是定型的近体而是格律宽松的古诗体,尤其是在采取古代歌行体叙事抒怀的过程中,受民间歌谣和翻译西方诗歌、歌词的影响,严格的诗歌格律受到冲击,出现散文化、歌体化的倾向。这反映了时代变化对诗歌形式的新要求,也反映了诗人们摆脱过于严格的格律束缚的愿望。同时更有一些成员如高旭、马君武等做过新体诗的尝试,写过一些通俗、自由的诗或可供配曲的歌词。尤其是马君武、苏曼殊等用格律较疏的古体翻译西方浪漫诗歌,在精神品质和诗体文本上给予新诗形式包括诗的空间形体以很大的影响。需要补充的是,南社的诗歌创作通过现代媒体扩大了影响。由于这时期的创作正处晚清白话运动高潮,大量的白话报刊(或半文半白报刊)大量出现。而辛亥革命后,南社又是在新闻报刊界"大聚义",当时重要报刊"大都是南社社友的地盘",这就使南社诗人的创作突破文人间酬唱应和和民间的口头流传,基本的传播方式和空间是报纸发表和诗集刊刻。有人统计,从1903年到1922年间,刊登过南社作品的报刊在100种左右,特别是南社成立后的《民吁》、《民立》、《太平洋报》、《民权报》、《民权素》、《民国日报》等副刊,几乎是南社一统天下。现代报刊和平装书籍的大量出现,标志着文学的传播媒介的工业化和商业化,由于受众是广大社会读者,不再局限于少数士大夫,这就自然推动着诗人的创作意识和语言表达发生相应变化,其基本的趋向就是将文学从知识阶层垄断的状况下摆脱出来,走向平民,走向世俗,走向世界,诗歌现代趋向必然出现。

柳亚子说这时期"是比较保守的同光体诗人和比较进步的南社诗人争霸的时代。"[1]其实,说同光体诗人保守侧重其政治倾向,清亡后大多同光诗

① 柳亚子:《介绍一位现代的女诗人》,见《怀旧集》,上海,上海书店1981年重印本,第238页。

人成了遗老,但就其对诗歌的新陈嬗代推进来说却是另一回事。早期同光体诗人也有资产阶级改良思想,所以与诗界革命维新人士关系密切。同光体诗人的重要诗学追求是"宗宋",由于陈衍的《石遗室诗话》在民国以后的广泛传布,同光体也就约定俗成地作为近代宋诗运动的代称。晚明前后七子提倡"诗必盛唐",宋诗处于否定地位。到清代初年,早期宋诗派出现,道咸之际发展成一场颇具规模、影响及于清末民初的"宋诗运动",使宋诗取得正统诗坛的盟主地位。宋诗传统最重要的是"以文为诗",即打破晋唐诗歌物我涵化、含蓄蕴藉的美学规范,反对传统竭力营造"纯诗"境界的路数;用散文化的方式创造诗歌,广泛采用叙述性、议论性的语词;抛弃传统语言留空白、求意会的氛围,有意突出语词本身艰硬的难以回避的表达效果,以腐朽为神奇,以俗语为雅言。这种"以文为诗"的主张更加接近新诗运动中诗歌革新主张。宋诗运动出现的必然性:及于世变,诗风趋新,作者身经艰苦,颇多愤世哀时之音,爱国革新之意,较之那些专讲格律声律的前期诗歌来,无论形式内容,都起了很大的变化。宋诗运动发展到光绪以后就形成同光体诗派。该诗派的基本理论主张就是所谓"三元"(上元开元,中元元和,下元元祐)说以及"合学人诗人之诗二而一"说。陈衍强调"三元皆外国探险家觅新世界、殖民政策、开埠头本领",实际是要求诗人在继承传统、学习古人的同时,特别要注意创新。同光体诗人强调写诗要抒写自己的感受,要言之有物。他们秉承宋诗"以文为诗"的传统,以议论入诗,以才学为诗,以虚词入诗,他们有时会对原有诗歌形式有所突破,显示出某种诗体自由。如陈三立《短歌寄杨叔玫,时杨为江西巡抚入红十字会观日俄战局》:"海涎千斛鼍龙语,血浴日月迷处所。吁嗟手执观战旗,红十字会乃虱汝。天帝烧掷坤舆图,黄人白人烹一盂。跃骑腥云但自呼,而忘而国中立乎,归来归来好头颅。"这里出现了多个新名词,多个虚词,而且以文章的句式入诗,抒情表达冲破了原有的诗歌程式。诗界革命"以官书、会典、方言、俗语、新事物、新名词"入诗,接近宋诗"以俗为雅"主张;用赋体排比铺叙、以文为诗和议论说理,也是宋诗的基本特征。诗界革命立志反映时事、宣扬新理想,在表达上就势必存在以议论入诗、以文为诗现象,而这又是宋诗之长。因此,诗界革命诗人并不排斥宋诗,同光体诗人与康有为、黄遵宪、梁启超等都有深厚交谊,双方对于对方的诗都互相推崇和赞扬。陈三立曾是著名的维新派人士,他对采新异之语入诗的所谓诗界革命诗人,评价甚高,如他曾为黄遵宪题词,说黄"乃近大家,此之谓天下健者",而他自己也被梁启超称为"其诗不用新异之语,而境界自与时流异",俨然是"熔铸新理想以入旧风格"的典范。陈三立基于求真的诗美追求,有时可以全然不顾自己的艺术追求而去下字句的工夫,并用白描的手法直接宣泄胸臆,诗语明白晓畅,文从字顺。柳亚子是南社中的"宗唐"派代表,他从政治观点出发,简单地认为宋诗诗风不应出现在民国,这是有偏颇的。其实,南社与同光体在文化观方面基本一致,而在诗体革新方面则南社比同光体相对保守。同光体对于五四新诗运动有着积极的作用。胡适指出过新诗运动与宋诗的渊源,他在《逼上梁山》中说:"我认定了中国诗史上的趋势,由唐诗变到宋诗,无甚玄妙,只是作诗更近于作文!更近于说话⋯⋯宋朝的大诗人的绝大贡献,只在打破了六朝以来的声律的束缚,努力造成一种近于说话的诗体。我那时的主张颇受了读宋诗的影响,所以说'要须作诗如作文',又反对'琢镂粉饰'的诗。"他认为"这个时代之中,大多数的诗人都属于'宋诗运动'。"①他在后来论述五十年来的文学转变时,对宋诗派和同光体的探索,都给予了很高的评价,并将五四新文学的新诗创作,视为这种探索的继续。因此,那种把宋诗与消极、保守自然联系起来,将学宋诗派视为完全倒退,视为与诗体改革背道而驰的绝对化观点是不妥的。

辛亥时期的诗歌现代化还有一个重要现象,就是民间存在大量的"学堂乐歌"。据钱仁康先生考证,最早的学堂乐歌是沈心工在1902年留学日本时创作的《体操》(后改名为《男儿第一志气高》)②,句式虽然没有突破传统诗歌语音组合方式,但基本采用白话,通俗晓畅。从创作实绩看,乐歌的歌词大都力求明白如话,通俗易懂,唱起来自然流畅,读起来朗朗上口。学堂乐歌开始是作为变革教育的强有力手段,初期主要在校园内部以及乐歌作者之间传播,具有民间色彩和同人性质,后来就开始在刊物发表,开始编

---

① 见《胡适文存》二,台北,台北远东图书公司1975年版,第214页。
② 参见钱仁康:《学堂乐歌考源》,上海,上海音乐出版社2001年版,第1—2页。

辑《教育唱歌集》等出版。这样，就使学堂乐歌在更加广阔的空间内产生文化普及与现代审美启蒙的作用，在一个新异的文化层面上施展自己影响。傅宗洪"将学堂乐歌的流布视为中国诗歌现代转型的一次重要实践"，"是中国诗歌由古典到现代的一次重要尝试"。他的主要依据是：(1)发生的时间；(2)传播的方式；(3)文本的性质与质量；(4)形象的呈现及效果等。"和传统教育制度下的那种单一的、纵向的文化传承方式所不同，学堂乐歌是在一种新式的学堂体制下扩散自己的审美与文化力量的，这种具有空间感、共时性的文化传播方式更容易给受众带来相互感染、相互砥砺的情感扩张作用，更容易形成一种经验的'共同体'，而这，恰恰也是学堂乐歌成为中国诗歌现代转型的一个重要标志。"①这种看法值得我们重视。在新诗发生过程中，确实存在着两条线索，一条是文人的，一条是民间的。从诗界革命期间梁启超倡导歌诗体和黄遵宪推崇歌谣体，到辛亥时期的学堂乐歌，再到五四期的新民谣运动，同样对中国新诗的发生产生了举足轻重作用。"歌诗"和"徒诗"的探索都为新诗发生作出了贡献。

辛亥时期的诗歌革新是中国诗歌现代化的重要环节，它对于五四新诗运动具有预演和积累的意义。这一时期，"虽然旧的文学格局仍旧维持着，但在表层之下，已经汹涌着新的文学洪流。那一代文学作者给已趋僵化的艺术定型注入了生气，他们的探索为我国文学提供了新经验，尽管'天朝上国'的文化优越感仍然相当普遍地存在着，通向世界文学的大门却已经打开了。"②陈万雄在《五四新文化的源流》中，经过对史料认真梳理后认为，"辛亥革命这股激进的文化革新思潮与五四前期的新文化运动，在思想、在人脉谱系都有一脉相承的发展关系。这是理解五四新文化运动的形成，甚至此前的辛亥时期的革命思想，都是应注意的历史事实。而且，这两个运动间在文化革新的思想上是有着直接的相承关系。"③他对此作了具体概括说：

---

① 傅宗洪：《学堂乐歌与中国诗歌的现代转型》，载《中国现代文学研究丛刊》2006 年第 6 期。

② 刘纳：《嬗变——辛亥革命时期至五四时期的中国文学》，北京，中国社会科学出版社 1998 年版，第 13 页。

③ 陈万雄：《五四新文化运动的源流》，北京，三联书店 1997 年版，第 128 页。

一、自 20 世纪初启,随着革命运动和革命思想的产生,一种反传统文化的言论也伴之而出现;正面地说,这就是一种要求文化革新的思想,是革命思想的组成部分。

二、这种以反传统历史文化为张本的文化革新思想,已经有要改造中国政治,必须要改造中国传统文化的论式。

三、这种反传统的文化革新的思想,讨论范围所及,由政治制度,到学术思想、社会伦理、风俗习惯,表现了相当彻底和全面的思想解放的要求,而态度也激烈。

四、其中,在作为中国政治体制和社会伦理的正统和权威的孔学儒教,更成为了主要的批判目标。

五、这等反传统封建文化的思想言论,其理论根据,或多或少,或深或浅是以进化、竞争、自由、民主、科学、平等、个性、实用等近代西方资本主义的文化价值观作基准的。显示其背后的世界观和价值观,开始摆脱了传统文化价值的范畴。从这方面说,这种文化革新的思想不仅超越了改良派,也非革命派中的章太炎等所能比拟。这代表着辛亥革命期间的一股激进的文化革新的思潮,是五四新文化运动的先驱,也是五四新文化运动的渊源。①

这种概括告诉我们三个重要观点:辛亥革命前后,反传统的文化革新,表现了思想解放的要求,它成为五四新文化运动的渊源;反传统的思想文化革新,是以近代西方的文化价值观作为基准的,它表明文化价值观念由传统到现代的转变趋向;这种趋向超越了戊戌变法资产阶级改良时期,成为一个由资产阶级改良运动和五四新文化运动中间的一个独特的时期。这种理论分析,为我们研究诗界革命和新诗运动期间这一个特殊阶段的诗歌现代化嬗变提供了思想指导。这是我们论述辛亥时期诗歌现代趋向的基本立场。

因为南社诗歌在诸多层面上代表着辛亥时期中国诗歌现代化趋势,所以下面以南社诗人的创作为主,概述辛亥时期中国诗歌在诗质、诗语、诗体由古典到现代趋向方面的基本特征。

---

① 陈万雄:《五四新文化运动的源流》,北京,三联书店 1997 年版,第 122—123 页。

第二节 诗歌内质的现代趋向

在中国传统文化中,"文"的范围包括所有用文字记载的学问。广义的"文"的背后,常常能看出"道"的影子。这种观念几乎一直延续到封建社会的解体,成为中国古代文学观念的核心。汉代尤其是六朝开始,文学力图从文字著述记载等非文学作品中独立出来,摆脱实用文体的束缚,以表现情感为主。文学家们也试图解释文学之"文"的特征,但是却从未有人否定过"文"与"道"的联系。因此,尽管中国古代文人创作了大量的文学作品,但在观念上占据统治地位的始终是广义的"文","文以载道"始终成为文学功能的基本要求。正是在这个意义上,文人的不朽事业被肯定为立德、立功和立言。由此可见,中国传统文学观念并没有给予文学独立的地位。从戊戌变法到五四时期,是中国近代思想史上最活跃的时期,人们开始反思中国传统文化,形成了对文学看法的多元倾向。其中,一批先进的知识分子参照西方,思考中国文学观念近代化的问题。刘师培在《论美术与征实之学不同》中明确地区分文学与学术的不同性质,"美术"就成为对于文学艺术的总称。金松岑引进"美术"来说明文学,认为"人心之美感,发于不自已者也",而作家的美感是第一美术,这一美感通过适当的形式表现出来,则是它的第二美术。鲁迅在 1913 年为教育部撰《拟播布美术意见书》中说:"美术为词,中国古所不道,此之所用,译自英之爱忒(art of fine art)。"他认为"美术者,有三要素:一曰天物,二曰思理,三曰美化。缘美术必有此三要素,故与他物之界域极严。"他强调了美术的虚构和想象的性质,其功用则在真实与非功利:"顾实则美术诚谛,因在发扬真美,以娱人情,比其见利致用,乃不期之成果。沾沾于用,甚嫌执持……"①与此同时,同样使用"美术"概念,王国维提出一种崭新的源自西方的文学观念,借以变革中国传统的文学观

① 鲁迅:《拟播布美术意见书》,见《鲁迅全集》第 8 卷,北京,人民文学出版社 1981 年版,第 45、47 页。

念。王国维强调文学独立的价值。他在《论哲学家与美术家之天职》中，抨击了中国传统的文学思想说："呜呼！美术之无独立之价值也久矣，此无怪历代诗人，多托于忠君爱国劝善惩恶之意，以自解免，而纯粹美术上之著述，往往受世之迫害而无人为之昭雪者也。此亦我国哲学美术不发达之一原因也。"①王国维确立了文学的本体："文学者，游戏的事业也。人之势力用于生存竞争而有余，于是发而为游戏。"②王国维确立了现代文学的功能观："美之性质，一言以蔽之曰：可爱玩而不可利用者是已。虽物之美者，有时亦足供吾人之利用，但人之视为美时，决不计及其可利用之点。其性质如是，故其价值亦存于美之自身。"③鲁迅、王国维的这些观点，推倒文学"原道"说，使文学从抽象的"天道"实际是儒家"治国平天下"之"道"的载体，转变为"人"的需要，人性的需要。人由于生活的、精神的、心理的向往自由的审美，需要艺术和文学，把文学建立在崭新的理论基础上。周作人在《论文章之意义暨其使命因及中国近时论文之失》中，把文章使命归纳为四："一曰在裁铸高义鸿思，汇合阐发之也；二曰在阐释时代精神，的然无误也；三曰在阐释人情以示世也；四曰在发扬神思，趣人心以进于高尚也。"④这种"使命"的解释，就完全突破了中国传统的"文以载道"的文学功能观，从而把文学作为表达人生，抒发情感，阐释人情，反映现实、呈现世俗的独立的学科门类。

　　"文学"在20世纪初开始被确立独立的地位，表明中国文学观念在西方思潮的推动下由传统向现代的转变趋向，推动着中国文学的现代化发展。它给20世纪初的文学创作以深刻的影响。南社诗歌理论是传统和现代的混杂（或曰过渡），有两个基本特点：一是历史真实。胡韫玉、黄人、蔡寅、沈昌直、高旭、陈去病、庞树柏等，都在论述文学与时代生活的关系时特别强调

① 王国维：《论哲学家与美术家之天职》，见《王国维文学美学论著集》，太原，北岳文艺出版社1983年版，第35页。
② 王国维：《文学小言》，见《王国维文学美学论著集》，太原，北岳文艺出版社1983年版，第24页。
③ 王国维：《古雅之在美学上之位置》，见《王国维文学美学论著集》，太原，北岳文艺出版社1983年版，第37页。
④ 周作人：《论文章之意义暨其使命因及中国近时论文之失》，载《河南》1908年第4—5期，见王运熙主编：《中国文论选近代卷》（下），南京，江苏文艺出版社1996年版，第702页。

作品内容的历史真实性。如胡韫玉说,文学除因言见道,因道立法,因法行政,因政成治外,"往来之序,纷颐之交,通彼我之情,达上下之意;大之经纬乾坤,弥纶中外;次之布政宣化,利国福民;下至闾巷之歌谣,贤士之诗赋,亦所以写其人情风俗之态,寄其忠君爱国之忧"。① 就涉及的诗歌内容就突破了传统,强调面向广阔的社会和多彩的人生。二是抒写心情。南社诗人对龚自珍的"尊情"说十分推崇,柳亚子誉为"三百年来第一流,飞仙剑客古无俦"(《论诗三截句》)。抒写童心,崇尚浪漫,是南社多数诗人所追求的一种艺术风尚。呼唤社会变革,追求个性解放,像一条红线贯穿南社诗歌。陈去病在自跋其诗时就说:"近十年来,遭逢坎坷,心志恻伤,虽有所作,大抵欢愉之词寡而穷愁之思切。"②姚光《荒江樵唱自序》中说:

> 夫诗,性灵之物也……姚子性喜诗而未尝学诗,其为诗也,多于酒后梦醒之余,吹箫说剑之顷,晓风残月之时,山光波影之间,闲吟低唱,忽然而得之,亦未尝伏案拈韵,含毫呎墨,拘拘于为诗也。尝作论诗绝句曰:作诗无用分唐宋,独写情怀真性灵。我是天机随意唪,荒江樵唱有谁听!③

陈去病在1910年1月出版的《南社》丛刊第一集卷首的《南社诗文词选叙》,历来被认为是南社初期文学纲领,文章以三个"不得已"申说了他们"抒写心情"的具体内容。第一是屈原、贾谊式的不满现实政治,一腔忧国忧民之情;第二是宋末遗民谢翱、唐钰式的痛哭流涕,满怀故国之思和民族之情;第三是抒发同志反清友谊,如向秀怀念被杀的嵇康那样的缅怀先烈之情。"历史真实"和"抒写心情",超越了传统的"文以载道"的文学观念,也区别于资产阶级维新诗学的宣传工具观念,把诗歌的写作与多彩人生、与世俗现实、与心灵感情契合,来呈现诗质在现代嬗变中新的面貌,体现了诗歌的现代转型趋向和独立审美评价。

---

① 胡韫玉:《中国文学史序》,转引自黄保真等:《中国文学理论史(五)》(近代卷),北京,北京出版社1987年版,第327页。

② 陈去病:《陈去病全集》第一册,上海,上海古籍出版社2009年版,第16页。

③ 姚光:《荒江樵唱自序》,见《南社丛选》卷七,胡朴安选录,北京,解放军文艺出版社2000年版,第328页。

南社诗歌的诗质呈现着新变，这里着重从两个方面分析。

引入新派诗的意境。由黄遵宪、梁启超等倡导，在诗界革命中诞生了新派诗。这些诗的基本特点就是新意境、新语句和古诗风格。其中"新意境"并非指中国传统诗歌的审美境界，而是主要指西方的精神和境界。南社诗人也写作了一些具有这种意境的新诗。如柳亚子自幼颇敬仰法国资产阶级革命家卢梭，对于《民约论》中主张的"天赋人权"心领神会。卢梭的思想给柳亚子的诗文带来了新的思想武器和艺术生命，使他的一些诗歌渗透近代意识。1902 年他就有《岁暮述怀》云："思想界中初革命，欲凭稳坐播风潮。共和民政标新谛，专制君威扫旧骄。误国千年仇吕政，传薪一脉拜卢骚。寒宵欲睡不成睡，起看吴儿百炼刀。"柳亚子赞成自由平等而藐视封建伦理纲常礼教，他有写给儿子的七律："狂言非孝万人骂，我独闻之双耳聪。略分自应呼小友，学书休更效而公。须知恋爱弥纶旨，不在纲常束缚中。一笑相看关至性，人间名教百无庸。"（《自海上归犁湖，留别儿子无忘》）此诗可谓身教言传，充分体现诗人蔑视封建礼教的民主思想。南社另一重要诗人高旭，其诗在内容上有较多的新思想、新气息。在他的诗中反映了对西方资产阶级民主、自由、平等的向往，希望在中国建立一种平等、民主的共和政体。如他的前期诗《好梦》，通过"梦"去展示一个无政权、无剥削、无压迫，平等、自由、美好的人间乐园。这个"梦"是作者根据自己对资本主义社会的理解所构建的幻想国，体现了南社的少壮文艺和浪漫精神。这些诗歌无疑受到了梁启超诗界革命新派诗的影响。对此，柳亚子在晚年发表的《旧诗革命宣言书》说："'旧诗革命'的名词是我杜造出来的，也就是继承着四十年前谭复生、梁任公一般人创业未竟的'诗界革命'系统而来的。"[1]虽然如此，但若仔细阅读南社这类具有"新意境"的诗歌，我们觉得它们已经跳出了政治宣传的束缚，除了早期偶有所作外，南社诗人并不喜欢在诗歌中玩弄新名词和新术语，而是注重诗歌内质所具有的新的思想、新的意境、新的精神，这种新质体现了面向世界、面向现实的现代特征。更确切地说，南社诗人的新派诗，是直接继承了黄遵宪的新派诗的风格。黄遵宪和梁启超都提倡

---

① 柳亚子：《柳亚子选集》上，北京，人民出版社 1989 年版，第 499 页。

"新"，但黄氏的"新"是主张"诗之外有事，诗之中有人"，梁氏的"新"是生硬地搬弄新名词。从审美来说，黄氏重视内心经验与个性对新思想新精神的转化，不像梁氏那样把尚未在现实中生根的新观念、新名词直接当做诗。南社诗人创作中由新思想或新理想构造的新意境，是诗人用诗歌接纳变动时代的新事物、新理致，在接纳中经历了内心经验和个性的转化，因此具有新的诗质即新诗现代性的特征。

自由地抒写赤子之心。南社诗歌在审美上的重要特征是学龚，学龚的重点在"尊情"。龚自珍文学理论的核心即"尊情"，而且他斥伪体重真情，是与其思想上追求个性解放密切相关的。龚自珍所尊之心乃是一颗天生无邪的"童心"："瓶花帖妥炉香定，觅我童心廿六年"（《午梦初觉，怅然诗成》）；"既壮周旋杂痴黠，童心来复梦中身"（《己亥杂诗》第一七〇首）。这一再呼唤的"童心"，就是一颗真心，就是独特个性。这种由尊情到倡言童心，体现了在社会变动的特定历史时期，诗人充分展示个性的现代意识。黄霖在《近代文学批评史》中概括了龚自珍尊情说的独特和高于前人之处，认为它在于强调曳衰世之哀怨拗怒之情；提倡在"自尊其心"的基础上写真情；提出"完"这个人与诗和谐统一的美学原则；推崇《庄》、《骚》的艺术风格。[①] 应该说，南社所处的时代同龚自珍有相似之处即都是乱世，其学龚就体现着在特定年代抒写心灵、表征童心的现代性追求。历史学家范文澜指出："自从 1912 年袁世凯取得政权，一直到 1919 年'五四'运动以前，短短 7 年的时间里，一切内忧外患都集中表现出来，比起过去 70 年忧患的总和，只有过之而无不及。"[②] 在这种乱世中，南社诗人只好恸哭：南社诗人李葭荣（怀霜）所作《宋钝初先生谏并叙》的千字文中，出现了 8 个"呜呼哀哉"，极其深致的悲愤凝聚于这陈旧的词语中；柳亚子在《南社纪略》中承认"我是一个书呆子，既非学人，又非政客，只好弄弄笔头，长歌当哭"。哭到疲惫时候，便拓展出这一时期诗歌的多种趋向：骂世，混世，避世，售世。南社诗人周咏骂道："玄蜂赤蚁，弥漫神州。魑魅魍魉，伺人而食。"南社诗人顾悼秋

---

① 黄霖：《近代文学批评史》，上海，上海古籍出版社 1993 年版，第 24—35 页。
② 范文澜：《中国近代史的分期问题》，载《社会科学战线》1979 年第 1 期。

骂道:"风景不殊,河山已异,腐鼠沐猴,滔滔皆是。"面对乱世,曾经慷慨高歌的高旭在极度倦萎的心境中写道:"脑筋心血绞全枯,我已年来倦世途。一曲清歌两行泪,可能唤醒国人无?"(《观剧赠陈二郎·之一》)"不如一舸携西子,老死温柔醉梦乡。"(《海上联吟次陈去病韵》)此时的柳亚子觉得憋不住这一口鸟气,索性"沈饮韬精",和苏曼殊、叶楚伧鬼混在窑子里过日子。南社活动从来与酒相伴,而在1912年以后饮酒、醉酒发展成闹酒,柳亚子与顾悼秋、周云等发起"酒社"。还有些诗人退隐避世,这时期的《南社丛刻》里有不少表现田园逸致的诗,如陈去病的《山居杂诗》等。1914年,柳亚子请友人制《分湖归隐图记》,遍征题咏;1916年,诗人凌景坚又作《分湖晚棹图》,征同好题咏。我们可以对南社这类诗的境界保留看法,但却无法怀疑其间张扬着的诗人个性。这是一种特定方式的入世反抗,体现的正是"曳衰世之哀怨拗怒之情",具有现代诗质的精神。顾悼秋这样记载柳亚子当时的醉态:"乙卯中秋,闹酒社时,尝与余及大觉乘醉至旷野奔走,折损其足,阅数月而愈。又尝游西湖,酒力既厚,感触国事,涕泪横胸,意欲跃入湖中,其狂态盖可知矣。"①对此,我们完全可以理解那时诗人的苦痛之情,有义务去指明其赤子童心的价值。

新派诗歌的意境和面对乱世的酩酊,这似乎对立的两面有机地结合,充分体现了南社诗歌历史的真实和抒写心情的审美追求,他们在文学本质上突破传统观念,承担起周作人文章使命说的任务,推动文学观念的现代转型,文学由此取得独立的审美价值和地位。它使南社诗歌的内质达到了当时文学面向世界和精神解放所能达到的最高境界,表明一代知识分子正在走向精神独立。南社虽然是个革命团体,其成员大多同政治有染,其中先行的人士却在中国现代化进程中已经开始改变传统士大夫文人身份,正在向着近代社会的知识分子转化,他们是新旧过渡而趋向现代的人物。这些知识分子正如李泽厚在《二十世纪中国文艺一瞥》中所说,"中国传统的士大夫知识层在开始向近代行进和转化,不仅在思想上、认识上,而且也开始在情感上和心态上。"

---

① 顾悼秋:《服媚室酒话》,见郑逸梅编:《南社丛谈》,上海,上海人民出版社1981年版,第244页。

"这批第一代中国近现代知识分子已经在政治上、思想上接受了西方的自由、民主和个人主义,但他们的心态并不是西方近现代的个体主义,而仍然是自屈原开始的中国传统的承续。在中国这一代近现代意义的知识分子身上所体现的,倒正是士大夫传统光芒的最后照耀。"①苏曼殊就是南社中这类人物的重要代表,被称为中国诗歌向现代转型中终结与开端交叠的典型。其诗质包括两部分,首先是他参加以孙中山为领导的民族民主革命,在诗中抒发了对满清封建王朝的仇恨和欲求反叛的激情,这类诗接受了西方人文主义思潮的影响,它建构起苏曼殊的人生形式,使他满腔民族与革命的诗情成了人的解放这一总体诗情的组成部分;其次是他的一生行事和创作始终处在入世与出世、否定之否定的冲突关系之中,无时不在与束缚个性、压制人性、摧残人格的种种封建伦理道德、宗教意识作斗争,强烈地渴求着人性的自由、人道的平等、人格的独立。这两个方面都显示着郁达夫所谓的"苏曼殊的近代味"。

第三节　诗歌语言的现代趋向

在中国传统文学观念中,文学的各类体裁价值常常是按照其与"道"的关系来衡量的,"道"需要"文"来说明,散文能够直接说明"道","诗"可以兴、观、群、怨,因此诗与文成为中国古代文学体裁的核心。而且在传统文学观念中,儒家经典之"道"是用雅的文言来表达,只有雅的文言才配表达道。因此,随着口语与书面语的差别越来越大,典雅的文言就成为士大夫拥有的专长、专利和确认身份的标志。这种典雅的文言是用来表达道的,所以传统的诗文用语必然要用典雅的文言。作为诗余的词和词余的曲只能算做是文学的"旁枝",小说始终被排斥在正统文学版图之外,所以可以用口语用俗语用白话来写,而传统的诗文却必须用雅语用文言用书面语来写作。

因此,推进文学现代化的重要一翼就是白话运动。用通俗的白话来代替典雅的文言,是文学革新运动全面展开的最佳切入点,也是中国诗歌全面

---

①　李泽厚:《中国现代思想史论》,北京,东方出版社 1987 年版,第 211 页。

完成现代转型的重要环节。对白话运动的意义，美国学者格里德有一段精彩的论述：

> 这种书面语言（文言文——作者按），与其他任何制度一样，维护了传统中国中统治者和被统治者之间的等级界限。甚至在旧的政治制度于 1911 年崩溃之后，古文言的遗存不仅确保了传统文化的存留，而且保证了传统社会态度的永久延续性。所以这场文学革命的目标就远远超出了对一种文学风格的破坏。这场革命的反对者所保护的是一完整的社会价值体系。而反对文言之僵死古风与旧文学之陈词滥调的文学革命的拥护者，所抛弃的也是一个完整的文化与社会遗产。①

这里阐明了白话运动的文学革新、文化创造以及思想革命和社会革命的意义。晚清白话运动是由资产阶级革命派推动的，具有明显的新旧过渡特点，而五四白话运动则是五四新文化运动的重要组成部分，它同五四思想革命、文学革命互为表里，最终完成了中国现代文学的现代转型。从晚清诗界革命到五四新诗运动期间，正是晚清白话运动最剧烈的年代，处于这一年代的南社诗歌创作必然受到影响，因此南社诗语的现代趋向就成为势所必然了。

诗界革命中说的"新语句"，尚不是倡言诗语白话，推倒文言，传统的文学观念顽强地要求诗歌的语言、格调、体式要保持"古人之风格"。其"新语句"，虽然包括着要求现实词汇（包括外来词语）、通俗口语和散文句式入诗，但这种诗语仅限于面向大众宣传维新的那些诗歌，而且其理论依据尚不是倡言白话，而是言文合一，诗语通俗。进入 20 世纪以后，白话运动才形成声势。晚清白话运动基本特点是新旧杂糅，文白二元，呈现着过渡的色彩。周作人的概括是："那时的白话，是作者用古文想出之后，又翻作白话写出来的"；"在那时候，古文是为'老爷'用的，白话是为'听差'用的"。② 文白二元反映的是不同的价值取向，文言是上层阶级的专利，而白话仅是下层启蒙的工具，这表明晚清没有完全突破传统的文学观念。而作为由传统文人学士向现代知识分子转型的南社诗人，基本取向也是新旧杂糅、文白二元，

① 格里德：《胡适与中国的文艺复兴》，南京，江苏人民出版社 1989 年版，第 81 页。
② 周作人：《中国新文学的源流》，上海，华东师范大学出版社 1995 年版，第 55—56 页。

即白话作为时文的语言,文言作为诗文的语言,只是诗文语言在白话运动中自觉不自觉地呈现着现代趋向。这就注定了南社在诗歌现代转型中的过渡性质,而正是这过渡性质奠定了南社在诗歌现代转型中的特殊地位,成为新诗发生过程中的重要环节。

南社对白话运动的态度,正如柳亚子在《新南社成立布告》中所说:

> 新文化运动发现之初,文言白话的争论,盛极一时。我最初抱着中国文学界传统的观念,对于白话文,也热烈的反对过;中间抱持放任主义,想置之不论不议之列;最后觉得做白话文的人,所怀抱的主张,都和我相合,而做文言文去攻击白话文的人,却和我主张太远了。于是我就渐渐地倾向到白话文一方面来。同时,我觉得用文言文发表新思想,很感困难,恍然于新工具的必要,我便完全加入新文化运动了。但旧南社的旧朋友,除了少数先我觉悟的外,其余抱着十八世纪遗老式的头脑,反对新文化的,竟居大多数。那末,我们就不能不和他们分家,另行组织,和一般新朋友携手合作起来,这新南社便应运而生,呱呱坠地了。

南社诗人一类是始终抱着反对白话的态度,另一类是先是抱反对后又赞成白话的态度。但不管哪一类,在晚清诗界革命和五四新诗运动那场白话运动中,基本取向是文白二元。但南社诗人即使有人反对白话,其实也没有完全拒绝白话,只是反对在传统诗文中使用白话,而在报刊时文中却大量地使用白话。如柳亚子就曾把文体和诗体分开,说文体可用白话,诗歌则还用旧体。在柳亚子反对着白话期间,他写过章回体白话历史小说《陆沉记》(1903),1905 年他创办《自治报》,语言是文白兼用,雅俗共赏。当然在传统文学观念中,诗歌历来使用典雅的文言,所以南社诗人创作多用文言。但是尽管如此,由于这时期南社创作正处在晚清白话运动的高潮,所以其诗语还是受到极大的影响。尤其是,在晚清白话运动中诞生了大量的白话报刊和平装书籍,标志着文学的传播媒介工业化和商业化,其受众是广大的社会读者,不再局限于少数士大夫,这就自然地推动着作家的创作意识和语言表达发生相应的变化,基本趋向就是将文学从士大夫阶层垄断的状况下摆脱出来,走向平民,走向世俗,走向世界。南社成员多从事新闻报刊业,或主办报刊,或任报刊主编,或任报刊编辑记者,有记载的南社社员大多涉足或立足这一行。辛亥革命后，南社在新闻报刊界"大聚义"，郑逸梅在《南社丛谈·前言》中叙述："各种杂志，也大都是南社社友的地盘，成为南社的一统天下"。不仅如此，南社诗人的诗、词、文、小说、杂著的传播，不同于传统的口耳相传，而主要是通过报刊来流传。如现有诗文集的作家如柳亚子、高旭、陈去病、于右任、叶楚伧等，都在报刊上或多或少地有散佚的作品。方汉奇在《中国近代报刊史》中论辛亥革命到五四前夜的新闻报刊，说"副刊的编辑和撰稿人当中，有不少是南社的社员"。只要是南社人编辑的报刊副刊，就会发表不少南社人的作品。① 晚清白话运动中白话报刊的推动，直接影响到南社诗人的诗语。南社的诗歌虽然多数仍为文言，但却呈现着现代趋向。

一是诗语趋向通俗。南社在文学史上首次提倡"布衣之诗"。严迪昌《清诗史·绪论》论清代诗史"朝""野"离立之势，认为中国历史从未有像清朝那样以皇权之力介入对诗歌领域的控制，意欲定"一尊"于诗界，而反抗这种控制乃成有清一代诗史的活力。南社成长的时期正值同光体称"一尊"的全盛时期，柳亚子等"思振唐音，以斥楚伧，而尤重布衣之诗"（《胡寄尘诗序》）。布衣之诗重要特点就是无缙绅气，而成草泽文学，诗歌技术粗豪叫嚣。胡朴安《南社诗话》评论宁调元，"其诗以缙绅定字学论之，或议以粗豪，或议以无律，而不知其固草泽文学本色也。"这就揭示了布衣之诗的不受缙绅文学格律和风格的束缚，不在精致而在粗豪，不在正统之气而在慷慨激昂，不在格律严谨而在随处泄发。而正是这布衣之气，如曹聚仁在《南社·新南社》中所说南社的诗文，活泼淋漓，有少壮气，在暗示中华民族的更生。这种布衣之诗再加上利用报刊传播，所以诗语风格上就不免粗粝以至走向通俗。如于右任写于辛亥革命后的《雨花台》："铁血旗翻扫房尘，神州如晦一时新。雨花台下添新泪，白骨青磷旧党人。"诗表达了神州光复的喜悦心情，又未忘却献身革命的无数先烈。"神州如晦一时新"，"白骨青磷旧党人"，这样明白如话的诗句，显示了独特的风格。写于靖国军时期的《高陵道中》："雪后高陵道，平原剪剪风。新坟春草碧，故垒夕阳红。高骨

① 孙之梅：《南社研究》，北京，人民文学出版社2003年版，第302页。

元戎马,号天四野鸿。老兵莫垂泪,不日定关中。"这首五古诗既写景又写情,文句通俗,在貌似平易的诗句中饱含深情,通俗白话经过艺术锤炼,达到全新的境界。柳亚子的诗用典较多,历来遭人诟病,但柳诗也有趋向通俗的,如《吊鉴湖秋女士》四章之一:

> 漫说天飞六月霜,珠沉玉碎不须伤。已拼侠骨成孤注,赢得英名震万方。碧血摧残酬祖国,怒潮呜咽怨钱塘。于祠岳庙中间路,留取荒坟葬女郎。

这诗体现了柳诗"郁怒横逸"的风格,语言饱含着丰富的情感,具有诗的兴象和抒情意味。语言通俗,没有用典,也无缙绅之气,在郁怒横逸中含有慷慨悲壮。南社中的高旭作有《大风潮起作歌》、《路亡国亡歌》、《登富士山放歌》、《祝民呼报》等,思想激进开放,典型地表现了资产阶级蓬勃发展时期文学的时代气息和艺术特点,使他获得了南社新派诗人的称号。如《登富士山放歌》中有这样的诗句:"荒鸡喔喔著耳啼催晓,壁间铛铛刚报三下钟。火云烧天天色变为赤,朱霞片片飞散火熊熊。""了望微茫一发白齿齿,海波照眼摇荡珊瑚红。游人大笑齐拍手,云是旭日涌出天之东。""更倾斗酒倚绝壁,下览赤县盲目充塞鼾睡浓。警叫一声中华大帝国,天声隆隆震动轩辕宫。无奈偌大睡狮沉醉颓卧终不醒,垂头丧气爪牙脱落双耳聋。何来奔流飞瀑锵然到耳偏激荡,疑是上界仙子调笙镛。"这诗语言与传统诗语差别较大,在九字句中夹杂七字句、十三言句等,尤其是大量采用叠词,读来朗朗上口,节奏倾向口语,表明诗语新变。秋瑾的多数诗更是自抒胸臆,不假雕琢,"恍如天马行空,不受羁勒,非若寻常腐儒之沾沾于格律常调、拾古人唾余者可比。"①

　　二是诗语趋向媚俗。首先是一些南社诗歌让西方名词术语直接入诗,以迎合时潮。马君武的诗就常以西方典实入诗,如"娶妻要娶意大利,嫁夫当嫁英吉利"(《贺高剑公新婚》),把欧洲的民间谣谚用于诗中。外语入诗在马君武诗中更多,如"君为克考舞,妾唱拜恩歌",所以柳亚子称其"能合

---

　　① 秋宗章:《六六私乘补遗》,见郭延礼编:《秋瑾研究资料》,济南,山东教育出版社1987年版,第151页。

欧亚文学之魂于一炉而共治者"。他自己也说："唐宋元明都不管，自成模范铸诗才。须从旧锦翻新样，勿以今魂托古胎。"(《寄南社同人》)柳亚子诗中也有新名词，如《读〈史界兔尘录〉感赋》："嫁夫嫁得英吉里，娶妇娶得意大里。人生有情当如此，岂独温柔乡里死。一点烟土披里纯，愿为同胞流血矣。请将儿女同衾情，移做英雄殉国体。"新名词入诗，有着新派诗的味道。

其次是在南社控制的《民权素》等副刊上出现大量骂世文，其中不少是歌谣体诗。在百年的中国政治历史和中国知识分子的精神历程中，1912—1919 年常被认为是一段灰暗的岁月。沈东讷在《民权素·序》中写道："各国革命大抵留学，然往往获得政治上改革之益，而吾国独不然，昙花一现，泡影幻成。"正是这灰暗的社会背景诞生了骂世的谣体。如昂孙的《忘不了》仿《红楼梦》的《好了歌》，依次为军人、议员、官长、政客等画像："军人都说纪律好，只有冶游忘不了。成群结队走街头，茶馆烟间便胡闹。""议员都说骨气好，只有贿赂忘不了。累累黄白照眼光，十万五万一张票。""官长都说爱民好，只有金钱忘不了。清官哪得有余赢，利尽民膏供醉饱。""政客都说爱国好，只有党见忘不了。入者主之出者奴，黑白混淆是非倒。"

第三是南社诗人搜集或创作民歌体时，语言更加趋俗。如秋瑾在 1906 年前后写弹词《精卫石》(现存前五回和第六回残稿)，主要由说(说白)和唱(唱词)两部分组成。说白为散文，语汇丰富，富有表现力，吸收了不少民间口语中新鲜、活泼的用语；唱词用北方普通话写成，主要是三字句、七字句和十字句，常常加入口语和俗语，通俗流畅，富有生活气息。当时的一些刊物特辟"杂歌谣"(如《新小说》)、时调歌唱(如《绣像小说》)、歌谣(如《饭报》)等专栏，刊登歌谣体诗。就创作而言，"歌行"体在当时大放异彩，这种形式自由、舒展，富于变化，适于容纳阔大、奔放的情感，为站在时代前列的诗人们喜欢。如高旭的"歌行"体诗，神采飞扬，境界开阔，著名者如《海上大风潮起作歌》等，这里录其一节：

> 嗟哉丑虏剧凶恶，百计凌虐心何劳。割我公产赠与人，台、青、旅、大亲手交。东三省地今又送，联虎狼秦如漆胶。绞我膏血恣淫乐，忍使遍地哀鸿嗷。天崩地岌云惨澹，苍鹰搏击饥乌嗥。俎上之肉终啖尽，日掀骇浪飞惊涛。两重奴隶苦复苦，恨不灭此而食朝。扬州十日痛骨髓，

嘉定三屠寒发毛。以杀报杀未为过,复九世仇公义昭。

通俗的诗歌语言,用歌行尽情地抒写诗人的革命豪情,一个为推翻清王朝不惜抛头颅洒热血的革命者形象跃然纸上。高旭还继承乐府传统,写作反映民间疾苦的歌谣体诗《水灾叹》:"山苍苍,水茫茫。狂澜既倒,怪物跳梁。鲸鲵肆其虐,鼋鼍竟称王。百万金钱付诸水,一朝祸水横若此。"诗语就趋向民间,趋向世俗。

三是诗语转向白话。总体上说,南社的诗歌用旧体文言,但也常写倾向通俗的甚至白话的诗歌。如章太炎并不主张诗用白话,即使要用是有条件的:第一,为了宣传需要,可以用通俗易懂的白话,写给一般粗通文字的群众读;第二,宣传可以用通俗文体,而高层次的文学作品和学术著作应用"雅言"即文言。但是他也偶写白话诗歌,如《逐满歌》就别具一格,诗的语言通俗浅显,使用了大量的口语词汇,如"羊子"、"屠门"、"无赖"、"耕田"、"滑头"、"无数"、"永远"、"做官"、"汉奸"、"洋人"、"猢狲"等,这些词语或是新的双音词,或是流行时语,或是白话文的词,或是民间口语。诗中还有流行的民间口语,如"菜来伸手饭张口"、"人人都道做官好"、"滑头最是康熙皇"等,这些群众口头词语或俗言,形象生动地揭露了清王朝的政治压迫和经济剥削。诗押韵自然,七言古体读来顺口,采用诉说的调子,在资产阶级民主革命运动中,革命党人曾多次翻印此诗,在群众和新军士兵中广为传诵,起到了很好的宣传作用。庞齐编《于右任诗歌萃编》中有"白话诗"一辑,更是显示了南社诗人诗语变革的新貌。如于右任写于1908年的《元宝歌》:"一个锭,几个命。/民为轻,官为重。/要好同寅,压死百姓。/气的绅士,打电胡弄。/问是何人作俑,樊方伯发了旧病。/请看这场官司,到底官胜民胜。"全诗使用通俗易懂的白话口语,"命"、"姓"、"病"、"胜"自然押韵。"问是"、"请看"、"到底"等句式的运用,使全诗语言趋向散文化和逻辑化。诗句的结构三字、四字、六字、七字,既有三音节作收梢音组,又有双音节作收梢音组,总体倾向说话调子,把传统的吟调改成诵调。诗句精练含蓄,形象生动,诗末设问留下思考的余韵,被称为白话新诗的第一首。胡适在《五十年来之中国文学》中认为清词墨守成规并不创造。但从诗语进化的眼光来看,有些词却显示了新的面貌。陈子展在《中国近代文学的变迁》

中认为赵熙在 1912 年归蜀后写成的《香宋词》三卷,"境界真不易到"。如《婆罗门令》:

> 一番雨滴心儿碎,番番雨便滴心儿碎。雨滴声声,都装在、心儿里。心上雨、干甚些儿事? 今宵滴声又起,自端阳、已变重阳味。重阳尚许花将息,将睡也,者天气怎睡? 问老天矣,花也知未? 雨自声声未已,流一汪儿水,是一汪儿泪!

学者刘纳对这词这样评价:"如果请胡适来评这首词,他大概会将其归为'白话文学'了。作者以口语化的词语抒写着'愁',他在词前小序中写道:'两月来蜀中化为战场,又日夜雨声不绝,楚人云:"后土何时而得干也。"山中无歌哭之地,黯此言愁。'作者的愁或许当真十分深致,但疏快的节奏和一个个口语的'儿'化词汇竟能化解深'愁',使其成为浮于词面的相当轻巧的感受——尽管作者抒写着'心儿碎'和'泪'。"①南社诗人中多人,在诗语和格律方面都显示出自由和口语倾向。这些词对于五四白话新诗的诞生有着积极的作用。如胡适初期尝试白话诗时,就写有词曲的变相,语言和音节趋向通俗,他自己说《尝试集》中初作的几首,"都脱不了词曲的气味与声调","第二编里,我最初爱用词曲的音节,例如《鸽子》一首,竟完全是词。《新婚杂诗》的(二)(五)也是如此。"②确实,如果把章太炎的《逐满歌》、于右任的《元宝歌》、赵熙的《婆罗门令》这些近代诗词同胡适等早期白话诗词联系对比,就会清楚地看到其间的连续性。就诗语诗体来说,胡适等初期白话新诗同资产阶级革命时期的一些通俗化趋向的诗词,存在着不容置疑的联系。

第四节　诗歌体式的现代趋向

20 世纪 20 年代初康白情在《新诗底我见》中说:"新诗所以别于旧诗而

---

① 刘纳:《嬗变——辛亥革命时期至五四时期的中国文学》,北京,中国社会科学出版社 1998 年版,第 220 页。

② 胡适:《〈尝试集〉再版自序》,合肥,安徽教育出版社 1999 年版,第 37 页。

言。旧诗大体遵格律,拘音韵,讲雕琢,尚典雅。新诗反之,自由成章而没有一定的格律,切自然的音节而不必拘音韵,贵质朴而不讲雕琢,以白话入行而不尚典雅。新诗破除一切桎梏人性底陈套,只求其无悖诗底精神罢了。"①这是从诗歌体式和语言上去区别新诗与旧诗,当然存在着偏颇,但确实在一定程度上能够帮助我们认识新旧诗的区别,能够提示我们去考察南社诗人在推进诗歌体式现代趋向方面所做的工作。

南社诗人斥责光宣诗人"宗宋派、讲格律、重声调,日役役于揣摩盗窃之中,乃文章诗歌之奴隶,而少陵所谓'小技'者也。"②南社主张诗歌革新,即主张"变风变雅之音"。但考察其革新内容,则主要在诗的思想内容,基本追求仍是"以旧风格含新意境"。因此,多数南社诗人仍然还是写旧体诗,在形式上未能有效的革新。但是,由于诗歌的思想内容和语言形式存在着密不可分的内在联系和形神契合的有机统一,所以思想内容的革新必然导致语言形式的新变。在民族存亡之际,南社的诗里具有丰富的时代内容和战斗色彩,同时,为适应新兴媒体报刊的读者审美趋向,因此一些诗歌的诗语趋向通俗,趋向媚俗,转向白话这是势所必然,由此而导致诗体格律、音韵的疏松,一些诗歌突破传统的诗体而具有了新的体式特征。南社中有些诗人自觉地意识到这一点,正面提出了诗体革新问题。如马君武的诗除了具有新思想、新意境外,在形式上也力求革新,一些诗句式参差不齐,形式比较自由,正是朝着通俗化、自由化、口语化方向努力,因此被称为"海内文章新雅颂"。又如于右任,郭延礼在《中国近代文学发展史》把他的诗歌主张归纳成:一是"发扬时代的精神",就是要求诗歌反映时代风云,传递时代脉搏;二是主张诗歌要随时代而变,既包括诗风的变,也包括诗体的变;三是要"便利大众的欣赏",尽可能地使作品易于大众接受。③ 于右任写过《诗变》:"诗体岂有常?诗变数无方。何以名其然,时代自堂堂",强调诗体随着时代变化,其变的方向即"便于大众的欣赏",具体说就是"诗应化难为易,接近大众",解决诗歌面向大众和通俗化、自由化的问题。以上诗歌主

---

① 康白情:《新诗底我见》,载《少年中国》第一卷第9期,1920年3月15日。
② 周实:《无尽庵遗集·〈诗论〉序》,上海,上海国光印刷所民国1911年版。
③ 郭延礼:《中国近代文学发展史》第3卷,北京,高等教育出版社2001年版,第184页。

张为部分南社和资产阶级革命人士实践,从而推动了诗体新变,构成中国诗体由旧诗体向新诗体转变的过渡环节。

这里着重说一下当时创作的歌体诗和翻译的译诗体。

歌体诗被学者称为"从旧体诗演变为'五四'新诗的一种过渡形式"[①]。黄遵宪、康有为、梁启超等人在诗界革命中就写过歌体诗,包括黄、梁等人的歌词体诗,如《军歌》《幼稚园上学歌》等,也包括黄遵宪倡导的杂谣体诗。到诗界革命以后,章太炎、秋瑾、高旭、马君武、金天羽、杨度、于右任等写下更多的以"歌"(包括"谣"、"曲"、"辞"等)为题的通俗诗作,代表着资产阶级民主革命时期诗体革新的最高成就,直到新诗运动中初期白话诗人胡适、刘半农、刘大白等亦有此类作品问世。如胡适《尝试集》第三编中的《平民学校校歌》(附赵元任先生作的谱)、《四烈士冢上的没字碑歌》(附萧友梅先生作的谱),还有刘大白的《卖布谣》、《五一运动歌》等。歌体诗的诞生是同资产阶级维新派和革命派适应登高而呼、深入人心的鼓动需要结合在一起的,新的时代要求有一种新的诗歌形式来鼓吹革命,唤醒民众,张扬国魂,憧憬理想,要求诗歌通俗自由,突破传统律绝体的形式,便于容纳和表现丰富的内容和汪洋恣肆的激情。就诗体特点来说,歌体诗吸取和融合了传统歌行体民间歌谣、日本新体诗、学堂乐歌等多种因素,开始冲破传统诗歌格律,语言通俗,句式自由,语势自然,韵散杂糅,文白相间,呈现出自由化、通俗化、散文化和口语化的倾向。此外,歌体诗还表现出一种与音乐结合的趋势,形成诗乐结合的独有特征。歌体诗大致分成歌行体、歌词体和歌谣体三类。变通后的歌行体是歌体诗的主体,创作代表人物是秋瑾、高旭、马君武和于右任等。歌词体创作在这段时间里也是持续不断,1904 年起,沈心工编辑出版《学校唱歌集》(三集),1906 年扩编后的《复报》,辟有"音乐新唱歌集",发表新体歌词。相对而言,歌谣体的歌体诗创作较少,主要是在报刊上发表的一些通俗的民歌体、杂谣体诗歌,诗人借鉴民间通俗的形式,摒除地方特色和方言的影响,写作表达全新内容的诗歌。如高旭的《女子唱歌》、秋瑾的《勉女权歌》、《同胞苦》等。这些诗歌特征清楚地显示着中国近

---

① 龚喜平:《近代"歌体诗"初探》,载《西北师范大学学报》1985 年第 3 期。

代诗歌与五四初期新诗之间的内在的联系。以下用列举方式来说明近代歌体诗的诗体特征。

秋瑾的歌体诗主要有《剑歌》、《宝剑歌》、《泛东海歌》、《红毛刀歌》、《日本铃木文学士宝刀歌》、《支那逐魔歌》、《秋风曲》等。这些诗有着沉郁的爱国思想，火热的革命激情和昂扬的战斗精神，诗体革新精神可嘉。如《宝刀歌》一段：

> 宝刀侠骨谁与俦，平生了了旧恩仇。莫嫌尺铁非英物，救国奇功赖尔收。愿从兹以天地为炉、阴阳为炭兮，铁聚六洲。铸造出千柄万柄宝刀兮，澄清神州。上继我祖黄帝赫赫之威名兮，一洗数千数百年国史之奇羞！

这诗的基本格局是七古歌行，在七言中杂有四言、五言，以至十言、十二言长句，读来跌宕回旋，极有气势，有一种起伏错落的节奏和自由化的倾向。诗中间杂"兮"字以助声势，吸收了骚体因素；"愿从兹"、"铸造出"、"上继我"则是散文句式的进入，使诗人对宝刀的赞美和抒情充满着一唱三叹之妙。《宝刀歌》虽用半文半白的语言写成，但内在抒情的精神自由和诗体的节奏自然，非常接近五四初期新诗的萌芽。秋瑾的《同胞苦》是一首歌词体诗。以下是其中的一段："同胞苦，同胞之苦苦如苦黄连，压力千钧难自便，鬼泣神号实堪怜。吁嗟乎！地方虐政猛如虎，何日复见太平年？厘卡遍地如林立，巡丁司事亿万千，世如豺狼毒如蛇，一见财物口流涎，我今必必必兴师，扫荡毒雾见青天，手提白刃觅民贼，舍身救民是圣贤。"全诗凡四章，每章均用"同胞苦，同胞之苦苦如黄连苦"起首，结尾也大体相同，重章叠句，逢双押韵，反复咏叹，前三章结尾"我今必必必兴师"与第四章结尾"愿我同胞振精神，勿勿勿勿再醉眠"，句中用三个或四个叠字，节奏鲜明，语气坚定，乐感很强，适宜于传唱。

高旭的歌体诗主要有《新杂谣》、《女子唱歌》、《爱祖国歌五首》、《军国民歌》、《光复歌》、《国史纪念歌十六首》、《海上大风潮起作歌》、《登富士山放歌》、《路亡国亡歌》等。其重要者如上所列后几首歌行体，形象瑰丽，汪洋恣肆，句式多变。如《爱祖国歌》："汝亦世界上无价之产物兮，汝岂不足以骄夸！我愿为祥风兮，恣披拂扫荡而莫我遮，以激起汝自由之锦潮兮，以吹开汝文明之鲜花！"这诗体式为骚体的变通，感情真挚，音调谐和，"全诗六句三个层次，一唱三叹，起伏抑扬也很自然，很像一首自由体的抒情诗，语言表现虽然还夹杂了个别的文言（'恣'）及文言句式（'莫我遮'），但已有明显的白话化、口语化趋势，倘若我们将诗中的'兮'字换成'啊'字，这无疑是一首颇具白话诗韵味的祖国颂歌。"①再如高旭的《新杂谣》是歌谣体，注重向民歌民谣学习，带有浓厚的地方色彩，借助民间文学的通俗形式，表达全新的内容。这些诗歌已经不是传统民歌的再现，也绝非文人拟民歌之作，而是作为歌体诗的组成部分，显示了诗歌现代化的重要实绩。

马君武的诗从诗歌内容到艺术形式，在南社诗人中都属于新派，具有较多的创新精神，其歌体诗同样显示了诗体的现代趋向。《华族祖国歌》六首，其一云："地球之寿不能详，生物竞存始洪荒；万族次第归灭亡，最宜之族惟最强。优胜劣败理彰彰，天择无情，彷徨何所望？华族！华族！肩枪腰剑赴战场。"诗人用达尔文的"天择无情"、"优胜劣败"的进化理论激励人们奋勇战斗，保卫祖国。诗的语言通俗，乐感明显，数章合起来成为可以谱曲传唱的歌词体诗。与此相似，马君武还有《中国公学校歌》等，句式参差不齐，形式比较自由，就诗体说是向通俗化、自由化、口语化方向努力的。中国有诗歌入乐的传统，自明以后此道渐衰，近体脱离音乐，又为格律束缚。到了近代歌体诗时期，又出现了与音乐结合的趋势。不同的是由于简谱由日本间接传入中国，此时的创作不再依调而作，而是独立于音乐，因而有了自由的天地，打破了传统曲调、格律的束缚。20世纪初曾志忞编的《教育唱歌集》，收诗26首，"皆按以谱"。诗界革命以及南社诗人的歌体诗写作，恢复了诗与音乐的关系，开辟了现代歌词创作之先河，而且它本身已冲破五七言的束缚，较为放纵自由，对于现代诗体的诞生有启示意义。

于右任是国民党内著名诗人，历任政界要职，诗歌创作不辍。于右任早期诗歌《从军乐》，历来被认为诗质和诗体上都富有创新精神：

中华之魂死不死，中华之危竟至此！同胞，同胞，为奴何如为国殇，碧血斓斑照青史。从军乐兮从军乐，生不当兵非男子。男子堕地志四

---

① 龚喜平：《南社诗人与中国诗歌近代化》，载《兰州大学学报》2002年第3期。

方,破坏何妨再整理。君不见白人经营中国策愈奇,前畏黄人为祸今俯视……何况列强帝国主义相逼来,风潮汹恶廿世纪。大呼四万万六千万同胞,伐鼓拟金齐奋起。

这是一首爱国诗篇,新的思想内容突破了旧体形式,可谓篇无定句,句无定字,形式比较自由。全篇虽多用七字句,但句式长短不一,尤其是多为七字以上的长句,大气盘旋,热情喷涌。这种参差不齐的句式,突破了旧格律的束缚,增强了诗歌的节奏感和旋律感,内在律和外在律较好地结合,充分表达了诗人新的思想新的感情。《于右任诗歌萃编》将于右任的诗分成五绝、七绝、七律、白话诗、词、曲、韵文等几类,可见其诗体运用之多。如他的《劝资政议员歌》(1910 年 12 月),诗题称为"歌",但却是典型的白话诗。诗中虽有个别的文言句式(如"凭他们赠"),多用三字煞尾的吟咏调,但却是充分体现着白话诗"有什么话,说什么话;话怎么说,就怎么说"的语言规范和诗体解放的格式要求,若把这样的诗放入胡适的《尝试集》中,在格式上是完全可以乱真的。这充分地说明于右任等诗人所作的诗体探索,在总趋势上同新诗运动初期的探索完全一致,两者之间存在着一种内在的联系。

南社诗人的翻译体诗同样在显示着诗体的现代趋向。中国诗体现代化过程呈现出自身解放与面向世界的双重发展轨迹,这既包括旧诗内部形式自由化和语言白话化的革新趋向,也包括超越传统"别求新声于异邦"的开放精神。诗体在近代的革新,就是在旧诗体式内部的语言、韵律、节奏、句式、章法、格调等新形式的萌芽和发展。在这一过程中,外国诗歌的汉语翻译起着积极的推动作用。这种作用主要表现在:通过翻译接受欧洲或日本诗歌,尤其是浪漫主义诗歌精神,那种狂放不羁的英雄气概和悲壮的爱国主义豪情,以及献身独立解放事业的光辉业绩,给予南社等资产阶级革命诗人以积极进取的精神品质和艺术风格;翻译接受欧洲或日本诗歌的诗体革新精神,虽然在其中大多还是采用中国传统诗体,但却程度不同地呈现着冲破格律趋向自由的倾向,尤其是域外诗歌表达方式和思维方法的差异性,直接推动着诗体新变,其变化表现在话语方式、语体方式、文体方式等方面。

马君武的译诗收入《君武诗稿》的有 38 首。英国诗人胡德的《缝衣歌》原为歌谣体长诗,通过缝衣女的歌唱,述说生活艰辛,马君武在 1907 年用整齐的五言古诗翻译。马君武译法国雨果的《重展旧时恋书》,则使用七律体式。最能代表马君武译诗风格的是译自歌德《少年维特之烦恼》中的一个片段,即《阿明临海岸哭女诗》。这首以七言为主的歌行体,语言明丽流畅,但情意凄婉哀切,如诉如泣,能够在一定程度上传达歌德原作的风格与韵味。诗虽然还是文言,但却较为通俗,语体和诗体的风格与他创作的歌行体有着内在的契合之处。马君武还译有德国歌德的《米丽容歌》(系"迷娘"歌曲中最著名的一首,贝多芬、舒伯特等著名音乐家都谱过曲,流传甚广),译诗采用分行排列方式:

> 君识此,是何乡?/园亭暗黑橙橘黄。/碧天无翳风微凉,/没药沉静丛桂香。/君其识此乡?/归欤!归欤!/愿与君,归此乡。

> 君识此,是何家?/下撑楹柱上檐牙。/石像识人如欲语,/楼阁交错光影斜。/君其识此家!/归欤!归欤!/愿与君,归此家!

> 君识此,是何山?/归马失途雾迷漫。/空穴中有毒龙蟠,/岩石奔摧水飞还。/君其识此山!/归欤!归欤!/愿与君,归此山。

郭延礼认为,此译诗的特点首先是在内容上尽量把西方事物中国化,又大体不失原意;其次是体式上用中国古诗和民歌中连章半重体的形式,与原诗每章首句、结尾的反复吟咏基本相合,使这首中国式的古体译诗较好地表达了歌德原作的韵味。① 这种译诗,使我们看到了马君武歌体诗的翻译与创作之间内在的联系和共同的追求。

苏曼殊的译诗多数属于浪漫主义诗篇,除拜伦《哀希腊》外,《拜伦诗选》中收苏曼殊翻译的拜伦诗。他译的拜伦第一首诗即《星耶峰耶俱无生》:"星耶峰耶俱无生?浪撼沙滩岩滴泪。围范茫茫宁有情?我将化泥溟海出。"苏曼殊译雪莱诗如收入《潮音》的《冬日》:"孤鸟栖寒枝,悲鸣为其曹。池水初结冰,冷风何萧萧!荒林无宿叶,瘠土无卉苗。万籁尽寥寂,唯闻喧挈皋。"由于苏曼殊懂外文,又抱着"按文切理"的翻译观念,所以能够较准确地传达原作诗意,善于体味原诗的风格韵味,历来评价较高。一位现代评论家说:"在曼殊后不必说,在曼殊前尽管也有曾经读欧洲文学的人,

---

① 郭延礼:《中国近代翻译文学概论》,武汉,湖北教育出版社1998年版,第327页。

我要说的是，唯有曼殊才真正教了我们不但知道并且会晤，第一次会晤，非此地原来有的，异乡的风味。"①苏曼殊用格律较疏的古体译西方浪漫诗歌，在精神品质和诗体形式上给予近代诗体尤其是歌行体诗以重要影响。

就诗体革新的现代趋向说，当时的诗歌翻译，都受到了诗体革新的观念和译诗体式的解放的双重影响，推动着诗歌创作诗体革新的现代趋向，从而为中国现代新诗的诞生提供了诗学变革和诗体进化的有益积累和启示。

① 张定璜：《苏曼殊与 Byron 与 Shelley》，见柳亚子编：《苏曼殊全集》第 4 册，北京，中国书店影印北新书局本 1985 年版，第 226—227 页。

第三章　五四新诗运动的功绩(上)

　　中国现代文学包括新诗的发生起始于19—20世纪之交,但其完成却是在五四文学革命期间。郭沫若在回顾五四文学革命时写道:"文学革命是《新青年》替我们发了难,是陈、胡诸人替我们发了难。陈胡而外,如钱玄同、刘半农、鲁迅、周作人,都是当时的急先锋。"①这儿的"发难"、"急先锋",都表明五四文学革命开创了一种与中国旧有文学区别很大的"新文学",它昭示了文学发展新的可能性。五四推动中国新诗真正发生有着深刻的社会根源。胡适在1922年回忆说:"民国八年的学生运动与新文学运动虽是两件事,但学生运动的影响能使白话的传播遍布于全国,这是一大关系;况且'五四'运动以后,国内明白的人渐渐觉悟'思想革命'的重要,所以他们对于新潮流,或采取欢迎的态度,或采取研究的态度,或采取容忍的态度,渐渐地把从前那种仇视的态度减少了,文学革命的运动因此得到自由发展,这也是一大关系。因此,民国八年以后,白话文的传播真有'一日千里'之势。白话诗的作者也渐渐地多起来了。民国九年,教育部颁布了一个部令,要国民学校一二年的国文,从九年秋季起,一律改用国语。""民国九年十年(1920—1921),白话公然叫做国语了。"②正是五四运动带来全方位的改革,新诗才逐步取得自身合法地位,真正获得自身的发生空间。

　　关于五四时期,茅盾在《五四运动检讨》中认为,并不能以北京学生火

---

①　郭沫若:《文学革命之回顾》,见《郭沫若全集》第16卷,北京,人民文学出版社1989年版,第94页。

②　胡适:《五十年来中国之文学》,见耿云志编:《胡适论争集》上,北京,中国社会科学出版社1998年版,第122页。

烧赵家楼那一天算起，也不能把它延长到五卅运动发生时为止。这应从火烧赵家楼的前二年或三年算起，到后二年或三年止，总共五六年的时间。按此界说，从 1916 年、1917 年至 1921 年、1922 年，五四走完了它的历史过程。确实，这样去理解五四，才能把握五四的真正历史意义。中国新诗在五四时期最终诞生，是一个复杂的事件。我们首先概述这一时期文学观念的变革，新诗资源的多方吸引，新诗的创作及其传播，以及由此引起的诗质、诗语、诗体变革等情况，从而说明五四新诗运动的伟大功绩，就在于由诗界革命开出新局以后经过许多诗人的艰苦探索，中国诗歌终于完成由传统到现代的质变历程。

第一节　文学观念的变革

俞平伯在《社会上对于新诗的各种心理观》中说过，读者反对新诗，是因不明"文学是什么？文学的作用是什么？诗是怎样一种文学？"而这三个问题"本是有文学常识的人都该能解答的"。这里所说的对这三个问题的"不明"，指的是文学观念没有获得更新。新诗的诞生，是同文学观念包括读者的文学观念更新相关的。五四非同寻常之处，就在于它在历史过程中所处的"转折"位置。五四时期在"历史进化的文学观"的烛照下，逻辑地引申出文学改革的必要性与新文学出现的必然性的观念。推动五四文学运动的先驱，是中国传统文化创造出的最后一批中国士大夫，又是现代西方文化培养起的最早一批知识分子。正是凭借着这种特殊的双重身份和主体条件，他们开创了中国文学史上一个崭新的时代，构建起中国文学史从未有过的"五四文学思想"。而正是这种观念的变革，推动了中国现代文学包括新诗的诞生。五四文学观念变革的内涵丰富，这里仅从中国新诗发生的命题出发，谈三个概念。

一、"文学"的独立

纯文学这个概念，在西方非常年轻。乔森纳·卡勒说："如今我们称之为 literature（著述）的是 25 个世纪以来人们撰写的著作。而 literature 的现代含义：文学，才不过 200 年。1800 年之前，literature 这个词和它在欧洲语言中相似的词指的是'著作'或'书本知识'……如今，在普通学校和大学的英语或拉丁语课程中，被作为文学研读的作品过去并不是一种专门的类型，而是被作为运用语言和修辞的经典学习的……比如维吉尔的作品《埃涅阿斯纪》，我们把它作为文学来研究。而在 1850 年之前的学校里，对它的处理则截然不同。"①现代的"文学"观念，是在现代科学、道德、艺术分治的原则之上展开的，是在欧洲文艺复兴后由科学和美术两大类型分化而形成的，体现了文学观念和文学文本的现代趋向。我国的"文学"观念的最终形成，是在五四时期，而"文学"独立地位的形成，接受了西方的文学观念影响，同样是与整个现代知识的分化相关，是现代知识逻辑推展的结果，它直接推动了现代文学的诞生。

"文学"词语在中国古代汉语中是"文章博学"的意思，它对译英语 literature 则是在 20 世纪以后的事。虽然在魏晋时期，接近现代的文学观念已经产生，但是直到 20 世纪初，我国"文学"还没有真正确立自身的独立地位。资产阶级革命派章太炎还将"文"的定义和范围回复到遥远的古代。其《文学总略》开头就对"文学"作了正名："文学者，以有文字箸于竹帛，故谓之文；论其法式，谓之文学。凡文理、文字、文辞皆称文。"他虽然也承认有一种出于文采绘饰的文章，但反对把文与"文章"等同，他心目中的"文"乃是指一切文字记录，包括文学、科学、历史、学术、文献等。② 对于这种传统的"文学"观，20 世纪初的刘师培、王国维、鲁迅等在接受了西方现代文学观念的基础上作了新的阐发。如刘师培注意区分文学与学术之别，把"学术"称为"实学"，艺术称为"美术"，认为美术以性灵为主，而实学则以考核为凭。1913 年，鲁迅为教育部所撰《拟播布美术意见书》中说："美术为词，中国古所不道，此之所用，译自英之爱忒（art of fine art）。"鲁迅强调艺术虚构和幻想的性质："然所见天物，非必圆满，华或槁谢，林或荒秽，再现之际，

---

① 乔森纳·卡勒：《文学理论》，李平译，沈阳，辽宁教育出版社 1998 年版，第 38 页。
② 章炳麟：《国故论衡文学总略》，见王运熙主编：《中国文论选·近代卷》下，南京，江苏文艺出版社 1996 年版，第 228 页。

当加改造,俾其得宜,是曰美化,倘其无是,亦非美术。故美术者,有三要素:一曰天物,二曰思理,三曰美化。缘美术必有此三要素,故与他物之界域极严。"他还在《摩罗诗力说》中肯定文学艺术的美感作用和审美价值。其时的王国维更是在借鉴西方美学的基础上,肯定文学的独立价值,认为"美之性质,一言以蔽之:可爱玩而不可利用者是已","其价值亦存于美之自身。"①王国维区分了两种不同的知识,即文学的与科学的,科学知识是客观的,文学知识是主观的,王国维从康德的形式美学和席勒的审美游戏出发,将文学视为完全脱离功利的纯粹知识。20世纪初梁启超的功利主义文学观和以王国维为首的纯文学观,构成了现代文学观内部的矛盾,前者从社会功利出发凸显文学的地位,后者从审美价值出发肯定文学的独立,分别代表了文学观念上的启蒙现代性和美学现代性,都对中国传统的"文学"概念形成巨大的冲击。

五四时期就在以上文学观念内部矛盾张力的基础上,继续革新文学观念,依据现代知识分化肯定文学的独立价值。陈独秀在《新文化运动是什么?》中引述北大教授朱希祖《论文学》的观点:"自欧学东渐,群惊其分析之繁……政治,法律,哲学,文学,皆有专著……故建设学校,分立专科,不得不取材于欧美或取其治学之术以整理吾国之学……在吾国则以一切学术皆为文学;在欧美则以文学离一切学科而独立。"②郑振铎在《文学旬刊》上发表《文学的定义》,从文学与科学的区别和差异中建立文学观念。他认为文学与科学的区别在于(1)文学是诉诸情绪,科学是诉诸智慧。(2)文学的价值与兴趣,含在本身,科学的价值则存于书中所含的真理,而不在书本的自身。文学的价值和兴趣,不惟在其思想之高超与情感之深微,而且也在于其表现思想与情绪的文字之美丽与精切。③ 这些论述都从现代知识分化引出了"文学"在知识体系中的独立地位,从而把文学从传统的混沌未析状态中解救出来,实现了文学观念的现代变革,同世界文学观念接轨,"文学"由此成

---

① 王国维:《古雅之在美学上之位置》,见《王国维文学美学论著集》,太原,北岳文艺出版社1987年版,第37页。

② 陈独秀:《新文化运动是什么?》,载《新青年》第7卷第5号,1920年4月。

③ 郑振铎:《文学的定义》,载《文学旬刊》第1号,1921年5月。

为独立的学科获得前所未有的发展。在此基础上,五四先驱还注意对"文学者"身份的确认。如茅盾在《文学和人的关系及中国古来对于文学者身份的误认》中,批评传统文学者成为帝王的弄臣,认为"在中华的历史里,文学者久矣失却独立的资格,被人认作附属品装饰物了"。茅盾正面提出:"文学到现在也成了一种科学,有它研究的对象,便是人生——现代的人生;有他研究的工具,便是诗(Poetry)剧本(Drama)说部(Fiction)。文学者只可把自身来就文学的范围,不能随自己的喜悦来支配文学了。文学者表现的人生应该是全人类的生活,用艺术的手段表现出来。"[①]这样就确立了"文学"、"文学者"的独立地位,也界定了文学与文学者之间的客观关系。

"文学"和"文学者"的独立观念,为现代文学的发展奠定了观念基础。在五四时期,无论是强调"新文学要拿新思潮做泉源,新思潮要借新文学做宣传",还是认为"艺术家拿艺术品的自身做目的,绝不与旁人相干",都显示了重建"文学"观念的自觉和文学创作的自觉,它对于中国文学的现代转型意义重大。文学彻底摆脱经学附庸地位而获得独立,正如《文学研究会宣言》所述,"我们相信文学是一种工作,而且又是于人生很切要的一种工作;治文学的人也当以这事为他终身的事业,正同劳农一样。"这就开创了中国文学现代化的广阔的道路。具体说来,随着"美术之文"与"应用之文"的区分,传统文人之间的应和之作及其酬世之文,"此种文学废物,必在自然淘汰之列"(刘半农语)。在这同时,诗歌的功能也获得了现代性的转换。诗歌,作为一种独立的写作,应当脱离日常的功用而作一种个体情感的普遍性、社会化的表达,这也是其存在的前提,即便是对白话诗存疑的梁启超,也在《晚清两大家诗钞》的题词中认为,往后的新诗家,只要把个人叹老嗟卑,和无聊的应酬交际之作一概删汰,专从天然之美和社会实相两方面着力,自然会有一种新境界出现。排斥诗歌的日常交际、游戏功能,体现了相当苛刻的文学现代立场,胡适在编辑《尝试集》时,不收朋友之间的应酬诗与打油诗,闻一多在《〈冬夜〉评论》中指责"近来新诗里寄怀赠另一类的作品太多。

---

① 茅盾:《文学和人的关系及中国古来对于文学者身份的误认》,载《小说月报》第12卷第1期,1921年1月。

这确是旧文学遗传下来恶习",而"《草儿》里最多"。由"美术之文"与"应用之文"之分,后来就发展到旧诗更多地属于"私人"性质,是应酬与自娱的,而新诗则更多属于创作,有着更多的现代公共化期待。汪静之的一段自述,更准确地表达了这种区分:"我当时把写作白话新诗当做创作,是正经工作,偶然写一首绝句或小令词,只当作游戏……写新诗要留稿保存,写旧体诗词不留稿,不准备发表。"①作为"创作"的新诗朝向"公共发表",而传统的旧诗写作只满足个人情趣的传达,这种区分在五四期被广泛地采用和确定。

二、"诗歌"的定义

茅盾说传统的文学者对于文学有两种错误的观念:一个是文以载道,一个是把文学当做消遣品。② 郑振铎对此说得更具体:"中国文学所以不能充分发达,便是吃了传袭的文学观念的亏。大部分的人,都中了儒学的毒,以'文'为载道之具,薄词赋之类为'雕虫小技'而不为。其他一部分的人,则自甘于做艳词美句,以文学为一种忧时散闷、闲时消遣的东西,一直到现在,这两种观念还未完全消灭。便是古代许多好的纯文学,也被儒家解释得死板板的无一生气。"③中国虽然是诗的国度,但在传统的文学观念中,诗歌始终在做着载道或消遣的角色。《诗经》三百篇是中国诗歌的伟大源头,但"思无邪"一句就取消了它的独立审美价值。中国传统诗学用"诗言志"来界定诗歌,"志"指怀抱,是与"礼"即政治、教化分不开的。这样,诗歌就成为政治和教化的工具。此外,诗歌成为文人墨客之间的忧时消遣、相互唱酬的东西,不能成为独立的文学创作。20世纪初,鲁迅在《摩罗诗力说》中肯定诗歌自由表达情思的价值,涉及诗歌的审美价值、认识价值和教育价值,在日本又接受了康德的超利害、摒欲念的美学观念。周作人认为文学包括诗歌的使命为四:裁铸高义鸿思,汇合阐发之也;在阐释时代精神,的然无误

---

① 汪静之:《六美缘——诗因缘与爱因缘》自序,北京,十月文艺出版1996年版,第11页。

② 茅盾:《文学和人的关系及中国古来对于文学者身份的误认》,载《小说月报》第12卷第1期,1921年1月。

③ 郑振铎:《整理中国文学的建议》,载《文学旬刊》第51期,1922年10月。

也;在阐释人情以示世也;在发扬神思,趣人心以进于高尚也。① 周氏兄弟试图重估文学包括诗歌价值,确立文学包括诗歌的独立价值。

到了五四时期,文学革命先驱要求打破传统诗学观念,把诗歌作为研究工具。郑振铎提出打破旧的文艺观念,"一方面固然要把什么是文学,什么是诗,以及其他等的文学原理介绍进来,一方面却更要指出旧的文学的真面目与弊病之所在,把他们所崇信的传统的信条,都一个个的打翻了。"②其基本原则是建设和重估:建设新文学观,创作新的作品,重估或发现中国文学的价值。正是在这种背景下,重新定义诗歌成为一种紧迫的使命。现就其重要定义列举数例。

田汉在 1920 年出版的《少年中国》"诗学研究"栏上,刊出诗学长文《诗人与劳动问题》,从《毛诗序》论诗出发,认为"在心为志,属诗的内容;发言为诗,属诗的形式。诗的内容以情感为生命!诗的形式与韵律相连属。"田汉将其定义为:"诗歌者有音律的情绪文学之全体",或曰"诗歌者以音律的形式写出来而诉之情绪的文学"。其中"有音律"和"诉之情绪"两件事情是诗歌的定义中不可缺的要件。"诗歌之目的纯在有情绪,诗歌的形式不可无音律。有此二者谓之诗歌,无此二者自为别物。"根据这一定义,田汉确立了"诗歌"的独立地位,认为以诗歌与科学比,同属人类精神活动之一部,而科学代表人类理智的活动,诗歌代表人类情感的活动;以诗歌与音乐比,同属人类内部活动之音律的表出,而音乐以声音之暗示(suggest)而独立,诗歌以言语之表象(symrolize)而独立。③ 这种定义用知识分化的方式,使诗歌从道统附属和文人游戏中解脱出来,指明了诗歌独特的质和形,也就确定了诗歌在文学中的独立地位。

同样在《少年中国》的"诗学研究"栏给诗歌定义的还有宗白华和康白情。宗白华在《新诗略谈》中同样把诗的内容分成"形"与"质",认为诗的定义可以说是"用一种美的文字——音律的绘画的文字——表写人底情绪

---

① 周作人:《论文章之意义暨其使命及中国近时论文之失》,见王运熙主编:《中国文论选·近代卷》下,南京,江苏文艺出版社 1996 年版,第 702 页。
② 郑振铎:《新文学之建设与国故之新研究》,载《小说月报》第 14 卷第 1 号,1923 年 1 月。
③ 田汉:《诗人与劳动问题》,载《少年中国》第 1 卷第 8、9 期,1920 年 2 月 15 日、3 月 15 日。

中的意境",并认为"这能表写的,适当的文字就是诗的'形',那所表写的'意境',就是诗的'质'。换一句话说:诗的'形'就是诗中的音节和词句的构造诗的;'质'就是诗人的感想情绪"。这里关于"诗"的质与形的内涵概括比田汉更加完整,而且借鉴传统诗学理论,直接用来指导新诗创作。据此,宗白华具体阐释了诗人的修养和新诗的创造,这就是"诗人"有人艺两方,"新诗的创造"是用自然的形式,自然的音节,表写天真的诗意与天真的诗境。① 同样强调了诗歌创作的自觉意识,肯定"诗是一种艺术",而且是有着独特形与质的艺术。康白情在《新诗底我见》中,也给"诗"定义,认为"在文学上把情绪的想象的意境,音乐的刻绘写出来,这样的作品就叫做诗。"在此基础上,康白情区别诗和散文,从特征上说,"主情为诗底特质,音节也是表现于诗里的多";从起源说,"诗大概起源于游戏冲动,而散文却大概起源于实用冲动。"与此相似,田汉在《诗人与劳动问题》中也把诗歌创作的动机视为只在表现自己,即把自己思想感情上一切的活动具体化客观化,"是托外形表现于音律的一种情感文学!! 是自己内部生命与宇宙意志接触时一种音乐的表现!!"这种"诗歌"理论,有力地冲击了传统诗学观念,规定了诗歌独特的表达领域,揭示了诗歌独特的审美特征,肯定了诗歌独有的存在价值。田汉、宗白华、康白情这样来定义"诗歌",推动着新诗的创作,正如康白情所说,"新诗底精神端在创造。我愿世间文学的天才,努力探寻宇宙底奥蕴,创造成些新诗,努力修养,创造自己成一个新诗人。"②

文学革命先驱以文学与客观世界的不同关系为基础,以文学表现人的本质的不同内容为标准,在此原则下借鉴西方文论创造性地将文学划分为诗、小说、散文和戏剧四类。他们认为"诗是主情的,是想象的,是偏于主观的","诗有节韵",③"小说本是史诗的变化,他是叙述的",与这相似的散文"偏于文学的实用主义","散文则多为解释的",④而"真正的戏剧纯是人生

① 宗白华:《新诗略谈》,载《少年中国》第 1 卷第 8 期,1920 年 2 月 15 日。
② 康白情:《新诗底我见》,载《少年中国》第 1 卷第 9 期,1920 年 3 月 15 日。
③ 周无:《诗的将来》,载《少年中国》第 1 卷第 8 期,1920 年 2 月 15 日。
④ 郑振铎:《论散文诗》,见《中国新文学大系·文学论争集》,上海,上海良友图书印刷公司1935 年版,第 300—301 页。

动作和精神的表象"①。体裁分类的确立,很自然地在中国传统的和现代的艺术形态论之间划出鲜明的界限。周无在《诗的将来》中,依据诗的独立的特征,得出了关于诗的将来的若干结论,最重要的是:"诗有独具的本体,这种本体是自然人生和个人的情意的一种结合。因为科学的关系,人对于自然的认识进步。因为思想道德学术的关系,使人生实际的进步,都是渐渐地改变了诗的面目。所以今后的诗,变动虽大,进步也大。他的进步,便是学艺,思想,情感,爱恋种种进步的结晶。"②从诗的定义出发,揭示了诗歌的发展前途,也预言了新诗的发展前途。

三、"创作"的提出

由于传统诗歌没有取得独立的本体和文本地位,所以传统诗歌在传统文学观念中成为载道工具或消遣工具,制约了其革新创造。何其芳回忆儿时在私塾学诗,"把诗当作功课来做,题目都是老师出的,叫做赋得什么,这和创作是完全不相干的(即使是十分幼稚的创作)。"③五四文学革命时期,确立了诗歌的独立审美本体,因此拓展诗歌文体得到重视。首先是拓展原有体裁的艺术功能。传统文论将诗的功能定为言志与抒情,文学革命则赋予诗叙事和散文功能,出现了叙事诗和散文诗;其次是拓展原有体裁的形式结构,将诗分成短诗、长诗,认为诗歌、曲可以成为今后中国韵文的组成部分;再次是拓展诗歌语言体式,如将新诗分成格律的、押韵的与自由的,包括传统改造的、西方移植和自己创造的。这种创造,丰富了诗歌文体品种,为中国诗歌由传统向现代转变提供条件。

基于新诗的创造,在五四文学革命中提出了"创作"概念。中国现代文学观的形成,也就是现代纯文学观念的确立和艺术自律观念的接受。在这过程中我们接受了文学的内在本质就是想象和情感的观点,接受了西方文

---

① 傅斯年:《戏剧改良各面观》,见《中国新文学大系·建设理论集》,上海,上海良友图书印刷公司 1935 年版,第 361 页。
② 周无:《诗的将来》,载《少年中国》第 1 卷第 8 期,1920 年 2 月 15 日。
③ 何其芳:《写诗的经过》,见易明美编:《何其芳研究专集》,成都,四川文艺出版社 1986 年版,第 178 页。

学虚构的观念。文学革命以后,茅盾接编《小说月报》,特辟"创作"栏。"创作"是随着文学革命运动出现的一个概念。郑振铎认为"文学所表现的美,是精神的美,不是物质的美",所表现的现实,"是理想化的现实",这种理想化的现实,与客观现实有联系但却是非对应的,因为它是作家主体积极创造的产物,是精神现象。文学是一种创作,一种作家的艺术创造,"创作"的观念赋予文学以不同传统范畴的意义。那时的胡愈之在《新文学与创作》中把文学与"创作"紧密地联系起来,强调文学创作的意义,认为创作有两个条件:一为天才,二为适度的艺术创作。他认为,艺术家是第二个上帝,上帝的权威是创作,艺术家的权威也是创作。"我们现在都知道中国非彻底革新不可了。但这当然不是变文言为白话的问题,也不单是从古典主义变到理想主义写实主义的问题,实在讲来,乃是文学的价值问题。中国旧文学太缺乏创作的精神,所以他本身已失却文学的价值了。"胡愈之将文学视为作家所创造的一个独立的艺术世界。他说:"创作的价值,非常重大! 我们可以说:近代德意志是贵推(Goethe)西娄尔(Schiller)法朗西(Antole France)罗兰(Roman Rolland)等人创造出来的;近代俄罗斯是都介涅夫陀斯妥也夫斯奇托尔斯泰和其余的人创造出来的。"①这种虚构的文学观念,使文学与现实之间产生了明显的张力,一方面,文学是想象的艺术世界;另一方面,文学又对现实产生巨大的影响。

关于同艺术虚构相关的"创作",五四先驱强调了创作的独创性,强调作品成为具有创造的自足本体。如叶圣陶说:

> 我们从事创作,须牢记着这"创作"二字。天地间本来没有这一篇东西,由我们的劳力创造出这一篇东西来,要不愧为"创"才行。单单连缀无数单字,运用许多现成的语句,凑合成篇,固然不可谓"创";即人家已经说了的话,我用文字把它再现出来,也不可谓"创"。必须是人家不曾有过而为我所独具的想象情思,我以真诚的态度用最适切的文字语句表现出来,这个独特的想象情思经这么一番工夫,就凝定起

---

① 胡愈之:《新文学与创作》,载《小说月报》第 12 卷第 2 号,1921 年 2 月。

来,可以永久存留,文艺界里就多了一件新品。这才不愧为"创"呢。①
在此基础上,文学革命先驱又强调了艺术创作的生活源泉,即生活的充实。
叶圣陶在《诗的泉源》中就说:"空虚的生活是个干涸的泉源,也可说不成泉
源,哪里会流出诗的泉来? ……惟有充实的生活是汩汩无尽的泉源。""因
为生活充实,除非不写,写出来没有不真实不恳切的,决没有虚伪浮浅的弊
病。"②这又是对强调诗人的天才创作的补充。天才秉性和生活充实是创作
不可忽视的两个方面。

新诗运动中诗人极其重视"创作"的意义。田汉在《诗人与劳动问题》
中明确地说,"诗歌"这个名词,英语叫做 poetry,法语叫做 poeme,都源于拉
丁文所谓 poema,是"创造"(to make)的意思;"诗人"这个名词英语叫做
poet,法语叫做 poete,也同源于拉丁文的 pooeta,是"创造者"(The maker)的
意思,就是说诗人把他心中歌天地泣鬼神的情感,创造为歌天地泣鬼神的诗
歌。诗人,就是做诗者,就是诗歌的创造者,就是自己的情感之音乐的表现
者。③ 这就充分肯定了"创作"在诗歌成形中的意义。正是从"创作"出发,
康白情在《新诗底我见》中,强调"新诗的精神端在创造。因袭的,摹仿的,
便失掉他底本色了。"并就"新诗底创造",具体论说"选意"、"布局"、"环境
化"、"一气呵成的写"、"在读中批评"的创作经验。宗白华在《新诗略谈》
中,从新诗本体和新诗创作出发,认为要想写出好诗真诗,"一方面要做诗
人人格的涵养,养成优美的情绪,高尚的思想,精深的学识。另一方面要作
诗底艺术的训练,写出自然优美的音节,协和适当的词句"。新诗人在那时
都一致地强调诗人的修养,具体包括五个方面:第一,人格的修养,就是要发
展一个绝对的个性;第二,哲理的研究,就是以透视宇宙人生的真相为使命;
第三,知识的修养,就是读书和观察以穷社会和人性;第四,艺术的修养,就
是提高诗人自身的艺术创作素养;第五,感情的涵养,就是养成诗人健全的
人格。这些修养内容似乎并不新鲜,但由于它同诗歌创作联系起来论述,由
诗歌定义出发,对于中国新诗的成形和发展具有重要的指导意义。

---

① 叶圣陶:《文艺谈·二十五》,载《晨报》1921 年 5 月 11 日。
② 叶圣陶:《诗的泉源》,载《诗》第 1 卷第 4 号,1922 年 4 月 5 日。
③ 田汉:《诗人与劳动问题》,载《少年中国》第 1 卷第 8 期,1920 年 2 月 15 日,3 月 15 日。

第二节　发生资源的借取

五四时期中国新诗的观念、诗质、诗语和诗体的现代化,是同这一时期诗歌革命的资源多元化和现代化密切相关的。诗界革命实际上是完全把"新诗"作为资产阶级维新运动的组成部分,着眼点并不在诗歌本身,因此,无论面向域外借鉴还是面向传统借鉴,都只是为了政治宣传和思想启蒙,没有自觉地注意到诗歌本身的现代转型问题。而五四新文学运动,其意在创造新文学,自觉地推动中国文学的现代转型。新诗运动要求诗质、诗语和诗体全面变革,创建文学的国语和国语的文学,揭开中国现代诗歌的大幕。因此,五四新诗运动先驱者就自觉地从"诗歌"角度多方借鉴资源,推动中国诗歌的现代转型。

首先借重的资源是外国文学(诗歌)。诗界革命倡导者梁启超所抱翻译观是:"今特采外国名儒所撰述,而有关切今日中国时局者,次第译之,附于报末,爱国之士,或庶览焉。"①梁启超译介外国文学,是着重于可以"奋"国民"民力、民智、民德"者,因此是文学的宣传性而不是文学的文学性。苏曼殊等着重翻译拜伦诗歌,因为它寄托的是"去国之忧"。朱自清说:"他的译诗只摆仑的《哀希腊》一篇,曾引起较广大的注意,大概因为多保存着一些新的情绪罢。"②用"新的情绪"来判定其翻译价值,是有道理的。只有到了五四时期,胡适才从分析国内文学创作的窘迫中得出结论:"中国文学的方法实在不完备,不够做我们的模范……西洋的文学方法,比我们的文学,实在完备得多,高明得多,不可不取例。"③周作人认为中国的现在,好像是日本明治十七八年的时期(1895—1896),处于文学现代化的起跑线上。要

---

① 梁启超:《译印政治小说序》,载《清议报》第 1 册,1898 年 12 月,见王运熙主编:《中国文论选·近代卷》下,南京,江苏文艺出版社 1996 年版,第 303 页。
② 朱自清:《新诗杂话·译诗》,见《朱自清全集》第 2 卷,南京,江苏教育出版社 1988 年版,第 372 页。
③ 胡适:《建设的文学革命论》,见《中国新文学大系·建设理论集》,第 138—139 页。

使中国文学现代化,就要打破"不肯自己去学人,只愿别人来像我"的心理障碍,向日本学习,"真心的先去模仿别人。"①这种"真心地模仿"观,是服从于五四时期新文学运动需要的,是建设新文学推动文学现代转型的观念。由胡适以"西洋文学作为我们的模范",再到周作人"从模仿中,蜕化出独创的文学来",构成了五四移用西方文学资源的基本立场和方法。在新诗草创时期,面对社会政治革命及文化激进主义造成的旧诗体遭到破坏,新诗体尚未建立的危机,很多人求助于外国诗歌,特别是西洋诗歌的"洋为中用"来建立中国新诗体。据统计,从 1918 年 2 月《新青年》第 4 卷第 2 期到 1919 年 5 月第 5 卷第 6 期,《新青年》共发表译诗 24 首。如《新潮》1919 年 1 月创刊,在《发刊旨趣书》中,就说明办刊的要旨是介绍世界新潮。"同人等以为国人所宜最先知者有四事:第一,今日世界文化至于若何阶级? 第二,现代思潮本何趣向而行? 第三,中国情状去现代思潮辽阔之度如何? 第四,以何方术纳中国于思潮之轨?"这就鲜明地体现了新诗发生期移植西方诗歌资源的基本内容和志趣宗旨,体现了"真心模仿和创造"的时代要求。由于立足于文学的模仿和创造,所以五四新诗运动移用西方诗歌资源是有所选择的。大致说来,是集中在 19 世纪中期以后欧洲在文学现代化进程中倾向诗歌精神自由和形式自由的诗潮,主要是西方的意象派诗、浪漫派诗和象征派诗,这些诗派都倾向于诗体解放和精神解放,这同新诗运动倡导者破除旧诗束缚和追求新诗理论是完全一致的。这些诗潮是当时西方诗歌文体改良运动中的重要诗潮,都具有解构传统格律、重视诗的散文化、自由化和平民化的特点。客观地说,中国新诗运动的偏激思想和诗学追求,又是同西方倾向诗体和诗歌精神解放的诗潮彼此呼应,互动结合着的,新诗发生期诗歌精神和文体倾向自由化和散文化,就成为世界由律化到自由化诗潮的组成部分。

当中国新诗运动之时,英美意象派诗歌运动进入兴盛时期。英国学者埃里夫说:"在诗的世界里,它是一个改革的象征,也是一个改革的力量,这一运动具有那个时代特有的热情和振奋。它坚持简约,拥护自由诗(free-

---

① 周作人:《日本近三十年小说之发达》,见《中国新文学大系·建设理论集》,第 293 页。

verse)的路线。"①意象派的这些特点,迎合了五四新诗运动,留美的胡适等新诗运动主将直接接受到意象派的影响。梁实秋早就说过:"这一派十年前在美国声势最盛的时候,我们中国留美的学生一定不免要受其影响。试细按影像主义者的宣言,列有六条戒律,主要的如不用典,不用陈腐的套语,几乎条条都与我们中国倡导白话文的主旨吻合。"②两者都强调文学革命的目标是言文一致,两者在文学革新的具体主张方面相似,两者在新诗审美尺度方面趋同。胡适译了美国意象派诗人的《关不住了》,自称是他的"'新诗'成立的纪元"。可以说,胡适是在美国意象派诗歌的启发下,意识到必须"充分采用白话的字,白话的文法,和白话的自然音节",做长短不一的诗,从而把诗的散文化与诗的白话化统一起来,才能跳出旧诗词的范围,实现诗体的大解放。

新诗发生紧接着接受了西方浪漫派诗潮的影响。胡适的新诗也夹杂着浪漫主义的激进思潮的影响。梁实秋就说五四新诗都程度不同地带有浪漫特点,1968 年台湾覃子豪在《新诗向何处去?》中说:"自由诗在中国诗坛已形成了一道主流。有少数人却误解了自由诗的真义,以为自由即放纵。实不知自由诗亦有其法则。无形的法则,不定的法则,较有形和既定的法则更难运用……自由诗,为一富变化的表现方式,非一具体的创作观。"③雪莱、拜伦、华兹华斯等 19 世纪英国的浪漫主义诗人的作品,自晚清以后就不断地被介绍到中国诗界,因为这些诗人蔑视传统的反叛精神给予新诗发生以资源借鉴。大致在 1919—1920 年,以《三叶集》的三位作者郭沫若、田汉和宗白华为中心,以《女神》集的诗为代表,包括《少年中国》中部分诗人,形成了新诗浪漫派创作的第一个浪潮。而且梁实秋认为五四期文学都是趋向浪漫的,理由就是新文学运动根本上是受外国的影响:新文学运动是推崇情感轻视理性的;新文学运动所采取的对人生的态度是印象的;新文学运动主张

---

① [英]马库斯·埃里夫:《美国的文学》,方杰译,香港,今日世界出版社 1975 年版,第 249 页。

② 梁实秋:《现代中国文学之浪漫的趋势》,载《晨报副刊》1926 年 2 月。

③ 覃子豪:《新诗向何处去?》,见《中国现代诗论》下,广州,花城出版社 1986 年版,第 199 页。

皈依自然并侧重独创。梁实秋还认为西方浪漫主义把中国的固有诗歌标准打破,再用外国的标准来代替,而实际上,新标准也不曾建设,结果就是无标准。① 这算点到了新诗运动引入浪漫诗潮的穴位。如田汉在 1919 年发表《平民诗人惠特曼百年祭》,肯定美国自由诗的代表诗人惠特曼诗歌的自由精神,借惠特曼的不定形不押韵的自由诗当时被人斥为"野蛮人的文字","泥醉者的谰言",与我国的新诗被攻击为"诗不成诗,文不成文"联系起来,论证了惠特曼和中国新诗这种"'新生'时代的诗形,正是合于世界的潮流"②。

20 世纪初象征主义也是主张诗体解放和诗质解放的,很早就被译到中国,如田汉、周无、刘延陵等人在《少年中国》等刊物介绍过波特莱尔、魏尔伦、马拉美等的象征主义诗歌。由于波特莱尔既是象征诗人,又是最重要的散文诗人,所以被译介的最多。这方面的介绍可以《少年中国》为代表:

> 早期致力介绍法国象征诗而贡献最大的报刊,应首推《少年中国》杂志。它拥有一个得天独厚的条件,即该刊系部分旅法勤工俭学或官费留法学生所办。1921 年前后,此刊陆续发表了一系列介绍法国象征派的文章:如 1 卷 9 期吴弱男的《近代法比六大诗家》,1 卷 12 期田汉的《新罗曼主义及其他——复黄日葵兄一封长信》,2 卷 4 期周无(太玄)的《法兰西近世文学的趋势》,2 卷 12 期李璜的《法兰西诗之格律及其解放》,3 卷 3 期黄仲苏的《一八二〇年以来法国抒情诗之一斑》,3 卷 3 期至 4 期田汉的《恶魔诗人波陀雷尔》,以及 2 卷 4 期、9 期上,周无所译德司巴克斯和魏尔仑之诗,及对二位法国象征诗人所作之评述。这些文章,不仅介绍了法国象征派代表诗人波特莱尔、魏尔伦、马拉美、耶麦、莱尼葛、德巴斯,而且对这些诗人的创作特点和地位作了明确的评价。既肯定了象征主义运动的出现,也指出了其艺术上的"长处"与"不足"。③

---

① 参见梁实秋:《现代中国文学之浪漫的趋势》,载《晨报副刊》1926 年 2 月。
② 田汉:《平民诗人惠特曼百年祭》,载《少年中国》第一卷第 1 期,1919 年 7 月 15 日。
③ 陆文倩:《法国象征诗派对中国象征诗影响研究》,成都,四川大学出版社 1991 年版,第 33 页。

在理论介绍的同时,大量的象征诗歌被翻译到中国诗界,推动着中国新诗向西方现代主义诗歌靠拢,在追求诗体解放的同时,也推动发生期新诗的艺术水平。

新诗发生的另一重要资源是民歌民谣。晚清诗界革命就开始从民间文学吸收营养,创作杂谣体和歌词体新诗,并延续影响到五四新诗创作。尤其是,五四政治思想运动的主旋律是平民对贵族、无产阶级对资产阶级的革命,因此新文学运动是以平民文学来对抗贵族文学的。胡适等推动的新诗革命也以平民诗歌对抗贵族诗歌,推动新诗发生趋向现实化、世俗化和平民化。周作人在 1919 年发表《平民文学》,把文学划分为平民的文学与贵族的文学,认为后者的缺点是偏于部分的、修饰的、享乐的,或游戏的,而前者则内容充实,体现着普遍与真挚的特点。周作人、朱自清等人在倡导平民文学时对通俗文学也有保留态度,但更多的人在理论与创作中把平民等同通俗,由于这种理解的偏差,在新诗发生期诗界展开过诗是平民的还是贵族的争论。而其基本趋向,则在倡导平民文学时引出三个结论:一是平民文学应写世俗的生活,所以内容上反映现实和人道思想;二是平民文学应以普通的文体,写普通的思想与事实;三是平民文学语言应该通俗明白,以记真挚的思想与事实。这就推动了诗歌在诗质、诗语和诗体上的变化,具体来说是内容世俗化,语言白话化,诗体自由化。与此相应的,就是对民间歌谣等资源借鉴的重视。"中国民众所传承的民间文化……在很长时期里,它们是被摒弃在正统文化殿堂之外的……由于民主意识的初步觉醒和西洋文化、思想的启导,一些先觉的知识分子,对于民间传承文化的观察评价,有了较大的变化……歌谣的采集和刊布,发生在'五四'新文化运动的热潮中,这种作法即刻被首都和地方省会的报刊所采用。在几年里,民间文学的采集、刊载和谈论,顿时形成一种波澜壮阔的势头。"①北京大学在 1918 年成立歌谣会,向全国征集歌谣,在由刘半农拟订的征集简章上,要求人们呈送除了"猥亵的歌谣"以外的一切民间歌谣。参与这场征集和研究活动的大多是

---

① ［美］洪长泰:《到民间去——1918—1937 年的中国知识分子与民间文学运动》,董晓萍译,上海,上海译文出版社 1993 年版,第 2—3 页。

新文学运动先驱,所抱宗旨不同,如有人重在研究文字,但多数在为新诗发生接引民间资源。它对中国新诗发生的意义是多方面的,如洪长泰总结说:"许多人称赞歌谣研究会的建立是中国现代史上的一件破天荒的大事,它揭开了现代新诗改革运动的帷幕,引起了广大知识分子对歌谣反映的大量社会问题的注意,同时促进了文人学者接近普通民众,而这后一点是更重要的。知识分子们从此由尊重民间文学,到认识到自己所处的与民众对立的传统位置,最后转向自身的世界观改造。"①我们把这种意义概括为:一是在观念和创作上直接启示和推动着新诗革新运动的发生;二是借鉴民间歌谣创作或直接写作民歌民谣,丰富了发生期新诗创作;三是在诗质、诗语、诗体上给予文人新诗创作以影响,使新诗更倾向自由化和通俗化;四是民间歌谣或仿民间歌谣,为新诗增多了诗体;五是采用大众喜闻乐见的民间诗体,更好地实现新诗启蒙、教育的作用。这最后一点,又使新诗发生对民间歌谣的资源借鉴带有政治色彩。洪长泰指出:"民间文学家们从未把他们对于童话和儿歌的研究当做单纯的民间文学研究,而是将其运用于更广泛的社会改革范畴和更深刻的思想变革背景,即关注儿童问题,乃至更强烈地反抗旧传统制度的压迫"②,如同整个新诗革命并非是纯正的艺术革命和文体革命,而是带着浓郁的政治革命和文化革命因素。这就自然地降低了民间歌谣及民间诗体作为新诗诗体建设资源的价值。尤其是新诗对民间歌谣的重视随着"通俗化"文艺思潮的演变,最终导致新诗史上多次扬俗抑雅诗潮的出现,导致忽视诗歌艺术的现象,给中国新诗发生与建设产生过不利的影响。

新诗发生和发展接受民族民间诗歌资源影响,是否体现着新诗的现代趋向历来存在分歧意见。从19世纪中到20世纪初,是西方诗歌艺术大变革的时代,也是世界文学的"现代运动"的草创期。现代运动主要体现在人的解放、社会解放和文体解放等方面。现代政治格外推崇"民主"与"自

---

① [美]洪长泰:《到民间去——1918—1937年的中国知识分子与民间文学运动》,董晓萍译,上海,上海译文出版社1993年版,第85页。

② [美]洪长泰:《到民间去——1918—1937年的中国知识分子与民间文学运动》,董晓萍译,上海,上海译文出版社1993年版,第222页。

由",人的多种生活方式、社会的多种政治秩序和文体的多元存在都受到前所未有的重视。诗的现代化着重体现在诗的功能的大拓展和诗的文体的大解放上,特别是诗的世俗功能受到高度重视。现代诗歌打破诗体森严的等级制度,浪漫诗歌把民间歌谣视为与其他诗体有同样价值。中国新诗运动接受民族民间诗歌资源不仅在客观上同世界诗歌现代运动取同一步调,而且直接接受西方浪漫主义重视民歌思潮的影响。更重要的是,它与中国文学的五四现代转型精神完全一致。新诗发生和发展重视民族民间资源体现的正是新文化运动所创造的民间意识和平等意识,它推动知识分子"向民间去",重视民间文化,形成博大、进取的时代精神。我国近代民族民主革命的目标是建立独立自主的现代民族国家,文学的民族化问题的提出和实践,与文学的现代化问题的提出和实践具有同等重要意义。民间化是民族化的题中之意,而民族化又是新诗发生发展现代化的题中之意。在中国特定的背景下,知识分子仅仅接受"现代化"是不够的,因为其接受的在本质上还是西方的话语,而西方话语是完不成创造一个现代民族国家使命的。正是在这样"意识到的历史内容"的呼唤下,我国的现代性追求赋予"民族化"和"大众化"特殊的含义,因此我国诗歌大众化所体现的还是中国现代化的方向。

在借用域外和民间诗歌资源的同时,新诗发生注意到中国传统诗歌资源。推动新诗发生的是具有中西文化背景的知识分子,其借用西方诗学资源有其客观必然性,而其注意传统诗歌资源也有其本质规定性。晚清诗界革命倡言新意境和新语句,又主张"以古人之风格入之","用古文字伸缩离合之法以入诗"和"以单行之神,运排偶之体",都是传统资源。胡适等《新青年》诗人的新诗发生论思想指导是"历史的文学进化论"。胡适在论新文学发生时,首先强调的"是中国文学史上的'自然趋势',这是历史的事实。"[1]这里强调的是新诗革命是中国传统诗歌自然进化的结果。他稍后写成的《白话文学史》,更系统地论述了中国白话文学的演变和进化。从提倡

---

[1]　胡适:《中国新文学大系·建设理论集导言》,上海,上海良友图书印刷公司1935年版,第20页。

白话新诗出发,他在《留学日记》中说,《诗经》中的国风,《楚辞》中的《离骚》,汉魏乐府,唐代杜甫,白居易的诗,宋代李清照、蒋捷的词,元人杂剧、元曲,都是白话韵文的先驱,成功的范例。其中词曲在新诗发生中的作用尤其值得重视,当时很多新诗人的诗体解放,都经历了从格律诗到松散的格律诗到词曲体再到白话诗到自由诗的诗体流变过程。胡适倡导白话诗歌,其具体主张是直接受到美国意象派影响,但在1919年写的《尝试集自序》中却有意要说:"我主张的文学革命,只是就中国今日文学的现状立论;和欧美的文学新潮流并没有关系"。相反,胡适1919年评价初期白话诗人说:"我所知道的'新诗人',除了会稽周氏弟兄之外,大都是从旧式诗,词,曲里脱胎出来的。"这次新诗发生,"初看去似乎很激烈,其实是《三百篇》以来的自然趋势。自然趋势逐渐实现,不用有意的鼓吹去促进他,那便是自然进化。自然趋势有时被人类的习惯守旧性阻碍,到了该实现的时候均不实现,必须用有意的鼓吹去促进他的实现,那便是革命了。"①对此,我们不能认为是作秀之论。事实上,在1915—1920年间胡适提倡白话新诗过程中,其论文和日记中被正面引用的古典诗人数十位诗人作约有100多首。胡适新诗理论的基本方面都来自对传统诗歌创作经验的借鉴。如引用白居易、李义山、杜少陵、黄山谷诗与梅觐庄讨论"文之文字与诗之文字";引易安、蒋捷词证明无韵诗之成立;引用李煜、苏东坡、黄庭坚、向镐、吕本中、陆游、辛稼轩、柳永之词作为"活文学之样本";引山谷、稼轩词谈新诗的"言近而旨远";引陆游、晁补之词谈新诗之音节;引杜甫、白居易、韩愈和温庭筠、马致远的词谈新诗的具体做法等。"由此可见,胡适从最初尝试新诗念头的萌发,到'作诗如作文'主张的提出,到其新诗形态及理论的构建,始终都一步一个脚印地'大胆'而'小心'地求证于传统,矢志不移而又扎扎实实地以旧诗之道探寻新诗之路,在最终达成其诗体大解放之目的的同时,留下了我国最早的新诗理论,也留下了他对我国旧诗传统进行挖掘、整理的一批初步的成果。在有所选择地承继旧诗传统方面,胡适无疑是我国近现代成绩最为

---

① 胡适:《谈新诗》,载《星期评论》纪念号,1919年10月10日。

显著的先驱。"①胡适新诗理论主张如"作诗如作文"、"明白清楚"、"具体做法"、"诗体解放"等,都是使用传统资源来论证的。因此,王瑶在谈到胡适《谈新诗》时,认为其论述"诗歌用具体的做法"时,"所举的例子全都是传统的旧诗词,这几乎已经是一种自觉的借鉴了。"②这里的"自觉"极其重要。说到新诗的发生,"一概否定传统"是以往人们对胡适的代表性评价,但近年来多数学者已经在胡适"对中国古典诗歌传统既有所扬弃,也有所继承"问题上取得共识。胡适等人在推动新诗发生时确对旧诗有所否定,但其矛头所指,刘纳在重读《文学改良刍议》和《文学革命论》后得出结论:"在'五四'新文学发难时,先驱者并非全盘否定'古典',并未斩断与既往的文学历史的联系,他所要决绝地斩断的是与'今日'文坛的联系",具体说就是否定"吾国近世文学之大病"。③ 这是极其正确的。胡适、钱玄同、刘半农、刘大白、俞平伯等早期新诗人都是从传统诗歌中"蜕化"而出,新诗初创都带有旧诗词的痕迹。《谈新诗》具体解剖了新诗音节的特质,如古乐府和词调的音节,双声叠韵的音节等,其资源都是来自传统诗歌。继起的俞平伯、康白情等人的诗歌重视意象美、绘画美、音乐美等,也是从传统诗歌借用。康白情编《1919 年新诗年选》用"选诗"的眼光,在与古典诗歌或外国资源的比较中,寻找"新诗"的价值定位,其中许多评语将古典诗歌的美学成就,当做新诗评价的主要参照系。这一方面说明了康白情等初期诗人对借鉴传统资源的重视,另一方面展示了初期新诗借鉴古典诗歌资源的实绩。俞平伯等早期创作更是保持传统诗歌韵味,闻一多在《〈冬夜〉评论》中分析了俞平伯诗歌的语言特点,即"凝炼,绵密,婉细",明确指出:"这种艺术本是从旧诗和词曲中蜕化出来的"。随后的郭沫若等浪漫诗人的诗,诗质和诗体带有浓重的欧化色彩,但由于从小受到传统诗歌的熏陶和作诗的训练,所以古典诗歌的营养同样呈现在自由体诗歌中。如在《女神》中,郭沫若就极力推崇先秦的动的文化精神,对屈原爱不释手,同时又欣赏陶渊明的飘逸,西方诗

①　钟军红:《胡适新诗理论批评》,北京,人民文学出版社 2005 年版,第 135 页。
②　王瑶:《论现代文学与中国古典文学的历史联系》,见《中国现代文学史论集》,北京,北京大学出版社 1998 年版,第 325 页。
③　刘纳:《嬗变》,北京,中国社会科学出版社 1998 年版,第 231 页。

人惠特曼、拜伦、雪莱、歌德也投合他的心情。于是古今中外这些纷繁复杂的诗歌资源就混合起来,成就了中国新诗史上的创作源头。

更进一步说,新诗发生主要借用了哪些中国传统诗歌资源呢? 胡适的回答是"这个时代之中,大多数的诗人都属于'宋诗运动'。"①中国诗歌存在若干历史形态,其中之一就是以宋诗为代表的反传统形态,宋诗有意识地在唐诗宋词成熟诗歌基础上另辟蹊径,所谓苏黄一出,沧海横流,唐风尽变,唐宋诗界限判断始分。新诗运动倾向宋诗运动,包含多层内涵,如文化上鲜明的理性意识,即宋诗以议论为诗。朱自清早就指出早期"说理的诗可成了风气",在胡适《尝试集自序》和周作人《扬鞭集序》中也有同样评论。初期新诗大致分成三类,直接说理的、实写社会的和描写知觉的,总体来说都是理胜于情。这种风气有其历史根源。叶维廉认为"白话负起的使命既是把新思潮(暂不提该思潮好坏)'传达'给群众,这使命反映在语言上的是'我有话对你说',所以'我如何如何'这种语态(一反传统中的无我的语态)便顿然成为一种风气。"②但是,新诗运动同宋诗运动最重要的联系则是大胆的艺术革新,具体说就是主张白话,"以文为诗"。胡适说得十分明白:"我认定了中国诗史上的趋势,由唐诗变到宋诗,无甚玄妙,只是作诗更近于作文! 更近于说话。近世诗人欢喜做宋诗,其实他们不曾明白宋诗的长处在哪儿。宋朝的大诗人的绝大贡献,只在打破了六朝以来的声律的束缚,努力造成一种近于说话的诗体。我那时的主张颇受了读宋诗的影响,所以说'要须作诗如作文',又反对'琢镂粉饰'的诗。"③这里大致包含新诗运动的要旨:一是诗语逼向说话口语,用白话来写;二是诗体力求解放,打破格律形式;三是写诗近于作文,采取自然音节;四是诗质去除粉饰,体现明白清楚的审美要求。新诗发生大致依据这种理论主张,初期新诗大致具备这种审美品格(当然还有对元稹、白居易等新乐府运动的借鉴)。它源自胡适等人对文学演变规律的把握和对宋诗反传统精神的理解,是对近代以来宗宋倾

① 见《胡适文存》二,台湾,台北远东图书公司 1975 年版,第 214 页。
② 叶维廉:《语言的策略与历史的关联》,见王晓明主编:《二十世纪中国文学史论》第一卷,上海,东方出版中心 1997 年版,第 28 页。
③ 胡适:《逼上梁山》,见《中国新文学大系·建设理论集》,第 8 页。

向包括诗界革命的自觉发展。当先驱者在西方文学的烛照下,对"百年文学久枯馁"的状况产生不满,苦苦思索中国诗歌新的出路时,是宋诗的反传统精神给了他们启示。正是在中西两种诗歌传统的推动下,中国新诗终于冲破旧诗束缚发生,并直接影响到百年新诗的建设与发展。

需要补充说明的是,新诗发生接受传统诗歌资源的主导在宋诗,但也有另外的一路影响。在新诗尝试初步取得成果后的 1920 年初,《少年中国》上出现了宗白华、田汉、康白情三人关于诗歌的定义,都强调了音律美、刻绘美、情绪、想象和意境等诗美范畴,极其明确地在自觉地接续诗美传统,同白话新诗的理论存在差异。当年康白情等人编选《新诗年选(1919)》写了 36 条评语,基本的思路也是在与古典诗歌或外来诗歌的比较中,寻求新诗的价值,许多评语都以不同于宋诗的传统诗歌审美作为参照系。以上诗歌资源在新诗发生期呈现或明或暗状态,但却预示着新诗与传统新的联系的出现。

资源的多元化,推动了中国新诗在历史的文学进化论的指导下发生,而且呈现着多元发展的格局。

第三节　现代媒体的传播

观念的变革、诗质的变革、诗语的变革、诗体的变革,都是新诗发生的重要因素,但新诗发生最终要落实到创作上。只有创作才能把这一变革融会成整体,只有创作才能体现以上变革的成果,也只有创作才能真正确立新诗的地位。新诗作品尤其是经典作品的诞生,并在社会上获得认同和传播,中国新诗的地位才算确立。正如胡适所言:"一个文学运动的历史的估价,必须包括它的出产品的估价。单有理论的接受,一般影响的普遍,都不够证实那个文学运动的成功。"①五四新诗运动的伟大意义,就是在近代诗歌的现代趋向基础上完成了中国诗歌的现代转型,而转型完成是以大量创作为标

---

① 胡适:《中国新文学大系·建设理论集导言》,上海,上海良友图书印刷公司 1935 年版,第 1 页。

志的。五四是我国新诗创作的第一个繁荣期,大批诗人是以其创作确立自身的地位,也确立了新诗在现代文学史上的地位。

五四白话新诗公开发表在1917年。同年2月出版的《新青年》第2卷第6号刊出胡适《白话诗八首》,6月出版的《新青年》第3卷第4号刊出胡适《白话词》,这是最初直接以"白话"标明的诗歌发表。这些诗的形式与诗界革命没有什么差别,但情感有些新的因子。1918年1月,《新青年》第4卷第1号刊出9首白话诗,作者扩大到胡适、沈尹默、刘半农,内容形式一新,可看做是最早发表的新诗。尤其是沈尹默精通旧诗音律,造诣颇深,他来参与白话新诗的创作,扩大了新诗的影响。他的《月夜》在整体上体现了诗质、诗语和诗体的现代化,被当时的论家认为是第一首散文诗而具备新诗的美德,"其妙处可以意会而不可言传。"①到1918年底,发表新诗的人还寥寥无几,随后更多的诗人参与新诗创作,1919年刊登新诗的杂志和报纸副刊就有10多家,主要是《新青年》、《星期日》、《觉悟》、《星期评论》、《学灯》、《少年中国》、《新生活》、《新潮》、《平民教育》等。据祝宽在《五四新诗史》(陕西师范大学出版社1987年版)中统计,1918年以后到五四前夕,《新青年》杂志就发表创作白话诗66首,译诗24首,诗论3篇,主要诗人有胡适、刘半农、沈尹默、周作人等,还有陈独秀、鲁迅、沈兼士、陈衡哲、李大钊等。五四前夜,在《敬业》上发表了周恩来的新诗。在《新潮》上发表了叶绍钧、罗家伦、俞平伯、傅斯年、周作人、康白情、陈衡哲等人的诗。到五四运动以后,新诗便风行于海内外的报章杂志了,新诗创作成果是显著的。就诗人群体来说,除《新青年》之群外,还有《新潮》之群。《新潮》1919年1月创刊,1922年3月停办,共发表新诗66首,作者除以上所述外,还有朱自清、顾诚吾、汪敬熙、裴庆彪、无是、骆启荣、程裕清、施涌华、寒星等。还有《星期评论》上的沈玄庐、刘大白等。《少年中国》1919年7月15日创刊,《少年中国》的主要诗人有康白情、田汉、周无、宗白华、李大钊、仲苏、应修人、孙大雨、郑伯奇、左舜生、王光祁等。报纸上的副刊,在发表新诗方面贡献突

① 北社同人编:《新诗年选》中愚庵(康白情)关于《月夜》一诗的评语,上海,上海亚东图书馆1922年版。

出、影响最大的是五四时期的中国四大副刊,即《晨报副刊》、《京报副刊》、《民国日报·觉悟》、《时事新报·学灯》。如《晨报副刊》在 1919 年 11 月到 1922 年底,共发表新诗 431 首,诗作者 141 人。《时事新报·学灯》1918 年 3 月创刊,仅 1920 年和 1921 年所发表的新诗约 287 首,作者近 100 人。到创造社和文学研究会诗人登上诗坛,新诗创作队伍就更加壮大了。文学研究会出版物《诗》,由叶绍钧、刘延陵编辑,中华书局出版,是新诗史上第一个新诗专刊,举办的一年多时间内发表新诗 430 多首,作者 78 人,还刊登了一批诗论文章和翻译作品。正是这种创作实绩,宣布了中国现代新诗的成立。

与新诗创作相关联的,是作品传播对于新诗成立起到至关重要的作用。人们往往是从诗歌观念和写作内部,去寻找"新诗"发生的历史轨迹,但其实新诗的发生还要在作品传播、阅读及社会评价中,建立一个独立的具有内在自足性的发生空间。1922 年出版的《新诗年选》(1919)编者曾说:"胡适登高一呼,四远响应,新诗在文学上的正统以立。"[1]在这一经典性的论断中,新诗发生的整体进程得到了完整的勾勒。首先是观念上的鼓吹和创作上的尝试,即"登高一呼",它无疑是新诗发生的历史起点,然而新诗的发生至少还与以下两个方面密切相关:首先,"四远响应"表明新诗吸引了更多的参与者,形成有效的传播、阅读和评价空间,这才使新诗的成立拥有社会性的基础,构成了另一层面的新诗发生史;其次,在新与旧的交替间,在特殊的历史冲动与现代知识的摩擦间,在新锐的文体实验与普遍的诗美期待的对话间,新诗的"正统"得以建立,从而使新诗获得历史合法性,这构成又一层面的新诗发生史。从"登到一呼",到"四远响应",再到"正统以立",中国新诗的发生成为一个完整的历史过程。

在新诗发生过程中的传播和阅读方面,至少有三个问题需要我们注意。

一是报刊的传播。传统诗歌的传播,拥有一套相对自足的体系,文人间的酬唱应和,民间口头流传,以及诗文的传抄、刻印和编撰都是重要传播方式。晚清以后,现代报刊的出现,使传统的诗歌传播转变为主要依靠现代传

---

[1]　见《1919 年诗坛略论》,北社同人编:《新诗年选》,上海,上海亚东图书馆 1922 年版。

媒即报刊传播,尤其是中国新诗的传播更是如此。在《新青年》刊登白话诗词以前,胡适的"诗国革命"只发生在若干友人的讨论中,传播的方式主要是书信的往来,并没有获得外部的阅读和影响,《新青年》的刊载,无疑打破了以书信为主的阅读,为"私人的讨论"提供了一条社会的途径,使个人的诗歌构想得以进入公共的阅读,并吸引了一批北大教授参与到实验中来,"白话诗的实验室里的实验家渐渐多起来了"(《尝试集》自序)。与此相伴随的,是新诗通过报刊发表终于打破旧诗的统治地盘,扩张了自身的发生空间。新诗在诗质、诗语和诗体方面的急剧变革,引起激烈争议,确立其合法性并把它提升为某种发展方向、暗示诗歌的现代形态,就成为时代的课题。新诗运动先驱自觉地意识到这点,全力借助媒体争取新诗的合法地位,塑造新诗的社会形象,因而刊物"发表"不仅传播了新诗,而且还使新诗得到了肯定。也与此相伴随的,是新诗的大量报刊发表显示了新诗运动的实绩。新诗引来了最初的读者关注,在社会上获得一定的反响,即所谓"白话诗的实验室"向社会的公共参与敞开了大门。郭沫若的自由体抒情诗,是五四新诗发生的重要成果,但在没有发表进入公共空间之前,虽然早有创作,却还不能说有"自由体抒情新诗"。郭沫若在《我的作诗的经过》中说过:1919年9月以前,我的诗除抄示给极为亲密的朋友之外,从来没有发表过。只有在他把诗在报刊上发表,才进入公共空间,才能在社会化的过程中显示其创作的实绩。五四以后,随着各类新诗杂志的大量涌现,新诗在报纸和刊物上演成风气,有人估计在1919年出版的白话报刊,约有400余种,这些报刊大多争先刊登白话自由诗。一些知识分子以能作白话自由诗为时髦。不但研究文学的人,争先恐后地在诗坛上摇旗呐喊,即便是研究哲学的、小学的、考据学的及政治活动家,也都争相模仿,写几首新诗;不但文艺刊物上开放新诗的花朵,即便是非文艺的刊物上也往往刊登几首新诗;一批白话报刊不仅发表新诗,而且成为新诗战斗的主要阵地。如胡适所说,"报纸上所载的,自北京到广州,自上海到成都,多有新诗出现"①。连《礼拜六》杂志也刊登

① 胡适:《谈新诗》,载《星期评论》纪念号,1919年10月10日。

过新体诗,"无论什么报章杂志,至少也得印上两首新诗,表示这是新变化。"①现代报刊发表新诗,扩大了新诗的社会影响,也培养了更多的新诗读者和作者。1919 年的郭沫若就是因为在《学灯》上读到了康白情的新诗,而投身新诗创作的。他后来回忆自己创作起始,说了这样的话:"假如那时订阅的是《申报》《时报》之类,或许我的创作欲的发动还要迟些。"②现代报刊改变了文学运行的机制,改变着作品传播和接受方式,加速了文本与阅读间的反馈,重新塑造着作者、文本和读者的公共关系,它对于中国新诗的发生产生了积极的推动作用。

二是诗集的编撰。自古以来,诗文的编撰成集,一方面有积累保存和流传的功能,另一方面也暗示着价值的估定和经典的塑造。近代当书籍开始可以通过机器印刷、平装生产和市场销售以后,诗集编撰并广泛发行,就对新诗的发生产生极其重要的意义。在 1922 年底前出版的诗集有:《新诗集》(新诗社编)、《尝试集》(胡适)、《分类白话诗选》(许德邻)、《新诗年选》(北社编)、《大江集》(胡怀琛)、《女神》(郭沫若)、《冬夜》(俞平伯)、《草儿》(康白情)、《湖畔》(潘漠华、冯雪峰、应修人、汪静之)、《雪朝》(朱自清等 8 人)、《蕙的风》(汪静之)和《将来之花园》(徐玉诺)等。在新诗发生史上,新诗运动先驱也重视诗集的编撰和出版。如胡适在《尝试集》自序中,就曾对编印诗集的理由作了说明:

> 我的第一个理由是因为这一年以来白话散文虽然传播得很快很远,但是大多数的人对于白话诗仍旧很怀疑;还有许多人不但怀疑,简直持反对的态度。因此,我觉得这个时候有一两种白话韵文的集子出来,也许可以引起一般人的注意,也许可以供赞成和反对的人作一种参考的材料。第二,我实地实验白话诗已经三年了,我很想把这三年试验的结果供献给国内的文人,作为我的试验报告。我很盼望有人把我试验的结果,仔细研究一番,加上平心静气的批评,使我也可以知道这种试验究竟有没有成绩,用的试验方法,究竟有没有错误。第三,无论试

---

① 见《1919 年诗坛略论》,见北社同人编:《新诗年选》,上海,上海亚东图书馆 1922 年版。
② 郭沫若:《创造十年》,北京,人民文学出版社 1979 年版,第 56 页。

验的成绩如何,我觉得我的《尝试集》至少有一件事可以供献给大家的。这一件可供献的事就是这本诗所代表的"实验的精神"。我们这一班人的文学革命论所以同别人不同,全在这一点试验的态度。①

这段话是胡适的夫子自道,却同时说明了"新诗集"出版的两种功能:作为作品的集结在传播上提供一种有效、集中阅读的可能,从而在读者和写作之间形成交流、评价的空间;诗集的阅读、接受过程,也是新诗合法性的检验和规划过程。1920年在中学读书的冯至,在报纸上读到《尝试集》出版的消息后,便写信到亚东图书馆邮购。1920年1月由上海新诗社出版的《新诗集》,书前印有《吾们为什么要印"新诗集"?》,书后附录胡适的《我为什么要做白话诗?》和《谈新诗》,刘半农的《诗的精神上之革新》三篇论文,分成写实、写景、写意和写情四类编辑,用归类的方法以供人阅读之便,以归类为比较和批评提供便利。编者对其印行的理由也作了这样的描述:汇集几年来的试验成绩,以打消人们对新诗的怀疑;为学习新诗的人提供有价值的范本,供人们去研究磨炼它;用归纳的方法,分类编列,翻阅起来,便利多了;分类印好,为比较、批评提供便利。这里也说明了新诗集出版在新诗发生和传播史上的意义。1920年8月由许德邻编崇文书局出版的《分类白话诗选》,选诗148篇,作者64人,阿英在《中国新文学大系史料索引·诗歌总集编目》的"按语"中说:此集为初期新诗之最完备的选集,各主要杂志,主要报纸上的诗作,网罗靡遗。《分类白话诗选》的"自序"说:

> 我们要研究白话诗,要先晓得白话诗的"原则"是"纯洁"的,不是"涂脂抹粉",当做"玩意儿"的;是"真实"的,不是"虚"的;是"自然"的,不是"矫揉造作"的。有了这三种精神,然后有做白话诗的资格。有了三种精神,然后一切格律音韵的成例都可以打破。
>
> 白话诗的好处,就是上面所说的各种。虽然是我个人的"一孔之见",似乎"是非尚不大缪",不过现在正在创造的时代,总得要经过多数人的研究和多数精神的磨炼,然后能够达到圆满的目的。要求经过多数的研究和磨炼,第一步的办法须要把白话诗的声浪竭力的提高来,

---

① 胡适:《〈尝试集〉自序》,合肥,安徽教育出版社1999年版,第30页。

竭力的推广来,使多数人的脑筋里多有这一个问题,都有引起要研究白话诗的感想,然后,渐渐的有"推陈出新"的希望。这个就是我编这一部白话诗稿的本意。①

由此可见,编者的意图是帮助更多的人去研究和磨炼新诗,然后去提高新诗的质量,推广新诗的成果。根据蒲梢编的《初期新文艺出版物编目》,从1919年到1923年间,共出版诗集18部,包括个人诗集,同人合集与诗歌选集,其中《尝试集》、《女神》、《草儿》、《冬夜》等,都是新诗史上的奠基之作。这些诗集发行量都较大,如《尝试集》出版3年内重版4次,印数达到15000册,《女神》出版两年内也是4版,销量超过《尝试集》;《蕙的风》则"风行一时",前三年销量20000册。在当时,一本文学书籍的销量超过一万,就位于最畅销之列,新诗集受到读者如此的青睐是少有的现象。新诗运动初期有三本新诗选集,都产生过重要影响,这就是以上所说的《新诗集》,共收诗103首,作者56人,选录自24种报章杂志;《分类白话诗选》,选诗232首,诗人68家;还有就是1922年康白情等策划的《新诗年选》(1919)选诗90首,诗人40家;三本诗选较充分地显示了初期新诗的创作实绩。许多重要诗人,都是通过阅读诗集和诗选开始新诗创作的。诗集与诗选的出版,培养了新诗的读者,确立了新诗的规范,也提供了历史存留的可能。

三是评论的影响。在五四新诗运动中,有一个现象值得注意,那就是新诗诗集出版特别重视序言,或是请人写作,或是自己写作,而且都是不厌其烦地展开论述。胡适《尝试集》出版之前,就请钱玄同写作了长序,然后又嫌不够,自己又写序言和再版序言、四版序言,这些序言正面阐述其新诗创作的历史和意义,也正面公示其关于新诗的理解和追求。再如《蕙的风》出版,居然有胡适、朱自清、刘延陵三位大师写序,还有汪静之的自序,这在今天看来是不可思议的。但正是这种"序言",阐发了诗集的价值和意义,目的都在争取新诗的合法地位。在五四时期,关于新诗的历史评价、新诗的特定规范、新诗的合法地位等,往往是围绕着新诗集的评论展开。无论是旧派文人、新诗学者的反对或发难,新诗集往往成为火力的靶子。如胡怀琛对

---

① 许德邻:《分类白话诗选》自序,北京,人民文学出版社1988年版,第3—4页。

《尝试集》的修改,胡先骕的《评〈尝试集〉》,闻一多、梁实秋的《〈冬夜〉〈草儿〉评论》,成仿吾的《诗之防御战》等,都是其中的代表。这些评论成为早期新诗论争的主要标志。这同后来新诗史上新诗评论有着本质的不同,前者的评论主要是站在新诗的认同基础上正面的或反面的评论,指明其创作的得失和作品价值,而后者的评论往往涉及新诗合法性的辩难、新诗发明权的争夺、新诗坛的场域划分等问题,一句话,这种评论关乎新诗的成立问题。如胡先骕就说:"评胡君之诗,即可评胡君论诗之学说,与现实一般新诗之短长,古今中外的名家论诗之学说,以及真正改良中国诗之方法。"①基于这种认识,《评〈尝试集〉》全文分成八个部分,从"《尝试集》诗之性质"到"声调格律音韵与诗的关系"、"文言白话用典与诗之关系",再到"诗之模仿与创造"、"古学派浪漫派之艺术观与其优劣"、"中国诗进化之程序及其精神"、"《尝试集》之价值及其效用",均从宏观着笔,显示了新诗批评的两个重要特征:一是对所谓"诗"的文类界限的维护,二是对新诗背后的历史主义倾向的抗拒。这种批评就涉及新诗合法性等根本问题。这些评论,无论是正面阐发新诗的价值和追求,还是从反面否定新诗的意义和合法,都有效地扩大了新诗的影响,导引新诗的正确界定和规范确立,最终推动着中国新诗的发生。

在新诗现代化的过程中,传媒的变化是个非常重要的标志,而现代传媒的变革主要体现了白话报刊和平装书的出现。现代传媒体适应了城市化、社会化的需要,适应了现代市民的需要,推动了文学运行机制的商业化,作家以写作来谋生,读者以阅读来消费,廉价的现代媒体大大扩大了媒体的消费范围,把文学从传统士大夫的专利状态解放出来,也使得作家可能进入市场而保持创作的独立性格,从而促使文学向世俗化和大众化的方向发展,改变了作者、文本和读者的公共关系。在考虑现代媒体对于新诗发生意义时,除了以上所说发表新诗最初的尝试之作以外,还有三个重要问题需要注意。

一是现代媒体帮助新诗确立自身合法性。新诗在诗质、诗语和诗体方面的急剧变革,引起激烈争议,确立其合法性并把它提升为某种发展方向、

---

① 胡先骕:《评〈尝试集〉》,载《学衡》第1、2期,1922年1月,2月。

暗示诗歌的现代形态,就成为时代的课题。新诗运动先驱自觉地意识到这点,全力借助媒体争取新诗的合法地位,塑造新诗的社会形象,因而刊物"发表"不仅传播了新诗,而且还可能肯定新诗和发明新诗。首先是媒体上正面宣传诗歌革新主张。在胡适尝试初期,钱玄同和胡适就写了两篇重要序言发表,钱序高屋建瓴地把"尝试集"定位于白话文学整体背景,揭示其发生的必然性,胡序侧重描述"我个人主张文学革命的小史",两序合起来组成一个完整的新诗发生的历史叙述,其意义在于辩护新诗的历史合法性,完成新诗最初形象的自我想象。呼应同一时代要求,这时刊物发表一批诗学论文,著名的如刘半农的《诗与小说精神上之革新》、俞平伯的《社会上对于新诗的各种心理观》和《白话诗的三大条件》,胡适的《尝试集再版自序》和《谈新诗》等,都成为倡导新诗的重要文献。其次是在媒体上排拒异类诗歌想象。新诗在扩大自身空间时,是带有排斥性的,只有在与旧有或异类的诗歌的区分中,新诗才能建立自己的合法边界。在这方面,新诗不仅利用刊物同新诗反对者进行了针锋相对的斗争,而且还同名义上并不反对新诗的异类诗歌想象斗争。如旧诗把酬唱应对作为自己的社会功能,新诗在现代纯文学观念指导下,从区分文学创作和应用文章出发,要求诗歌独立的创作,成为个体情感的普遍性、社会化表达的创作。因此新诗运动先驱在媒体的公共化呈现中有意压制酬唱之作。康白情在《草儿》中留有相当的赠别之作,为新诗人留下口实;胡适在出版《尝试集》时,基本不收酬唱之作,在《尝试集》四版删诗时,鲁迅就建议抽去《周岁》一诗,因为"这也是《寿诗》之类";1920年底,郑振铎在报上读到一位新诗人说"戏作此诗,博某人底一笑"的话,就撰文批评这种游戏态度。再如胡怀琛试图以自己的"模范的新派诗"来对抗白话新诗。他实际上是继续了诗界革命的探索,通过写作"变相的旧体白话诗",来争夺新诗的发明权,诋毁新诗的合法性。对此,新诗运动的先驱利用刊物进行了坚决的批评,捍卫了白话新诗的自身地位和现代形象。再次是在媒体上争相为新诗命名。在白话新诗合法性确立过程中,新诗的非诗化倾向常遭人非议,因此构建新诗的"诗"的形象就成为重要课题,俞平伯撰文提出"怎样才能使新诗的基础坚固"的问题,强调新诗人要努力使新诗的主义和艺术都有长足完美的进步,谋取新诗乐观的前途。① 与此呼应,1919—1920 年间刊物发表了一系列诗学文章为"诗"命名。重要者如康白情的《新诗底我见》,宗白华的《新诗略谈》,田汉的《诗人与劳动问题》,俞平伯的《诗的自由与普遍》,郭沫若和宗白华的论诗通信,叶圣陶的《诗的源泉》,王统照的《对于诗坛批评者的我见》,郑振铎的《何谓诗》等。这为新诗合法地位和价值标准的确立发挥着重要作用。

二是现代媒体重塑着诗人、文本与读者的公共关系。这是一个极其复杂的关系,正是在这种复杂关系的互动中,新诗发生空间扩大,艺术质量提高,读者群体形成。媒体对诗人创作的影响是显而易见的。没有媒体的推动,胡适白话诗的进化和影响,就不会发生。而胡适等最初的一批新诗在刊物发表,又培养出更多的读者与作者。正是宗白华编《时事新报·学灯》的鼓励,才使郭沫若的创作出现了爆发期,成就了他的一批最有影响的自由体诗,正如他后来说:"在他(惠特曼)的影响下,应宗白华的鞭策,我便做出了《立在地球边上放号》、《天狗》、《心灯》、《炉中煤》、《巨炮之教训》等那些男性的粗暴的诗来。"②这里,刊物、编者和读者的"鞭策",直接影响到郭沫若诗歌的作品发生和创作风格。在新诗发生空间中,从个体来说,一位诗人要占据诗坛位置,如何"入场"是个重要问题,而创作的发表、出版似乎是"入场"必要的条件。闻一多为了"入场",充分注意到媒体的特殊重要意义:"我的宗旨不仅与国内文坛交换意见,径直要领袖一种之文学潮流或派别。请申其说。我们皆知我们对于文学批评的意见颇有独立价值;若有专一之出版物以发表之,则易受群众之注意——收效速而且普遍……又吾人之创作亦有特别色彩。寄人篱下,朝秦暮楚,则此种色彩定归湮没……再者批评的论文与创作并列则有 concentration(集中),concentration(集中)者事半功倍之途也。余对于中国文学抱有使命,故急欲借杂志以实行之。"③事实上,发生期诗人"入场"都离不开媒体的中介。从整体来说,社会中阅读风尚的

---

① 俞平伯:《社会上对于新诗的各种心理观》,载《新潮》第 2 卷第 1 号,1919 年 10 月 30 日。

② 郭沫若:《我的作诗的经过》,见《沫若文集》第 11 卷,北京,人民文学出版社 1959 年版,第141 页。

③ 闻一多 1922 年 9 月 29 日致梁实秋信,见《闻一多书信选集》,北京,人民文学出版社 1996年版,第 64—65 页。

形成会直接推动诗人创作。在初期新诗发表后,很多读者和作者仍以旧诗的阅读方式来界定新诗,尤其将"诗的音节"的有无视为关键,而这阅读风尚的背后仍是旧诗的形象构想。新诗人这样面临着双重课题,一是要在自己的创作中彻底打破传统,胡适等人对自己的初期创作不能跳出旧诗范围感到苦恼;二是要在理论和创作上用新的诗歌构想去替代旧的,并能够得到读者的认同。解决问题的办法就是提出了诗体解放论,着意打破传统诗歌的建行方式和语音组合结构,把白话的字,白话的文法,同白话的自然音节有机地统一起来,正面提出"诗的音节是不能独立的"诗歌美学,从而使诗意开始替代音节成为新诗表现的中心。这是新诗发生途中的关键一步。"自然音节"说的倡导和实践,最终推动了现代新诗成立纪元的到来。另一方面,媒体对读者和社会的审美风尚的影响也是显而易见的。初期新诗在媒体大量发表,就培养起了一个新的读者群,而对于某一类文学体式而言,其兴起或发展,都与一个读者群的确立密切相关。胡适等人的新诗地位的确立,是同媒体培养起一个新的读者群有关的,这一群体基本上由编辑、教员和学生组成,其中由新式教育培养出的"青年学生",无疑是读者群的主体。他们既是新诗的读者,也是主要的追随者,其中不少人如汪静之等很快由读者变为作者。郭沫若的新诗同样培养起一个读者群。现代报刊诞生后,编辑就懂得要对自己负责的版面"策划",要在对读者对象定位的基础上提高刊物的发行量。宗白华接办《学灯》后,凭直觉感到郭沫若的诗能为《学灯》增添色彩,因此对他寄来的诗格外重视,尽量发表,尽管他当时还没有什么名气。事实证明,这一"策划"是正确的,郭诗集中发表后,就以其特异的面貌,吸引了一批年轻的文学爱好者,巴金、臧克家、茅盾等后来成为文学大师的,都在回忆中谈到读郭诗后的"钦佩",甚至"奉若神明,五体投地"之情。"读者群和他们的作家是有生动的关联的:后者是生产者,前者是消费者;后者是演员,前者是以自己的共鸣和热情奖励演员的观众。"①诗人、文本和读者群互动,使郭诗开一代新风,成为新诗发生的另一重要起点。

三是现代媒体造成了发生期新诗的多元局面。五四期的很多刊物具有

① 别林斯基:《别林斯基论文学》,北京,新文艺出版社1958年版,第249页。

同人性质,尤其在激烈的社会变动的特定时期,刊物处在充满竞争性的场域之中,无论其地位的确立或是形象的显示,都使得刊物需要依靠同人模式的运行来支撑。而且,五四期发表新诗的刊物大都是综合类的,新诗仅仅是刊物用稿的一个方面,这些诗稿最好能够同刊物其他稿子有机地整合,从而充分显示刊物在思想文化激烈变革中的整体倾向,这也要求刊物发表的诗歌同人倾向更为鲜明。如《新青年》是个以思想文化批判为宗旨的刊物,是五四新文化运动推动的重要力量。在 1918 年初正式宣告改制为同人刊物,这时候的同人主要有陈独秀、李大钊、胡适、刘半农、沈尹默、钱玄同、周作人等,文学家或后来成为文学家的占据绝对多数,也可以视为一个倡导新文学的文学社团。这些同人自觉地把新文学运动视为新文化运动的组成部分,把新诗运动视为着力推动的项目,倾向性和目的性非常明显,作者群体也是相对固定(部分同其他刊物交叉)的,因此发表的白话诗歌自然有着基本相同的诗体风格。五四期的其他刊物也大致如此,在 1919—1920 年间,除《新青年》外,大致围绕刊物形成了以下诗人群体:《新潮》诗人群,多数为北大学生,得到新文化运动倡导者陈独秀、胡适、鲁迅等人的支持,主要诗人是更年轻的俞平伯、康白情、傅斯年、罗家伦、顾诚吾、汪敬熙、叶绍钧等。发表的60 多首新诗在胡适提倡的诗体解放路上继续前行,但诗的追求也更自觉,对于后来的文学研究会诗人的现实主义创作影响很大。《星期评论》诗人群,也是对《新青年》创作倾向的响应,但却更重视对传统的诗词和民谣的借鉴,因此一般认为也应包括同在上海办刊、倾向相似的《民国日报·觉悟》上发表的诗。《星期评论》每期都有新诗发表,有 10 多位诗人发表了数十首新诗,还有胡适的《谈新诗》等 3 篇重要诗歌理论文章发表。其中沈玄庐、刘大白被视为《星期评论》和《国民日报·觉悟》创作新诗的双璧,是新诗初期的重要诗人。《少年中国》诗人群,包括数十位诗人,重要者如田汉、宗白华、周无、郑伯奇、康白情、王光祈、黄仲苏、应修人、朱自清、王独清等人。《少年中国》大量发表新诗,达到 150 多首,还发表《新诗底我见》(康白情)、《新诗略谈》(宗白华)、《诗人与劳动问题》(田汉)、《诗的将来》(周无)、《诗体革新之形式及我的意见》(李思纯)等诗学论文,出版过两个专号进行诗学研究。此外,《少年中国》还译介了一批外国诗人的诗作,包括惠特曼、波特莱尔、歌德、勃来克、普希金、泰戈尔、凡尔勒仑等世界著名诗人的作品。《少年中国》上的诗基本趋向于更富有青春活力，自由抒情色彩更浓，尤其是开始注意到西方的浪漫主义和新浪漫主义（即后称的现代主义）诗歌，一些创作也呈现新的倾向，对后来的创造诗派和现代诗派的形成，都起到了先导的作用。此外就是《时事新报·学灯》大量发表郭沫若等人的自由体抒情新诗，显示了新的风格和面貌，受此影响后来形成了前期创造诗人群。虽然各刊物都大致是对初期白话新诗创作的呼应，其中各刊物作者之间也有局部的重复，但各刊物的基本风格却大致保持同人色彩。这些诗人群体的创作，共同构成了中国新诗发生期最初的新诗多元发展格局，展示了中国新诗在发生期不断成长的步伐，预示着中国新诗流派发展的前景，奠定了中国百年新诗伟大传统的基础。

第四章　五四新诗运动的功绩(下)

文学观念的变革,诗歌资源的准备,创作及其媒体传播,再加上五四白话运动的推动,作为五四新文学运动的重要组成部分的新诗运动应运而生,有效地推进了中国诗歌的诗质、诗语和诗体的现代化进程,中国新诗最终完成了由古典到现代的转变,从 19—20 世纪开始的新诗发生终于结出丰硕成果。

第一节　诗质的现代化

晚清的诗界革命催生了"新诗"这一概念,开创了中国诗歌面向现实表现人生和面向西方寻求参照的先河,成为后来中国诗人寻求诗歌现代性的重要起点。但是,由于晚清和民初,毕竟还没有出现那种足以造成整个民族思想文化向现代突变的契机,文学(诗歌)作为整个思想文化的组成部分,其变革的现代性尚处在局部的渐进的浅层的状态,只有到了五四新文化运动中,中国诗歌的诗质、诗语和诗体才完成了现代转型。新文化运动本质上是企求中国现代化的思想启蒙运动,它在根本上决定诗歌尤其是诗质的现代性。我们从启蒙现代性和审美现代性两个向度来概述五四诗歌的诗质,即诗歌精神品质的现代化。

先说启蒙现代性。作为文学革命的宣言,胡适在《文学改良刍议》中,把自己文学改革的第一事概括为"须言之有物",并对"物"作出界定:"吾所谓'物'非古人所谓'文以载道'之说也",而是指"思想"和"情感"。胡适说:"近世文人沾沾于声调字句之间,既无高远之思想,又无真挚之情感,文学之衰微,此其大因矣。此文胜之害,所谓言之无物者是也。欲救此弊,宜以质救之。质者何? 情与思二者而已。"①"文以载道"是中国传统文学观念的核心命题,胡适等众口一词否定此命题,但却没有否定文中有"物"。陈独秀就说,文学之本义"原非为载道有物而设,""何谓文学之本义耶。窃以为文以代语而已。达意状物,为其本义。"在他看来,文学只是不应"载道",却不应无所"载"。这里似乎有一个悖论,就是既反对"文以载道",又要求"言之有物"。对此,文学革命先驱的说明是,若从"道"字的广义解释,道即理即物,亦即思想之内容;但古人的所谓"道"却是狭义的,"唯古人所倡文以载道之'道',实谓天经地义神圣不可非议之孔道,故文章家必依附六经以自矜重,此'道'字之狭义的解释,其流弊去八股家之所谓代圣贤立言也不远矣。"②由此可见,"文以载道"和"言之有物"之争,关系到文学的出发点问题,即从"人生"、"情感"、"思想"、"意志"出发呢,还是从中国传统文化的核心内容孔教出发。胡适等人反对"文以载道",其实质就是要用新的思想、新的出发点来代替"文以载道"这个命题中那个陈腐、僵化、古旧的道的出发点,从而使新文学运动与新文化运动契合,以此来更新中国文学(诗歌)的"质"。这既是文学观念现代化的巨大变革,又是文学精神现代化的巨大进步。郭沫若在1930年回顾这段历史说:"古人说'文以载道',在文学革命的当时虽曾尽力地加以抨击,其实这个公式倒是一点也不错的。道就是时代的社会意识。在封建时代的社会意识是纲常伦教,所以那时的文所载的道便是忠孝节义的讴歌。近世资本制度时代的社会意识是尊重天赋人权,鼓励自由竞争,所以这时候的文便不能不来载这个自由平等的新道。这个道和封建社会的道根本是对立的,所以在这儿便不能不来一个划时代的文艺上的革命。"③郭沫若的分析符合历史事实。

---

①　胡适:《文学改良刍议》,见《中国新文学大系·建设理论集》,上海,上海良友图书印刷公司1935年版,第35页。

②　曾毅:《与陈独秀书》,见《中国新文学大系·文学论争集》,上海,上海良友图书印刷公司1935年版,第7页。

③　郭沫若:《文学革命之回顾》,见《郭沫若全集》第16卷,北京,人民文学出版社1989年版,第86页。

　　德国思想家哈贝马斯认为现代性包含两个向度,即思想模式的向度和社会运行模式的向度。前者指人文主义通过史无前例的对人的自然力的强调,摧毁将宇宙、人和超验因素结合起来的传统综合,人成为意义的唯一来源,自然降为客体,经验代替了超验和先验。人的理性为自然立法,一切都要放在理性的审判台前。后者则指近代以来西方所形成的新的社会生活和社会组织模式,如民主共和的政治体制、市场机制、经济运行方式等,作为适应生产力发展的产物,它直接导致了旧的社会结构的分化。五四时期是中国现代思想启蒙的时代。同以往历次变革不同,五四知识分子开始把思想启蒙作为自己的主要使命,以坚决的态度打破"三纲五常"为核心的传统专制文化束缚,面向世界导入西方的现代思想文化。因此,作为五四诗歌诗质的现代性,首先就表现在思想模式向度,即思想文化启蒙现代性方面,其最核心的内涵就是五四新文化运动在否定传统文化后导入西方的民主和科学,当时先驱者形象地称民主为"德先生",称科学为"赛先生"。相对而言,现代性中社会运行模式的向度在当时只能作为一种理想的追求,表现为青春之梦和祖国之歌。作为五四思想启蒙的民主和科学,其所包含的法则、精神,都是中国传统文化所缺乏的,因此受到先驱者青睐被写在文化革命旗帜上。民主,作为资产阶级革命的纲领,它直接针对中世纪的专制统治,要求解放被宗教、神权束缚着的人们,给人以自主权。它的最高理想是自由、平等。五四精英在引进民主思想时,基本遵循了它的原旨。科学,是18世纪资产阶级启蒙运动的指导思想,其主旨是"综合客观之现实,诉之主观之理性",是以批判精神、怀疑精神对待一切现存的思想观念和方法。民主和科学,充分体现了哈贝马斯思想现代性的精神,也成为五四文学现代性的内核。因此,陈独秀在《本志罪案之答辩书》中勇敢地说:"西洋人因为拥护德赛两先生,闹了多少事,流了多少血,德赛两先生才渐渐从黑暗中把他们救出,引到光明世界。我们现在认定只有这两位先生,可以救治中国政治上道德上学术上思想上一切的黑暗。若因为拥护这两位先生(民主、科学),一切政府的迫压,社会的攻击笑骂,就是断头流血,都不推辞。"①

---

① 陈独秀:《本志罪案之答辩书》,载《新青年》第6卷第1号,1919年1月15日。

民主和科学,成为五四思想启蒙现代性的核心,它首先构成了中国现代文学(诗歌)自己的知识系统。五四精英将西方近代以来的学术、文化、思想和文学资源大量地介绍到中国,五四前后数以千计的哲学、社会科学、自然科学等外来名词术语进入汉语词汇,现代政治论文或学术论文里的词语基本都是那时进入汉语并被固定下来的。这个知识系统被称为"新学",它融合中西,在知识体系上既与传统中国旧学体系迥然有别,也区别于单纯的西学,是一个呈现开放和多元特征的新型知识系统。由新的知识系统所带来的新的价值观念冲击着传统价值系统,促进新的价值系统的形成,其核心就是人的发现和科学的发现。在国家与个人的关系上,五四精英所持观点与传统与晚清都不同,主张个人第一,国家第二,鲁迅将"人生之意义"、"个人之尊严"视为"20世纪之新精神"。李大钊甚至将国家视为发展的阻碍,要求的是"个性解放自由的我,和一个人人相尊的世界"。而"科学"也突破了传统的从属于"道"的"技"的范畴,占据推动社会变革和发展的突出地位,成为社会和自然法则的价值标准。在知识体系和价值系统形成的同时,新的意识形态也在形成,它宣告了建立在血缘关系基础上的道统宗法体系的崩溃。虽然五四时期意识形态朦胧多元,但基本的线索是清晰的。如关于"世界",陈独秀把中国放入世界之中分析,认为"国民而无世界之智识,其国家将何以图存于世界之中",把"世界智识"作为立国立民的首要条件。关于"国家",已经不再是"家"的放大,在承认个体独立之价值的基础上现代的民族、国家观念已经形成了。由此才有了启蒙,启的不是宗族体系中的"子民"之蒙,而是现代民族、国家中的"国民"之蒙;由此也有了救亡,所救的不是哪一家的"家天下"之亡,而是中华民族之亡。新的知识系统、新的价值系统和新的意识形态系统,都具有现代性,成为五四诗歌启蒙现代性的基本内容和精神品质。

但是,这些思想启蒙现代性要真正成为诗质,还需要经过一个至关重要的环节即"审美",只有审美现代性才能直接构成现代诗歌的诗质。五四先驱在民主和科学思想指导下更新文学精神。在"民主"思想指引下,先驱引进西方文学思潮最杰出最有意义的就是"人"与文学关系的发现。傅斯年在《怎样做白话文》中兴奋地说:"我们希望将来的文学,是'人化'的文学"，"西洋近世的文学，全遵照这条道路发展：不特他的大地方是求合人情，就是他的一言一语，一切表词法，一切造作文句的手段，也全是'实获我心'。""我们所以不满意于旧文学，只为他是不合人性，不近人情的伪文学，缺少'人化'的文学。"①西方文学重视"人"的特点，是民主思想在文学中的体现，因为只有民主，才能保证文学自由地抒发个人的情感，表达个人的思想；只有民主，人世才能在完善的意义上实现人的本质。在"科学"思想指引下，先驱大力提倡理性精神，既指怀疑一切的胆识与批判的态度，又指重事实、重证据的实证精神。陈独秀在《本志罪案之答辩书》中断然宣称："要拥护赛先生（科学），便不得不反对旧艺术，旧宗教。"五四理性精神，是直接与传统的中庸原则、道德教条对立的重个性、重创造、重事实的崭新形态。五四文学包括诗歌在审美上充分体现着人的发现和理性精神的现代特征。

民主与科学的审美现代性，在创作中同时在两个领域进行。一是对传统文学的否定。陈独秀在《文学革命论》中，高张"文学革命军"大旗，上书三大主义：推倒雕琢的阿谀的贵族文学，建设平易的抒情的国民文学；推倒陈腐的铺张的古典文学，建设新鲜的立诚的写实文学；推倒迂晦的艰涩的山林文学，建设明了的通俗的社会文学。理由就是：

> 贵族文学，藻饰依他，失独立自尊之气象也；古典文学，铺张堆砌，失抒情写实之旨也；山林文学，深晦艰涩，自以为名山著述，于其群之大多数无所裨益也。其形体则陈陈相因，有肉无骨，有形无神，乃装饰品而非实用品；其内容则目光不越帝王权贵，神仙鬼怪，及其个人之穷通利达。所谓宇宙，所谓人生，所谓社会，举非其构思所及。此三种文学公同之缺点也。此种文学，盖与吾阿谀夸张虚伪迂阔之国民性，互为因果。②

这段文字对传统文学的批判和对现代文学的呼唤，其依据正是民主与科学的思想，传统的贵族文学、古典文学和山林文学的文学精神和审美品格是反

---

① 傅斯年：《怎样做白话文》，见《中国新文学大系·建设理论集》，上海，上海良友图书印刷公司1935年版，第226页，

② 陈独秀：《文学革命论》，见《中国新文学大系·建设理论集》，上海，上海良友图书印刷公司1935年版，第46页。

民主,反科学的;而理想中的国民文学、写实文学和社会文学体现着民主和科学的审美现代性要求,在五四时期就具体表现为人的文学、写实文学和平民文学的理论与实践。二是对外来文学的引进。依据民主和科学的精神,五四精英以前所未有的气度和胆魄,为西方文学的引入开出天地,从亚里士多德到别林斯基,从现实主义到现代主义,从古希腊先哲到现代苏俄泰斗,从西欧、东欧到日本、拉美,世界两千多年来所兴起各种文学思潮,都在中国很匆忙而又很杂乱地出现过来。如五四时期西欧 19 世纪批判现实主义思潮,18 世纪西方浪漫主义思潮,俄国现实批判主义思潮的引入,就因这些思潮继承了文艺复兴以来西方文学重视人的尊严、人的价值的人道主义传统,集中体现了近代西方文学的“人学”特征。这些西方文学思潮和创作的引入,有效地推动了中国诗歌同世界现代诗潮的接轨,推动了中国现代诗歌审美精神和品格的形成。

刘纳在 1998 年出版《嬗变》,论述辛亥革命时期至五四时期的中国文学,其中第四章为“在比较中寻找变革的轨迹”,基本内容正好展示了五四时期启蒙现代性和审美现代性在新诗诗质现代性方面的表现。辛亥时期文学总体上皈依政治,五四时期诗歌注重思想,有浓郁的哲学尤其是人生哲学兴趣,注重寻找个人的精神出路和探究人生问题;辛亥时期诗歌沉淀着对国家民族的忧患意识,五四文学则较多地漂浮着生命的危机意识,兴趣集中在人的精神世界,出现了对“空虚的心”、“疲惫之心”、“孤独意识”、“飘零意识”以及各种精神矛盾心理的开掘;辛亥时期诗歌突现近代意义上国民的国家,五四时期诗歌突出人性解放和人的发现,即使爱国或民族内容也希望以人类一体化的理想去沟通个体生命,期望着人与人、民族与民族之间的融合,充满着“人类之爱”;辛亥诗人并未注意到整个夜空,视线僵视在月亮,而对满天繁星视而不见,追求着静态的秩序美,五四诗人几乎都写过夜空和夜歌,体味宇宙的玄渺神秘,赞叹宇宙的运动伟力,呈现着一种自然和生命的活力。在这种比较中,我们真切地发现了民主和科学的现代精神,发现了这种精神在五四文学包括诗歌中的审美化,启蒙的现代性和审美的现代性,有效地改变了中国诗歌的特质,推动着中国诗歌的现代转型。

第二节　诗语的现代性

　　由文言古诗到白话新诗,体现了诗歌语言的现代化。白话文运动肇始于晚清,现代汉语同现代文学的发生是同步的,与中国文学的现代转型是同步的。这一运动经历了前后相继的两个阶段,即从晚清白话到五四白话,基本线索是从文白二元到白话正宗,从宣传工具到语言本体,从言文一致到文学国语,从近代汉语到现代汉语,由此推动了中国诗歌语言变革,中国诗歌终于完成了由近代型到现代型的转变。

　　五四新诗运动有着自觉的诗语现代意识,由"新文学就是白话的文学"直接导出现代诗歌是白话诗歌的命题。胡适在《中国新文学大系·建设理论集导言》中总结五四新文学运动,认为其中心理论有两个,"一个是我们要建立一种'活的文学',一个是我们要建立一种'人的文学'。前一个理论是文字工具的革新,后一个理论是文学内容的革新。中国新文学运动的一切理论都可以包括在这两个中心思想的里面。"而"活的文学"就是指白话的文学(后来胡适称为"国语的文学")。在《文学改良刍议》中,胡适用文学进化论明确地指出:

　　　　欧洲中古时,各国皆有俚语,而以拉丁文为文言,凡著作书籍皆用之,如吾国之以文言著书也。其后意大利有但丁(Dante)诸文豪,始以其国俚语著作。诸国踵兴,国语亦代起。路得(Iuther)创新教始以德文译"旧约""新约",遂开德文学之先。英法诸国亦复如是。今世通用之英文"新旧约"乃一六一一年译本,距今才三百年耳。故今日欧洲诸国之文学,在当日皆为俚语。跆诸文豪兴,始以"活文学"代拉丁文之死文学;有活文学而后有言文合一之国语也……以今世历史进化的眼光观之,则白话文学之为中国文学之正宗,又为将来文学必用之利器,可断言也。以此之故,吾主张今日作文作诗,宜采用俗语俗字。与其用三千年前的死字,不用如二十世纪之活字;与其作不能行远不能普及之秦汉六朝文字,不如作家喻户晓之《水浒》《西游》

文字也。①

胡适以欧洲语言演变推动文学现代化的历史为例,提出我国白话文学与文学现代化的问题,充满着自信。历史上常有人说白话文是胡适陈独秀等人闹出来的,陈独秀认为这是"不虞之誉","中国近来产业发达,人口集中,白话文完全是应这个需要而发生而存在的。"②五四新文学运动要建设平易的抒情的国民文学,新鲜的立诚的写实文学和明了的通俗的社会文学,必然要求文学语言由文言向白话转变,郭沫若认为,"古人用他们的言辞表示他们的情怀,已成为古诗,今人用我们的言辞表示我们的生趣,便是新诗。"③这不仅道出了白话诗歌发生的必然规律,而且表明了白话与诗歌现代化的有机联系。而作为这种联系的最内在根据就是现代人生和现代生活,需要现代白话来表达。胡适在《文学改良刍议》中举出胡先骕作的文言词:"荧荧夜灯如豆,映幢幢孤影,凌乱无据。翡翠衾寒,鸳鸯瓦冷,禁得秋宵几度?幺弦漫语,早丁字帘前,繁霜飞舞。袅袅余音,片时犹绕柱。"认为"其实仅一大堆陈套语耳。""翡翠衾"、"鸳鸯瓦",用之白香山"长恨歌"则可,因为其所言乃帝王之衾之瓦;"丁字帘"、"幺弦",皆套语。此词在美国所作,其夜灯绝不是"荧荧如豆",其居室尤无"柱"可绕;"繁霜飞舞"则更不成话。胡适用此例要说明的是身在现代社会而偏要写古人之言,本为新的时代,却偏要用文言词语,结果是不伦不类,笑话百出。在《谈新诗》中,胡适则举出周作人的《小河》、自己的《应该》和康白情的《窗外》,来说明白话新诗能够充分表达现代人的情思。正反两方面的例证,充分地论证了新诗选择白话在语言发展方面的历史必然性,论证了诗语现代性追求的历史规律性。

基于这种自觉的诗语现代意识,五四精英经过努力推动现代白话新诗的诞生。其间形成的白话文学思想此前已有分析,这里着重分析白话诗歌实践的两大关键问题。

---

① 胡适:《文学改良刍议》,见《中国新文学大系·建设理论集》,上海,上海良友图书印刷公司1935年版,第42—43页。

② 陈独秀:《科学与人生观·序》,见《陈独秀文章选》中,北京,三联书店1984年版,第350页。

③ 郭沫若:《论诗三札》,见许霆编:《中国现代诗歌理论经典》,苏州,苏州大学出版社2007年版,第128页。

一是坚持不懈地从事白话诗歌的创作实践。晚清白话文运动就提出白话诗歌问题,但真正的创作极少,这是因为那时人们存着文白二元的观念,肯定杂谣体、歌体诗以及倡导民歌,是因为其能够用于维新宣传,或在儿童讽喻和教科之用,没有把它提到建立现代诗体的地位。现代诗语确立固然需要理论倡导,但更需要创作实践。胡适意识到这一点,在倡导白话新诗时强调的是"尝试",以此来证明"小说词曲固可用白话,诗文则不可"之谬。在胡适的带领下,白话诗歌的尝试蔚成风气,不仅是五四文学革命先驱创作,而且是社会各界仿作蜂起,作品大量涌现,后人常常把五四新诗创作视为粗制滥造,其实没有这种量的创作,中国新诗就不会产生广泛影响,也就不会有诗语的现代变革。在白话诗歌创作兴起后,胡适又提出现代文学经典问题,这就是1918年4月发表在《新青年》上的《建设的文学革命论》,强调提倡文学革命的人"个个都该从建设一方面用力,要在三五十年内替中国创造出一派新中国的活文学。"胡适由此提出"国语的文学,文学的国语"的建设新文学的方针。这里就涉及了新文学(新诗)的形式本体——语言如何成立并完善的问题。具体来说就是:要有文学的国语,首先就要创造国语的文学,有了国语的文学,自然就有国语;反之也一样,有了文学的国语,才能更有效地创造国语的文学。胡适的意思十分明白,国语与国语的文学是不可分的,国语的文学与文学的国语就形成一种螺旋式上升的态势。应该说明的是,这里的"国语"指的就是现代白话。为实现这一目标,胡适提出创造新文学的三个步骤,就是"工具"——多读模范的白话文学,用白话作各种文学;"方法"——集收材料的方法、结构的方法、描写的方法,重点是借用西洋文学的方法;"创造"——工具用得纯熟自然了,方法也懂了,方才可以创造中国的新文学。对胡适的这种主张,傅斯年、周作人等都起而相应,白话新诗创作就成为诗语现代化追求的基本途径。重视尝试创作,这正是五四新诗运动的重要特征,也正是现代新诗诞生的重要经验。

在尝试创作过程中,五四文学先驱排除各种干扰,始终同反对白话诗歌创作的观点斗争。主要有三个方面的举措。一是尝试初起时,反对者认为白话自有白话用处(如作小说等),因为太俗不能用于作诗。这仍然是文白二元论。白话诗人反驳说:"所谓'俗'在简单的意义便是'通俗',也就是能够深入群众。"这种深入在一般社会意义上,就是有利于启蒙与人的解放,有利于表达现代人生和现代社会。这种主张无论从社会意义还是从文学规律来看,无处不显出对人的价值的重视,它为白话诗歌的现代性找到了广泛的社会基础,也使白话诗歌的主张显示了现代意义。二是新诗诞生后,反对者认为"做白话诗歌很不容易,不如做文言的省力"。这是因为那时没有标准的国语,白话新诗的语言需要诗人自己探索。对此,白话诗人认为这一难题可以克服,胡适在《建设的文学革命论》中就说:"我以为我们提倡新文学的人,尽可不必问今日中国有无标准国语。我们尽可努力去做白话的文学。我们可尽量采用《水浒》《西游记》《儒林外史》《红楼梦》的白话;有不合今日的用的,便不用他;有不够用的,便用今日的白话来补助;有不得不用文言的,便用文言来补助。这样做去,决不愁语言文字不够用,也决不用愁没有标准白话。"①这充分体现了白话诗人的文学创新意识,由此形成了中国新诗的优良传统:创造精神。三是新诗出现以后,反对者从组织方面肆其攻击,新诗赞成者也对粗制滥造心存厌倦。对此,俞平伯认为"在一般通俗文章,尽可专注意于内质,文词只要明显,种种修辞,概可免去。但诗歌一种,确是抒发美感的文学,虽主写实,亦心力求其遣词命篇之完密优美。"于是,他写作《白话诗的三大条件》《社会上对于新诗的各种心理观》等,探索白话新诗走向成熟的问题,认为白话诗有三大条件:用字要精当,作句要雅洁,安章要完密;音节务求谐适,却不限定句末用韵;说理要深透,表情要切至,叙事要灵活。② 正是五四文学先驱排除各种干扰,以创新的意识和开放的意识坚持不懈实践,才推进了诗语的现代化。

二是无所顾忌地吸收白话散文的语言组织。五四时期,现代诗歌语言进行了现代变革,无所顾忌地冲破传统诗歌的韵语而采用散文的文句,起到了关键的作用。散文的语言组织倾向于结构完整,语意明晰,逻辑流畅,语义发展呈现线性特征。中国诗歌在现代转型的开始阶段,就注意吸收散文

① 胡适:《建设的文学革命论》,见《中国新文学大系·建设理论集》,上海,上海良友图书印刷公司 1935 年版,第 131 页。

② 俞平伯:《白话诗的三大条件》,见《中国新文学大系·文学论争集》,上海,上海良友图书印刷公司 1935 年版,第 263—264 页。

文句以冲破传统韵语,如黄遵宪就提出"用古文字伸缩离合之法以入诗",就开始向散文化方向努力。胡适在开始尝试白话新诗时,其理论指导就是"须作诗如作文","须讲求文法"。他曾经高度评价黄遵宪的诗歌实验,认为"都是用做文章的法子来做的"。胡适在后来总结自己新诗创作的态度时说得更明白:"我认定了中国诗史上的趋势,由唐诗变到宋诗,无甚玄妙,只是作诗更近于作文!更近于说话。……我那时的主张颇受了读宋诗的影响,所以说'要须作诗如作文'!又反对'琢镂粉饰'的诗。"①事实上,不仅胡适,其他五四诗人都在作着散文化的追求,如俞平伯的《春水船》:"我只管朝前走:/想在心头;看在眼里;/细尝那春天的好滋味。"刘半农的《相隔一层纸》:"屋子外躺着一个叫花子,/咬紧了牙齿,对着北风呼'要死'!"周作人《画家》:"可惜我并非画家,/不能将一枝毛笔,/写出许多情景。"这种散文化,从诗语来说呈现的是现代化,是从宋诗对唐诗的变革里,取得自身的变革与创造的有益依据与启示的。学者这样评价:

> 当然,新诗所要进行的变革显然更进了一步:不再像宋诗那样局限于传统诗词内部结构的变动,所提出的"作诗如作文"包括了两个方面的要求:一是打破诗的格律,换以"自然的音节"("顺着诗意的自然曲折,自然轻重,自然高下");二是以白话写诗,不仅以白话词语代替文言,而且以白话(口语)的语法结构代替文言语法,并吸收国外的新语法,也即实行语言形式与思维形式两个方面的散文化。这实际上就是对发展得过分成熟、人们业已习惯,但已脱离了现代中国人的思维、语言的中国传统诗歌语言与形式的一次有组织的反叛,从而为新的诗歌语言与形式的创造开辟道路。可以设想,如果没有胡适们的这一"散文化"(也可以说是"非诗化")的战略选择,中国诗歌的发展将很难超出"诗界革命"的极限,更不可能有现代白话诗的产生与发展。②

这段精彩的论述,说明了新诗运动初期诗语"散文化"的具体内涵,指明了吸收白话散文的语言组织对于现代诗语形成的伟大意义。

---

① 胡适:《逼上梁山》,见《中国新文学大系·建设理论集》,上海,上海良友图书印刷公司1935年版,第98页。

② 钱理群等:《中国现代文学三十年》,北京,北京大学出版社1998年版,第120页。

同诗语散文化相关的就是诗语欧化。五四文学革命先驱认为现代欧诗是言文合一的,不同于中国传统韵语与散文语言与日常口语存在极大差异,因此在中国诗语现代追求中要向欧诗语言学习。胡适、傅斯年等在解决现代文学语言时,一方面固然强调留意口语,另一方面则强调参照欧语。傅斯年认为,我们那时的国语"异常质直,异常干枯",白话"仍然是浑身赤条条的,没有美术的境界",因此建设现代的国语需要有一个"高等凭藉物",这就是直用西洋文的款式、文法,词法,句法,章法,词枝,以及一切修辞学上的方法,"造成一种超于现在的国语的欧化的国语,因而成就一种欧化国语的文学"。傅斯年把理想中的白话概括为三类:逻辑的白话文,哲学的白话文和美术的白话文,并认为这种白话文都具有"人生"的特点,因为它能够引人感情,启人理性,使人发生感想,因此"欧化"即"人化"。[①] 虽然这里说的是白话文章欧化的问题,但由于欧化诗语正是现代诗语效法的榜样,同时五四时期诗语本身又趋向散文化,所以散文化的欧诗诗语对于我国诗语现代化起到直接推动作用。可以这样说,现代白话文学是在口语化和欧化的过程中形成的,中国现代诗语也是在口语化和欧化中完成现代形态建构的。现代诗史上始终存在的新诗欧化话题,在五四文学先驱看来其实就是诗语的散文化和欧化问题。

第三节 诗体的现代性

"以文为诗"的散文化,既是诗语的现代变革,更是诗体的现代变革。晚清诗界革命以来,新学诗、新派诗、歌体诗等虽然固守"以古人之风格入之"的诗学观,但其诗体仍然呈现着散文化、自由化的趋向。如语言通俗化,注意吸收民歌的格调和诗汇,句式自如多变,杂以散句长句,节奏韵律呈现自然开放,都使诗歌语言和诗体开始走向解放。五四时期诗歌的现代趋

---

① 傅斯年:《怎样做白话文》,见《中国新文学大系·建设理论集》,上海,上海良友图书印刷公司1935年版,第225页。

向,最重要的方面就是诗体的解放,而这解放具体表现就是冲击传统诗歌体式的格律化和程式化,呈现着诗体的自由化和散文化。五四是重视文体的时代,新文学倡导者把建设新的文体视为文学革命的重要环节,同时,五四又是轻慢文体形式的时代,在文体解放的浪潮中,新文学倡导者往往以新的文学信息搅乱了旧有文学的"谱",以模糊各种文体的界限来实现文学整体的变革。就诗体来说,其变革就是沿袭诗界革命以来开始呈现的散文化和自由化的路数。胡适说"要须作诗如作文",既是诗语的解放,又是诗体的解放。康白情在《新诗底我见》中索性说"诗和散文,本没有什么形式的分别"。一位作者对当时"诗栏与文栏"的印象是:"诗底音调与形式已完全和'词'不同而和散文相近,有些新诗并且连分行写法也弃而不用而用散文底写法。"①诗体的散文化与自由化,在五四时代是一种自觉的意识。胡适是从诗歌进化去认识诗体革新的,并从诗歌革命的高度肯定"文的形式"革新的意义。他说:"中国近年的新诗运动可算得是一种'诗体的大解放'。因为有了这一层诗体的解放,所以丰富的材料,精密的观察,高深的理想,复杂的感情,方才能跑到诗里去。五七言八句的律诗决不能容丰富的材料,二十八字的绝句决不能写精密的观察,长短一定的七言五言决不能委婉达出高深的理想与复杂的感情。"②刘半农批判晚清"假诗世界",因为其重要表现即"专讲声调格律,拘执着几平几仄方可成句,或引古证今,以为必如何如何始能对得工巧的",由此从袁枚《随园诗话》中"格律不在性情外"引出真的诗学观:"作诗本意,只须将思想中最真的一点,用自然音响节奏写将出来,便算了事,便算极好。"③李璜、李思纯、田汉等人则重在介绍欧洲的诗体解放,引出结论:我国诗歌表现现代生活,就要诗体解放。如田汉在《平民诗人惠特曼百年祭》中说:法国自由诗之起,"就是因为现代事象之繁复,不是腐旧的诗形,所能包容现代诗人内部生命之丰富,也不是腐旧的诗形所能

---

① 刘延陵:《前期与后期》,载《诗》第 1 卷第 4 号,1922 年 7 月。

② 胡适:《谈新诗》,见《中国新文学大系·建设理论集》,上海,上海良友图书印刷公司 1935 年版,第 294 页。

③ 刘半农:《诗与小说精神上之革新》,见《中国新文学大系·文学论争集》,上海,上海良友图书印刷公司 1935 年版,第 341 页。

表现,其结果非至于打破一定的韵律与诗形不可。""中国现今'新生'时代的诗形,正是合于世界之潮流,文学进化的气运。"①以上种种对诗体散文化、自由化的解放的见解,虽然论证的角度不同,但其共同之处都肯定自由化、散文化是诗体现代性的趋向。

"诗体解放"论是五四新诗运动中的诗学核心观念,是一种含有偏颇成分的诗学理论。解放诗体所追求的散文化,贯彻到白话诗创作中,就使诗的形式与白话的文法和白话的自然音节协调一致,达到了反文言的白话化和反诗歌的散文化的统一,推动着中国新诗的发生。与胡适同时期的其他新诗运动先驱者,也都主张诗体解放:

> 吾辈欲建造新文学之基础,不得不首先打破此崇拜旧时文体之迷信,使文学的形式速放一异彩。
>
> ——刘半农《我之文学改良观》②

> 他人已成的形式是不可因袭的东西。他人已成的形式只是自己的镣铐。形式方面我主张绝端的自由,绝端的自主。
>
> ——郭沫若《论诗三札》③

> 周作人的《小河》是新诗的代表作,作品发表在 1919 年 1 月的《新青年》,诗人说:"有人问我,这诗是什么体,连自己也回答不出。""内容大致仿那欧洲的俗歌;俗歌本来最要叶韵,现在却无韵,或者算不得诗,也未可知;但这是没有什么关系的。"④

> (新诗)自由成章而没有一定的格律,切自然的音节而不必拘音韵,贵质朴而不讲雕琢,以白话入行而不尚典雅。新诗破除一切桎梏人性底陈套,只求其无悖诗底精神罢了。
>
> ——康白情《新诗底我见》⑤

---

① 田汉:《平民诗人惠特曼百年祭》,载《少年中国》第 1 卷第 1 期,1919 年 7 月 15 日。

② 刘半农:《我之文学改良观》,见《中国新文学大系·建设理论集》,上海,上海良友图书印刷公司 1935 年版,第 67 页。

③ 郭沫若:《论诗三札》,见许霆编:《中国现代诗歌理论经典》,苏州,苏州大学出版社 2007 年版,第 130 页。

④ 周作人:《〈小河〉前记》,载《新青年》第 6 卷第 2 期,1919 年 1 月。

⑤ 康白情:《新诗底我见》,载《少年中国》第 1 卷第 9 期,1920 年 3 月 15 日。

　　我不愿顾念一切做诗底律令,……我只愿随随便便的,活活泼泼
的,借当代的语言,去表现出自我,在人类中间的我,为爱而活着的我。
至于表现出来的,是有韵的或无韵的诗,是因袭的或创造的诗,即至于
是诗不是诗;这都和我的本意无关。

——俞平伯《〈冬夜〉自序》①

"诗体解放"论内涵大致包含着破和立两个层面。从破的方面说,就是冲破
旧诗体的束缚和冲破旧诗则的束缚,其中最重要的是冲破旧诗词的语音组
合结构。当新诗人"做长短不一的白话诗"和"把从前一切束缚自由的枷锁
镣铐,一切打破"后,古典诗歌的语言模式便彻底瓦解了。既然散文化的句
法、章法主宰着整个诗章,固定的传统的那种完全不受语义结构制约的语音
结构就再也没有立足之地了,中国现代新诗体就真正突破了旧诗体而成形。
从立的方面说,就是提出"自然音节"说,为新诗解决语言形式奠定基础。
相对于旧诗词的语言结构,胡适提出的建设性的成果就是倡导新诗的"自
然音节",核心内容是"诗的音节是不能离开诗的意思而独立的"。在破和
立结合的"诗体解放"论的指导下,初期新诗开始冲破传统的语言结构,从
传统的声调和节奏的超稳态结构中解放出来,表现为音组的自由建构,从一
字到五字都出现了;音组的自由组合,各种性质的音组参差混用建行;轻音
节的大量出现,杜绝了对自然语句的缩略,散文句式真正进入诗行。这样,
现代意义上的新诗形式真正诞生了,传统诗歌与现代诗歌从本文结构上划
清界限,首先就体现在诗体解放上。进一步说,"诗体解放"论不仅从外在
的节奏韵律结构而且也从内在的心理结构上越过了沿袭了数千年古诗的稳
态结构。"诗体解放"论使传统语音结构瓦解,文法结构口语化,章法结构
散文化,又引起诗的语象世界、语义世界以及结构方式的变化;自然音节说
强调诗人在表达时语言形式同诗意和语调一致,那么当诗人以清晰的语义
逻辑左右意象和词语组合或展示时,诗中的"我"就明显地走向前台,这就
同传统诗词空间直映与超分析的表达方式有所区别,使"我有话对你说"得

---

　　①　俞平伯:《〈冬夜〉自序》,见陈绍伟编:《中国新诗集序跋选》,长沙,湖南文艺出版社1986
年版,第80页。

以实现，"我如何如何"语态成为风气，从而与那一时代文学使命合拍。尤其是自然音节实际上是散文式的语言结构，是一种与西语自由诗的"短语节奏"极为相似的词组节奏，这就为新诗运动更好地从精神、表达和文本方面接受西诗的影响汇入世界诗潮开辟了道路。

在五四时期，诗体解放是个艰苦的探索过程。李思纯在《诗体革新之形式及我的意见》中概括胡适等人新诗创作的变化痕迹："他原想以文言创新体。进一步而以白话来做旧式的歌行及词曲。再进一步而打破旧形式，作自由句。但有时仍运用词曲的风格形式，并且句末用韵。最后才从事于无韵的自由句。"①就整个诗体解放的进程来说，大致分为三个阶段：

第一个阶段就是新诗运动初起的1917年。胡适在《文学改良刍议》中提出"八不主义"以改良文学，这是从"否定"（即胡适所说的"从消极的，破坏的一方面着想"）角度提出文学改良任务的，涉及文学的精神、语言和文体等，但其中诸条都包含着打破传统诗体的内容。如"不摹仿古人"，就说"唐人不当作商周之诗。宋人不当作相如子云之赋——即令作之，亦必不工"，由此提出"不作古人的诗，而惟作我自己的诗"。如"须讲求文法"实质包含"以文为诗"的主张。"去滥调套语"、"不用典"、"不避俗字俗语"都关乎诗语和诗体，而"不讲对仗"，更是直接提出"废骈废律之说"。虽然这仅仅是在旧体诗歌的框架中的局部改良，但作为文学革命第一篇宣言，却在社会上激起巨大的反响，人们开始反思和反叛传统文学的精神、语言和文体，并从语言形式入手开始冲破传统诗体的形式局限，全面革新诗体形式。尤其是胡适肯定"以今世历史进化的眼光观之，则白话文学之为中国文学之正宗，又为将来文学必用之利器，可断言也"，提出了"死字"和"活字"、"死文学"和"活文学"两组令复古派头疼和愤恨的命题，并且依据这种文学革命理论开始尝试白话新诗，虽然大体继续着中国诗歌近代化方向探索，但有意的尝试和普遍的创作，却开始孕育着中国现代诗体的诞生。紧接着，陈独秀发表《文学革命论》，提出文学革命军三大主义，并对传统诗体作了深刻

---

① 李思纯：《诗体革新之形式及我的意见》，载《少年中国》第2卷第6期，1920年12月15日。

的剖析:"东晋而后,即细事陈启,亦尚骈丽。演至有唐,遂成骈体。诗之有律,文之有骈,皆发源于南北朝,大成于唐代。更进而为排律,为四六。此等雕琢的阿谀的铺张的空泛的贵族古典文学,极其长技,不过如涂脂抹粉之泥塑美人,以视八股试帖之价值,未必能高几何,可谓为文学之末运矣。"①陈独秀呼应着胡适,对传统诗体进行了革命的清算。这种否定虽然建设成果不显,但却为现代诗体的建设开辟了道路。

第二个阶段就是"诗体解放"论正式提出。1918 年初,胡适在多次演讲中,把《文学改良刍议》的"八不主义"改成肯定语气。他在《建设的文学革命论》中概括为四条:

一、要有话说,方才说话。这是"不做言之无物的文字"的一条变相。

二、有什么话,说什么话;话怎么说,就怎么说。这是(二)(三)(四)(五)(六)诸条的变相。

三、要说我自己的话,别说别人的话。这是"不摹仿古人"一条的变相。

四、是什么时代的人,说什么时代话。这是"不避俗语俗字"的变相。②

胡适说这种主张"一半消极,一半积极"。因为当时胡适对诗体解放还是朦胧的。在这时的创作方面,胡适已经认识到仅仅按《文学改良刍议》的八个条件去做,还是不能诞生理想中的现代白话诗:"仍旧用五言七言的句法。句子太整齐了,就不合语言的自然,不能不有截长补短的毛病,不能不时时牺牲白话的字和白话的文法来迁就五七言的句法。"在音节方面,他也认识到"整齐划一的音节没有变化,实在无味","没有自然的音节,不能跟着诗料随时发生变化。"胡适最初尝试的白话诗,被人评价是"未能脱尽文言窠臼","无论怎样大胆,终不能跳出旧诗的范围。"经过思考和实践,胡适认定一个主义:

---

① 陈独秀:《文学革命论》,见《中国新文学大系·建设理论集》,第45 页。
② 胡适:《建设的文学革命论》,见《中国新文学大系·建设理论集》,第128 页。

　　若要做真正的白话诗,若要充分采用白话的字,白话的文法,和白话的自然音节,非做长短不一的白话诗不可。这种主张,可叫做"诗体的大解放"。诗体的大解放就是把从前一切束缚自由的枷锁镣铐,一切打破:有什么话,说什么话;话怎么说,就怎么说。这样方才可有真正的白话诗,方才可以表现白话的文学可能性。①

"诗体解放"论正式提出。这里包括三层意思:一是彻底打破旧诗传统格律形式,从而获得表达和精神的彻底解放;二是把白话的诗语和自由的诗体结合起来,具体来说就是做长短不一的白话诗;三是诗体同诗质的统一,"有什么话,说什么话;话怎么说,就怎么说。"这就从积极的方面扩大了《文学改良刍议》的理论成果。胡适的"诗体解放"论首先解放了白话诗体,《尝试集》第二编中的诗就是其实绩显示,由此胡适宣布自己新诗纪元的到来。同时,一批五四诗人登上诗坛,白话新诗蔚为壮观。

　　到1919年以后,诗体解放就进入第三个阶段,正面提出抒情的现代自由诗体建设的问题。这时,西方的自由诗体被介绍到中国。在西方是法兰西最早创立"自由诗"的名称,代表诗人是美国的惠特曼。李璜在《法兰西诗之格律及其解放》中认为,法国象征诗人威尔伦"有意完全解放格律,开始做自由诗"②;田汉在《平民诗人惠特曼百年祭》中介绍惠特曼等现代诗人,"破除一切的规约与诗形,自辟新疆土",提倡"不定型的诗"和"自由诗",高唱"诗的解放"③。郭沫若等则认为西方自由诗体同我国的五四解放精神是一致的,他说:"惠特曼的那种把一切的旧套摆脱干净了,诗风和五四时代暴飙突进的精神十分合拍,我彻底地为他那雄浑、豪放、宏朗的调子所动荡了。"④惠特曼影响了郭沫若,影响了其他诗人,影响了一代诗风。郭沫若在《论诗三札》中说:"自由诗、散文诗的建设,也正是近代诗人不愿受一切的束缚,破除一切已成的形式,而专挹诗的神髓以便于其自然的流露

---

①　胡适:《尝试集自序》,合肥,安徽教育出版社1999年版,第29—30页。
②　李璜:《尘兰西诗之格律及其解放》,载《少年中国》第2卷第12期,1921年6月15日。
③　田汉:《平民诗人惠特曼百年祭》,载《少年中国》第一卷第1期,1919年7月15日。
④　郭沫若:《我的作诗的经过》,见《郭沫若研究资料》上,北京,中国社会科学出版社1986年版。

的一种表示";茅盾在《驳反对白话诗者》中说:"白话诗固与自由诗同,要破除一切格律规式,但这并非拾取唾余,乃是见善而从"①;他们都为自由诗体的确立助威呐喊。

破坏与建设是同步的。在诗体解放的过程中,五四诗人显示了优异的创造精神建设新诗体。刘半农在《我之文学改良观》中这样说:

> 吾国现有之诗体,除律诗排律当然废除外,其余绝诗古风乐府三种(曲、吟、歌、行、篇、叹、骚等,均乐府之分支,名目虽异,体格互相类似),已尽足供新文学上之诗之发挥之地乎,此不佞之所决不敢信也。尝谓诗律愈严,诗体愈少,则诗的精神所受之束缚愈甚,诗学决无发达之望。试以英法二国为比较,英国诗体极多,且有不限音节不限押韵之散文诗,故诗人辈出,长篇记事或咏物之诗,每章长至十数万字,刻为专书行世者,亦多至不可胜数。若法国之诗,则戒律极严,任取何人诗集观之,决无敢变化其一定之音节,或作一无韵诗者。因之法国文学史中,诗人之成绩,决不能与英国比,长篇之诗,亦渺乎不可多得。此非因法国诗人之本领魄力不及英人也,以戒律械其手足,虽有本领魄力,终无所发展也。故不佞于胡君白话诗中《朋友》《他》二首,认为建设新文学的韵文之动机。倘将来更能自造,或输入他种诗体,并于有韵之诗外,别增无韵之诗,则在形式一方面,既可添出无数门径,不复如前此之不自由。其精神一方面之进步,自可有一日千里之大速率。彼汉人既有自造五言诗之本领,唐人既有自造七言诗之本领,吾辈岂无五言七言之外,更造他种诗体之本领耶。②

五四先驱在这里所显示的诗体创新气魄是令人钦佩的,其中关于自造、输入和别增无韵诗三途大体概括了五四诗体创新的路径,它有效地推动了五四诗体解放和诗体建设。在五四时期,散文诗体、小诗体、自由诗体、白话诗体、格律诗体等都有创作,奠定了中国现代诗体多元发展的基础。在五四诗体解放与建设过程中,大致存在两种追求。一种是趋向极端的自由,趋向散

---

① 茅盾:《驳反对白话诗者》,载《文学旬刊》第31期,1922年3月11日。

② 刘半农:《我之文学改良观》,见《中国新文学大系·建设理论集》,上海,上海良友图书印刷公司1935年版,第70页。

文化和口语化。如胡适就使用过极端的语言谈诗体解放,要求新诗向散文向口语靠拢;郭沫若提倡不用外在律的裸体诗,"真正的美人穿件什么衣裳都好,不穿衣裳的裸体更好"。五四时期有主张"诗的散文"和"散文的诗","就是说作散文要讲音节,要用作诗底手段;作诗要用白话,又要用散文的语风。"[①]由于那时普遍认为诗与散文的区别在内容不在形式,而对诗的内容的解释又是玄虚的,因此实际上一些诗歌和散文就亲密地走到一起了。这种追求,最终造成了一个误区,即新旧诗的分别就在于有无格律形式,康白情在《新诗底我见》就用这种极端的观念区分新旧诗。[②] 这实在是把新诗的定义简单化了。确实,新诗在格律上取得了解放的自由,但却并非不需要审美规范。这就有了另一种追求,就是为中国现代诗歌寻求新的形式规范。如宗白华的《新诗略谈》,由诗的定义出发,对形式凭借的文字提出了两个要求:(1)音乐的作用。文字中可以听出音乐式的节奏与协和。(2)绘画的作用。文字中可以表写空间的形相与彩色。所以优美的诗中都含有音乐,含有图画。它们是借用极简单的物质材料——纸上的字迹——表现出空间时间中极其复杂繁复的"美"。[③] 这种理论直接启示了闻一多的"三美"理论。田汉在《诗人与劳动问题》中,也肯定诗歌"音律"所造成的形式美。五四诗人追求诗的形式规范,主要涉及的是诗的音韵和诗的音节。诗韵是其时诗人普遍主张的,刘半农的意见是破坏旧韵重造新韵,并提出重造新韵的具体路径。周无在《诗的将来》中认为节奏与音节是诗的时空因素,只有进化改造,没有根本除去的。李思纯在《诗体革新之形式及我的意见》中,也主张在诗体解放过程中重视诗的形式,这是因为"诗的形式,是一个重要问题。因为它与诗的艺术有甚深的关系"。他批评初期新诗"太单调","太幼稚","太漠视音节",原因就在于忽视艺术上的训练,要解决这问题,就需要"多译欧诗输入范本"和"融化旧诗及词曲之艺术"。李思纯甚至提出了建立中国现代格律诗的可能性。他说:"欧洲现在的诗人,是律文散文并行的时候。我们的新诗,是否还有创为律文的必要呢? 这也是当研

---

① 康白情:《新诗底我见》,载《少年中国》第 1 卷第 9 期,1920 年 3 月 15 日。
② 康白情:《新诗底我见》,载《少年中国》第 1 卷第 9 期,1920 年 3 月 15 日。
③ 参见宗白华:《新诗略谈》,载《少年中国》第 1 卷第 8 期,1920 年 2 月 15 日。

究的问题。"①这种提醒是理性的,但在诗体解放的初期,并未引起人们重视,更不可能成为现实。虽然那时也有一些新格律诗的诞生,但却是不自觉的创作。那时虽然重视诗的音节,但基本取向是"自然音节"说。如胡适在《谈新诗》中就把自然音节说成是诗的自然语调和自然情调。周无虽然强调诗的音律的重要,但对"什么是音律"的回答是:"全以能否引起美情为断。但是音律又不能独立,必附着于实体。美情的发生,即是音律实体相加之和;即是音律必以增长实体,扶助实体为原则。使实体不能实现,固不算音律。即实体的实现因音律而减色,这种音律也不应存在的。"②还是没有肯定诗体形式规范独立的审美价值。这种观点在新诗运动初期出现自有其合理性,体现了诗体解放的现代趋向,但忽视新诗的音律总还是个偏见,它影响了新诗的艺术美,后来掀起的新诗格律运动是对其偏颇的必要补救。

---

① 李思纯:《诗体革新之形式及我的意见》,载《少年中国》第 2 卷第 6 期,1920 年 12 月 15 日。

② 周无:《诗的将来》,载《少年中国》第 1 卷第 8 期,1920 年 2 月 15 日。

第五章　初期白话诗体的诞生

五四白话诗，是中国新诗的初始形态。胡适是五四白话诗的最早尝试者，在1917年2月《新青年》上发表《白话诗八首》，同年6月又在《新青年》上发表《白话词四首》。随后，"新青年"同人在《新青年》、《新潮》、《星期评论》等刊物发表了一批白话诗歌，基本的特点是从古典诗词或民间歌谣中蜕化而出，体现着语言和诗体解放的趋向，形成一种流派的雏形。刘半农、茅盾后来把这批诗歌称为"初期白话诗"。初期白话诗是中国新诗的起点，它对中国新诗的发展有筚路蓝缕的开创之功。

第一节　胡适的尝试："作诗如作文"

胡适对于初期白话诗贡献巨大，他所尝试的白话诗史称"胡适之体"。据胡适说，其决心尝试白话诗创作是在1916年六七月间，但其因缘却是早就定下的。大致有五方面的准备。

一是形成历史的文学进化观。晚清桐城古文统治文坛，"但时代变的太快了，新的事物太多了，新的知识太复杂了，新的思想太广博了，那种简单的古文体，无论怎样变化，终不能应付这个新时代的要求，终于失败了。"[①]胡适综合中外思潮的影响，确立了历史的文学进化论。在1915—1916年

---

① 胡适:《中国新文学大系·建设理论集导言》，见《中国新文学大系·建设理论集》，上海，上海良友图书印刷公司1935年版，第3页。

春,他和朋友就"诗的文字还是文的文学"展开争论,中心理论是"历史的文学进化观念":"文学革命,在吾国史上非创见也。即以韵文而论,三百篇变而为骚,一大革命也。又变为五言七言,二大革命也。赋变而为无韵之骈文,古诗变而为律诗,三大革命也。诗之变而为词,四大革命也。词之变而为曲,为剧本,五大革命也。何独于吾所持文学革命论而疑之?"①由此,胡适作《沁园春·誓诗》,说:"文章革命何疑?且准备搴旗作健儿。要前空千古,下开百世;收他臭腐,还我神奇!为大中华,造新文学,此业吾曹欲让谁?诗材料,有簇新世界,供我驱驰!"这使胡适确立了诗体自然进化的观念,推动着他打破旧诗体,创造新诗体;这也使胡适确立了形式革命先行的策略,推动着他从语言和诗体变革下手,去实现全面革新文学的目标;这还使胡适确立了白话工具的实验论,从"白话文学之为中国文学之正宗,又为将来文学必用之利器"的断言出发,尝试白话新诗创作。

二是汉英诗歌互译的经验。胡适到美国以后每有感触就形诸文言诗词,大多是歌行体。在旧体诗写作的同时,他不自觉地要把"彼在"的语言表达的情意转换成"此在"的,就将自己的一首题为《春潮》的律诗译成英语,这是胡适首次体验诗的两种语言转化,为了适应不同的文化状况,他的翻译把整齐的五律转换成长短不一的白话诗句。由此他受到了新的诗体观念冲击和白话诗的思维训练。胡适的汉诗英译活动作为一种开放的态度,意味着他的思维方式、诗歌观念的白话化和现代化。接着,胡适写作英语白话诗,如1914年写作了两首英语十四行诗,同样受到了西方诗歌的思维方式和白话表达的语言方式体验。"英语诗,即使是格律诗,押韵却句式不定,即每句有相同的音节、音尺,而不一定有相同的长短,更不用说自由诗的句式了,历受此种英语白话入诗的经验,是胡适理解汉语白话诗不同于旧体的五言、七言及词调限制用字的关键所在,成为此后汉语白话诗'诗体大解放'理论的一块基石。"②再就是翻译英语诗歌的实践,"诗人译诗,也有益于他自己的创作"(王佐良语),揭示了诗人译诗与作诗的互动关系。五四

---

① 胡适:《〈尝试集〉自序》,合肥,安徽教育出版社1999年版,第20页。
② 李丹:《胡适:汉英诗互译、英语诗与白话诗的写作》,载《文学评论》2006年第4期。

之前胡适就有 10 多首译诗公开发表。这些译诗虽用古体,但对他以后倡导白话诗产生重要影响。首先,是最初的译诗较苏曼殊等人的译诗要通俗,其中《老洛伯》、《奏乐的小孩》等后又重译成白话诗在五四前夕发表;其次是接受了英美诗歌口语合一的影响,如《老洛伯》在 1914 年 1 月译成,1918 年 3 月修改后发表在《新青年》,胡适在诗前写道:"此诗向推为世界情诗之最哀者。全篇作村妇口气,语语率真,此当日之白话诗也。"

三是运用白话进行创作的经历。胡适通过汉英诗互译,尝试了白话诗的创作,受到了英语诗句式长短不一启发,领悟到白话诗思维的自由度及其语言文字的现代性,这对他最终尝试汉语白话诗有着指导意义。胡适在 20 世纪初参与了安徽白话报刊工作,写作了一些白话言论和创作发表,并对白话报刊的宣传作用有了充分认识。如 1906 年 11 月至 1908 年 12 月,胡适在《竞业旬报》上连载白话小说《真如岛》。后来胡适这样说:"这十几期的《竞业旬报》,不但给了我一个发表思想和整理思想的机会,还给了我一年多作白话文的训练……白话文从此形成了我的一种工具。七八年之后,这件工具使我能够在中国文学革命的运动里做一个开路的工人。"[①]胡适开始在言论界崭露头角就是借助白话这一现代语言工具,白话报刊文章和创作的发表,使他对文言和白话自有一番不同前人的认识和情感。在尝试白话诗之前胡适就形成了如下思想:"今日所需,乃是一种可读、可听、可歌、可讲、可记的言语。要读书不需口译,演说不需笔译;要施诸讲坛舞台而皆可,诵之村妪妇孺皆可懂。不如此者,非活的言语也,决不能成为吾国之国语也,决不能产生第一流的文学也。"[②]这对于推动胡适后来选择白话作为诗歌的工具产生了重要影响。

四是受着经验读者的推动。谈到白话诗尝试,胡适曾深情地说:"我回想起来,若没有那一班朋友和我讨论,若没有那一日一邮片,三日一长函的朋友切磋的乐趣,我自己的文学主张决不会经过那几层大变化,决不会渐渐

---

① 胡适:《四十自述》,见陈金淦编:《胡适研究资料》,北京,十月出版社 1989 年版,第 106 页。

② 胡适:《逼上梁山》,见《中国新文学大系·建设理论集》,上海,上海良友图书印刷公司 1935 年版,第 14 页。

结晶成一个有系统的方案,决不会慢慢的寻出一条光明的大路来。"①对此,胡适在《逼上梁山》和《〈尝试集〉自序》中有具体说明。大致说来,从1915年到1916年夏,胡适同梅光迪、任叔永等的争论,是从诗的文字到作诗如作文,再到用白话作诗。三个问题有着内在逻辑性,涉及诗的文字和文的文字(后来又概括为死的文字和活的文字)、诗与散文、文言与白话的关系等重要话题,最终形成胡适的实验方向:"单纯的目标只有一个,就是要用白话来作一切文学的工具",从而推动着胡适形成革新诗歌的较为系统的方案。这种讨论,胡适说"读者圈不大,但是读者们思想明白而颇富智慧",从阅读学说面对的是一些经验读者,新诗的发生是与经验读者的阅读空间联系着的,朋友间的讨论也成为中国新诗发生的重要动因。

五是最初旧体诗的创作。胡适诗歌创作始于少年时代,自称赴美时已有200多首。赴美后又与朋友唱和而写诗不断,查《藏晖室札记》存有40余首,其中18首收入《尝试集》的"去国集",写作时间约为1911年到1916年7月。《尝试集》在附录"去国集自序"中说:

> 胡适既已自誓将致力于其所谓"活文学"者,乃删定其六年以来所为文言之诗词,写而存之,遂成此集。名之曰《去国》,断自庚戌也。昔者谭嗣同自名其诗文集曰"三十以前旧学第几种"。今余此集,亦可谓之六年以来所作"死文学"之一种耳。
>
> 集中诗词,一以年月编纂,欲稍存文字进退及思想变迁之迹焉尔。②

这些"文言之诗词",写而存之是为了"埋葬",开启一个新的创作时期,也用以表明"文字进退及思想变迁之迹"。"去国集"告别的是近代以来诗界革命创作的路数,开始的是白话新诗的创作。由"去国集",可以找到晚清诗界革命到五四新诗运动的联系,也能把握近代诗歌到现代诗歌的转变。"去国集"呈现的诗体特点,第一是重古风,轻近体。近体诗堪称中国韵文顶峰,其诗化的本文结构规范比古体诗更具典范,诗界革命挑战近体正统地

---

① 胡适:《逼上梁山》,见《中国新文学大系·建设理论集》,上海,上海良友图书印刷公司1935年版,第23页。

② 胡适:《尝试集》中附录"去国集自序",合肥,安徽教育出版社1999年版,第111页。

位,大量创作古风,胡适继承了这一创作趋向。第二,重文句,轻诗语。诗界革命提倡以文为诗,但无意取消诗文区别。胡适则正面提出"作诗如作文",在"去国集"中大量引入散文句式,通过讲求散文文法使章法结构散文化,形成对律化诗语传统及句法、章法的更大冲击。第三,重语义节奏,轻语音节奏。由于新意境和新语句的进入,诗界革命中的诗歌形式开始趋向散文化和自由化,传统诗词的语音模式受到冲击,胡适"去国集"中的诗在此基础上,讲究语法规范,所用大多正常语序,重视语义逻辑,"基本排斥了律化现象,它不再可能生出固定的语音旋律。与此同时,散文句法、章法的侵入还直接导致了古诗传统节奏的散乱,一些诗句虽然保持着外在的五、七言形式,其内在节奏却因散文句式对词组字数的特殊要求而不合传统模式。"[1]由于以上特点,就使"去国集"一方面接续了诗界革命的诗歌革新成果,另一方面又开启了新诗运动的白话诗创作。

观念和策略有了,工具和目标有了,经验和起点有了,于是胡适认清"白话文学的作战,十仗之中,已胜了七八仗。现在只剩一座诗的堡垒,还须用全力去抢夺。待到白话征服这个诗国时,白话文学的胜利就可说是十足的了,所以我当时打定主意,要作先锋去打这座未投降的壁垒:就是要用全力去试做白话诗。"[2]这就是《尝试集》第一编诗的创作,时间在 1916 年 7 月至 1917 年 10 月。这是最初的尝试期,也是痛苦的挣扎期。胡适说:"这一年之中,白话诗的试验室里只有我一个人。因为没有积极的帮助,故这一年的诗,无论怎样大胆,终不能跳出旧诗的范围。"[3]尽管如此,这最初的尝试在白话诗体的创建方面意义重大。

《尝试集》第一编的白话诗最重要的特点就是散文化,即诗的语言和诗体都体现着"作诗如作文"的主张。正如胡适在《逼上梁山》中所说,1916 年同朋友争论最激烈也最有成效,争论的焦点还是"要须作诗如作文"一句话。针对"诗文两途"说,胡适认为传统诗的语言"徒有形式而无精神,徒有

---

① 康林:《〈尝试集〉的艺术史价值》,载《文学评论》1990 年第 4 期。

② 胡适:《逼上梁山》,见《中国新文学大系·建设理论集》,上海,上海良友图书印刷公司 1935 年版,第 19 页。

③ 胡适:《〈尝试集〉自序》,合肥,安徽教育出版社 1999 年版,第 29 页。

文而无质,徒有铿锵之韵,貌似之辞而已",要救其弊须从三事入手,即言之有物、讲求文法和不避文之文句,"文学革命是用白话代替古文的革命,是用活的工具替代死的工具的革命",由此,胡适在 1917 年 2 月的《新青年》上发表《白话诗八首》和《文学改良刍议》。虽然这时他的文学革命主张初步形成系统,但就白话诗体创造说,核心还是"作诗如作文"。事实上,诗歌与散文虽然使用着同一语言符号系统,但在文体学的意义上,随着近体诗的发展与完善,汉语诗歌逐步形成了一套独立的"诗语"传统及句法、章法形式。这样,就中国传统诗歌的诗语说,大致可以划分出两路,一路着力点在语言表达的内容,致力于语词涵义的明晰性、准确性,句子篇章富有逻辑性、思辨性;另一路着力点在追求纯美,有意模糊语词的内涵与外延,造句自由而随意,没有固定的规则。前者语言追求思维运动,以言尽意,后者保持语词与主观思维的距离,以言造美。大致说来唐以前的古诗取前一路,唐诗宋词取后一路,宋诗又取前一路,以后则是"花开而谢,花谢而复开"。胡适关于"作诗如作文"的主张,则倾向前一路,而且要求以现代白话(活的)、文字(词汇)和文法(语法)去写作白话诗歌,其实质就是要彻底打破近体诗所确定的独立的诗语系统,确立新的现代诗歌的本文语言系统。这种"破"和"立",使五四白话诗歌开始越出诗界革命的追求,向着语言散文化和诗体自由化的方向前进。《尝试集》第一编中的白话诗是这种努力的最初成果,康林在《〈尝试集〉的艺术史价值》中有精彩的分析:

> 由于胡适一方面坚持用散文的形式规范来溶解诗的本文结构,另一方面又把"散文化"重新定义为"口语化"或"现代白话化",当他从事创作"尝试"时其诗作本文势必同时出现两个基本矛盾:一是诗与散文的冲突,一是白话与文言的冲突。
>
> 在《去国集》里,在它以前的所有古人诗作里,这两种矛盾仅有前者而无后者——两千多年来,独立的诗歌形式规范与散文结构法则的对立,一直是贯穿汉诗形式演化史的唯一的基本冲突……(而)在《尝试集》里,这种对峙不但异常鲜明,它还与前一种矛盾并驾齐驱,紧密交织。这就是说,自"尝试前期"始,反诗歌的"散文化"倾向与反文言的"白话化"倾向在胡适的诗作中已是两种不可分离的东西:它们的逐

步实施,共同推进着汉语抒情诗的根本蜕变;它们的相互作用,一直影响到《尝试集》的尝试结果;它们的合二为一,终于成为作者"诗国革命"的演进方向。①

在《尝试集》的最初尝试中,就反诗歌的"散文化"说,胡适大胆地使用着散文句式,如《他》语言呈现的是口语的白话,统一使用双音节收尾,从而与传统的近体诗的句式形成强烈的反差,造成一种诉说的调子。再如《黄克强先生哀辞》:"当年曾见将军之家书,字迹娟逸似大苏。书中之言竟何如?'一欧爱儿,努力杀敌!'——八个大字,读之使人慷慨奋发而爱国。呜呼将军,何可多得!"诗中使用着一些散文句式,表达的感情和思想顺流而出。就反文言的"白话化"说,如《孔丘》等诗固然还呈现着典型的半文半白的特征,一方面避免使用传统诗语,另一方面又保留征引古文或使用文言词语与句法的习惯,但大部分诗句都大胆地使用现代白话,如《蝴蝶》、《中秋》、《江上》、《十二月五夜月》等都使用通俗的口语写成。尤其是从 1917 年秋起,在《尝试集》中,传统诗语与文言词汇几乎全被现代白话所代替。

但是,这最初的尝试虽然认清了演进的方向,却没有创作出理想中的全新白话诗,究其原因还是没有彻底跳出诗界革命"旧瓶装新酒"的束缚,这就是钱玄同所说的"未能脱尽文言窠臼",就是胡适自己所说的"终不能跳出旧诗的范围","实在不过是一些刷洗过的旧诗"。具体来说就是散文句式和现代白话还是被局限在旧诗词的语音组合结构的限度内,散文化和白话化并没有真正彻底实施。首先是"仍旧用五言七言的句法"。如《蝴蝶》是不讲平仄声律使用通俗白话,但却还保留着五言古风的全部外在形式,例外的仅仅是第七行;如《他》虽然使用着双字音节收尾的说话调子,但整个诗还是统一为两字音组和三字音组的交替,读来仍是古诗味道。现代白话或现代散文在语言上的重要特点就是句式复杂,它必然同传统诗体每行限定音组数、每音组限定音数的固有规律形成不可调和的矛盾。在这阶段的创作中,胡适强令前者服从后者,其白话诗必然出现"缩略词句"的现象,不得不删去受五七言字数限制的散文句式和白话口语。如有人把《朱经农》

①　康林:《〈尝试集〉的艺术史价值》,载《文学评论》1990 年第 4 期。

的四行七言诗拿出来分析,认为胡适为了迁就七言诗体,就被迫省略了括号内的词语:"回头(看)你(和)我年老(的)时(候),(手拿)粉笔(在)黑板(前)作讲师;更有喜气(令人)大(大)可笑,(我们都)喜(欢)作丧志颓唐(的)诗。"虽然这儿通过括号所增加的词语不一定妥当(因为它受原有结构的限制,没有能根据诗意作全新的语句构造),但我们已经看到迁就五七言格式使诗的语言离开了现代散文和现代白话的表达,传达出的仍然是传统诗歌的格调和语调。其次是改用词曲的句法。五七言句式限制太多,相对地说词曲的句式变化较多,运用灵活。胡适说这阶段的尝试创作中"词调很多"。《虞美人·戏朱经农》、《沁园春·二十五岁生日自寿》、《生查子》、《百字令·六年七月之夜,太平洋舟中,见月有怀》等,都使用白话,不讲平仄,但却采用词调的格式和句式。胡适自己说,《尝试集》第二编中的诗,虽然打破了五言七言整齐的句式,虽然改成长短不齐的句子,但初做的几首如《一念》、《鸽子》、《新婚杂诗》、《四月二十五夜》,都还脱不了词曲的气味和节调。因此他把1917年秋到1918年底称为自己的一个"词调时期"。正因为如此,他认为这些诗还不是自己真正的"新诗"。这些借鉴词曲段式创作的白话诗,虽然有的用一种有的用多种语音组合模式,但其杂言诗句的骨骼却依旧是传统的,到底脱不掉古典诗词的味道,真正繁复的现代白话语言无法进入诗中,因此真正的现代白话新诗也就无法降生。不仅如此,而且因为《尝试集》第一编中的白话诗的语言和体式"终不能跳出旧诗的范围",其语像世界也未获更新,唐林对此作了具体的分析①:

由于作者用以取代抽象古文词汇的现代白话并不乏表象词,由于这些词汇之间指示语义逻辑的词语往往被省略掉,《中秋》、《江上》等写景之作即发生了"返祖现象"。尤其是《寒江》,简直就是一首仿唐绝句,它的语像世界全由若干个直映式意象构成,它们被"并置"在一起,其发生的意境,内含的时间节奏,意识空间与"超分析性",均明显相似于近体诗。与此同时另外一些抒情之作,《蝴蝶》、《赠朱经农》、《他》、《黄克强先生哀辞》、《十二月五夜月》、《病中得冬秀书》和

---

① 康林:《〈尝试集〉的艺术史价值》,载《文学评论》1990年第4期。

《"郝贞旦"答叔永》等,其语像世界又承袭了《去国集》的"虚化"传统。"你心里爱他,/莫说不爱他。/要看你爱他,/且等人害他。/倘有人害他,/你如何对他?/倘有人爱他,/更如何待他?"(《他》)这里的词汇与句法都是白话的,其语言形象却象《去国集》一样被空疏化了,根本谈不到意象的运用。即便是《蝴蝶》,那黄色的小生物最终也免不了要被"抒情者"分析出它有害怕孤独的"心理",从而变成了简单的寓言意象。

《尝试集》第一编的白话诗呈现着新的演进方向,但其身上多种局限,使它还算不上真正的白话新诗,只能算是一种过渡形态的白话诗。

第二节　胡适的尝试:"诗体大解放"

从诗学角度看,"作诗如作文"意味着对古典诗歌语言特殊性的否定,无论是使用非诗意的日常辞藻("文的文字"即日常词汇),还是用古文句法消融传统诗式("文的文法"即散文句法),都表明这样的写作冲动:要打破诗歌语言与日常语言的界限,在既有的审美积习之外恢复诗歌新的语言和形式活力。"作诗如作文"还指向诗歌表意方式的整体结构,即扩大诗歌的表意能力,包容历史变革中崭新的事物和经验,如胡适在《尝试集自序》中所说的就是"我的第一条件便是'言之有物'。因为注重点在言中的'物',故不问所用的文字是诗的文字还是文的文字。"由此可见,"作诗如作文"同时在诗质、诗语和诗体三方面推动着中国新诗发生。但是事实上,胡适尝试白话诗初期,虽然使用现代白话、现代句法、现代名物,却没有真正造成新诗诞生。究其根本原因是"作诗如作文"还没有落实到诗的建行上。建行涉及了两大问题,一是诗行间的对比,传统诗歌的诗行有固定字数;二是行内音组的排列,传统诗歌行内音组数量和类型也是固定的。《尝试集》第一编的诗或用五七言体或用词曲体,仍然是古诗的建行,无法脱掉文言的窠臼。虽然这些诗也有出格的节奏(如《蝴蝶》的第七行),但那只是局部出格,整体上仍然保持着传统建行规则。二三或二二三的语音组合模式是中国传统诗歌的节调赖以生存的支柱,它与相对繁复的散文词汇和语法是一对不可调和的矛盾,胡适《尝试集》第一编诗尽力保留这种建行方式,不仅在听觉上无法跳出传统的格调,而且也无法把文法层面革新推行到底。现代汉语的显著特点是词法句式的复杂化,定语、主语、状语、宾语等句子成分拉长;双音节词大量增加,它同各种虚词构成多音节词;这就在词法和句法两个方面要求冲破传统语音模式组合构成的建行方式。如果语音组合结构不能散文化,真正的现代新诗无法降生。

胡适最初的尝试对此没有清醒意识。因此他为自己的尝试无法越出旧诗范围而苦恼。这从根本上说,是由那时人们对诗歌"形象的期待"所决定。在新诗发生期,一个基本的困境是:很多读者和作者仍以旧诗的"阅读程式"来界定新诗,如词句的精美,诗意的含蓄,音律的和谐,都是这一程式包含的因素。尤其是对于诗歌的"音律",那时反对或赞成白话新诗的人,都将"诗的音节"的有无视为关键的问题。正如那时读者所说,稍有文学根底的青年,都不十分反对新诗,但大家有个共通的不满意于新诗的地方,就是旧诗可以上口吟诵而新诗不能。胡怀琛在《读胡适之〈尝试集〉》中不满胡适的创作,斤斤计较诗行的齐整与否,并动手改诗,如把《蝴蝶》中"也无心上天"一句,改成"无心再上天",理由正是"读起来方觉得音节可谐"。这些阅读程式背后,还是传统诗歌的建行方式。这种根深蒂固的阅读程式就影响着胡适的最初尝试,那时的读者就说"其实胡适先生提倡白话,还不废词调,不废韵,虽然误会了些,却还未误会到底"。① 因此,白话新诗的诞生,就必须打破这种关于诗的传统观念。到1918年底,胡适总结自己的最初尝试,在《〈尝试集〉自序》中正面提出了诗体解放论,这就是:

> 我在美洲做的《尝试集》,实在不过是能勉强实行了《文学改良刍议》里面的八个条件;实在不过是一些刷洗过的旧诗!这些诗的大缺点就是仍旧用五言七言的句法。句法太整齐了,就不合语言的自然,不能不有截长补短的毛病,不能不时时牺牲白话的字和白话的文法,来迁就五七言的句法。音节一层,也受很大的影响:第一,整齐划一的音节

---

① 许文声:《论文》,载《时事新报·学灯》1921年7月11日。

没有变化，实在无味；第二，没有自然的音节，不能跟着诗料随时变化。因此，我到北京以后所做的诗，认定一个主义：若要做真正的白话诗，若要充分采用白话的字，白话的文法，和白话的自然音节，非做长短不一的白话诗不可。这种主张，可叫做"诗体的大解放"。诗体的大解放就是把从前一切的束缚自由的枷锁镣铐，一切打破：有什么话，说什么话；话怎么说，就怎么说。这样方才可有真正白话诗，方才可以表现白话的文学可能性。《尝试集》第二编中的诗虽不能处处做到这个理想的目的，但大致都想朝着这个目的做去。这是第一集和第二集的不同之处。

这里就在"白话的字"、"白话的文法"后加上了"白话的自然音节"，在新诗发生史上具有开创意义。"白话的自然音节"，就是冲破传统诗歌的建行方式，用现代诗歌的自然音节去代替传统诗歌的语音组合模式，具体方案就是"做长短不一的白话诗"。这是一种革命性的变革。那时的朱执信在《诗的音节》中，正面提出了"音节是不能独立的"主张，表明了另一种与传统不一致的有关"诗"的认识，即"意义开始替代音节成为新诗表现力的中心"。这在早期新诗理论中具有重要价值，在《尝试集》再版序言中，胡适就说"我极赞成朱执信先生说的'诗的音节是不能独立的'"，许德邻的《分类白话诗选》和《中国新文学大系·建设理论集》就全文收录朱执信的《诗的音节》。胡适后来对"自然音节"作了更加具体的论述。在《谈新诗》中，胡适指出："攻击新诗的人，他们不懂得'音节'是什么，以为句脚有韵，句里有'平平仄仄''仄仄平平'的调子，就是有音节了。""而新诗大多数的趋势，依我们看来，是朝着一个公共方向走的。那个方向便是'自然的音节'"。关于"自然音节"，胡适把它分成两层说明。一是"节"，就是"诗句里面的顿挫段落"。胡适认为，旧体的五七言诗两个字为一"节"，"新体诗句子的长短，是无定的；就是句里的节奏，也是依着意义的自然区分与文法的自然区分来分析的。白话里的多音字比文言多得多，并且不止两个字的联合，故往往有三个字为一节，或四五个字为一节的。"二是"音"，就是"诗的声调"。胡适认为，旧体诗的声调在平仄与用韵，"新诗的声调有两个要件：一是平仄要自然，二是用韵要自然。""我们简直可以说，白话诗里只有轻重高下,没有严格的平仄。"①这种见解,把白话的字,白话的文法,白话的自然音节构成一个整体,都用现代白话散文去贯穿,这就形成了中国现代新诗的建行方式,它传达出先驱者对于新诗与旧诗区别的基本理解,中国新诗就在诗体解放中诞生了。

诗体解放表面呈现的是建行方式的变化,但由这种表层变化引起中国诗歌的语言体式及整个文本结构的变化。康林在《〈尝试集〉的艺术史价值》中对此有细致的分析。首先,自然音节是一种散文式的语言结构,一种与西语自由诗之"短语节奏"极为相似的"词组结构",表现为音组的自由建构,一字音组、二字音组、三字音组、四五字音组都自由地建构;音组的自由组合,各种音数不同的类型的音组在诗行内自由地组合,诗行长短不一。它与传统诗歌建行规则不同,不只在固定语音模式抛弃,更使可以离开诗的意思而独立的传统语音组合结构,转变为"顺着诗意的自然曲折,自然轻重,自然高下"的原则来结构。现代复杂"意义"的传达,取代"声音"的程式安排,成为中国新诗成立的内在根据。其次是现代逻辑化的语言表达开始瓦解传统诗歌的意象构成。传统诗歌尤其是近体诗歌语象世界,往往由许多单个直映式意象构成,有的句子甚至由一系列名词组成,毫无语法性的连结,句间的时间或因果关系被冲淡,取而代之的是建立在词汇对立关系上的和谐。有关词性上的相同、句子语义上的对仗,以及内在结构的一致都决定着一些诗行之间的关系呈并列状态,而非线性发展。散文句式自由入诗在形成自然音节的同时,也使白话新诗语象世界的意象含量减少,往往成为一二个意象的扩张或稀释,诗的意境变得抽象虚化,诗的表达逻辑的强化使叙事、说理、写景成为可能。在这种情况下,语言受主体驱遣使"抒情者"的地位凸显,"我"或"我们"成为组织艺术世界、演绎意象世界和语义世界的主宰。再次是能够自如地表达现代人繁复的情思。从保持五七言句式的洗刷过的旧诗,到以自然音节为基础的诗体解放,变化的结果是诗歌表意可能性的极大扩张,用胡适的话来说,就是有了诗体解放,"丰富的材料,精密的观察,高深的理想,复杂的感情,方才能跑到诗里去"。由诗体解放所引出的

① 胡适:《谈新诗》,载《星期评论》纪念号,1919 年 10 月 10 日

诗的音组、语象和语义表达的新变,刘延陵在 1922 年著文说:

> 第一,诗底音调与形式已完全和"词"不同而和散文相近,有些新诗并且连分行写法也弃而不用,而用散文底写法。现在谁还能找到一首铿锵悦耳如合节奏的新诗,谁还能找到一首字华美而句整炼如六朝文的诗呢? 除此之外,新诗底意境也已和旧诗与早年的新诗不同;他底对象增多:所歌咏的已不限于爱情与自然,就是歌咏爱情与自然的,其抒写的方法与传给的印象也与以前不同而和西洋诗相似。①

刘延陵认为这是新诗的"进化",因为轻"诗法"而重"文法"所体现着的是同传统诗歌不同的审美品格。

就初衷说胡适等倡导诗体解放的自然音节说,是指向"意义"的表达,即以现代生活的复杂"意义"的传达来替代传统诗歌固定声韵程式的安排,这种追求充分体现了诗歌发展的现代性。它指导着胡适《尝试集》第二编中的白话诗创作:

> 第二编的诗,虽然打破了五言七言的整齐句法,虽然改成长短不整齐的句子,但是初做的几首,如《一念》、《鸽子》、《新婚杂诗》、《四月二十五夜》,都还脱不了词曲的气味与声调。在这个时期里,《老鸦》与《老洛伯》要算是例外的了。就是七年十二月的《奔丧到家》诗的前半首,还只是半阕添字的《沁园春》词。故这个时期,——六年秋天到七年年底——还只是一个自由变化的词调时期。自此以后,我的诗方才渐渐做到"新诗"的地位。《关不住了》一首是我的"新诗"成立的纪元。《应该》一首,用一个人的"独语"(Monologue)写三个人的境地,是一种创体;古诗中只有"上山采蘼芜"略像这个体裁。以前的《你莫忘记》也是一个人的"独语",但没有《应该》那样曲折的心理情境。自此以后,《威权》、《乐观》、《上山》、《周岁》、《一颗遭劫的星》,都极自由,极自然,可算得我自己的"新诗"进化的最高一步。②

这里说的就是胡适新诗的诞生,也是中国新诗的诞生。凡是被胡适称为真

---

① 刘延陵:《前期与后期》,载《诗》第 1 卷第 1 号,上海,上海中华书局 1922 年版。
② 胡适:《〈尝试集〉再版自序》,见《尝试集》,合肥,安徽教育出版社 1999 年版,第 35 页。

正的白话新诗的诗,都体现了诗体解放的成果。如胡适在《谈新诗》中举出自己的《"应该"》:

> 他也许爱我,——也许还爱我,——/但他总劝我莫再爱他。/他常常怪我;这一天,他眼泪汪汪的望着我,/说道:"你如何还想着我?/想着我,你又如何能对他?/你要是当真爱我,/你应该把爱我的心爱他,/你应该把待我的情待他。"/他的话句句都不错:——/上帝帮我!/我"应该"这样做!

这首诗在《尝试集》中有个"后记",说这原是朋友倪曼佗的词,"细读几遍,觉得曼佗的真情有时被词藻遮住,不能明白流露。因此,我把这里面的第十五、十六两首的意思合起来,做成一首白话诗。"胡适认为,这首白话诗的意思、神情都是旧体词诗所传达不出的。别的不说,单说"他也许爱我,——也许还爱我"这十几个字的几层意思,绝不是旧体诗词所能够表达得出来的。

诗质、诗语和诗体三者互动并实现现代化,推动着中国诗歌的现代转型。这是一个艰苦探索的由渐变到突变的发展过程。从 19 世纪到 20 世纪之交开始,20 年间大致经历了诗界革命、南社诗人和新诗运动三个历史阶段。前两阶段中,三者在探索中虽然呈现着现代趋向,但在意识和创作中是把三者作分离处理的,即着意于新意境、新语句,而无意于新诗体,因此真正意义上的新诗无法降生。胡适最初尝试白话诗,仍然沿着此路走,所以无法越出旧诗范畴。但他很快把"以旧风格含新意境"的主张颠倒过来,他说:

> 我也知道光有白话算不得新文学,我也知道新文学必须有新思想和新精神。但是我认定了:无论如何,死文字决不能产生活文学。若要造一种活的文学,必须有活的工具。那已产生的白话小说词曲,都可证明白话是最配做中国活文学的工具的。我们必须先把这个工具抬高起来,使他成为公认的中国文学工具,使他完全替代那半死的或全死的老工具。有了新工具,我们方才谈得到新思想和新精神等等其他方面。这是我的方案。①

---

① 胡适:《逼上梁山》,见《中国新文学大系·建设理论集》,第19—20 页。

这就是胡适比前人高明或曰超越之处。在诗质、诗语和诗体三者现代化过程中,胡适自觉地意识到"新文学的语言是白话的,新文学的文体是自由的",从诗体解放入手,将白话的字、白话的文法、白话的自然音节入诗,最终导致现代诗质的现代化。这样,诗质、诗语和诗体互动,在特定的背景中创造了现代白话新诗。胡适认为《关不住了》是他新诗成立的纪元。我们以此诗为例,具体分析其诗质、诗语和诗体方面所体现的现代性追求。

　　胡适被称为"第一白话诗人"。有意思的是,决定他白话新诗成立的《关不住了》是首译诗,译在 1919 年 2 月 26 日,发表在《新潮》杂志 1919 年 4 月 1 日出版的第一卷第 4 号上。胡适在诗末自注:"八年二月二十六日译美国 Sara Teasdale 的 Over the Roofs",这是美国诗人蒂斯黛尔(Sara Teasdale)发表在美国《诗刊》(*Poetry*)杂志 1916 年第三卷第 4 期的 *Over the Roofs*:

> I said, "I have shut my heart,
> 　　As one shuts an open door,
> That Love may starve therein,
> 　　And trouble me no more."
>
> But over the roofs came
> 　　The wet new wind of may,
> And a tune blew up from the curb
> 　　Where the street-pianos play.
>
> My room was white with the sun
> 　　And Love cried out in me,
> "I am strong, I will break your heart
> 　　Unless you set me free."

胡适译诗如下:

> 我说"我把心收起,
> 　　像人家把门关了,

叫爱情生生的饿死，

　　也许不再和我为难了。"

但是五月的湿风，

　　时时从屋顶上吹来；

还有那街心的琴调

　　一阵阵的飞来。

一屋里都是太阳光，

　　这时候爱情有点醉了，

他说，"我是关不住的，

　　我要把你的心打碎了！"

胡适这首译诗受到了美国意象主义运动的影响。梁实秋在 1926 年指出："在美国英国有一部分的诗家联合起来，号为'影像主义者'，罗威尔女士佛莱琪儿等属之。这一派唯一的特点，即在不用陈腐文字，不表现陈腐思想。我想，这一派十年前在美国声势最盛的时候，我们中国留美学生一定不免要受其影响。试细按影像主义者的宣言，列有六条戒律，主要的如不用典，不用陈腐的套语，几乎条条都与我们中国倡导白话文的主旨吻合，所以我想，白话文运动是由外国影响而起。"①对此说法，胡适并不赞成，并在《〈尝试集〉自序》中正面否定受当时欧美新潮影响，对此我们也不必去争辩。但梁实秋论述中说到美英意象派的特点在"不用陈腐文字，不表现陈腐思想"，落实到《关不住了》，我们认为可以说正是胡适选择这首而非别的诗翻译的重要原因，也正是这首诗的文字和思想的现代性为胡适新诗成立奠定了基础。人们常常因为这是译诗而对胡适的说法不以为然，其实，中国文学的现代转型，中国白话诗的诞生，是与接近西方现代文学潮流息息相关的。胡适关于文学革命方案，第一是革新工具，第二是翻译西洋文学名著做典范，第三才是创造新文学。在倡导文学革命时，胡适常常借鉴于西洋文学史，以

---

① 梁实秋：《现代中国文学之浪漫趋势》，载《中国现代文学研究丛刊》1987 年第 2 期。

"减少一点守旧性,增添一点勇气";在尝试白话诗时,胡适的多首译诗成为自己真正的新诗。因此,《关不住了》原诗的现代性和胡适译诗的现代性之间是存在内在联系的。

《关不住了》原诗"不用陈腐文字"。这是一首语言通俗晓畅的诗,全诗以第一人称"我"的说话口语写出,是一首抒情独白诗。原诗率真强烈的感情个性和自然流畅的白话口语,为胡适译诗成功奠定了基础。胡适的译诗运用的是较为纯熟的现代白话散文语言。从句式看,第一节用"我说"起领,引号内全是"我说"的语言,"我把心收起"后的"像"引出的是一种补充说明的句子;第二节开始的连词"但是"表明同第一节的转折关系,用"还有"分别写"湿风"和"琴声";接着承前写结果,"一屋里"总写"吹来"和"飞来","这时候"则表明一种自然的发展,最后则是用"他"代"爱情"语,照应第一节"把门关了"和"把心收起"。全诗行文流畅,伸缩自然,使用的是现代白话的文法和白话的自然音节。从诗体看,诗人直接把对话或引语的原句写入诗中。古代汉诗由于受到格律、齐言、字数、行数的限制,很难将对话写入诗中。胡适在白话诗尝试过程中就注意让对话直接入诗,如写于1916年的《人力车夫》。《关不住了》同样让对话入诗,而且直接使用引号来标示对话。这在诗体解放上的意义是:对话最能体现口语的特性,对话入诗就使诗语真正做到白话的口语化;对话的文体属性是戏剧的或散文的,对话入诗就使诗歌趋向散文化,达到"以文为诗"。从词语说,基本用口语写成。如"人家","生生的饿死","街心","一屋里","有点醉了","关不住了"等,都是鲜活的词语。胡适将原诗第二节的"over the roofs"不译成"在屋脊上"而译成"从屋顶上",就显得更口语化。按原诗第二节开始应对译成"但是屋脊上吹来/五月新鲜湿润的风",但胡适译成"但是五月的湿风,时时从屋顶上吹来",句式更合于现代汉语习惯,也更通俗晓畅。第二节末没有将色彩词"white"译出,而有意把"cried"("哭喊")变成"醉了",更真切生动。正是这种翻译,彻底打破了传统诗词格律的限制,彻底摈弃了文人化、贵族化的文言,"采用白话的字,白话的文法和白话的自然音节",译诗在诗的散文化和诗的白话化方面迈出了坚实的步伐,从而实现了诗体的解放,成为胡适新诗成就的标志。胡适白话新诗尝试的成功,同他的汉英诗互译、英语诗与白话诗的写作始终联系在一起。在美国期间,他曾经将自己的(如《春潮》)和传统的(如《诗经·卫风·木瓜》)古诗翻译成为英语白话诗,在这过程中接受了白话诗语和诗体的训练。以后他又写作了英语白话诗,如《今别离》,意味着他在思维方式、诗歌观念的白话化、现代化方面迈出了新的步伐。最后是通过汉语白话诗尝试和汉译英诗互动启发,终于催生了自己的汉语白话新诗。这一过程是值得我们深思的。

《关不住了》原诗"不表现陈腐思想",基本的特点就是表现爱情的强烈表达和自由的浪漫精神。诗中的"我"和"他"是一对矛盾,反映的是压制人性和个性解放的矛盾冲突,即政治伦理与自然人性的冲突,诗描述了爱情作为人性对道德的胜利,表达了对自由的追求和渴望。五四文学现代性的重要标志就是人的文学,胡适认为五四新文学运动的中心理论就是两个,一是"活的文学",一是"人的文学"。中国传统文学缺乏"人"的地位,尤其是缺乏"人的自由"和"人性的自由"精神,五四文学的现代性追求就是导入西方现代文学精神,张扬个性主义,人的发现,即发展个性,即个人主义,成为五四期新文学运动的主要目标,当时的文艺批评和创作都是有意识的或下意识的向着这个目标。而个性主义,是中西浪漫主义文学及其文学理论的最本质的思想特征。因此,胡适选择《关不住了》来翻译,并把它作为自己新诗成立的纪元是有深意的:或许一方面是出于对诗所表现的自由强烈感情的认同,另一方面则借以寄托自己的诗歌主张,强调诗质的现代性。胡适译诗对诗质现代性追求的自觉意识,最有力的证据就是原诗题应译成"在屋脊上",胡适把它译成"关不住了",既是强调感情,也是对主题的强调。而且,"关不住了"的诗题,同"我"的"把门关住"、同"他"说"我是关不住的"贯穿成一个整体,达到了全诗情感浑然一体的审美效果。对于原诗,胡怀琛在《小诗研究》中有另一译法,题为《爱情》:"摄心如闭门,防彼情来袭。春风不解事,又送琴声入。春晖淡荡中,爱情为我说:不让我自由,便使你心裂。"这是雅驯的文言古体,生造了"摄心"、"防彼"、"解事"等词语,甚至不惜借助"春晖"、"淡荡"之类的陈言套语。其结果就是,说话的口吻消失了,特定的情绪不存了,自由的个性禁锢了,诗人自己说"诗里的感情,都非常的强烈,而《爱情》一首的末两句更甚,这样热烈的感情而这样质实地说出来,在中国诗里,是没有的。"①但是他自己的翻译却用古典诗歌的语言和形式牺牲了诗的现代感情和风格。胡怀琛翻译《爱情》的失败,不在别处,而在语言形式的僵化与非常自由、个性化的情感存在着尖锐的矛盾。而胡适《关不住了》则通过现代的流动的白话和自由诗的形式解决了这种矛盾。

在翻译过程中,要真正保存原诗的音律是无法做到的,因为各种语言的音律方式是不同的,而能够完全保留的只有诗的形体。以英语诗歌为代表的西洋诗歌的诗体及诗形确实被直接"移植"进中国,成为新诗诗体诗形接受与模仿的范式,新诗的主要形体,如分节、分行等排列方式,都是英语诗歌的直接"移植"。《关不住了》的翻译就完全保留了原诗的诗形。原诗是四句一诗节偶句第一个单词后退一个词书写。胡适的译诗也是四句一节,偶句退后一字书写。这种分节、书写方式成为新诗百年最流行的方式。原诗偶句押韵,胡适在第二、第三个诗节用了重复的字,适度破坏了原韵。

《关不住了》在诗质、诗语和诗体上都体现了现代追求,呈现着现代新诗的美好形象和发展可能。这一阶段胡适《尝试集》中的《老洛伯》、《应该》、《一颗遭劫的星》、《"威权"》、《一颗星儿》等都具有这种现代美质,因此胡适认为这些都是"真正的新诗"。

第三节　先锋刘半农:为白话诗奠基

茅盾在《论初期白话诗》中曾说:"'五四运动'以前,在白话诗方面尽了开路先锋的责任的,除胡适之而外,有周作人、沈尹默、刘复、俞平伯、康白情诸位。"②这是极其重要的提示。人们说到白话新诗发生,往往只是想到的是胡适,其实五四之前发动新诗运动有多位先驱者,他们都尽了开路先锋的责任,都曾经为白话诗发生打过生死仗。其中最重要的应当数刘半农(刘复),我们同意这样的评价:"我们对于新文学运动的史绩不去稽考则已,假

---

① 胡怀琛:《小诗研究》,上海,商务印书馆1924年版,第12页。
② 茅盾:《论初期白话诗》,载《文学》第8卷第1号1937年1月。

如对年轻的爱好文艺者谈起新文学运动发端的史实的话,无论你如何偏心的人,我想总落不了这位参加过生死战的老将——刘半农。"①无疑,刘半农是五四新文学运动的台柱之一,在白话诗发生过程中建立了彪炳史册的功勋。

1917 年 1 月,胡适在《新青年》发表《文学改良刍议》,提出改良文学应从"八事"入手;1917 年 2 月,陈独秀在《新青年》发表《文学革命论》,明确提出文学革命的"三大主义"。在胡陈提出文学革命主张后,最早对此作出反应的就是刘半农。1917 年 5 月,刘半农在《新青年》第三卷第 3 号发表《我之文学改良观》,1917 年 7 月,刘半农在《新青年》第三卷第 5 号发表《诗与小说精神上之革新》,除了对文学革命主张表示绝端赞成外,首先就散文、诗歌、戏剧和小说改良问题发表了具体的意见。1918 年 1 月,《新青年》发表白话诗九首,一般认为是中国新诗发生的重要标志。九首白话诗中胡适 4 首,沈尹默 3 首,刘半农 2 首,成三足鼎立之势。刘半农的《相隔一层纸》和《题女儿小蕙周日造像》,前者以深沉、愤激的思想,后者以清新、活泼的格调,显示了白话诗的表现力,成为初期白话诗具有代表性的佳作。周作人在评论五四诗歌创作时说,在《新青年》诗人群中,"只有两个人具有诗人的天分,一个是尹默,一个就是半农"②。还需说明的是,就诗歌革新主张来说,刘半农的意见同胡陈等相比有两大特点:一是较为稳健切实。刘半农的主张往往既有远期目标又有近期目标,还有切实步骤,设想周密,较少偏激;二是较为具体实际,对诗的形式革新中的具体问题都有论述,而且身体力行,拿出实践方案。这些特点同他既是文学革命的先驱者又是语言研究的学者双重身份有关。对此,胡风在《"五·四"时代的一面影》中作过中肯的评价:"虽然他的态度率直勇敢,但始终是没有离开所谓'实事求是'的精神的。少说不着边际的空话,不弄'观念游戏',从现实的需要里面找出具体的问题来,切切实实地展开讨论;我们可以把这叫做平凡的战斗主义。他的文章里面是随处表现了这个特色。这个平凡的战斗主义是'五四'精神

① 陈康白:《刘半农先生》,载《文章》月报创刊号,1935 年。
② 周作人:《扬鞭集序》,见《中国新诗集序跋选》,长沙,湖南文艺出版社 1986 年版,第 173 页。

的清醒的现实的一面,和夸大狂是截然对立的。"①正因为如此,刘半农在五四前的理论与创作无论在当时还是现在都是新诗发生的经典作品。我们从新诗发生的特定角度,叙述刘半农的白话诗理论与创作。

从理论贡献来说,《我之文学改良观》和《诗与小说精神上之革新》在破与立两个方面提出了真实的诗歌观。破,即破假。刘半农在《诗与小说精神上之革新》中指出:

> 现在已成假诗世界。其专讲声调格调,拘执着几平几仄方可成句,或引古证今,以为必如何如何始能对得工巧的,这种人我实在没工夫同他说话。其能脱却这窠白,而专在性情上用功夫的,也大都走错了路头。如明明是贪名爱利的荒伦,却偏偏喜做山林村野的诗。明明是自己没甚本领,却偏喜大发牢骚,似乎这世界害了他什么。明明是处于青年有为的地位,却偏喜写些颓唐老境……诸如此类,无非是不真二字,在那儿搞鬼。

这种对旧诗的批判,既是形式的,又是精神的,具有很强的冲击力,其大破大立的气魄和形式革新的观念,是同诗界革命主张完全不同的。而且,这主张也不像胡、陈主张那样抽象。刘半农的主张更具思想批判和社会批判意义,那就是:虚假诗风"不知不觉,与虚伪道德互相推波助澜;造出不可收拾的虚伪社会来"。客观地说,这种批判存在偏激,但在那时却振聋发聩,对于推进新诗革命意义重大。在破假的同时,刘半农正面提出立真:"作诗本意,只需将思想中最真的一点,用自然音响节奏写将出来便算了事,便算极好。"可见,他所要立的真,也包括着诗的精神和形式两个方面,从精神上说,就是要抒写诗的真挚感情和最真思想,从形式上说,就是要用自然音响节奏写出,通体自然妥帖。适应着破假立真的要求,刘半农提出了现实主义诗歌创作理论。他在《我之文学改良观》中预言那些非文学的应酬之文,必将伴随着"崇实主义"在中国新文学中的崛起和发展而被淘汰。到发表《诗与小说精神上之革新》时,便正确把握了写实主义的基本特点,其现实主义诗论重视对客观现实的如实反映,追求对生活真实的艺术超越,强调对质朴

---

① 胡风:《"五·四"时代的一面影》,载 1935 年《文学》第 4 卷第 4 号,1935 年。

描写的审美突破。刘半农之后,五四期诗人说到新诗的精神与形式要求,始终脱不了一个"真",它成为新诗革命的基本审美追求,奠定了中国新诗现实主义传统的基础。

理论贡献的另一方面就是诗体革新的主张。在《我之文学改良观》中,刘半农突出强调破除对旧文体、旧诗韵和旧诗体的迷信,指出建设和创造新文体、新诗韵和新诗体的必要性。刘半农不满足胡适的"不摹仿古人"之说,主张"非将古人作文之死格式推翻,新文学决不能脱离老文学之窠臼"。"吾辈欲建造新文学之基础,不得不首先打破此崇拜旧时文体之迷信,使文学的形式上速放一异彩。"这表明他对文学发展中的破旧和立新辩证关系有深刻认识。而且,他以大无畏的精神发出大胆创新的呼吁:

> 彼汉人既有自造五言诗之本领,唐人既有自造七言诗之本领,吾辈岂无五言七言之外,更造他种诗体之本领耶。

正是基于这种自创的无畏精神,加上切实的稳健风格,刘半农提出了整套诗体革新的主张。包括三个方面。第一,诗体解放,增多诗体。刘半农认为"诗律愈严,诗体愈少,则诗的精神所受的束缚愈甚,诗学决无发达之希望。"因此,他并不像有人仅仅局限于某种诗体,而是主张增多诗体,争取新诗形式上的多样化和最大自由化,方法就是自造、输入他种诗体、于有韵诗外别增无韵之诗。他的所谓"无韵诗",即"不限音节,不限押韵之散文诗"。第二,破坏旧韵,重造新韵。当时一般守旧文人总认为"有韵即为诗",而他们所押之韵又是数百数千年前编的旧诗韵,所以刘半农主张破坏旧韵就从根本上动摇了旧诗根基。在此基础上他又提出了重造新韵的步骤:先是作者各就"土音押韵",再"以京音为标准",最终"以调查所得,撰一定谱,行之于世"。第三,破除四声。白话诗成立最重要的是要建立自己的声调节奏系统,刘半农在五四期是通过创作来破除形式节奏和四声声调,创作出自然音响节奏的白话诗。后来他运用科学方法进行四声实验,苦心孤诣近于痴绝,试图为新诗建立声调的基础,他说:"我相信这东西在将来的白话诗国中,多少总有点用处,所以虽然很难,也要努力去做一做。"①到 1922 年,他

---

① 刘半农:《四声实验录》序赘,见《四声实验录》,上海,群益书社 1924 年版。

公布了实验结果,即"就实验的结果,我已知道四声和强弱,完全没有关系;它与长短与音质,有几处是发生关系的,却并不重要,重要的关系,只在高低,所以我们可以说:高低是构成四声的原素。但这种高低,是复杂的,不是简单的。所以某声——某声间之差,并不是 C 与 D 的简单的差,是 CD 与 DC 的复杂的差。又这 CD 与 DC,方其由 C 入 D,由 D 入 C 时,并不是从此音跳到彼音,乃是从此音滑到彼音。"①由此,刘半农也就破除了传统的四声,破除了传统诗歌平仄调子,即平仄声区别究竟属于高低的,还是属于长短的,或者是两属的,却无法辨别。以上大致就是新诗形式革新的内容。后来朱自清在《中国新文学大系·诗集导言》中就说:"新诗形式运动的观念,刘半农氏早就有。"增多诗体,重造新韵,后来的局势恰如他所想。而就四声来说,1923 年赵元任出版了《国音新诗韵》,指明四声的音高、音长划分是没有语言学根据的,平仄是不能产生任何种节律的。1923 年陆志韦也发表了类似的看法,并提出了"舍平仄"的根据。与此同时,赵元任和陆志韦正面提出了汉语新诗韵,同刘半农的设想完全一致。正是刘半农、赵元任、陆志韦等的辛勤劳动,才从根本上破除了四声,废止了平仄,为新诗音节体系建立开辟了道路。

白话诗的创作,充分体现了刘半农的诗学理论。他是最早发表白话诗的诗人,而且是代表着初期新诗创作成就的典范。他的《相隔一层纸》是初期白话诗的代表:

> 屋子里拢着炉火,
> 老爷吩咐开窗买水果,
> 说"天气不冷火太热,
> 别叫它烤坏了我。
>
> 屋子外躺着一个叫花子,
> 咬紧了牙齿,对着北风呼"要死"!
> 可怜屋外与屋里,

① 刘半农:《四声实验录》序赘,见《四声实验录》,上海,群益书社 1924 年版。

相隔只有一层薄纸！（选自 1918 年 1 月 15 日《新青年》第 4 卷第 1 号）

这诗的诗质体现了五四时期"人的文学"和"平民文学"的思想，诗语采用自然的白话的字、白话的文句和白话的音节，通俗流畅，诗体自由但又不失韵律，两组诗韵自然贴切，风格清新，是实践"真"的诗学观，实践现实主义理论的典型之作。拿此诗与同时发表的胡适的《人力车夫》相比，明显要高出一筹，如果说最早发表的九首诗标志着白话诗的真正诞生，那么其中最好的是沈尹默的《月夜》和刘半农的《相隔一层纸》。

刘半农在新诗发生史上地位极其重要。他自己说过："我在诗的体裁上是最会翻新鲜花样的。当初的无韵诗，散文诗，后来的用方言拟民歌，拟'拟曲'，都是我首先尝试。至于白话诗的音节问题，乃是我自从一九二〇年以来无日不在心头的事。"①这是符合史实的。在诗体革新方面，他从不将自己的创作拘泥在一个固定的模式里，仅以《扬鞭集》和《瓦釜集》为例，其中既有蕴藉隽永的小诗，也有鸿篇巨制的长诗；既有自由奔放的无韵诗，也有错落有致的散文诗；既有清新活泼的儿歌童谣，也有神韵坦然的民歌俗曲。在当时几乎一切可以拿来运用的诗歌样式，刘半农都在认真地实验着，大胆地创新着，以自造和输入相结合，创作和翻译相并行，为中国新诗的发生作出了杰出的贡献。其中最重要的正如他自己所说，是"当初的无韵诗，散文诗"和"后来用方言拟民歌"，这正好反映了新诗运动发展也就是新诗发生的两个阶段。第一个阶段刘半农着重是面向西方引进，主要是提倡无韵诗和散文诗，以此来打破传统诗体的束缚，使新诗获得诗体解放。刘半农在国内最早介绍西方的散文诗，在 1915 年 7 月就在《中华小说界》上发表翻译的屠格涅夫四首散文诗，在 1917 年就正面提出散文诗和无韵诗概念。在 1918 年 5 月，他就在《新青年》第四卷第 5 号上发表了第一首无韵诗《卖萝卜人》，这在当时几乎是绝无仅有的。同年 8 月发表在《新青年》第五卷第 2 号上的《晓》，以及后来陆续问世的《老牛》、《E 弦》、《血》、《卖菜》等作

① 刘半农：《〈扬鞭集〉自序》，北京，北新书局 1926 年版，见鲍晶编：《刘半农研究资料》，天津，天津人民出版社 1985 年版，第 214 页。

品,包含生活的哲理,写作手法别致,篇幅短小而有诗意,形式自由而不拘韵律,是新诗运动初期出现最早的一组散文诗。第二阶段刘半农主要是面向民间借鉴,他是1918年北京大学征集民谣的重要发起人,也是1920年北京大学成立歌谣研究会的骨干人物,1922年北京大学创刊《歌谣》周刊,刘半农除将《江阴船歌》20首提交发表外,又撰写《海外的中国民歌》、《太平天国时代的民歌》等发表。其歌谣征集的主旨极其明确,就是"为了作新诗",希望在"本国文化里找到了它的传统来"。在刘半农看来,歌谣的"好处,在于能用最自然的言词,最自然的声调,把最自然的情感发抒出来",这是同他的文学思想一致的。刘半农仿效古代采风做法,积极搜集民间歌谣。1919年,他在回老家途中采集了20首船歌,后来结集出版,周作人高度评价说是"中国民歌的学术的采集上第一次的成绩"。除了搜集外,刘半农还模仿民歌创作,后来出版了《瓦釜集》(1926),这是现代诗史上第一部用方言写成的民歌体新诗集。他在"代自叙"中谈到题名"瓦釜"的动机和因由说:"集名叫做《瓦釜》,是因为我觉得中国的'黄钟'实在太多了。单看一部《元曲选》,便有那么许多的'万言长策',真要叫人痛哭,狂笑,打嚏! 因此我现在做这傻事:要试验一下,能不能尽我的力,把数千年来受尽侮辱与蔑视,打在地狱底里而没有呻吟的机会的瓦釜的声音,表现出一部分来。"①不难看出,他的写作动机有着鲜明的时代烙印。除了搜集和创作外,刘半农还从事域外民歌翻译,从1925年到1927年,他在《语丝》上陆续发表外国民歌翻译,1927年出版了《国外民歌译》,包括80首,涉及法国、英国、希腊、波斯、高丽、中亚西亚、俾路芝斯坦地区,其搜罗之广实属罕见。胡适曾经说过:"现在白话诗起来了,然而作诗的人似乎还不曾晓得俗歌里有许多可以供我们取法的风格与方法,所以他们宁可学那不容易读又不容易懂的生硬文句,却不屑研究那自然流利的民歌风格。这个似乎是今日诗国的一桩缺陷罢。"②正是在大部分人忽视民歌的情况下,刘半农致力于民歌研究,呼吁摒弃腐朽的虚伪的贵族文学,"走到野外去,吸一点永远清新的野花香来醒

---

① 载1926年4月19日《语丝》周刊第75期。
② 见《胡适文存》二集卷四《北平的平民文学》,上海,亚东图书馆1924年版,第323—324页。

醒神",并希望能从民间文学的"茅塞粪土中,而发出更好的道路来",对于新诗的发展贡献巨大,由此也确定了他在新诗发生史上的独特地位。

第四节　同人的创作:塑白话诗形象

在《尝试集》再版自序中,胡适谈到自己诗体进化的历程,又说到整个白话诗体本身的进化,认为"我的朋友康白情和别位新诗人的诗体变的比我更快,他们的无韵'自由诗'已很能成立"。在1922年6月给《蕙的风》作序时,胡适将白话新诗发生的历史分成三代:首先是五六年前,"我们的'新诗'实在还不曾做到'解放'两个字",继而是少年诗人康白情、俞平伯,受的旧诗的影响,还不算很深,所以解放比较容易,"但旧诗词的鬼影"仍时时出现,直至最近一两年,更新的诗人解放得更为彻底了,"静之就是这些少年诗人之中的最有希望的一个"。[①] 这三代的更替,经历了从1917年至1922年五六年时间,依据的是同一尺度,即新诗与旧诗距离的远近,是"诗体解放"的程度,代际更替呈现的是白话诗在解放之路上走向成立并不断进化的形象。这里表达的是新诗运动初期对新诗合法性和新诗成长性的基本认识,即在新/旧、文言/白话的对峙中、在诗体的解放程度上,去描述新诗的发生,去鉴别新诗的价值。这在当时有其合理性,是同胡适等首先关心工具变革的维新身份相关,也同新诗需要挣脱传统而采取的方案有关,但我们今天研究白话新诗的发生,却需要越出这种"历史的规定性",更客观地去叙述白话新诗的进化。事实上,白话诗诞生以后,其成立还有个艰苦的过程,在这过程中主要解决的课题是白话诗合法性的社会认同和形象性的自我塑造。胡适创作了最早的白话诗,但白话诗合法性的确立和形象性的塑造,却还需要其他诗人的白话诗创作。尤其是在随后的白话新诗形象的塑造过程中,除了新/旧的历史冲动价值标准外,还有诗/非诗的价值标准,正是两种

---

① 胡适:《〈蕙的风〉序》,见陈绍伟编:《中国新诗集序跋选》,长沙,湖南文艺出版社1986年版,第86—87页。

价值标准的双重变奏,才真正确立了白话诗的形象和价值。这里我们借用胡适关于诗体解放代际更替的论述,把白话新诗在五四期的发生及其形象塑造分成三个阶段去分析。

第一个阶段是胡适时期,代表诗人是胡适、钱玄同、刘半农等《新青年》诗人群。早在1917年,胡适等人就发表了白话诗,显示了中国诗歌现代转型的卓越实绩。这一阶段注重的是白话创作和诗体解放,白话诗形象构想的依据是白话/文言、旧诗/新诗的区别。为了确定新诗形象合法性,胡适在编辑《尝试集》时,通过序言、编排、选诗等去勾勒新诗发生的历史图景。序言包括钱序和胡序,分别从白话文的历史展开和个人的诗体解放,去阐释白话诗的发生,定位白话诗的形象。编排将旧诗、新旧诗、新诗并置,清晰显示了白话诗的创作面貌,显示了运用白话和诗体解放的线索。选诗时律诗不选入"去国集"的策略,更表明胡适诗体解放的立场,古诗、词曲、歌行长诗的入选"去国集",体现的是胡适诗体进化的想象。这种种努力,都在强化白话诗区别于旧诗的诗体解放形象。但是就在这一点上,胡适的白话诗形象欠佳,除了少数是纯然的白话诗外,多数诗的趣味是旧的,其社会合法性引起激烈的争论。对此胡适自己也是不满意的。

到1919年写作《谈新诗》前后,胡适等人仍然依据旧/新的历史冲动,强调着白话诗的诗体解放形象,强调白话诗的自然音节。但塑造白话诗形象的新变奏也开始出现,就是在继续强调历史冲动的前提下,《谈新诗》等文中提出了新诗的审美尺度,就是"明白清楚"。胡适等人针对旧诗假诗世界的抽象作法,提倡新诗的具体做法,追求诗的具体性和真实性;针对旧诗假诗世界的文胜质,提倡文学的真实观念,推动白话诗同现实生活的联系。在此基础上,胡适等人把诗美归结为明白清楚——有力动人——美,其中"明白清楚"是基础,是核心。包括三个层次:一是语言的明白通晓。胡适说自己写作《尝试集》时注意语言的明白清楚。二是意境的言近旨远。胡适反对两种诗,一种是"言远而旨近",另一种是"只有个中人懂得"。三是风格的平实淡远。"平实"只是平平常常的老实话,"淡远"只是不说过火的话,不说"浓得化不开的话"。在《谈新诗》中胡适又强调了诗的具体性。胡适说:"凡是好诗,都是具体的;越偏向具体的,越有诗意诗味。凡是好诗,都能使我们脑子里发生一种——或许多种——明显逼人的影像。这便是诗的具体性。"综观胡适诗歌创作论,他所要求的诗的具体性大致包括三方面内容:一是鲜活的感觉印象,二是真实的实际经验,三是经济的生活情节。强调诗的具体性,容易使诗滞于实事,靠拢散文,但在当时胡适这样构想诗的形象,是与五四文学革命的背景有关的,具体说,一是同提倡白话文学相联系。他对"白"的解释:"白"是戏台上说白的白,是俗语土白的白,白话也就是俗语;"白"是洁白的白,明明白白,白话要明白如话;"白"是黑白的白,白话是干干净净没有堆砌浮饰的话。对"白"的解释,正好同语言、意境、风格的明白清楚一致。二是同提倡写实主义文学相联系。胡适把文学大体分成两派,一为写实主义,一为理想主义,并大力推崇写实主义,认为"举凡是非、美恶、疾苦、欢乐之境,一本乎事物之固然,而不以作者心境之去取,渲染影响之"①。胡适通过自然音节和明白清楚,构建了白话新诗的最初形象,这是一种同传统诗体不同而全新的形象,后人把它称为"胡适之体",包括说话要明白清楚,用材料要有剪裁,意境要平实,陈子展认为它"可以说是新诗的一条新路","《尝试集》的真价值,不在建立新诗的轨范,不在与人以陶醉于其欣赏里的快感,而在与人以放胆创造的勇气。"②

第二个阶段是康白情阶段,代表诗人是康白情、俞平伯、傅斯年等《新潮》诗人群。他们在1919年以后开始发表白话诗,出版诗集稍后。胡适也是主要从新/旧和文/白对立中肯定康白情、俞平伯白话诗的合法形象。在《尝试集》再版序中承认他们的"诗体变的比我更快",称其诗为"无韵'自由诗'"。在《谈新诗》中,胡适举出康白情的《窗外》,说"这个意思,若用旧诗体,一定不能说得如此细腻";举出俞平伯的《春水船》中一段,说"这种朴素真实的写景诗乃是诗体解放后最足以使人乐观的一种现象";并在此基础上说:"以上举的几个例,都可以表示诗体解放后诗的内容之进步。""近来的新诗发生,不但打破五言七言的诗体,并且推翻词调曲谱的种种束缚;不拘格律,不拘平仄,不拘长短;有什么题目,做什么诗;诗该怎样做,就怎样

---

① 见《胡适留学日记》三,上海,商务印书馆1947年版,第725页。
② 陈子展:《中国近代文学之变迁　最近三十年中国文学史》,上海,上海古籍书社2000年版,第293页。

做。这是第四次的诗体大解放。"①受胡适编集影响,康白情在编《草儿》时也学着附上自己的旧诗。胡适在日记中写道:"白情的诗,富于创作力,富有新鲜味儿,很可爱的。《草儿》诗有他的旧诗,几乎没有一首好的。这可见诗体解放的重要。"②在后来的《草儿》评论中,他更是称赞"白情这四年在新诗界,创造最多,影响最大","他无意于创造而创造了,无心于解放而他解放的成绩最大。"不仅如此,他还顺着诗集的编目,先说康氏旧诗如何不高明,再勾勒"工具运用不自如"到"成绩确实可惊"的解放过程。③ 胡适评俞平伯的《冬夜》,首先表示了不满:"平伯的诗不如白情的诗;但他得力于旧诗词的地方却不少。他的诗不好懂,也许是因为他太琢炼的原故。"④胡适以上评康、评俞始终如一的尺度是新诗与旧诗距离的远近,就是白话诗的诗体解放形象。其实,俞平伯、康白情也用同样的尺度去强调自身形象。如康白情在《新诗底我见》中,对"怎么是新诗呢?"的回答,就是:"新诗所以别于旧诗而言。旧诗大体遵格律,拘音韵,讲雕琢,尚典雅。新诗反之,自由成章而没有一定的格律,切自然的音节而不必拘音韵,贵质朴而不讲雕琢,以白话入行而不尚典雅。"又对"那么诗与散文没有分别了?"的回答,是"不然。有诗的散文;也有散文的诗。诗和散文,本没有什么形式的分别,不过主情为诗底特质,音节也是表现于诗里的多"。俞平伯则在《〈冬夜〉自序》中说:"我不愿顾念一切做诗底律令,我不愿受一切主义底拘牵,我不愿去摹仿,或者有意去创造哪一诗派。"⑤正是这种自觉的追求,白话诗在1919年后诗体解放取得更大成绩。茅盾在评论初期白话诗的好处时,举康白情《草儿在前》为例,说其好处是"力求解放而不作怪炫奇",在"这首诗里,有两字占一句的:这在当时,还是很少的'新式',然而我们只觉得自然得很,只觉得非这么办不可;作者也是觉得非这么办不可而这么写下去的,绝没有想用形式的新奇来刺激一下读者的眼睛的意思。只有不存心作怪炫奇,然

---

① 胡适:《谈新诗》,载《星期评论》纪念号,1919年10月10日。
② 见《胡适日记》上册,北京,中华书局1985年版,第282页。
③ 胡适:《评新诗集〈草儿〉》,载《读书杂志》1922年9月3日。
④ 见《胡适日记》上册,北京,中华书局1985年版,第287页。
⑤ 俞平伯:《〈冬夜〉自序》,上海,亚东图书馆1922年版。

后他所创造的新形式是有价值的。"①

　　当然,康白情、俞平伯等人这阶段的白话诗写作,就音节说还没有完全摆脱旧诗词曲的束缚,闻一多在《〈冬夜〉评论》中就指出了这一点。但在总体上说,这阶段的白话诗在胡适尝试基础上,在诗体解放路上大步前进。更值得重视的是,由于这阶段新旧之争初步形成定论,诗人有可能从新旧诗的承继(而不纯是对立)关系中,去确立白话诗存在的合法性和形象的丰富性。这在新诗发生史上是件具有重要有意义的事件。康白情在《新诗底我见》中定义"诗":在文学上把情绪的想象的意境,音乐的刻绘的写出来的作品。这里涉及"情绪"、"想象"以及两者创造的"意境","音乐"美、"刻绘"美以及两者创造的形式美,都是传统诗论肯定的诗美要素。在此基础上,康白情爽性说:"以热烈的感情浸润宇宙间底事事物物而令其理想化,再把这些形象具体化了而谱之于只有心能领受底音乐,正是新诗底本色呵。"②这种诗论越过了胡适明白清楚的审美尺度,更接近于传统诗美的理论。康白情的白话诗创作得到人们赞赏,其实不仅在于他的诗体解放而与旧诗相区别,而且在于他的意境优美而同旧诗相联系。初期白话诗有三个选本,其中《新诗集》和《分类白话诗选》没有选家的眼光,"只是杂凑而成";第三个选本《新诗年选(1919年)》由康白情编选,由四位诗人写了36条评语,基本的思路就是在与古典诗歌或外来诗歌的比较中,寻求新诗的价值,许多评语都主动将古典诗词的美学成就,当做新诗评价的重要参照系。其意义就是在传统的线索中谈论新诗,在表达某种美学认识外,目的在于以传统为阅读参照,以便帮助读者辨识白话新诗的价值,确立白话新诗作为"诗"的地位,重塑白话新诗形象。它相对胡适尝试阶段,"白话诗"概念中的"白话"形象开始淡化,"诗"的形象开始凸显,白话诗歌形象建设朝着现代性方向又前进了一步。康白情把诗歌写作构想为"一种特殊的心智活动",俞平伯认为诗应以"主观的情绪想象做骨子",好的诗是"把作者底自我和一切物观界——自然和人生——同化而成",都接触到"诗"的本体问题。康白情、俞

---

① 茅盾:《论初期白话诗》,载《文学》第8卷第1号,1937年1月。
② 康白情:《新诗底我见》,载《少年中国》第一卷第9期,1920年3月15日。

平伯序《草儿》和《冬夜》的美学品格,较之胡适简明的新旧尺度要来得复杂,在新旧之争外,一种有关"诗"的声音变得清晰起来,他们所要提供的白话诗形象也就丰富生动多了:一是完整地把想象、情绪、意境、音乐美、刻绘美作为诗美的标志,并努力以创作去实践;二是关注现实社会经验,以散文化的分子的逻辑性因素瓦解"意象"的审美呈现,以表达复杂曲折的现代经验,扩大诗的题材;三是有意突出诗人主体,如俞平伯强调作诗抱自由和真实的信念,强调诗借当代的语言,表现出自我,"'不失其赤子之心'的人,才是真正的诗人,不死不朽的诗人。"①四是注意吸收民间谣曲的风格,使之成为白话诗歌建设的又一资源,给新诗注入清新活泼的意趣和口语化、现实化的品格。

第三个阶段是汪静之阶段,代表诗人是更为年轻的汪静之、应修人、潘漠华、冯雪峰等湖畔诗人群。他们在诗学上受朱自清影响较大。其时朱自清的新诗创作论大致为:"我们现在要建设新诗底音律,固然应该参考外国诗歌,却更不能丢了旧诗,词,曲。""风格是诗文里作者个性的透映。个性是多方面的,风格也应该是多方面的。""在我们的新诗里,正需要这个'人的热情底色彩'"。② 这大致也是汪静之等人的诗学观,这与他们参与《新诗年选》所传达出的诗学观是一致的③。这都有力地证明着,汪静之等创作是沿着初期白话诗的路走的,确切的定位是白话新诗发生期形象建设的终结者。正因为如此,汪静之的《蕙的风》出版,居然有胡适、朱自清、刘延陵三位大师作序。与其说大师在评价汪诗(其实是很幼稚粗糙的),倒不如说借此给初期白话诗形象做出定论,胡适仍然主要从文/白、新/旧的对立中去肯定汪静之等创作在诗体解放中所达到的理想境界:

> 我现在看着这些彻底解放的少年诗人,就象一个缠过脚后来放脚的妇人望着那些真正天足的女孩子们跳来跳去,妒在眼里,喜在心头。他们给了我许多"烟土披里纯",我是很感谢的。四五年前,我们初做

① 俞平伯:《〈冬夜〉自序》,上海,亚东图书馆 1922 年版。
② 朱自清:《〈冬夜〉序》,见陈绍伟编:《中国新诗集序跋选》,长沙,湖南文艺出版社 1986 年版,第 76 页。
③ 据胡适说,写作《新诗年选》评语的四个诗人,愚庵是康白情,其余三人是湖畔诗人。

> 新诗的时候，我们对社会只要求一个自由尝试的权利；现在这些少年新
> 诗人对社会要求的也只是一个自由尝试的权利。①

这里，胡适把汪静之的诗体解放诗称为"天足"，从而与自己的"缠足"对照，这是有深意的，"天足"是白话诗新的形象和价值。而且，此序历数从"我们在五六年前提倡新诗时"，到"不久就有许多少年'生力军'起来了"，再到"最近一两年内，又有一班少年诗人出来"，完整地叙说了诗体解放的历程，也是白话诗诞生并确立合法性的历程。冯文炳《谈新诗》中认为《尝试集》后康白情的《草儿》和湖畔社的《湖畔》最具历史的意义，因为"他们真是无所为而为的做诗了"。胡适在康白情身上找到了自己追求的某种投影，而朱自清说"静之底诗颇有些象康白情君"，因此，胡适也赞赏汪静之等人的诗，于是我们见到了从《尝试集》到《草儿》再到《蕙的风》，贯穿始终的形象构建，揭示了白话新诗发展的真实线索。

朱自清在《蕙的风》的序言中，则抓住汪静之自述"是一个小孩子"概括其特点：

> 这一句自白很可以帮助我们了解他的人格和作品。小孩子天真烂漫，少经人间世底波折，自然只有"无关心"的热情弥漫在他的胸怀里。所以他的诗多是赞颂自然。咏歌恋爱。所赞颂的又只是清新，美丽的自然，而非神秘，伟大的自然；所咏歌的又只是质直，单纯的恋爱，而非缠绵，委曲的恋爱。这才是孩子们洁白的心声，坦率的少年的气度！而表现法底简单，明了，少宏深，幽渺之致，也正显出作者底本色。他不用锤炼底工夫，所以无那精细的艺术。但若有了那精细的艺术，他还能保留孩子底心情么？②

这里强调的是白话诗最基本的特点，就是坦率的自由，表现在内容上就是"洁白底心声"，表现在形式上就是"显出作者底本色"，其中贯穿的诗美观念可以归结到自由的抒情上，在更高层次上揭示了旧诗与新诗的界限，也在

---

① 胡适：《〈蕙的风〉序》，见陈绍伟编：《中国新诗集序跋选》，长沙，湖南文艺出版社 1986 年版，第 91 页。

② 朱自清：《〈蕙的风〉序》，见陈绍伟编：《中国新诗集序跋选》，长沙，湖南文艺出版社 1986 年版，第 83 页。

更高层次上沟通了旧诗与新诗的美质。胡序和朱序,都在肯定《蕙的风》的创作成就,虽然角度不同、层次有别,但都指明了《蕙的风》在塑造白话新诗形象中的特殊地位。

第五节　阅读的驳难:诗与非诗对话

在新文学发生期,足以引起反对派的张目与口实的要以诗歌为最。但是,反对派的情形却各不相同。俞平伯在《社会上对于新诗的各种心理观》里,对此有细致的分类:"有根本反对的,有半反对的,也有不反对诗的改造而骂我们个人的",具体对应于一类是一班"遗少"和"国粹派",一类是有外国文学知识背景的"中外合璧的古董家",一类"不攻击新诗,是攻击做新诗的人"。对第一类我们不论。后两类人物情况较为复杂,他们或从文化保守主义出发,或从争夺诗坛话语权利出发,或从建设新诗艺术出发,从而在新诗发生期形成与新旧之别不同的声音,这就是诗的美丑之别的声音,从而构成双重话语的对话。初期白话诗的倡导者主张诗体解放,主张"白话的字,白话的文法,白话的自然音节",就其本质来说是要同传统诗语、诗体拉开距离,从新/旧、文/白的对立中确立白话诗的合法地位和价值标准,有人把它称为"非诗化"倾向。白话新诗的发生是受某种现代性历史冲动支配的,包容近代以来历史经验的"散文化"追求,成为一批先驱共同的认识,无论是"文的文字"的大量引入,"作诗如作文"的观念立场,还是说理写实的创作理论,都是对"非诗"因素的强调,都是以打破所谓诗意的"审美经验"为起点的。这种现代性的冲动和价值论的确立,自有其历史的必然性,所以成为新诗发生的基本动力,催逼着白话诗在短短几年内成立并确立诗坛主导地位。但是,其中的偏颇同样明显,它必然会引发另一种话语的出现,这就是突破新/旧、文/白之别的争论,而从非诗/诗之争出发强调诗美。新诗发生期两种话语的对话构成的双重效应和双重变奏,推动着白话新诗形象建设,也推动着中国新诗发生以后的不断进化。以下从学衡人物和现代诗人两方面来论述。

《学衡》杂志创办于 1922 年,但围绕《学衡》的吴芳吉、梅光迪、吴宓、胡先骕等,早就参与了新诗发生的论争,我们把他们称为学衡人物。他们在五四文化运动中属于文化保守主义者,基本的文化取向是在传统文化价值体系崩溃后,在对想象中的过去的依恋中,企图调和中西和新旧重建过去文化形态的精神家园。在对待新诗发生问题上,基本的态度正是针对胡适等人历史冲动,试图用"诗"去调和新/旧和文/白的冲突。如吴芳吉就说:"真正之文学乃存在于新旧之外,以新旧之见论文学者,非妄即诳也。""文学惟有是与不是,而无所谓新与不新。"他又认为"文学之死活,不在乎文言白话","文学与文字之性质有分别。而文学之中,则无文言与白话之别。"①落实到诗歌,他们站在某种文学普遍性的立场,反对新旧的说法,吴宓就称:"诗者,以切挚高妙之笔或笔法,具音律之文或文字,表示胜任之思想情感者也",是世界古今的通例。② 在这种文学主张指导下,学衡人物同胡适等就白话新诗有过三次影响较大的争论。

第一次是胡适尝试初期同梅光迪的争论。主要集中在"文字之死活"和"用白话作诗"两个话题。对这场争论,胡适在《逼上梁山》和《〈尝试集〉自序》中有详细论述。客观地说,梅光迪同胡适的争论和对胡适思想、灵感的激发,开始是建立在朋友的相互支持、相互批评、相互帮助的基础之上,并且态度和语气都是平和友好的。在争论中,梅光迪认为自己关于"诗文两途"的看法比胡适的"作诗如作文"更有道理,毋庸争辩,"鄙意'诗之文字'问题,久经古人论定,铁案如山",所以主动回避争论。接着,梅光迪对胡适主张诗歌创作弃死(字)求活(字)提出不同看法,引起胡适的深入思考,激发起做白话诗的兴趣和决心。胡适的文学革命主张的孕育和爆发,以及决意不写文言而专写白话诗,在一定程度上都是梅光迪催逼的结果。尤其是梅光迪后来写信给胡适,承认白话诗亦可为诗之一种,提出了文学改良的四项措施,即"摒去通用陈言腐语","复用古字,以增加字数","添入新名词,如科学、法政诸新名词","选择白话中之有来源,有意义,有美术之价值者

---

① 见《吴芳吉集》,成都,巴蜀书社 1994 年版,第 433、451 页。
② 吴宓:《诗学总论》,载《学衡》第 9 期,1922 年 9 月。

之一部分,以加入文学",①为胡适的文学革命主张的完善提供了帮助。有这么一个反对派朋友,也是胡适大幸。所以胡适在说到自己新诗发生时明确地说:"我的决心试验白话诗,一半是朋友们一年多讨论的结果,一半也是我受的实验主义的哲学的影响。""若没有那一班朋友和我讨论,若没有那一日一邮片,三日一长函的朋友切磋的乐趣,我自己的文学主张绝不会经过那几层大变化,绝不会渐渐结晶成一个有系统的方案,绝不会慢慢的寻出一条光明的大路来。"②

　　第二次是胡先骕对《尝试集》的批评。从根本上说,学衡同人并不反对诗歌革新,如吴芳吉等人对"诗"的构想,也以某种历史意识为依据,同样构成新诗发生的历史冲动,但他们对诗的革新始终不从新旧之别而从诗的本义出发。胡适在《文学改良刍议》中,说到"务去滥调套语"时,就"试举出吾友胡先骕先生的词以证之",胡先骕即写《中国文学改良论》,指斥白话诗不是诗,对刘半农、沈尹默的诗大加嘲讽。《尝试集》出版后,他写成长文《评〈尝试集〉》发表在《学衡》1922年第1、2期。论文批评的是一本个人诗集,指向的是整个白话诗:"评胡君之诗,即可评胡君论诗之学说,与现实一般新诗之短长,古今中外名家论之学说,以及真正改良中国诗之方法。"落脚点也在"改良中国诗之方法",试图在中西诗歌的相互参照中确定"诗"的定义。胡先骕认定胡适之诗与胡适诗论,皆有一种极大的缺点,就是认定以白话为诗,不知拣择之重要,但知抄袭古人之可厌,遂因噎废食,不知白话固可入诗,然文言尤为重要。针对胡适诗论主张的不必模仿古人之说,胡先骕提出模仿是创造的开始,这是人类历史进化的规律性经验。这样,就排除了文白、新旧的标准,而用诗与文的区别去界定"诗":

　　　　其中(《尝试集》)虽不无稍有情意之处,然亦平常日用语言之情意,而非诗之情意。夫诗之异于文者,文之意义,重在表现(dente),诗之意义,重在含蓄(counate)与暗示(suggest),文之职责,多在合于理性,诗之职责,则在能动感情。

-----

① 耿云志主编:《胡适遗稿及秘藏书信》第33册,合肥,黄山书社1994年版,第144页。
② 胡适:《逼上梁山》,见《中国新文学大系·建设理论集》,上海,上海良友图书印刷公司1935年版,第23页。

胡先骕用诗的规律和准则,去代替新旧、文白的冲突。因此,胡先骕寄希望于"他日中国哲学、科学、政治、经济、社会、历史、艺术等学术,逐渐发达,一方面新文化既已输入,一方面旧文化复加发扬,则实质日充。苟有一二大诗人出,以美好之工具修饰之,自不难为中国开一新纪元。"这是学衡人物关于新诗发生的另一种设计方案。这些诗学主张在理论上显得公允,具有学理色彩,但由于他们离开了特定的历史冲动仅作学院之论,因此成为制约中国诗歌发展现代转型的力量。

第三次是胡梦华批评《蕙的风》。胡梦华在东南大学读书时是梅光迪、吴宓的学生,同汪静之、章衣萍都是胡适同乡。受学衡人物影响,他在1922年10月24日的《时事新报·学灯》发表《读了〈蕙的风〉以后》,引起诗坛激烈争论,周作人、鲁迅、章衣萍等都发表批评文章。胡梦华当时的文学思想是新旧调和,一方面拥护胡适,主张"诗的革新与创新,必须彻底铲除新旧诗体的格律";另一方面又对梅光迪等所坚持的"白话应提倡,但文言不可废"的主张认同,认为是"不朽之论"。他批评《蕙的风》集中在两点:一是不能容忍诗中所谓"兽性之冲动",认为爱情"不免有不道德的嫌疑";二是汪诗直白自由,无所拘束的表达形式。而其正面理论即"诗美"。对于前者,他说:"我绝对不相信好的文字是与道德冲突的。文学之美,虽不必去提倡道德,做无聊的伦理教训,要于描写美中,而勿为反道德的论调。"对于后者,他正面主张诗的语言"委婉曲折,不是一吐无余"。可见,胡梦华的批评涉及的是解放的新诗与普遍的诗美之间的冲突。这种批评在当时对湖畔诗人的创作产生了"扭转"的作用,汪静之等以后的创作听取了吴梦华的意见而有所变化。

余英时在论近代以来的保守主义时说过这样的话:

> 相对于任何文化传统而言,在比较正常的状态下,"保守"和"激进"都是在紧张之中保持一种动态的平衡。例如在一个要求变革的时代,"激进"往往成为主导的价值,但是"保守"则对"激进"发生一种制约作用,警告人不要为了逞一时之快而毁掉长期积累下来的一切文化业绩。相反的,在一个要求安定的时代,"保守"常常是思想的主调,而"激进"则发挥着推动的作用,叫人不能因图一时之安而窒息了文化的

创造生机。①

五四时期在内部危机和外部冲击下，新诗发生取向是激进变革，文化保守主义事实上也在发挥着某种"平衡"的作用，在这过程中提出的诗美问题，自然地构成新诗发生的另一潜流话语，同主流话语构成对话。

现代诗人事实上也很早意识到，新诗的发生固然需要在新与旧、文言与白话之间造成断裂，从旧诗中蜕化而出的新诗具有光明的前景。但是新诗的成立还得依赖于新诗本身的建设，新诗的形象还得依赖诗美去确立。对初期白话诗的评论，在现代诗人内部大致可分成三个阶段。一是尝试初期的评论。这是同时代人的批评，实际上是新诗运动倡导者之间的同人对话。虽然这些评论也充分体现了批评的主体意识，但却鲜明地体现出倡导者诗学观念的同人倾向，形成批评者与批评对象宗旨一致，观念上多元互补的思想体系。这种批评具有鲜明的时代特征，因此基本的话语大体都是反映了时代的要求，大多从诗的外部来论诗，从新/旧、文/白的对立去推动新诗的诞生，同样存在非诗化倾向。二是白话诗初步成形后的评论。这时人们面对的正如俞平伯所说："从新诗出世以来，就我个人所听见的和我朋友所听见的社会各方面的批评，大约表示同感的人少怀疑的人多"，而其时整个白话文运动却已取得重要成绩，"稍些开明一点的人，对于白话文的应用方面，更没有疑惑了。"②这就是说，当时白话诗歌创作面临着的不仅是白话的问题，更重要的是诗的问题了。时代的课题在悄悄之中转换。在这种情况下，新诗运动参与者开始发出另一种声音了。1919—1920 年，许多文章在"文学"定义的基础上，纷纷对"诗"进行现代阐释，如康白情的《新诗底我见》、宗白华的《新诗略谈》、俞平伯的《诗的自由与普遍》、郭沫若与宗白华的论诗通信、叶圣陶的《诗的源泉》、王统照的《对于诗坛批评者的我见》，郑振铎的《何谓诗》等，"诗美"的期待与历史的冲动之间的对话，开始确立新诗的另一种形象。这里以白话诗创作的局中人俞平伯为例。俞平伯在1919 年 10 月 30 日《新潮》第 2 卷第 1 号上发表了《社会上对于新诗的各种

① 余英时：《钱穆与中国文化》，上海，远东出版社 1994 年版，第 216 页。
② 俞平伯：《社会上对于新诗的各种心理观》，载《新潮》第 2 卷第 1 号，1919 年 10 月 30 日。

心理观》,分析了社会上反对白话新诗的原因,自觉地对白话新诗的创作了"反躬自责"。提出的第一个观点,是"中国现行白话,不是做诗的绝对适宜的工具",要求不断地加以改进;提出的第二个观点是"新诗尚在萌芽,不是很完美的作品",要求尽力去弥补缺陷。俞平伯深情地说:

> 白话诗的难处,不在白话上面,是在诗上面;我们要紧记,做白话的诗,不是专说白话。白话诗和白话的分别,骨子里是有的,表面上却不很显明;因为美感不是固定的,自然的音节也不是要拿机器来试验的。白话诗是一个"有法无法"的东西,将来大家一喜欢做,数量自然增加,但是白话诗可惜掉了底下一个字。社会上本来在那边寻事,我们再给它"口实",前途就很难乐观了。

说白话诗掉了底下一个字,这个字就是"诗",这是一种全新的诗学观念。针对这种现实,俞平伯正面向白话诗人提出要求:

> 要新诗有坚固的基础,先要谋他的发展;要在社会上发展,先要使新诗的主义和艺术都有长足完美的进步,然后才能够替代古诗占据文学上重要的位置……我们顶要紧的事,就是谋新诗本身的进步:挂了一面新文艺的大旗,胡乱做些幼稚的作品来敷衍了事,这真是我们的大罪过。可敬爱的朋友呵!不要辜负了好机会,不要忘怀了重大的责任!

作为新诗运动的先驱,能够突破新旧的分别,着重从诗本身的主义和艺术来提出问题,体现的是一种思想解放,也表明白话诗合法性的确定和形象性的构想,开始在现代诗人圈中出现了新的话题,它标志着新诗运动的进步,同样推动着中国诗歌的现代转型。三是新进诗人的评论。到20世纪20年代初期,白话新诗已经取得诗坛的主导地位,与此相应的白话诗论则占据诗坛的霸权地位。在这种情况下,一些诗坛新人可以无所顾忌地谈论新诗,更愿意标新立异争夺自己的领地,于是就出现一些尖锐批评初期白话诗和诗论的评论。这里以闻一多和梁实秋的评论为例。闻一多较早创作新诗,他在进入诗坛前就设想作本《新诗论丛》,批评《尝试集》、《女神》、《冬夜》、《草儿》等早期诗集,后来仅完成《〈冬夜〉评论》,梁实秋又写成《〈草儿〉评论》合成一本,在1922年由清华文学社出版。依照梁实秋所称的"擒贼先擒王"的逻辑,其目标无疑指向了白话新诗的"重新估定",是要"在文坛上只求打出一条道来","径直要领袖一种之文学潮流或派别"。闻一多最不满的是《冬夜》自序中"是诗不是诗,这都和我的本意无关"的自白,梁实秋认为《草儿》的失败,恰恰是因为被别人反复称许的"创造精神",它造成了"创作的太滥"。《〈冬夜〉评论》有力地批评了白话诗论的核心观念,如诗体解放论,自然音节说,历史进化论,民众化的艺术与为善的艺术论等。闻一多甚至这样说:"不幸的诗神啊! 他们争道替你解放,'把从前一切束缚"你的"自由的枷锁镣铐……打破;'谁知在打破枷锁镣铐时,他们竟连你的灵魂也一齐打破了呢! 不论有意无意,他们总是罪大恶极啊!"①这里所说的"灵魂"就是诗之为诗的质素,就是闻一多所说的情感、幻象、声和色,而《冬夜》缺少的就是这种诗的美质。梁实秋更是在《草儿》的批评中说:"我们不能承认演说词是诗","我们不能承认小说是诗","总之:我们不能承认记事文是诗"。② 这些批评,处处指向胡适等人的"新诗"历史合法性理由,其中以"区分"、"排斥"为主要功能的诗学话语被提升上来,它暗示出某种纯粹的,具有严格边界的"诗"的本体的出场。吴景超随后发表的相关书评中,就指出:"《〈冬夜〉〈草儿〉评论》的功用就在于能指示给大众什么是诗,什么不是诗。"③这在更强烈的程度上形成了与初期白话诗论的对话。

　　俞平伯、闻一多、梁实秋等都是新诗的拥护者和实践者,他们批评白话新诗,针对的不是整个新诗的合法性而是新诗的成长性,目标指向不是新诗在新/旧的历史冲动中发生,而是新诗在诗/非诗的诗美追求中成长,从而在五四时期构成新诗发生的双重对话。这种话语出现有其必然性,也有其合理性。虽然这种话语在初期新诗运动中被边缘化,但它内在地推动着五四新诗进入建设时期,推动着五四以后中国新诗的发展。

---

① 闻一多:《〈冬夜〉评论》,见《闻一多论新诗》,武汉,武汉大学出版社1985年版,第38页。
② 闻一多、梁实秋:《〈冬夜〉〈草儿〉评论》,北京,清华文学社1922年版。
③ 吴景超:《读〈冬夜〉〈草儿〉评论》,见《清华周刊》第264期所附文艺增刊第24期。

第六章　自由诗体的横空出世

胡适把自己的《关不住了》等诗的创作成功，视为"我的'新诗'成立的纪元"。这里使用"我的"，是非常准确而重要的，它指明了胡适之体作为新诗发生的一种存在，开始确立新的诗歌符号形式的现代体制，同时或随后的初期白话诗是中国诗歌现代转型的最初成果。但是"我的"也提示我们，中国诗歌的现代转型需要更多的成果作为标志，需要具备更多的新质确立形象，尤其需要更加充分地体现诗的现代精神。因此，继初期白话诗而起，以郭沫若为代表的现代自由抒情诗，就体现着这种时代的要求，从而成为中国新诗发生的另一种存在，有效地拓展了新诗的发生空间。

第一节　胡适之体与无韵诗体

胡适在中国新诗发生史上的地位是独特的，他在诗界革命的基础上，创作了最早一批白话新诗，《关不住了》等诗宣告了新诗纪元的开始，仿作蜂起；提出了最初的现代诗学创见，《谈新诗》等成为初期白话新诗创作的金科玉律。但是，在中国新诗发生史上，胡适的诗作和诗论并非个人思考和实践的结果，它所体现的只是当时先驱者群体的共同追求。最近有学者引胡适请周氏兄弟等时贤为《尝试集》删诗为例，明确指出："通行本《尝试集》（增订四版），并非只是胡适个人心血的凝聚。""在'确立经典'这个意义上，'删诗'所涉及的，远不只是诗人本身，还包括第一代白话诗人的审美眼光、新诗发展的趋向、白话诗的理论与实践之间张力等饶有趣味的问题。"①这里提出的"第一代白话诗人"的概念,与此前的"初期白话诗人"的概念是相同的,都是最早在《新青年》等上发表白话诗的胡适、周氏兄弟、刘半农、沈尹默、李大钊等人。"第一代白话诗人"在新诗发生史上具有不可替代的独特性,其成功在于"第一代",而其局限也在于"第一代",成功是在于使新诗有了一个光辉的起点,局限则在于仅仅提供了一个发展的起点。

第一代白话诗人所面对的是"古典诗歌的运数到晚清已经不可挽回地没落了","所要决绝地斩断的是与'今日'文坛的联系"②,具体说就是要抛弃"今日"文坛中存在的粉饰雕琢、无病呻吟、模仿崇古、运用典故、袭用套语等不良现象,满足时人抒发情感的需要,解决新意境、新名词与传统诗歌形态之间的矛盾。这代诗人的取向是"陌生化运动",体现在三方面。一是文体上"以文为诗",就是打破诗语、采用散文语句和说话调子,达到诗体解放。诗语和诗体的陌生化奠定了新诗发生的基础。叶嘉莹肯定地说:

> 就新诗之发展来看,其古今中外兼容并包的语汇和句法,对于表达现代人的一种精微新颖的情思,确有其较旧诗更优势之处。所以好的新诗常可表现出一种旧诗所不曾表现,甚至也不能表现的新意境。虽然新诗的写作,也许现在仍没有完全达到精美成熟的地步,不过这种新意境的出现于诗中,则无疑地已为新诗显示了光明的前途。③

胡适等人的"作诗如作文",引出了新诗在章法和格式、语言和韵律、意象和意境方面与旧诗的差别,构成了新诗完整的理论体系。二是语象上的"具体作法"。胡适反复强调的"诗须用具体的做法,不可用抽象的说法。凡是好诗,都是具体的;越偏向具体的,越有诗意诗味。凡是好诗,都能使我们脑子里发生一种——或许多种——明显逼人的影像。这便是诗的具体性。"④虽然胡适在倡言"具体作法"时,强调"旧诗如此,新诗也如此",但其立足点

---

① 陈平原:《经典是怎样形成的——周氏兄弟等为胡适删诗考》,载《鲁迅研究月刊》2001年第4、5期。
② 刘纳:《嬗变》,北京,中国社会科学出版社1998年版,第231页。
③ 叶嘉莹:《迦陵论诗丛稿》,石家庄,河北教育出版社1997年版,第73页。
④ 胡适:《谈新诗》,见杨匡汉等编:《中国现代诗论》上,广州,花城出版社1985年版,第14页。

在于反对旧诗陈词套语和程式想象,而主张真实的描写和表达明白清楚,自觉弘扬唐代白居易等开辟的"纪事状物之真"的"实际之文学"。胡适在日记中写道:

> 香山之实际的诗歌,皆纪事写生之诗也;至其写景之诗,亦无愧实际二字。实际的写景之诗有二特性焉:一曰真率,谓不事雕琢粉饰也,不假作者心境所想象为之渲染也;二曰详尽,谓不遗细碎(Details)也。①

因此,"具体作法"的提出,仍然体现着陌生化原则。三是语义上的传达情思。胡适反对旧诗"文胜质"和"言之无物",而其所谓的"质"和"物",具体来说就是"思想"和"情感",即自由地表达现代人的现代情思。叶维廉说白话的兴起是负有使命的,那便是要把旧文化旧思想的缺点和新思想的需要"传达"到更多的人。他说:

> 白话负起的使命即是把新思潮(暂不提该思潮好坏)"传达"给群众,这使命反映在语言上的是"我有话对你说",所以"我如何如何"这种语态(一反传统中"无我"的语态)便顿然成为一种风气,惠特曼《草叶集》里"Song of Myself"的语态,事实上,西方一般的叙述语法,都弥漫着五四以来的诗。②

胡适等初期诗人的诗最早开启了这种表达方式。以上表现在诗体、语象和语义方面的陌生化原则,是有机地联系在一起的,构成了第一代白话诗人的理论与创作的独特性。

这种独特性无疑对于中国新诗发生意义重大,其存在的合理性不容置疑。但是其局限性同样不容置疑,主要是存在着非诗化的倾向。司马长风曾生动地描述过初期的白话新诗:"诞生期的诗,好像迷途的羔羊,到处摸索、到处冲撞,怎么也找不到诗国的故乡。"③这就是说第一代白话诗人的创作,离"诗"的特质距离很远,后来梁实秋更是说初期白话诗顾到了白话而

---

① 胡适:《胡适留学日记》,合肥,安徽教育出版社1998年版,第215页。
② 叶维廉:《语言的策略与历史的关联》,见王晓明主编:《二十世纪中国文学史论》第1卷,上海,东方出版中心1997年版,第28页。
③ 司马长风:《中国新文学史》,香港,昭明出版社1980年版,第87页。

忘却了"诗"。这种对"诗"的有意无意的忽视,造成初期白话诗缺乏诗美的两大问题。一是缺乏诗语的美妙。田乃钊在谈到英诗格律时说:"诗(Verse)之不同于散文(Pyose),一般说来,表现在三个方面:一是语言(文字)更为精炼简洁……二是节奏(rbythm)更有规律;三是讲究押韵(rhyming)。"[1]其实各国的诗歌语言都具有这种美质。第一代白话诗人倡导自然音节,抹杀了诗的语言和文的语言的区别,过分强调"作诗更近于作文!更近于说话",自然地走向非诗化,后人不少非议都指向此。二是缺乏抒情的主体。"作诗如作文"和"具体作法",都倡导诗趋向散文的表达,再加上时代的使命和美学的选择,使初期白话诗基本都呈现叙述、说理和寓言的形态,而叙述则多滞留事实,趋向直率实际,说理多缺乏想象,趋向理性说教,寓言则多缺乏含蓄,趋向主观比附。明人胡应麟认为"诗与文体迥不类:文尚典实,诗贵清空;文先理道,诗主风神",指明了诗文不同的美学追求和思维规律。"典实"、"理道"是指内容表现上多体现客观实际,艺术思维要合乎连续性和逻辑性,因此散文多用叙事和议论手法;而"清空"、"风神"则强调诗要表现人的主观感受和刹那感觉,而新鲜感受是稍纵即逝、瞬息万变的,诗的语言必须具备这种飞跃性。第一代白话诗人正是于此背离了诗的审美要求,因此胡先骕在《评〈尝试集〉》中要强调文之意义,重在表现,诗之意义,重在含蓄与暗示。文之职责,多在合于情理,诗之职责,则在能动感情。第一代白话诗人非诗追求的陌生化运动,推动着新诗发生的深入,即推动人们去探寻新诗发生中回归"诗的故乡"问题。这就有了第二代新诗人在新诗发生中的贡献。

　　首先就是显示新质的过渡形态的无韵诗的探索,主要是俞平伯、康白情和"少年中国"之群在五四运动前后的探索。这种探索开始突破胡适之体的局限,寻求诗美在语言符号现代体制中的呈现,推进更具现代意义的新诗诞生。草川未雨在说到初期诗坛时说,"新诗到了这个地步,已是渐渐成立了。刘胡之时,却是与旧势力对敌的时期,是一种改革的时期,从康以后诸人又是继刘胡的一支有力的生力军,到了这个时期,新诗的风声也就渐渐扩

---

[1]　田乃钊:《新世纪英诗观止》,天津,天津人民出版社2000年版,第421页。

大起来了。"①康、俞等人无韵诗的探索,在以下三方面呈现着新质。

一是抒情地位的强化。诗主情,无论是传统的"言志说"或现代的"逃避感情说"、"节制情感说"等,说的都只是感情的表达问题。第一代白话诗人的"写实诗"、"说理诗"、"寓言诗"存在的共同弊病,就是缺乏自由而自然的抒情,主体意识薄弱,鲁迅就说初期白话诗"写景叙事的多,抒情的少"。而到宗白华那儿,在诗的定义中就强调"诗人的感想情绪",认为这就是诗的"质";到康白情那儿,在诗的定义中就强调"情绪的想象的意境",认为这就是诗的本体;到田汉那儿,在诗的定义中就强调"诉诸情绪",认为它同"有音律"是诗歌存在的两件事情。而且,他们还强调诗中的音节应该同情绪的起伏紧密地结合,化为活动自由的有机生命,做成一个"个体生流"的表现。② 这就涉及诗人情绪的自然生成与自由流露的诗学观念。康白情在说到诗的情绪时说:

> 诗是主情的文学。没有情绪不能作诗;有而不丰也不能作好。勿论紧张或弛缓,兴奋或沉郁,而我们底感情上只有快不快。由是勿论我们底情绪为欢乐为悲衰,都可以引起我们底美底感兴,而催我们作诗,——甚且愈悲衰,在诗人底味上觉得愈美。诗人不必是神经质的;但当其诗兴大发,不可不具神经质底作用。诗人看世界都是有生气的;因为要有生气才有死气,要有美和丑底对比才生快不快底感情。③

这简直是唯情主义。它同后来郭沫若的浪漫情绪说已经极其接近。正因为如此,俞平伯、康白情的诗开始突破初期诗人创作滞留事实或主于说理的倾向,形成新诗的情绪本体和情绪节奏。胡适对此称赞不已:"我们在当日是有意谋诗体的解放,有志解放自己和别人;白情只是要'自由吐心里的东西';他无意创造而创造了,无心于解放而他解放的成绩最大。"④茅盾以康白情的《草儿在前》为例说:"作者也是觉得非这么办不可而这样写下的,绝没有想用形式的新奇来刺激一下读者的眼睛的意思。只有不存心作怪炫

---

① 草川未雨:《中国新诗坛的昨日今日和明日》,上海,上海书店印行 1985 年版,第 8 页。
② 宗白华等:《三叶集》,合肥,安徽教育出版社 2006 年版,第 21 页。
③ 康白情:《新诗底我见》,载《少年中国》第一卷第 9 期,1920 年 3 月 15 日。
④ 胡适:《评康白情的〈草儿〉》,见《胡适文存》第二集卷 4。

奇,然后他所创造的新形式是有价值的。"①这是新诗的进步。

　　二是想象地位的强化。朱自清论及初期白话诗时说,胡适"提倡'诗的经验主义',可以代表当时一般作诗的态度。那便是以描写实生活为主题,而不重想象,中国诗的传统原本如此。因此有人称这时期诗为自然主义。"②受"诗的经验主义"的观念影响,初期诗歌平白叙述和随意白描,无论是作者或受者的想象都受到抑制,因此淡而无味,内涵贫乏,茅盾说它们是具有"历史文件的性质的作品"。到1920年初,俞平伯就意识到初期白话诗的这种局限,认为太偏于描写"不是正当趋向","因为纯粹客观的描写,无论怎样精彩,终究不算好诗——偶一为之,也未尝不可。这些事应当让给照相者去干。诗人的本责是要真挚活泼代表出人生,把自然界及人类的社会状况作背景,把主观的情绪想象做骨子;又要把这两个联合起来融调起来集中在一点留给读者一个极深明的 image,引起读者极诚挚的同情。"③俞平伯后来不少新诗就注意想象后的含蓄,朱自清就肯定其"风格底变化"。尤其是,这时的《少年中国》诗人大量翻译了法国象征主义诗学和诗作,直接冲击初期诗坛注重白描和说理的倾向,暗示和象征等诗学观念为新诗的进步尤其是诗的想象注入了新鲜空气。胡适的一些诗也有寓意,如《一颗遭劫的星》以天热喻黑暗沉闷的时代,以凉风喻新思想,以黑云喻反动当局,以大星喻国民公报,给人以简单生硬之感,正如朱自清所说:"他的诗里所用具体的譬喻似乎太明白,譬喻和理分成两橛,不能打成一片;因此,缺乏暗示的力量,看起来好像是为了那理硬找一套譬喻配上去似的。"④而后继的《少年中国》诗人受象征派诗的影响,就重视诗人和受众的想象特质。如田汉的《黄昏》包含着五四启蒙思想,但却完全被自然和人间的生活景象所隐藏,读者在景象中会产生一种朦胧的情绪,悟出某种关于时代生机的信息。周无在1920年初创作的《黄蜂儿》,就被朋友称为"Symbolism(象

---

① 茅盾:《论初期白话诗》,载《文学》第八卷第1号,1937年1月1日。
② 朱自清:《中国新文学大系·诗集导言》,上海,良友图书印刷公司1935年版,第2—3页。
③ 俞平伯:《与新潮社诸兄谈诗》,载《新潮》第2卷第4号,1920年5月。
④ 朱自清:《诗与哲理》,见《朱自清全集》第2卷,南京,江苏教育出版社1988年版,第333页。

征主义)的作品",它同早期诗歌不同,自觉地追求诗歌意象本身传达的象征性。黄蜂儿"跌在水里","还是跌在水里","但他还是在水里",这是法国象征诗人常用的渲染和强化主题的复沓句式,传达出表面意象的本体意义。但这意象背后隐藏的象征内涵却又是不确定的,"黄蜂儿"本身既有独立存在的意义,又有背后隐藏的意义,从而显示出与点明教育意义的寓言诗不同的美学品格,想象空间代替了初期白话诗的事理描述。

三是个性地位的强化。受五四时代精神的召唤,初期白话诗歌改变了传统诗歌"无我"的语态,"我有话对你说"、"我如何如何"的语态使"我"突出出来。但仔细分析起来,这儿的"我"更多体现的是时代性而非个人性。由于初期白话诗人几乎都是"贵族化"诗风的反对者,都以启蒙的地位和视角面向民众,其作品不少体现为浅薄的人道主义,未能普遍运用个性主义去深化诗歌主题,更未能充分呈现诗人独特的自我性格和人格特征,这就使"第一期的诗,是当时文学革命的武器之一种"(沈从文《我们怎么去读新诗》)。这又是新诗遭到后人非议的重要原因。开始在白话诗中较为充分地反映独立人格的又是无韵诗。如俞平伯就称赞康白情"做诗只说自己底话,不是鹦哥儿般学嘴学舌",并抨击说:"我看现在底社会,真象一个废染缸,无论那样雪白鲜红的新机,都要把他们染成乌黑,似乎不如此不足以显出社会底力。""好的文学好的诗,都是把作者的自我和一切物观界——自然和人生——同化而生的!合拢来,合拢来,才跳出一个活鲜鲜的文学。他后面所隐着的是整个儿的人性。"①而显示个性者最典型的就是俞平伯在《〈冬夜〉自序》中说的,"在《冬夜》里,这一首和那一首,所表现的心灵,不免常有矛盾的地方。""有多方面的我,就得有多方面的诗,这是正常而正当的。"这就是说,每首诗都要真实地抒写自我,而所有诗都要真实地写出人格。尤其是,俞平伯在《〈冬夜〉自序》中提出了如下的重要观点:

> 诗以人生的圆满而始圆满,诗以人生底缺陷而终于缺陷。人生譬之浪波,诗便是那船儿。诗底心正是人底心,诗底声音正是人底声音。"不失其赤子之心"的人,才是真正的诗人,不死不朽的诗人。即使他

---

① 俞平伯:《〈草儿〉序》,上海,亚东图书馆1923年版。

没有诗篇留着,或者竟没有做诗,依然是个无名的诗人;因为他占领了
诗人底心。我反对诗人底僭号,什么人间的天使,先知先觉者……我只
承认他是小孩子的成人。

这是一种极其重要的诗学观点,它强调新诗应该展示人格,不伪冒,不虚饰,
包括缺陷以至丑陋。这种观念具有五四时期的人性解放、个性张扬的时代
精神,强烈地冲击着中国传统道德有意压抑人性和隐匿自我的精神枷锁。

五四运动前后诞生的无韵诗,在抒情的强化、想象的强化和个性的强化
等方面,推动中国现代新诗更加趋向和接近诗歌的本质特性,表明中国新诗
在诞生期的进步和成长。当然,这种强化只是显示着萌芽,呈现着过渡状
态,人们期待着真正具有这种美质的新诗诞生。而实现这种期望的,就是新
诗发生的另一种存在——以郭沫若为代表的抒情自由体诗的诞生,它使抒
情的强化、想象的强化、个性的强化达到了极致。

第二节　郭沫若与自由诗体

1919年9月11日,这是中国新诗发生史上值得纪念的日子,因为这一
天郭沫若的诗作《抱和儿浴博多湾》和《鹭鸶》在上海《时事新报》副刊"学
灯"专栏发表,表明郭沫若正式登上中国现代诗坛。

在郭沫若的回忆中,他的诗作发表充满着偶然性:

我第一次看见的白话诗是康白情的《送许德珩赴欧洲》(题名大意
如此),是民八的九月在《时事新报》的《学灯》栏上看见的。那诗真真
正正是白话,是分行写出的白话,其中有"我们喊了出来,我们做得出
去"那样的辞句,我看了也委实吃了一惊。那样就是白话诗吗?我在
心里怀疑着,但这怀疑却唤起了我的胆量。我便把我的旧作抄了两首
寄去……那时的《学灯》的编辑是郭绍虞,我本不认识,但我的诗寄去
不久便发表了出来。第一次看见自己的作品印成的铅字,真是有说不
出来的高兴。于是我的胆量也就愈见增大了,我把已成的诗和新得的
诗都络续寄去,寄去的大多登载了出来,这不用说更增进了我的作诗的

兴会。

　　民八是"五四"运动发生的一年,我们在那年的夏天,响应国内的运动,曾经由几位朋友组织过一个集会,名叫"夏社",干过些义务通讯的事情,因为要和国内通信,至少须得定一份国内的报纸,当时由大家选定了《时事新报》。因此才得以看见《学灯》,才得以看见康白情诸人的诗,这要算得偶尔的机缘。假如那时订阅的是《申报》、《时报》之类,或许我的创作欲的发动还要迟些,甚至永不见发动也说不定。①

对任何一位诗人来说,"第一次看见自己的作品印成铅字"都是高兴的事。其实,"说不出的高兴"当不足以表达他当时的心情,他后来在《创造十年》中回忆此事所用的是"陶醉"一词。在《学灯》上发表郭诗的编辑是宗白华。1919年8月初,《时事新报》负责人张东荪聘请宗白华编辑《学灯》(郭虞裳仍为主编,到11月才由宗白华任主编)。宗白华来到《学灯》后增设"新文艺"栏,8月30日发表自己的新诗《问祖国》,9月11日就发表郭沫若的两首诗作。郭沫若在回忆中说道:"使我的创作欲爆发了的,我应该感谢一位朋友,编辑《学灯》的宗白华。我同白华最初并不相识,就由投稿的关系才开始通信。白华是研究哲学的人,他似乎也有嗜好泛神论的倾向。这或许就是使他和我接近了的原因。那时候,但凡我做的诗,寄去没有不登,竟至《学灯》的版面有整个登载我的诗的时候。"②我们再来读宗白华给郭沫若的信:

　　昨天得着你的信同新诗,非常欢喜,因我同你神交已许久了。你的诗是我所最爱读的。你诗中的境界是我心中的境界。我每读了一首,就得了一回安慰。

　　……你的诗已陆续发表完了。我很希望《学灯》栏中每天发表你一篇新诗,使《学灯》栏有一种清芬,有一种自然 Nature 的清芬。③

---

① 郭沫若:《我的作诗的经过》,见《郭沫若论创作》,上海,上海文艺出版社1983年版,第203、204页。

② 郭沫若:《创造十年》,见《郭沫若全集》之《学生时代》,北京,人民文学出版社1989年版,第67—68页。

③ 田汉、郭沫若、宗白华:《三叶集》,合肥,安徽教育出版社2006年版,第8、10页。

这是编者宗白华对郭沫若诗歌创作和发表的热情期待。"发表"不但为已经写成的诗作提供了实现其社会价值的可能,而且催促着新诗的创作。郭沫若回忆说:

> 　　说来也很奇怪,我自己就好像一座作诗的工厂,诗一有销路,诗的生产便愈加旺盛起来。在一九一九年与一九二〇年之交的几个月间,我几乎每天都在诗的陶醉里。每每有诗的发作袭来就好象生了热病一样,使我作寒作冷,使我提起笔来战颤着有时候写不成字。我曾经说过:"诗是写出来的,不是做出来的。"便是当时的实感。①

郭沫若进入了最佳的创作状态。在二十七八岁的青春后期,他仿佛开始了又一次新的生命。郭沫若以非常态的情感体验,创作出五四时期优秀的诗篇,成为新诗坛一颗明星。在那"将近三四个月的期间差不多每天有诗兴来狂袭",著名的《凤凰涅槃》、《立在地球边上放号》、《天狗》、《心灯》、《炉中煤》、《晨安》等都是诞生在这个"诗的创作爆发期"。应该说,郭沫若新诗创作离不开时代的影响,时代精神赋予郭沫若诗歌以创作灵感和特质;同时,我们也不能忽视宗白华等编辑对他的诗情爆发所起的催生作用。

　　一年以后,郭沫若将自己产生于这一"诗的爆发期"的诗作连同此前此后的创作结集为《女神》,泰东图书局初版于1921年8月。《女神》包括三辑,第一辑收《女神之再生》等三个诗剧,取材于古代传说或历史,在中国开创了诗剧这种新诗形式。第三辑大部分是小诗,大多写于五四以前和五四后期。第二辑除《太阳礼赞》等个别篇什外,都写于郭沫若那"最可纪念的一个时期",即在宗白华鼓励和支持下诗情爆发的时期。这些作品除《演奏会上》大都发表过,并且产生过重大影响。《女神》的出版奠定了郭沫若在中国新诗发生中的独特地位,它作为另一存在同样宣告着新诗的发生并正在走向成熟。由初期的白话新诗经过无韵诗的探索,终于诞生了中国现代抒情自由诗体。它比白话新诗更加充分地显示了新诗存在的合法性和合理性,更加充分地显示了新诗所具有的审美形象和审美价值,满足了人们对现

---

① 郭沫若:《创造十年》,见《郭沫若全集》之《学生时代》,北京,人民文学出版社1989年版,第68页。

代新诗的期望。它扩大了新诗的发生空间,扩大了新诗的读者和作者群,成为新诗发生的另一极。这里引几段时人读《女神》的感受:

> 五十几年前我读他的《凤凰涅槃》,读他的《天狗》,他那颗火热的心多么吸引着当时的我,好像他给了我两只翅膀,让我的心飞上天空。
>
> ——巴金①

> 记得在《时事新报》的副刊《学灯》里,读到他的《凤凰涅槃》,使我非常高兴,正和五四前一年在《新青年》上读到鲁迅先生的《狂人日记》一样,立刻觉得这是一篇划时代的作品……郭先生这首诗,不但一点不受旧诗词的影响或拘束,还流露出一种不可遏制的热情,使读者反复咏叹,不忍释手。
>
> ——宋云彬②

> 我是一九二一年夏在上海半淞园才与郭沫若第一次见面,但在这之前,我已从《时事新报》副刊《学灯》上发表的他的一些诗认识他了。我记得最早引起我注意的是他在一九一九年底发表的长诗《匪徒颂》……这首诗的叛逆精神是那样突出,的确深深打动了我。后来我又接连读到了他在一九二〇年初发表的《凤凰涅槃》、《天狗》、《晨安》诸诗,当时我就同编辑《新青年》的陈望道和李汉俊议论过这些诗,对于作者这种热情横溢敢于创新的气魄十分钦佩。
>
> ——茅盾③

这种阅读感受,我们还可以举出很多。郭沫若新诗的创作、发表并产生重要影响,虽然存在偶然因素,但就新诗发生来说,同样存在着必然性。以下我们论述几个郭沫若与新诗发生的相关问题。

首先是郭沫若自由体诗发表与初期新诗的关系。郭沫若1913年留学日本学医,同国内文学界联系很少。在1918年8月,作为日本冈山第六高等学校(相当于高中)学生的郭沫若,尚与国内已经发生的新文学运动没有

---

① 巴金:《永远向他学习》,见《悼念郭老》,北京,三联书店1979年版,第23页。
② 宋云彬:《奔放的热情　缜密的头脑》,见王训昭编《郭沫若研究资料》上册,北京,中国社会科学出版社1986年版,第460页。
③ 茅盾:《复杂而紧张的生活、学习与斗争》,载《新文学史料》第5辑,1979年11月。

多少关系,"国内的新闻杂志少有机会看见,而且也可以说是不屑于看的"。1918 年 8 月下旬,他与张资平的谈话表露出对差强人意的《新青年》并不佩服,想找人合作办纯粹文学刊物,"采取同人杂志的形式,专门收集文学上的作品"。杂志没有办成,《骷髅》、《牧养哀话》等小说投稿被拒,因此在《学灯》发表诗作以前,郭沫若大致还是新文学运动的局外人。郭沫若首次读到的白话诗,据考证应该是康白情的《送曾琦往巴黎》,诗如下①:

　　慕韩,我来送你来了!/这细雨沾尘,/正是送客的天气。/这样的风波——/我很舍不得你去;/但我并没有丝毫的意思留你。/你看更险恶的太平洋,/其实再平静的没有了。

　　朦胧的月色,/照散了漫红的烟雾。/但我觉得这世界还是黑沉沉的。/慕韩,我愿你多带些光明回来;/也愿你多带些光明出去。

　　听哟!/这汽船快就要叫了!/她叫了出来,/她就要开去;/我们叫了出来,/我们就要做去。/慕韩,你去了? ——/我也要去了。

这诗对郭沫若产生影响似乎在于两点:第一,康白情和曾琦都是郭的同乡或同学,曾琦在郭氏眼里没有革命性也没有知识性,这样的角色却要赴巴黎;而康白情又写出那样的诗相送,怎么不叫郭沫若增加了作诗的"胆量"。第二,康白情的诗自然流畅,体现了诗体解放和诗情自由,把传统的送别题材写得富有时代精神。这使郭沫若吃了一惊,终于大着胆量"把我的旧作抄了两首寄去"。其实在我们看来,康白情的白话新诗特别引起郭沫若的注意,主要不是因为它取代旧诗的发生价值,而是它意味着一个新的"发表"的机遇。虽然气质倾向文学,但郭沫若最初是将个人前途寄托在医学上的,但到这时由于身体的疾患(耳疾)影响到学业,陷入一场精神危机之中。这就推动着郭沫若志业的转向:"因为我耳聋,我就拼命用眼睛,我把力量用到文学上去。"②在小说发表接连受挫后,发表新诗不能不使郭沫若怦然心动。那么,"旧作抄了两首"是原封不动呢还是有所修改呢? 对此我们无从查考。有一个旁证是:最早投出的一批新诗中有《死的诱惑》和《新月与白

---

① 王锦厚等:《郭沫若第一次看见的白话诗》,载《新文学史料》1981 年第 4 期。
② 陈辛:《郭老为什么弃医从文》,载《新文学史料》第 5 辑,1979 年 11 月。

云》，郭沫若在《我的作诗的经过》（1936）中说，《死的诱惑》、《新月与白云》，也包括《维奴斯》、《别离》等都写于 1916 年夏秋之交，而在《学生时代·创造十年》中则说是 1918 年做的。对此，后人作了不少考证。海英等通过对郭氏创作的 19 首旧诗分析，得出结论："我们可以说，1919—1920 年《女神》爆发期中的好些白话诗，简直就是 1914—1918 年文言诗的翻译吧。"①武继平在《郭沫若留学十年》中，从考察诗中呈现的日本风物入手，得出了相似的判断，认为包括《死的诱惑》在内的几首新诗不可能是 1916 年之作，但与那时的旧体诗有着一定的瓜葛，存在着"将从前的旧体诗改写为口语诗发表的创作倾向"。如果这种考证成立，那么这暗示着，在 1919 年 9 月，郭沫若很有可能为了发表，将从前的旧诗（"从前做出的一些诗"）改写为口语体，是"发表欲"促发了从"旧"到"新"的转化。如果这种结论正确，我们就可以形成这样的看法，第一，郭沫若起手创作新诗并非与胡适同时的 1916 年；第二，同白话新诗见面，推动了郭沫若新诗创作，促发了他创作的爆发期；第三，郭沫若最初发表在《学灯》上的诗中，有 10 首未收入《女神》，其中《两对儿女》、《某礼拜日》、《呜咽》、《晚饭过后》等诗多描写当下生活场面，以诗人的日常感受为特点，在风格上纳入许多散文化的因素，同胡适、刘半农的初期白话诗存在着明显的联系；第四，虽然郭沫若最初的新诗受到康白情等人新诗的影响，但郭沫若又超越了初期白话诗和无韵诗，以天才诗人创造了新诗发生的另一标志性成果，即抒情的自由体诗，拓展了中国新诗的发生空间。

其次是郭沫若创作抒情自由诗体的客观条件。郭沫若最具特色的抒情自由体诗，是那些写于五四时期风格偏于雄放真率的诗，"就是由于他的这种风格，他所取的形式不是刻画、叙述，而特别长于抒情"②。这些诗大致都编入《女神》第二辑。在说到这类诗的创作时，郭沫若有这样的论述：

白华在那时也是倾向于泛神论的，这层便更加促进了我们两人的

---

① 海英：《郭沫若留学日本初期的诗》，载《中国现代文艺资料丛刊》第三辑，1963 年。
② 蒲风：《论郭沫若的诗》，载《中国诗坛》第 1 卷第 4 期，1937 年 11 月。

接近。他时常写信来要我做些表示泛神论的思想的诗。我那时候不知从几时起又和美国的惠特曼的《草叶集》，德国的华格纳的歌剧接近了，两人也都是有点泛神论的色彩的，而尤其是惠特曼的那种把一切的旧套摆脱干净了的诗风和五四时代的暴飙突进的精神十分合拍，我是彻底地为他的雄浑的豪放的宏朗的调子所动荡了。在他的影响之下，应着白华的鞭策，我便做出了《立在地球边上放号》、《地球，我的母亲》、《匪徒颂》、《晨安》《凤凰涅槃》、《天狗》、《心灯》、《炉中煤》、《巨炮的教训》等那些男性的粗暴的诗来。这些都由白华在《学灯》栏上替我发表了，尤其是《凤凰涅槃》把《学灯》的篇幅整整占了两天，要算是辟出了一个新记录。[①]

这里揭示了郭沫若最具特色的自由体诗诞生的某种必然性。一是"五四时代的狂飙突进的精神"的影响。身处异国的郭沫若，当人生的苦闷和社会的苦闷遇到五四精神的催化，就以激情迸发的诗歌神采与五四时代结缘。郭沫若有很强的自我表现欲，当激情向外喷射时，他在读者面前占据着精神优势，他得以尽力施展自己的吸引力，感染力，煽动力。郭沫若是幸运的，他的这种自我表现正与时代合拍。他日后不断以自己的切身体会谈论诗歌与时代这样一个课题："我，既要以文艺为生活，便必须时常鞭策自己，抓紧着时代精神，在时代的主潮中成为一个有能的漕手。"[②]"诗人要活在时代里面，把时代的痛苦、欢乐、希望、动荡……要能够最深最广地体现于一身"。[③]因此，闻一多把《女神》的时代精神归纳为"动的精神"、"反抗的精神"、"科学的成分"、"世界大同的色彩"和"表现当时青年的烦恼悲哀"。在诗质现代性方面，郭沫若的诗超越了同时代其他诗人。二是"应着白华的鞭策"。宗白华在回忆中说是"在兴趣爱好方面有一些共同的基础"，是"沫若的诗大胆、奔放，充满火山爆发式激情，深深地打动了我。我认为自己发现了一个抒情的天才，一个诗的天才，因此对他寄来的诗作很重视，尽量发表，尽管

---

① 郭沫若：《我的作诗的经过》，见《郭沫若论创作》，上海，上海文艺出版社 1983 年版，第204 页。

② 郭沫若：《我怎样开始了文艺生活》，载《文艺生活》(香港版)1948 年第 6 期。

③ 郭沫若：《诗歌的创作》，载《文学》第 2 卷第 3、4 期，1941 年 5 月。

他当时还没有什么名气。"由此可见,宗白华大量发表郭诗,是看中郭诗"大胆、奔放,充满火山爆发式的激情",即人们常说的表达上的自由精神和风格上的暴凌之气,因为它很好地体现了五四精神。宗白华的偏爱鞭策着郭沫若创作出一批最具男性的粗暴的诗。对此,我们不能认为郭沫若的创作只是迎合编辑所好(虽然在他尚未与其他报刊建立联系的情况下,只有通过宗白华才能获得更多的读者),而要寻找到郭沫若与宗白华的精神联系,那就是"倾向于泛神论"。郭沫若的泛神论思想形成同幼年读《庄子》有关,到1915年后因为喜欢泰戈尔,又因为喜欢歌德,便与哲学上的泛神论的思想接近了。事实上,郭沫若开始受泛神论思想影响时,他还不认识宗白华,"他时常写信来要我做些表示泛神论的思想的诗"的鞭策,应该视为郭沫若与宗白华因泛神论而格外亲近,这是契合而非迎合。还应该看到,郭沫若与宗白华的精神联系是由时代决定的:"我们和当时的青年一样,受到时代潮流的冲击,感到半封建半殖民地的旧中国太令人窒息了,我们苦闷、探索、反抗,在信中谈人生,谈事业,谈哲学,谈诗歌和戏剧,谈婚姻和恋爱问题……互相倾诉心中的不平,追求着美好的理想,自我解剖,彼此鼓励。"①正是这种精神的联系,宗白华大量发表了郭沫若的自由体新诗。三是"和美国的惠特曼的《草叶集》,德国的华格纳的歌剧接近了"。这种接近直接影响到郭沫若《女神》中诗剧体诗和自由体诗的创作风格的形成。惠特曼被初期诗人认为是能够"自由自在的生活",能够"保持原人的纯洁心,发原人特有的绝叫"的,于是"惠特曼乃有了不定形不押韵的诗歌出现"。"现代人内部生命之丰富","现代事象繁复",绝不是陈旧的诗形所能包含和表现的,"其结果非至于打破一定的韵律与诗形不可";主客双重的条件,诞生了欧美的自由体诗,而惠特曼是其鼻祖。② 而在这时期,郭沫若也正是从诗质、诗语和诗体三个方面受到了惠特曼的影响:"尤其是惠特曼的那种把一切的旧套摆脱干净了的诗风和五四时代的狂飙突进的精神十分合拍,我是彻底地为他那雄浑的豪放的宏朗的调子所动荡了。"时代精神的表达、泛神论的呼

① 宗白华:《秋日谈往》,见《宗白华全集》(1),合肥,安徽教育出版社1994年版,第301页。
② 田汉:《平民诗人惠特曼百年祭》,载《少年中国》第1卷第1期,1919年7月15日。

应和惠特曼的诗体,这三者的结合推动,就诞生了郭沫若的抒情自由体诗。需要作出补充的是,研究郭沫若的自由诗体创作条件,还要看到日本译介西方域外诗歌对郭沫若的直接影响。日本大规模翻译域外诗歌不仅比中国早,也比中国率先采用日常口语、诗的内容和目的都面向大众、打破诗严谨格律的形式转向自由化的新体诗改革。这使很多留日学生有机会接触到思想和形式较为自由的域外诗歌。郭沫若就这样回忆:"我知道太戈尔的名字是在民国三年。""九月我进了一高的预科,我和一位本科三年级的亲戚同住。有一天他从学校里拿了几张英文的油印回来,他对我说是一位印度诗人的诗。""我展来读了,便生了好些惊异。第一是诗的容易懂;第二是诗的散文式;此外可还有使我惊异的地方,我可记不得了。"[1]这种感觉使郭沫若诗的创作出现了一个泰戈尔时期,而这一时期又是他的早期白话自由诗创作的年份,两者之间的联系显而易见。

再次是郭沫若抒情自由诗体的创作准备。郭沫若那些产生巨大影响的自由诗是他创作爆发期的产物,但却是建立在较为充分的创作准备基础之上的。郭沫若出生在四川的峨眉山下,白水徜徉在秀山丽水之间,自小感受着如诗如画的天然风韵,享受着绥山沫水的恩泽哺育。他又受到母亲的诗的启蒙,尤其是民间诗歌的启蒙。入蒙读书以后,他自然地喜欢王维、孟浩然、李白、柳宗元的诗。七八岁的时候,蒙师便要他作对子,开始两个字,渐渐做到五个字,又渐渐作到了七个字以上。后来便作起试帖诗来。这是唐朝以来的一种科举的诗,多以古人诗句命题,前面加上"赋得"二字,或五言七言,或六韵八韵。这种被郭称为"诗的刑罚",却给他的文字训练打下基本功。年幼的郭沫若写过不少诗,现在已搜集到 1904—1912 年间在成都的乐山读书时的诗歌 68 首。其中最早的一首是《村居即景》:"闲居无所事,散步宅前田。屋角炊烟起,山腰浓雾眠。牧童横竹笛,村媪卖花钿。野鸟相呼急,双双浴水边。"据郭侄女回忆,这是 1904 年前后的诗。那时,郭正在家塾"绥山馆"里读书,有一天,他带着表妹侄女们到屋后的一条水沟边垂钓,看了乡村的美丽景色,顿生诗意,遂成此诗。郭沫若在《我

---

① 　郭沫若:《太戈尔来华的我见》,载《创造周报》第 23 号,1923 年 10 月 14 日。

的作诗的经过》中曾说:"诗,假如要把旧诗都包含在里边,那我作诗的经过是相当长远的。"这些都是郭沫若作诗的准备阶段,也可以说是他的"诗的修养时代"。但"真正的诗的趣味和才能是没有觉醒的",而"觉醒"则是在 1913 年,那年他在成都高等学堂读到了美国人朗费洛写的短诗《箭与歌》,诗如下:

> 我把一枝箭射向苍穹,/它落向何方,我不知影踪,/它飞得这么地迅速,/目光怎么也不能把它追踪。

> 我把一支歌唱向太空,/它落向何方,我不知影踪,/谁的目光能如此迅狂,/能追上歌声飞驰如风?

> 很久以后,在一棵橡树上,/我找到那支箭依然完好,/还有那支歌,我也重新找到,/它完整地保存在我朋友心中。

珍惜友谊是诗歌的传统主题,但这诗的意象方式与语言的结构方式,都闪着奇异而陌生的光芒。他在《我的作诗的经过》中说"感觉着异常的清新","好像第一次才和'诗'见了面一样"。并使自己"在那读得烂熟,但丝毫也没感觉着它的美感的一部《诗经》中尤其是《国风》中,才感受着了同样的清新,同样的美妙。"1915 年上半年,当他有机会阅读英文泰戈尔的《新月集》时,那诗的清新和平易使他吃惊,感受着"诗美以上的欢悦",作诗的欲望发生了。这就是郭沫若五四时期创作自由诗的准备。

郭沫若以上创作准备,到五四时期受着以下因素的推动:现代思想感情表达要有新的形式来冲破旧式诗词的清规戒律;五四新诗里有"我们喊了出来,我们做得出去"那样的诗句帮助郭沫若放胆创作;惠特曼的自由体使"个人的郁积,民族的郁积,在这时找到了喷火口,也找到了喷火的方式"。长期的创作准备和以上诸因素结合,共同规定着郭沫若抒情自由诗体的诞生,也规定着郭沫若抒情自由体的特质。对于初期白话诗人来说,尝试创作白话新诗,要经历挣脱旧诗束缚的苦恼,但这在郭沫若那儿却是一件轻而易举的事。他最初甚至没有意识到由文言到白话的转变所具有的文学史意义,只是本着内心的需要,自由地表达他的情感,自由地流露他的自我。因此,郭沫若的新诗创作总是被人称为"天才"、"异类",当然,伟大的天才也总是离不开成长过程中,"被教的是什么,自己所努力学习的是什么,你便被陶冶成为什么。"①郭沫若创作抒情自由诗,离不开他那天生浪漫型的青春人格,天马行空任意驰骋的思维方式,以及他那吞吐八荒的才情;更离不开早年诗歌的创作训练,以及民间歌谣、泰戈尔诗歌、近代黄遵宪创作等的影响。天生的诗人气质和后天的诗歌接受,两者互动影响着郭沫若的创作成功和诗歌风格。

最后是郭沫若抒情自由诗体所体现的美学思想。郭沫若的抒情自由诗的发生并产生影响,是同《三叶集》(亚东图书馆1920年5月版)的出版密切相关的。谢康说:"沫若的诗,颇有些人不大了解","如此雄放,热烈,使我惊异,钦服,但是不大懂得",要读懂至少要受过中等教育,因而"了解者是不及其他诗人的普遍的。"②在克服接受困难过程中,田汉、宗白华、郭沫若三人的通信同时在报刊发表并很快结集为《三叶集》出版,起着重要作用。正是在这意义上,"《三叶集》是《女神》Introduction"。1920年初,文学青年冯至开始接触新诗,在读到《女神》之前,他就读到了三人的通信:"正在这时期,我读到了郭沫若、田汉、宗白华三人的通信集《三叶集》……当时对我却起了诗的启蒙作用。我从这三个朋友热情充沛的长信里首先知道了什么是诗,"在故乡的小城内,"这个小册子便成为我的伴侣","直到第二年《女神》出版了,我的面前展开了一个辽阔而丰富的新的世界。"③从《三叶集》到《女神》,对于冯至来说,是一个阅读程式塑造的过程,更是一个"诗"的启蒙的过程,是一个"什么是诗"的问题获得解答的过程。这提示我们考察郭沫若抒情诗发生的另一个角度,就是《三叶集》中郭沫若所表达的诗学观念。因为它是解释郭沫若抒情自由诗发生和特质的一把钥匙。在《三叶集》中,郭沫若的诗学观大致表现为:"自我表现"的艺术本质观——"诗的主要成分总要算是'自我表现'了。所以读一人的诗,非知其人不可";"自我创造"的艺术生成观——"诗的创造贵在自然流露。诗的生成,如像自然物的生存一般,不当参以丝毫的矫揉造作";"自由开放"的艺术形式观——

① 郭沫若:《如何研究诗歌与文艺》,见《郭沫若论创作》,上海,上海文艺出版社1983年版,第172页。

② 谢康:《读了〈女神〉以后》,载《创造季刊》第1卷第2期,1924年2月28日。

③ 冯至:《我读〈女神〉的时候》,见《诗刊》1959年第4期。

"抒情的文字便不采诗形,也不失其为诗。例如近代的自由诗、散文诗,都是些抒情的散文。自由诗、散文诗的建设也正是近代诗人不愿受一切的束缚,破除一切已成的形式,而专挹诗的神髓以便于其自然流露的一种表示。"以上三个方面是存在内在联系的,其中核心就是"情绪",具体说就是自我情绪的自然流露,它规定着自由诗的诗质、诗语和诗体。就新诗发生话题说,郭沫若有两段重要的论述帮助我们理解其新诗的创作(发生)。他给陈建雷的信中,用《春蚕》来表达诗的创作:

> 蚕儿呀!/我且问你:/你可是出于有心?/你还是出于无意?/你可是出于造作矫揉?/你还是出于自然流泻?……

> 蚕儿呀!/我想你的诗,终怕出于无心;/终怕出于自然流泻;……

郭沫若认为诗不是作出来的,而是写出来的,而且像蚕儿吐丝一样的自然流泻。他说:"诗只要是我们心中的诗意诗境之纯真的表现,命泉中流出来的Strain,心琴上弹出来的Melody,生底颤动,灵底喊叫,那便是真诗,好诗",便是"诗意诗境之纯真底表现。"①另一段是郭沫若写信给宗白华,转述他和田汉同游风景区太宰府的感受。

> 我们自二日市步行至太宰府途中,光明灿烂的自然给了我们无限的诗料,从我们声带中,弹出许多自然的牧唱。我们沿路行着,沿路吐诗。触景生情,即兴占吐。可惜我如今连其十之一二也不记得了。我只记得我们在路上有一段谈话,我很得了些诗底妙决。沿路行着,澄空中时有很浏亮的鸟声,闻声而不见影。我对寿昌说道:"这是绝妙的诗料呀!譬如说——

> 鸟儿!你在什么地方叫?

> 你是什么鸟儿?

> 你的歌声怎样地中听呀!

> 你唱得我的灵魂怎样地陶醉呀!

> 把这'什么''怎样'等字样,加以想化底力量,反正低回地发展了下去,便会成了一首绝妙的好诗呀!"寿昌说:"这样便是实感,已经好

---

① 宗白华等:《三叶集》,合肥,安徽教育出版社2006年版,第11页。

了,不用再发展了。"我回来忙读雪莱(Shelley)底《百灵鸟曲》(Ode to a sky lark)。哦哈！他简直照着我的实感的胎元细胞,发展成了一篇绝妙的抒情小曲了。①

这就是郭沫若悟出的诗歌发生观,也是郭沫若诗歌的创作发生论。由以上两段话可见,郭诗已经超越了胡适的"诗的经验主义",开辟了一个新的诗歌美学境界。

以上多角度地分析了郭沫若抒情自由诗发生的因素,包括偶然的触发因素、客观的思想文化影响、坚实的创作准备和主导的诗歌美学,这些因素相互依存,互为条件,共同推动了郭诗的发生,规定了郭诗的特质。作为新诗发生的另一种存在,郭诗的发生既是偶然的又是必然的,既是个人的又是时代的。

第三节　郭沫若与小诗体

1920 年 5 月,《时事新报》的"学灯"副刊更换编辑,宗白华赴德国留学,继任的是李石岑。按郭沫若说,"李先生也照常找我投稿,但他每每给我以不公平的待遇"。在这阶段,李推动着郭创作了最初的诗剧体新诗。1920 年 9 月 23 日,受歌德影响的郭沫若完成了诗剧《棠棣之花》第一幕第二场"聂母墓前",具有独幕剧性质,很快由李石岑发表在 10 月 10 日出版的《学灯》。李致信郭劝他继续创作诗剧,并答应在自己主编的《民铎》上发表。郭于是完成了《女神之再生》,致信李说:"《女神之再生》一篇也是借过去的影子来暗示将来的,其中寓有创造冲动与占据冲动之葛藤,异教主义Paganism 与希伯来主义 Hcbrsism 之冲突;拟以应去年雅命,在《民铎》上发表。"②李践诺将其发表在 1921 年 2 月 25 日《民铎》杂志第二卷第 5 号上。接着,郭沫若又写了诗剧《湘累》,发表在 1921 年 4 月出版的上海《学艺》杂

---

① 宗白华等:《三叶集》,合肥,安徽教育出版社 2006 年版,第 94 页。
② 郭沫若:《致李石岑》,见黄淳浩编:《郭沫若书信集》上册,北京,中国社会科学出版社 1992 年版,第 183 页。

志第二卷第 10 号。郭随即就将以上三个诗剧编成一辑,放在《女神》三辑之首出版。就新诗发生来说,郭氏是中国现代诗剧的奠基者。在《女神之再生》发表时,茅盾即在《时事新报·文学旬刊》第 2 期上,写了一则介绍:"《民铎》第 5 号出版,其中文学作品,最好的是《女神之再生》一篇。这是一篇诗体的剧本,用了古代的传说来描写现代思想的价值与其缺陷。委实不是肤浅之作。近来国内很有些人乱谈什么艺术,了解艺术的人,实在很少。对于郭君此篇我不能不佩服为'空谷足音'。"这可能是对郭沫若诗剧体新诗最早的公开评论。诗剧,同样是中国新诗的一个品种,在现代新诗发展中占据一定地位。欧诗分为史诗、剧诗和抒情诗三种。史诗的性质以纪事为主,剧诗的性质以乐歌为主,抒情诗的性质以情绪为主。西方古代以史诗与剧诗为最发达,近代却完全是抒情诗的世界。中国传统诗歌中抒情诗最发达,史诗和剧诗很少,现代也大致如此,所以郭沫若的诗剧显得更为珍贵。但尽管这样,由于现代诗剧毕竟在新诗中数量不多,也由于郭沫若的诗剧发表正处在新诗发生的后期,也由于郭沫若似乎一直不大看重诗剧,认为"不知怎的,把第二期的情热失掉了,而成为韵文的游戏者",所以始终没有引起人们注意,这是我们在这里需要论及的。

这里要特别提到的是郭沫若的抒情自由体对五四时期小诗体的发生意义。因为历来人们重视郭沫若《炉中煤》、《凤凰涅槃》、《天狗》等这些具有男性的粗暴的诗在新诗发生中的地位,有意无意地忽视了郭沫若另一些抒情小诗在新诗发生中的价值,其实后者对于中国新诗发生的影响同样深远。小诗,顾名思义是篇幅短小;但小诗的定义还有更多的内涵。李思纯在那时发表了《抒情小诗的性德及作用》,在分析了国内外抒情小诗的特征后作了概括性的结论:"抒情小诗的性德,在描写美妙的灵感,发抒真挚的性德。抒情小诗的作用,在引起直线的刺激,造成深切的印象。抒情小诗的形式重在内涵而不重外发,注意外形的简约化(Simplification)与内容的繁演化(Complication)。"[1]这种概括从性质、作用和形式三方面指明了小诗的特殊品质,并用外形的简约化和内容的繁演化予以总括更是抓住了关键,而在阐

---

① 李思纯:《抒情小诗的性德及作用》,载《少年中国》第二卷第 12 期,1921 年 6 月 15 日。

发"内容的繁演化"时,点明了"象征"的特征,更是值得我们注意。但是,大约由于李思纯在揭示小诗特质时主要以国外诗歌为例,没有注意到当时诗坛的小诗创作,所以没有引起人们注意。相反,倒是周作人的《论小诗》产生了重要影响,被认为是小诗评论的经典之作。周作人给"小诗"下了这样的定义:"所谓小诗,是指现今流行的一行至四行的新诗",并指明它的特质:

> 本来诗是"言志"的东西,虽然也可用以叙事或说理,但其本质以抒情为主。情之热烈深切者,如恋爱的苦甜,离合生死的悲喜,自然可以造成种种的长篇巨制,但是我们日常的生活里,充满着没有这样迫切而也一样的真实的感情;他们忽然而起,忽然而灭,不能长久持续,结成一块文艺的精华,然而足以代表我们这刹那的内生活的变迁,在或一意义上这倒是我们的真的生活。如果我们"怀着爱惜这在忙碌的生活之中浮到心头又复随即消失的刹那的感觉之心",想将它表现出来,那么数行的小诗便是最好的工具了。①

周氏既从篇幅更从特性上规定"小诗"内涵,即篇幅短小,表达"刹那的内生活的变迁"。

按照周作人的定义,新诗发生期最早的小诗应该是沈尹默的《月夜》:"霜风呼呼的吹着,/月光明明的照着,/我和一棵顶高的树并排立着,/却没有靠着。"这是一个"特写"的镜头,是一个秋风瑟瑟,寒月铺光,人物("我")与高大的树并肩而立却并不依附的自然景象,其中包涵着丰富的意蕴,是诗人内心精神世界的一种展示。它是朦胧的飘忽的,是一种刹那的感觉和感悟。正因为如此,康白情说他是"第一首散文诗而具备新诗的美德","其妙处可以意会而不可言传"。② 朱自清说它可能表现了"自我的渺小"和"遗世独立"两个意思,这正说明该诗意义的模糊性和多义性。朱自清还说这首诗"第三行也许说自己的渺小,第四行就不明白。若说是遗世

---

① 周作人:《论小诗》,载《晨报副刊觉悟》,1922 年 6 月 21—22 日。
② 北新社编《新诗年选(一九一九年)》中愚庵(康白情)关于《月夜》的评论,1922 年 8 月上海亚东图书馆出版。

独立之慨,未免不充分——况且只有四行,要表现两个主要意思也难。"①这儿的"不明白"、"不充分",正是这类小诗表达的特点,也即李思纯所说的"外形的简约化和内容的繁演化"的特质。《月夜》之后,白话新诗中也有写得较好的小诗,但却没有作为新诗发生时的特定诗体引起重视。

郭沫若对小诗体的诞生以至形成小诗运动作出了重要贡献。周作人《论小诗》认为小诗"古已有之",但因为它同别的诗词一样,被拘束在文言与韵的两重束缚里,不能自由发展,所以也不免同受湮灭的命运。新诗发生期的小诗的兴盛,周作人概括了它的必然性:"近年新诗发生以后,诗的老树上抽了新芽,很有复荣的希望;思想形式,逐渐改变,又觉得思想与形式之间有重大的相互关系,不能勉强迁就,我们固然不能用了轻快短促的句调写庄重的情思,也不能将简洁含蓄的意思拉成一篇长歌:适当的方法唯有为内容去定外形,在这时候那抒情的小诗应了需要而兴起正是当然的事情了。"②而其时小诗的兴起很受外国的影响,其来源是东方即印度与日本,在思想上是冥想与享乐,最直接的影响是泰戈尔的小诗和日本的短歌。我们认为这同样反映到郭沫若身上。郭沫若留学日本,当然熟悉日本短歌的美妙之处,尤其是他在 1915 年开始阅读泰戈尔的小诗,那诗的清新和平易使他吃惊,从中感受到"诗美以上的欢悦"。到了 1916 年,由于他同安娜发生了恋爱,才真正开始诗歌创作。他说自己创作的第一阶段是泰戈尔式,在泰戈尔的诗里"陶醉过两三年"。在这些诗中,有的抒发了忧国忧民的情绪,吐露出"火一样的焦心"(《新月与白云》),有的表现出苦闷彷徨(《死的诱惑》),有的表现以爱求得"灵魂安妥"(《司健康的女神》),有的表现向往民主自由的恬淡之心(《鹭鸶》)。这些诗共同的出发点是实感,有含蓄,正如周作人所说:"小诗的第一条件是须表现实感,便是将切迫地感到的对于平凡的事物之特殊的感兴,进跃地倾吐出来,几乎是迫于生理的冲动,在那时候这事物无论如何平凡,但已由作者分与新的生命,成为活的诗歌了。至于简练这一层,比较的更易明了,可以不必多说。诗的效用本来不在明说而在

---

① 朱自清:《选诗杂记》,见《中国新文学大系·诗集》,上海,良友图书印刷公司 1935 年版,第 16 页。

② 周作人:《论小诗》,载《晨报副刊觉悟》1922 年 6 月 21—22 日。

暗示，所以最重含蓄，在篇幅短小的诗里自然更非讲字句的经济不可了。"①
泰戈尔非常善于借大自然来抒发情怀，但总是写得轻松神秘，令人向往。郭
沫若的这些小诗又确有泰戈尔短诗的意味，在他接近泰戈尔以前是绝对写
不出《新月与白云》、《鹭鸶》等诗来的。

　　人们知道郭沫若那些雄浑、豪放的诗在当时的巨大影响，但少有知道泰
戈尔式的短诗同样在新诗坛产生过重要影响。宗白华在称赞《凤歌》一类
大诗"雄放直率"的同时，也指出"你小诗的意境也都不坏，只是构造方面还
要曲折优美一些。"②茅盾的弟弟沈泽民就致信宗白华说："沫若的诗《夜》、
《死》真好极了。我希望你多向他要几首诗。"《夜》与《死》，是两首风格隽
永的小诗，属于清丽、悠远的类型，宗白华复信也说："沫若的诗，意境最
好。"③冯至称赞郭沫若的短诗《雾月》："无论在意境上，或是语言上都是别
开生面的，既不同于古代的自然诗，也不同于一般的新诗。"④谢康批评《女
神》的诗太单调，主要是针对惠特曼狂放式的诗，相反却肯定音节精美的小
诗，认为它沟通了中国传统的诗境。康白情在《新诗年选》中也说"我更喜
欢读他的短东西，真当读屈原的警句一样。"这些评论历来是被遮掩着的，
它们在经典评论以外提供了一种新的补充，即郭沫若在新诗发生中的贡献，
同样包括那些含蓄、悠远诗境的小诗。它在那时满足了一批读者尤其是专
业读者对新诗的审美要求，重塑着新诗的诗美形象，改变着初期白话新诗给
予人们的固有看法。尤其是《死的诱惑》在 1920 年春被介绍到日本发表在
大阪的一家日报。发表时先有一段小序，说明最近中国新文学发生的历史，
随后就登了《死的诱惑》，可见它是作为新文学的标本被译介到日本的。它
不仅为田汉、郑伯奇等关注，也被日本文艺理论家厨川白村读到，认为"表
现出了那种近代的情调"。确实，《死的诱惑》与早期郭沫若的留学生活中
某种精神危机有关，诗以一种奇异的意象构造，传达出某种对于"死亡"的
向往，代表着《女神》中情调颓废的诗歌类型。亲切素朴的风格和近代情调

①　周作人：《论小诗》，载《晨报副刊觉悟》，1922 年 6 月 21—22 日。
②　宗白华等：《三叶集》，合肥，安徽教育出版社 2006 年版，第 24 页。
③　宗白华的信，见《晨报副刊·学灯》1920 年 1 月 19 日。
④　冯至：《我读〈女神〉的时候》，载《诗刊》1959 年第 4 期。

的呈现,对于中国后来的现代诗歌风和诗体产生了重要的影响。以上的论述不是要用郭沫若的精致小诗来取代另一些抒情自由诗在新诗发生中的地位,而是要指明郭沫若在新诗发生中的贡献还包括着现代小诗创作,甚至包括现代主义诗歌创作;也不是要以此来说五四时期小诗运动的出现就是郭沫若短诗创作和影响的功劳,而是要指明郭的小诗创作和发表也对小诗运动的兴起产生过重要影响。

泰戈尔作品和日本短诗的大量介绍,初期诗人包括郭沫若,推动着小诗的创作。从1921年开始,诗人们几乎不约而同地写起小诗,成为中国新诗发生中的重要事件。小诗跨越了文学团体和流派,文学研究会中有冰心、朱自清、郭绍虞、徐玉诺、王统照、周作人、郑振铎等;创造社中有郭沫若、邓钧吾等;湖畔诗社有汪静之、冯雪峰、潘漠华、应修人等;此外还有宗白华、刘大白、俞平伯、康白情、何植三等;形成了一支阵容强大的诗人群,诞生了不少优秀的小诗,成了风靡一时的诗歌体裁。就其总体风格来说,可以分成三大类:一是冥想的哲理的,如冰心的《春水》、《繁星》,宗白华的《流云》等;二是现世的享乐的,如谢采江的《野火》;三就是传统的意境的,如俞平伯的《忆游杂诗》中的一些诗。郭沫若在1921年后写出《星空》(1923年10月由泰东书局出版)集中的大量小诗,其扉页上写有康德的一段话:"有两样东西,我思索的回数愈多,时间愈久,他们充溢我以愈见刻刻常新,刻刻常增的惊异与严肃之感,那便是我头上的星空和心中的道德律。"这概括了《星空》集的基本情调,其中的小诗是当时诗人的赤心和泪珠的结晶,体现的是冥想的特征。

小诗的大量出现,是新诗发生期的重要现象,它体现的是新诗发生的多向性和丰富性,基本的意义仍然是争取新诗的合法性和塑造新诗的形象性,人们希望在作诗如说话的白话诗体和激情如火山迸发的自由诗体外,寻求一种沟通中外的潜入内心的风格多样的新诗体发生。如果说胡适体侧重于对客观现实的描摹,女神体侧重于对主观情感的抒发,那么小诗体则充满着对社会和人生的玄思妙想,在物心的关系中达到和谐统一。小诗表现零碎的思想和观念与刹那间的情绪和感触,冰心用"繁星"比喻并命名自己表现零碎的思想的小诗集,说明小诗就是诗人将偶尔闪过的繁星似的零碎思想记录在诗中。因此,梁实秋说新诗发生期"最流行的诗是'自由诗',和所谓的'小诗',这是两种最象白话的诗。"①事实上,在与白话诗体和自由诗体的比较中,小诗对中国新诗发生的重要贡献是多方面的:一是扩大白话诗体的题材。小诗的存在说明新诗除了写作重大题材以外,还应表现内在生活和自我,这是新诗主体性的强化;二是强调白话新诗的含蓄。初期白话诗重视明白清楚,自由诗重视直抒情绪,而小诗则富有浓郁的哲理性和自然冲淡的格调;三是提示现代诗歌的暗示。小诗虽然在表现形式上仍然保持初期白话诗的格局,但其创作原则和表现手法带有象征等因素。朱自清就说:"在艺术上,短诗是重暗示、重弹性的表现;叫人读了仿佛有许多影像跃跃欲出底样子。"②其中具有"近代的情调"的小诗直接影响到后来中国现代主义新诗的发生和发展;四是体现诗体解放自由。小诗强调"集中",所谓集中包括意境和音节,小诗的语言和节奏都须凝练,绝不能冗长重复,达到用自由的形式,自然的音节,表写天真的诗意与天真的诗境。以上种种,都体现了新诗在诗质、诗语和诗体方面的进步,都是对初期白话新诗和抒情自由诗体创作之弊的补救,预示着中国新诗新的成长点。

第四节　《尝试集》与《女神》

研究中国现代新诗的发生,无法回避的一个问题是:胡适的《尝试集》和郭沫若的《女神》的关系。作为新诗的第一本诗集,《尝试集》的开端地位似乎是不可动摇的,多数文学史在论及新诗时,都要从《尝试集》说起,即使是抨击和诋毁,也在验证着它的"起点神话"的特殊地位。但是,新诗研究中始终存在着《尝试集》与《女神》谁是新诗起点的争论。朱自清在《中国新文学大系·诗集导言》中,就称《尝试集》是"我们第一部诗集"。曹聚仁直到20世纪90年代还是说:"我们无论从《尝试集》的角度看新诗,或是从新

---

① 梁实秋:《新诗的格调及其他》,载1931年1月20日《诗刊》创刊号。
② 朱自清:《短诗与长诗》,见《朱自清全集》第4卷,南京,江苏教育出版社1990年版,第55页。

诗的角度看《尝试集》,新诗的风格还是朝着胡适的路子走的。"①闻一多在20世纪20年代初代表另一种看法,即认为郭沫若的诗才配称"新",至后来创造同人钱杏村居然说:"《女神》是中国诗坛上仅有的一部诗集,也是中国新诗坛上最先的一部诗集。"②虽然不少论述不如此极端,但主张把《女神》作为新诗发生的真正起点的观点始终不绝。

我们认为《尝试集》和《女神》都是中国新诗的起点,因此没有必要去论说哪部更为重要,哪部才是起点,其中的关键是要说明二者在新诗发生中的关系。在这个问题上,根据姜涛概括大致有四种观点③。第一种是把《女神》当做新诗发生期的一部重要作品,其文学史地位没有被特别点出。在许多论者的眼里,与《女神》对峙的不是胡适的《尝试集》,而是康白情的《草儿》之类,郭沫若只是被当做无韵诗的作者之一。第二种是将《女神》作为新诗的某种"异端",如沈从文认为新诗"尝试期"的代表作是《尝试集》、《刘大白的诗》、《扬鞭集》,"创作期"的代表是《草莽集》、《死水》、《志摩的诗》,《女神》则是独立于这一序列,因为郭沫若"不受此新诗的标准所拘束,另有发展"。④ 第三种是将《女神》视为新诗发展某一阶段的代表或开端。论者从诗体解放的角度论《尝试集》到《女神》的过程,认为两本诗集首尾衔接成新诗的进化。第四种直接将《女神》宣布为新诗合法性成立的标志,如蒲风在《五四到现在的中国诗坛鸟瞰》中,分早期新诗(1919—1925)为尝试期和形成期,而郭沫若被推为"形成期"的代表诗人,前者的新诗只有发生的价值,而后者的新诗才正式成立,穆木天也断定,"'五四'诗歌,由胡适开始,由郭沫若完成"。⑤ 对以上种种观点,我们经过辨析,形成三点看法。

第一,《尝试集》和《女神》意味着中国新诗发生的两个不同阶段,这两个阶段构成了中国新诗发生的过程。

我们确定的中国新诗真正诞生,绝对不是一个"点",而是一个"过程",

---

① 曹聚仁:《文坛五十年》,上海,东方出版中心1997年版,第142页。
② 钱杏村:《郭沫若及其创作》,黄人影编:《郭沫若论》,上海,光华书局1931年版,第28页。
③ 姜涛:《"起点"的驳议:新诗史上的〈尝试集〉与〈女神〉》,载《文学评论》2003年第6期。
④ 沈从文:《我们怎么样去读新诗》,见《中国现代诗论》上,第136页。
⑤ 穆木天:《在风暴中微笑里》,载《诗创造》第6期,1941年12月15日。

这个过程可以称为"五四时期",大致以五四运动为界向前和向后推进两三年。在这一过程里中国新诗的发生本身存在着一个自身的进化过程,正是在这种进化过程中,中国新诗由开端发生到成形完成。而《尝试集》体现的是开端,《女神》体现的成形,如果仅有《尝试集》,或仅有《女神》,中国新诗的合法存在和社会认同都是不可思议的。有人认为这种观点,是硬把"几乎是'共时'发生的诗歌向度(《尝试集》与《女神》几乎是同时出版的,先后只差一年),拉伸成'历时'性的分期"(姜涛语),这是不对的。《尝试集》出版在 1920 年 3 月,《女神》出版在 1921 年 8 月,这中间相差近一年半,而这一年半在发生期中本身就绝对不是共时的,更重要的是《尝试集》中最早的作品发表在 1917 年 2 月的《新青年》,到 1918 年初,钱玄同就已经写好了《尝试集》的序,并且在《尝试集》出版之前就已经在《新青年》发表,流布于世。序中说"一九一七年十月,适之拿这本《尝试集》第一集给我看。其中所录,都是一年以来适之所作的白话诗"。①《尝试集》第一辑的诗大致在 1917 年 10 月前就已经完成,第二辑中白话诗大部分在 1919 年底前写成,并且大多数已经公开发表,胡适对自己创作的理论总结的长篇论文《谈新诗》也在 1919 年 10 月 10 日发表。而郭沫若开始发表白话新诗则是在 1919 年 9 月 11 日,到胡适《谈新诗》发表也仅发表了几首新诗。这就充分说明,胡适的创作和发表同郭沫若的发表与创作不是共时的而是历时的,再进一步说,实际上郭沫若新诗是紧随着初期白话新诗大量发表之后的。郭沫若明确说是在读了康白情的白话新诗后才想起把先前写的几首抄出发表,现在人们一般认为在这"抄出发表"过程中有所改写,而且郭沫若的多数自由诗是写在此后的,谁能保证他没有更多地接受到初期白话新诗的创作影响呢? 当然我们对此也不必用力考证,因为即使受到影响,郭沫若的抒情诗在新诗发生史上的意义,也在于超越了初期白话新诗,在于推进了中国新诗的形象建设,从而有效地确立了新诗发生的合法性。我们在本章第一节中,较为具体地叙述了初期白话新诗缺乏诗美的情形,非诗追求的陌生化运动使人们期待回归中国旧诗的故乡,在这期待中无韵诗已经在三个方面

---

① 钱玄同:《〈尝试集〉序》,合肥,安徽教育出版社 1999 年版,第 1 页。

呼应着期待,而真正满足这种期待的正是郭沫若的抒情自由诗。这种诗体最充分地体现着从白话诗到无韵诗的诗美演进,即诗的抒情的强化,想象的强化,个性的强化,并把这种强化发挥到极致从而形成了新的诗歌文本。这才是郭沫若抒情自由诗在新诗发生史上的真正地位和价值,是读者审美阅读和新诗形象塑造的期待,才为抒情自由诗创造了生存环境,才造成了抒情自由诗的广泛影响。这就是从《尝试集》到《女神》形成新诗发生的历时性的基本内容。如果没有这种期待,就没有《女神》的社会存在的价值和影响;反过来说,如果没有《女神》的诞生,人们的期待可能会延续,直到满足这种期待的新诗体式出现,例如与《女神》同时出现的小诗其实已经接近满足人们的期待。

从《尝试集》到《女神》,是中国新诗发生的连续过程,体现了新诗发生的内在规律性。对此,读者已经有许多精彩的论述。如戈壁舟曾经这样说:"我读了胡适的《尝试集》,才知道用白话写新诗;我读了郭沫若的《女神》、《凤凰涅槃》,才知道新诗中有好诗。"①这就从读者的感受中指明了两者的区别,即前者是白话的新诗,而后者则是诗的新诗。由此我们从新诗发生论题出发,可以认为在所谓"诗"的前提下,《女神》是新诗合法的起点,而《尝试集》所代表的,仍是新诗处于历史遮蔽下的某种未完成状态,我们把初期的白话诗到无韵诗再到抒情自由诗连成一个整体,就清晰地呈现出中国新诗发生的轨迹。对此,王光明在《现代汉语的百年演变》中专门写作了"从'白话诗'到'新诗'"一章,认为白话诗时期最大的意义并不是建构一种新的诗歌美学,而是试图建构一种新的诗歌言说方式,确立了现代诗歌符号形式的现代体制;而郭沫若以《女神》为代表的新诗则改变了中国诗歌的取材、想象的方式和美学趣味。王光明指出:

从根本上说,《女神》在"新诗"中的特殊意义,就在提供了一个中国诗歌中从未有过的"自我"形象,从而为"新诗"建立了新的话语据点。这是一个既通向破坏旧体制又通向新的感情表达方式的据点;从诗歌话语的角度看,前者,是对传统价值与话语秩序的颠覆,通向"革

① 戈壁舟:《戈壁舟文学自传》,载《新文学史料》1987年第1期。

命",通向"破坏偶像崇拜",通向《凤凰涅槃》式的旧世界与旧我的自焚;而后者,则建立一种以"自我"抒情为出发点的诗歌话语交流机制,通向"抒情诗是感情的直写"这一元论的诗学主张,认定"诗不是'做'出来的,只是'写'出来的",提出"我们的诗只要是我们心中的诗意诗境底纯真的表现,命泉中流出来的 Strain,心琴上弹出来的 Melody,生底颤动,灵底喊叫,那便是真诗,好诗,便是我们人类底欢乐底源泉,陶醉底美酿,慰安底天国。"通向如下的诗歌公式:诗＝(直觉＋情调＋想象)＋(适当的文字)。①

这种概括是深刻的。从《尝试集》到《女神》在新诗创作论上实现了一系列的推衍:胡适说诗是"说"出的,有什么话,说什么话;话怎么说,就怎么说,这是诗的自然主义,而郭沫若则强调诗是"写"出的,说明诗的优势在于表现诗人的自我感情特征;胡适主张"诗的经验主义",主张诗的具体性,郭沫若强调"诗的本职专在抒情","是情绪的自身的表现";胡适要求"诗越偏向具体的,越有诗意诗味",又偏重理智,而郭沫若却在诗的公式中强调了直觉、想象、情调;胡适主张说话的自然节奏,郭沫若则强调诗的节奏"应该是纯粹的内在律"。郭沫若的追求形成了以"自我"为核心的抒情诗体,它更加接近诗歌的审美特征要求,正如王光明所说:

> 这种以"自我"为话语据点、摆脱了"白话诗"时期对于现实过分粘滞的"新诗",带来了诗歌想像力的解放,同时更远地疏离了中国古典诗歌"天人合一"的宇宙观和不涉理路、不落言筌,以物观物,反对主观干预的表现传统。它的突出特征不再是将主体融入物象世界,而是把主观意念与感受投射到事物上面,与事物建立主客分明的关系并强调和突出了主体的意志与信念。②

不仅如此,初期白话诗和抒情自由诗两者存在着一个诸多要素的互补关系,就像两个支架撑起了新诗的第一座殿堂。这种互补关系可以从多方面去考察。一是诗歌资源的互补。应该说两种样式都同时接受着中外诗歌资源的

---

① 王光明:《现代汉诗的百年演变》,石家庄,河北人民出版社 2003 年版,第 95 页。
② 王光明:《现代汉诗的百年演变》,石家庄,河北人民出版社 2003 年版,第 97 页。

营养,但相对而言,五四白话诗更多地是从我国传统诗歌中借鉴,胡适的"以文为诗"就源自宋诗传统,刘半农的诗还从民族民间方面借鉴。五四自由诗则更多地借鉴了西方现代诗潮成果,包括英美意象派、西方浪漫派和现代派诗歌的理论和创作。广泛借鉴中外诗歌资源来提升新诗的品质,始终是新诗发展的重要课题。二是审美风格的互补。"胡适之体"的特征就是说话要明白清楚,用材料要剪裁,意境要平实,陈子展认为它"可以说是新诗的一条新路"。女神之体是远离口语而追求抒唱,当时有人就说没有一定文化程度读不懂。其实中国古典诗歌就有多种传统,如以屈骚为代表的自由形态,以魏晋唐诗宋词为代表的自觉形态,以宋诗为代表的反传统形态和以国风乐府为代表的歌谣化形态,基本的是两路,一路是以文为诗的宋诗传统,主张明白清楚;一路是以唐诗宋词的近体诗词,追求蕴藉多义。新诗在百年发展中也追求审美风格的多样化,始终接受五四白话诗和五四自由诗的影响。三是创作方法的互补。白话诗自觉地面向现实,胡适主张诗的具体性主要是三层涵义:鲜活的感觉印象、真实的实际经验和经济的生活情节,推崇写实主义;自由诗主张表现自我,张扬个性,抒情者开始以"我"或"我们"来直接组织艺术世界,语象和语义以"我"为中心,形成主观抒情文本。两者互补反映了五四期人道主义和个性主义的时代精神,而创作方法上或写实或理想,始终是百年新诗发展中不断呈现的主题精神或创作方法。四是诗歌体式的互补。白话诗是一种说话式诗体,倾向口语化或散文化,而自由诗是一种抒唱式诗体,倾向与抒唱或歌吟化,新诗初创期完成传统诗体到现代诗体转变,是由这两种样式共同奠定的,而且它们后来都对新诗体建设作出了巨大贡献。如20世纪20年代末的革命诗歌就沿着抒唱式路子走,20世纪20年代初的中国诗歌会诗人则是沿着说话式路子走,而戴望舒等人的现代诗体,则是在糅合了说话式和抒唱式基础上建立的。五是主体呈现的互补。世界诗潮或现代中国诗歌在主体呈现上有两个方向,一个是强化主观抒情,突出主体抒情地位;另一个是淡化主观抒情,采用非个人化技巧,新诗创作中有的富有浪漫色彩,有的呈现主智倾向,闻一多的《红烛》期是浪漫热情,而《死水》期则古典冷静,新时期的朦胧诗人突出个人自我,而近来先锋诗人创作又走向宣叙调性,走向叙事形态。正是以上种种互补关系,显示出中国新诗从它诞生起就有着一个极为稳定的内部结构。

第二,《女神》满足了新诗发生期读者的诗美期待,成为新诗发生的另一种存在,同《尝试集》一起成为中国新诗发生的一极。

在新诗史上,自由诗、新诗、白话诗的概念有时常常混用。我们这里使用"自由诗"特指以郭沫若《女神》为代表的抒情自由诗体。这种诗体是完全与西方的自由诗概念相通的,而与初期白话诗有所区别的。关于西方的"自由诗"概念的内涵,我们可以移用《现代西方文学批评术语词典》的描述:

> 有人认为它起源于散文诗或勃朗宁首创的自由素体诗,而另一些人则认为在德莱顿、弥尔顿、阿诺德和亨勒(Henley)等人的诗歌中已存在着自由诗的传统。然而,其他种种因素也可能是导致自由诗产生的原因。韵律是传统的句法规则的体现,它具有极其丰富的表达思想情感的潜力。我们已经惯于阅读印在纸上的诗歌,因此甚至印刷方式也具有表现韵律的功能,这就是"视韵"产生的原因。但是,诗人在写诗时也可以抛开韵律,转而使用破格的句法,并致力于表现日常生活的语调。现代的新的批评理论强调,在朗诵诗歌时,个人的方式或者具有地方色彩的特殊方式均可视为一种韵律。只要上述条件得到公认,那么不需要某位诗人的发明就可以产生自由诗。[①]

这说明了西方自由诗在现代产生的必然性,并揭示出它的根本特征就在于冲破传统的韵律,用诗行在诗节的意义上的旋律代替传统的节奏。对于西方自由诗的以上特征,我国诗人在五四时期对它是心仪的。我国最早使用"自由诗"名称的是田汉,是他在介绍惠特曼的诗时从国外译入的。惠特曼的《草叶集》的内容同时代要求相应,无所顾忌地把一切形式束缚挣脱,田汉从中看到了"中国现今的新生时代的诗形,正是合乎世界的潮流,文学进化的气运"[②],试图以惠特曼的自由诗来声援新诗运动。郭沫若也看到了这一点,由衷地说:"自由诗、散文诗的建设也正是近代诗人不愿受一切的束

---

① 罗吉·福勒(Roger Fowler):《现代西方文学批评术语词典》,袁德成译,朱通伯校,成都,四川人民出版社 1987 年版,第 113—114 页。

② 田汉:《平民诗人惠特曼百年祭》,载《少年中国》第一卷第 1 期,1919 年 7 月 15 日。

缚,破除一切已成的形式,而专挹诗的神髓以便于其自然流露的一种表示。"①这表达了郭沫若对西方自由诗和散文诗倾心的两层意思:"不愿受一切的束缚,破坏一切已成的形式";"专挹诗的神髓以便于其自然流露"。前者涉及诗的形式,主要表现在语言欧化、句式散文化和诗体自由化;后者涉及诗的精神,这种精神成为一种内在的律动,自由地呈现在诗中形成诗的节奏;这二者都与五四时代精神合拍,即"惠特曼的那种把一切的旧套摆脱干净了的诗风和五四时代暴飚突进的精神十分合拍",这就是自由诗体的精神品质,也就是自由诗体与白话诗体的差别所在。刘延陵在《诗》第1卷第2期发表《美国的新诗运动》(1922年2月20日),把西方自由诗和我国自由诗的精神品质归纳为精神的解放自由和语言的解放自由,这是极其准确的。正因为这样,自由诗相对而言同中国传统诗歌在精神品质上存在较大距离,而与世界诗潮的发展建立广泛的联系,从而成为"异端"被认为是中国新诗发生的另一极存在。这里引宗白华的一段论述来明确自由诗体诞生的意义:

> 白话诗运动不只是代表一个文学技术上的改变,实是象征着一个新世界观,新生命情调,新生活意识寻找它的新的表现方式。仅仅地从文字修辞,文言白话之分上来评说新诗底意义和价值,是太过于表面的……在文艺上摆脱两千年来传统形式的束缚,不顾讥笑责难,开始一个新的早晨,这需要气魄雄健,生力弥漫,感觉新鲜的诗人人格。而当年的郭沫若先生正是这样一个人格!他的诗——当年在《学灯》上发表的许多诗——篇篇都是创造一个有力的新形式以表现出这有力的新时代,新的生活意识。编者当年也秉着这意识,每接到他的诗,视同珍宝一样地立刻刊布于《学灯》,而获着当时一般青年的共鸣。②

宗白华揭示了以《女神》为代表的自由诗体的精神特质,并指明了它的诞生的伟大意义。

在认识自由诗体的精神品质以后,我们还需要从文体特征上去认识,以

---

① 郭沫若:《论诗三札》,见许霆编:《中国现代诗歌理论经典》,第128页。
② 宗白华:《欢欣的回忆和祝贺》,载《时事新报》1941年11月10日。

更好地确立其在新诗发生史上的地位。从诗质看,郭沫若的自由诗富有时代精神。闻一多在《〈女神〉之时代精神》中指明:"若讲新诗,郭沫若君的诗才配称新呢,不独艺术上他的作品与旧诗词相去最远,最要紧的是他的精神完全是时代的精神——二十世纪底时代的精神。"①闻一多在论文中具体地分析了这种时代精神。从诗语看,郭沫若的自由诗在白话诗运用口语的基础上,直接移植西方的散文诗与自由诗的语言,使之更趋向散文化。语言的散文化和欧化,使自由诗文法关系出现新的变化:句式复杂,陈述句、感叹句、祈使句、独字句、排比句等自如地进入诗中,复杂谓语、倒装句、修饰成分句也兼容诗中,一切在于情绪的自然流露;语言结构完整,诗人不避诗句内部的逻辑关系,打破诗行在意义上的独立性;尤其是诗人大量运用排比句和对称句,既接续传统诗歌语言的对称特点,又自由地形成注重内律的旋律化节奏,为中国新诗的语言构造探索的新路,为后来的中国现代抒情诗大量采用。这种语言同白话诗的自然口语有极大差别,其实是一种同口语相异的新的诗语。这种语言引起了语象世界和语义世界的变化。郭沫若以浪漫的直抒方式创造了令人耳目一新的情理交融结构,并不回避语词的逻辑联系,突出抒情主人公"我"在文法组织、语象世界和语义表达中的地位。因此,闻一多认为郭沫若的诗"不独形式十分欧化,而且精神也十分欧化"②。从诗体说,郭沫若的自由诗同样追求诗体解放,但其内在根据不在自然节奏而在情调内律。郭沫若把诗的声调称为外在律,诗的情调称为内在律,认为二者相加可以增加效果,但自由诗"便是不借重音乐的韵语,而直抒情绪中的观念之推移"也是好诗。郭沫若认为自由诗的精神在内在律,即"情绪的自然消涨",由此他要求诗的语调同口语、同情调一致,形成情绪起伏旋律化的节奏。③ 这样的诗质、诗语和诗体特点,使自由诗比白话诗更具时代精神,更具世界意义。它实际上还体现了发生期新诗在资源上的转变:不再只是从改变语言和增多诗体入手,局限于民谣、词曲、口语等本土资源的再生产,而是外求一种更为贴近时代的更具现代意味的诗体形式,因此它的诞生

---

① 闻一多:《〈女神〉之时代精神》,载《创造周报》第 4 号,1923 年 6 月 3 日。
② 闻一多:《〈女神〉之时代精神》,载《创造周报》第 4 号,1923 年 6 月 3 日。
③ 郭沫若:《论节奏》,载《创造月刊》第一卷第 1 期,1926 年 3 月 16 日。

被称为"异军突起",从而成为新诗发生的另一种存在。

第三,郭沫若的自由诗夸大了西方浪漫主义的文体自由,同初期白话诗一样存在着新诗发生期新诗的非诗化和自由化倾向。

郭沫若自由诗满足了新诗革命中人们对现代"诗"的期待,这是相对于初期白话诗而言的;但相对于整个现代诗歌发展而言,它同样存在着非诗化的倾向,而这种倾向同初期白话新诗的非诗化倾向本质上是一致的。它对中国新诗诞生的意义是积极的,但对新诗成长的意义却是消极的。初期白话诗和抒情自由诗共同的诗学主张可称为白话—自由诗学,共同的追求是诗体解放的散文化和自由化,共同的特点是取消诗同文、诗情同感情的差别的极端自然一自发主义,取消艺术自律和审美规范,把诗歌创作引向粗制滥造的安其那状态。这种共同的诗学观念的进步意义是以当时的新文化观为理论基础,采用陌生化和散文化的方式冲破旧诗的束缚,实现中国诗歌由传统到现代的转型,但其局限就是新诗的非诗化和散文化。造成这种结果的原因是,一是中国新诗发生在社会激烈动荡的年代,政治文化上的激进变革必然带来文体革命的偏激;二是外国诗歌及现代诗潮对新诗诗体建设的负面影响;这双重因素互动导致新诗发生的非诗化和散文化倾向。

新诗发生的20年间,中国社会发生的变化比以往任何年代都要急剧,胡适在后来把五四新文化运动称为"中国文艺复兴运动",钟敬文说过:"'五四'运动的确很伟大。她是我国历史的一个转折点,在东亚历史乃至世界历史上,都是一宗重大事件。她的变化启蒙意义,可与意大利的文艺复兴相比拟。那时,千千万万的知识分子,特别是青年知识分子,都被'五四'所唤醒、所吸引,都不自觉地被卷进了那汹涌的时代浪潮中。"①在五四时期,自由民主革命带来国人自我意识的觉醒,政治上要求的自由、平等导致文体上的自由与多元,最后导致文体的自由与解放。处在五四文化生态中的青年自然倾向于向旧传统、旧诗歌挑战,最终导致新诗运动破除一切作诗的戒律的诗体大解放。在这过程中,他们直接受到了西方近代以来诗体自由解放的诗潮的影响。在19世纪中后期到20世纪初,西方诗歌由于社会

---

① 见蒋日华:《历史是一艘船——钟敬文》,载《世界华商报》2001年11月。

的进步、文明的提高、人的自我意识的觉醒和文体自身的革命潜能的增强，诗歌文体革命变得频繁，经历了由严格的格律诗向韵律相对自由的自由诗转变的散文化过程。主要有三大标志：19 世纪中后期的散文诗传统，19 世纪中期的浪漫自由诗体和 19—20 世纪之交的现代派诗歌。西方的自由诗运动推动了我国的新诗运动，推动着中国新诗的诗体解放，也决定着中国新诗发生期诗体建设的基本面貌。从胡适到郭沫若，都接受着这些诗体解放的西方诗潮影响，胡适更多的受到美国意象派的影响。意象派诗歌在文体创新意识上和诗体创新构建上都直接影响了中国新诗诞生。而郭沫若等人则更多地受到西方浪漫诗歌的影响。正如夏志清所说："中国青年在'五四'运动时期所表现的那种乐观和热情，与受法国大革命激励而出现的那一代浪漫派诗人，在本质上是相同的。"①王珂在《百年新诗诗体建设研究》中分析得更透彻：

> 浪漫主义在新诗草创期受到中国诗人及文人过分热情的欢迎，不仅是因为他们渴盼个体的做人和作文的自由，如浪漫主义作家那样追求个人的自我实现，更是因为他们对民族危机的深切忧患和中国知识分子前所未有的强烈的使命意识。深受儒家文化教化的中国文人一向以"达则兼济天下"为己任，具有极浓郁的爱国情怀，甚至还有狭隘的民族自豪感和自以为是的济世救民感。20 世纪初的中国政局混乱，国将不国，乱世之际，文人们更有起而拯之的神圣使命感。这与后期西方浪漫主义者由"唯美的信徒"转向"政治革命的先锋"，甚至成为狭隘的爱国主义者和民族主义者的生存境遇有共通之处。②

西方浪漫主义诗歌不仅挑战古典主义诗人的"和谐中庸"的理性做人方式，而且挑战已有的作诗法则，既是诗的内容风格上的革命，也是一场文体革命。但是，正如王珂所说的那样，中国诗人过分强烈的社会—政治使命意识，结果就造成郭沫若等自由诗人误读西方浪漫诗人的现象，即在接受浪漫主义诗歌影响时，太重视其注重现实强调自由的一面，忽视其注重诗艺追求

---

① 李欧梵：《文学潮流（一）：追求现代性（1895—1927）》，见［美］费正清主编：《剑桥中华民国史》上卷，章建刚等译，上海，上海人民出版社 1992 年版，第 510—511 页。

② 王珂：《百年新诗诗体建设研究》，上海，上海三联书店 2004 年版，第 37、129 页。

诗美的一面。李欧梵说:"浪漫主义美学的那些神秘的和超验的层面,在赞成一种人道性、社会—政治化的解释时,大都被忽视了。重点被放在自我表现的个性解放和对既成的定规的叛逆上。"①茅盾也说,"因为是一般地要求着自由,就造成了浪漫主义文学的破弃一切传统的束缚,自由地独创的精神。"②这在郭沫若的自由诗创作中表现为太注重思想、立意上的反抗和创造的精神,太推崇直抒胸臆的抒情方式,太强调对旧诗及所有的诗艺规则的破坏。这样,就使郭沫若等的浪漫诗学与胡适等的自然诗学,都存在着非诗化倾向,具体表现为诗的语言散文化和诗体自由化。西方的浪漫诗潮和意象诗潮追求内容表现的自由,题材表达的自由,诗的体裁的自由,推动着中国诗歌完成现代转型,但却付出了牺牲诗美的代价。对此,梁实秋有过精彩的分析:

> 白话诗运动起初的时候,许多人标榜"自由诗"作为无上的模范。所谓"自由诗"是西洋晚近的一种变形,有两个解释,一是一首诗内用许多样的节奏与音步,混合使用,一是根本打破普通诗的文字的规律。中国文字与西洋文字根本有别,所以第一义不能适用,只适用第二义,那即是说,毫无拘束的随便写下去编入。我们的新诗,一开头就采取了这样一个榜样,不但打破了旧诗的规律,实在是打破了一切诗的规律。这是不幸的。因为一切艺术品总要有它的格律,有它的形式,格律形式可以改变,但是不能根本取消。我们的新诗,三十年来不能达于成熟之境,就是吃了这个亏。③

这种论述可谓一针见血,是对五四新诗发生期诗体解放论的反思,也是对郭沫若为代表的自由诗体地位的反思,值得我们注意。

---

① 李欧梵:《文学潮流(一):追求现代性(1895—1927)》,见[美]费正清主编:《剑桥中华民国史》上卷,章建刚等译,上海人民出版社1992年版,第530页。

② 茅盾:《西洋文学通论》,北京,书目文献出版社1985年版,第89页,上海书局1930年原版,原署名方璧。

③ 梁实秋:《文学讲话》,见徐静波选编:《梁实秋批评文集》,珠海,珠海出版社1998年版,第228页。

第七章　初期诗体建设的成果

　　研究中国新诗发生,有必要引入"文类"的概念。我们可以把诗歌作为文学的一个类别,在此基础上把诗体视为诗歌话语属性的制度化,其主要属性则是诗的音乐形式和诗的排列形式。资源的多元,诗人的创造,辨体的模糊,初创的非定型,使波特莱尔所说的现代诗歌具有体裁的多样性与融合性特点在新诗发生期表现得十分充分。中国新诗革命是从"诗体的大解放"入手的,这一方面是形式的革新,打破旧诗体和旧格律的束缚,什么体裁也不能拘,而尚自由的体裁;另一方面也是内容的更新,有了这一层诗体的解放,现代诗质才能跑到诗里去。"诗体大解放",既是破坏,又是建设。刘半农的诗体解放主张就同他的诗体增多主张相联系着的。他在《我之文学改良观》中主张在诗体解放以后创造新诗体,"彼汉人既有自造五言诗之本领,唐人既有自造七言诗之本领。吾辈岂无五言七言之外,更造他种诗体之本领耶"。增多诗体具体包括自造,输入他种诗体和有韵诗外别增无韵诗等途。正是基于这种建设的要求,五四前后的新诗人一方面在创作中尝试新诗体,另一方面在理论上研究新诗体,取得了中国诗体研究和建设的最初成果。以胡适为代表的白话诗体和以郭沫若为代表的自由诗体是新诗发生期的主流诗体,它们合流又形成广义的自由诗体,成为中国新诗的主要诗体。此外,新诗发生期还有散文诗体、歌谣诗体、格律诗体的诞生,它们同样在百年汉诗发展中作为重要诗体而存在。

第一节　发生期的自由体诗

自由体新诗是新诗发生期的主导诗体,自由体诗的发生与新诗的发生基本是同义的。在新诗发生期,以胡适的创作为代表的一路白话诗与以郭沫若的创作为代表的一路自由诗,奠定了百年中国自由诗体的主流地位。我国古代没有自由诗体的传统,现代自由诗体的理念和创作起自域外,其"自由"所指包括思想的自由和形式的自由,充分体现了西方现代人的自由和自主意识的觉醒。"19 世纪中后期及 20 世纪初在西方诗界爆发的'散文诗运动'、'浪漫主义诗歌运动'和'现代派诗歌运动',直接加速了汉语诗歌的文体形态的剧变,催生了中国的新诗革命及新诗,不仅影响了新诗革命的态度、方式和内容,也影响到了新诗草创时的形态、体式(韵式、图式),即初期新诗的文体特征、文体价值甚至整个新诗历史上的诗体建设都受到了西方诗歌的巨大影响。"①这种影响最直接的重要的成果就是中国现代自由体新诗的发生。

首先,就自由诗所体现的思想自由来说,源自西方文艺复兴以来的西方思想文化的影响。自由体新诗成形的背景就是 1917 年以后的"新文化运动"、"新思想运动",自由体新诗不仅成为这场运动的重要组成部分,而且"白话诗运动"成为这场运动的急先锋。在新文化运动发生多年以后,胡适还把这运动称为中国文艺复兴运动。他说:"其时由一群北大教授领导的新运动,与欧洲的文艺复兴有惊人的相似之处。该运动有三个突出特征,使人想起欧洲的文艺复兴。首先,它是一场自觉的、提倡以用民众使用的活的语言创作的新文学取代用旧语言创作的古文学的运动。其次,它是一场自觉地反对传统文化中诸多观念、制度的运动,是一场自觉地把个人从传统力量的束缚中解放出来的运动。它是一场理性对传统,自由对权威,张扬生命和人的价值对压制生命和人的价值的运动。""它是完全自觉的、有意识的

---

① 王珂:《新诗诗体生成史论》,北京,九州出版社 2007 年版,第 101 页。

运动。其领袖知道他们需要什么,也知道为获得自己所需,他们必须破坏什么。他们需要新语言、新文学、新的生活观和社会观以及新的学术。他们需要新语言,不只是把它当做大众教育的有效工具,更把它看做是发展新中国之文学的有效媒介。他们需要新文学,它应使用一个生气勃勃的民族使用的活的语言,应能表现一个成长中的民族的真实的感情、思想、灵感和渴望。他们需要向人民灌输一种新的生活观,它应能把人民从传统的枷锁中解放出来,能使人民在一个新世界及其新的文明中感到自在。他们需要新学术,它们应不仅能使我们理智地理解过去的文化遗产,而且也能使我们为积极参与现代科学研究工作做好准备。依我的理解,这些就是中国文艺复兴的使命。"①这话说得十分清楚,新诗发生在新文化运动中,而这场运动中新语言、新文学的使用其实是用来表达新思想、新观念和新学术的,其外在语言形式的自由,在于把人民从传统的枷锁中解放出来,去表现一个成长中的民族真实的感情、思想、灵感与渴望,而其对自由的追求具有理性的特征,是对欧洲的文艺复兴运动的呼应,是又一场人文主义的运动。这是中国自由诗体发生的深刻背景,是初期自由诗体内在的本质特征,是初期自由体新诗发生的价值所在。最早推动郭沫若自由体诗发表的宗白华在祝贺郭沫若五十生辰时说:"白话诗运动不只是代表一个文学技术上的改变,实是象征着一个新世界观,新生命情调,新生活意识寻找它的新的表现方式。斤斤地从文字修辞,文言白话之分上来评说新诗底意义和价值,是太过于表面的。""这是一种文化进展上的责任,这不是斗奇骛新,不是狂妄,更无所容其矜夸,这是一个艰难的,探险的,创造一个新文体以丰硕我们文化内容的工作!"②这就明确地指明了自由体新诗的发生,是用来表达我们新世界中新生活的内容,含义,情调,感触和思想,因此绝对不能以形式精美与否、字句成熟与否来予以评价。正是基于这种追求,新诗运动中诗人创造自由体新诗,就自觉地从 19 世纪中期以后的世界现代诗运动中借鉴。19 世纪中期以后,以西

---

① 胡适:《中国的文艺复兴》,见耿云志编:《胡适论争集》中卷,北京,中国社会科学出版社 1998 年版,第 1629—1630 页。

② 宗白华:《欢欣的回忆和祝贺》,见《艺境》,北京,北京大学出版社 1987 年版,第 142—143 页。

洋诗歌为代表的外国诗歌由于社会的进步、文明程度的提高、人的自我意识的觉醒、人追求自由的天性,开始由严格的格律诗向韵律相对自由的自由诗转变的"散文化"、"自由化"过程,其显著标志是散文诗文体在 19 世纪中后期的问世与迅速在全球蔓延,是 19 世纪中期强调人的主体性和个性解放与诗体的适度解放的浪漫主义诗歌垄断西方诗坛,是 19 世纪中后期到 20 世纪初现代派诗歌及自由诗运动兴起。我国的自由诗运动正是对这种运动的思想自由和形式自由的一种自觉移用。

在移用的过程中中国新诗发生,其中最重要的文体特征就是形式的自由,具体表现在两大方面:韵律的自由和形态的自由。先说韵律的自由。西方现代诗运动中有意放松严格的韵律节奏,但并非不要韵律。意象派主张诗歌应当抛弃传统的题材和韵律,应该任意选择题材、自由地创造自己的韵律,采用白话和口语。意象派运动主张诗体的自由化,却没有极端地反对诗的音乐性,庞德就认为诗人作诗的基本技巧是"既要掌握自然旋律,又要掌握语言节奏,因为它们依赖于词的意义和整体的基调"。浪漫派诗人追求诗体自由,主要是将旧诗体变得灵活自由一点,诗的韵律变得自由多样一点,传统的"无韵则非诗"的原则没有动摇。法国的自由诗受音乐性传统影响,诗人始终在追求新的韵律形式和更好的音乐效果,保证了自由诗的艺术性和审美性。西方自由诗运动共同点都是要冲破传统的严格的韵律束缚,同时又在创作中寻找着新的韵律。基本的主张是:自由诗不是简单地反对韵律,而是追求散体与韵体的和谐而生的独立韵律。如果意识不到这样的"第三种韵律"(ehird rhythm),就无法揭示诗失去规则韵律为何不会沦为散文。① 这里的"第三种韵律",罗杰·福勒在《现代西方文学批评术语词典》中"自由诗"(free verse)的条目下有这样的解释:

> 惠特曼和意象派诗人在诗歌创作中特别强调句法和节奏,并形成了一股摒弃韵律和重视节奏的创作潮流。他们的目的在于充分发挥节奏的传情达意功能并对韵律的阐释和作用加以贬抑。他们弃而不用现成的韵律,这对读者的已经成为习惯的感受方式无异于釜底抽薪,并迫

---

① Nor throp Frye, *Anatomy of Criticism*, New Jersy, Princeton University Press, 1971, p. 272.

使他们形成新的阅读速度、语调和重读方式,其结果使得读者能更充分
地体会诗歌产生的心理效果和激情。这种诗歌的韵律并没有同语言材
料分离开来;在这种诗歌中,诗节的作用取代了诗行的作用,诗行(句
法单位)本身变成了韵律的组成部分,而且诗行的长短变化形成了一
定的节奏。①

这就指明:西方自由诗运动摒弃的是传统的韵律方式,自由诗体仍然有着自
己的韵律方式,而且这种方式仍然同诗的语言结合着,主要特点表现为诗节
和诗行的节奏,尤其表现为用诗行在诗节意义上的旋律和诗人内在的韵律
节奏代替传统的音乐语言节奏。结构主义学派雅各布逊认为语言的基本运
作分为"选择"和"组合"两端,"诗的作用是把对等原则从选择过程带入组
合过程。对等则成为语序的构成手段"(《语言学与诗学》)。在他看来,诗
的功能取消了普通语言的逻辑关系而代之以诗法关系:在普通语言中,相邻
的成分是由语法来建立关系的,而在诗歌话语中,这种关系是由对等原则承
担的。传统诗歌严格地遵循着这种对等原则,而"自由诗是诗语言与日常
语言的折中,并同时与更为严谨的诗歌形式共存"。这样我们就理解了西
方自由诗运动中所谓的"追求散体与韵体的和谐而生的独立韵律"的意义
了。但是我国初期诗人对于西方的自由诗运动采取的是"误读"的移用方
式,在引入西方的自由诗体时,却是主张诗体和诗则的彻底解放,打破一切
的束缚,有什么话说什么话,话怎么说就怎么说,不愿受一切束缚,任由诗人
感情自然流露。这就造成中西自由诗运动有较大的差别。西方的自由诗体
只是对传统严谨诗体的改良,是相对的自由,而我国的自由诗体的创造则笼
统地强调诗体自由。在新诗运动中诞生了以胡适创作为代表的白话诗体和
以郭沫若创作为代表的自由诗体,前者突出强调的是说话的自然节奏,具体
来说是说话的自然语调和散文的词组节奏。这种自然节奏是同说话的节奏
相同的,音组自由建构是一字到五字都有,音组的自由组合是各种性质的音
组混用建行,轻音大量使用就杜绝了对自然语句的缩略,使散文句式入诗。

---

① 罗杰·福勒(Roger Fowler):《现代西方文学批评术语词典》,袁德成译,朱通伯校,成都,四
川人民出版社 1987 年版,第 114 页。

其文本特征就是:传统语音结构瓦解,文法结构口语化,章法结构散文化,语义逻辑严密化。后者突出的是自我的情绪节奏,具体说是诗人的情绪自然抒写和自然流露,认为诗只要是我们心中的诗意诗境之纯真的表现,生命源泉中流出来的曲调,心琴上弹出来的旋律,生之颤动,灵的喊叫,就是好诗真诗。其文本特征是:同情绪自然消涨一致的内在旋律节奏,以欧化和散文化的语词、文法和章法建行布局,抒情者直接抒情成为语象和语义的基本表达方式,主观操纵和情理结构成为语象和语义世界的基本特征。前者的诗是说话调的,后者的诗是抒唱式的,它们共同奠定了中国现代自由诗体发展的基本格局。中国自由诗体诞生在一个政治思想偏激的年代,文化上的激进变革必然带来文体革命的偏激。中国自由诗体的诞生,推动着中国诗歌完成现代转型,它同世界诗体自由运动取同一步调并成为这一运动的组成部分,对此我们应该肯定,但也要看到其中的偏颇。需要补充说明的是,其实胡适和郭沫若的不少自由体诗在实际创作中还是注意到自然音节和内外旋律的,但由于其理论上和意识上对西方自由诗运动的误读,尤其是后人对于他们创作和理论的新的误读,才最终造成了自由诗体的完全自由的创作局面和理论成见。梁实秋曾经严肃地批评过我国初期自由诗体的非诗化倾向,但他自己在 20 世纪 20 年代中期撰文也是认为浪漫主义的特点是自我表现之自由、诗的体裁之自由和诗的题材之自由,"总而言之,浪漫主义的精髓,便是'解放'两个字","诗体的大解放是浪漫主义最显著的一个特点。"①可见梁实秋自身也在误读。

再说形态的自由。新诗采用了西方诗歌分行书写的方式(即通过分行来固定诗节和诗行),这是新诗现代形态的重要特征,它使我国用方块汉字写诗增加了一种建筑美的可能性,对此闻一多有着重要论述。我国古代诗歌是不分行并且是采用竖排方式的,新诗初创期排列方式大致是:早期是文字竖排,标点在右;中期大多是文字竖排,标点在下;后期是文字横排,标点在右。20 世纪 20 年代初,有人总结了横行法的优点:"一、合眼睛的卫生,

---

① 梁实秋:《拜伦与浪漫主义》,见徐静波编:《梁实秋批评文集》,珠海,珠海出版社 1998 年版,第14 页。

可以延长视力的寿命;二、减少眼睛的行动,读者可少头痛之患;三、新圈点和横行法须相连取用,不可去此用彼;四、可添白话诗的美观,并且增他的自由活泼。"①横行书写居然成为自由诗体体现自由品格的重要内容,自由诗体的自由包含着诗行排列形态的自由。而在新诗由竖排到横排的这过程中,翻译西方诗歌直接起到了推动作用。其作用除了外语原诗直接影响外,翻译的作用可以从两个方面去分析。一是发表翻译原诗的推动作用。《新青年》从1916年就开始介绍西洋诗歌、如当年1月1日第二卷第2期就刊载刘半农的《灵霞馆笔记》,介绍外国诗歌,其中翻译西方诗歌尽管使用的是古体,但往往不仅刊登出采用古体汉诗诗体翻译后的译诗,还按照原诗排列方式刊登出西方原诗。译诗按中国古代汉诗习惯竖排,无标点,原诗则按照外语规则横排,有标点。原诗呈现的诗形让没有到过国外的人知道了外国诗歌的形态是如何的,这对于促进汉语诗歌的形态由古代汉诗向现代汉诗的转变具有较大的意义。那时介绍西方诗歌又更多地注意到近现代的自由诗,自由活泼的自由诗体形态对予我国自由诗体的诞生起到了直接的示范引导作用。二是按照原诗形态翻译的推动。最初的翻译虽然有不尊重原诗的音乐形式和排列形式的,但是更多的诗人,特别是精通外语的学者型诗人大多强调译诗保留原有诗体,即保留原诗的听觉形式和视觉形式,而由于汉藏语系的文字与印欧语系的文字语音差异巨大,所以音乐形式的对译较难,相对而言视觉形态的对译容易,所以多数的翻译能够保留原诗的诗行排列形态,而多数西方诗歌的诗形都采用分行排列,这就使大量西方诗歌的诗形基本以原样的面貌保持在翻译诗中,而在早期翻译和创作往往是纠缠难分的,如《分类白话诗选》就把外国翻译诗和创作白话诗一同收入,如胡适《尝试集》中既有自己创作的白话诗,又有多首译诗,这在新诗史上是非常独特的现象。按着原有诗形翻译自由诗作,自然就推动着自由诗体形态的诞生。如被胡适称为自己白话自由体新诗成立纪元的,就是翻译自美国意象派诗人蒂斯黛尔的《关不住了》,译作保持了原作的诗形即四句一节,偶句第一个单词后退一个词书写,胡适的译诗同样也是四句一诗节,偶句退后

---

① 　张东民:《华文横行的商榷》,载《新青年》第九卷第4号,1921年8月1日。

一字书写。这种分行分节、书写方式成为后来新诗形态的基本模式。再如胡适最早发表白话诗是 1917 年 2 月，其中有一首是《朋友》，作者在诗名后加注说："此诗天怜为韵，故用西诗写法，高低一格以别之。"从此以后，"高低一格以别之"的西诗形态就成为众多中国诗人模仿对象，分行高低写法的印刷书写方式成为百年新诗流行方式。事实上，新诗的很多形体，如四行一节或者两行一节的分节形式，诗行之间全部左对齐，或者奇数行或偶数行对称地缩进一字或数字等排列方式，都是西洋诗体特别是英语诗体直接移植的结果。大规模外国诗歌的翻译出现在新诗草创期尤其从 1915 年到 1925 年这十年中，而这正是新诗发生的年代，翻译诗直接对新诗的文体生成产生了巨大作用，它直接参与了新诗草创过程中的形式构建。正如梁宗岱所说："翻译，一个不独传达原作底神韵并且在可能内按照原作底韵律和格调的翻译，正是移植外国诗体的一个最可靠的办法。"①因此，研究域外诗歌翻译，正是我们研究自由诗体发生的一个重要角度。

　　思想的自由和形式的自由，互相推动着初期自由诗体的发生。而推动自由体诗发生的种种资源中，固然有来自中国传统诗歌如宋代的以文为诗的影响，但更重要的来源则是外国诗歌，实际上是中国诗人自觉地对西方现代诗运动中的自由诗体的移用。1920 年底李思纯在《诗体革新之形式及我的意见》中表达了初期诗人的追求：欧洲的"非律文的诗"大体是两种，"一种为散文诗（Prosepoem），一种为自由句（Vers libre）。散文诗是以散文的形式，去表写诗中的情绪意境。自由句起源法国，不为音律所拘束。这两种都是近代欧洲所创兴的。中国的新诗运动，不消说是以散文诗自由句为正宗。"②田汉在 1919 年 7 月发表的《平民诗人惠特曼百年祭》中提出了"自由诗"的概念，并认为其时白话自由诗体的出现是"新生时代的诗形"，"正是合乎世界潮流，文学进化的气运"。正是在这种追求下的误读，推动着中国自由诗体的发生。胡适一路的诗人有新青年之群、新潮之群、文学研究会和

① 梁宗岱：《新诗底纷歧路口》，见《诗与真·诗与真二集》，北京，外国文学出版社 1984 年版，第 172 页。
② 李思纯：《诗体革新之形式及我的意见》，载《少年中国》第 2 卷第 6 期，1920 年 12 月 15 日。

湖畔诗人群等;郭沫若一路的诗人有少年中国诗人群和创造诗人群等。五四以后,自由诗体始终占据着百年诗坛的主流地位,形成了独特的发展线索。多数诗人继续误读,出现了自由诗越写越自由的现象,但后来出现的政治抒情诗、诵读式自由诗、歌吟体自由诗、抒唱式自由诗等,其实也在追求着新的韵律方式和排列形态,一批诗人真诚地探讨着自由诗体区别于传统诗律的韵律方式。他们认识到,自由诗体的旋律节奏还是要通过诗语的字词、短语、句式、诗韵等形式排列来产生和定型,其中体现的最重要原则是声音在语流中的"时间段落"的规则和变化。这里的"时间段落"在格律诗中是完全规则的,而在自由诗中呈现变化的,其审美效果朱自清做过说明:"我们读一句文,看一行字时,所真正经验的是先后相承的,繁复异常的,许多视觉的或其他感觉的影像(Image),许多观念、情感、论理的关系——这些——涌现于意识流中。""文字以它的轻重疾徐、长短高下,调解这张'人生之网',使它紧张,使它松弛,使它起伏或平静。"①文字的语言结构和表情结构,就在外在形态和内在韵律中达到了契合。这种见解就非常接近西方学者诗人所理解的自由诗体的"第三种韵律"。在百年自由诗体探索中,这种韵律节奏有着大量的探索成果,推动着百年中国自由诗体的建设和发展。

第二节 发生期的散文诗体

在新诗发生期,文类以下的诗体概念是含混的。就"散文诗"而言,就是一个多义的概念。有时它相当于自由诗的概念,如郭沫若就说:"我相信有裸体的诗,便是不借重于音乐的韵语,而直抒情绪中的观念之推移,这便是所谓散文诗,所谓自由诗。"②有时它又相当于无韵诗的概念,刘半农说,散文诗是"不限音节不限押韵"的诗。③ 王平陵在《读了〈论散文诗〉之后》

---

① 朱自清:《美的文学》,载《文学》第166期,1925年3月30日。
② 郭沫若:《论节奏》,载《创造月刊》第1卷第1期,1926年3月。
③ 刘半农:《我之文学改良观》,载《新青年》第三卷第3号,1917年5月1日。

中,就说"散文诗与韵文诗的争执",这里是把两者相对而言。有时它又相当于新诗的概念,如沈尹默的《月夜》、周作人的《小河》、朱自清的《毁灭》等都曾被称为散文诗。我们在这里要说的散文诗,则是一种特定的诗体概念,是一种在近代以来成为世界性的诗体。对于这种诗体的特征,许多人都有论述。我们同意王珂在《诗歌文体学导论》中的论述,"散文诗,更多是冲破散文和诗的外形式的专横,保留了散文和诗的一些内形式,尤其是保留了诗的内形式。"①散文诗与诗、与散文比较,语言符号的定量和定性分析为:符号性质属抒情性;符号来源是各种语言的综合;情感性较浓;跳跃性较大;意象数量较多;意象状态稀疏;音乐性较强;美感含量较大;暗示度较强。以上所列各端都大致介于抒情诗与散文的中间状态。

从世界散文诗发展看,它是文体革命的结果,同现代人类追求自由的发展进程一致。诗和散文都有其肯定的文本特征,但是都有一个反面的声音。诗和散文的对抗与和解、否定和肯定,完成了由诗向散文诗、由散文向散文诗的美学形式的转化,形成散文诗自己的美学形式。正是在 19 世纪中期开始的西方诗歌文体变革的自由化运动中诞生了散文诗,经过波特莱尔、兰波等诗人的实验推广,在 19 世纪后期到 20 世纪初期获得了较大的发展,成为风行世界的文体。波特莱尔在谈到这种诗体的特点时说:"总之,这还是《恶之花》,但更自由、细腻、辛辣。""当我们人类野心滋长的时候,谁没有梦想到那散文诗的神秘——声律和谐,而又没有节奏,那立意的精彻、辞章的跌宕,足以应付那心灵的情绪、思想的起伏和知觉的变幻。"(《巴黎的忧郁·扉页题词》)"自由"正是散文诗的最重要的特征,它反映了现代人对精神自由和形式自由的追求,它在世界范围内是经历了长达两个世纪漫长的发生发展的历程,才形成一种独立的文体的。

我国散文诗的发生,同样是文体革命(诗体解放)的结果。在国外最早使用"散文诗"名称的是波特莱尔,他在 1869 年结集出版的《巴黎的忧郁》,被公认是最早的散文诗集,写的是"一种诗意的散文,没有节奏和韵脚的音乐"。我国最早使用"散文诗"概念的是王国维的《屈子文学之精神》,在说

---

① 王珂:《诗歌文体学导论》,哈尔滨,北方文艺出版社 2001 年版,第 463 页。

到南方文学中也有诗歌的原质想象时,他说"故庄、列书中之某部分,即谓之散文诗,无不可也"①。这里的"散文诗"并不指一种文体,而是指散文中的诗质。我国古代确有散文小品和艺术文论之类的作品,具有散文诗的雏形,但那只是古代散文而非现代诗歌文类中的散文诗。现代散文诗是在现代思想大解放、审美大解放和文体大解放背景下诞生的。中国现代散文诗概念源自国外,正式从文体学上输入者是刘半农。他在1917年5月发表的著名论文《我之文学改良观》中说:"尝谓诗律愈严,诗体愈少,则诗的精神所受之束缚愈甚,诗学决无发达之望。试以英法二国为比较,英国诗体极多,且有不限音节不限押韵之散文诗,故诗人辈出。"这种论述出现在五四新诗运动启动之时,其指归也在论说诗体革命,即冲破旧体束缚,增多诗体,解放诗体,而"散文诗"之"不限音节不限押韵"特征,正是诗体解放追求的思想自由和形式自由的目标。刘半农对诗体解放的"散文诗"的介绍,又是以域外诗体革命成果为据的。这是非常有意思的现象,它指示着新诗发生期散文诗从概念到创作都同世界19世纪以后的文体革命相呼应。在散文诗发生过程中,刘半农是最早向国人译介散文诗的。1915年7月,《中华小说界》第二卷第7期登载了刘半农译的屠格涅夫的四首散文诗,总题是《杜瑾讷之名著》,包括《乞食兄弟》、《地胡吞我之妻》、《可畏者愚夫》、《四鬓妇与菜叶》。1918年《新青年》第四卷第5期又发表刘半农译自印度歌者拉坦·德维的《我行雪中》,并称这是一篇"结撰精密的散文诗",这就把"散文诗"的概念同创作有机结合起来呈现在国人面前,因此后人常以此为"散文诗"概念在中国最早的输入。在五四新诗运动中,刘半农又译了泰戈尔、屠格涅夫、王尔德的散文诗,在他的带动下出现了诗界译介外国散文诗的热潮,有的刊物还发表了研究波特莱尔散文诗的专题论文。"散文诗"也就在五四新诗运动中成为诗体解放的重要成果,成为新诗诗体的理论解说和创作尝试。

　　1918年1月,《新青年》发表胡适、刘半农、沈尹默白话诗9首,有人认为其中的《月夜》、《人力车夫》、《鸽子》等是最初的中国散文诗。这是我们

———————————

① 　王国维:《王国维文学美学论著集》,太原,北岳出版社1987年版,第32页。

不能苟同的。不仅是这几首诗的审美特征不是散文诗的,就是其诗行排列方式也不是散文诗的。最早新诗采用竖排,后来改成横排,但共同的都是顶格排列方式。"顶格",就强化了是"诗"而不是散文的文体特征。如李金发的《晨》,原始排列是竖排顶格,每个诗行由几个散文化的句子组成,大多数诗行的最后一个句子都被分割成两部分,分别置于前句末和后句首。而如果是散文,按照散文的抒写惯例,首行必须退后两格,而且一节内部不再分行。如果把《晨》按着散文排列的首行退后两格,一个完整的句子不再分割成两行,其文体特征完全就是散文而不是诗。当时的和以后的散文诗的排列也是按照散文的方式,而《晨》是按照诗的排列方式排列的,由此人们就把它归入诗选而不归入散文诗选。可见,文字的排列方式对确定文体归宿是极其重要的。这不是唯形式主义,因为诗行排列方式同样是文体的重要特征。王珂指出:"诗体不仅指诗的音乐形式,即韵律,还指诗的排列形式。诗的韵律,特别是表面韵律也决定着诗的外形,诗的排列也可以呈现出诗的音乐性,诗的音乐美与排列美常常是相辅相成的。"①更进一步说,诗行排列"除了发布有关它们内容的象征信息外,还借助印刷术的视觉手段发布关于它们本质的图像信息。"②诗行有形式定位、声韵定位、诗情定位、心理格式塔定位等功能,因此把排列方式作为散文诗与自由诗的区别是有充分根据的。刘半农在谈到翻译《我行雪中》的经过时说:尝以诗词歌赋各体试译,均苦我格调所限,不能竟事,今略师前人译经笔法写成之,取其曲折微妙易于直达。这充分说明散文诗的语言体式是同传统诗词歌赋的语言结构是有所区别的,要想翻译出它的美妙,只能使用散文的句式和排列。由于《月夜》、《人力车夫》,包括以后周作人的《小河》、朱自清的《毁灭》都采用了诗歌的排列方式,所以是散文化的抒情诗而不是散文诗。到1918年七八月间,《新青年》刊出刘半农的《窗纸》(第5卷第1号,1918年7月)、《晓》(第5卷第2号,1918年8月),沈尹默的《三弦》(第5卷第2号,1918年8月),才突破分行排列的格式,按意境分段,运用散文的篇章

① 王珂:《百年新诗诗体建设研究》,上海,三联书店2004年版,第256页。
② [英]特伦斯·霍克斯:《结构主义和符号学》,上海,上海译文出版社1987年版,第140页。

结构形式,呈现新的抒情框架,从而标志着音神形兼备的中国现代散文诗正式诞生。中国散文诗的诞生,就站立在一个相当高的起点之上,成为以后散文诗创作需要仰视的起点。

我们来读刘半农的《晓》:

火车——永远是这么快——向前飞进。

天色渐渐明了;不觉得长夜已过,只觉得车中的灯,一点点的暗下来。

车窗外面:

起初是昏沉沉一片黑,慢慢露出微光——露出鱼肚白的天——露出紫色、红色、金色的霞彩。是天上疏密的云?是地上的池沼?丘陵?草木?是流霞?是初出林的群鸟?依旧模模糊糊,辨别不出。太阳的光线,一丝丝透出来,照见一片平原,罩着层白蒙蒙的薄雾;雾中隐隐约约,有几墩绿油油的矮树;雾顶上,托着些淡淡的远山;几处炊烟在山坳里徐徐动荡。

这样的景致,是我生平第一次见到。

晓风轻轻吹来,很凉快,很洁净,叫我不甘心睡。

回看车中,大家东横西倒,鼾声呼呼,现出那干—枯—黄—白—死灰似的脸色!只有一个三岁的女孩,躺在我手臂上,笑眯眯,两颊像苹果,映着朝阳。

这诗用散文的排列方式,也完全使用散文的综合语言。其语言符号特征同诗相比,摈弃了韵脚、节奏、行数、排列等,即去除了诗的外形式如音乐美、排列美、诗家语等对诗的内在情韵结构的羁绊,字、词、句、段以及篇章结构都力求自然。但《晓》也不同于散文的意境和画境,诗人把质朴的白描手法和诗的意境创造结合起来,兼具诗的表现性和散文的描写性。就意境和画境说,《晓》又比散文来得更加细腻、具体,更接近现实的生活图景。《晓》写了拂晓那一刻在火车上所见所感,刘半农把车厢外的曙前绚烂的自然美与车内旅客疲倦的人间苦难作了鲜明的对比,寓寄着五四前夕敏感的知识分子对于黑暗麻木与时代曙光的朦胧感受,最后以女孩的美好形象展露诗人对跃动的时代乐观的感受。这首诗在布局谋篇上具有简洁、畅达的完整风格,抒写感受曲折生动微妙,句式多变,白话语言运用纯熟,表明我国最初散文诗达到了较为成熟的地步,明显超出同年代白话新诗的语言表达。在五四时期,刘半农除了《卖萝卜人》、《晓》以外,还有《雨》、《静》、《在墨蓝的海洋深处》、《巴黎的菜市上》、《牛》等,都是精心佳构的散文诗。从理论介绍到创作实践,刘半农对于中国散文诗的诞生具有开拓之功。他的散文诗较多地借鉴欧美写法,在中国传统的白描手法中融入了幻想、象征、暗示,传达出较强的时代气息。

沈尹默的《三弦》也是早期散文诗的佳构,"从见解意境上和音节上看来,都可算是新诗中一首最完全的诗。"①

中午时候,火一样的太阳,没法去遮拦,让他直晒着长街上。静悄悄少人行路;只有悠悠风来,吹动路旁杨树。

谁家破大门里,半院子绿茸茸细草,都浮着闪闪的金光。旁边有一段低低土墙,挡住了个弹三弦的人,却不能隔断那三弦鼓荡的声浪。

门外坐着一个穿破衣裳的老年人,双手抱着头,他不声不响。

朱自清认为此诗"有点新东西"。诗很有层次地勾勒了一幅有立体感的画面:远景,太阳照着长街,街旁杨树在悠悠摆动;中景,破大门,门里绿茸茸的细草闪光;近景,一位老人双手抱头听三弦入神。在这描写的景物和人物中,暗示出诗人对于世事沧桑与人间悲苦的感慨。夏日中午炎热而冷清的自然景象烘托了一种寂寞衰落的时代气氛。墙里人和墙外人可能身世不同,但那倾诉悲苦的哀音,却把他们无形地联系在一起,墙里人以三弦的哀音奏出人世兴衰的感叹,墙外人无言静默咀嚼着人生的悲哀。诗中的一切描写都带有暗示意义,土墙更是成为心灵之间沟通的中介,诗人通过它创造了一个朦胧的意境,给读者留下永恒的审美想象空间。就音节说,胡适认为是从旧诗中化出,如第二段"旁边"以下的长句中,"旁边"是双声,"有一"是双声,"段"、"低"、"低"、"的"、"土"、"挡"、"弹"、"的"、"断"、"荡"、"的"十一个都是同声字(D、T的"端透定"),摹写三弦的声响,其中阴声字和阳声字参错夹用,更显出三弦的抑扬顿挫。这种技巧在西方现代诗歌中

---

① 胡适:《谈新诗》,载《星期评论》纪念号,1919 年 10 月 10 日。

被称为"同音堆集",既具音乐图案的意义,又有暗示意义的价值。《三弦》同沈尹默同期的其他散文诗如《生机》、《白杨树》、《秋》等,都具有突破分行排列的格局,按意境分段,旧诗词音节和格调自然融合,具有外在的音乐美和内在的旋律美,音节、意境、见解浑然一体,代表着散文诗向传统诗体吸取艺术营养的审美取向。

发生期创作散文诗自成风格的还有鲁迅。1919 年八九月间,鲁迅在《国民公报》的"新文艺"栏中以"神飞"的笔名发表题为"自言自语"的散文诗,共 7 篇,无论从中国散文诗的发生说,还是从鲁迅的创造道路说,都具有特殊的意义。这组诗有"序",假借"陶老头子"的自言自语,抒写"随时的小感触":

> 他却时常闭着眼,自己想说些什么。仔细听去,虽然昏话多,偶然之间,却也有几句略有意思的段落的。
>
> 夜深了,乘凉的都散了。我回家点上灯,还不想睡,便将听得的话写了下来,再看一回,却又毫无意思了。

这"序"本身是含意深刻的散文诗。"序"又从总体上提示我们从"昏话"中见出"意思",表达的模糊性,重在抒写出主观的隐秘心绪。紧接着"序"的是《火的冰》:

> 流动的火,是熔化的珊瑚么?
>
> 中间有些绿白,象珊瑚的心,浑身通红,象珊瑚的肉,外层带些黑,是珊瑚礁了。
>
> 好是好呵,可惜拿了要烫手。
>
> 遇着说不出的冷,火便结了冰了。
>
> 中间有些绿白,象珊瑚的心,浑身通红,象珊瑚的肉,外层带些黑,也还是珊瑚礁了。好是好呵,可惜拿了便要火烫一般的冰手。
>
> 火,火的冰,人们没奈何他,他自己也苦么?
>
> 唉,火的冰。
>
> 唉,唉,火的冰的人!

这是象征意味十足的散文诗,在新奇的意象和前所未有的结构中给人以特殊的朦胧美感。诗中赞颂的像"火的冰"一样的人,是他心中革命先觉者的形象,又象征着鲁迅战斗性格。"火的冰"是超越传统的崭新形象,诗人赋予它深层的象征品格,直接指向精神世界,具有意象美和意蕴美。接着的《古城》,通过少年和老头对待孩子的不同态度,表达对现实人生感悟。《螃蟹》和《波儿》,运用的是寓言叙事的体式,《我的父亲》、《我的兄弟》采取的是真切的叙述和抒情独白的摹写手法。这些诗的基本特点都是通过形象寓寄哲理,语言精警纯熟,结构精妙完整,诗意朦胧多义,代表了发生期散文诗创作的最高水平。它不仅在当时,就是在今天读来仍然颇具现代性创造和探索性意味,在1919年的整个新文学草创期几乎也是少见的。这些诗在鲁迅文学创作中极其重要,因为《自言自语》的创作,成为后来收入《野草》散文诗集和《朝花夕拾》里的一些作品的雏形。

刘半农、沈尹默、鲁迅的创作代表了新诗发生期散文诗的最高水平,而且他们分别体现了受外国散文诗影响的外国文化型、受古典文学影响的中国文化型,同时受中外文化影响的中外文化型,同新诗发生期的文学取向一致,也基本涵盖了这一时期散文诗的美学追求。在新诗发生期,还有一些重要的散文诗作品,如沈兼士的《真》、《春意》、《寄生虫》等都发表在1918年,表露出诗人怡淡悠闲、舒适惬意的情怀;胡适的《看花》、《十二月一日奔丧到家》等,在漫不经心的描说中,蕴涵哲理与诗情。这些创作迎来了中国散文诗创作的第一个高潮,瞿秋白、周作人、冰心、朱自清、王统照、徐玉诺、许地山、王任叔、徐雉、郭沫若、徐志摩、于赓虞等也都有重要创作。最初的散文诗创作成果,为散文诗的发展开辟了道路。尤其是,在散文诗发生的同时,较为深入地开展了散文诗的理论探讨。1921—1922年,在《文学旬刊》上发表的散文诗讨论文章主要有:《论散文诗》①、《论散文诗》②、《读了〈论散文诗〉以后》③、《论散文诗》④、《对于一个散文诗作者表一些敬意》⑤。西谛《论散文诗》根据当时散文诗创作状况,指出:"散文诗在现在的根基,已

---

① VL:《论散文诗》,载《文学旬刊》第23期,1921年12月21日。
② 西谛:《论散文诗》,载《文学旬刊》第24期,1922年1月1日。
③ 王平陵:《读了〈论散文诗〉以后》,载《文学旬刊》第25期,1922年1月11日。
④ 滕固:《论散文诗》,载《文学旬刊》第27期,1922年2月1日。
⑤ 王任叔:《对于一个散文诗作者表一些敬意!》,载《文学旬刊》第37期,1922年5月11日。

经是很稳固了。"滕固《论散文诗》从文体学角度论证了散文诗独立的诗体地位:"比如色彩学中,原色青与黄是两色,并之成绿色,绿色是独立了。诗与剧是二体,并之成诗剧,诗剧也是独立了。散文与诗是二体,并之成散文诗,散文诗也独立了。""散文诗是诗中的一体,其独立艺术的存在,也无可疑。"①从刘半农提出"不限音节不限押韵之散文诗",到西谛的"用散文来表现的是诗",再到滕固确认散文诗是一种介于散文与诗的中间体裁,从而确立了散文诗的独立文体地位。虽然五四时期人们对散文诗的概念运用不够明确,但初步的理论探讨,已经确立了散文诗的独立属性。在这场讨论中,还涉及散文诗的外形、特质、内在律、构思等重要问题,其关于散文诗的结论大致为:散文诗是具有诗的情绪和想象特质,不用韵语不限音节但讲究情绪的内在律动,具有诗意焦点篇幅不大的一种介于散文与诗之间的独立文体。西谛认为散文诗的元素是情绪、想象、思想、形式四端,大体反映了散文诗体的审美特征。

第三节　发生期的歌谣体诗

作为五四文学革命的宣言,陈独秀在《文学革命论》(1917 年 2 月)中,倡言三大主义:推倒雕琢的阿谀的贵族文学,建设平易的抒情的国民文学;推倒陈腐的铺张的古典文学,建设新鲜的立诚的写实文学;推倒迂晦的艰涩的山林文学,建设明了的通俗的社会文学。作为五四文学思想的核心,周作人提出了"人的文学"和"平民文学"的主张。《平民文学》(1919 年 1 月)强调文学精神上平民文学与贵族文学的对立,平民文学应当"以普通文体,写普通的思想与事实","以真挚的文体,记真挚的思想与事实",主张文学平民化。这就同五四时代"劳工神圣"的思想契合,为新文学规定了一个明确的意识倾向,成为新文学运动的重要精神取向。作为五四新诗运动的重要总结,1921 年 10 月俞平伯发表《诗底自由与普遍》,1922 年 1 月发表《诗底

---

① 滕固:《论散文诗》,载《文学旬刊》第 27 期,1922 年 2 月 1 日。

进化的还原论》,认为"文学底质素"就是表现人们的情感和意志,而歌谣正是这质素的直接呈现,"艺术本来是平民的",文人诗只是在此质素基础上加些修饰功夫;胡适等倡导白话诗,已经实现了还原的第一步,接着应推翻诗歌的贵族王国,恢复平民诗歌,这就是所谓"诗底进化论",体现了"诗底素质底进化"。由此引起了新诗内部的重要争论。以上所述的新诗运动的文学精神,充分体现了五四文学运动的世俗化、社会化和平民化的价值取向。

在这种文学精神主导下,新诗的发生关注民间歌谣,重视吸取民间诗歌在创造新诗中的重要意义。在新诗运动初期,先驱者就开始了民间歌谣的征集活动,即五四民间歌谣运动。刘半农在《国外民歌译》的自序中说:

> 这已是九年以前的事了。那天,正是大雪之后,我与尹默在北河沿闲走着,我忽然说:"歌谣中也有很好的文章,我们何妨征集一下呢?"尹默说:"你这个意思很好。你去拟个办法,我们请蔡先生用北大的名义征集就是了。"第二天我将章程拟好,蔡先生看了一看,随即批交文牍处印刷五千份,分寄各省官厅学校。中国征集歌谣的事业,就从此开场了。①

这是 1918 年 1 月的事。其时白话小说、戏剧和散文创作已有先例,胡适决心尝试白话新诗,开辟诗歌发展新的道路。胡适最早在 1917 年 2 月发表带有旧痕迹的白话诗歌,1918 年 1 月的《新青年》发表了胡适、刘半农、沈尹默的 9 首白话新诗,白话新诗尝试刚刚起步,在社会上还没有任何影响。正是在这特定的时刻,刘半农和沈尹默正面提出征集民间歌谣,掀起了中国现代歌谣运动,认定"歌谣中也有很好的文章",这绝不是偶然的巧合,其直接的目的正是解决新诗的发生问题。随即的 2 月 1 日,《北京大学月刊》上登载了《北京大学征集近世歌谣简章》,《新青年》第四卷第 3 号曾加以转载:"此次征集,由左列五人分任其事;刘复担任来稿之初次审定并编辑'汇编'"。并声明"征夫野老游女怨妇之辞不涉淫亵而自然成趣者"都在征集范围以

---

① 刘半农:《〈国外民歌译〉自序》,上海,北新书局 1927 年版,见鲍晶编:《刘半农研究资料》,天津,天津人民出版社 1985 年版,第 216 页。

内。这里的"五人"指刘半农、沈尹默、周作人、沈兼士、钱玄同,都是五四新文学运动的先驱者,刘半农是其中的核心人物。近世歌谣基本都是白话民间歌谣。刘半农等人对民间歌谣的重视,是因为这些歌谣"好处,在于能用最自然的言词,最自然的声调,把最自然的情感发抒出来。"①这同他对于晚清诗坛的指"假"有关。在他看来,"现在已成假诗世界","无非是不真二字在那儿捣鬼",这种虚假诗风的危害是:"它就不知不觉与虚伪道德互相推波助澜,造出个不可收拾的虚伪社会来。"②因此,新诗运动是以倡"真"为审美追求的,胡适、刘半农等都是如此,刘半农认为"世间只有文字狱,没有歌谣狱;所以自由的空气,在别种文艺中多少总要受到裁制的,在歌谣中却永远是纯洁的,永远是受不到别种东西的激扰的。"他举例说:"当私塾先生拍着戒尺监督着儿童念'人之初'的时候,儿童的心灵是厄塞着;到得先生出了门,或者是'宰予昼寝'了,儿童们唱:人之初,鼻涕拖;性本善,捉黄鳝……这才是儿童的天性流露了,你这才看见了儿童的真相了。"他还认为:"歌谣之构成,是信口凑合的,不是精心结构的。唱歌的人,目的既不在于求名,更不在于求利,只是在有意无意之间,将个人的情感自由抒发。"而这正是文学最重要的元素。他曾举出内蒙西南部的民歌:"世上有四大宽滔:穿大鞋,放响屁,河里洗脸,校场里睡。"说其文字"虽然并不见得怎样的美,然而西北荒原中的野蛮的阔大精神,竟给它具体的表现出来了。但是何以能表现得这样好的呢? 这又要回说到歌谣的根本上:它只是情感的自然流露,并不像文人学士们的有意要表现。有意的表现,不失之于拘,即失之于假。自然的流露既无所用其拘,亦无所用其假。所谓不求工而自工,不求好而自好,这就是文学上最可贵,最不容易达到的境地。"③这代表着五四文学先驱对民谣审美的理解,也代表了五四文学先驱借鉴民谣的审美追求。歌谣作为新诗的借鉴,早在 19 世纪末就提出,而且其见解与此相同。意大

---

① 刘半农:《〈国外民歌译〉自序》,上海,北新书局 1927 年版,见鲍晶编:《刘半农研究资料》,第 219 页。

② 刘半农:《诗与小说精神上之革新》,载《新青年》第三卷第 5 号,1917 年 7 月。

③ 刘半农:《〈国外民歌译〉自序》,上海,北新书局 1927 年版,见鲍晶编:《刘半农研究资料》,天津,天津人民出版社 1985 年版,第 221 页。

利人韦大列（Guido Amedeo Vitale），在其 1896 年出版的《北京歌谣》（*Pekinese Rhymes*）里说："根据在这些歌谣之上，根据在人民的真感情之上，一种新的'民族的诗'也许能产生出来呢！"这段话引起了包括胡适、周作人等在内的歌谣热爱者的共鸣，在多个场合频繁出现，并被直接写入《歌谣》周刊的发刊词。因此，五四歌谣运动的意义，"不仅是在表彰现在隐藏着的光辉，还在引起当代的民族的诗的发展。"①

北京大学征集近世歌谣，获得广泛响应，各地民歌谚谣纷纷寄来。刘半农择优选登，从同年 5 月 20 日起，到翌年 5 月 22 日止，在《北京大学月刊》上共发表了他亲手编订、注释的歌谣 148 首。他在致顾颉刚、常维钧、罗常伦、沈兼士等人的信件中，也一再说"研究民歌，原是我极喜欢的一件事。如有此项稿件寄来，无不竭诚欢迎……"1919 年 3 月 9 日，他在北京大学学术讲演会上，曾作《歌谣之科学的研究》报告。1920 年冬，北京大学"歌谣研究会"正式成立，刘半农成了这个组织的骨干。五四新诗运动的重要人物，都注意到民歌对新诗发生的意义。胡适认为"一切新文学的来源都在民间。民间的小儿女，村夫农妇，痴男怨女，歌童舞伎，弹唱的，说书的，都是文学上的新形式与新风格的创造者。"②因此，在读了韦大列的《北京歌谣》后，胡适明确地说："现在白话诗起来了，然而做诗的人似乎还不曾晓得俗歌里有许多可以供给我们取法的风格与方法，所以他们宁可学那不容易读，又不容易懂的生硬文句，却不屑研究那自然流利的民歌风格。这个似乎是今日诗国的一桩缺陷罢。"③郭沫若也表达了从歌谣中吸取营养的愿望。他在 1920 年 2 月 16 日写给宗白华的信中说："原始人与幼儿对于一切的环境，只有些新鲜的感觉，从那种感觉发生出一种不可抵抗的情绪，从那种情绪表现成一种旋律的言语。这种言语的生成与诗的生成是同一的。所以抒情诗中的妙品最是些俗歌民谣。"他还举例儿子见到天上新月，便说"啊，

---

① 常惠：《歌谣刊词》，载《歌谣》第 1 号，1922 年 12 月 17 日。
② 胡适：《白话文学史》上，上海，新月书店 1928 年版，第 14 页。
③ 见《胡适文存》第二集卷四《北京的平民文学》，上海，亚东图书馆 1924 年版，第 323—324 页。

海！啊，海！爹爹！海！"由此得了暗示做成了《新月与晴海》。① 周作人也曾肯定歌谣与新诗的关系。他在《歌谣》中说："民歌与新诗的关系，或者有人怀疑，其实是很自然的，因为民歌的最强烈最有价值的特色是他的真挚与诚信，这是艺术品的共通的精魂，于文艺趣味的养成极是有益的。"②新诗初期重要民间歌谣的征集、研究和借用，其意义表现在多方面，主要在于：一是诗歌民间资源在诗质、诗语、诗体上给予五四新诗以启示，同其他资源一起直接推动中国新诗的发生；二是借鉴民间歌谣或直接写作民间歌谣，丰富了发生期新诗的诗体；三是采用大众喜闻乐见的民间诗体，推动新诗发生的平民性、启蒙性和通俗化。这些都直接影响到中国新诗发生的面貌，也影响到中国百年新诗的面貌。

民间歌谣体现在最初新诗创作中，就是诞生了最初的现代歌谣体诗，大致有三种情况。

一是借用民间歌谣创作。钟敬文在为美国学者洪长泰著《到民间去——1918—1937 年的中国知识分子与民间文学运动》所撰序言中说："由于民主意识的初步觉醒和西洋文化、思想的启导，一些先觉的知识分子，对于民间传承文化的观察评价，有了较大的变化……歌谣的采集和刊布，发生在'五四'新文化运动的热潮中，这种作法即刻被首都和地方省会的报刊所采用。在几年里，民间文学的采集、刊载和谈论，顿时形成一种波澜壮阔的势头。"③在这种背景下，刘半农在 1919 年夏从北京回故乡江阴，采集到一批江阴船歌，部分后来收入《瓦釜集》中，周作人在《中国民歌的价值》中说，这些船歌"是中国民歌的学术的采集上第一次的成绩"。1922 年北京大学创刊《歌谣》周刊，刘半农将其提交发表。刘半农以江阴四句头山歌声调创作了歌谣体诗，《瓦釜集》中有山歌 21 首（其中 18 首是刘半农采编的江阴船歌，另 3 首是作于 1924 年的拟民歌）。如：

　　五六月里天气热旺旺，/忙完子勺麦又是蒔秧忙。/我蒔秧勺麦

---

① 郭沫若：《论诗三札》，见《中国现代诗论》上，广州，花城出版社 1985 年版，第 60 页。

② 周作人：《歌谣》，载《晨报副刊》1922 年 4 月 13 日。

③ 洪长泰：《到民间去——1918—1937 年的中国知识分子与民间文学运动》，董晓萍译，上海，上海译文出版社 1993 年版，第 2—3 页。

不你送汤苦,/你田浪岸一代一代跑跑跑得脚底乙烫?(第十七歌)

河边浪阿姐你洗格啥衣裳?/你一泊一泊泊出情波万千丈。/我隔仔绿沉沉格杨柳听你一记一记捣,/一记一记一齐捣勒笃我心浪。(第十九歌)

这都是情歌。前首诗写农家男青年对所爱的女子的关切,富有生活气息;后一首写思慕情景,捣衣声对思慕者的影响,写得真切诱人。刘半农有的山歌写情爱十分大胆,如《第六歌》:"劈风劈雨打熄仔我格灯笼火,/我走过你门头躲一躲。/我也勿想你放脱仔棉条来开我,/只要看看你门缝里格灯光听你唱唱歌。"再如《第十四歌》:"你叫王三妹来我叫张二郎,/你住勒村底里来我住勒村头浪。/你家里满树格桃花我抬头就看见,/我还看见你洗干净格衣裳晾勒竹竿浪。"这类情歌曾遭人说"太不顾大学教授的身份",写出"不道德的淫词,你大概是大学教授做倦了,快要给人家轰得混蛋了吧!"①其实,这类山歌体情歌无论在诗质、诗语、诗体上都体现着真挚自由的品格,突破了传统思想的束缚,也突破了文言诗语和诗体的束缚,体现着新诗面向真实生活、抒写真实情感的现代趋向。沈从文说:"刘半农写的山歌,比他的其余诗歌美丽多了。""用并不普遍的文字,并不普遍的组织,唱那为一切成人所能领会的山歌,他的成就是空前的。一个中国长江下游农村培养长大的灵魂,为官能的放肆而兴起的欲望,用微见忧郁却仍然极其健康的调子,唱出他的爱憎,混合原始民族的单纯与近代人的狡狯,按歌谣平静从容的节拍,歌热情郁怫的心绪"②。这是对刘半农等人的民歌体新诗的高度评价。

二是模仿歌谣体创作。民间歌谣从本源说是一种"口里活着"的诗,语言口语化,体式自由化,内容不受正统道德规范和文人价值规范的约束,因此能给白话新诗注入清新意趣和现实朴素的特色,顺应新诗诞生从贵族化向平民化转变的时代要求。但当诗人借用歌谣体进行创作时,又使歌谣体趋向文人化。这种文人化的歌谣体既保持民谣的优势,又呈现文人新诗的

---

① 渠门:《读〈瓦釜集〉以后捧半农先生》,载《北新》第9期,1926年10月10日。

② 沈从文:《论刘半农〈扬鞭集〉》,见《沈从文文集》第11卷,北京,三联书店1984年版,第135页。

品格,从而成为新诗发生的重要内容。如刘半农的《拟拟曲》、《拟儿歌》、《滑稽歌》等都是这类诗歌。这里我们特别要说的是刘大白的歌谣体新诗创作。刘大白重视民歌,说:"唐代以后,大多数的民间歌曲,被忽视了,被遗弃了,实在是中国文学史上绝大的憾事。然而'往者不可谏,来者犹可追';对于已往的抱憾,是无益的事;咱们只有从现在努力起来,希望而今而后,不要再蹈往辙!"①刘大白从民歌中获益包括:平民精神的熏陶,艺术手法的借取,自然口语的吸收。在此基础上,刘大白创作了"卖布谣之群"和"新禽言之群"等歌谣体新诗。如:

　　一声田主来,/爸爸眉头皱不开。/一声田主到,/妈妈心头毕剥跳。

　　　　　　　　　　　　　　　　　　　　　　——《田主来》

　　土布粗,/洋布细。/洋布便宜,/财主欢喜。/土布没人要,/饿倒哥哥嫂嫂!

　　　　　　　　　　　　　　　　　　　　　——《卖布谣(一)》

　　上城卖布,/城门难过;/放过洋货,/捺住土货。//没钱完捐,/夺布充公。/夺布犹可,/押人太凶!/"饶我饶我!"/"拘留所里坐坐!"

　　　　　　　　　　　　　　　　　　　　　——《卖布谣(二)》

这些诗的内容都直接反映平民生活,属于暴露性作品。它所触及的社会生活,共同构成20世纪初期中国农村破败的真实图画;诗中所表现的情感,是对不合理不公平的社会现实不满的人道主义。诗的语言通俗,逢双押韵,一韵到底,脱胎于民间歌谣却又"常常不自觉地把旧形式外形律的姿态暴露出来",适于朗读或吟唱。这些诗歌对于新诗发生趋向平民化产生积极影响。有人说刘大白这类诗是从《毛诗》研究中领悟而来,这是有道理的。读《卖布谣》,使人容易想到《诗经》里的"国风",汉魏乐府诗以及白居易倡导的新乐府诗等古代民歌民谣与拟民歌拟民谣的文人诗来。这类诗更多地借鉴了民歌民谣艺术表现手法,如鲜明的对比,朴素的白描,典型化手法,拟口语语言,对比反复,起兴比喻等,它都为中国新诗发生提供了民间传统的资源,弥补了当时一些新诗存在着的传统诗词气味太重的不足。

---

①　刘大白:《白屋说诗·〈蛋歌〉序》,北京,作家出版社1958年版,第197页。

三是创作歌谣体新诗。这是在吸取民间歌谣的基础上的文人创作,其基本特征是平民化特质,大众化审美,通俗化语言,简洁化诗体,歌吟化声韵,普及化功能,是五四新诗的重要品种,体现了用白话取代文言,用百姓喜闻乐见的形式取代雕琢的贵族的古代汉诗形式的新诗发生。这类歌谣体新诗在五四时期是大量的。如俞平伯在其初版于 1922 年 3 月的新诗集《〈冬夜〉自序》中,就自以为"四辑从《打铁》起,这正当我做《诗底进化的还原论》这个时候,所以有几首诗,如《打铁》,《挽歌》,《一勺水啊》,《最后的洪炉》,稍有平民的风格,但是亦不能纯粹如此,这是我最遗憾的!"①较为纯粹的典型作品如刘半农《相隔一层纸》:

屋子里拢着炉火,/老爷吩咐开窗买水果,/说"天气不冷火太热,/别任它烤坏了我。"//屋子外躺着一个叫花子,/咬紧了牙对着北风喊"要死"!/可怜屋外与屋里,/相隔只有一层薄纸。

这首诗发表在 1918 年 1 月,属早期新诗,其诗质、诗语、诗体方面所显示的重要革新,成为白话新诗尝试的重要开端。我们来读刘半农的《稻棚》。诗写于 1921 年,序言中说:"记得八九岁时,曾在稻棚中住过一夜。这情景是不能再得的了,所以把它追记下来":

凉爽的席,/松软的草,/铺成张小小的床;/棚角里碎碎屑屑的,/透进些银白的月亮光。/一片唧唧的秋虫声,/一片甜蜜蜜的新稻香——/这美妙的浪,/把我幼稚的梦托着翻着……/直翻到天上的天上!……/回来停在草叶上,/看那晶晶的露珠,/何等的轻!/何等的亮!

家乡的农村,是一片稻香,一片秋虫。这诗的情趣、语言和格调都带有明显的民歌风格,但却是地道的文人创作。尤其要提出的是 1920 年 12 月 21 日沈玄庐在《觉悟》副刊发表了《十五娘》,全诗 11 节 82 行,被朱自清称为初期新诗的"第一首叙事诗"。诗叙写农村贫穷妇女十五娘寂寞痛苦的一生,诗人在吸取民间说唱文学营养基础上而予以创新。全诗分四部分有开端、有发展、有高潮,有结尾,呈单线发展形式;诗用自由体形式,但音节受民间

---

① 俞平伯:《俞平伯全集》第一卷,石家庄,花山文艺出版社 1997 年版,第 114 页。

诗歌影响,颇有汉魏乐府韵味,具有声韵美;语言完全用白话口语,自然流畅,喜用双声叠字,以及排比句式,读来顺口悦耳;叙事中夹以抒情和写景,完全是说唱文学的表达方式。

歌谣体新诗的创作推动着五四新诗运动。新诗发生和发展接受民族民间诗歌资源,是否体现着新诗的现代趋向历来存在分歧意见。我们认为,中国新诗运动接受民族民间诗歌资源不仅在客观上同世界诗歌现代运动取同一步调,而且直接接受西方浪漫主义重视民歌思想的影响。更重要的是它与中国文学的五四现代转型精神是完全一致的。新诗重视民间歌谣的意义,是改变了诗从内容到形式到语言上的贵族性,使新诗趋向世俗化、生活化和通俗化。当绝大部分诗人直接采用西洋诗歌的诗形诗体,对中国本土诗体极端轻视的时候,民间歌谣体成为主张增多诗体、热爱本土文化、强调中国国情的诗人的另一资源,给新诗发生注入了生机活力,为以后新诗探讨民族形式和大众诗歌的发展开辟了道路。但是,由于民间歌谣"言词贫弱,组织单纯,不能叙复杂的事实,抒微妙的情思,这是无可讳言的"[1],而且民间歌谣的情思又同五四启蒙理念发生冲突,因此五四歌谣运动并没有解决新诗的思想建设和文体建设问题,它以一种资源为新诗的发生和发展提供借鉴。

第四节　发生期的格律体诗

五四新诗运动是诗体解放运动,主张把从前一切束缚自由的枷锁镣铐全部打破,当时朱经农等人提出打破旧诗的格律形式以后,应该为新诗确立若干格律规则,胡适等人持否定态度。这就使初期新诗大致呈现着诗体自由化和诗语散文化。但是,我们又见到初期诗人对新诗格律的论述和尝试。如胡适在《谈新诗》中具体讨论了新诗的音节、格律和用韵。他最早发表的《白话诗八首》,就在作着新格律的最初尝试,如表达思念祖国之

---

[1]　周作人:《国语改造的意见》,见《艺术与生活》,上海,中华书局1936年版,第108页。

情的《他》：

> 你心里爱他，/莫说不爱他。/要看你爱他，/且等人害他。/倘有人害他，/你如何对他？/倘有人爱他，/更如何待他？

诗的收稍律冲破了五言律绝的三字尾，而取双字尾，更合口语朗读，协韵在末第二字。刘半农在《我之文学改良观》中具体讨论"重造新韵"、"增多诗体"等格律形式；又在《四声实验录》中用科学方法具体研究新诗声韵。在他的《扬鞭集》里留下了探索新诗格调、节式、音节、音韵等的脚印，《教我如何不想她》是典型的新格律诗。俞平伯在《冬夜》中有意尝试词曲的音节，在1918年写的《白话诗的三大条件》中认为："音节务求谐适"，"做白话诗的人，固然不必细剖宫商，但对于声气音调顿挫之类，还当考求，万不可轻轻看过，随便动笔。"以后他又说："若在吟咏一方面，则我觉得律之为物，在诗中应当有个位置"，并探讨了新律的若干问题。① 胡适、刘半农、俞平伯是新诗运动的三位先驱，在一般意义上说，他们主张冲破束缚诗人的旧形式，但并不否定形式在新诗中的地位；只是他们不能正确地区分旧诗固定形式、旧诗形式美要素和新诗格律形式三个不同的概念，所以常常在理论与实践上存在矛盾。由于他们较多笼统地主张打破格律，这就使粗心的研究者发生误解，从而认为他们全盘抹杀格律形式在新诗中的作用，"把一切纯粹永远的诗底真元全盘误解与抹煞了"（梁宗岱语）。

我们从三个方面说明初期白话诗人对新诗格律所做的探索。

一是翻译。外国诗歌翻译的具体形式，即翻译诗的诗体诗形对新诗诗体建设影响较大。早期主要使用文言古体翻译，如苏曼殊译拜伦，受外国诗歌主要是格律诗的限制，译成古代格律诗。直到胡适译《哀希腊》，还是用古代骚体。胡适后来的译诗注意从外国诗歌中"求诗歌律令"。章士钊说当时青年皆从《尝试集》中求诗歌的律令，《关不住了》之类的翻译使青年诗人不但可以模仿胡适尝试的诗形，还可以直接从外语原诗中模仿被称为外国新诗人创作的诗形（因为胡适在《尝试集》中的翻译诗都附有原诗）。王珂有这样的分析：

---

① 俞平伯：《诗底新律》，见《我们的七月》，O. M编，上海，亚东图书馆1924年7月发行。

　　在新诗革命前夕,特别是在 1910 年到 1917 年之间,国外诗歌,尤其是中国留学生较多的英美国家诗歌的发展变革,直接影响到中国的新诗革命,当时国外流行的诗形更是直接影响到新诗的形体……外国诗较早的翻译是以汉诗为中心,为我所用地译成文言,如苏曼殊译拜伦诗采用古代汉诗诗体。但在 20 世纪,尽管有的诗人采用白话译外国诗,不尊重原诗的音乐形式和排列形式,但是更多的诗人,特别是当时精通英语的学者型诗人大都强调译诗应该以原诗为中心,保留原有诗体,即保留原诗的格律和诗的外形。①

初期国外诗歌翻译的新诗,大都以诗的原形为准。这一现象使新诗发生期打破古代汉诗诗体以后,在白手起家建立自己的诗性规范中起到重要导向作用。如草创期新诗中用得最多的两行一节的诗和四行一节的诗,以及四行一节的诗以每行首字左对齐和偶数或奇数对称地缩进一格为常见诗形,就直接导源当时的英语诗歌。当然,这种为白话新诗"创形"的结果,既有新诗自由诗形的诞生,也有新诗半格律诗形或格律诗形的诞生。

　　不仅如此,翻译还把西方的固定诗体导入中国,如十四行体(Sonnet)。该诗体是欧洲传统的抒情诗体,在其发展途中,出现过许多优秀的作品。早在 1914 年 12 月 22 日,胡适就为纪念世界学生会成立十周年写成英文十四行诗,并在日记中说明"此体名'桑纳'体(Sonnet),英文之'律诗'也。'律'也者,为体裁所限制之谓也。"②1915 年 1 月 1 日,胡适留学日记记载,他又用英文写成十四行诗 *TO MARS*。我国诗人写作中文十四行诗并公开发表是在 1920 年,其背景是新诗革命中的诗体解放运动,其时主张增多诗体包括输入外国诗体。第一首汉语十四行诗是郑伯奇的《赠台湾朋友》(载《少年中国》第 2 卷第 2 期,1920 年 8 月 15 日出版),诗采用四四三三分段,用韵为 AABB CCBB DDD EEE,是典型的意大利彼特拉克式。郑伯奇创作有自觉意识,他在《新文学的警钟》中写道:"形式上的种种限制,都是形式美

---

① 王珂:《百年新诗诗体建设研究》,上海,上海三联书店 2004 年版,第 160 页。
② 胡适:《谈十四行诗的写作》,见《胡适留学日记》二,上海,商务印书馆 1947 年版,第 495 页。

的要素,新文学的责任,不过在打破不合理的限制,完成合理的制限而已。"①第二首汉语十四行诗是浦薛凤的《给玳姨娜》,发表在《清华周刊》第210 期(1921 年 3 月 4 日),闻一多认为"这里的行数、音节、韵脚完全是一首十四行诗(sonnet)。"②随即出现了较多的中文十四行诗,如闻一多的《爱的风波》,还有陆志韦收入《渡河》中的四首十四行诗等。不仅模仿创作中文十四行诗,初期诗人还有意识地理论介绍,如胡适、闻一多、康白情、李思纯等。李思纯在《抒情小诗的性德及作用》和《诗体革新之形式及我的意见》中,都说到十四行诗,他认为十四行体是欧洲律文诗的一种形式。他说:"十四行诗,是短诗之一种。大约分诗体为四段,前两段每段四行,后两段每段三行,合为十四行体。莎士比亚弥尔顿大家的集中,也有许多美丽的十四行体,其作用略似中国诗中的绝句体。"李介绍欧洲诗体,目的为了"输入范本,以供创作者的参考及训练。"③汉语十四行体在中国新诗创作中始终不绝,屡有佳作诞生。此外还有如三叠令等外国诗体的输入。这种国外固定诗体的传入,是同翻译有着密切关系的。

二是创作。五四时期创作的基本趋向是诗体自由化和诗语散文化,但是也有律化新诗创作。包括两种情况。第一种是写作新格律诗。晚清出现了大量以"歌"为题的诗作,其中大量的是歌体诗,被称为"新体诗"。初期白话新诗中也有歌体诗,如胡适《尝试集》中就有《平民学校校歌》(附谱)、《四烈士冢上的没字碑歌》(附谱)、《双十节的鬼歌》等。如《平民学校校歌》:

> 靠着两只手,/拼得一身血汗,/大家努力做个人,——/不做工的不配吃饭!

> 做工即是学,/求学即是做工;/大家努力做先锋,/同做有意识的劳动!

此校歌有赵元任和萧友梅两种谱。就歌词看,是较为典型的新格律诗——

---

① 郑伯奇:《新文学的警钟》,载《创造周刊》第 31 号,1923 年 12 月 9 日。
② 闻一多:《评来学年周刊里的新诗》,载 1921 年 6 月 23 日《清华周刊》增刊。
③ 李思纯:《诗体革新之形式及我的意见》,载《少年中国》第 2 卷第 6 期,1920 年 12 月 15 日。

有韵,两节的节奏和字句对称。刘大白、刘半农也有这类歌词体诗创作,如刘大白的《五一运动歌》,也是两节,音节和字句对称。歌词需要谱曲咏唱,所以一般采用诗节对称格式,这是新格律诗重要的体式,百年创作不断。除歌词体以外,作为新诗的格律体诗创作也不少。其中有均行体的,如胡适《小诗》:"也想不相思,/可免相思苦。/几次细思量,/情愿相思苦。"这里虽然用二三言的五行句,但其用韵和格调都不是传统的。也有的是诗行、音组呈对称结构的诗。如刘大白的《醉后》:

　　　醒也不寻常,/醉更清狂,/记取梦里学荒唐;/除却悲歌当哭外,/哪有文章?

　　　都要泪担当,/泪太匆忙。/腹中何止九回肠?/多少生平恩怨事,/仔细评量。

这诗的形式和语言以及用韵都有传统旧诗的格调成分,是从中国传统诗词曲格律中蜕化出来的。而刘半农写于1920年的《教我如何不想她》,虽然经赵元任谱曲,成为风行一时的抒情歌曲,但是就诗本身来说,却是用纯熟现代汉语写成的新格律诗:

　　　天上飘着些微云,地上吹着些微风。啊! 微风吹动了我头发,教我如何不想她?

　　　月光恋爱着海洋,海洋恋爱着月光。啊! 这般蜜也似的银夜,教我如何不想她?

　　　水面落花慢慢流,水底鱼儿慢慢游。啊! 燕子你说些什么话,教我如何不想她?

　　　枯树在冷风里摇,野火在暮色中烧。啊! 西天还有些儿残霞,教我如何不想她?

诗情景交融,形式完整。从用韵看,第一、二行和第四、五行分别协韵,靠感叹词"啊"自然隔开。除了第三行外每行三个音节,二字节和三字节交叉。第一、第二行双字尾,第四、第五行三字尾,变化中呈整齐。全诗通过协韵律、收稍律和对称律造成音律的和谐美和节奏的匀整美。这类诗成为中国新格律诗发生的起点。

　　第二种是讲究用韵和节奏,多方吸取营养探索新诗格律形式。研究者早就指出,早期新诗大多有韵。朱自清考察了早期新诗,发现两个特点,一是"押韵的并不少","似乎新诗押韵的并不比不押韵的少得很多";二是旧词曲形式保留在新诗里就有韵脚;因此断言:"足见中国诗还在需要韵,而且可以说中国诗总在需要韵。"①胡适在《谈新诗》中就说自己的白话新诗尝试过 20 多种音节。如胡适《小诗》使用着同音堆集造成声韵美;沈尹默的《三弦》间隔用双声叠韵,参差跌宕;周作人的《两个扫雪的人》试用轻重音搭配来造成声调美;刘大白的《是谁把》用旧诗的平仄律构句,只是不像旧诗那样严格。尤其是许多新诗人从长短句从词曲音节中蜕化而出。作词曲音节尝试的,如沈尹默善于把旧词曲运用到新诗中去,且用得自然妥帖。俞平伯的音节从旧诗词中化出早已为人公认,闻一多在《〈冬夜〉评论》中做过具体分析。胡适《尝试集》中第二编中的诗就富有词曲味,他后来甚至说自己有一个模仿词曲的创作阶段,并在《〈尝试集〉再版自序》中作了具体分析。历来人们轻视词曲音节,但我们今天从新诗继承传统的角度看,词曲音节确是新诗解决音节问题需要重视的资源。

三是理论。初期诗人集中在三个问题上,从理论方面探索新诗格律形式。第一是增多诗体。在解放诗体以后,初期诗人主张增多诗体。刘半农在《我之文学改良观》中认为:"诗律愈严,诗体愈少,则诗的精神所受之束缚愈甚,诗学决无发达之望。"增多诗体后,"在形式一方面,既可添出无数门径,不复如前此之不自由。其精神一方面之进步,自可有一日千里之大速率。"增多诗体的具体方式是自造、输入他种诗体,并于有韵之诗外,别增无韵之诗。② 在自造方面,他们注意从古代词曲、乐府、古风和民歌中借鉴,写出了一批留有"旧痕迹"的解放诗体,大多带有传统诗歌的音节;输入他种诗体,主要是从外国诗体吸取营养,写作自由诗体、散文诗体和新格律诗体;创无韵诗体,主要是写作有格式或无格式的无韵诗。这些努力,诞生了新诗发生期最初的自由诗体、散文诗体、新格律诗体、半格律诗体、民谣诗体等,为新诗史上各种诗体发展提供了经验,开辟了道路。所以朱自清

---

① 朱自清:《新诗杂话·诗韵》,见《朱自清全集》第二卷,南京,江苏教育出版社 1988 年版,第 402 页。

② 刘半农:《我之文学改良观》,载《新青年》第三卷第 3 号,1917 年 5 月 1 日。

说:"后来的局势恰如他所想"①,这儿的"他所想"即指刘半农增多诗体的设想。

第二是重造新韵。初期诗人主张破坏旧韵,理由是旧诗韵同现代口语发生冲突。当时用韵大致有三,作律诗用《诗韵》,实际上以唐宋语言作诗;做曲用《词林正韵》之类,原为元曲所用;写古诗或用《诗韵》,或非汉魏人的不用。今人作诗用古韵,太不合理。钱玄同说:"你自己是古人吗? 你的大作个个字能读古音吗? 要是不能,难道别的字都读今音,就单单把这'江''京'几个字读古音吗?"②这种否定的理由是充分的。破坏旧韵以后,初期诗人认为"选新韵一事,尤为当务之急"。胡适在《谈新诗》中提出三条措施:用现代的韵,平仄互押,有韵固然好,没有韵也不妨。刘半农在《我之文学改良观》中提出分三步重造新韵的设想:

(一)作者各就土音押韵,而注明何处土音于作物之下。此实最不妥当之法。然今之土音,尚有一着落之处,较诸古音之全无把握,固已善矣。

(二)以京音为标准,由长于京语为造一新谱,使不解京语者有所遵依。此较前法稍妥,然而未尽善。

(三)希望于"国语研究会"诸君,以调查所得,撰一定谱,行之于世,则尽善尽美矣。③

这种主张切实可行。因此刘半农提出这一主张后,立即得到陈独秀、钱玄同等人的赞赏。有的研究会还把"制造标准韵"列入"特别研究项"。1922 年11 月,音韵学家赵元任出版了《国音新诗韵》,实践了刘半农的主张。尤其是 1923 年 2 月 23 日,陆志韦写成《我的诗的躯壳》,作为诗集《渡河》的序言,呼应刘半农"重造新韵"的主张,提出新诗用韵的原则是:破四声,无固定的地位,押活韵,不押死韵,体现了新韵用法的现代趋向。同时,陆志韦凭借着自身的语言学功底,根据王璞氏的《京音字汇》,把京语的四百零四个音分成 23 个韵,同我们今天写诗的"诗歌新韵辙"(即十八韵)和十三韵辙

① 朱自清:《中国新文学大系·诗集导言》,上海,上海良友图书印刷公司 1935 年版,第 6 页。
② 钱玄同:《新文学与今韵问题》,见《中国新文学大系·建设理论集》,第 76 页。
③ 刘半农:《我之文学改良观》,载《新青年》第三卷第 3 号,1917 年 5 月 1 日。

在许多地方是相同的:一是以"北京音系"的韵母为基础;二是均废除四声,平仄通押;三是均求韵脚的合辙,重点在韵尾而不在韵头;四是均使新诗创作在用韵方面从宽。①

第三是音节建设。刘半农在《〈扬鞭集〉自序》中说:"白话诗的音节问题,乃是我自从一九二〇年以来无日不在心头的事,虽然直到现在,我还不能在这上面具体的说些什么,但譬如是一个瞎子,已在黑夜荒山中摸索了多年了。"②这反映了初期诗人对新诗音节的关注。首先他们大多肯定"音节"在新诗中的位置。周无说:"至于音节也是他特有要素,只有进化改善,没有根本除去的。"③沈尹默说"作白话诗尤不可不讲音节"。胡适则说:"现在攻击新诗的人,多说新诗没有音节。不幸有一些做新诗的人也以为新诗可以不注意音节。这都是错的。"④田汉、宗白华、康白情等在给新诗定义时,也都肯定了音律在构成诗的质素中的特殊重要地位。周无还把外在"音节"与诗情结合起来思考,道出二者关系:"是音律——和声律节韵言——为美情,并非美情为声律","音律又不能独立,必附着于实体。美情的发生,即是音律实体相加之和;即是音律必以增长实体,扶助实体为原则。"⑤这种看法是极其正确的。在对"音节"的探索中,多数诗人着眼于"自然音节",即注意语气的自然节奏和用字的自然和谐。前者主要指抑扬顿挫的句调和音乐性节奏,后者主要指内部词句组织安排。由此初期诗人进行多种途径的探索。但是,在五四新诗运动中,也有人在探索着形式节奏。如陆志韦在《渡河》中的诗就进行了这种探索,开创了自觉创新格律的风气。在《渡河》序言《我的诗的躯壳》中,他一方面肯定"口语的天籁"是诗的基础,另一方面又从"诗的美必须超乎寻常语言之上"出发,主张依靠经验和天才对诗歌语言进行锻炼,造成"有节奏的天籁"。那么构成"有节奏的天籁"的规律是什么?陆志韦主张"舍平仄而采抑扬",即依靠安排轻

---

① 陆志韦:《我的诗的躯壳》,见王永生编:《中国现代文论选》第 1 册,贵阳,贵州人民出版社 1982 年版,第 64—70 页。

② 刘半农:《〈扬鞭集〉序》,载《语丝》周刊第 70 期,1926 年 3 月 15 日。

③ 周无:《诗的将来》,载《少年中国》第 1 卷第 8 期,1920 年 2 月 15 日。

④ 胡适:《谈新诗》,载《星期评论》纪念号,1919 年 10 月 10 日。

⑤ 周无:《诗的将来》,载《少年中国》第 1 卷第 8 期,1920 年 2 月 15 日。

重音用抑扬律来构成节奏,如《罂粟花》等诗每行五个节拍,《永生永死》等诗每行四个节拍,每个节拍中有一两个重音。[1] 接着的俞平伯、刘大白等借鉴古诗格律研究新诗的声调。如1924年刘大白发表《中国旧诗篇中的声调问题》,提出一方面反对旧声调,另一方面主张保护旧声调的一部分,而创造新韵律、新声调,方案第一是"保存平仄的旧躯壳,而另用一种新灵魂注入",即以平为重音,以仄为轻音,相间相重而构成抑扬律;第二是适当地采用旧声调底规律,弃去其中较繁复较严密的定规。[2] 郭沫若等诗人则吸取异国营养研究节奏,1925年发表《论节奏》,讨论了外形声调与内在情调的关系,讨论了节奏的时与力的关系等重要问题。

　　新诗发生期的新格律探讨,虽然没有建立系统的体系和公认的原则,但这种探讨却为中国新诗解决自身格律问题奠定了基础。

---

　　[1]　陆志韦:《我的诗的躯壳》,见王永生主编:《中国现代文论选》(第一页),贵阳,贵州人民出版社1982年版,第67页。

　　[2]　刘大白:《中国旧诗篇中的声调问题》,见郑振铎编:《中国文学研究》,上海,上海书店1981年版,第54页。

第八章　世纪诗学的伟大起点

1894 年甲午海战失败和翌年所签《马关条约》宣告所谓"自强新政"的洋务运动的彻底破产。这使先进人士将注意的重心从学习西方的坚船利炮、声光化电转到学习西方的政治经济体制，从富国强兵转移到变法维新，而变法维新则应从思想启蒙和精神改造入手。于是，在中西文化思想交流和碰撞中，传统诗学真正开始了其现代转化，与世界近代诗潮开始接轨。在 20 世纪初那一特定的年代，以梁启超的《饮冰室诗话》、鲁迅的《摩罗诗力说》和王国维的《人间词话》为标志，表明中国现代诗学的发生，他们分别从政治层面、精神层面和审美层面，为中国新诗的发生在诗学观念上奠定了基础，从而成为 20 世纪中国现代诗学发展无法回避的伟大起点，从根本上影响着百年中国现代新诗和诗学的发展。

第一节　面对时代课题的不同选择

19 世纪与 20 世纪之交是中西文化思想激烈碰撞的年代，陈子展在《中国近代文学之变迁》中，认为中国文学就是在此时"由旧的时代走入新的时代的第一步"。黄霖也认为 19 世纪末与资产阶级维新派掀起的政治运动相适应的波澜壮阔的文学革新运动，"在中国文学和文学思想史上毕竟具有划时代的意义。"[①]现代中国文学是在中国社会内部发生历史性转折变化

---

① 　黄霖：《近代文学批评史》，上海，上海古籍出版社 1993 年版，第 358 页。

的条件下,在中外文化思潮、文学思潮空前冲撞、汇合中,在宏大的传统和外国的、历史和现实的参照系统中形成的。而 19 到 20 世纪之交恰巧提供了这样的历史条件,这就是 1840 年以后,中国现代化由器物到制度进而进入思想文化层面,正是在中西文化汇合空前加剧的甲午中日战争后、维新运动时才开始的,与此相应就是文学的现代化也是在这个时候起步的。第一,这个时候才知道要废八股,文人才渐渐从八股里解放出来;第二,这个时候"古旧的中国总算有了一点近代的觉悟"(陈子展语);第三,这个时候才开始较大规模接受外来影响;由是在求新、求变、求用的现代意识指引下,迎来文学观念包括诗学观念的巨大变化。

　　客观存在的历史条件提出了新的时代课题。坚甲利兵的梦想在甲午战争中被帝国主义的炮舰击沉在大海之中,政制国体维新的希望因慈禧砍杀戊戌六君子也遭破灭,先进的中国人在反思中形成共识:我们应该进入一个"人心之营构"的新阶段。"人心之营构"是这特定历史时期提出的时代课题。面对这课题,梁启超作为维新变法、参与新政的政治家认为变法之本在育人开民智,因此就以思想启蒙者进入文学领域,著名言论就是"近日欲改良群治,必自小说界革命始,欲新民必自新小说始"[1],就从 1902 到 1907 年在《新民丛报》连载《饮冰室诗话》,鼓吹诗界革命。鲁迅到日本是学医的,但到 1906 年决然从事可以改变"愚弱的国民精神"的文艺运动,所抱宗旨也是思想启蒙的立人,著名言论是"人立而凡事举","沙聚之邦,由是转为人国"[2],于是有《文化偏至论》等早期论文,包括在 1908 年连载于《河南》杂志的《摩罗诗力说》。王国维始专注于哲学,原因是"体素羸弱,性复忧郁,人生之问题,日往复于吾前,自是始决从事于哲学",[3]想成为哲学家去探讨人生根本问题的学问。而到了 30 岁(1907)前后则为哲学"可信"和"可爱"之烦闷所扰,所以个人嗜好"渐由哲学而移于文学,而欲于其中求直接之慰藉者也。"[4]王国维在文学创作和文学评论中求得直接的人生慰藉的

① 梁启超:《饮冰室合集·文集》第 10 卷,北京,中华书局 1989 年版,第 6 页。
② 鲁迅:《文化偏至论》,见《鲁迅全集》卷 1,北京,人民文学出版社 1981 年版,第 56 页。
③ 王国维:《静安文集续编·自序》,上海古籍书店据商务印书馆 1940 年版影印,1983 年。
④ 王国维:《静安文集续编·自序二》,上海古籍书店据商务印书馆 1940 年版影印,1983 年。

结果,重要成果是 1908 年《人间词话》的发表。梁启超、鲁迅、王国维都大致在 20 世纪初移情于文学,分别写出了伟大的诗学论文(著),而且其关注和初衷都和"人"有关——梁启超是开启民智,鲁迅是立人立国,王国维是慰藉人生,概而言之都是"人心之营构"。这是他们对 19—20 世纪之交中国现代文学发生的时代课题的共同回应。

在新旧文学嬗变转型的特定历史时期,通过倡导新的文学理论来回应"人心之营构"的时代课题,表明梁启超、鲁迅、王国维都是中国现代文学尤其是现代诗学的革命先驱者。但是由于三人特定的人生经历、特定的学养背景和特定的进入方式,尤其是接受西方哲学和美学思潮的差异,梁启超由政治而文学、鲁迅由学医而文学、王国维由学术而文学以后写成的世纪诗学论文(著)中呈现出不同的言说特征。梁启超是资产阶级维新领袖,是诗界革命的理论家。他随康有为发动"公车上书",主持维新刊物,直接参与新政,在维新失败后亡命日本,因此从事文学革命目的是鼓吹维新,推动社会变革,基本的理论逻辑是欲维新吾国,当先维新吾民,欲维新人心人格,当维新文学。所以《饮冰室诗话》倡导的诗学,自然地开创了诗歌与政治社会密切相关的言说之途,侧重在反映时代精神和社会变革。鲁迅说自己最终弃医从文的原因,是在影片中见到中国人被杀者和看杀者都体格健壮而精神麻木,因此欲借尼采哲学和摩罗诗人呼唤"精神界之战士",借自由个性与世俗叛逆性格的恶魔诗人达到"撄人心"目标,打破中国的平和沉沦,惊醒国人的麻木孺弱,其指向是解决个人的精神更新和个性解放问题,所以在《摩罗诗力说》里的诗论自然地开创了诗歌与精神解放密切相关的言说之途,侧重在对个人生存和精神状态的关注。王国维由于体质较弱、性格内向,就喜欢探索人生根本问题的学问。他既关心现实而又鄙薄功利,既重视理想而又悲观失望,内心常常充满矛盾痛苦而显得忧郁而沉沦,以至以"清朝遗老"自居。他在做学问时辨析以真(诚)代美、以善代美观念的虚妄,论证艺术审美的独立自足,将艺术审美与人的自由精神发展联系,迥异于梁启超的政治文化观,接受文学本体观念,尤其是在探讨文艺理论问题时指向求直接的精神慰藉,用"无用之用"来揭示文学的根本意义是达到"感情之最高之满足"。所以在《人间词话》中开辟了诗歌与纯美追求相关的言说之途,侧重在人的精神怡养和审美。这样,梁启超、鲁迅、王国维在 20 世纪初不到 10 年的时间里各自发表了大量诗学论文(著),在共同的时代语境中分别从政治、精神和纯美三个层面奠定了中国现代诗学的基础。

中国新诗和诗学发生,直接接受了西方文化和文学成果影响。有意思的是,具有深厚的中学修养的梁启超、鲁迅、王国维诗学都受到叔本华、尼采和欧洲浪漫诗潮的影响,而接受的侧重有所不同,而这又同他们各自诗学形成相关。尼采最早见于梁启超笔下,他在《进化论革命者颉德之学说》中同时提到马克思和尼采,认为"麦喀士谓今日社会之弊,在多数之弱者为少数强者所压伏。尼志埃谓今日社会之弊,在少数之优者为多数之劣者所钳制。二者皆持之有故,言之成理,要之其目的皆在现在,而未尝有所谓未来存也。"①梁启超在此关注的是关于社会矛盾和革命的内容,因为他此时欲借西方思想文化开民智,铸新民以改革社会。1904 年王国维写《叔本华与尼采》,阐明两人学说是"欲破坏旧文化而创造新文化","执无神论同也,其唱意志自由论同也"。② 随着研究深入,王国维说尼采"决非寻常学士文人所可同日而语者,实乃惊天地、震古今最诚实最热心之一预言者也"③,从尼采叛逆性格中敏捷捕捉到人类文化变革的信息。鲁迅在日期间接受尼采哲学,主要是作为欧洲近代精神的个人主义。鲁迅认为尼采唤起了中国文人精神中的叛逆和创新意识,就成为中国现代文学发展中的"文化英雄"原型。以上对尼采不同诠释分别成为三人诗学的思想资源。拜伦在中国的遭遇同样如此。1902 年梁启超在《新小说》首次刊出拜伦和雨果照片并作介绍,后翻译拜伦诗说:"摆伦最爱自由主义,兼以文学的精神,和希腊好像有夙缘一般,后来因为帮助希腊独立,竟自从军而死,真可称文界里头一位大豪杰。他这诗歌,正是用来激励希腊人而作。但我们今日听来,倒象是为中国人说法哩。"④这是用社会功利主义观点来称颂拜伦。鲁迅在《摩罗诗力说》中则把尼采精神和拜伦形象结合,倡导刚劲、积极的浪漫主义,渴望拜伦和尼

---

① 梁启超:《进化论革命者颉德之学说》,载《新民丛报》1902 年第 18 号。

② 王国维:《王国维文学美学论著集》,太原,北岳文艺出版社 1987 年版,第 73 页。

③ 王国维《王国维哲学美学论文辑佚》,上海,华东师大出版社 1993 年版,第 174 页。

④ 见梁启超《新中国未来记》第四回末总批,载《新小说》第 3 号,1903 年 1 月。

采式的超人英雄出现,以拯救中国于精神污泥之中。王国维则以学者的谨严和矜持,从思想逻辑及审美价值观上介绍尼采和拜伦,他译述《白衣龙小传》(注:"白衣龙"即今译的"拜伦"),说拜伦是"纯粹之抒情诗人,即所谓主观的诗人是也。其胸襟深狭,无忍耐力、自制力",换言之是感情脆弱。"彼与世界之冲突,非理想与实在之冲突,乃己意与世习之冲突。"①对拜伦的不同阐释和接受,同样体现了梁启超、鲁迅和王国维诗学面貌的差异。

面对共同的时代课题作出不同选择,从而使中国现代诗学的起点呈现多元互补,这是百年诗学发展所幸。需要指出的是,三人不同的选择,都有着自觉的现代趋向。这不仅在于三人诗学理论都是发生在中国旧文学的结束和新文学的兴起的转型语境中,而且在于其内涵都在紧扣"人",体现了"人的发现"和"人心之营构"。文学的现代性包括语言现代化、思想现代化和人的现代化,其中人的现代化是最重要的。欧洲的文艺复兴运动开辟通往现代的道路,其标志就是倡导人文主义,发现人的价值。我国封建社会自唐宋以后由盛向衰,人的意识也逐渐失落,重新肯定人,找到人的感觉与价值,体现的同样是中国走向现代化的趋向。20世纪的人类文化就是以"人"为中心的时代,文学及其现代的所有命题和探索都是围绕着"人"来进行的,都是为了更深刻地了解人、更广泛地认识人和更有效地完善人及其生存状态。梁启超的"新民"、鲁迅的"立人"、王国维的"人间",都在体现着人的发现和做着"人心之营构",从而建立起东方与西方、传统与现代的对话平台,体现了诗学现代化趋向。

第二节　现代诗学体系的多元建构

面对共同的时代课题,梁启超、鲁迅和王国维围绕"人心之营构"从不同层面展开诗学言说,各自按照自身独特的逻辑构建起诗学体系,从而为百年中国现代诗学提供了一个坚实的起点,提供了一个多元格局。鲁迅《摩

---

① 王国维:《白衣龙小传》,载《教育世界》第162号,1907年11月,此处"白衣龙"即拜伦。

罗诗力说》在宏大的世界文学背景中、在走向现代中国历史文化语境中、在现代哲学的高度谈论诗歌,体现了诗学的现代转型。鲁迅在文章开始引尼采的话作论,说明写作目的是通过异域的"新源"和"新泉",来为中国民族输入"新力",使中华民族获得精神"新生",使中国诗学获得更新。据学者考证,《摩罗诗力说》是译介和自创杂糅而成,前三节可视为译序,第九节可视为译跋,第四至九节具体译介摩罗诗人。梁启超《饮冰室诗话》的体例同跟踪记录诗界革命实绩而在报刊连载有关。其写作动机:"窃谓自今以往,其进步之远轶前代,因不待著龟,即并世人物亦何遽让于古所云哉?""有诗如此,中国文学界足以豪矣。因亟录之,以饷诗界革命军之青年。"①因此自1902—1907 年连载《新民丛报》的《饮冰室诗话》成为诗界革命的历史实录和纲领文献,诗话体例体现了历史的逻辑和审美的逻辑统一,具有现代意义。王国维《人间词话》采用传统诗话方式,但却具有现代批评精神,其中有着不易发现的潜隐逻辑性和系统性。《国粹学报》在 1908—1909 年最早刊行《人间词话》64 则,其编排由王国维确定,诗学体系的核心是"境界"说,大致分成理论之部(第 1—9 节),实际批评部(第 10—52 节)和结论引申部(第 53—64 节),第 9 节是理论总纲,具有现代意义的理论逻辑框架。

　　梁启超《饮冰室诗话》初步构建的是社会论诗学体系。其目的是为当时的政治社会变革服务,其精神主要是输入西方的新思想、新事物,其结果是推动了中国诗歌近代化的进程,其缺陷是过分强调诗的政治功利,对诗歌形式革新未有足够重视。首先是全面总结诗界革命中的理论成果和创作实践。梁启超以文学进化论倡导诗界革命,分析了诗界革命大势,认为诗界必须革命,而今正当时机;指明了诗界革命的方向,即新意境、新语句和古风格三长兼备;规定了诗界革命的重点,即输入欧洲之真精神真思想。诗界革命是一场诗歌的维新变法,体现的是新诗歌代替旧诗歌,新的诗世界代替旧的诗世界,在诗学和创作上"不新和不好,是同样的意思"。这种求新倾向体现着文学进化的观念。其次,以政治功利观为指导倡导诗歌面向现实,包括四方面内容。一是鼓吹新的意境与新的理想,进行思想启蒙。梁启超试图通过新派诗歌开启民智,培养民德,激发民气,推动社会变革。这是诗歌社会功能观念,诗话立足于此阐发理论和评价作品,倡导"新境界"和"新理想。其中最有光彩的是关于"重铸国魂"的呼唤,他是在社会动乱中正面提出提高民族思想素质,重塑民族精神品质问题的。二是反映现实社会与人生,倡导写实主义。舒芜的概括是"关心政治、参与政治的政治态度和反映时局的保存诗史的创作态度",如对黄遵宪的那些以国内外重大时事为题材的长篇照样全文引录;是"对于科学技术的进步极其所带来的生活中的新事物的敏感",如盛赞黄遵宪反映西方科技成果的《今离别》。梁启超在诗话中强调真实地反映社会生活的变化、反映人生的真实感受,反映异域面貌,体现的是新的诗学观念。虽然这种诗学观念是直接为政治服务的,但却对五四现实主义诗潮的发展起了积极的推动作用。新派诗人充分利用丰富的经历和先进的观念,创作了大量反映中国近代社会变动的堪称诗史的叙事诗,创作了大量叙说异域史事的叙事诗,形成了鲜明的诗歌纪实特色,对新诗的发展作出了重要贡献。三是倡导诗歌的思想性和时代性,提出新的诗歌批评标准。梁启超所言诗界革命三长实分成内容和形式两面,其"新意境"指新的革命思想内容,舒芜认为是指进化论的哲学思想和近代自然科学知识,爱国主义思想与为保卫祖国而战的尚武精神,以及崇高的抱负和雄伟的气魄;其"新语句"、"古风格"是指诗歌的表现形式和语言运用,两者之中梁启超明确地将前者放在首位,由此强调诗歌的现实性和政治性,强调了诗歌的内容第一的标准。四是以言文合一论倡导诗语通俗。这也体现着政治功利观,因为在梁启超看来,"苟欲思想之普及,则此体非徒小说当采用而已,凡百文章,莫不有然",这里的"此体"即通俗诗体的意思,宗旨在服务维新,启蒙民智,思想启蒙、革命运动和大众语言统一。《饮冰室诗话》第三九则引了丘逢甲《己亥秋感》中的诗后说:"盖以民间流行最俗最不经之语入诗,而能雅驯温厚乃尔,得不谓诗界革命一巨子耶?"梁启超自己也写过一些语言明白晓畅或模仿民歌的新派诗。《饮冰室诗话》还正面强调诗歌的音乐性,认为诗乐结合既是中国古诗的优秀传统,也是今后新体诗歌形式发展的方向。舒芜认为,《饮冰室诗话》"在当时实际意义上,是直接为政治经济上的'变法'服务,而其长久的历史意义,却是为后来的一系列的文学上的变革,直到五四文学革命,打开了第一道缺口。"①当然,《饮冰室诗话》构建的诗学体系,也对20世纪诗学产生过消极的影响,主要是过分强调诗的政治性、功利性和启蒙性,从而把诗歌革新同社会政治过分紧密地结合起来,直至成为政治的附庸,这不利于现代诗体的独立审美品格形成。

鲁迅《摩罗诗力说》初步构建起的是主体论诗学体系。他反对把诗歌当成道德政治的工具,主张诗歌必须以"人"为中心,通过审美实现其"益人生"的职责。在《文化偏至论》中,鲁迅批判了当时全球的"物质主义"的偏至,推崇"新神思",其特点"一谓惟以主观为准则,用律褚物;一谓视主观之心灵界,当较客观之物质界为尤尊",由此认为"生存两间""角逐列国""首在立人",而立人须"高个性而张精神","掊物质而张灵明,任个人而排众数"。《摩罗诗力说》的创作背景和主题旨意与此相同,鲁迅借摩罗诗力倡导具有浪漫色彩的主体论诗学,以改造国人精神世界,从而挽救民族的精神文化危机。"摩罗"通译为"魔罗",略称"魔"。佛教《大智度论》卷五:"问曰:'何以名魔?'答曰:'夺慧命、坏道法功德善本,是故名为魔。'"鲁迅以"摩罗"称拜伦为代表的欧洲近代浪漫诗人,就是因为拜伦等正如佛界魔鬼那样最能撄人心,"其道常主于逆"。鲁迅在文章开始引尼采名作中的话作题记,即"求古源尽者将求方来之泉,将求新源。嗟我昆弟,新生之作,新泉之涌于渊深,其非远矣。"说明他写作本文的目的,是通过异域的"新源"和"新泉",来为古源已尽的中国民族输入"新力",使中国民族获得精神的"新生",使传统诗学观念获得更新。《摩罗诗力说》作为诗学论文的主要内容:一是诗歌的本体观:诗歌是一个种族的心声,文明的荣华。鲁迅指出,"盖人文之遗留后世者,最有力莫如心声",而心声就是诗歌,这有印度、希伯莱、伊朗、埃及等文明古国为例,作为一个种族心声的诗歌,是文明兴盛的标志和荣华。二是中国诗歌革新观:打破传统诗学,"别求新声于异邦"。鲁迅认为中国传统诗学以平和为正宗,道家推崇"无为之治"和"高蹈之人",儒家倡言"思无邪"和"温柔敦厚",都被平和弄得无个性、无理想、无斗志,

---

① 舒芜:《饮冰室诗话·校点后记》,见《饮冰室诗话》,北京,人民文学出版社1959年版,第143页。

统治者宣扬平和意在保位,众人欢迎平和意在安生。因此需要别求异邦导入摩罗诗力,倡导文化英雄主义和叛逆精神,以改造民族文化,振奋国民精神。正是从文学是在打破平和的斗争中进化的观念出发,鲁迅指出中国国民性及其诗学弊端,提倡摩罗诗歌,在他看来,这种诗歌的特点是"不为顺世和乐之音",充满了"争天抗俗"的精神。鲁迅是从改造民族文化、振奋国民精神、挽救民族危机出发提出诗歌革命问题的。在诗学理论中,当"人"一旦进入诗歌的中心,就意味着它已挣脱了传统文学观念的束缚,获得了本体的地位。三是浪漫诗学的主体性:最核心的精神是"撄人心"。摩罗诗派即欧洲近代的浪漫诗派,鲁迅点评紧扣其共同精神特征,包括诗歌是自我的表现,诗歌是率真的表现,诗歌是自由的表现,诗歌具雄奇的风格,核心精神是"撄人心"。鲁迅认为,摩罗诗人都是"立意在反抗,指归在动作,而为世人所不甚愉悦"的人,也就是以实际行动反抗蔑视、反抗世俗的人。他们是"以语平和之民,则言者滋惧"的人,即同中国传统国民性及其诗学完全相对的人。四是现代精神的诗人论:呼唤"精神界之战士"。鲁迅定义现代诗人为"撄人心者也"。现代诗人应具说真理和撄人心的品格,既是现存制度的反抗者,又是改造人心的布道者,摩罗诗人身上立意和行动、做人和作诗是统一的,诗歌充分体现了诗人的自我,诗歌是人格的化身,具有鲜明的主体精神特征。鲁迅认为摩罗诗人由于所在国家的传统不同,各具自身特点,但都表现为反叛世俗,向往独立自由的精神。其统于一宗的是"无不刚健不挠,抱诚守真;不取媚群,以随顺旧俗;发为雄声,以起国人之新生,而大其国于天下。"五是诗歌审美功能:感兴怡悦,涵养神思。认为诗歌作为精神产品的特殊功能,是"在使观听之人,为之感兴怡悦","涵养人之神思,即文章之职与用也。"[1]在《摩罗诗力说》中,鲁迅全面表达了他对文学审美特殊性的见解:首先,否定其直接的功利性,认为文学与个人生死、国家存亡没有直接的关系,其效用"益智不如史乘,诚人不如格言,致富不如工商,弋功名不如卒业之券"。这种观点超越了传统的"文以载道"观念。其次,肯定其"不用之用"的职用。精神审美和涵养神思,这才是文学的职能,文学满足

① 鲁迅:《摩罗诗力说》,见《鲁迅全集》卷一,北京,人民文学出版社1981年版,第71页。

人的精神需要。再次，结合实际肯定文学的社会功能。结合自身"改造国民性"的政治理想，鼓吹涵养一种"刚健抗拒破坏挑战"之神思，启发国民自觉、勇猛、昂扬、上进、反抗的精神，以期"起其国人之新生，而大其国于天下"。鲁迅诗论重主体意识，重"精神"，其指向是诗中表现出的诗人个性、意力和心理品格，"撄人心"体现着一种主观战斗精神和个人意志力量，深刻地阐明了诗歌与人的关系。鲁迅"置古事不道，别求新声于异邦"，选择欧洲近代浪漫主义诗派作为诗歌维新变法的榜样，从而确立了自身理论在中国诗歌现代转型中的独特地位。

　　王国维《人间词话》初步构建的是纯美论诗学体系。王国维是中国传统诗学的终结者，也是中国现代诗学的开拓者。"在中国近代'西'与'中'、'新'与'旧'的文艺理论沟通交融史上，如果说梁启超多以政治家的姿态大声疾呼'革命'，颇具开创之功的话，那么，王国维则以学者的气质默默研究，终多独特的建树。"①那时的王国维厌倦政治，追求平和，对我国历史上哲学和诗人无不兼为政治家不满，认为"此亦中国哲学美术不发达之原因也"，并断言"生百政治家不如生一大文学家"。对于那时的文学变革，他说："观近数年之文学，亦不重文学自己之价值，而唯视为政治教育之手段，与哲学无异。如此者，其亵渎哲学与文学之神圣之罪，固不可逭，欲求其学说之有价值，安可得也！故欲学术之发达，必视学术为目的，而不视为手段而后可。"②这是文学独立性和纯美论的诗学理论，虽然显得不合时宜，但在客观上弥补了当时其他诗学把文学与政治与启蒙捆绑太紧而忽视文学独立审美价值的理论失缺，还原了文学自身独立自由的审美品格。王国维的纯美论诗学主要内容：一是倡言代变论，融合中西推动诗歌和诗学的新变。在王国维看来，文学发展的趋势是不断革新、不断前进的过程，因此今胜于古，诗歌的发展是以各种不同样式的兴衰交替的形式实现的；文体以新革旧，不断前进不应割断前与后、新与旧的联系，"最工之文学，非徒善创，亦且善因"。王国维意识到晚清时势大变，西学输入必将推动中国传统学术的现

---

①　黄霖：《近代文学批评史》，上海，上海古籍出版社 1993 年版，第 809 页。
②　王国维：《论近年之学术界》，见《王国维文学美学论著集》，第 108 页。

代转型,因此在理论与实践上都肯定"外来之观念",以促进文学(诗学)的变革维新。但是他又不过度否定传统,而是主张"学无新旧,无中西,无有用无用","中西二学,盛则俱盛,衰则俱衰,风气既开,互相推助。"①这种观点就恰当地对待和处理了中国近代思想文化中"新"与"旧"、"中"与"西"的复杂关系。二是倡言纯粹美学,解释诗美的本质和价值。《人间词话》阐述的诗学核心概念是"意境",其"意"是作为审美主体的我对自然的主观之"我"的审美把握(观我)的产物,而"境"是审美主体对客观之物审美把握(观物)的产物,"意境"则是审美主体将对"我"的审美把握与对"物"的审美把握加以聚合、融会、物化而创造出来的意识性的客体。这种意境论决定了文学具有纯粹审美品质。就其理论基础来说是叔本华的超功利的纯粹美学,但他对"意境"的阐释又接近于康德美学中所说的艺术家想象力,根据现实所提供的材料创造出的"第二自然"、"第二人生"和"第二之我"。王国维由纯粹审美品质的理论引出"美之知识,实念之知识"的美的本质论和观美之我乃"纯粹无欲之我"的审美认识论,再由此引出纯粹审美的价值论,即"无用之用"。王国维使用"无用之用"论哲学和文学之价值,理由是他们不能满足人的"物质利益","生活之欲",而只能满足人在"知识"、"情感"上的需求,亦即具有"精神利益"的价值。在王国维看来,文学之所以"最神圣、最高贵",就在于它能够向人揭示"宇宙人生之本质",并指出"解脱之道"。由此出发,他反对文学与政治的直接捆绑,反对传统的诗教说,要求诗人创作突破现实利益的驱使。三是构建诗美体系,揭示诗歌创作和欣赏的审美规律。王国维围绕着"意境说"提出了一系列重要的诗学概念和范畴,较为系统地论说了诗人与自然、诗人与作品、读者与作品等诗学问题,揭示了艺术境界的形成过程、艺术境界的审美特征、艺术境界的复现规律以及诗人的修养问题等诗歌创作的重要规律,从而构建起一个意境诗学体系,成为20世纪诗歌创作和诗学建设的重要思想财富。

由梁启超的社会论诗学,到鲁迅的主体论诗学,再到王国维的纯美论诗学理论在20世纪初陆续发表,构成一个逐渐深入的逻辑结构,到了王国维,

---

① 王国维:《国学丛刊序》,见《王国维文学美学论著集》,第178、180页。

中国传统诗学才真正与西方诗学汇通交融。在中与西、新与旧的文艺理论沟通交融史上,梁启超鼓吹诗界革命作为推动政治维新的手段,鲁迅是把倡导摩罗诗力说作为改变国民精神的要旨,而王国维的文学研究则要寻找解决人生问题的答案,三人都围绕"人"的现代化从不同层面推动中国诗学的现代转型,具体来说分别涉及人学三个最重要的内涵,即人的社会性、人的精神性和人的审美性,从而在中国特定的现代化进程和民族性现实的时空中构成多元互补的现代诗学体系。

第三节　百年诗学建设的光辉起点

时代课题催促诗学现代转型,诗学理论与诗歌创作互动实现转型。20世纪初诞生的梁启超、鲁迅、王国维诗学,直接影响到五四新诗运动面貌和百年中国新诗传统。郭沫若认为王国维的论著"领导着百万后学"(《历史人物·鲁迅与王国维》),认为在梁启超面前,五四前后的青少年,"可以说没有一个没有受过他的思想或文字的洗礼"(《少年时代》)。鲁迅在《文化偏至论》和《摩罗诗力说》中肯定主观,张皇意力,尊重个性,倡言自由,对于五四文学革命包括新诗运动起到直接的推动和引导作用。借用黄霖评价梁启超诗学划时代意义的话来说,梁启超包括鲁迅、王国维的诗学,"标志着中国旧文学的结束和新文学的兴起。'五四'新文化运动正是在这基础上进一步将中国文学推进到现代化。"[1]

学者指明,研究中国现代文学发生需要把五四新文学运动与19—20世纪之交文学革新运动联系起来思考。1922年梁启超在《五十年中国进化概论》中,回顾近代文化演变说:"近五十年来,中国人渐渐知道自己的不足了。""第一期,先从器物上感觉不足。""第二期,是从制度上感觉不足。""第三期,便是从文化根本上感觉不足。""革命成功将近十年,所希望的件件都落空,渐渐有点废然思返,觉得社会文化是整套的,要拿旧心理运用新

---

[1]　黄霖:《近代文学批评史》,上海,上海古籍出版社1993年版,第358页。

制度,决计不可能,渐渐要求全人格的觉醒。……所以最近两三年间,算是划出一个新时期来了。"①近代以来,在中西文化冲突中,中国文化经历若干阶段而在五四时期走向文化心理变革深处,而其"要求全人格的觉醒",这同20世纪初"人心之营构"既一脉相承又提供新质。从内在精神上说,五四时期文学核心观念是"人的文学",从而真正建立起中西文学理论的对话平台。五四时期的"人"一般解释为"个人主义的人间本位主义",包括人道主义和个性主义两个向度,关键词是人性、个性、社会性,包含着梁启超、严复、孙中山等人学思想中关于个人与国家、民族、社会关系的思考,也包含着鲁迅、王国维等人学思想中关于个性观、人性观、审美观独立自由充分解放的内容。五四先驱者突出思想文化启蒙,强调社会现实的反映,提倡写实主义,提倡白话口语使用;同时,五四先驱者以争天抗俗、特立独行的摩罗自居,对中国从政治到文化的整个传统,从孔孟之道到民间风习的整个历史予以批判,深广程度至今难以企及。就新诗运动说,主导的也是人道主义和个性主义倾向。1918年1月号《新青年》发表新诗9首,可分成两大类:《人力车夫》《相隔一层纸》等表现下层人民的不幸和痛苦,《月夜》《鸽子》等就赞颂个性自由与人权独立。初期新诗整体上,一方面在反映社会生活和人生命运,另一方面在做着个性解放和反抗现实的追求。初期诗论,一方面强调"为人生"的社会论,其态度即"文学应该反映社会的现象,表现或讨论一些有关人生一般的问题";另一方面强调"自我表现"的主体论,即"我们的诗先要是我们心中的诗意诗境之纯真的表现"。前者代表就是《新青年》诗人群和文学研究会诗人群,诗人们抱着忧国忧民的社会责任感和历史使命感,把诗歌创作与社会、政治的关系拢得很紧,强调诗的社会性和功利性,"为人生"就是反映民生疾苦,就是反映时代生活,就是批判社会现实,就是憧憬社会理想。后者代表是创造诗人群。郭沫若在日本接触到尼采哲学,大约在1916年至五四运动期间,尼采的"超人"意识始终鼓动他,使他有了新诗创作"火山爆发",创作了《女神》中大批杰作,其中体现张扬个性的自我

---

① 梁启超:《五十年中国进化概论》,载《最近之五十年——〈申报〉馆五十周年纪念》,1922年版。

表现、超人式的个人英雄主义、气吞山河的天狗精神、除旧布新的宏大理想，给整个诗坛带来全新气象。五四特定的历史条件和主导的文学观念，自觉地把思想启蒙和社会救亡、把反映现实和表现自我、把改造社会和张扬个性作为诗质的基本追求，所以社会论诗学和主体论诗学得到更多的关注和发展。但王国维的纯美论诗学同样参与五四新诗建设。胡适等初期新诗秉承"诗体解放论"，主张打破一切诗的做法，结果距离诗的特质甚远，即顾到了白话而忘却了"诗"，顾到了诗的社会价值而丢掉了诗的审美价值，顾到了诗的经验主义而缺乏抒情主体。于是，一批诗人重提诗的"意境"和诗的主体。如宗白华在《新诗略谈》中把诗定义为："用一种美的文字——音律的绘画的文字——表写人底情绪中的意境"。① 这里的"意境"强调诗主体性和客观性统一，即生命情调和自然景物交融互渗成的"灵境"，与王国维的意境说精神一致。宗白华五四后期写的一批流云小诗就"情笃于艺境之追求"，具有很强的审美价值。与宗白华同为少年中国之群的诗人如康白情、田汉等，同为重要小诗创作的诗人如冰心、谢采江等的作品，是同纯诗论诗学一脉相承的。尤其是在 1921—1922 年诗坛开展的关于诗是唯善、唯真还是唯美的论争中，杨振声、周作人、闻一多、梁实秋等批评了早期新诗唯善的功利倾向，正面提出了"为诗而诗"论。如梁实秋在《读〈诗底进化的还原论〉》中说："总之，我以为艺术是为艺术而存在的；他的鹄的只是美的，不晓得什么叫善恶；他的效用只是供人们的安慰与娱乐。"②接续的正是王国维关于"无用之用"的纯美论诗学理论。通过这场讨论，中国现代诗歌和诗学分化为两个片面发展的方向：或沿着功利主义方向而走向唯善的偏执，或追求美的鹄的而趋于唯美的偏至。

　　五四新诗运动推动中国现代诗学形成三种重要形态，即社会论形态、主体论形态和审美论形态，它们作为五四新诗传统而直接影响到百年新诗建设。其中社会论形态是主流形态，这是同 20 世纪长期存在着的启蒙和救亡主题相关，同长期存在着的社会变革和战争状态相关。"社会人生"的内涵

---

① 宗白华：《新诗略谈》，载《少年中国》第 1 卷第 8 期，1920 年 2 月 15 日。
② 梁实秋：《读〈诗底进化的还原论〉》，载《晨报副刊》，1922 年 5 月 2 日。

则有着不同的注解,在梁启超那儿是政治维新,在五四时期是为人生,在20世纪 20 年代后期是革命运动,以后还有左翼文学、抗战文学、工农兵文学、为政治服务文学、改革文学等,政治化的文学功利价值观、大众化的文学发展方向和现实主义的创作方法,构成这种形态的基本特征。主体论形态诗学在百年新诗发展中地位同样重要。中国新诗史上真正称得上浪漫诗派的不多,这同中国文化传统重理性重实用有关,但张扬个性、凸显主体的精神品质却给予新诗品质以重要影响。鲁迅呼唤"精神界之战士",鼓动浪漫诗风,使五四新诗大多弥漫着浪漫气息,创造社的自我表现说,郭沫若的天狗形象,蒋光慈高扬革命文学旗帜,都在淋漓尽致地凸显主体性。抗战开始后的七月诗人倡导主观战斗精神,直接继承了鲁迅诗学的精神品质,其创作延续到新中国成立以后,影响到革命浪漫主义的政治抒情诗的创作。朦胧诗人突出自我的主观抒情,其实是在特定历史语境中扮演着启蒙的悲剧英雄角色,这正是第三代诗人反叛而提出"零度抒情"的理由。相对而言,审美独立形态诗学在中国特定语境中受到更多压抑,但在百年新诗发展中的重要性同样不容忽视。五四后期针对初期新诗创作非诗化倾向,成仿吾提出"文学只有美丑之分,原无新旧之别"的诗学,周作人开始把唯美的纯诗和象征的诗艺结合,介绍西方象征主义诗学和诗歌,新月诗派主张"本质的醇正"、"情感的节制"和"格律的严谨"的诗美学,终于迎来了新诗发展史上的纯诗化运动,经历了以李金发为代表的初期象征诗歌、以戴望舒为代表的现代主义诗歌阶段,纯诗创作蔚为壮观。纯诗运动直接推动了中国审美诗学发展,如 20 世纪 30 年代后期的卞之琳、冯至的创作,如 20 世纪 40 年代的九叶诗人就把新诗现代化作为追求的方向,借鉴当代英美现代主义诗学,坚持文学的本身价值和独立传统。20 世纪 90 年代诗人反对政治写作和群众写作,倡导个人写作论,坚守知识分子的人文精神和自由立场,以新的写作方式开始了新的审美论诗学创造。不仅如此,审美论诗学给予新诗发展更重要的影响是在"诗"的追求中更新整个新诗的创作观念、审美原则、精神品质和艺术技巧,为提高百年新诗艺术质量作出了杰出的贡献。20 世纪新诗理论中始终纠缠着传统与现代、继承传统与别求异邦、面向现实和追求纯美、服务政治和精神解放、客观反映与表现自我、大众俗语与欧化语言等问题,其实都直接导源于梁启超、鲁迅和王国维在20世纪初的诗学理论体系。

现代性并不是一个静止的概念,作为一个生命系统,它是不断发展、不断更新、不断丰富的动态概念。梁启超、鲁迅、王国维诗学诞生在20世纪初,是新旧文学观念嬗变中的现代诗学,分别从政治层面、精神层面和审美层面开辟了现代诗学的发展道路。它们融入五四新诗运动的特定语境,共同参与和直接影响到五四先驱创造新诗和诗学,形成了社会论、主体论和审美论三种形态的诗学理论传统,而三种形态的诗学在百年新诗发展中又同各个不同时期具体的不同的语境结合,从而使自身获得了新的发展和丰富,形成了自身独特的发展线索和理论逻辑,充分体现着新诗现代化不断向前推进的真实历史。20世纪初梁启超、鲁迅、王国维分别开创了诗歌与政治社会密切相关的、与精神解放密切相关的、与审美追求相关的言说之途,成为百年中国诗歌和诗学发展无法回避的光辉起点。

第九章　新诗运动与白话运动

　　现代新诗是用现代汉语写成的,现代汉语是在 19 世纪末到五四时期的白话运动中形成的,现代汉语同现代诗歌的发生完全是同步的。从诗歌的语言说,现代新诗的诞生,是从清末到五四的白话文运动的重要成果。周策纵指出:从五四时代起,白话不但在文学上成了正宗,在一切写作文件上都成了正宗。"这件事在中国文化思想、学术、社会和政治等方面都有绝大的重要性,对中国人的思想言行都有巨大的影响。在某些方面看来,也可以说是中国历史的一个分水岭。"[1]因此讨论中国新诗的发生,就必须讨论白话文(诗)运动。

　　白话运动包括前后相续的两个阶段。前一个阶段史称清末白话运动,起始于戊戌变法,延续到辛亥前后;后一阶段史称五四白话运动,起始基本同前一阶段相接,但蔚为壮观则是在 1916 年至 20 世纪 20 年代初,与五四新文化运动同步。科举制度的取消、留学运动的兴起、传教活动的普及、白话报业的发展、平民教育的流行等,尤其是终于导致 20 世纪 20 年代教育部颁布部令明确国民学校一二年的国文一律改用国语,白话文终于取代文言文成为正宗,也正是在这过程中,中国新诗走完了自己的发生路程。五四白话运动是晚清白话运动的自然延续,晚清声势浩大的白话运动为五四白话运动奠定了理论和实践上的基础。但是,这两个阶段的白话运动却有着本质的区别,而正是这种区别推动了古代汉语向现代汉语的转型,也推动着中国诗歌由古典型向现代型的转变。

---

　　① 　周策纵:《胡适对于中国文化的批判与贡献》,见《胡适与近代中国》,台湾,台北时报文化出版公司 1991 年版,第 319 页。

　　白话运动和白话文、白话诗运动是相辅相成的,没有白话运动就不可能有文学革命及新诗运动。五四白话运动中形成的国语即现代汉语在最深刻的意义上规定了现代文学的特征。中国新诗在五四白话运动中诞生,因此五四新诗运动又被称为白话诗运动。但是需要明确,"文学的国语"和"国语的文学"是互动的,五四白话运动需要通过新的文学载体来显示自身现代转型实绩,其成果也是要通过新文学经典作品最终予以确立和固化,因此新文学运动的深入又推动了五四白话运动。五四新诗运动本身是五四白话运动组成部分,同时又在多个层面上推动五四白话运动健康发展。本章通过五四白话运动与新诗运动之互动关系的分析,来揭示新诗发生的基本面貌。

第一节　白话正宗论和白话作诗论

　　晚清白话运动大张"宗白话而废文言"旗帜,但在白话和文言问题上却抱二元态度。如裘廷梁《论白话为维新之本》虽倡白话为本,却仍用文言文体。其论"白话之益",重在"智国"、"智民",还是局限于"只要求在文言的统治之下,给白话一个位置",文言是上层阶级的专利,是现行语言的主体,白话仅是下层启蒙的工具,试图利用白话的通俗易懂来更好地向下层社会启蒙,服务维新。正因为如此,尽管晚清白话运动规模巨大,但诗界革命和文界革命却没有成功,没有也不可能发生新文学运动。梁启超论诗界革命中的"新诗"要素,其中包含着"以古人之风格入之",黄遵宪等肯定杂谣体、歌体诗以及倡导民歌体,基本共识还是这些诗歌是俗体,可以用于资产阶级维新的思想启蒙和政治宣传。而五四白话运动则坚决地主张白话一元,白话是文学语言的正宗。正如陈独秀在 1917 年给胡适信中所说:"独至改良中国文学,当以白话为文学正宗之说,其是非甚明,必不容反对者有讨论之余地,必以吾辈所主张者为绝对之是,而不容他人之匡正也。"①于是,白话

---

　　①　陈独秀:《再答胡适之〈文学革命〉》,见《陈独秀著作选》卷一,上海,上海人民出版社 1993 年版,第 302 页。

正宗的白话运动就成为五四新文化运动的重要一翼兴起,从根本上改变了白话运动的性质而具有了现代意义。对于这种转变,蔡元培的概括就是:以前"作白话文的缘故,是专为通俗易解,可以普及常识,并非取文言而代之。主张以白话代文言,而高揭文学革命的旗帜,这是从《新青年》时代开始的。"①周作人对此的说明是:晚清白话是把文言翻译成白话,五四白话则是"怎样说便怎样写";晚清白话是文言的辅助,五四白话则是对文言的取代。这种区别是正确而重要的。

白话正宗论推动了新文学运动包括新诗运动的发展,同时,新文学运动包括新诗运动力倡白话作诗写文又保证了白话正宗论的落实,尤其是先驱者是结合着新文学的提倡来反文言、倡白话。正是基于对诗坛文白二元的不满,胡适誓作白话诗的尝试,力争白话诗的正宗,在其《〈尝试集〉自序》中说得十分明白。据胡适说,"民国四年八月",他在文论《如何可使吾国文言易于教授》中"不曾主张用白话代文言",但已经提出"文言是半死之文字","活文字者,日用语言之文字,如英法文是也;如吾国之白话是也。"由"死文字"和"活文字"引出"民国四年到五年春间"他同叔永等朋友的一场争论。针对胡适的白话入诗主张和实践,梅觐庄在来信中明确地说:"文章体裁不同。小说词曲固可用白话,诗文则不可。"②叔永在来信中也说:"白话自有白话用处(如小说、演讲等),然不能用之于诗。如凡白话皆可为诗,则吾国之京调、高腔,何一非诗?"③梅觐庄和叔永的话都没有全部否定白话,只是认为白话仅能用于小说、词曲、演讲之类的写作,是一种俗体文字,而诗文历来是中国士大夫的文体,则还要用文言,否则就是"眩世人之耳目"。这充分显示了晚清白话运动的特点,即在文学创作上的文白二元论,文言和白话呈现着两种价值趋向,两种文体等级。面对于此胡适清醒地认识到:"白话文学在小说词曲演说的几方面,已得梅任两君的承认了。觐庄不承认白话可作诗与文,叔永不承认白话可用来作诗……现在我们的争点,只在'白话

① 蔡元培:《中国新文学大系·总序》,见《蔡元培全集》卷八,杭州,浙江教育出版社 1997 年版,第 117 页。

② 见胡适:《〈尝试集〉自序》,合肥,安徽教育出版社 1999 年版,第 24 页。

③ 见胡适:《〈尝试集〉自序》,合肥,安徽教育出版社 1999 年版,第 25 页。

是否可以作诗'的一个问题了。"①由此胡适作了针锋相对的回答:"白话之能不能作诗,此一问题全待吾辈解决。解决之法,不在乞怜古人,谓古之所无,今必不可有,而在吾辈实地试验。"并自述梦想中的文学革命,其中两条是:"文学革命的手段:要令国中之陶谢李杜敢用白话京调高腔作诗;要令国中之陶谢李杜皆能用白话京调高腔作诗。""文学革命的目的:要令白话京调高腔之中产出几许陶谢李杜。"②这是打破文白二元论的革命态度,也是提倡白话诗开启白话诗运动的宣言,在这同时,胡适明确他表示:"吾志已决,吾自此以后,不更作文言诗词",从而开始尝试白话新诗。胡适试验的目标指向是白话新诗占据诗坛,白话成为整个文学语言,即"白话文学的作战,十仗之中,已胜了七八仗。现在只剩一座诗的堡垒,还须用全力去抢夺。待到白话征服这个诗国时,白话文学的胜利就可说是十足的了,所以我当时打定注意,要作先锋去打这座未投降的堡垒:就是要用全力去试做白话诗。"③胡适等人尝试白话诗,推动了中国新诗的诞生。1917 年初,胡适在《新青年》发表白话诗 8 首,随后白话诗大量出现,章士钊说适之之学者"以为今人之言,有其独立自存之领域,而其所谓领域,又以适之为大帝",讥刺的语言透露出胡适尝试白话诗的影响。

在新文学发生期,足以给反对派口实的要以白话诗为最,白话文运动和新文学运动能够取得成功同白话诗能够占领诗坛关系重大。俞平伯在《社会上对于新诗的各种心理观》(1919)中分析了当时反对白话诗的对象,大致一类是一班"遗少"和"国粹派",一类是有外国文学知识背景的"中外合璧的古董家",一类"不攻击新诗,是攻击做新诗的人"。这就充分说明,白话诗有了尝试以后,其成立还有个艰苦的过程,其间需要解决的课题是白话诗合法性的社会认同和形象性的自我塑造。胡适等创作了最早的白话诗,但白话诗合法性的确立和形象性的塑造却有待更多诗人共同努力。尤其是在随后的白话诗形象的塑造过程中,除了新与旧的历史冲动价值标准外,还

---

①　胡适:《逼上梁山——文学革命的开始》,见《中国新文学大系·建设理论集》,上海,上海良友图书印刷公司 1935 年版,第 19 页。

②　胡适:《〈尝试集〉自序》,合肥,安徽教育出版社 1999 年版,第 26 页。

③　胡适:《逼上梁山——文学革命的开始》,见《中国新文学大系·建设理论集》,第 19 页。

有诗与非诗的价值标准,正是两种价值标准的双重变奏,白话诗终于在诗坛替代文言诗占据统治地位。面对时代课题,新诗运动倡导者付出了艰苦努力。一是创作了大量的白话新诗,正如胡适所说"白话诗的实验室里的实验家渐渐多起来了",使白话诗真正出现了堪与旧诗抗衡且在抗衡中愈显茁壮成长的局面,迎来白话新诗创作的繁荣;二是新文化运动的报纸杂志,争先恐后地发表新诗,同旧诗争夺势力范围和发生空间,形成自足的传播空间,报纸上所载,自北京到广州,自上海到成都,多有新诗出现,连《礼拜六》也登过新体诗,从而打破旧诗统治地盘;三是继续鼓吹白话诗理论,如《尝试集》出版时胡适和钱玄同分别写了序言,揭示白话文学整体背景,揭示其发生的必然性和合理性,辩护白话诗的历史合法性,反击反对白话诗的言论。如刘半农的《诗与小说精神上之革新》、俞平伯的《白话诗的三大条件》、胡适的《谈新诗》等阐明白话诗体的基本特征,宗白华、田汉、康白情等给新诗命名,都在完成白话诗形象的自我想象;四是反思白话诗创作,在确立白话诗合法性过程中谋求其自身的进步,如俞平伯就明确地说:"要新诗有坚固的基础,先要谋他的发展;要在社会上发展,先要使新诗的主义和艺术都有长足完美的进步,然后才能够替代古诗占据文学上重要的位置。"①在反思中推动白话诗的不断进化。通过种种努力,白话诗运动在某种意义上,成为五四新文学运动中成绩最为显著的方面,成为新文学运动的标志性符号,显示了白话成为新文学语言正宗地位的重要实绩。五四时期,文白争论最终以白话取得胜利而告终,白话不仅成为诗文也成为全民交际语言,其中新诗运动功不可没。

第二节 语言本体论与诗体解放论

晚清白话运动的语言观,大致可以用工具论来概括。康有为在《大同书》中说到语言文字与人的关系:"语言文字,出于人为耳,无体不可,但取

---

① 俞平伯:《社会上对于新诗的各种心理观》,载《新潮》第 2 卷第 1 号,1919 年 10 月 30 日。

易简,便于交通者足矣,非如数学、律学、哲学之有一定而人所必须也,故以删汰其繁而劣者,同定于一为要义。"①所谓"出于人为",似乎肯定了"语言文字"与"人"的同一关系,但事实上康有为的"人为"强调的是语言文字的性质是单方面由人所决定的,是处于被动和从属的、被人决定并被人利用的关系,在这种关系上,语言文字已经沦为单纯的工具。吴稚晖在与章太炎论难的《书〈驳中国用万国新语说〉后》中,把这语言观说得更明白,即"语言文字之为用,无他,供人与人相互者也。"这种工具论,成为从晚清到五四白话运动的思想指导。语言工具论,在晚清是把白话视为思想启蒙、宣传革命、开通民智的工具。晚清白话运动在为白话争地位,但那是出于资产阶级维新需要而推行的文化普及运动,主要是解决文言在表达和理解上的障碍问题,其实就是使文言通俗化的问题。在晚清,梁启超把小说推向了文学正宗,其理由极为简单,即"今日欲改良群治,必自小说界革命始;欲新民,必自新小说始。"②五四白话运动在理论上也常常认为语言是传达感情、交流思想的工具,但是在实践中却接触到本体论的现代语言学本质。主要表现在:第一,胡适在倡导文学革命时说:"历史上的'文学革命'全是文学工具的革命。""若没有各国的活语言作工具,若近代欧洲文人都还须用那已死的拉丁文作工具,欧洲近代文学的勃兴是可能的吗?"③这里似乎仍在强调语言工具论,但其要质是表达革命思想,五四白话与晚清白话只是在语言作为工具的层面上相同,而在语言作为思想的层面上则根本不同。五四白话运动是新文化运动,而不是文化大众化运动。五四也开启民智,但不是把传统的用文言表达的封建思想翻译成白话,而是创造性地用白话表达新的思想,新思想是五四白话更为重要的本质。傅斯年一方面说语言是工具,另一方面又认识到语言本体性:"我们在这里制造白话文,同时负了长进国语的责任,更负了借思想改造语言,借语言改造思想责任。我们又晓得思想依靠语言,犹之乎语言倚靠思想,要运用精密深邃的思想,不得不先运用精密深

---

① 康有为:《大同书》,北京,华夏出版社 2002 年版,第 102 页。
② 梁启超:《论小说与群治之关系》,载《新小说》1902 年第 1 卷第 1 期。
③ 胡适:《逼上梁山——文学革命的开始》,见《中国新文学大系·建设理论集》,第 10 页。

邃的语言。"①这里明确了五四白话运动的思想革命性质。第二,晚清人士认为语言是工具,白话和文言各有所用,都可以用来表达现代思想;而五四人士则认为不能再用已死的文言作工具,而要用"活语言作新的工具"。周作人用实例说明五四提倡白话的动机,再也不是"为一般没有识字的平民和工人才写白话",而是"由于西洋思想的输入,人们对于政治,经济,道德等的观念,和对于人生,社会的见解,都和从前不同了。应用这新的观点去观察一切,遂对一切问题又都有了新的意见要说要写。然而旧的皮囊盛不下新的东西,新的思想必须用新的文体以传达出来,因而便非用白话不可了。"②这里体现了新的语言本质观,语言变化的本质是思想变化。第三,五四人士也认识到旧思想和文言文之间的联系,钱玄同说,中国文字"千分之九百九十九为记载孔门学说及道教妖言之记号。此种文字,断断不能适用于二十世纪之新时代"③。五四人士已经认识到新思想和白话之间的关系。胡适说,时代变化太快,新事物太多,新知识太复杂,新思想太广博,文言无法应付这个时代,"有了新工具,我们方才谈得到新思想和新精神等等其他方面。"以上所论都结合五四时代课题揭示了白话运动与新文化运动之间的内在联系。晚清白话运动,因为没有认识到语言在深层上与思想或维新之间的关系,因而不是思想运动,而是单纯的语言工具运动,是宣传和普及运动,所以没有导致文化变革和文学的现代转型。五四白话运动由于揭示了语言与思想之间的联系,揭示了现代思想与现代白话之间的联系,揭示了白话运动与文学运动之间的关系,因而实现了白话运动从宣传工具到语言本体的根本转变。五四白话运动和思想运动在新文化运动中是有机结合着的。它改变了五四白话运动的性质,也改变了五四思想革命的性质,这种结合实际上把白话运动变成了思想革命,把抽象的思想革命变成了具体的白话运动,正是这种结合中国文学发生了现代转型。

五四新诗运动是在从工具到本体的语言观转变基础上沿着正确轨道前

① 傅斯年:《怎样做白话文》,见《中国新文学大系·建设理论集》,上海,上海良友图书印刷公司1935年版,第224页。
② 周作人:《中国新文学源流》,上海,华东师范大学出版社1995年版,第64页。
③ 钱玄同:《中国今后之文字问题》,见《中国新文学大系·建设理论集》,第144页。

行的,因而是五四白话运动的重要成果;同时也要看到,五四语言本体观的提出、成形并成为新文学运动的思想指导始终得到新诗运动推动。幸运的是,胡适等倡导新诗运动,所处的是一个现代转型的激烈变动时期,他们尝试用白话写诗,是不满中国传统诗歌,而这种不满的对象不仅是其语言即文言,而且包括其内质即思想。早在五四前夕,胡适等人就文言与白话、旧诗与新诗、活语言与死语言、活文字与死文字等展开争论,就是在这种争论过程中逐步确立了新的语言本体观。胡适等所提倡的白话即是五四期的"国语",是新的语言体系,废文言不是废文言的字和词,是废文言作为语言体系,不是废文言作为工具系统,而是废文言作为思想系统。胡适的新诗革命是从形式着手的,但其指向却是内容的,他明确地说,我们也知道单有白话未必就能造出新文学,我们也知道新文学必须要有新思想做里子,但是我们认定文学革命须有先后的程序。他的论断是:"近几十年来西洋诗界的革命,是诗的语言文字的解放。这一次中国文学的革命运动,也是先要求语言文字和文体的解放。新文学的语言是白话的,新文学的文体是自由的,是不拘格律的。初看起来,这都是'文的形式'一方面的问题,算不得重要。却不知道形式和内容有密切的关系。形式上的束缚,使精神不能自由发展,使良好的内容不能充分表现。若想有一种新内容和新精神,不能不先打破那些束缚精神的枷锁镣铐。"①这就把语言形式与思想精神结合起来思考新诗革命问题,成为新诗运动的理论指导。胡适等所处的是一个现代转型的激烈变动期,其尝试白话写诗,是不满中国传统诗歌,而这种不满不仅是其语言形式,而且是其思想内质。刘半农在《诗与小说精神上之革新》中指出,由古典诗歌形成的虚假诗风,"不知不觉与虚伪道德互相推波助澜,造出了不可收拾的虚假社会来",成为维系封建社会制度的罪恶源薮;新诗则反其道而行之,要突出"真"字:"作诗的本意,只需将思想中最真的一点,用自然音响节奏写将出来,便算了事,便算极好。"②这是五四新诗运动的价值追求,其提倡的白话实质上不只是语言形式,同时也是思想本体,文学的作用

---

① 胡适:《谈新诗》,载《星期评论》纪念号,1919 年 10 月 10 日。
② 刘半农:《诗与小说精神上之革新》,载《新青年》第 3 卷第 5 号,1917 年 7 月 1 日。

不只是具有诗体形式的改良意义,更具有思想内容的革新意义。这种价值追求直接呼应着五四白话运动具有现代意义的语言本体论。五四白话运动之所以能够超越语言工具论束缚,其实是同新诗运动中这种自觉的推翻旧诗提倡新诗的价值追求相关的,其根本价值是自觉地把语言与思想结合起来,因而本身就超越了晚清诗界革命而具有现代意义。

五四新诗运动不仅提出了现代价值追求,还提出了达到这种追求的途径,这就是"诗体解放论"。胡适对诗体解放论的解释是:"若要做真正的白话诗,若要充分采用白话的字,白话的文法,和白话的自然音节,非做长短不一的白话诗不可。这种主张,可叫做'诗体的大解放'。诗体的大解放就是把从前一切束缚自由的枷锁镣铐,一切打破:有什么话,说什么话;话怎么说,就怎么说。这样方才可有真正的白话诗,方才可以表现白话的文学可能性。"①这里说的是如何作白话诗的方法,就是要写出真正的白话诗,就要打破旧诗形式的束缚,因为旧诗形式不合语言自然则律,不能没有截长补短的毛病,不能不时时牺牲白话的字和白话的文法。这种理论存在偏颇,但却是彻底的语言本体论观点,正是诗体大解放的实施,迎来了胡适自称的真正白话新诗的诞生。由此出发,胡适形成了"新文学之要点",约有八事,较好地实现诗歌形式革新和精神革新的有机结合,后来他又把八事归结为四条:(1)要有话说,方才说话;(2)有什么话,说什么话;话怎么说,就怎么说;(3)要说我自己的话,别说别人的话;(4)是什么时代的人,说什么时代的话。把这四条同五四期胡适等推动的新文化运动联系起来,可以认为,新诗革命主张实际上已经超越了语言工具论,把诗的语言革命与诗的思想革命统一了起来。这种主张同晚清诗界革命倡言俗体有着本质的区别:五四白话诗运动,是新文化运动的组成部分,五四诗歌的白话与传统诗歌的文言的矛盾是新与旧的矛盾,而不是懂与不懂的矛盾。如沈尹默的《月夜》如下:"霜风呼呼的吹着,/月光明明的照着,/我和一棵顶高的树并排着,/却没有靠着。"这首诗使用了白话,使用了四个"着"字结句,读来有着惊世骇俗之感。但更值得注意的是这种白话同诗的思想有机统一,诗暗示了五四时期

---

① 胡适:《〈尝试集〉自序》,合肥,安徽教育出版社1999年版,第29—30页。

流行于青年人中的一种不畏强暴而追求人格独立的情怀。这是一个普遍性的时代主题。鲁迅在小说《伤逝》中，通过为了婚姻和精神自由而反抗旧礼教束缚的子君说的一句名言："我是我自己的，他们谁也没有干涉我的权利。"这一用逻辑性语言表达的思想，沈尹默用白话诗的语言，给予更富暗示力量的表达。康白情称赞该诗"具备新诗的美德"，体现了中国诗歌的现代转型。胡适把 1919 年 2 月的《关不住了》，说成自己新诗成立的纪元，就在于这诗在形式上超越了传统体式和在内容上体现了现代精神。在语言上，它不再遵循过去的文人化、贵族化的文言，而以白话入诗，诗该怎样做就怎样做；在内容上，它通过描述政治伦理与自然人性的冲突，描述爱情作为人性对道德的胜利，表达了对自由的追求和渴望。"自由"不是中国传统的基本内涵，形式的自由和精神的自由体现了中国新诗的现代性。梅觐庄等反对胡适把文言称为死文字，把白话称为活文字，周祖谟批评胡适"把白话和文言割裂成为两种毫无关系的对立体"；其实，胡适并非没有意识到白话与文言的连续性，他只是通过激进的语言，使白话运动成为五四新文化运动的组成部分，推动中国文学实现现代转型。

第三节　文学的国语与国语的文学

晚清白话运动所说的"白话"，指的俚言俗语，是"口语"。因此，倡导白话的选择是"言文一致"。黄遵宪在 21 岁时作《杂感》诗，表达了对"古文与今言，旷若设疆圉"现象的困惑，提出了"我手写我口，古岂能拘牵"的主张。晚清人士把言文合一作为目标追求，包括两个方向：一是提倡同日常口语、文学俗体相一致的白话，二是造音造字，推动国语运动。以上两个方面运动，都对五四白话运动起着积极推动作用，但都归于失败。五四白话运动同晚清的国语运动和白话运动是衔接的，因此，"言文合一"的目标指向也曾经激励过五四人士。胡适在 1916 年同友人争论中，曾用"历史的文学进化观念"论述过文学革命规律，基本主张也是言文合一；后来的钱玄同提出用世界语来代替汉字，用国语来写文章，后又主张汉语用罗马字母拼写。但同人多有异议,倾向性意见如胡适所说:"必须用白话文字来代文言,然后把白话的文字变成拼音文字"。可见,言文一致在其时就具体表现为白话正宗的主张。但是,这种主张难以实践,转机出现在 1918 年胡适发表《建设的文学革命论》。在这篇论文中,胡适把国语运动和白话运动综合起来,他说:"我的'建设新文学论'的唯一宗旨只有十个大字:'国语的文学,文学的国语。'我们所提倡的文学革命,只是要替中国创造一种国语的文学。有了国语的文学,方才可有文学的国语。有了文学的国语,我们的国语才算得真正国语。国语没有文学,便没有生命,便没有价值,便不能成立,便不能发达。这是我这一篇文字的大旨。"①这就在更高层次上发展了"言文一致"的思想,从而确保了五四白话运动的成功。胡适提出"先须有'国语的文学',然后可有'文学的国语'",体现着创造新国语和新文学的统一。晚清白话运动仅将白话视为启蒙工具,并把白话等同口语,而且是简单粗糙的工具,没有意识到它的文学可能性,没有把它同文学联系起来,因此只求通俗易懂,缺乏审美品格,缺乏文学意味。胡适提出创造"文学的国语",肯定白话的文学价值,提高白话自身的审美品格,力求创造一种新的书面语言,要求将白话从"引车卖浆之徒"的手里提高到大学学术和文学的殿堂之上。胡适明确地宣布:"我们以为若要使中国有新文学,若要使中国文学能达今日的意思,能表今人的情感,能代表这个时代的文明程度和社会现状,非用白话不可。我们以为若要使中国有一种说得出听得懂的国语,非把现在最通行的白话文来作文不可。"②因此,胡适要求有志造新文学者,无论通信,做诗,译书,做笔记,做报馆文章,编写学堂讲义,都用白话来做。在这样的意义上提倡白话,就把白话文运动同新国语运动、新文学运动、新思想运动有机结合起来,推动了现代汉语的成形,也推动了现代文学(新诗)的诞生。

对于"国语",胡适认为"不是以教育部也不是以国音筹备会所规定的作标准",而是以新文学的语言作标准,即文学的国语。对于如何创造新文

---

① 胡适:《建设的文学革命论》,见《中国新文学大系·建设理论集》,上海,上海良友图书印刷公司 1935 年版,第 128 页。
② 胡适:《答黄觉僧君〈折衷的文学革新论〉》,见《中国新文学大系·建设理论集》,上海,上海良友图书印刷公司 1935 年版,第 70 页。

学,胡适认为有三步,首先是白话,包括用白话和古代文学典籍如《水浒传》的白话;二是翻译西方的文学作为范本;三是创造。如何创造? 傅斯年在《怎样做白话文》中,提出做白话的两大要求:一是留心说话,就是要做到言文一致;二是借用西洋之词法,我们做起白话文时,当然要减去原来的简单,力求层次的发展,模仿西洋语法的运动。综合五四先驱者的意见,创造"文学的国语",大致是一个基础就是以古代白话文的语言为基础,三个来源即文言、口语白话和西方语言。新的语言体系的确定,必定是依赖于一些具有原创性质的元典作品,古代汉语是由中华元典性质的著作所确定的,作为国语的现代汉语也要通过自己的元典作品来确定,这就是由五四期的鲁迅、胡适、郭沫若、周作人、田汉等人的现代文学优秀经典作品奠定的。李欧凡认为"在五四文学中形成的'国语'是一种口语、欧化句法和古代典故的混合物"①。在文学的国语创制过程中,与"国语的文学"互动发展,取得重要实绩。语言的现代性是构成新文学现代性的深层基础,新的语言体系改变了文学的内容并从根本上改变了文学精神;在这同时,中国现代文学包括新诗的创作为国语的语言体系包括外在形式和内在精神奠定了基础。正是在"文学的国语"和"国语的文学"的双向运动中,胡适的《尝试集》中一批白话诗陆续发表,到更具现代语言和思想色彩的《关不住了》诞生,胡适认为新诗的纪元已经成立。刘半农、沈尹默、康白情、俞平伯以及紧接着的郭沫若等人的新诗陆续发表,宣告了中国诗歌基本完成了由传统到现代的转型。其中胡适和郭沫若的新诗成为五四白话新诗的经典作品,为文学的国语提供了基础。胡适和郭沫若的白话新诗打破了传统诗歌的语言程式和精神品质,采用自然节奏的理论指导,同传统的形式节奏形成了鲜明对比,在白话新诗和文言旧诗之间划出了明显界限,从而从语言形式和思想品质上开辟了中国诗歌现代发展道路。如胡适的《关不住了》是一首抒情独白诗。从句式看,运用了纯熟的散文语言,体现了以文为诗的理论主张,突破了传统的韵文诗语的束缚;从词语看,基本用口语写成,如"人家"、"生生的饿死"、"街心"、"有点醉了"等,都是鲜活的词语。从节奏看,采用了自然语调节

---

① 见费正清:《剑桥中华民国史》上卷,北京,中国社会科学出版社 1994 年版,第 528 页。

奏,体现了"话怎么说,就怎么说"的理论追求,整个诗情的进展呈现了顺流单线状态,读来自然流畅。诗人采用白话的字、白话的文法,和白话的自然音节,突破了传统诗歌的文人化和贵族化的文言,在诗的散文化和白话化方面迈出了坚实的步伐。诗在内容上体现了现代精神,通过描述政治伦理与自然人性的冲突,描述爱情作为人性对道德的胜利,表达了对自由的追求和渴望。"自由"不是中国传统的基本内涵,形式的自由和精神的自由体现了新诗现代性。同样,郭沫若在五四期的诗歌,同样体现了精神和形式的新追求,闻一多就这样指出:"若讲新诗,郭沫若君的诗才配称新呢,不独艺术上他的作品与旧诗词相去最远,最要紧的是他的精神完全是时代的精神——二十世纪底时代的精神。有人讲文艺作品是时代底产儿。《女神》真不愧为时代底一个肖子。"①胡适和郭沫若的新诗为五四白话文学提供了范例。"文学的国语"和"国语的文学"的互动,推动了现代汉语的形成,也推动了现代文学(包括新诗)开端的出现。

需要补充的是,最初的白话诗语远非完善,尤其是新诗发生期核心诗学观念是诗体大解放,包括以文为诗的散文化和冲破韵语的自由化等要旨,因此存在着大量非诗甚至反诗因素,这些因素同样表现在诗语层面,"大白话"就是时人对新诗的讥讽。那时的胡适对白话的"白"有个解释:"白"是戏台上说白的白,是俗语土白的白,白话也就是俗语;"白"是洁白的白,明明白白,白话要明白如话;"白"是黑白的白,白话是干干净净,没有堆砌浮饰的话。十分明显,依靠这种白话来作现代诗语是难以争取新诗光明前景的。因此,初期诗人开始反思新诗语言,如俞平伯就认为:"新诗尚在萌芽,不是很完美的作品",要求人们去更好地掌握工具。俞平伯说:"新诗现在虽很幼稚,却大有长成的希望;虽不很完美,却可以努力进步使他完美;我们认定这种缺憾是一时的,是应有的,我们可以尽力去弥补他。"俞平伯深情地说:"白话诗的难处,不在白话上面,是在诗上面;我们要紧记,做白话的诗,不是专说白话。白话诗和白话的分别,骨子里是有的,表面上却不很显

---

① 闻一多:《〈女神〉之时代精神》,见《闻一多论新诗》,武汉,武汉大学出版社 1984 年版,第56 页。

明;因为美感不是固定的,自然的音节也不是要拿机器来试验的。白话诗是一个'有法无法'的东西,将来大家一喜欢做,数量自然增加,但是白话诗可惜掉了底下一个字。社会上本来在那边寻事,我们再给它"口实",前途就很难乐观了。"①俞平伯的主张代表了新诗发生期诗人改善诗语的自觉意识,由此我国诗人就踏上了完善诗语的诗性建设道路,大致在大众口语、传统韵语和欧化诗语三个方向努力,推动着中国新诗语言趋向完善和精美。

第四节　语言现代性和新诗现代性

　　综合五四先驱的意见,文学的国语大致是一个基础三个来源。一个基础就是以古代白话文的语言为基础。钱玄同在《尝试集》序中认为中国的白话诗自从《诗经》起,直到元明的戏剧,没有间断过。但是说从前有白话文,"并不是说我们现在所提倡的新文学就是这从前的白话文学,更不是说我们现在就应该学这从前的白话文学。"理由是某时代有某时代的文学,"我们现在作白话的文学,应该自由使用现代的白话","自由发表我们自己的思想和情感。这才是现代的白话文学,——才是我们所要提倡的'新文学'。"②传统白话只是创造现代白话的语言资源。文学的国语另一来源就是文言,刘半农主张"吸收文言所具之优点","则文言必归于淘汰"。周作人在《理想的国语》中说:"我们所要的是一种国语,以白话(即口语)为基本,加入古文(词及成语,并不是成段的文章)、方言及外来语,组织适宜,具有伦理之精密与艺术之美。"③在创建国语时以古代白话为基础吸纳文言优势,有利于形成审美的现代语言。但是创建国语最重要的是引入西方外来语和外来话语方式,自觉地融入西方语言在思想和思维层面的因素。中国走上通向现代社会之路的变革是由外力推动的,由于全新的外部因素介入,中国被卷入世界发展大潮,根本打破了自身的王朝循环。中华文化(包括

① 俞平伯:《社会上对于新诗的各种心理观》,载《新潮》第 2 卷第 1 号,1919 年 10 月 30 日。
② 钱玄同:《〈尝试集〉序》,合肥,安徽教育出版社 1999 年版,第 9 页。
③ 周作人:《理想的国语》,见《国语周刊》1925 年第 13 期。

语言)在五四期转折正是在破坏传统文化(语言)和引入西方文化(语言)的双重力量下完成的。用白话代替文言的正宗地位,不仅是一个语体形式的革命,而且是一个创新语义系统的过程,其目的是适应变迁了的现代社会以及与世界交流的需要。因此,"现代白话文实际上就是在传统的白话文基础上吸收了西方语言系统的语法、词汇特别是思想词汇,继承了一定的传统思想而形成的,它本质是一种新的语言系统"。① 由于中国现代化的"外发外生型","中"、"西"始终是我们鉴别现代性的一个重要尺度,特别是在现代化的早期,"西化"即现代化,这是不争的事实。现代白话新诗同样如此,它有着中国传统的因子,但是新诗的诗质、诗语和诗体主要也是从西方过来的。五四启蒙思想是民主和科学,在新文化和文学运动中,首先是形成新的知识系统(新学),其次是新的知识系统带来对传统价值观的冲击,促成新的价值系统建立(人的发现和科学的发现),再是新的意识形态,根本标志是建立在血缘关系上的道统宗法体系的崩溃,在承认个体独立价值基础上形成现代民主国家,再引起审美观念的转变。这种种变革主要源自西方,在这变革过程中,诗语和诗体不可避免地发生着变化,而其变化也主要是接受了西方近代以来现代诗运动的成果。朱自清对此的概括是:新诗进步"就因为我们接受了外国的影响,'迎头赶上'的缘故。这是欧化,但不如说是现代化"②。白话国语和白话新诗在特定的五四时代语境中互动趋向现代化,铸就了自身的现代品格。

五四白话即国语,即现代汉语,包括语音、词汇和语法等;五四新诗体是一种在自己的声音中有序化的语言,在音韵、句法、词汇、结构上都呈现出有序性;因此在五四时期两者必然相互影响,呈现共生共存状态。先说语音。现代汉语在元明清共同语的基础上规定普通话"以北京语音为标准音",而且由政府规定在全国推行。新诗初创用韵不统一,随着国语标准音的确定,新诗逐步把音韵统一到普通话上来。那时的口号是"破坏旧韵重造新韵",刘半农在《我之文学改良观》中提出三步设想:(1)作者各就土音押韵,而注

① 高玉:《现代汉语与中国现代文学》,北京,中国社会科学出版社 2003 年版,第 100 页。
② 朱自清:《真诗》,《朱自清全集》第 2 卷,南京,江苏教育出版社 1988 年版,第 386 页。

明何处土音于作物之下;(2)以京音为标准,由长于京语者为造一新谱,使不解京语者有所遵依;(3)希望于"国语研究会"诸君,以调查所得,撰一定谱,行之于世,则尽善尽美矣。这主张得到陈独秀、钱玄同赞同,1922 年音韵学家赵元任出版《国音新诗韵》,1923 年语言学家陆志韦根据王璞氏《京音字汇》,把 404 韵合成 23 韵。这推动了各地方言向国语靠拢,也推动了诗歌的现代转型。

再说词汇。这一时期词汇变化最活跃,王力认为晚清到五四汉语词汇的发展速度,超过以前三千年,而"从鸦片战争到戊戌变法(1898),新词的产生是有限的。从戊戌变法到五四运动(1919),新词产生得比较快。五四运动以后,一方面把已经通行的新词固定下来,另一方面还不断地创造新词,以适应不断增长的文学需要。"①新词增加来源包括西方的、古代的和按正常规律增生的三途,其中主要是吸收西洋的词汇,包括音译、意译和尽量借用日本的译音。欧化的新词进入,就是西方的器物、制度和思想文化输入中国,推动了现代汉语形成,也推动了现代新诗发生。五四新诗主动让大量新名词、新思想和新概念进入,如闻一多在《〈女神〉之时代精神》中分析了郭沫若新诗反映了"动的世纪"(如"火车的飞跑和轮船的鼓进")、"反抗的世纪"(如"拜伦,康沫尔底灵火")、"科学底成分"(如"人体上的名词如脑筋,脊椎,血液,呼吸")、"大同色彩"(如"有黄人,有白人,还有'有火一样的心肠'的黑奴")、"绝望与消极"等,结论是"不愧为时代底一个肖子"。由于大量采用新词入诗,五四时期还展开过关于"丑的文字"是否可以入诗的讨论。新词的进入,打破了传统诗歌审美品质,新的文本具备了现代品质,同时也传播了新的思想,推动了现代汉语的成形与传播。

在语法方面,在五四白话取代文言主流地位过程中,汉语语法发生重要变化,主要是双音词的发展和情貌语法规则的充实;汉语句子结构在严密性上起了变化,包括定语、行为名词、范围和程度、时间、条件和特指等方面;概括起来就是"复音词的增加和句子的严密化"。这种变化是接受欧文滋养的结果。它对新诗的审美意义重大。复音词的增加,有利于现代汉语表达

---

① 王力:《汉语词汇史》,上海,商务印书馆 1993 年版,第 148 页。

复杂思想和现实生活,新诗以复音词为主写成,就能自如地表达复杂的和高深的思想,就能充分地反映现实生活和现代人生。而且,新诗以复音词为主写成,改变了自身的节奏特点,"首先,现代汉语双音化使得新诗保持古诗的平仄格律成为不可能。其次,现代汉语的双音化及句法的严密牢固使新诗无法保持一个标准的等量建行,当然也就无法保持一种上下对称的句式。"①在中国新诗中,通常以双音节词和三音节词为主构成句子的基本单位,而且三音节和多音节词的出现也没有规律可寻。这样,传统的五七言节奏就无法存在。因此,中国新诗的节奏理论多数人概括为音组排列节奏体系,以二三字为主来划分新诗的节奏单元。现代汉语句式严密化,对中国新诗的审美同样影响巨大。中国文言文是灵活多义、朦胧含混的,文言文质本简约,没有西文的时态、语态,又不加断句标点,适合于直觉感悟,而不适合于逻辑分析。相反,西方的语文是比较严密的和精确的。因此五四白话运动认为现代汉语应该在传统白话的基础上借用西语,使朦胧模糊的文言文转化成分析性与精确性的现代白话。傅斯年就这样说过:"我们仅仅作成代语的白话文,乞灵说话就够了,要是想成独到的白话文,超于说话的白话文有创造精神的白话文,与西洋文同流的白话文,还要在乞灵说话以外,再找出一宗高等凭藉物","就是直用西洋的款式,文法,词法,句法,章法,词枝,(Figure of Spcch)……一切修词学上的方法,造成一种超于现在的国语,欧化的国语,因而成就一种欧化国语的文学。"②欧化语法的现代汉语在审美上就突破了文言文含混模糊加上滥调套语,从而只宜描写的类型思想,更适宜文学个性化的描写。其结果就使中国新诗在审美上区别于旧诗。普克实认为,中国"旧诗的基本方法是从现实中选取一些富有强烈情感而且往往能表现主要本质的现象——我们实际上可以把它称为表记或象征——用他们创造某种意境,而不是对某一特定的现象或状态准确地描叙。""现代

---

①　邓程:《新诗的出路》,北京,中国社会科学出版社 2004 年版,第 348 页。
②　傅斯年:《怎样做白话文》,见《中国新文学大系·建设理论集》,上海,上海良友图书印刷公司 1935 年版,第 223 页。

散文(当然还有现代诗歌)使用的方法则是分析性的"①,更适宜于描绘个性化的人物心理,也更适合于对感情图画的分析。

现代汉语在经过多种因素的杂糅和欧化的过滤与改造后,已经不再是原来意义上的白话,而是在词汇、句法、观念、意象、结构、风格诸方面,具有了不特非古文也非从前的白话所能梦见的品质。胡适的《谈新诗》中举出康白情的《窗外》:"窗外的闲月,/紧恋着窗内蜜也似的相思。/相思都恼了,/他还涎着脸儿在墙上相窥。/回头月也恼了,/一抽身儿就没了。/月倒没了,/相思倒觉得舍不得了。"胡适说:"这个意思,若用旧诗体,一定不能说得如此细腻。"再如举出傅斯年的《深秋永定门晚景》中:"那树边,地边,天边,/如云,如水,如烟,/望不断,──一线。/忽地里扑喇喇一响。/一个野鸭飞去水塘,/仿佛象大车音浪,漫漫的工一东一当。/又有种说不出的声息,若续若不响。"胡适说:"这一段的第六行,若不用标点符号的新体,决做不到这种完全写实的地步。"胡适还认为,自然音节的新诗最明显的是周作人的《小河》长诗,"这首诗是新诗中的第一首杰作,但是那样细密的观察,那样曲折的理想,绝不是那旧式的诗体词调所能达得出的。"因为这诗太长,胡适就引了自己的具有散文式语言的《应该》,说:"这首诗的意思神情都是旧体诗所达不出的。别的不消说,单说'他也许爱我,──也许还爱我'这十个字的几层意思,可是旧体诗能表得出的吗?"这是正确的。更进一步说,五四诗人清楚地认识到现代汉语对于新诗语言的意义,主动提出了"以文为诗"论即诗的散文化选择,主动提出了"自我表现"论即诗的自由化选择,从而形成了以胡适为代表的说话节奏自由诗体和以郭沫若为代表的情绪节奏自由诗体。前者文本特点是:与诗的意义和文法自然区分一致的自然音节,与口语说话相一致的声调韵律,以现代汉语白话词汇取代传统诗句,句式章法趋向现代散文,散文化的语言结构造成语象世界意象稀释化,明白清楚的美学追求形成语义表达的平实通俗。后者文本特征是:同情绪的自然消长完全一致的内在旋律节奏,以欧化和散文化的语词、文法和章法

---

① ［捷克］普克实:《〈中国现代文学研究〉引言》,见《中国现代文学论文集》,长沙,湖南文艺出版社1987年版,第44页。

建行布局,抒情者的演绎说明和直接抒情成为语象和语义的基本表达方式,主观操纵和情理结构成为语象世界和语义世界的基本特征。这使五四新诗同旧诗在思想和语言上划清界限,也使文学国语的创造推动了现代汉语的成立。

语音、词汇、语法的新变,在五四时期终于完成了古代文言向现代汉语的转型,在"文学的国语"和"国语的文学"的目标下,语言现代性与新诗现代性互动,在现代汉语发生的同时新诗的经典作品得以生成。

第五节　五四语言革命的三个问题

在五四白话运动中形成的现代汉语,生成了现代文学,但是这仅仅是现代汉语和现代文学现代化转型的开始,是现代汉语和现代文学历史发展的起点。正是语言变迁从根本上改变了五四以来中国文学包括诗歌的面貌,"正是这个表面上被我们所'使用'的现代汉语,在最深层的意义上规定了我们的行为,左右了我们的历史,限制了我们的书写和言说。"[①]在这背景下,语言成为一个显著的诗学问题困扰着我们。这一问题的答案还是要在五四语言本身中寻找,大致涉及三个方面。

一是欧化问题。现代汉语的形成,确实同词汇、语法的一些方面欧化有关,更重要的是现代汉语的现代性正是在借用西方语言材料、话说方式和思想成果的基础上奠定的。五四白话运动的倡导者并不讳言这一点,稍后的朱自清更是说:"新文学运动和新文化运动以来,中国语在加速的变化。这种变化,一般称为欧化,但称为现代化也许更确切些。"[②]"欧化"或者说"现代化",这正是现代汉语最为重要的特征。但是,这种欧化色彩在五四以后的新诗创作中常常遭人诟病,如在 20 世纪 30 年代文艺大众化讨论中,有人就指责道:"五四式白话,实际上只是一种新式文言,除去少数的欧化绅商

---

①　李锐:《我对现代汉语的理解》,载《当代作家评论》1998 年第 1 期。

②　朱自清:《中国语的特征在哪里》,见《朱自清全集》3,南京,江苏教育出版社 1988 年版,第 64 页。

和摩登青年而外,一般工农大众不仅念不出来听不懂,就是看起来差不多同看文言一样吃力。"①但我们认为,欧化不仅在现代汉语诞生中是必须和必然的,而且也是现代诗歌语言的发展所必须和必然。五四时期创造国语时欧化,这是因为我们的国语"异常质直,异常干枯","我们所以'不因陋就简',抱住现代的白话,当做满足,正因为我们刻刻不忘理想上的白话文,又竭力求这理想上的白话文实现。"②但是这种对古代白话的丰富和完善不是一蹴而就的,周作人面对 20 世纪 30 年代大众语运动,认为五四白话不是太欧化,而是太大众化,理由是:"现在的白话文诚然是不能满足,但其缺点乃是在于还未完善,还欠高深复杂,而并非过于高深复杂。我们对于国语的希望,是在他的能力范围内,尽量的使他化为高深复杂,足以表现一切高尚精微的感情与思想,作艺术学问的工具。"③事实上,在现代诗歌发展中,始终在作着语言的探索,其中重要的途径还是欧化。如穆木天关于诗的思维术的理论,戴望舒关于新诗最重要的理论是诗情上的 Nuance 的理论,施蛰存关于"现代的词藻排列成的现代诗形"的理论,穆旦关于"灵与肉的搏求"的理论,袁可嘉关于新诗戏剧化的理论等,无一不受西方诗学熏染。新诗自由诗体、散文诗体、小诗体,甚至格律诗体的实践,新诗散文美、复杂句、跨行法、说话调等实践,都体现了欧化语言及诗学对新诗语言的浸染。事实上,现代新诗和现代汉语诞生于中西交融之际,无论是诗歌创作抑或语言形成本身,要想去除其骨子里的欧化是不可能的,关键是如何把欧化和归化完美地结合。

二是归化问题。在现代汉语欧化的同时,就碰上了"归化"即受汉语变化的制约从而中国化的问题。事实上,在新诗发展中,古典汉语和现代汉语两种语言样态之间形成的现实张力始终在发生影响。汉语是一种天然的诗性语言。确实,西方语言以分析见长,能够将一切分析得明明白白,而中国

①　寒生:《文艺大众话语大众文艺》,见文振庭编:《文艺大众化问题讨论资料》,上海,上海文艺出版社 1987 年版,第 86 页。

②　傅斯年:《怎样做白话文》,见《中国新文学大系·建设理论集》,上海,上海良友图书印刷公司 1935 年版,第 225 页。

③　周作人:《国语改造的意见》,见《夜读的境界》,长沙,湖南文艺出版社 1998 年版,第 773 页。

传统语言以感悟为本,在简约的寥寥数语中暗藏了事物整体的玄机,那是无法用分析和语言表达清楚的。但是问题在于,语言从朦胧模糊变成精确细致,就能产生好诗吗? 难道精确细致就比朦胧模糊更接近艺术的本质吗? 欧化语言代替传统语言,在诗歌中体现在:诗人观察世界和与外物关系的改革——新诗放弃了古典诗歌"以物观物","目击道存"的构思方式,而以全景式手法展开对世界和自我情绪的描绘;新诗句式结构的改变——现代汉语句子成分日见完备,句法必然趋于繁复化,这就为新诗长短不一、参差错落的自由句式提供了依据,新诗口语化、散文化不可避免;新诗美感方式改变——古典诗歌的整齐美、抑扬美、回环美在新诗中遭到破坏,而代之以追求言语结构的内在节奏与情感起伏变化的同构。① 这种改变,推动着新诗现代化,但是古典诗歌的天然诗性却是需要我们自觉地去继承。对此,五四新诗运动主要采取了有意回避的态度,所以有人说五四白话运动造成汉语"断裂"。其实,既然五四新诗运动中的新诗仍在使用汉语,那么在语言欧化过程中必然存在归化现象,从深层的语言哲学的角度来说,中国的现代性不同于西方的现代性,现代作为观念,作为意识,作为话语体系,在从西方向中国输入与翻译的过程中也会发生变形,中国的现代性正是在西化和归化的双重作用下形成的。它一方面是从西方输入进来,另一方面它又深受中国近代特定的语境制约。我们要肯定现代诗歌语言欧化的现代意义,要肯定在欧化过程中归化作用的存在,更要强调在现代汉语发展中自觉地吸收古代汉语的诗性语言的优势,去完善中国新诗的语言。事实上,新诗史上许多诗人都在做着这方面的工作。梁宗岱在 20 世纪 30 年代初就指出:"我们不得不承认所谓现代语,也许可以绰有余裕地描画某种题材,或唯妙唯肖地摹写某种口吻,如果要完全胜任文学表现底工具,要充分应付那包罗了变幻多端的人生,纷纭万象的宇宙的文学底意境和情绪,非经过一番探检,洗炼,补充和改善不可。"②可以说,后来许多诗人都在作着现代诗歌语言的"探检,洗炼,补充和改善工作",包括重新肯定中国古典诗歌中"温李"一路诗

---

① 张桃洲:《现代汉语的诗性空间》,载《中国社会科学》2002 年第 5 期。
② 梁宗岱:《文坛往那里去》,见《诗与真·诗与真二集》,北京,外国文学出版社 1984 年版,第 56 页。

歌的艺术和形式,包括肯定文言文"在语法之灵活,信息量超常,文本间内容的异常丰富,隐喻与感性象形的突出诸方面"优点。

三是口语问题。五四白话是书面语和口语的统一,从发展趋势来看,它越来越脱离口语而书面化。20 世纪 20 年代末开始的新诗大众化运动,几乎都针对诗歌语言脱离口语的现象,正好证明现代汉语的书面性质。1920年,陈独秀在《我们为甚么要做白话文?》的讲演中认为:"白话文与古文的区别,不是名词易解难解的问题,乃是名词使其他一切词'现代的'、'非现代的'关系。"这就说明,白话文的特点不仅不能用口语,也不能用明白清楚去概括。新诗运动以后,新诗语言探索中有两种情况:一种是"为了保持诗的'文从字顺'和便于传达信息,诗人在选择语词时必然倾向于浅显易懂的语汇,在句式结构上则更多地凸显意义的语言功能;"另一种是"当诗人们心灵上那些为'人生'、为'社会'的责任感稍许轻了些,当诗人有可能冷静地思索诗歌艺术本身的意义时,诗歌语言的作用便逐渐为人们重新认识,诗人们才又开始在白话的基础上重建一种与日常语言不同的诗歌语言,既保持白话的'明白清楚'、'平易亲切',又可以恢复诗歌在音律上的铿锵、形式上的精美、意象上的鲜明与意境上的含蓄悠远深邃。"①这两种审美趋向常常在新诗史上交互出现,它更多地表现为新诗语言的口语化、大众化和书面化、知识分子化的矛盾,也表现为新诗是朗读的还是阅读的矛盾,而这种矛盾运动有利于中国新诗语言的发展,也有利于形成中国新诗多元发展的格局。

---

① 葛兆光:《汉字的魔方》,沈阳,辽宁教育出版社 1998 年版,第224—225 页。

第十章　白话新诗脱胎旧体论

　　历来的观点,认为新诗的发生接受外国诗潮的暗示,新诗运动自觉接受西诗资源的影响。这是有其历史根据的。处在社会变革之中而自身成为其组成部分的新诗发生,在观念上所取的是"历史的文学进化论"。时人把西诗资源等同于新,从破旧立新出发借鉴 19 世纪中期以后主张诗歌精神与形式自由的诗潮,使五四新诗运动成为世界诗歌的组成部分。西诗资源对于新诗发生意义重大。但是,我们能否由此就说"新诗,实际就是中文写的外国诗"①,就说新诗发生忽视中国传统诗歌资源呢? 不能。我们认为,初期白话新诗发生的最初资源主要来自传统,对此人们常常是忽视的,沈从文倒是看得十分清楚。他认为初期白话诗"是当时文学革命的武器之一种。但这个武器的铸造,是在旧模中支配新材料"。诗人中的胡适之、沈玄庐、刘大白、刘复、沈尹默等,"所作诗皆不免有旧诗痕迹,每一个诗人的观念与情绪,皆并不完全与旧诗人两样。"②事实是,作为白话诗的始作俑者的胡适,始终不肯承认他所倡导的新诗运动是"剽窃此种不值钱之(欧美)新潮流以哄国人",说有时借镜于西洋文学史,是"使我们减少一点守旧性,增添一点勇气。"③本文主要以胡适为例论述初期诗人的白话新诗体脱胎于旧诗形式的过程,这儿的"脱胎"表明了初期白话新诗与旧体诗之间的复杂关系,主要是白话新诗体既承接了旧诗形式,又超越了旧诗形式。

　　白话新诗体脱胎旧诗形式的过程,从新诗诗体演进角度说大致可以分

---

① 梁实秋:《新诗格调及其他》,载《诗刊》创刊号,1931 年 1 月 29 日。
② 沈从文:《我们怎么样去读新诗》,载《现代学生》创刊号,1930 年 10 月。
③ 胡适:《〈尝试集〉自序》,合肥,安徽教育出版社 1999 年版,第 25 页。

成三个阶段。

第一节　白话古体诗阶段

中国新诗发生始于 19—20 世纪之交的诗界革命运动,基本理论是"新意境"、"新语句","而又须以古人之风格入之"。这儿的"古人风格",是指古代诗歌的民族风格和民族形式,实指旧诗的格式和格调。诗界革命中开始让新名词入诗、散文句入诗、口语入诗,都推动着诗语和诗体发生"渐变",但是从总体上说新派诗基本还是旧诗形式。从诗体演进来说,其中倒是有个重要特点需要注意,那就是新派诗大都采用古体诗式,紧接着的南社诗人创作也是多用古体诗式。在中国传统诗歌发展史上,古体诗诞生较早,汉魏是古体诗发展的鼎盛时期,在这同时开始酝酿的近体诗则到唐代达到鼎盛时期,律诗的平仄对偶,音律图案规律化,诗体形式成了刻板的四方格子,谁也能学会。从此以后,本文结构远离散文而独立的近体诗成为中国传统诗歌形式的"主流",而具有散文化的本文结构的古体诗则成为"支流"。有意思的是,到了清末诗界革命阶段这种传统路数发生了变化,以黄遵宪为代表的新派诗人大量创作古体诗,甚至可以说是用挑战传统和形式复古的方式来展示诗歌革新的实绩,《人境庐诗草》出现了律诗"纯以单气转折",其古体诗的规模与成就均明显超过了近体诗的情况。这看似偶然,其实反映了近代以来诗界革新面对新意境新语句表达的需要开始实现诗体解放的发展大势,其中有着诗歌发展的内在规律支配,因此诗界革命运动也就成为五四新诗运动的起点前奏。

胡适开始诗歌革新正是站在诗界革命这个基点之上的。胡适在上海公学期间即在《竞业旬报》刊载白话小说及旧体诗。据《胡适诗存》[①]提供的资料,在胡适早期创作、翻译的全部诗作中古体诗共有 52 首,而近体诗只有 30 首。到出版《尝试集》时,他把民国五年七月以前,"在美国作的文言诗

---

①　《胡适诗存》由胡明编注,人民文学出版社 1989 年版。

词删剩若干首,合为《去国集》,印在后面作一个附录",其中古风 13 首,比例占到 61.9%,近体诗仅 1 首,占 4.7%。他在《尝试集》自序中说:那时,"我天天读古诗,从苏武、李陵直到元好问,单读古体诗,不读律诗。""我常常做诗,到我往美国时,已做了两百多首诗了。我先前不做律诗,因为我少时不曾学对对子,心理总觉得律诗难做。后来偶然做了一些律诗,觉得律诗原来是最容易做的玩意儿,用来做应酬朋友的诗,再方便也没有了。"①明知容易做而不多做,可见胡适早期古诗创作重古风轻律诗完全是有意为之,而这又是同诗界革命取同一步调。随着近体诗的发展与完善,汉语诗歌是逐步形成一套独立的诗语传统及句法、章法形式的,包括古体诗也不免受到了诗语律化的影响。黄遵宪的古体诗尽量避免律化的影响,明显表现出对非律化古风章法的某种偏爱,通过强调言文一致的理论开始打破传统诗语。胡适自述早期古体诗"已有不满意当时旧文学的趋向了",已有这样的论诗的话:"作诗必使老妪听解,固不可;然必使士大夫读而不能解,亦何故耶?""东坡云,'诗须有为而作'。"②这是内容和表达上的追求,由此反映在诗体上就是对传统诗语的破坏,即语言形式无论是诗还是文尽可不问,甚至正面提出诗界革命当从三事入手:须言之有物,须讲究文法,不避文之文字。胡适这时期的旧体古体诗在黄遵宪的基础上更自觉地引入文之文字,打破传统的律化诗语。具体来说有三个重要特点:一是较多散文句式。虽然传统古体诗比近体诗的句法较为接近散文,但毕竟仍是诗之文字。而胡适《去国集》中的古风就更多地使用着正常的语序和较多的虚词,大多诗篇句子成分的排列顺序与语义关系基本统一,而且大量使用"且"、"然"、"虽"、"以"、"所"等连词、介词和一些散文句子所特有的副词、助词。二是排斥律化现象。唐代以后的古体诗存在大量律化现象,往往作品总体形态是古风,而局部却用律诗的结构原则组织某些诗句。如果用只有律句而没有律联,或出句和对句只是拗对,都不算入律,仍为古风作标准的话,胡适的旧体齐言古风全部没有合律现象。三是章法结构变化。古体诗句间关系区别于近

---

① 胡适:《〈尝试集〉自序》,合肥,安徽教育出版社 1999 年版,第 15 页。
② 胡适:《〈尝试集〉自序》,合肥,安徽教育出版社 1999 年版,第 15 页。

体的重要方面就是不讲对仗和对偶,呈现单线递进顺流而下的章法结构,但唐后古体受近体律诗的影响则大多采用前后两句形成完整的意义单位的章法,呈现着二元并列模式。黄遵宪开始打破这种结构,胡适则开始在古风中以奇数诗句构成意义段落。如《耶稣诞节歌》的 19 个诗句之间,很难找到一出一对的章法结构,不少诗作的句间关系转化为真正散文式的单线递进结构。以上种种说明,胡适早期旧诗多采古风形式,从诗体形式方面说是自觉地用汉魏传统来对抗唐宋传统,用散文之文字来改造诗之文字,虽然这种创作写出的仍算是文言旧体诗,但却成为向着白话新诗发生的一种重要的起始点。这是白话新诗脱胎旧体的第一个阶段,即文言古体诗阶段。

对于《尝试集》之"去国集"中的诗,胡适后来意识到的问题就是使用文言:"我那时的答案还没有敢想到白话中去,我只敢说:'不避文的文字'而已",因此其所谓的"文之文字"仅指古文而已。直到胡适与朋友梅觐庄、任叔永争论"死文字"与"活文字"以后,胡适才写了一首一千多字的白话游戏诗。针对着梅觐庄、任叔永关于"小说词曲固可用白话,诗文则不可"和"白话自有白话用处,然不能用之于诗"的观点,胡适决心从此以后尝试白话写诗,"不更作文言诗词"。这就有了最早的《孔丘》等半文半白的诗创作,有了《景不徒篇》等"以为文言中有许多字尽可输入白话中"的创作,再就有了《蝴蝶》等纯粹使用白话的诗创作。这阶段的纯粹白话诗创作就其诗体来说,主要包括五七言古诗体和长短的词调体。这里先讨论白话古诗体。无疑,这一组古体诗延续和发展了胡适文言古体诗所作的用"文之文字"来对传统的"诗之文字"的革新,即引入散文式句式、排斥律化现象和改变章法结构等,但由于使用白话创作,从而取得了新的诗体建设成果。这里我们以《蝴蝶》为例来分析。胡适自认为《蝴蝶》(原名《朋友》)是自己白话诗第一个"成功的尝试",写作在 1916 年 8 月 23 日,发表在 1917 年 2 月出版的《新青年》上。诗采用旧体五言古诗形式,冯文炳在《谈新诗》中认为"《蝴蝶》算得一首新诗","所含的情感,便不是旧诗里头所有的"。全诗如下:"两个黄蝴蝶,双双飞上天。/不知为什么,一个忽飞还。/剩下那一个,孤单怪可怜。/也无心上天,天上太孤单。"这首五言古诗对传统诗体作了更大的突破。"文言旧体五言诗形式一般划分为'二二一',也可以划分为'二三'。

前者是形式化的划分,是形式化节奏形式;后者则是依据意义的划分,是意义节奏形式。"①从节奏观点来看,前者体现的是传统诗歌音乐化节奏,读来每句有较多的节拍反复,单字收尾容易形成吟咏调子,传统古体大多可以采用前者划分节奏。如果我们硬要采用前者划分方式来读《蝴蝶》也未尝不可,但却遇到了很多麻烦,如轻声字"么"收尾构不成延长的音顿。尤其是这诗用白话写成,而白话不同于文言的重要特点是大量的双音节词,还有就是在双音节基础上发展的三音节词,在这首诗中基本都是双音节和三音节词,所以适宜采用意义划分的"二三"节奏方式来读(第七句用"三二")。而这样读的结果,就是节奏就由传统的形式节奏转变为意义节奏,由单字尾吟咏调变成三音尾,甚至出现了二音尾的诵读调。这些变化,体现的正是古代文言诗体向现代白话新诗形式的过渡,因为白话新体诗的节奏单位主要就是二三音顿而非单字音顿,白话新体诗的节奏调子主要就是诵读调而非吟咏调。《蝴蝶》一批早期白话诗在诗体演进的现代转型中的特殊意义正在于此。

在文言的古体诗中引入散文之文字,推动诗体散文化,再在此基础上采用白话文字,推动诗语白话化,这样就在深层意义上推动中国传统诗体向着现代诗体转变,这是新诗脱胎旧诗的第二阶段。参与这阶段白话古体诗创作的诗人较多作品很多。如刘半农的《卖乐谱》、《秋风歌》等,这是《秋风歌》:"秋风一何凉!秋风吹我衣,秋风吹我裳。秋风吹游子,秋风吹故乡。"如沈尹默的《人力车夫》:"日光淡淡,白云悠悠,/风吹薄冰,河水不流。/出门去,雇人力车。街上行人,往来很多;车马纷纷,不知干些什么。/人力车上,个个穿棉衣,个个袖手坐,还觉风吹来,身上冷不过。/车夫单衣已破,他却汗珠儿颗颗往下堕。"这诗明显就是得力脱胎于《孤儿行》一类的古乐府诗体的,其中杂入了散文句式。

---

① 陈本益:《新诗是怎样从旧形式中"脱胎"出来的?》,载《平顶山师专学报》2002 年第 3 期。

第二节　白话词调诗阶段

从《胡适诗存》看,胡适早期旧体诗 92 首中有词曲体 10 首,占到将近 11% ,用文言写成;在《尝试集》中刚做白话诗时,即从民国六年秋到七年底,胡适自述"还只是一个自由变化的词调时期",写作了一批白话词调诗。体式总体来说包括两类:一类是直接按照词谱写的词,如早期"去国集"中的《水龙吟·绮色佳秋暮》、《水调歌头·今别离》等,如《尝试集》第一编中用白话写成的《沁园春·二十五岁生日自寿》、《虞美人·戏朱经农》等,还有如《尝试集》中第二编的白话词《如梦令》等;另一类是不用明确的词谱写,而是根据词的声韵格式特征写成的词调诗。我们这里主要说的是后一种词调白话诗。应该说,这类白话词调诗的创作,是胡适的自觉追求,具体说是他尝试写作白话新诗的重要实绩,它表现了初期白话诗诞生的一个重要阶段,即从旧词曲体中脱胎的"中介"的作用。1917 年 11 月,胡适在给钱玄同的信中说明作白话词调诗的理由:"词之重要,在于其为中国韵文添无数近于语言之自然之诗体。此为治文学史者所最不可忽之点。不会填词者,必以为词之字字句句皆有定律,其束缚自由必甚。其实大不然。词之好处,在于调多体多,可以自由选择。""故词与诗之别,并不在一可歌而一不可歌,乃在一近语言之自然而一不近语言之自然也。作词而不能歌之,不足为病。"①这就是胡适尝试写作白话诗调诗的主要理由。他对这类诗的特点概括是:"虽然打破了五言七言的整齐句法,虽然改成长短不整齐的句子,但是初做的几首,如《一念》、《鸽子》、《新婚杂诗》、《四月二十五夜》,都还脱不了词曲的气味与声调。"②我们来看这种诗的词调表现。如《鸽子》:"云淡天高,好一片晚秋天气! /有一群鸽子,在空中游戏。/看他们三三两两,/回环来往,/夷犹如意。/忽地里,翻身映日,白羽衬青天,十分鲜丽!"

---

① 钱玄同:《〈尝试集〉序》,合肥,安徽教育出版社 1999 年版,第 11 页。
② 胡适:《〈尝试集〉再版自序》,合肥,安徽教育出版社 1999 年版,第 35 页。

熟悉传统词作的读者一眼可以看出,这首白话诗虽非脱胎某一词谱,但其平仄的调谐,押韵的方式却带有词的深刻烙印。全诗基本都是四字句,依靠着单字或三字音顿(如"好一处"、"忽地里"、"有"、"在"、"看")起领着,而四字音顿又大多可以分裂成两个二字音顿,音律节奏自然会有词的格调意味。再如《新婚杂诗(二)》:

> 回首十四年前,/初春冷雨,/中村箫鼓,/有个人来看女婿。/匆匆别后,便轻将爱女相许。

> 只恨我十年作客,归来迟暮,/到如今,待双双登堂拜母,/只剩得荒草孤坟,斜阳凄楚!/最伤心,不堪重听,灯前人诉,阿母临终语!

前四行,正是"二字下领四字"这一词中常见句式的扩张;最后一行,正是《满庭芳》煞尾句式"三字逗加四字逗加五字逗"的扩张;诗中"便"、"待"是一字顿起领的句式,"只恨我"、"只剩得"正是三字顿起领四字顿的句式。对于这种格调,熟悉传统词曲的人们在朗读中自然可以复原词调的韵律节奏。再如《送叔永回四川》中三句:

> 记得江楼同远眺,云影渡江来,惊起江头鸥鸟?/记得江边石上,同坐看潮回,浪声遮断人笑?/记得那回同访友,日冷风横,林里陪他听松啸?

这是从三种词牌里出来的,懂音节的自然觉得有一种悲音含在写景中。除胡适以外,刘半农也有词调的白话诗,如《醉后》:

> 醒也不寻常,/醉更清狂,/记从梦里学荒唐,/除却悲歌当哭外,/哪有文章?//恨要泪担当,/泪太匆忙。/腹中何止九回肠?/多少生平恩怨事,/仔细评量。

再如周无的《过印度洋》:

> 圆天盖着大海,黑水托着孤舟。/也看不见山,那天边只有云头。/也看不见树,那水上只有海鸥。/那里是非洲?那里是欧洲?/我美丽亲爱的故乡却在脑后!/怕回头,怕回头。/一阵大风,雪浪上船头,/嗖嗖,吹散一天云雾一天愁。

这诗既有词又有曲的音节,胡适认为"很可表示这一半词一半曲的过渡时代了"。其实,当时新青年诗人群大多诗人,以及新潮社几个新诗人创作,也都是从词曲里变化出来的,故他们初作的新诗也都带着词或曲的意味音节。此外当时各报所载的新诗,也很多是带着词调的。总之,白话词调诗是新诗脱胎旧诗体形式过程中的一种重要现象。

我们有必要讨论这种现象出现的必然性。胡适在《谈新诗》中指出:"新体诗是中国诗自然趋势所必至的,不过加上了一种有意的鼓吹,使他于短时期内猝然实现,故表面上有诗界革命的神气。这种议论很可以从现有的新体诗里寻出许多证据。我所知道的'新诗人',除了会稽周氏弟兄之外,大都是从旧式诗,词,曲里脱胎出来的。"①这就告诉我们,在初期诗人看来,白话新诗的发生并不是由外部输入的,而是中国诗发展趋势的必然,既然这样,那么自然就应该从传统诗体中脱胎而出,而传统诗体中的词曲相比其他古诗形式来说,长短句的音节错落更好地体现了表达新的内容、实现诗体解放的时代要求。胡适从文学进化论的理论来论证这种追求的合理性和规律性。他说:中国诗的变迁史上诗的进化没有一回不是跟着诗体的进化而来的,由风谣体到骚赋体是诗体的一次解放,五七言古诗删除煞尾字是第二次解放,再到突破整齐句法的词曲,是第三次解放,"近来的新诗发生,不但打破五言七言的诗体,并且推翻词调曲谱的种种束缚;不拘格律,不拘平仄,不拘长短;有什么题目,做什么诗;诗该怎样做,就怎样做。这是第四次的诗体大解放。这种解放,初看去似乎很激烈,其实只是《三百篇》以来的自然趋势。"②这就说清楚了,初期诗人采用词曲格调写作白话新诗,其正是看中了词曲格式比传统的五言七言诗体具有更大的自由,从整齐句法变为比较自然的参差句法,能够使"丰富的材料,精密的观察,高深的理想,复杂的感情"跑到诗里面去。而且,这段论述也明确地指明了初期诗人运用词调写作白话新诗的基本特点,那就是脱离词曲与音乐的联系,不按现成的词调曲谱写作,主要是借鉴词曲的长短句式来推动诗体解放,自由地交替使用着各种不同的节奏方式来表达新的思想感情。如果再深入下去我们就会知道,其实初期诗人同后来者创造新诗的理念是有很大不同的,后来者更多地

---

① 胡适:《谈新诗》,载《星期评论》纪念号,1919 年 10 月 10 日。
② 胡适:《谈新诗》,载《星期评论》纪念号,1919 年 10 月 10 日。

主张打破音节的音乐美而追求散文的自由美,而初期诗人却非常重视白话新诗的音节建设,主张新诗不可不注意音节,他们对于新诗音节的基本要求是"语气的自然节奏"和"每句内部所用字的自然和谐",有此二者即使句末无韵也不讲平仄也不要紧。既要打破传统的森严的韵律节奏方式,又要寻求自然的音节节奏方式,在这种情况下特别青睐传统词曲形式,努力使新诗音节从词曲格调中脱胎而出,这就是极其自然的事了。

白话诗调诗的创作在新诗发生和发展中的意义是巨大的。首先白话词调诗创作体现了新诗应该有自己的音节美追求,而这种音节美可以而且应该从传统诗词中继承发展。闻一多在《〈冬夜〉评论》中肯定俞平伯《冬夜》诗集中的音节,认为这是俞君对新诗的一个贡献。"凝炼,绵密,婉细是他的音节特色。这种艺术本是从旧诗和词曲里蜕化出来的"。"词曲的音节当然不是自然的音节;一属人工,一属天然,二者是迥乎不同的。一切的艺术应以自然作原料,而参以人工,一以修饰自然的粗率,二以渗渍人性,使之更接近于吾人,然后易于把捉而契合之。诗——诗的音节亦不外此例。""俞君能熔铸词曲的音节于其诗中,这是一件极合艺术原则的事,也是一件极自然的事,用的是中国的文字,作的是诗,并且存心要作好诗,声调铿锵的诗,怎能不收那样的成效呢?我们若根本地不承认带词曲气味的音节为美,我们只有两条路可走:甘心作坏诗——没有音节的诗,或用别国的文字作诗。"①这就从诗歌的审美特征、新诗的民族审美要求和新旧诗体承继关系三个重要问题上,揭示了白话词调诗歌创作的特殊重要意义。这种观点无疑是正确的,可惜没有引起后来者重视,人们常常忽视新诗应有的音节之美,也忽视了新诗应该继承古典诗歌传统。其次,白话词调诗创作体现了新诗打破齐言格律束缚的趋势,要求采用长短自由的散文语言来实现诗体解放。胡适认为五七言成为正宗诗体以后,最大的解放就是从诗变为词。"五七言诗是不合语言之自然的,因为我们说话决不能句句是五字或七字。诗变为词,只是从整齐句法变为比较自然的参差句法。"②采用词调形式写

---

① 闻一多:《〈冬夜〉评论》,见《闻一多论新诗》,武汉,武汉大学出版社 1984 年版,第 25—26 页。

② 胡适:《谈新诗》,载《星期评论》纪念号,1919 年 10 月 10 日。

诗比采用古风形式写诗,能够更加自由地表达新的思想和感情,如李后主的"剪不断,理还乱,是离愁,别有一般滋味在心头",这是五七言诗体无法表达的;如晁补之的"愁来不醉,不醉奈愁何? 汝南周,东阳沈,劝我如何醉?"这种曲折的神气,也绝不是五七言诗能写得出的。胡适在《谈新诗》中举出大量的例证说明这一点。词在很多时候都是对格律诗的文体改良和文体解放,是对高雅诗体的粗俗化处理,也是对正统诗体俗化的结果。唐代的曲子词是对形式严谨的主流诗体律诗的"自由化"。因此写作白话词调诗在文学精神上是同五四新诗运动相一致的,而且在保留词调的同时又能够推翻词调曲谱的种种束缚,它就为新诗最终突破古风整齐诗句而采用长短参差诗句提供了理论和实践的准备。再次白话词调诗突出了新诗与音乐的联系,与诗界革命以来歌诗体创作步调一致。在诗界革命中,一些诗人写下了许多以"歌"(包括"谣"、"曲"、"词"等)为题的诗作,成为诗体在近代演进的重要成果。到资产阶级革命派登上诗坛,就有了更多的歌体诗探索,标志着近代诗体解放的最高成就。五四早期白话新诗中就有不少是以"歌"、"谣"为题的新歌体诗,如陈独秀的《丁巳除夕歌》,胡适《尝试集》中就有《平民学校校歌》、《双十节的鬼歌》等,刘大白有《五一运动歌》、《劳动节歌》等。这些歌诗是较为典型的新格律诗:有韵,歌词需要谱曲歌唱,一般采用诗节对称和诗行对称格式,这是新格律诗的重要体式。白话歌体诗与白话词调诗在体式上有着密切的联系,它们都从传统的词曲格调中脱胎而出,保持了声韵格调和格律格式的美,为新诗格律体建设提供了最初的实践。

第三节　纯粹的白话新诗阶段

胡适在《〈尝试集〉再版自序》中,回顾了自己尝试白话诗历程,"自己指出那几首诗是旧诗的变相,那几首诗是词曲的变相,那几首诗是纯粹的白话新诗"。由此我们知道,在文言古体诗、白话古体诗、白话词调诗以后就是"纯粹的白话新诗"了。这四个阶段是白话诗从旧体诗词中脱胎出来的连续过程。胡适说1919年4月发表的《关不住了》是自己"'新诗'成立的纪元",他自己承认"《老鸦》、《老洛伯》、《你莫忘记》、《关不住了》、《希望》、《应该》、《一颗星儿》、《威权》、《乐观》、《上山》、《周岁》、《一颗遭劫的星》、《许怡荪》、《一笑》——这十四篇是'白话新诗'。其余的,也还有几首可读的诗,两三首可读的词,但不是真正白话的新诗。"①据胡适说,这些"真正白话的新诗"出现,是在美国留学回来以后,那时朋友钱玄同说他的诗词"未能脱尽文言窠臼",北京的朋友"嫌太文了",自己平心一想是自己的尝试"实在不过是能勉强实行了《文学改良刍议》里面的八个条件,实在不过是一些刷洗过的旧诗!"②对于白话词调诗,其时胡适也有了客观的认识,认为词亦有二短,一是字句终嫌太拘束,二是只可用以达一层或二层意思,最多不过能达三层意思。"最自然者,终莫如长短无定之韵文"。正是基于这种认识和创作实践,胡适就开始在白话古体诗和词调诗的基础上继续做着新诗脱胎发生的工作。

新的探索主要是在白话古体和白话词调基础上推进了三个问题的解决。一是音节问题——从传统诗词音节到自然音节。古风和词曲的基本音节组合是二三结构,这种固定的语言框架是中国旧诗词赖以生存的支柱,它是古诗和民歌节奏的基础结构,而双言结构和三言结构的稳定连续是五七言诗行节奏的内在根据,词曲的音节也仅是双言结构和三言结构的灵活交替罢了。这种音节方式同古代汉语特点、同古典诗行结构和语象结构相契合,一旦保留了它,真正意义上的白话新诗就无法降生。胡适最初尝试,或一首诗中交替使用不同的古诗节奏,或将古诗均齐节奏与白话散文节奏杂用,或使用改良过的词曲节奏,但还无法越出古诗的味道。到这一时期,朱执信等提出了诗的"自然音节"说,具体就是"诗的音节是不能独立的","诗的音节必须顺着诗意的自然曲折,自然轻重,自然高下",对此胡适表示"极赞成",说当自己玩过了多种的音节试验后,方才渐渐有点近于自然的趋势,这就有了《关不住了》的自然音节。二是诗行问题——从整齐的诗行到

① 胡适:《〈尝试集〉再版自序》,合肥,安徽教育出版社1999年版,第43页。
② 胡适:《〈尝试集〉自序》,合肥,安徽教育出版社1999年版,第29页。

长短的诗行。白话古风的诗行仍旧是规律的五言七言，句法整齐就不合语言的自然，不能不有截长补短毛病，在创作中不能不时时牺牲白话的字和白话的文法。有人把《朱经农》的四行七言诗拿出来分析，认为胡适为了迁就诗行，就被迫省略了括号内的词语："回头（看）你（和）我年老（的）时（候），（手拿）粉笔（在）黑板（前）作讲师；更有喜气（令人）大可笑，（我们都）喜（欢）作丧志颓唐（的）诗。"虽然这儿通过括号所增加的词语不一定妥当，但却能看到为迁就五七言格式而使诗的语言离开了现代散文和白话的表达。在这种情况下，胡适就主张在词调基础上进一步写作长短不一更为自由建行的诗。三是语言问题——由白话词汇到整体白话。由于受传统音节模式和诗行结构的制约，虽然白话古诗和白话词曲实践了"不用典"、"不用陈套语"、"不讲对仗"、"不避俗字俗语"、"须讲求文法"这些改良主张，但主要还是在白话词汇上转圈，没有解决整体语言更新的问题。胡适回国以后就认定一个主义："若要做真正的白话诗，若要充分采用白话的字，白话的文法，和白话的自然音节，非做长短不一的白话诗不可。"①这里的白话区别于晚清白话，是五四白话运动中发生的现代国语的白话。王力先生认为在语音、语法、词汇三方面中，语法结构发生了显著变化，就可以证明语言的质变了，现代白话在句法上最明显的发展路线，就是"复音词的增加和句子的严密化"。② 新诗的整体白话化，主要是句式的质变，由此引起音节方式和诗行结构的变化。以上自由音节、长短诗行和现代句式三方面的变化，就推动着真正白话新诗发生，胡适把这种变化用"诗体大解放"来概括："把从前一切束缚自由的枷锁镣铐，一切打破：有什么话，说什么话；话怎么说，就怎么说。这样方才可有真正白话诗，方才可以表现白话的文学可能性。"胡适认为《尝试集》第二编中的诗虽不能处处做到这个理想的目的，但大致都想朝着这个目的做去。诗体大解放，切合了"白话里的多音字比文言多得多"的音节特点，切合了"新体诗句子的长短，是无定的"要求，切合了表达细密的观察和曲折的理想的要求，它不仅引起诗体形式的自然解放，而且带来审美

---

① 胡适:《〈尝试集〉自序》,合肥,安徽教育出版社1999年版,第29页。
② 王力:《王力文集》第9卷,济南,山东教育出版社1988年版,第281页。

品格的全新解放。王力先生说:"古代汉语不是没有逻辑性,而是有些地方的逻辑关系可以意会而不可言传。现在我们写文章不能像古人那样,我们要求在语句的结构形式上严格的表现语言的逻辑性。""而所谓严密化,最直接表面的后果便是由短句趋于长句。"①这种长短不一、参差错落的自由句式,有效地冲破了传统诗词的音节结构方式,在语言诗意的"天然"缺失的同时获得了表达的明白清楚。这就有了胡适关于白话诗的审美观念——明白清楚。他把白话诗审美归结为三个层次,即清楚明白——有力能动人——美,基础则是"把情或意,明白清楚的表达出,使人懂得"。后来的梁实秋说,胡适的"明白清楚"的主张是正确的,是今后应依照进行的一个方向,"'白话'的'白',其一意义即是'明白'之'白'。所以'白话诗'亦可释为'明白清楚的诗'。"②对于这种审美的论述后人有着不同的评价,我们尽可持有不同意见,但事实是诗体的自由解放和审美的自然明白,相互结合着推动着真正的白话新诗发生。

诗体的自由解放和审美的自然明白,正是晚清诗界革命以来诗歌革新的基本线索,是中国诗歌面向现代革新的一个必然结果。这种革新的核心观念就是"以文为诗"。诗界革命尽管主张"熔铸新理想以入旧风格"和"独辟新界而渊含古声",但新派诗人都信奉"诗之外有事,诗之中有人"的观念,为了表达新的思想感情,在诗语上主张"我手写我口",在诗体上主张"用古文家伸缩离合之法"和"以单行之神,运排偶之体",体现的就是"以文为诗"追求。以散文语言写诗,主要就是企图突破传统诗歌声韵节奏规范,以利于诗意晓达流畅。如黄遵宪的《逐客篇》、《罢美国留学生感赋》,就由于散文句式入诗增加了诗的纪实性,梁启超的《二十世纪太平洋歌》为了表达昂扬奔放的情绪,在歌行体格调框架中自由组织诗句。对于诗界革命的这种不自觉追求,胡适倒是清楚的,他高度评价黄遵宪的诗歌试验"都是用

---

① 王力:《王力文集》第 11 卷,济南,山东教育出版社 1990 年版,第 481、477 页。
② 梁实秋:《我也谈谈"胡适之体"的诗》,见耿云志编:《胡适论争集》上卷,北京,中国社会科学出版社 1998 年版,第 343 页。

做文章的法子来做的"，①他自己则在写作旧体诗时就提出了"诗国革命何自始，要须作诗如作文"，主张用文之文字来代替诗之文字。这种主张在胡适从白话古体诗到白话词调诗再到真正白话诗的进化过程中，自有其自身的发展线索。1915 年，胡适在给叔永等人信中提出"作诗如作文"；1916 年，胡适强调诗要"言之有物"，不问所用文字是诗的还是文的；1917 年，胡适在《文学改良刍议》中说"不讲对仗"和"须讲究文法"，包含着"以文为诗"的观念；1918 年，胡适在多次演讲中，把"八不主义"改成肯定语气，在《建设的文学革命论》中概括为四条：一要有话说，方才说话，二要有什么话，说什么话，话怎么说，就怎么说，三要说我自己的话，别说别人的话，四要什么时代的人，说什么时代话；1919 年，胡适正面提出"诗体大解放"理论，核心理论就是"有什么话，说什么话；话怎么说，就怎么说"。这是一个自然的过程，是在同友人激烈争论中逐步明确起来的，是在总结自身创作教训中明确起来的，是用文学进化论总结传统诗歌发展经验而明确起来的，总之，是我国自晚清开始的诗歌革新运动的结果。这种"以文为诗"的主张，后来被概括为"散文化"，其意义就是："对发展得过分成熟、人们业已习惯、但已脱离了现代中国人的思维、语言的中国传统语言与形式的一次有组织的反叛，从而为新的诗歌语言与形式的创造开辟道路。可以设想，如果没有胡适们的这一'散文化'（也可以说是'非诗化'）的战略选择，中国诗歌的发展将很难超出'诗界革命'的极限，更不可能有现代白话诗的产生与发展。"②这就是"以文为诗"线索所体现的现代价值。

更深入地思考这种线索的思想资源，应该上溯到宋诗的"以文为诗"理论。"以文为诗"是宋人最早提出，并成为宋诗的特征概括，严羽在《沧浪诗话》中更是具体概括为"以文字为诗，以才学为诗，以议论为诗"。古今学者关于"以文为诗"争论甚多，综合来看，其内涵不出如下：崇尚说理议论，好用典故炫耀才学，采用古文的词语、文法、文体等，风格平直详尽而缺少含蓄。如果从字面来看，"以文为诗"之"文"实际上是散文（那时称为"古

---

① 胡适：《五十年之中国文学》，见《胡适学术文集 新文学运动》，北京，中华书局 1993 年版，第 121 页。

② 钱理群等：《中国现代文学三十年》，北京，北京大学出版社 1998 年版，第 120 页。

文")。宋诗复兴是晚清后起声势浩大的诗坛主潮,其重要表现就是同光体,胡适在《五十年中国之文学》中明确地说:"在这个时代之中,大多数的诗人都属于'宋诗运动'。"胡适倡导白话诗歌运动,其理论根据就是宋诗的"以文为诗",他正是从宋诗对唐诗的变革里,取得自身的变革与创造的历史依据和启示的。如胡适在说到自己鼓吹白话诗时就说:"我那时的主张颇受了读宋诗的影响,所以说'要须作诗如作文',又反对'琢镂粉饰'的诗。"①他在说到宋诗传统时又说:"最近几十年来,大家爱谈宋诗,爱学宋诗。但是没有一个人能够明明白白的说出宋诗的好处究竟在什么地方。依我看,宋诗的特别性质全在他的白话化。换句话说,宋人的诗的好处是用说话的口气来做诗;全在做诗如说话。"②再清楚不过了,五四新诗运动中的白话写诗、诗体解放和审美更新,都仅仅是对宋诗传统现代阐释和复兴。在某种意义上说,五四新诗运动正是从宋诗对唐诗的变革里获得自身的变革与创造的历史依据,"作诗如作文"即新诗散文化,不仅打破诗的格律,而且以白话诗语代替文言,以白话的语言结构代替文言语法,并吸收国外的新语法,实行语言形式和思维形式两个方面的散文化。在这方面,胡适有着许多的论述,他的《尝试集》中诗语语义清晰,层次鲜明,更像分行抄写的散文,都是倾向说话的白话诗。新诗运动中其他诗人创作也大致如此。郭沫若的《女神》也据此而创作了中国情理结构的自由抒情诗。因此我们的基本观点是:初期白话新诗的诗语、诗体、诗质和审美的成形,都是同中国的旧诗传统有关。

第四节　关于白话新诗脱胎旧体

"他原想以文言创新体。进一步而以白话来做旧式的歌行及词曲。再

---

① 胡适:《逼上梁山》,见《中国新文学大系,建设理论集》,第8页。
② 胡适:《国语文学史》,见《胡适文集》八,北京,北京大学出版社1998年版,第74页。

进一步而打破旧诗行,作自由句。"①这是 20 世纪 20 年代初期李思纯在《诗体革新之形式及我的意见》中的话,它概括了以胡适为代表的初期白话诗的发生过程,这是一个脱胎于旧诗的新诗发生历程。我们接触到新诗发生的许多资料,见到很多人都肯定白话诗是传统诗歌自然进化的必然。刘半农在《我之文学改良观》中,就认为新诗革命是传统诗歌自然进化的结果。面对胡适的白话诗主张,梅觐庄来信说小说词曲可以用白话,诗文则不可,当时欧美的自由诗运动掀起狂澜,希望胡适"勿剿窃此种不值钱之新潮流以哄国人"。胡适对此十分不服:"因为我主张的文学革命,只是就中国今日文学的现状立论;和欧美的文学新潮流并没有关系;有时借镜于西洋文学史也不过举出三四百年前欧洲各国产生'国语的文学'的历史,因为中国今日国语文学的需要很像欧洲当日的情形,我们研究他们的成绩,也许使我们减少一点守旧性,增添一点勇气。"②历来人们对这段话总认为是胡适矫情,很不以为然,其实这话是有充分事实根据的。据胡适自己说,早在留学美国之前,他就有了不满意当时旧文学的趋向,就讨厌七律中《秋兴》一类诗,常说这些诗文法不通,只有一点空架子。在 1915—1920 年胡适探索白话诗过程中,其论文和日记中被正面吟咏的古典诗人和诗作约有数十位 100 多首。胡适新诗理论的基本方面都来自对传统诗歌借鉴。"如引用白居易、李义山、杜少陵、黄山谷诗与梅觐庄讨论'文之文字与诗之文字';引易安、蒋捷词证明无韵诗之成立;引用李煜、苏东坡、黄庭坚、向镐、吕本中、陆游、辛稼轩、柳永之词曲作为'活文学之样本';引山谷诗、稼轩词谈新诗的'言近旨远';引《诗经》、乐府谈诗体大解放;引陆游、晁补之词谈新诗之音节;引杜甫、白居易、韩愈诗和温庭筠、马致远词谈新诗的具体做法等等。"③我们在前已经分析了"胡适之先生于旧诗中取元白一派作为我们新诗的前例",也明确其提出"以文为诗"的理论是对宋诗的自觉呼应。王瑶在谈到胡适的《谈新诗》时,也认为胡适论述"诗歌用具体的做法"时,"所举的例子全部是

---

① 李思纯:《诗体革新之形式及我的意见》,载《少年中国》第 2 卷第 6 期,1920 年 12 月 15 日。
② 胡适:《〈尝试集〉自序》,合肥,安徽教育出版社 1999 年版,第 25 页。
③ 钟军红:《胡适新诗理论批评》,北京,人民文学出版社 2005 年版,第 35 页。

传统的旧诗词,这几乎已经是一种自觉的借鉴了。"①朱自清的《胡适〈谈新诗〉指导大概》也说:"胡先生在这一段文字里所要说明的是'做诗的方法',其时也'就是做一切诗的方法'。新诗和旧诗以及词曲不同的地方只在诗体上,只在'诗体的解放'上,根本的方法是一致的。"②两位先生都肯定胡适的探索从未脱离传统诗学的范围,因此笼统地说胡适倡导白话诗是剽窃西方诗潮必然是不符合事实的,也是为他所不服的。在《谈新诗》中,胡适分析了中国诗体的四次大解放,说明新诗运动中的诗体解放是中国传统诗歌发展的一个自然趋势,而且他还把这种趋势上升到历史进化的规律:"自然趋势逐渐实现,不用有意的鼓吹去促进他,那便是自然进化。自然趋势有时被人类的习惯性守旧性所阻碍,到了该实现的时候均不实现,必须用有意的鼓吹去促进他的实现,那便是革命了。"这就从文学发展的规律性上揭示了新诗脱胎旧诗的历史必然性。

当然,若要具体研究白话新诗的发生原因,却不能用简单化的结论方式。大致可以有这样几点需要注意。第一,我们同意胡适的观点,新诗革命是就中国今日文学的现状立论的。革命先驱刘半农1917年发表文章,勇敢地揭露诗坛腐朽。他在考察了那时的旧诗后认为:"做假诗的大约占百分之九十八",并指出假诗世界同虚假社会、虚伪道德的相互依存关系。胡适也是针对其时诗坛之弊而立论,如针对旧诗假诗世界的抽象作法,提倡新诗的具体做法;针对旧诗"文胜质"的弊病,提倡新诗的诗体解放;针对旧诗的滥调套语言之无物,提倡平易明白的白话诗歌语言等。学者认真考察了新文学发难者的态度,提出了全新观点:"很明显,在五四新文学发难时,先驱者并未全盘否定'古典',并未斩断与既往文学历史的联系,他们所要决绝地斩断的是与'今日'文坛的联系。"③这是值得我们重视的意见。林毓生曾经说过:"有多种类型的'破坏'传统和反传统的变体。一个人可以抨击

---

① 王瑶:《论现代文学与中国古典文学的历史联系》,见《中国现代文学史论集》,北京,北京大学出版社1998年版,第235页。

② 朱自清:《胡适〈谈新诗〉指导大概》,见《朱自清文集》2,南京,江苏教育出版社1988年版,第160页。

③ 刘纳:《嬗变——辛亥革命时期至五四时期的中国文学》,中国社会科学出版社1998年版,第231页。

所觉察出的传统中的有害部分,而不必一定要全盘地谴责过去。根除某一传统中不合时宜的或有害的因素,通常不一定暗示一种全部摒弃文化遗产的意思。如果某一传统的可改造的潜力是巨大的,那么在有利的历史环境下,传统符号和价值可以被重新阐述和建构以便为变革提供有利的种子,同时在变革过程中维持一种文化认同感。"如果把胡适等人既反对今日文坛的弊端,又实际地从旧诗传统中脱胎新诗联系起来,我们觉得其实行的正是以上的原则。第二,我们同意胡适的观点,新诗革命从域外获得了破旧立新的推动力。胡适在 1910—1917 年在美国留学时,美国诗坛生气勃勃,庞德、罗厄尔等相继崛起,蒙若主编的《诗刊》创刊,意象派掀起的自由诗运动产生重要影响。胡适自述:"在绮色佳五年,我虽不专治文学,但也颇读了一些西方文学书籍,无形之中,总受了不少的影响。"①在他倡导新诗运动中,就列举域外诗潮来为自己的主张张目。如他在说到诗的形式革新时,就说不论古今中外的文学革命,都从"文的形式"下手,举出了欧洲三百年前各国国语文学代替拉丁文学、18—19 世纪法国英国浪漫主义运动、近几十年西洋诗界的革命等。刘半农等倡导诗与小说革新,也常常引述域外经验。如提出"增多诗体"说,他就试着比较英法两国诗体,说明"诗律愈严,诗体愈少,则诗的精神所受之束缚愈甚,诗学决无发达之望"。这些确是为使自己主张的提出增加勇气。事实是,不仅三四百年前各国产生"国语的文学"的历史为胡适等借鉴,就是 19 世纪中期以后的现代诗运动也曾经对新诗发生产生过重要影响,而且胡适等那时通过英汉诗歌的互译直接受到了西方诗歌语言的思维训练和启示。第三,我们同意胡适的观点,新诗革命根本上是中国诗自然趋势所必至。其实,宋诗复兴早就是晚清后期声势浩大的诗坛主潮。陈子展在《最近三十年中国文学史》中说到了晚清,旧体诗似乎已经发展到了一定的限度,"这个时期的诗界,无论新派旧派,都有了求新的倾向,求新是他们一种共同的倾向。"②正是在这种背景中出现了诗界革命运动,到了五四时期,在社会剧烈变革、中西文化冲撞和白话运动推动中,新

---

①　胡适:《〈尝试集〉自序》,合肥,安徽教育出版社 1999 年版,第 16 页。
②　陈子展:《中国近代文学之变迁　最近三十年中国文学史》,上海,上海古籍出版社 2000 年版,第 178 页。

诗运动就成为新文化运动的重要组成部分。五四白话的兴起是负有使命的,那就是要把旧文化旧思想的缺点和新思想的需要"传达"到更多的人。胡适等人意识到这种使命,顺应时代要求,推动着白话新诗在旧体诗词的蜕变中发生。

在以上分析的基础上还需要补充说明三点。首先,新诗发生有两期,第一期胡适等人创作正如沈从文所说:皆不免有旧诗痕迹。"诗的标准虽有所不同,实在还是渐变而不能锐变。"其发生更多受到传统诗词影响。第二期是郭沫若为代表的创造诗派,"新诗在文学上提出了新的标准,旧的拘束不适用于新的作品。"①其发生更多地接受了西方 19 世纪以后的现代诗运动的影响,主要是西方的意象派诗、浪漫派诗和象征派诗,这些诗派都倾向于诗体解放与精神解放。但是我们不同意梁实秋所说第二期的诗就是用中文写的外国诗。郭沫若登上诗坛就说要"研究古代的精华,吸取古人的遗产",他历数泰戈尔、惠特曼、歌德的影响,也重复着屈原、陶渊明、王维、李白、孟浩然的启蒙,以屈原为典型的诗歌形态和以陶渊明为典型的诗歌形态,构成郭沫若诗歌的艺术原型。"没有任何一种艺术能象诗歌那样顽固地恪守本民族的特征"(艾略特语),这是因为作为语言有序化的诗体,别国的语言形式是无法完全移植过来的。如音节,汉诗的文字没有轻重、长短、高低的明显区分,所以无法照搬英诗、拉丁诗和法诗的音节,其音节只能从古诗节奏中脱胎而出。对新诗格律建设作出重要贡献的闻一多,早在 20 世纪 20 年代初就说:"在英诗里,一个浮音同一个切音即可构成一个音尺,而在中诗里,音尺实在是逗,不当与平仄相混。例如:'春水船如天上坐',其天然的音尺为'春水'一尺,'船如'一尺,'天上坐'又一尺。"②白话新诗的音节只能根据现代汉语特点从传统诗词音节中脱胎。其次,中国诗歌本文结构有两条线索,一条是致力于语词涵义的清晰性、准确性,句子篇章有逻辑性、思辨性;另一条是有意模糊语词的内涵和外延,造句自由而随意,没有固定的规则,全篇句间关系以并列为主,非逻辑非因果。从诗骚到魏晋,中

---

① 沈从文:《我们怎么样去读新诗》,载《现代学生》创刊号,1930 年 10 月。

② 闻一多:《律诗底研究》,见《神话与诗》,上海,华东师范大学出版社 1997 年版,第 295 页。

国诗歌走的是前一路,自南北朝的山水诗、咏物诗萌芽到唐诗宋词趋向的是后一路,接着的宋诗又接续着前一路,以后"诗分唐宋"就在两路间往复。两路在现代简称为"元白易懂的一派"和"温李难懂的一派"。新诗发生无论是胡适还是郭沫若的诗都是继承着前一路传统,要旨是:诗歌逼向说话口语,用白话写作;诗体力求解放,打破格律形式;写诗近于作文,采取自然音节;诗质务去粉饰,体现明白清楚。新诗发生大致依据这种理论主张,初期新诗大致具备这种审美品格。当先驱者苦苦思索中国诗歌出路时,是宋诗反传统精神给了他们启示,中国新诗终于冲破旧诗束缚发生。可见新诗发生是有深厚传统依据的。"以文为诗"改变了诗歌审美品格,实现了对后一路诗歌传统的超越,结果使诗失去了利用汉语天然诗性语言的可能性。当新诗建立了巩固的阵地后,新诗就无所顾忌地开始接续后一路传统,拿废名的话说就是走着温李一派的路,新诗艺术质量得到提高。虽然如此,我们却无法否定初期诗人与传统诗歌的深刻联系。第三,我们肯定白话诗的发生脱胎于旧形式,这种发生事实上没有整个否定我国诗歌传统,但是我们也要指出:受五四中外新旧两级对立思维和利刃快刀的行动哲学支配,新诗运动在策略上常常自觉不自觉地把新诗放在与旧诗对立的地位,产生了不良影响。如胡适关于"有什么话,说什么话;话怎么说,就怎么说",从新诗的写什么和怎样写两个向度否定了诗美。如康白情在《新诗底我见》中说:"新诗所以别于旧诗而言。旧诗大体遵格律,拘音韵,讲雕琢,尚典雅。新诗反之,自由成章而没有一定的格律,切自然的音节而不必拘音韵,贵质朴而不讲雕琢,以白话入行而不尚典雅。"①虽然初期白话诗始终保持着同旧诗的联系,但这种新旧对立的理论,在理论上导致了新诗运动与诗歌传统断裂的错误评价,在创作上导致了大量非诗化的新诗出现,为新诗发展带来了负面影响。这方面的具体分析是另一重要而复杂的课题,在此不去展开论述。我们能够清楚地认识到这一点,但并不由此而否定初期白话诗脱胎于旧诗形式的基本结论。

---

① 康白情:《新诗底我见》,载《少年中国》第 1 卷第 9 期,1920 年 3 月 15 日。

第十一章　接受外国诗歌影响论

"新文学即受外国影响后的文学",这是梁实秋在 1926 年写成的《现代中国文学之浪漫的趋势》中反复强调的观点。他在《新诗的格调及其他》中进一步说:"我一向以为新文学运动的最大的成因,便是外国文学的影响;新诗,实际就是中文写的外国诗。"①梁实秋的观点存在片面性,即把中国新文学(包括新诗)运动受外国影响的问题绝对化了,但也有其合理性,即中国新文学(包括新诗)运动的发生发展同受外国文学影响是分不开的。中国新诗发生,始终没有离开过接受外国诗歌的影响,这种影响不仅直接推动着中国新诗的发生,而且影响到发生期的新诗面貌,也影响到百年新诗发展的基本特征。

第一节　接受外国诗歌影响的三重机缘

破除旧诗体和创建新诗体,是中国新诗发生必须面对的两大课题。这课题当然可以通过对传统诗歌的扬弃去实现,但事实上不少诗人则是通过接受外国诗歌影响去实现。新诗发生的起始时间是 19—20 世纪之交,而这时恰巧有着三种机缘相聚,为中国新诗发生接受外国诗歌影响提供了难得的机遇。

文学现代化肇始于 19—20 世纪之交,新诗发生经历了晚清保守的改良

---

① 梁实秋:《新诗格调及其他》,载《诗刊》创刊号,1931 年 1 月 20 日。

（诗界革命）到五四偏激的改革（新诗运动）。中国在 19 世纪的经历是完全的悲剧。鸦片战争后，大清帝国始终处在内忧外患的困境中，国弱民贫，河山破碎，民族危亡。先进的知识分子力图变革图新，中国现代化由器物到制度进而到思想文化层面，正是在中西文化汇合加剧的甲午战争后开始的，与此相应就是文学现代化也在这个时候起步。坚甲利兵的梦想在甲午战争中被帝国主义的炮舰击沉在大海之中，政制国体维新的希望也遭破灭，先进的中国人在反思中形成共识：应该进入一个"人心之营构"的新阶段。中国文学现代化在资产阶级维新派的推动下全面开始。陈子展在《中国近代文学之变迁》中说明，自己讲中国近代文学是从"戊戌维新运动"开始。认为"这个运动虽遭守旧党的反对，不久即归消灭，但这种政治上的革新运动，实在是中国从古未有的大变动，也就是中国由旧的时代走入新的时代的第一步。""我们要讲中国近代文学的变迁，实在这个时候真是中国文学有显明变化的时候。"①黄霖也认为 19 世纪末与维新派掀起的政治运动相适应的波澜壮阔的文学革新运动，"在中国文学和文学思想史上毕竟具有划时代的意义。"②以世纪之交的"诗界革命"、"文界革命"、"小说界革命"和"文明戏运动"为肇始，经过 20 多年的中国文学现代化运动，最终在五四期完成了中国文学由古典到现代的转型。就诗歌而言，由 19 世纪末的"诗界革命"到辛亥革命诗歌，再到民国五六年后新诗运动和五四期新诗创作，终于完成了中国诗歌由古典到现代的转型。这期间的诗歌革新不是纯粹意义上的文体革命，它在特定的历史条件下充当了社会、政治和文化革命的急先锋。正如雪莱所说："一个伟大的民族觉醒起来，要对思想和制度进行一番有益的改革，而诗便是最为可靠的先驱、伙伴和追随者。"③在清末民初的社会大变革中，新诗就扮演了这样的角色，不但成了启蒙大众思想和改革政治制度的先驱，还被政治家当做工具，出现了政治改革自文化运动始，文化运动自新诗革命始的局面。

---

① 陈子展：《中国近代文学之变迁　最近三十年中国文学史》，上海，上海古籍出版社 2000 年版，第 6 页。

② 黄霖：《近代文学批评史》，上海，上海古籍出版社 1993 年版，第 358 页。

③ 雪莱：《诗辩》，见伍蠡甫：《西方文论选》下，上海，上海译文出版社 1979 年版，第 56 页。

外国文化输入的扩张始于 19—20 世纪之交,在以后的 20 多年间实是中西思想文化相搏相射、短兵相接而新陈代谢之时。中国社会进入近代以后,随着传教、留学和翻译等活动带来中西文化的激烈碰撞,只是受到守旧势力的压制,未能在社会上形成权威和扩张。到了 19 世纪末,这种局面才得以改变。正如陈子展所说,第一,这个时候才知道要废八股,文人才渐渐从八股里解放出来。第二,这个时候才开始接受外来的影响。19 世纪 60 年代开始的寻求西方技术的自强运动,较为主动地打开了中国开放的大门,但由于既得利益集团和传统实力的强大,外国的思想文化并没有得到重视。从 1860 年—1895 年,中国受到西方力量和财富的巨大冲击,对西方的关系产生了较大变化,但西学在中国还是受到抵制,甚至在 19 世纪 70 年代,儒学仍未受到什么动摇。当我们翻阅这时期受尊敬的儒家学者如朱次琦、陈澧、朱一心、王开运等人的学术时,也会惊异地发现,他们的注意力几乎全都集中在传统的儒学之上。就西方文化对中国的冲击来说,"19 世纪 90 年代是转折点,当时西方的思想和价值观念首次从通商口岸大规模地向外扩展,为 90 年代中期在士绅文人中间发生的思想激荡提供了决定性的推动力。"①"西方观念和价值标准在 19 世纪末在中国士大夫中间得到了广泛的传播……士绅文人日益接受西方的知识和价值标准,这使西方思想从中国文化的外围向其中心渗透。这种渗透引起了西方思想和本国思想倾向的大融合,最后产生了 19 世纪 90 年代中期思想的风云激荡。"②"当时所有的变化,特别是思想文化方面的变化几乎都可以归因于中国自身的发展与外国的冲击。"③1898 年的维新运动将改革推向高潮,维新派在运动中大力开展"开民智"的启蒙,加速了西学的涌入。严复在 1895—1898 年发表了系列文章鼓吹文化激进主义;1898 年译出赫胥黎《进化与伦理学》,以《天演论》为名出版引起轰动。以生存竞争、直线进化为特点的社会进化论,成为国人

---

① 张灏:《思想的变化与维新运动 1890—1898 年》,[美]费正清、刘广京:《剑桥中国晚清史(1800—1911 年)》下卷,北京,中国社会科学出版社 1993 年版,第 323 页。
② 张灏:《思想的变化与维新运动 1890—1898 年》,[美]费正清、刘广京:《剑桥中国晚清史(1800—1911 年)》下卷,北京,中国社会科学出版社 1993 年版,第 326 页。
③ 张灏:《思想的变化与维新运动 1890—1898 年》,[美]费正清、刘广京:《剑桥中国晚清史(1800—1911 年)》下卷,北京,中国社会科学出版社 1993 年版,第 348 页。

接受新的西方思想文化的理论基础和思想动力。"新则壮,旧则老;新则鲜,旧则黯;新则活,旧则败:天之理也",这种"唯新论"遂成风气。这时,人们选择与现实对比的参照系不再像过去那样只能作历史的纵向比较,选择古代为参照系,而是可以作现实的横向比较,选择外国为参照系,尤其是西方、日本等新的世界国家为参照系,正是这种参照系的变化,文学现代化真正启动了。

域外现代诗运动起自19世纪中叶后,新诗发生期的文体特征、文体价值和诗体建设都受到了这一运动的影响。19世纪中期强调人的主体性和个性解放与诗体解放的浪漫主义诗歌流行西方诗坛;19世纪中后期散文诗体问世,并迅速在全球蔓延;19世纪中后期到20世纪初现代诗派包括象征主义、意象派、未来主义和自由诗运动在欧美国家兴起。由于人的自我意识觉醒、追求自由的天性和文体自身的变革潜能,终于在19世纪中期开始在西方爆发了一场现代诗运动。这一运动有力地冲击了传统诗体秩序,动摇了韵文的垄断地位,开始了诗歌由严格的格律向韵律相对自由的诗风转变过程,尤其是在这运动中出现的"自由诗"和"散文诗"推动了西方现代诗歌理论的形成。这股世界性的现代诗潮出现和发展,基本上是与我国新诗的发生时限同时,而且其基本的审美趋向和精神追求同新诗发生的方向完全一致,所以自然地被我国诗人高度重视并自觉移用。"要救国,只有维新,要维新,只有学外国",这就是那时中国诗人学习外国诗歌的价值追求。从诗界革命到白话诗运动,新诗发生的每个阶段都受到了外国诗的影响。就其选择来说,主要是从破旧立新出发借用主张诗歌精神自由和形式自由的诗潮,包括意象主义、浪漫主义和象征主义诗潮。事实是,意象派主张诗歌应当抛弃传统的题材和韵律,但并非不要诗歌的韵律;浪漫派诗人追求诗体自由,主要是将旧体韵律变得灵活一点,传统的"无韵则非诗"的原则没有动摇;西方自由诗运动共同点都是要冲破传统严格的韵律束缚,同时又在创作中寻找着新的韵律。我国诗人在借用国外现代诗运动经验时采取了自觉和不自觉的"误读"方式,主张彻底打破旧体形式的束缚,这是我国诗人基于自身的审美和时代的逼迫所作出的选择。

以上三者的发生时间正巧都在19—20世纪之交,这是一个极有机缘的契机。文学现代化的要求为接受国外诗歌影响提供了现实需要,外国思想文化大量输入为接受国外诗歌影响提供了现实可能,域外现代诗运动兴起又为接受外国诗歌影响提供了现实资源,在这特殊背景下,中国新诗发生就开始汇入世界诗歌发展大潮,成为世界现代诗运动的组成部分。

第二节　接受外国诗歌影响的基本途径

梁实秋在《浪漫的与古典的》等文中说"外国的影响是白话文运动的导火线",主要根据是:美国印象主义者六条戒律与胡适白话文主张相似,新式标点和诗的分段分行也是模仿外国,胡适又说译诗《关不住了》是他的新诗成立纪元。这里提出了我国新诗发生接受国外诗歌影响的途径:直接借用外国的诗歌主张,移用国外诗歌的模仿创作,通过翻译引入国外诗歌资源。这种观点虽然存在着忽视中国诗歌变革自身规律的片面性,但却揭示着中国新诗发生同域外诗歌影响的关系。应该说,我国诗人在新诗发生时期是通过多途径来接受外国诗歌影响的,这里着重论述四个接受途径。

一是亲炙国外诗歌运动。推动我国新诗发生的先驱,多数有过留学经历,他们都在留学期间直接接触国外现代诗歌,由此受到感染受到启发而改变诗学观念,从而从事新体创作。有意思的是,我国大批官派留学生的时间正是在 19 世纪 80 年代中期以后,尤其是 1905 年科举制度取消使留学成为文人新的成才和谋生手段以后,先是欧美后是日本。尽管部分留学生是学技术的,但由于他们自小受到良好的诗歌教育,在国外学习自然会受到国外现代学术思想、文学艺术潮流和现代诗歌运动影响。留学首先要过语言关,学语言通常是通过文学作品,这就容易唤起留学生本来就浓厚的文学兴趣。郭沫若到日本是学医的,但由于学德语的缘故接触到歌德和海涅等的诗歌。尤其是,"中国留学生们却由于他们对中国文学、哲学传统的偏好,而大多致力于哲学研究,致力于科学研究的人却很少,结果使得才刚开始接受西方教育的中国人都相信中国的复兴所需要的是哲学思想的彻底变革,过去在中国人生活中起着重要作用的儒家伦理哲学即使没有被他们彻底抛在一边,也已降到次要地位,他们试图用西方的理论取代儒家学说来指导人们的生活。"①这部分留学生对晚清的中国思想文化影响巨大,如严复等的进化论思想对新诗发生就产生了催化作用。留学生回国后的重要贡献之一,就是以中文译介西方的自然科学和人文科学著作,从1890—1919年在中国文化史上出现了翻译高潮,而这正是新诗发生的年代。值得注意的是,部分留学生直接从国外诗歌中引出诗界革命和新诗运动的观念。如胡适的文学革命主张提出就受到美国意象派的影响。他在1910—1917年留美时,美国诗坛生气勃勃,庞德、罗厄尔等相继崛起,蒙若主编的《诗刊》在1912年创刊,桑德堡、鲁宾逊等都很活跃。梁实秋说得很清楚:"今年倡导白话文的几个人,差不多全是在外国留学的几个学生,他们与外语语言文字的接触比较的多,深觉外国的语言与文字中间的差别,不若中国语言文字那样悬殊。同时外国也正在一个文学革新的时代,例如在美国英国有一部分的诗家联合起来,号为'影像主义者',罗威尔女士佛莱琪儿等属之,这一派唯一的特点,即在不用陈腐文字,不表现陈腐思想。我想,这一派十年前在美国声势最盛的时候,我们中国留美的学生一定不免要受其影响。"②再看郭沫若,他的自由诗体创造是留学日本接受惠特曼影响的结果。他在《我的作诗的经过》中说:在日本期间读到了惠特曼的《草叶集》,"惠特曼的那种把一切的旧套摆脱干净了的诗风和五四时代的暴飙突进的精神十分合拍,我是彻底地为他那雄浑的豪放的宏朗的调子所动荡了。在他的影响之下,应着白华的鞭策,我便做出了《立在地球边上放号》、《地球,我的母亲》、《匪徒颂》、《晨安》、《凤凰涅槃》、《天狗》、《心灯》、《炉中煤》》、《巨炮的教训》等那些男性的粗暴的诗来。"③这些材料说明留学生亲炙外国诗歌的意义。

　　二是大量翻译国外诗歌。对于翻译对移植域外诗歌的巨大意义,朱自

①　[美]古德诺:《解析中国》,蔡向阳、李茂增译,北京,国际文化出版公司1998年版,第45页。

②　梁实秋:《现代中国文学之浪漫趋势》,载《中国现代文学研究丛刊》1987年第2期。

③　郭沫若:《我的作诗的经过》,见《郭沫若论创作》,上海,上海文艺出版社1983年版,第204页。

清说:"译诗对于原作是翻译;但对于译成的语言,它既然可以增富意境,就算得一种创作。况且不但意境,它还可以给我们新的语感,新的诗体,新的句式,新的隐喻。就具体的译诗本身而论,它确可以算是创作。至于能够欣赏原作的究竟是极少数,多数人还是要求译诗,那是从实际情形上一眼就看出的。"①他还明确地说:"旧诗已成强弩之末,新诗终于起而代之。新文学大部分是外国的影响,新诗自然也如此。这时代翻译的作用便很大。白话译诗渐渐的多起来;译成的大部分是自由诗,跟初期新诗的作风相应。"②关于诗界革命前后国外诗歌翻译情况,施蛰存作了大致的梳理:

近代外国诗歌被译为中文,不知开始于什么时候。据钱锺书的考查,他以为同治年间(1864)由英国驻华公使威妥玛和中国人董恂合作翻译的美国诗人朗费罗的《人生颂》等诗,可能还有英国诗人拜伦的诗,是最早的译诗。但是,如果《旧约全书》的中文译本,出版得更早些,那么,我们不妨认为其中的《雅歌》部分,是最早的译诗。

译诗的来源,有两个渠道,一个是散文文学作品或社会科学著作中引用的诗,一个是外国诗人的单篇诗作。前者的译作,似乎较早于后者。1873 年,王韬编译《普法战记》,书中就译出了《马赛曲》和普鲁士人的爱国诗。1898 年,严复译出《天演论》,其中引用了英国诗人朴柏的长诗《原人篇》中的片段和丁尼生的长诗《尤利西斯》中的一节。1902 年,梁启超作政治小说《新中国未来记》,其中也以译文引用了拜伦的《渣阿亚》和《端志安》。此外,林纾、伍光建、周作人等翻译的小说中,也常有诗篇或民谣。这些译诗,大多是一章一节,很少全篇。

把诗作为独立的文学作品而介绍给中国读者的翻译家,有马君武、辜鸿铭、苏曼殊、应溥泉、刘半农、胡适等人。③

这个概括基本是不错的。到五四新诗运动期间,译诗更是作为新诗运动的重要组成部分而被重视。有意思的现象是,往往许多新体诗都是先有翻译

① 朱自清:《译诗》,见《朱自清全集》2,南京,江苏教育出版社 1988 年版,第 374 页。
② 朱自清:《译诗》,见《朱自清全集》2,南京,江苏教育出版社 1988 年版,第 372 页。
③ 施蛰存:《翻译文学的输入——中国近代文学大系翻译文学集导言》,见郑晓芳编:《中国近代文学的历史轨迹》,上海,上海书店出版社 1999 年版,第 296 页。

作品,然后才有我国诗人创作。如胡适就把译作《关不住了》(原作是美国诗人蒂斯黛尔发表在美国《诗刊》上的 *Over the Roofs*),称为自己新诗纪元的开始。其实,胡适在五四前有 10 多首古体译诗,语言开始趋向通俗,后来试作白话新诗,又重新翻译《老伯洛》《奏乐的小孩》等。尤其是,胡适留美期间还把自己的古诗翻译成英文。他首次体验语言和诗体转换的,是将自己的题为《春潮》的诗翻译成英语白话诗。以后通过更多的汉诗英译实践,了解了两种语言的诗体构造、语法规则、语义系统的差异,排除了汉语文言诗思维对英语白话诗思维的干扰,胡适诗歌观念的白话化和现代化由此产生。在散文诗发生时,刘半农是最早向国人译介散文诗的。1915 年 7 月,《中华小说界》第二卷第 7 期登载了刘半农译的屠格涅夫四首散文诗,总题是《杜瑾讷之名著》。1918 年《新青年》第四卷第 5 期又发表刘半农译自印度歌者拉坦·德维的《我行雪中》,并称这是一篇"结撰精密的散文诗",把"散文诗"的概念同创作结合起来呈现在国人面前。在五四新诗运动中,刘半农又译了泰戈尔、屠格涅夫、王尔德的散文诗,在他的带动下出现了译介外国散文诗的热潮。与散文诗翻译的同时,一批诗人开始创作中国散文诗。

三是广泛介绍域外诗歌。一种是传教士的介绍。"传教士对中国的改革思想和活动的影响也是一种多方面的现象。新教徒学校里讲授非宗教性的科目,还有新教徒出版介绍西方和西方文化的知识,养成了一种有利于改革的气氛。传教士在政治、方法和社会态度上为中国改革派提供了可以模仿的活生生的、现成的榜样。"①天主教在华的传教活动到 19 世纪最后 40 年规模迅速扩大。新教传教士到 1905 年达到 3000 多人,90% 以上是英美人,大多有着较好的诗歌修养。传教士不仅将外国诗歌带入中国,而且通过布道、唱诗和办学促进了中国诗歌大众化,因为当时传教士所在的西方诗歌界已经出现了诗体适度解放的诗体自由化运动。教会在中国办学实施新式教育,据统计,1905 年中国的教会学校有 6559 人;全日制或其他形式的教

---

① [美]科恩:《1900 年前的基督教活及其影响》,见[美]费正清:《剑桥中国晚清史(1800—1911 年)》上卷,北京,中国社会科学出版社 1993 年版,第 643 页。

会学校 340 所,注册人数 2220 人;高级中学 33 所,注册人数为 411 人;教会大学 5 所,学生 15635 人。西方科目和英语教学,不仅培养了学生平等、自由的人生观,还极大地冲击了中国传统诗体,使学生能够直接接触到那时格律较为松散的英语诗体。传教士的介绍有利于中国诗歌语言通俗化和诗体自由化,五四期新诗主要以英语诗歌为参照物,同这一社会背景有关。另一种是留洋人士的介绍。黄遵宪曾以外交官身份出使日本,1887 年完成《日本国志》,专论文学部分以语言和文字的关系为中心,强调了言文一致的重要性,成为倡导诗界革命的理论依据。在这同时,一批诗人介绍德国、法国等的国歌和军歌,试图改变中国诗歌传统里缺乏面对严酷现实的突兀惨厉的悲剧精神;介绍英国诗人拜伦的创作和事迹,倡导个人英雄主义和精神自由追求的品质。到了五四新诗运动中,域外诗歌的介绍就更为广泛了。新诗发生期刊物对域外诗歌的译介是大量的,由对单个诗人介绍到对诗体、诗歌流派的集中译介,出现过散文诗译介热、浪漫诗歌译介热、民歌民谣译介热和意象诗译介热等。可以分成两种情形:翻译现成的西方诗歌理论和诗人撰写的国外诗歌介绍,当以后者为主。如鲁迅在1907 年写作《摩罗诗力说》,介绍欧洲以及印度、俄国等浪漫诗人,对当时诗坛产生重要影响。《少年中国》大量介绍英美浪漫诗歌,但侧重点是从诗体解放出发阐明诗体自由和精神自由。《少年中国》致力介绍法国象征诗,在 1921 年前后陆续发表:吴弱男《近代法比六大诗家》(第 1 卷第 9期)、田汉《新罗曼主义及其他》(第 1 卷第 12 期)、周无《法兰西近世文学的趋势》(第 2 卷第 4 期)、李璜《法兰西诗之格律及其解放》(第 2 卷第12 期)、黄仲苏《一八二〇年以来法国抒情诗之一斑》(第 3 卷第 3 期)、谈汉《恶魔诗人波陀雷尔》(第 3 卷第 3—4 期)、周无译波特莱尔和魏尔仑诗及评价(第 2 卷第 4 期、9 期)等。这些文章全面介绍了法国象征派代表诗人,而且对其创作特点和地位作了明晰评价,对初期新诗的建设作出了重要贡献。

四是真心地模仿创作。接受国外诗歌的影响,有个重要特点是"真心地模仿"的态度。胡适从分析国内文学创作的窘迫中得出结论:"中国文学的方法实在不完备,不够作我们的模范……西洋的文学方法,比我们的文学,实在完备得多,高明得多,不可不取例。"①周作人则用日本文学现代化的经验教育国人:"日本新文学便是不求调和,只去模仿的好;——又不只模仿思想形式,却将他的精神,倾注在自己心里,混和了,随后又倾倒出来;模拟而独创的好。"②他认为当时中国好像日本明治十七八年时,处在文学现代化起点上。要想使文学现代化,就要打破不肯自己去学人,只愿别人来像我"的心理障碍,向日本学习,"真心的先去模仿别人。这是开放的胸襟。康白情曾说到我国新诗发生期的模仿创作:

> 辛亥革命后,中国人底思想上去了一层束缚,染了一点自由,觉得一时代底工具只敷一时代底应用,旧诗要破产了。同时日本英格兰美利加底"自由诗"输入中国而中国底留洋学生也不免有些受了他们底感化。看惯了满头珠翠,忽然遇着一身缟素的衣裳,吃惯了浓甜肥腻,忽然得到几片清苦的菜根,这是怎么样的惊喜! 由惊喜而摹仿;由摹仿而创造。③

这里生动地叙写了诗人真心模仿创作的情形。有人只是模仿基本方法。如刘半农是诗体实验者,他留英较晚,但也受到英诗影响。其重要影响就是模仿英诗。1920 年 8 月,他在伦敦创作《爱它? 害它? 成功》,就说:"我这首诗,是看了英国 T. L. Peacock(1785—1866)所做的一首'The Oak and the Beech'做的。我的第一节,几乎完全是抄他;不过,入后的用意不同,似乎有些'反其意而用之'"。④ 早期摹仿创作,一是有意无意地"误读"后的模仿,如对西方浪漫诗歌寻求新音律的忽视;二是简单地全盘摹仿,如对于西方晦涩诗体的机械摹仿;三是根据创造新诗的需要,正确处理摹仿与创造的关系。周作人认为中国文学现代化的关键是"从模仿中,蜕化出独创的文学来",所谓"独创"就是"融化","新诗本来也是从模仿来的,它的进化是在于模仿与独创之消长,近来中国的诗似乎有渐近于独创的模样,这就是我

---

① 胡适:《建设的文学革命论》,见《中国新文学大系　建设理论集》,上海,上海良友图书印刷公司 1935 年版,第 138—139 页。

② 周作人:《日本近三十年小说之发达》,见《中国新文学大系·建设理论集》,第 283 页。

③ 康白情:《新诗底我见》,载《少年中国》第 1 卷第 9 期,1920 年 3 月 15 日。

④ 见《半农诗歌集评》,赵景深原评、杨扬辑补,北京,书目文献出版社 1984 年版,第 33 页。

所谓的融化。"①新诗发生期更多的是模仿,五四后新诗更多地考虑融合的问题。

第三节　接受外国诗歌影响的主要内涵

周作人在《文学革命运动》中说:"自甲午战后,不但中国的政治上发生了极大的变动,即在文学方面,也正在时时动摇,处处变化,正好像是上一个时代的结尾,下一个时代的开端。新的时代所以还不能即时产生者,则是如《三国演义》上所说的:'万事齐备,只欠东风'。所谓'东风'在这里却正应改作'西风',即西洋的科学,哲学,和文学各方面的思想。到民国初年,那些东西已渐渐输入得多了,于是而文学革命的主张便正式地提出来了。"②这是符合客观实际情况的。从诗界革命到辛亥革命时期,诗界主要接受国外的科学、哲学的影响,而从民初开始才更多地从文学审美角度接受外国诗歌影响,很多外国诗派直接影响新诗发生,其中浪漫派、意象派和象征派的影响最大。需要说明两点:接受影响除了来自欧美等西方外,还来自东方如日本、印度等;接受影响常有"误读"情形,这是由特定的生存境遇或自我的创造动机造成的。国外诗歌影响,主要表现在诗学观念、诗体特征、节奏方式、表达技巧和形体方式等方面,其结果是推动了中国诗歌由传统型到现代型的转变。

关于诗学观念。日本是西方现代诗歌传入的中转站,日本的现代诗歌改革,特别是"新体诗"运动影响到中国新诗革命的性质、目的和方式,影响到新诗的功能与形态,特别是口语诗运动和平民文学思潮使新诗重视口语化和平民化。苏曼殊在日本翻译浪漫诗歌,留日的鲁迅写作诗学论文,大力神化浪漫精神和个性解放。驻日外交官黄遵宪受日本"新体诗"和"口语自由诗"的影响,在诗界革命中倡导"言文一致"和歌谣新体诗。留日的周作

---

① 周作人:《〈扬鞭集〉序》,见陈绍伟编:《中国新诗集序跋选》,长沙,湖南文艺出版社 1986 年版,第 174 页。

② 周作人:《中国新文学的源流》,上海,华东师范大学出版社 1995 年版,第 56 页。

人提倡人的文学和平民文学观念。梁启超等把诗界革命作为政治维新的组成部分,正是接受了日本通过文学进行思想启蒙的影响。胡适的白话诗主张,明显地接受了英美意象派诗论影响,洛威尔的理论直接为胡适进行汉语诗歌改革提供了行动方针,如真实的诗歌观、语言文字和文体的解放,以及内容的平民化和世俗化。发生期诗人特别钟情欧美的浪漫主义,不仅是因为他们渴望做人和作文自由,像浪漫诗人那样追求个性解放,更是因为他们从浪漫诗人身上看到了对民族危机的深切忧患和知识分子的使命意识。那时的多数诗人都不约而同地在浪漫主义的想象、激情和灵感的三大旗帜下集结。梁实秋总结浪漫主义的特点是自我表现之自由、诗的体裁之自由和诗的题材之自由。他说:"浪漫主义的精髓,便是'解放'两个字。浪漫主义者全是丛聚在这个新鲜的大纛下面,他们全都崇奉着这解放的精神,而向不同的各方面去发展",诗体的大解放是浪漫主义最显著的一个特点。① 初期诗人对法国象征派精义有所忽视,重视的是波特莱尔等人的散文诗,导致新诗早期形态过度散文化,重视借重法国自由诗观念来改革汉诗:用自由体写平民感情。接受印度诗歌的影响,主要是追求"自然"、"淳化"和创造的诗美,郭沫若惊异于泰戈尔的"第一是诗的容易懂,第二是诗的散文式"。把以上种种国外诗歌观念的影响归结起来就是:诗歌的使命意识、诗歌的自由精神、诗体的解放意识、诗歌的平民意识,这些正是新诗所赖以发生的诗学观念。

　　关于诗体创造。胡适在《谈新诗》中,从国外诗体变革中引出诗体解放的主张:"欧洲三百年前各国国语的文学起来代替拉丁文学时,是语言文字的大解放;十八十九世纪法国嚣俄英国华次活(Wordsworth)等人所提倡的文学改革,是诗的语言文字的解放;近几十年来西洋诗界的革命,是语言文字和文体的解放。这一次中国文学的革命运动,也是先要求语言文字和文体的解放。新文学的语言是白话的,新文学的文体是自由的,是不拘格律的。"②刘半农在对英法两国进行比较后认为:英国诗体极多,故诗人辈出,

---

① 梁实秋:《拜伦与浪漫主义》,徐静波编:《梁实秋批评文集》,珠海,珠海出版社1998年版,第14—16页。
② 胡适:《论新诗》,载《星期评论》纪念号,1919年10月10日。

而法国诗律极严,故成绩不能与英国比。由此提出"增多诗体"主张,方法是自造、输入和别增无韵诗。在这种主张下,初期诗人从域外引入多种诗体,大都体现着诗体解放要求。诗界革命引入日本的新体诗,包括歌谣体和"学堂乐歌"等,在此基础上创作了大量的歌体诗。其特点梁启超认为是简朴和音乐性,但不是依调而作,而是独立于音乐,因而就有了自由天地,打破了传统曲调、格律束缚。"自由诗"的名称由田汉从国外译入,他在《平民诗人惠特曼百年祭》中说:"破弃从来一切的规约与诗形,自辟新领土,倡所谓'不定性的诗'(Versamorphes)'自由诗'(Verslibre)"。他以惠特曼的创作为范例声援新诗运动,说:"中国现今'新生时代'的诗形,正是合乎世界潮流,文学进化的气运。"①自由诗有两路创作。胡适等人的白话诗,其诗体来源主要是脱胎旧诗体式,但也受到英美意象派影响,在诗语上强调用白话,在诗体上打破"无韵则非诗"的原则,审美要求则是明白清楚。白话诗倾向说话,远离文言,逼向口语,远离程式,逼向自然。郭沫若等人的自由诗,其诗体来源主要是西方浪漫派。郭沫若认为西方近代的自由诗和散文诗都是抒情的散文,是近代诗人不愿受一切的束缚,破除一切已成的形式,而专挹诗的神髓以便于其自然流露的一种表示。然在自然流露之中,也自有它自然的谐乐,这谐乐就是情绪的律吕。稍后的刘延陵较为系统介绍西方自由诗体,他的《美国的新诗运动》和《法国诗之象征主义与自由诗》等,从精神和形式方面揭示了自由诗体特征。世界散文诗体是文体革命的结果,是在19世纪中期开始的西方诗歌自由化运动中诞生的。中国现代散文诗体概念源自国外,最早从文体学上输入的是刘半农,他的理解是"不限音节不限押韵"。刘半农、鲁迅和沈尹默的创作代表了新诗发生期散文诗的最高水平。在1921—1922年间,诗坛开展过关于散文诗体特征的讨论,其基本理论同世界散文诗体建设理论相通。小诗运动出现在1921—1923年,但更早的新诗如郭沫若、康白情等创作中就有不少小诗。总体而言,五四期小诗创作受到了日本和印度诗歌的影响,尤其是泰戈尔诗歌的影响。以泰戈尔为代表的印度诗歌对中国新诗革命的态度、形态和形式都有重要影响。郭沫

---

① 田汉:《平民诗人惠特曼百年祭》,载《少年中国》第1卷第1期,1919年7月15日。

若在日本时称泰戈尔为"精神上的先生",说创作上有个泰戈尔时期。我国早期小诗大多具有哲理性、自然性和仁爱心,明显烙着泰戈尔小诗体的审美追求。

关于韵律节奏。西方的自由诗运动,形成了对传统诗歌韵律节奏方式的破坏,追求思想自由和形式自由,这就形成了诗体大解放。但是,为了保持诗歌文体的审美性和韵律性,自由诗又追求散体与韵体和谐而生的独立韵律,在创作中寻求着新韵律,有人称为"第三种韵律"。罗杰·福勒在《现代西方文学批评术语词典》中说明了西方自由诗韵律节奏的主要特征:一是不用传统的程式化音步节奏,而是采用诗节意义上的诗行节奏;二是破坏外在的音乐语言节奏,而是采用含有激情的内在节奏;三是这种韵律节奏仍同语言材料结合,主要是通过长短句的对等原则组合来形成节奏。① 这种散韵和谐相生的新韵律,改变了人们的阅读习惯。一般认为,我国诗人倡导自由诗时,存在极端废律的过激言论,但细察后发现其实他们也在寻求着新的韵律。如胡适等人提倡"自然音节说",主张写作长短不一的诗行,以音义结合的语词和句子为单位,句里的节奏是依着意义的自然区分与文法的自然来分析的。这也使句子充当了自然节奏的单位,而其韵律也主要是通过对等的方式来实现。郭沫若等人提倡"情绪内律说",主张诗人自我情绪的自然流露,诗的文字便是情绪的自身的表现。而所谓内在韵律,便是情绪的自然消涨,其节奏形成依靠两个重要关系:力的关系和时的关系。这种韵律方式正是西方自由诗的情绪节奏,在创作中同样采用对等方式形成抒唱的情调。胡适的"自然音节说"和郭沫若的"情绪内律说",再加上艾青的"散文口语说",是我国自由诗的三大韵律节奏形态,其本质都突出诗行的节奏作用。

关于表达方式。诗的表达方式本质是思维方式和语言方式的问题,表达方式的革新必将引起诗歌文本审美的改变。胡适在《文学改良刍议》中提出创作的"八事":言之有物,不模仿古人,须讲究文法,不作无病之呻吟,

---

① 罗吉·福勒(Roger Fowler):《现代西方文学批评术语词典》,袁德成译,朱通伯校,成都,四川人民出版社1987年版,第114页。

务去滥调套语,不用典,不讲对仗,不避俗字俗语。其言之有物之"物"指"情感和思想"。这"八事"同美国意象派理论家庞德的《一个意象主义者的几个不作》基本精神相似。"八事"在表达上呈现两个特点,一是言文一致的语言,二是明白清楚的审美。因此,"作诗如作文"、"具体做法"和"诗的经验主义"就成为早期多数新诗的表达特征。五四新诗浪漫主义的美学特征是强调自然、情感、想象和灵感,表达方式是自我表现和自我流露,用郭沫若的话说就是:"诗人的心境譬如一湾清澄的海水,没有风的时候,便静止着如像一张明镜,宇宙万类的印象都涵映在里面;一有风的时候,便要翻波涌浪起来,宇宙万类的印象都活动在里面。这风便是所谓直觉,灵感,这起了的波浪便是高涨着的情调。这活动着的印象便是徂徕着的想象。这些东西,我想来便是诗的本体,只要把它写了出来,它就体相兼备。"①这种表达方式催生了诗的情理抒情结构和理念抒情结构,诞生了独白式抒情诗和抒唱式政治诗。初期新诗总体来说不够含蓄蕴藉,但是"也产生了属于象征派性质或类象征形态的诗歌创作的萌芽。我们姑且把她们称为萌芽性质的象征派风的作品"②,这种诗往往把西方的象征与传统的比兴融合。这种诗歌接受了西方诗歌的"象征"和"契合"概念,其表现手法特点是:哲学意蕴与象征表现的统一;语言构造是个暗示世界,是对应于有限的客观世界的无限世界;各种感受交叉重合形成交感;由象征、隐喻与暗示所产生朦胧感与空间审美张力等。这在文本上表现为陌生化和朦胧性。呼应着新诗运动平民文学取代贵族文学的要求,我国诗人接受了国外诗歌通俗化和平民化创作潮流影响,有意介绍国外民歌和平民思想,把通俗化与自由化、散文化有机结合起来。在审美追求上是"真",重在表达的自然和自由,"以普通文体,写普通的思想与事实","以真挚的文体,记真挚的思想与事实"。刘半农在《国外民歌译》自序中说民间歌谣的好处,"在于能用最自然的言词,最自然的声调,把最自然的情感抒发出来"。

　　关于诗的形体。新诗的外形是其区别于其他文体的本体性特征。"通

---

① 郭沫若:《论诗三札》,见《中国现代诗论》上,广州,花城出版社1985年版,第55页。
② 孙玉石:《中国现代主义诗潮史论》,北京,北京大学出版社1999年版,第2页。

常以听觉方式出现的语言,当它被记录下来或印刷成文字时,就成了视觉的了。"新诗分行书写以后,也就具备了外在空间形体,"除了发布有关它们内容的象征信息外,还借助印刷术的视觉手段发布关于它们本质的图像信息。"①因此闻一多才说,新诗实力不独包括音乐的美、绘画的美,还有建筑的美。建筑美,指的是诗的文字排列在形式外观上诉诸视觉以一种类似建筑艺术的空间美感。中国传统诗歌没有标点也不分行地连续排列,连句断也是依靠着朗读来实现,因此没有构成建筑美的可能。新诗发生期在借鉴西诗尤其是英诗形体的过程中,通过横排、分行、分节、标点符号、缩格等方式,铸就了独具特色的形体美。以诗的横排为例,几乎是外国诗歌书写方式的照搬照套。新诗横排甚至促进了20世纪20年代初期华文书写由竖行到横行的大变革。孙中山领导的《中国日报》,创刊在1900年1月25日,首创中文报纸直排为横排。到1921年《新青年》发表《华文横行的商榷》,总结出横行法的优点,并把白话诗的成熟与采用横排方式联系起来,进而由新诗横排影响到中文横排。新诗的很多诗形,如四行节或者两行节的形式,诗行左对齐,或者部分诗行有规律缩格等排列方式,都是西洋诗体,尤其是英语诗体的直接移植。从总体上说,这是新诗摹仿西诗创作的结果,但在起始阶段的国外诗歌翻译发挥了特别重要的作用。在早期国外诗歌翻译时,诗人往往同时附上被译原诗,无论翻译成的中文是竖排还是横排,原诗却一律照原样诗形排列,包括横排、分行、分节、标点和缩格等,如早期的《新青年》不仅登出古体汉语译诗,还登出英语原诗。1917年2月1日,刘半农在《新青年》第2卷第6期介绍《马赛曲》,分别用法语、英语和中文将全文刊登。如胡适发表译诗《关不住了》,不仅同时发表英语原诗,而且译诗采用原诗的标点、分行、分节和缩格方式。早期诗人且多数译诗能够保留原诗的诗形,这就使西方诗歌的诗形基本以原样的面貌保留在翻译揣中,而早期翻译和创作往往是纠缠难分的,如《分类白话诗选》就把外国翻译诗和创作白话诗一同收入。原诗及译诗呈现的诗形使人知道了外国人是如何处理诗歌语言空间结构的,为中国诗人摹仿外国诗形创造新诗形体提供了榜样,为汉诗的

---

① 　[英]特伦斯·霍克斯:《结构主义和符号学》,上海,上海译文出版社1987年版,第140页。

诗形由古典到现代的转型奠定了基础。现在所见的新诗诗形，基本都能从国外诗形中找到原型。

第四节　新诗的语言欧化及其评价

　　新诗语言采用现代白话。由古代文言转型而来的现代白话存在着欧化现象，打破传统诗语的新诗语言更是存在欧化倾向。中国传统诗歌避免形象间逻辑结构的过分明确，省略有助于逻辑推理的连接词以及明确语法关系的介词，实词直接连接省略虚词。在古代律诗中，句间和词间语法关系的省略往往成为诗歌意境创造的重要手段。欧诗显著特点是文法接近散文，句子成分一般都齐全，系词、冠词、物主代词乃至动词的时态和语态，名词的格和数等大多必不可少。由于保留了散文中这些表示语法关系的特定方式，英诗语言就与散文语言并无质的区别。尤其是英美法国的自由诗与散文诗，更是采用了自然流露的散文表示。我国初期新诗创作采用说话的自然节奏和内律的情绪节奏，就使文法关系出现新变化：句式复杂，陈述句、感叹句、祈使句、独字句、排比句等自如进入诗中，复杂谓语、倒装句、修饰成分等兼容诗中，一切在于自然语调和情绪流露。新诗语言欧化带来新的文本特征：第一，现代白话在断句上使用严格的西式标点符号，它不仅表示意义表述上的时间割断，而且还介入了整个句子意义的表达，明确了句子在意义表达中的单位功能划分。第二，现代白话语言体系实现了语词修饰关系在语句表达上的表面化，重要表现是：内容叙述人称的出现，标志着新诗语言表述在很大程度上呈现为一种个体经验的具象表述，而非历史文化的抽象叙述；接受西洋句法的影响，表现为文法接近散文，句子结构细密，逻辑关系清晰，篇章结构线性。第三，新诗语言呈现整体隐喻化的表述模式，如果说传统诗歌在语言表述上采取图画式的类比隐喻或象征，允许局部或片面象征自成系统的话，那么新诗则呈现为一种整体隐喻的语言格局，无论在语句还是语篇之间，都呈现为较为严谨的意义关联，相互之间呈现着线性的意义阐释结构。

目前,多数人对新诗语言"欧化"不满。其实,新诗语言形式全盘欧化是不对的(事实上也不可能),而新诗欧化因素却是应该肯定的。新诗处于变更时期,必然存在着汉化和欧化因素,这不足为奇,需要的是对欧化价值和度的掌握。我国新诗形式欧化主要表现在四个方面。

第一,表现在审美心理结构方面。中国传统诗歌重视情景交融的表现手法,以达到在形神兼备的意境中给人以美感。而西诗则向两个方向发展,一是对客观事物的雕镂刻画,平实描摹,给人以真实之感;二是对情绪理智的直接抒写,赤裸表达,给人以启智之益。在新诗发生期,我国诗人也把西诗所体现的情理交融和客观描摹的方式移植了过来,形成了直接抒情诗和客观抒情诗。

第二,表现在诗歌语言结构方面。中国传统诗语言精练,具有音韵美,结构单纯明净,同散文语言差别明显。据统计,我国口语丰富的作品中轻音一般占全部音节的 1/5 左右,而精练的诗歌语言轻声低于 1/6,可见诗歌语言中出现的虚词比正常口语少得多。但西诗在语言结构方面,往往借助逻辑推理的连接词和明确语法关系的介词,去明确形象间的逻辑结构和诗情发展的接合关系。为了保证诗的逻辑和语法关系的明确性而不破坏格调,就不惜打破诗行在意义上的独立性。把西诗的这种语言结构移植过来,也就成为新诗形式欧化的重要方面。

第三,表现在诗行组织结构方面。中国传统诗珍惜诗行的完足,行句一般是统一的。而西诗却大量运用跨行法,打破行句统一的格式。大致有五种情况:一是从甲行的中间开始,直跨到乙行末;二是从甲行的第一个词开始,跨到乙行的中间;三是某句从甲行跨到乙行,另一句从乙行跨到丙行,又另一句从丙行跨到丁行,几乎是连续不断的;四是抛词法,即只留一词抛入另一行;五是不仅跨行,而且跨段。我国新诗也用以上数种跨行法。王力认为,"普通白话诗和欧化诗的异点虽多,但是跨行法乃是欧化诗最显著的特征之一。"①

第四,表现在诗韵组织结构方面。总体来说,西诗的诗韵组织结构繁

---

① 王力:《现代诗律学》,北京,中国人民大学出版社 2004 年版,第 33 页。

复,如西方十四行体韵式主要是双交韵、随韵、抱韵,而且诗韵变化较多。一是一首诗中抱韵和交韵或交韵和随韵同时使用;二是前八行或前十二行同后四行或后二行韵法不同;三是换韵频繁,正式的十四行中可以有 5 个韵,凡不超过 5 个韵,前 8 行又用抱韵,只后 6 行的韵式有变化者,可认为是正中之变,凡超过 5 个韵或前 8 行用交韵或随韵的,就是纯粹属于变式了。莎士比亚的 14 行诗用了 7 个韵。中国古代极少用多种韵式,也很少频繁地换韵。我国诗人写新诗时,也借取了西诗的韵式和韵法。

总体上说,对以上欧化因素我们持肯定态度,因为它为我国新诗提供了新质,有利于新诗的发展。正如冯雪峰所说:"'欧化'是中国现代化的一个非常重要的历史契机",否则,"中国就不会有新的民族文化的诞生"[1]。中国传统诗有其美妙之处,但它的容量较小,表现比较丰富的生活和比较复杂的思想的手段较为薄弱。而西诗不可忽视的优点,就是有较大的思想容量和情感变量。因此,我国诗人大胆借用西诗的情理结构以及刻画笔法,采取中国旧诗不常用的直接抒发方式,不回避传统诗中不受欢迎的哲理,开拓了诗歌表现的又一领域。这无疑是有意义的。与此相关,在语言结构上对散文句式的选用,不像传统诗那样回避句间逻辑关系,大量采用表示逻辑进展的句间连接词,并不惜跨行,安排复杂的音韵组织结构,这就是语言的欧化问题。语言结构和心理结构是互为表里的关系。不错,单纯性是抒情诗的固有品格,但由于散文句式和跨行形式的运用,在表达思想的细密、刻画事物的具体、抒写情理的直接等方面,明显相异于中国传统诗体意境所能达到的境界。

同时,欧诗大量采用跨行以及独特的诗韵结构在形式上也有特殊价值。跨行不只是为了保证诗的逻辑和语法关系的明确性而不致对格律的破坏,还有其他功能。王力在《现代诗律学》中认为抛词法作用,一是求节奏的变化,二是把重要的词的价值显现出来。梁宗岱和唐湜认为跨行可以增强诗句的弹性和韧性,有利于诗情表达。瑞士文论家沃尔夫冈·凯塞尔认为,避免诗行排列单调的"最简单的方法就是'跳行'(上句牵入下句):意义从一行跳入

---

[1]　冯雪峰:《论通俗》中,北京,人民文学出版社 1981 年版,第 166 页。

下一行,因而放松了行列的严格性。"①再说用韵,除了音乐性外,饶孟侃认为:"它的工作是把每行诗里抑扬的节奏锁住,而同时又把一首诗的格调缝紧"。"这东西在旧诗里是和格调一样,简直没有充分的发展;所以在新诗里面我们更应当格外多多的尝试。"②卞之琳对传统诗韵的单纯不满,主张借鉴较为繁杂的西诗韵法。欧诗用韵复杂,并注意发挥其密合诗情和格调的功能,韵法穿来又插去,诗情"层层上升而又下降,渐渐集中而又解开"。由此可见,移植西诗的跨行和韵式,对于丰富新诗的表情功能和形式美质有着积极的意义。

　　肯定新诗在心理、语言、诗行和用韵等方面欧化的积极意义,是从总体上说的。当然,在创作实践中也存在着没有掌握好度的问题。卞之琳就说过:"从语言问题说,一方面从西方来的影响使我们用白话写诗的语言多一点丰富性、伸缩性、精确性。西方句法有的倒和我国文言相合,试用到我们今天的白话里,有的还能融合,站住了,有的始终行不通。引进外来语、外来句法,不一定要损害我国语言的纯洁性。"③欧化不良影响在一些新诗创作中常能见到。如有些诗为了每行限字和用韵合律,移行太多,同我国人民的欣赏习惯相距太远。由此引出的结论是:欧化时要有所选择,要考虑到民族的欣赏习惯和语言可接受性。同时,在吸收欧化因素的同时,要注意民族化和本土化。我们应该记住闻一多的话:"它不要作纯粹的本地诗,但还要保存本地的色彩,它不要做纯粹的外洋诗,但又尽量的吸收外洋诗的长处,它要做中西艺术结婚后产生的宁馨儿。"④

　　通过对新诗形式欧化问题的分析,我们的结论是:中西文化移植交流中的欧化因素的存在是客观的,是一种必然现象;对移植交流中的形式欧化因素,从总体上应取肯定的态度,对于欧化因素中的某些失度现象,在移植中应尽量避免;移植西方诗体不要做纯粹的本地诗或外洋诗,而要做中西艺术结合的新诗体。

---

　　①　[瑞士]沃尔夫冈·凯塞尔:《语言的艺术作品》,陈铨译,上海,上海译文出版社1984年版,第105页。

　　②　饶孟侃:《新诗的音节》,见《晨报副刊·诗镌》1926年4月22日。

　　③　卞之琳:《人与诗·忆旧说新》,北京,三联书店1984年版,第189页。

　　④　闻一多:《〈女神〉的地方色彩》,见《闻一多论新诗》,武汉,武汉大学出版社1985年版,第64页。

余论　反思新诗发生的若干问题

从 19—20 世纪之交到五四时期,其间 20 年左右是中国新诗的发生期,在特定的社会环境中,在中西思想文化的激烈碰撞下,中国新诗终于完成了由传统到现代的转型。这种转型涉及中国诗歌的诗质、诗语和诗体等诸多方面深刻的现代嬗变,它制约着中国新诗的发生及其基本面貌,同时规定着整个中国新诗的建设与发展。研究中国新诗的建设课题和发展线索,需要溯源新诗发生中的若干问题。

一、关于"诗质"革新问题

"文胜质",这是新诗运动先驱者对旧诗之弊的概括。1916 年 2 月 2日,胡适在给任叔永的信中明确指出:"适以为今日欲救旧文学之弊,先从涤除'文胜'之弊入手。今人之诗徒有铿锵之韵,貌似之辞耳。其中实无物可言。其病根在于重形式而去精神,在于以文胜质。"[①]1916 年 10 月,胡适写信给陈独秀又说:"综观文学堕落之因,盖可以'文胜质'一语包之。"[②]应该说,诗界革命的种种主张,都是针对文胜质的,《文学改良刍议》所述"八事"也在涤除文胜质之弊。"文胜质"中的"文",不仅指诗歌的文词和文体,而且特指旧体诗词的文词和文体。中国诗歌在文人经营和科举规范下发展

① 胡适:《〈尝试集〉自序》,合肥,安徽教育出版社 1999 年版,第 19 页。
② 胡适:《寄陈独秀》,见《中国新文学大系·建设理论集》,上海,良友图书印刷公司 1935 年版,第 32 页。

到晚清,其文词与文体达到了成熟以至烂熟的地步,任何进入其间的诗人都可以驾轻就熟,难以超越创新。胡适等人在批评旧诗时提到的"滥调套语"、"用典"、"对仗"、"抽象说法"、"戒律森严"等,都指向旧诗的"文"。"文胜质"中的"质",所指就是诗的"精神",后来胡适具体把它称为"物",即"思想"和"情感"。胡适等人认为其时诗歌缺乏真实情感,言之无物,无病呻吟。刘半农认为文胜质的结果,一是专讲声调格律,拘执着几平几仄方可成句,或引古证今,以为必如何如何始能对得工巧;二是情思表达落入俗套,真挚情感失落成为虚假的诗。这种状态,无法反映时代变革的现实和要求,无法适应知识分子政治革命和思想启蒙的需要。因此,胡适明确地指出:"文胜质者,有形式而无精神,貌似而神亏之谓也。欲救此文胜质之弊,当注重言中之意,文中之质,躯壳内之精神。"①并提出文学改良"八事"。呼应胡适主张,陈独秀发表《文学革命论》,高张革命军"三大旗帜",其要旨也在救治"文胜质"。无论胡适从形式革新入手,还是陈独秀从内容着眼,都在解决诗质的问题。

中国新诗发生的起始是晚清诗界革命,其革新重点者是"质"而非"文",基本主张是让新意境、新语句进入旧诗形式,即旧瓶装新酒。其"新意境"指的是新的思想感情和新的事物景象;其"新语句"指的是现实词汇尤其是外来词语;新意境和新语句都关乎诗质的更新,源自康有为的"新世瑰奇异境生,更搜欧亚造新声","异境"和"新声"正是新意境和新语句。资产阶级维新派认为变法维新,必先"新民",必先开启民智,因此自觉地要求文学作为宣传工具为政治服务,诗界革命成为政治维新变法的组成部分。废除中国科举制度,传统诗歌应试求仕的功能在清末民初转向抒情和启蒙两大功能。这在废除科举后的第一代诗人身上表现得非常明显,南社诗人的诗歌引入新派诗的意境,自由地抒写赤子之情,体现着"诗质"的更新。由于南社是一个政治色彩很强的资产阶级革命文学团体,因此尽管其诗歌的诗质体现着现代趋向和审美价值,但其"诗质"的基本内涵也离不开现实

---

① 胡适:《寄陈独秀》,见《中国新文学大系·建设理论集》,上海,上海良友图书印刷公司1935年版,第32页。

政治。陈去病的《南社诗文词选叙》被认为是南社初期文学纲领,文章以三个"不得已"申说"抒写心情"的内容:第一是屈原、贾谊式的不满现实政治,一腔忧国忧民之情;第二是宋末遗民谢翱、唐钰式的痛哭流涕,满怀故国之思和民族之情;第三是抒发同志反清友谊,特别如向秀怀念被杀的嵇康那样缅怀先烈之情。到五四时期,新诗运动成为新文化运动的组成部分,胡适等从启蒙现代性和审美现代性来更新诗质。启蒙现代性就是反对"文以载道",导入民主和科学的精神,形成新的知识系统、价值系统和意识形态系统;审美现代性就是推倒贵族文学、古典文学和山林文学,建设国民文学、写实文学和社会文学。其内质如叶维廉所说的三个方向:过早乐观的文学,批判社会的文学,认同危机的文学。从诗界革命到南社创作再到新诗运动,推动着"诗质"的现代转型,"新诗"概念的提出、"新诗"同"旧诗"对立体现着新旧两极思维模式,而新诗之"新"首先在于"新意境"、"新理想"、"新思想",即诗质的"新"。

追求诗质的"新",这是补救晚清诗歌"文胜质"之弊的关键,它推动着中国诗歌的现代转型。但是由于这种追求的社会生态环境是独特的,那是中国社会王纲解纽,改朝换代,新旧更迭的加速剧变期,推动诗歌现代转型的又是资产阶级维新派和革命派以及五四新文学派,因此它不是一场艺术层面的文体革新,而是社会政治和思想文化革命运动的组成部分,政治宣传和思想启蒙成为诗歌现代转型中解决诗质问题的基本内涵。宣传启蒙功能与传统教化作用是不同的,前者重视现实,可以开启民智,唤起激进的革命,后者是为了培养循规蹈矩的中庸保守者,扼杀人的创造天性和自我意识,前者体现的是诗质的现代化,后者体现的是诗质的保守性,因此新诗得以发生并最终占据诗坛统治地位。这充分说明,新诗革命运动破除"文胜质"之弊的诗质现代化是进步的,但在这过程中存在着太多的非文体的非诗因素,从而造成中国新诗发生的非诗因素多于诗的因素,革命精神多于建设精神,时代使命意识多于艺术使命意识。发生期新诗的这些胎痕,被新诗创造者概括为诗歌与时代关系,强调诗人要"紧紧跟踪着时代走,不可落在时代的后面"①。

---

① 郭沫若:《我怎样开始了文艺生活》,载《文艺生活》(香港版)1948 年第 6 期。

它成为一种"发生胎记"推动着新诗发展中与政治时尚合流,如五四期写实诗歌和浪漫诗歌,20世纪20年代后期的普罗诗歌,20世纪30年代的大众诗歌和国防诗歌,抗战期的七月诗歌,以及街头诗、朗诵诗和长篇叙事诗,20世纪50年代的新民歌,20世纪70年代的天安门诗歌,20世纪70年代以后的伤痕诗歌、反思诗歌和寻根诗歌等。诗歌与时代紧密结合保持诗质现代性,其实是无可厚非的,如九叶诗人同样忠诚于时代的感受,但是又忠诚于诗艺。他们的努力为新诗表现时代精神开拓了新路,如"玄思感觉化"、"思想知觉化"等,使得"说理时不陷于枯燥,抒情时不陷于直露,写景时不陷于静态",因此作品蕴藉含蓄,重视内心开掘,而又与人民的感情息息相通,因而避免了空洞议论和标语口号。可惜,这种追求的诗派在新诗发展中少而又少。究其原因,关键是由发生期政治宣传和思想启蒙的功能决定,强调诗的具体做法(即诗的自然主义)和诗的自然流露(即诗的浪漫主义),从而否定"诗质"诗化的意义,把感情与诗情、现实人生与象征人生、现实生活与诗的生活混淆起来,流风所及给中国诗歌发展造成了持续不断的消极影响。

二、关于"诗体"革新问题

诗界革命所进行的是一场旧瓶装新酒式的诗歌革新运动,梁启超在《饮冰室诗话》中用"镕铸新理想以入旧风格"、"独辟新界而渊含古声"、"能以旧风格含新意境"来表述,其"新理想"、"新界"、"新意境"涉及的是诗质的革新,而"旧风格"、"古声"大致就指旧的诗体形式,这典型地反映了资产阶级维新派的改良性质。诚如王瑶在《谈晚清新派诗》中说:"在未有彻底打破旧形式以前,要使诗能够容纳一定的民主主义的内容,而又不至破坏诗的表现力量,使诗仍能够发生艺术的作用。这就是新派诗所可能达到的最高成就。"[①]但要补充的是,在诗质、诗语与诗体的矛盾运动中,诗体固然制约着诗质诗语的表现,但诗质诗语也对诗体产生影响,因此诗界革命创

---

① 王瑶:《谈晚清新派诗》,载《光明日报》1955年11月27日。

作中开始局部突破旧诗形式,开始探索自由诗体形式。它对五四新诗诗体解放起到了先锋作用:功能变化必定带来文体变化,赋予诗在内容上的创作自由必然引起诗体选择和创造的自由;新语句尤其是白话入诗迟早要使诗人的写作方式、思维方式发生变化;对民间歌谣等俗体的重视和采用,打破了汉诗贵贱雅俗分明的等级观念,为平民诗歌的兴起和大众诗歌的出现开辟道路;诗界革命的不成功,促使五四新诗运动采用全面的偏激的诗体解放运动。①

事实正是如此,晚清诗界革命中诗体变革的萌芽成为五四新诗运动的创作起点,胡适等人都是在此基础上创作新诗的;晚清诗界革命中诗体变革的保守成为五四新诗运动反叛基点,胡适等人在此基点上倡导诗体解放。胡适在 1916 年给友人的信中把那时诗歌"文胜质"概括为"重形式而去精神",由此提出从三事入手:第一,须言之有物;第二,须讲求文法;第三,当用"文之文字"时,不可故意避之;这就涉及诗质、诗语和诗体革新问题,基本理论可以概括为"作诗如作文"的散文化追求。在此基础上,胡适形成了诗体革新主张,这就是:"这一次中国文学的革命运动,也是先要求语言文字和文体的解放。新文学的语言是白话的,新文学的文体是自由的,是不拘格律的。"②这样,五四新诗运动就开始成为一场诗体变革运动。诗体解放同时也是针对着"文胜质"之弊,因为在胡适等看来,"形式上的束缚,使精神不能自由发展,使良好的内容不能充分表现"。胡适关于诗体解放的正面主张是"白话的字,白话的文法,和白话的自然音节",其指向是冲破旧诗体的束缚,冲破旧诗则的束缚。黄遵宪最早提出"我手写我口"的主张,标志着中国诗歌现代化的开始,因为自我意识在诗歌精神和诗歌表达上的觉醒,正是诗歌现代转型的开始。但是,前人早就指明,黄遵宪其实并没真正实践"我手写我口",原因正是在于传统诗体的束缚;后来王国维提出"以自然之舌言情",即用本然状态的口语表达情感,但也没真正成为创作现实,原因还在旧诗体的束缚。只有到了五四新诗运动中倡导诗体解放,胡适等

① 王珂:《百年新诗诗体建设研究》,上海,上海三联书店 2004 年版,第 34 页。
② 胡适:《中国新文学大系·建设理论集导言》,上海,上海良友图书印刷公司 1935 年版,第 27 页。

实践"有什么话,说什么话;话怎么说,就怎么说",才在诗质和诗体上达到充分自由,达到"我手写我口"的理想,达到诗质的现代化、诗语的散文化和诗体的自由化。紧接着郭沫若登上诗坛,其诗学主张也是诗体解放,在自由诗体形式中充分地自我表现,自然地流露感情。他对传统诗歌写作的"做"提出异议,明确地说:"诗不是'做'出来的,只是'写'出来的"。其写诗状态如:每逢诗兴来了的时候,便跑到书桌旁边,将就斜横着的纸,连摆正他的时候也没有,急忙从头至尾地矗立着便写下去。他说:"我也是最厌恶形式的人,素来也不十分讲究它。我所著的一些东西,只不过尽我一时的冲动,随便地乱跳乱舞罢了。"①这种打破诗体形式束缚的自我表现在五四期获得人们巨大的赞赏。郭沫若在胡适诗体解放的基础上向前迈进,把自然口语的散文化发展到自我情绪的自由抒发。胡适的白话诗体和郭沫若的自由诗体代表了五四新诗运动中诗体革命的两种模式,其他诗人的创作基本都没有能够超越,而这两种模式共同的追求是诗体解放,这就使中国诗歌在诗体上完成了由传统到现代的转变。

"诗体解放"中的"诗体"所指是旧诗体,五四新诗运动解放诗体也解放诗质,改变了诗界革命固守古人风格最终限制了新意境和新语句的局面,无疑对于诗歌现代转型意义重大。问题在于,"诗体解放"是破旧,新诗发生期间在破旧以后却没有正面地提出"立新",即建立新诗体的问题。因此,新诗运动不是纯正的诗体革命,诗人只是以诗体革命推动文化革命,以文化革命促进社会变革,并非真正需要诗歌艺术形式层面的诗体变革。诗人并非真正重视"新瓶"的制作,仍在"酒"的酿制,为了催生新思想,为了启蒙,本质仍在诗的精神革命,从而与诗界革命重精神轻形式有着异曲同工之处。在新诗运动开始,有人就主张新诗应该立几条规则,通过"体"来区别诗文,但这种合理建议遭到激进人士的无情否定。如1918年6月5日,朱经农写信给胡适,主张给白话诗确立几条规则,并说:"要想'白话诗'发达,规律是不可不有的。此不特汉文为然,西文何尝不是一样? 如果诗无规律,不如把诗废了,专做'白话文'的为是。"这种"诗体建设"的主张是正确的,但在当

---

① 郭沫若:《论诗三札》,见《中国现代诗论》上,广州,花城出版社1985年版,第59页。

时即遭到胡适反对,胡适在回信中说:"我们做白话诗的大宗旨,在于提倡'诗体的释放'。有什么材料,做什么诗;有什么话,说什么话;把从前一切束缚诗神的自由的枷锁镣铐笼统推翻:这便是'诗体的释放'。因为如此,故我们极不赞成诗的规则。"①后来有人提倡创作现代格律诗更是遭到非议。这种极端的破坏而无意于建设的诗体革命,不仅造成发生期新诗自由无体的散文化非诗化倾向,而且直接影响到以后中国新诗发展中的文体建设,百年中国新诗走着的是一条自由化与律化始终对抗的构建之路,至今新诗大致仍然处于无体状态,不符合世界各国诗歌发展的规律,也是新诗始终遭人非议的重要原因。

我们认为,由胡适的白话诗和郭沫若的自由诗体出发,在诗歌散体化道路上出现了一批可以与古典诗歌媲美的新诗,散体诗歌为我国诗歌园地增加了崭新的品种,对此应该充分肯定;但是由诗体解放而引出中国新诗应该无体甚至排斥律化或定型准定型新诗的探索,这在文体理论和创作实践上都是站不住脚的,它对于中国新诗发展必然产生消极影响。中国新诗发生在一个政治思想偏激的年代,文化上的激进变革必然带来文体革命的偏激。在动荡激进的岁月里孕育的诗歌革命具有强烈的极端性:新诗的诞生既要解放旧诗体,获得解放后的新诗就不应该再有格律形式,不应该再有文体规范。"无体即体"只是一种自欺欺人的说词。中国新诗的发生接受了西方诗歌革新的影响,西方从19世纪中期以后的意象派、浪漫派和象征派都在作着诗体解放自由的努力,但是这些努力并非是完全忽视诗艺和诗体建设的,中国诗人在接受这种影响时有意无意地出现了"误读"。王珂具体分析了这一时期对外国诗潮译介的"误导":重视诗体艺术和传统诗体的一面被人为地掩盖起来;反对滥用感情更重视诗艺的后期浪漫诗人很少被译介;更没有让当时诗人明白早在新诗革命的前几十年,西方浪漫诗潮已经受到重视诗艺的诗人质疑;没有将新诗革命时期欧洲流行的是现代主义而不是浪漫主义的真相告诉国人。② 总之,由于特定的社会背景和特定的文化思潮决定五四新诗运动,

① 朱经农、胡适:《新文学问题之讨论》,见《中国新文学大系文学论争集》,上海,上海良友图书印刷公司1935年版,第51、54页。
② 王珂:《百年新诗诗体建设研究》,上海,上海三联书店2004年版,第145页。

是一场被严重意识形态化(政治化)和世俗化(急功近利地实用化)的非诗的文体运动,而非诗因素过多的文体革命决定了新诗运动无法进行必要的诗体建设,这种开始形态为以后新诗难以建立定型或准定型诗体埋下了隐患,从而就使得中国现代诗歌至今还没有达到文质彬彬的境界。

三、关于"诗语"革新问题

由古代文言到现代白话,"诗语"的变化是中国诗歌现代转型又一重大问题。胡适在《〈尝试集〉自序》中说:"我们认定'死文字定不能产生活文学',故我们主张若要造一种活的文学,必须用白话来做文学的工具。"在经过五四新诗运动以后,胡适更是明确地说:"我当时希望——我至今还继续希望的是用现代中国语言表现现代中国人的生活,思想,情感的诗。这是我理想中的'新诗'的意义。"①胡适的"白话"、"现代中国语言"即现在所说的"现代汉语"。晚清开始的白话文运动的发展,现代报刊的兴起,平民教育的出现和通俗文学的流行起到了重要的推进作用。在晚清以后的社会急剧变动中,社会进步的动力来自民众和精英两种力量的汇合,社会精英采用白话文和白话诗等通俗文化教育手段进行启蒙,加速了白话文运动及汉诗的现代转型,促进了文言向白话、旧诗向新诗的本质转变。白话文运动发展到五四时期,发生了革命性的变革:一是从文白二元向白话正宗转变。即由文言是上层阶级的专利、白话仅是下层启蒙的工具,转变到指责文言是死文字,白话是活文字,确立白话的正宗地位;二是从宣传工具到语言本体转变。晚清白话文运动把白话视为思想启蒙、宣传革命的工具,五四白话文运动则认为"旧的皮囊盛不下新的东西,新的思想必须用新的文体以传达出来,因而便非用白话不可了。"②三是从言文一致到文学国语转变。五四白话文运动把言文一致的白话提到文学国语的高度,把它同新国语运动、新文学运

---

① 胡适:《致徐志摩》,见《胡适书信集》上,北京,北京大学出版社 1996 年版,第 560 页。
② 周作人:《中国新文学的源流》,上海,华东师范大学出版社 1995 年版,第 64 页。

动、新思想运动有机结合,推动现代汉语成形。正是在以上种种的积极推进和本质转变过程中,新诗的语言终于形成。现代汉语诗歌的发生,对于现代汉语成形的积极意义表现在:第一,从诗界革命开始的诗语革新包括"新语句"入诗、散文句入诗、外来语入诗,以及诗歌语言通俗化和白话化,是晚清以来的白话文运动的重要组成部分。第二,五四初期白话取得正宗地位的一个焦点问题,就是白话文学在小说词曲演说诸方面已经确立,但"白话是否可以作诗还需要证明",因此胡适等决心全力抢夺这座未投降的堡垒,并最终在诞生了白话新诗的同时宣告白话文学的全面胜利。第三,语言的形成存在于文学经典之中,胡适等把白话文运动与新文学运动结合,提出"国语的文学"和"文学的国语",创作出最初的白话新诗和其他白话文学作品,用经典作品宣告了现代汉语的诞生。第四,虽然有文言能达出的境界是白话无法表达的,但最初白话新诗的成功,同样也证明有白话诗能达的境界是文言诗无法表达的,胡适《谈新诗》中有具体例证。以上种种都说明中国新诗语言的问题,实质是新诗发生和现代汉语发生相互纠缠的关系问题,任何使用着现代汉语而反对着新诗语言的发生都是不值得一驳的。

就发生期新诗语言说,它是一种口语、欧化语和文言语的混合物。其中口语即古代白话是基础。古代白话就其本质来说同文言一样也属于古代汉语体系,古代文言和古代白话在晚清分别代表着高雅和通俗、书面语和口头语,因此借用学者"深度模式的超稳定性"的观点说,既然现代汉语以古代白话为基础,因此两种语言必然存在着思想层面和工具层面的继承性和连续性。欧化语,即在白话中自由地移用外来词汇和话语方式,自觉地融入西方语言在思想层面和思维层面的东西。用白话代替文言,不仅是一个语体形式的革命,而且是一个创造新的语义系统的过程,其目的在于适应变迁了的现代社会心态以及与世界交流的需要,因此,有人说"(现代)白话成了一种'披着欧洲外衣',负荷着过多的西方新词汇,甚至深受西方的句法和韵律影响的语言。它甚至可能是比传统文言更远离大众的语言。"①再有就是

---

① [美]本杰明·史华慈:《〈五四运动的反省〉导言》,太原,山西人民出版社1989年版,第9页。

文言,新诗发生期先驱者创造国语时保持冷静,注意吸取文言成分,这在理论上的论述和创作中的运用都是相当普遍的。在多种语言资源融合的基础上形成的现代汉语和现代诗语,是一种全新的语言系统。语言的现代性是构成文学现代性的深层基础,新的语言体系改变了文学内容并从根本上改变了文学艺术精神。所以刘纳要说:"'五四'文学革命对于汉民族文学语言转变的意义,无论怎样高的评价也不过分,中国现代文学的一切都是从这里开始。"①针对有人对新诗语言欧化的指责,胡适、钱玄同、朱自清等早有回应。朱自清直接把发生期新诗语言称为"新语言",认为与其说现代白话是"欧化",还不如说是现代化。

根据以上论述,我们充分肯定新诗发生中诗语革命性变革的存在合法性和体系合理性,也充分肯定推动新诗语言发生的先驱者筚路蓝缕的伟大功绩。但是,深刻反思发生期的诗语问题,我们要提出的是草创期多数诗人并没有觉察到普通语言和诗歌语言之间,有一道界限需要跨越。诗歌使用着普通语言,但却不是普通语言,田乃钊在谈到英美诗语时就强调说,诗之不同于散文,一般来说表现在:一是语言更为精练简洁,二是节奏更有规律,三是讲究押韵。这都需要体现在诗语层面。事实上,胡适主张"作诗如作文"、"诗语如口语",其理论缺失是明显的,如胡适初期的一些诗去掉分行排列实际上就是典型的散文,缺乏诗之意象,诗之意境,诗之朦胧,诗之停顿,诗之暗示等诗美要素。郭沫若的诗强调自然流露,也反对诗歌语言的锤炼,语言直露粗俗浅薄。因此这些诗语被人称为"大白话"、"散文化"或"太欧化",成为新诗非诗化的重要表征,常遭人非议。这种现象的存在,同新诗发生在特定的社会环境和生态环境有关,也同发生期诗人对诗歌功能理解的局限有关,还同初期现代汉语本身的不完善有关。其实,新诗发生过程中有人就认识到这种诗语的局限,如俞平伯就意识到"中国现行白话,不是做诗的绝对适宜的工具",初创的白话存在"干枯浅露的毛病",因此康白情、俞平伯以及《少年中国》诗人都在诗语的经营上下功夫,康白情、田汉和宗白华等都在诗的定义中强调音乐的美和刻绘的美,强调想象、情感和意

---

①　刘纳:《中国现代文学语言与传统》,载《文艺研究》1999 年第 1 期。

境,体现了现代诗语的进步。尤其是后来的梁宗岱更是指出:"我们不能不承认所谓现代语,也许可以绰有余裕地描画某种题材,或惟妙惟肖地摹写某种口吻,如果要完全胜任文学表现底工具,要充分应付那包罗了变幻多端的人生,纷纭万象的宇宙的文学底意境和情绪,非经过一番探检,洗炼,补充和改善不可。"①这里对现代语言转变为诗歌语言提出的希望,在新诗发生以后正在被诗人实施。可以毫不夸张地说,百年新诗发展史就是诗语的"探检,洗炼,补充和完善"史。在发生期以后的新诗发展过程中,诗语的完善基本流向为二:一是趋向"欧化",从域外为先天不足的新诗语言注入诗性营养,逐步远离新诗发生期追求的作诗如说话。如初期象征诗派的"找一种诗的思维术,一个诗的逻辑学",艾青的"诗的散文化",九叶诗人的繁杂句式和新诗戏剧化,新时期先锋诗人的语言解构、叙事风格和反讽语调等。一是趋向"归化",从古典诗语借鉴,以简约而富弹性、感性而含蓄的诗语去补充初期新诗语言的诗性空间,回归传统诗歌的人文思维和吟咏风格。如20世纪20年代的新月诗人追求新诗的音乐美、绘画美和建筑美,追求美的抒情,20世纪30年代以后诗歌追求通俗风格和民歌风格,20世纪50年代的政治抒情诗和生活抒情诗的语言追求,20世纪90年代诗人坚持写诗"需要空间、结构、节奏、旋律、语言速度、词汇光泽、意象重量等诸多因素的相互协调"等。以上流向的划分是大致的,更多的诗人则是能够将诗语的欧化和归化结合起来,如20世纪30年代的《现代》诗人的纯诗追求。

四、关于"资源"来源问题

处在社会变革之中而自身也成为其组成部分的新诗发生,在观念上所取的是进化论。严复所译《天演论》在1898年出版,经过按语、加译、改译及漏译等方式对原作进行改动,宣传以生存竞争、直线进化为特点的社会进

---

① 梁宗岱:《文坛往哪里去》,见《诗与真·诗与真二集》,北京,外国文学出版社1984年版,第56页。

化论。"新则壮,旧则老;新则鲜,旧则黯;新则活,旧则败:天之理也",这种
"唯新论"遂成风气。《天演论》对中国读者的影响分成两阶段,即戊戌前后
和五四前后,而这正是晚清诗界革命和五四新诗运动时期,所以诗界受社会
进化论导出的"唯新论"的影响深远。新诗发生的理论依据是"历史的文学
进化论",以时间发生、发展的顺序来评定诗歌的价值,首先认为"新"就意
味着进步;其次是将新旧、古今对立,强调两者的断裂;再次有意忽视新旧、
古今之间的连续性。晚清诗界革命中,倡导者梁启超就"以为诗之境界,被
千余年来鹦鹉名士占尽矣。虽有佳章佳句,一读之,似在某集中曾相见者,
是最可恨也。""支那非有诗界革命,则诗运殆将绝",揭出新派诗求新倾向,
并以"革命"称诗歌革新。这时期的诗界,无论新派旧派,都有求新的倾向,
求新是他们一种共同的倾向。五四新诗运动更是把进化论作为思想指导,
认为自《三百篇》到现在,诗的进化没有一回不是跟着诗体的进化来的,近
来的新诗发生是"第四次的诗体大解放"。在具体主张上同样把旧诗作为
对立面,提出"今日之文学,当以白话文学为正宗",在诗质革新中提出救治
"文胜质"之弊,在诗语革新上提出"废文言倡白话",在诗体革新上提出诗
体大解放,把从前一切束缚自由的枷锁镣铐打破。胡适的《文学改良刍议》
和陈独秀的《文学革命论》,就是以社会进化论来推动文学革命(诗歌革命)
的宣言。在这种情况下,新诗发生的资源借鉴就乘着中西文化碰撞的时代
潮流重在域外。晚清诗界革命倡新意境、新语句,就认为"欧洲之意境语
句,甚繁复而玮异,得之可以陵轹千古,涵盖一切","将竭力输入欧洲之精
神思想,以供来者之诗料可乎?"[①]五四新诗运动更是面向西方借鉴资源,只
是这种借鉴比诗界革命更有目的性和针对性,主要是从破旧立新出发借用
19世纪中期以后主张诗歌精神自由和形式自由的诗潮,包括意象主义、浪
漫主义和象征主义诗潮,尤其是浪漫诗潮。"在西方,浪漫主义运动不完全
是文体革命运动,更多是思想文化运动。中国的'五四'新文化运动,甚至
白话诗运动更不是纯粹的文体革命,而更多是思想文化,甚至是政治改革运

---

① 梁启超:《夏威夷游记》,见许霆编:《中国现代诗歌理论经典》,苏州,苏州大学出版社2007
年版,第14—16页。

动的一部分。因此重视人和国家的现实生存的浪漫主义,比当时欧洲流行的重视艺术境遇的现代主义,更适合中国国情。"①西诗资源对于中国新诗发生的影响极其深远。

那么,我们能否由此就说新诗发生没有注意到传统诗歌资源呢? 不能。这是一个理论与实践相悖的复杂问题。新诗发生的推动者都是具有中西文化背景的知识分子,其借鉴西方诗歌资源有其客观必然性,而其注意传统诗歌资源也有其本质规定性。晚清诗界革命主张"以古人风格入之",就是保留着传统诗歌的框架,在诗语诗体革命中提出"用古文家伸缩离合之法以入诗"和"以单行之神,运排偶之体"也是传统的资源。五四新诗运动推动者其创作基本都是从旧诗词中蜕化而出,带有明显的传统诗歌的印痕,这是不争的事实。胡适的白话诗歌和诗论,是新诗发生的代表。"一概否定传统"是以往人们对于胡适的一种代表性评价,但近年多数学者已经在胡适"对中国古典诗歌传统是既有所扬弃,也有所继承"的问题上达成共识。在1915—1920 年胡适探索新诗过程中,在其论文和日记中被正面引用的古典诗人和诗作约有数十位诗人的 100 多首。胡适新诗理论的基本方面都来自对传统诗歌创作经验的借鉴。"胡适从最初尝试新诗念头的萌发,到'作诗如作文'主张的提出,到其新诗形态及理论的构建,始终都一步一个脚印地'大胆'而'小心'地求证于传统,矢志不移而又扎扎实实地以旧诗之道探寻新诗之路,在最终达成其诗体大解放之目的的同时,留下了我国最早的新诗理论,也留下了他对我国旧诗传统进行挖掘、整理的一批初步的成果。"②中国传统诗歌本文结构有两条线索,一条是致力于语词涵义的明晰性、准确性,句子篇章有逻辑性,思辨性,可以称为宋诗传统;另一条是有意模糊语词的内涵和外延,造句自由而随意,没有固定的规则,全篇句间关系以并列为主,非逻辑非因果,可以称为唐诗宋词传统。白话诗作和诗论的核心内容,是文本结构的"以文为诗"和审美趣味的"明白清楚",胡适自己承认接受的是宋诗的"作诗如作文"和"作诗如说话"的影响。新诗发生的另一极是郭

① 王珂:《百年新诗诗体建设研究》,上海,上海三联书店 2004 年版,第 130 页。
② 钟军红:《胡适新诗理论批评》,北京,人民文学出版社 2005 年版,第 35—36 页。

沫若的抒情自由诗,闻一多说它不但精神而且形式十分欧化,这是不错的。但是,郭沫若登上诗坛就公开宣布"要研究古代的精华,吸取古人的遗产",将"开来"与"继往"紧密结合。他自己说自小接受着屈原、陶渊明、王维、李白、孟浩然等古典诗人的启蒙意义。以屈原为典型的诗歌形态和以陶渊明为典型的诗歌形态,就是郭沫若诗歌艺术的原型。屈原及其创作的《楚辞》是中国古典诗歌的"自由"形态,基本的特征是尊重个性,张扬自我,意象弘富,动态开阔;陶渊明、王维为代表的晋唐诗歌属中国古典诗歌的"自觉"形态,基本特征是自我消解,天人合一,圆融浑成,宁静致远;这都分别充分体现在新诗发生期郭沫若的抒情大诗和抒情小诗的审美追求中。发生期其他重要诗人康白情、俞平伯、刘半农、刘大白、周作人等,在理论与创作上都借鉴着中国传统诗歌的资源。

　　把以上两层论述整合起来似乎是一个矛盾的"谜",破解这谜需要把握两点。第一,认真考虑新诗发生的特定背景。在社会政治和思想文化剧烈变动的时代,在求新求异变革成为时代的文化生态时,在新诗冲破旧诗的束缚诞生和成形的历史使命面前,作为资产阶级维新派或五四新文化运动主将,自然会表现出强烈的反传统姿态。李欧梵指出:"中国现代文学中这种反传统的立场,与其说来自精神上或者艺术上的考虑(像西方现代派文学那样),还不如说是出于对中国社会—政治状况的思考……中国现代文学大都植根于当代社会中,表现出对作家所面临的政治环境采取一种批评精神。这种批评态度已经成为'五四'文化中最有生命力的遗产;直到今天我们还能够时时感受到它恒久的回响和影响。"①但是这种"反传统"其实本身也包含着对传统的反思和借用。这是不足为怪的。第二,正确认识新诗发生的批评指向问题。过往的传统观念认为,新诗发生是指向旧诗的,是对传统诗歌的激烈否定。但是,学者刘纳重读《文学改良刍议》和《文学革命论》后产生一个疑问:胡适、陈独秀等五四先驱者的批判矛头究竟主要指向谁? 是以往文学历史上的古典作家还是"今日"的作者们? 其结论是"胡、

---

① 李欧梵:《文学潮流(一):追求现代性(1895—1927)》,引自《剑桥中华民国史》上卷,费正清主编,章建刚等译,上海,上海人民出版社1992年版,第482页。

陈并非全盘否定古典文学,而是通过对文学发展历史的重新整合,从中挑选自己所需要的师从对象","很明显,在'五四'新文学发难时,先驱者并非全盘否定'古典',并未斩断与既往文学历史的联系,他所要决绝地斩断的是与'今日'文坛的联系。"①这是极其准确的概括,同我们以上分析的结论是一致的。胡适在1916年10月致信陈独秀,所下结论是"今日文学之腐败极矣",《文学改良刍议》主张"今日之中国,当造今日之文学",在阐释文学改良"八事"过程中,抨击"吾国近世文学之大病"。《文学革命论》谓"今日吾国文学,悉承前代之敝",表明重点仍在"今日"。陈独秀历数桐城派、骈体文、西江派文学之弊,然后说:"此种文学,盖与吾阿谀夸张虚伪迂阔之国民性,互为因果。今欲革新政治,势不得不革新盘踞于运用此政治者精神界之文学"②。《夏威夷游记》在提出诗界革命时,梁启超同样使用的是"今日"。这是一个极其有意思的现象。这样,我们就不难理解在新诗发生过程中先驱者对于古典诗歌传统资源的有意借鉴了。

新诗发生的另一重要资源是民间歌谣。晚清诗界革命就开始从民间吸收营养,黄遵宪面对新意境新语句同旧风格的矛盾,在1902年8月正面提出诗体革新问题。他写信给梁启超倡导'杂歌谣"。这种"杂歌谣"的特点,一是不仿作,而是自创,不是古人风格,而是今人风格;二是从民间歌谣主要是弹词粤讴中化出,重视诗歌音乐性。后来梁启超就根据建议,在《新小说》和《饮冰室诗话》中发表和保存了一些歌谣式的新体诗,如《饮冰室诗话》第五八则把发表在报中的《西涯乐府》数章录入,包括《黄花谣》四章和《辰州教案新乐府》四章。梁、黄等人还创作了一些歌词体新诗,如《爱国歌》、《出军歌》等。晚清的歌行体、歌谣体和歌词体诗歌,直接影响到五四时期新诗的最初创作,成为新诗诗体解放的重要资源。五四政治思想运动的主旋律是平民对贵族、无产阶级对资产阶级的革命,因此新文学运动是以平民文学来对抗贵族文学的。胡适等推动的新诗革命以平民诗歌对抗贵族诗歌,推动新诗发生趋向现实化、世俗化和平民化。周作人在1919年发表

---

① 刘纳:《嬗变》,北京,中国社会科学出版社1998年版,第230—231页。
② 陈独秀:《文学革命论》,见《中国新文学大系·建设理论集》,第46页。

《平民文学》,把文学划分为平民的文学与贵族的文学,认为后者的缺点是偏于部分的,修饰的,享乐的,或游戏的,而前者则内容充实,体现着普遍与真挚的特点。周作人、朱自清等对通俗文学持保留态度,认为平民文学并非单以通俗为唯一目的。因为平民文学不是专做给平民看的,乃是研究平民生活——人的生活——的文学。但更多的人在理论与创作中把平民等同通俗,由于这种理解的偏差,在新诗发生期,诗界展开过诗是平民的还是贵族的争论。而其基本趋向,则在倡导平民文学时引出三个结论:一是平民文学应写世俗的生活,所以内容上反映现实和人道思想;二是平民文学应以普通的文体,写普通的思想与事实;三是平民文学语言应该通俗明白,以记真挚的思想与事实。这就推动了诗质、诗语和诗体的变化,内容世俗化,语言白话化,诗体自由化。与此相应的,就是对民间歌谣等资源借鉴的重视。当时刘半农在北京大学任教时就主持歌谣研究会,并与沈尹默、周作人从事歌谣征集与编辑工作,1918 年 5 月北大刊物就有他编的"歌谣集"刊载。北京大学向全国征集歌谣,参与这场征集和研究活动的大多是新文学运动先驱,所抱宗旨虽然不同,如有人重在研究文字或民俗,但多数则在为新诗发生接引民间资源。《歌谣》发刊词更是引意大利人韦大列在《北京歌谣》中的话说:"根据在这些歌谣之上,根据在人民的真感情之上,一种新的'民族的诗'也许能产生出来呢!"①就创作而言,民间歌谣资源体现在新诗发生中主要是两种情形。一种是借用民谣体创作,如刘半农采录"江阴船歌",并用江阴山歌体创作"瓦釜集",认为民歌是"永远清新的野花的香"。另一种是模仿歌谣体创作,如刘大白的《卖布谣》诗集中的"卖布谣之群十首"和"新禽言之群十二首"等,有意模仿歌谣形式和民歌体,风格清新,易于记诵,语言浅近通俗,对当时诗歌趋向平民化产生一定影响。民间歌谣对中国新诗发生的意义是多方面的,如洪长泰总结说:"许多人称赞歌谣研究会的建立是中国现代史上的一件破天荒的大事,它揭开了现代新诗改革运动的帷幕,引起了广大知识分子对歌谣反映的大量社会问题的注意,同时促进了文人学者接近普通民众,而这后一点是更重要的。知识分子们从此由尊重民间文学,

---

①　见常惠:《刊词》,载《歌谣》第 1 卷第 1 期,1922 年 12 月 17 日。

到认识到自己所处的与民众对立的传统位置,最后转向自身的世界观改造。"①我们把这种意义概括为:一是民间资源在观念和创作上直接推动着新诗革新运动的发生;二是借鉴民间歌谣创作或直接写作民歌民谣,丰富了发生期新诗创作;三是在诗质、诗语、诗体上给予文人新诗创作以影响,使新诗更倾向自由化和通俗化;四是谣体新诗或仿作民间歌谣,为新诗增多了诗体;五是采用大众喜闻乐见的民间诗体,更好地实现新诗启蒙、教育的作用。这最后一点,又使新诗发生对民间歌谣的资源借鉴带有政治色彩。洪长泰指出:"民间文学家们从未把他们对于童话和儿歌的研究当做单纯的民间文学研究,而是将其运用于更广泛的社会改革范畴和更深刻的思想变革背景,即关注儿童问题,乃至更强烈地反抗旧传统制度的压迫"②,如同整个新诗革命并非是纯正的艺术革命和文体革命,而是带着浓郁的政治革命和文化革命因素。这就自然地降低了民间歌谣及民间诗体作为新诗诗体建设资源的积极价值。尤其是后来如俞平伯发表《诗底自由与普遍》和《诗底进化的还原论》等诗论,从"艺术本来是平民的"出发,认为胡适等倡导白话诗,已经实现了还原的第一步,但还要在材料和风格上继续向民间学习,"做平民的诗","实现平民的生活"。这种诗论对后来的新诗发展产生消极影响,使新诗对民间歌谣的重视随着"通俗化"文艺思潮的演变而演变,导致新诗史上多次扬俗抑雅诗潮的出现,导致忽视诗歌艺术提高的现象,给中国新诗发生与建设产生过消极影响。

从民间歌谣中蜕化而出的新诗,从古典诗词中蜕化而出的新诗,其音节、格调、音韵等都对中国传统诗歌有着直接继承。这些白话新诗表面看是打破了传统的格律与韵律,实现了诗体解放,但取材和趣味基本上还是传统的,形式上也是传统形式的放大,并没有越出传统文人诗歌的"大传统"和民间谣曲的"小传统"的格局,因而始终"带着缠脚时代的血腥气"。五四新诗发生的最初的诗歌资源主要来源于传统,对此人们常常是忽视的,沈从文

---

① [美]洪长泰:《到民间去——1918—1937 年的中国知识分子与民间文学运动》,董晓萍译,上海,上海译文出版社 1993 年版,第 85 页。

② [美]洪长泰:《到民间去——1918—1937 年的中国知识分子与民间文学运动》,董晓萍译,上海,上海译文出版社 1993 年版,第 222 页。

倒是看得十分清楚。他认为新诗第一时期,胡适之、沈玄庐、刘大白、刘复、沈尹默,这几个人是一类,因为他们的诗与其他初创期诗人的诗,"所得完全不同的缘故"。"第一期的诗,是当时文学革命的武器之一种。但这个武器的铸造,是在旧模中支配新材料"。"在当时每一个诗人,所作诗皆不免有旧诗痕迹,每一个诗人的观念与情绪,皆并不完全与旧诗人两样。"①正因为如此,所以历来人们对这期新诗批评、驳难和不满较多(这种评价其实并不完全正确)。也正因为如此,当欧化色彩更浓的郭沫若自由诗体诞生以后,人们认为新诗发生进入到一个全新的阶段。如果我们客观地肯定胡适等人的创作是中国新诗发生的重要成果,那么我们就无法否定中国传统诗歌(传统诗词和民间歌谣)作为重要资源,对于中国新诗发生产生的重要而积极的影响。这是新诗发生研究中常常被遮蔽的一面。

---

① 沈从文:《我们怎么样去读新诗》,载《现代学生》创刊号,1930 年 10 月。

附录一　百年中国现代诗体流变史论

现代诗体是由现代语言秩序构成的诗歌文本体式,它负载着社会的文化的精神和诗人的人格内涵。汉诗文体在 20 世纪的成形成长,大致经历了激进草创期(世纪初至五四时期)、多元建设期(20 世纪 20 年代中期至 30 年代)、规范确立期(20 世纪 40 年代至 80 年代前期)和实验重建期(20 世纪 80 年代中期至世纪末)。百年诗体流变的基本趋向是现代化。

一

中国现代诗体酝酿在 19 世纪末 20 世纪初的"诗界革命"中。那是中国文学现代化的质的裂变期。康白情在《新诗底我见》中说明这场革命发生的必然性,指明中国现代诗体的诞生是近代庚子以来一系列社会变动和思想革命综合因素互动的必然结果。这是中国现代诗体酝酿和诞生深刻背景,因此"诗界革命"和"新诗运动"不是纯粹的文体革命,而是政治和文化激进革命的重要组成部分。它决定了现代诗体诞生采用激进地破旧革新、勇敢地利刃断铁的革命方式,这种方式影响着现代诗体的诞生和成长。

在激烈变革中现代诗体诞生大致经历了四个阶段。第一阶段就是"诗界革命"。其诗体变革的主张"第一要新意境。第二要新语句。而又须以古人之风格入之"。在这过程中产生的新派诗、歌体诗和翻译诗,由于新思想和新语句的进入,部分地打破了旧诗体制和韵律,语言和体式呈现自由化、通俗化和散文化倾向,积聚着诗体质变的能量。第二阶段是辛亥革命前后,同政治上推翻帝制、文化界酝酿革新相适应,出现了白话取代文言的主张,"白话诗运动"由此扩大开去,胡适等人提出"诗国革命",强调以诗歌语言为突破口,冲出"文言诗国",用白话做诗。第三阶段就是五四新诗运动,诞生了最初的现代诗体,以胡适为代表的白话诗体和以郭沫若为代表的自由诗体,初步完成了整个诗体语言秩序、语言体式层面上的革命,并推动着整个诗歌文本结构的变化。第四阶段就是五四期的新诗创作,丰富和完善了初创诗体,如胡适、刘半农等人之后,康白情、俞平伯等在 1919 年后的创作,汪静之等在 20 世纪 20 年代初的创作,以及郭沫若之后的创造诗人创作等。现代诗体发生的四个阶段是连续发展的过程,是在中国社会激烈变动的 20 年间进行的汉诗文体由传统向现代转变的过程。推动这历史进程的重要因素是社会生活和思想文化的变革,但其中有些环节至关重要。

一是初创期对域外自由诗体和散文诗体的介绍。历来的看法是中国现代诗体的诞生,"最大的影响是外国的影响",理由是初期白话诗人同美国意象派诗人在诗学观念上相似。就诗体说,新诗运动先驱者从思想启蒙和文化革命的使命出发,注意到欧洲的散文诗和自由诗。李思纯当时发表《诗体革新之形式及我的意见》,就认为欧洲的"非律文的诗""大体是两种:一种为散文诗(Prosepoem),一种为自由句(Vers libre)。散文诗是以散文的形式,去表写诗中的情绪意境。自由句起源法国,不为音律所拘束。这两种都是近代欧洲所创兴的。中国的新诗运动,不消说是以散文诗自由句为正宗。"[①]郭沫若也说:欧洲"近代的自由诗、散文诗,都是些抒情的散文。自由诗、散文诗的建设也正是近代诗人不愿受一切的束缚,破除一切已成的形式,而专揸诗的神髓以便于其自然流露的一种表示。"[②]这代表了当时诗人对欧洲散文诗和自由诗的意识。因此我国对这两种诗体的介绍很早。"散文诗"的概念最早在 1906 年由王国维提出,1915 年 7 月刘半农已在《中国小说界》第 2 卷第 3 期发表了屠格涅夫的四章散文诗译作,在 1917 年的《我

---

① 李思纯:《诗体革新之形式及我的意见》,载《少年中国》第 2 卷第 6 期,1920 年 12 月 15 日。

② 郭沫若:《论诗三札》,见杨匡汉等编:《中国现代诗论》上,广州,花城出版社 1985 年版,第 60 页。

之文学改良观》中,就直接点明"不限音节不限押韵之散文诗"。形式自由的散文诗介绍到中国,成为向旧诗挑战的革命武器。"自由诗"概念的提出,认定是"中国现今'新生时代'的诗形,正是合乎世界潮流,文学进化的气运"。① 这种介绍使得最初的新诗大致按自由诗和散文诗的模式来创作,并把二者混用,认为散文诗之"散文"就是自由诗之"自由",都是对传统诗歌格律形式的摒弃。16 世纪以后世界散文诗文体由自发到自觉,对世界诗歌在 20 世纪初出现的大规模的"自由诗运动"以及对中国现代诗体诞生影响都是巨大的。

二是胡适以"诗体解放"尝试白话体新诗的创作。胡适虽然很早就提出"诗国革命","全力去试做白话诗",但最初的尝试"实在不过是一些刷洗过的旧诗"。接着他又进行了大量的音节实验,但作品还存在典型的半文半白特征。这时的胡适强调反文言的"白话化",没有意识到如果不能同时进行古典诗歌形式的整体改造,尤其是实行语音组合结构的散文化,真正的现代抒情诗是无法降生的。固定的语音框架(五七言的二二三结构)是中国古诗和民歌赖以生存的支柱,双音结构和三音结构的稳定连续是五七言诗行节奏的内在根据,词曲的音节也仅仅是两种结构的灵活交替。这种音节方式同古代汉语特点、同古典诗行结构和语象结构契合。总结最初的尝试,胡适在 1917 年 8 月后提出"诗体解放"论,"就是把从前一切束缚自由的枷锁镣铐,一切打破:有什么话,说什么话;话怎么说,就怎么说。""《尝试集》第二编中的诗虽不能处处做到这个理想的目的,但大致都想朝着这个目的做去。"②这样,胡适就把白话化与散文化统一起来,诞生了中国现代新诗,尤其是他在 1919 年 2 月译成《关不住了》,最大限度保留了原文的语法关系,从而建立起与现代语言一致的文法秩序,被称为"新诗成立的纪元"开始。"诗体解放"论从破来说就是冲破旧诗体和旧诗则,从立来说就是倡导"自然音节"说。它使传统语音结构瓦解,文法结构口语化,章法结构散文化,又引起诗的语象世界、语义世界的变化,在语言秩序的文本意义

---

① 田汉:《平民诗人惠特曼百年祭》,载《少年中国》第 1 卷第 1 期,1919 年 7 月 15 日。

② 胡适:《〈尝试集〉自序》,合肥,安徽教育出版社 1999 年版,第 30 页。

上推动着现代诗体的诞生，推动着五四新诗取代旧诗取得独立的地位。

三是郭沫若创造了中国抒情自由诗体并倡导"自我表现"说。郭沫若虽然较早创作白话自由体诗，但直到 1919 年夏秋读到《时事新报》上的新诗，才开始把新诗寄回国内发表。郭沫若开辟了中国新诗另一传统，创造了中国现代自由体抒情诗。从诗歌主体精神说，胡适的白话诗倡导诗的经验主义，郭沫若的自由诗是"心中的诗意诗境之纯真表现"；从诗歌的精神品质说，胡适的诗更多地同传统诗歌联系，而郭沫若的诗更多地同世界自由诗接轨。郭沫若打破了传统的情景交融结构，而采用直接抒情方式，创造了令人耳目一新的情理交融结构，形成了抒情自由诗的三大特点：一是语言欧化，文法接近散文，句子成分齐全；二是主体高扬，强调"自我表现"对诗体的影响，是诗情的自然流露；三是突出情调，强调自由诗的内在规律，即"情绪的自然消涨"。这种诗体彻底摆脱了旧诗形式的束缚，使繁密的意象、自由的思想、浓烈的感情、丰富的生活进入新诗，奠定了中国现代抒情诗体发展道路。

由于现代诗体诞生在 20 世纪初 20 年大动荡时期，否定传统的政治激进主义和文化激进主义，形成这时期偏激的政治化的新诗文体建设特征。这种特征表现在两个方面，一是文体的自觉意识表现在破除形式的束缚。胡适把新诗运动概括为这样的一种观念："形式和内容有密切的关系。形式上的束缚，使精神不能自由发展，使良好的内容不能充分表现。若想有一种新内容和新精神，不能不先打破那些束缚精神的枷锁镣铐。因此，中国近年的新诗运动可算得是一种'诗体的大解放'。"[①]诗体革新就是为了使"丰富的材料，精密的观察，高深的理想，复杂的感情"跑到诗里去。新诗文体建设是思想启蒙的组成部分，建设的特征又反映了思想启蒙的历史使命，这使命反映在语言上，是"我有话对你说"，所以"我如何如何"这种语态便顿然成为一种风气。二是文体的自觉意识表现在破除诗歌的审美。初期诗人无论强调"自然音节"还是"自然流露"，都在倡导一种白话——自由的诗学观，其要质是突破诗歌固有的审美规范，胡适的"有什么话，说什么话；话怎

---

① 胡适：《谈新诗》，载《星期评论》纪念号，1919 年 10 月 10 日。

么说,就怎么说",郭沫若的"生之颤动,灵的喊叫,那便是真诗,好诗",就是在诗歌写什么和怎么写问题上的自然主义。俞平伯在 1921 年 10 月发表的《诗底自由与普遍》中更是说:"我对于做诗的第一个信念是'自由',诗的动机只是很原始的冲动,依观念的自由联合,发抒为词句篇章。"①这种追求的结果就是初期诗体的非诗化。五四时期也有诗人试图补救这种弊端,主要是:"少年中国"之群的田汉、康白情、宗白华等人在 1920 年重新定义诗歌,要求重视诗歌审美规范;1921 年以后兴起的小诗运动,试图通过"把捉刹那的感觉"的诗质和"字句的经济"的诗形,去提高诗体艺术质量;1922 年开始的关于散文诗的讨论,试图区分散文与诗、散文的诗与诗的散文。但这种努力在特定社会背景中没有对诗体建设产生重要影响。

二

初创期的现代诗体主导倾向,是重质轻文、重情感轻形式、重艺术自由轻艺术规范。白话诗体和自由诗体成立的根本标志,体现在诗体上就是语言从文言文到白话文,体裁从格律体到自由体,归结起来就是诗的散文化。初期新诗要证明其存在合理性,因而"注重的是'白话',不是'诗',大家努力的是如何摆脱旧诗的藩篱,不是如何建设新诗的根基。"②虽然"少年中国"之群提出,诗的内容分为"形"同"质",诗是"用一种美的文字——音律的绘画的文字——表写人的情绪中的意境",但是大多诗人还是认为只要冲破旧形式,把真实的生活用日常口语排列成长短不齐的诗句,就是达到了令人狂喜的境界。这样就给新诗成长带来危机,1922 年前后发展陷入中落。诗人起来呼吁建立新诗发展的根基,"使新诗的主义和艺术都有长足的完美的发展"。成仿吾发表《诗之防御战》,批评初期新诗"大抵是一些浅薄无聊的文字;作者既没有丝毫的想象力,又不能利用音乐的效果,所以他

---

① 俞平伯:《诗底自由与普遍》,载《新潮》第三卷第 1 期,1921 年 10 月。
② 梁实秋:《新诗的格调及其他》,载《诗刊》创刊号,1931 年 1 月 20 日。

们总不外是一些理论或观察的报告,怎么也免不了是一些鄙陋的嘈音"。呼吁人们起来守护诗的王宫,打一场"诗之防御战"。这观点未免过激,但却引导人们认真地思考"诗是什么"的问题。尤其是,成仿吾强调了"诗的本质是想象,诗的现形是音乐","文学只有美丑之分,原无新旧之别"①的全新诗歌美学。新诗运动时期,反对假诗而鄙视想象,争论新旧而忽视美丑,这同那时现代诗体冲破旧诗束缚的诗界历史使命一致。但是当破坏的狂风吹过之后,新诗就应该注重"诗"、解决好自身的文体形式问题了。这样,新诗发展就由向旧诗进攻让新诗成形阶段转变到现代诗体全面建设的阶段。

现代诗体全面建设阶段,是确立现代诗体成长根基的阶段,也是确立现代诗体自觉意识的阶段。全面建设需要的不再是激烈的破坏,而是冷静的探索,因此诗人们开始从旧诗和新诗对立的五四形态的思维中走出来,确立自觉的"诗"的文体意识,推动中国现代诗歌与世界诗歌对话,与传统诗歌对话。从现代诗体流变说,这时期诗体建设是多元的,影响较大的即从20世纪20年代中期开始的新韵律运动、纯诗化运动和稍后的大众化运动,前两场运动延续到抗战爆发,后一运动则延续到全国解放。

新韵律运动的兴起,动因是"旧诗的规律完全打破,作诗者可随意创造"产生了恶果。陆志韦是"第一个有意试验种种体制,想创新格律的",1923年出版的《渡河》的序言提出"节奏千万不能少"和"押韵不是可怕的罪恶"的诗体建设主张;随后刘大白、俞平伯等人探讨新诗的声调,郭沫若等人研究新诗节奏,后期湖畔诗人创作格律化,赵元任、唐钺等探讨新诗韵律。到1926年《晨报诗镌》创刊,新月诗人群把新韵律运动推向高潮,在诗坛产生重要影响。1928年以后,新月由前期向后期发展,新韵律运动发展到余波和回响阶段。纯诗化运动则针对着五四时期白话—自由诗学造成诗坛"无治状态","要治中国现代文坛审美薄弱和创作粗糙的弊病"。这场运动的酝酿,是转向后的周作人、杨振声等人对五四时期的唯善诗学的批判,并提出了"为诗而诗"论。正式兴起是在1925年以后以李金发为首的初期

---

① 成仿吾:《诗之防御战》,载《创造周报》1923年5月13日。

象征诗派登上诗坛,穆木天和王独清的《谭诗》和《再谭诗》发表,由此吸引了众多的追随着,诗坛出现大批以象征、暗示和朦胧为主要特征的现代诗歌,并在20世纪30年代由戴望舒等人推向高潮,形成中国现代诗歌发展的黄金时代。大众化运动是伴随着文学革命向革命文学演进开始酝酿的,"革命文学"的倡导和普罗诗派的创作,形成了对诗歌新的要求,获得无产阶级意识、以工农大众为对象和接近大众用语三项要求,其核心是大众化。到20世纪30年代初中国诗歌会成立,就正式倡导新诗的大众化运动,对"新诗歌"诗质的要求是"捉住现实",诗形的要求是"大众歌调"。这场运动试图接续的是五四期的诗歌平民化,并同现实结合实现对五四诗歌方向的转换。新诗大众化运动在抗战诗歌和解放区诗歌发展中逐步走向深化。

新韵律运动借助的资源是英美近现代诗学和诗歌,尤其是唯美诗歌,试图沟通中国诗歌温柔韵儒、格律严谨的传统,以严肃的态度来推动中国诗歌成为"中西艺术结婚后产生的宁馨儿"。其诗体建设的美学原则是"本质的醇正"、"情感的节制"和"格律的谨严"。"本质的醇正"是强调现代诗歌寻求一种新的诗美风范,要求诗回到本身,反拨非诗化倾向。"情感的节制"和"格律的瑾严"相辅相成,都要倡导新诗美的抒情,涉及了新诗的表达方式和形式规范,它标志着中国新诗已经由初期的注重新旧对立转入美丑分别的艺术追求,标志着新诗艺术本体性的追问已经由"内容"转向"形式",诗艺和形式都成为新诗本体论的组成部分。纯诗化运动直接呼应欧美的现代主义纯诗学运动,强调诗与文的纯粹分界,平常生活与生命深秘的分界,诗要暗示出人的内生命的深秘,其诗学理论是"契合论",由契合论引出象征、暗示和意象表达,然后创造诗意的朦胧和语言的陌生文体。初期象征诗人存在着生硬移植的问题,现代诗人把纯诗视为古今中外诗歌的最高理想典范,自觉地接续中国诗歌中较为纯粹的一路,开始寻找西方现代诗歌和中国古典诗歌艺术的融合,并取得重要进展。这是新诗在现代性的意义上走向民族化的一个关键。新诗大众化运动始终受到了俄苏的普罗文学观念和现实主义创作方法的影响,它的兴起在新诗发展史上实现了一次深刻的诗美流向的转换。五四后现代诗体建设大致体现着小资产阶级知识分子思想启蒙的色彩,更多倾向从域外借来意境和手法,大众诗歌从个人的抒情过渡到人民的愤呼,从新诗基本局限在雅文学的范围扩大到俗文学的天地,从诗体建设主要面向世界开放追求现代化到面向本土继承传统追求民族化。新诗诞生后交织着诸多矛盾,如引进西方诗艺与发扬中国诗歌传统、雅与俗、面向现实与提高诗艺、知识分子主体与工农群众主体等,诗歌大众化运动相对以往诗坛表现为一种创作方向的转换,而且这种转换是从救亡图存的需要衍生出来的,所以具有自身的合理性。对这种方向的转换,我们同意茅盾的分析,即"如果'五四'时期的白话诗是对于旧体诗的解放运动,那么,抗战诗歌运动便可说是对于白话诗的再解放,而这一解放运动,尽管瑕瑜互见,但就其最主要的项目而言,却是紧紧抓住了大众化的方向。"①

虽然新韵律运动、纯诗化运动、大众化运动诗体建设的美学思想存在很大差别,但他们都推动了中国现代诗体建设。有意思的是,新韵律运动中诞生了诗节的格律体、纯诗化运动中完善了散文美的自由体,而大众化运动中则探索了民族化的半格律体。美国诗论家劳·坡林把现代诗体区分为三种,连续形式没有固定的外在结构,重视内在律,按其性质说是自由诗体;固定形式指"应用在整首诗中的传统体式";而诗节形式是"诗人写出一系列诗节,它们是重复单位,具有固定诗行量数,相同的节奏模式,和相同的韵脚图案",其基础是"诗节",在诗中以反复的方式再现构成全诗。② 新月诗人写固定形式的诗,如十四行诗,但基本是采用诗节形式,即根据内容,"诗人选来某种传统的诗节模式",或"发明自己的诗节模式",体现了相体裁衣的要求,从而为新格律诗创作的无限可能性开辟了道路。在构建诗节模式时,闻一多等人提出属于听觉的格律有格式、音尺、韵脚等,属于视觉的格律有节的匀称和句的均齐,并探讨建行艺术。新月诗人以大量优秀的新格律诗创作建立了中国现代格律诗体。在纯诗化运动中,初期象征诗人要求诗体复杂,用诗的思维术表达,直接用诗的旋律文字写出,从而使诗的语言秩序脱离了日常语言。这种纯诗体的特点是:不取散文的文法规则,采用诗的逻辑性引出的文句,从而自由地超越形式文法的组织;远取譬、用通感、废句

---

① 茅盾:《为诗人们打气》,载《中国诗坛》1946 年第 3 期。
② [美]劳·坡林:《怎样欣赏英美诗歌》,殷宝书编译,北京,北京出版社 1985 年版,第 174—179 页。

读,增加诗的语言的朦胧性和暗示性;不重诗的外在律,注重传达内在生命的旋律,直接扣动读者的心弦;诗的章句构成法流动活软,全诗成为有统一性和持续性的时空律动;韵和诗体不妨复杂,但要求完整。在此基础上,戴望舒等诗人提出了"诗的散文美",创造了一种现代口语形式的自由体诗。这种诗没有一定的格式,"诗的韵律不在字的抑扬顿挫上,而是在诗的情绪的抑扬顿挫上","在亲切的日常说话调子里舒卷自如,锐敏,精确,而又不失它的风姿,有节制的潇洒和有工力的淳朴。日常语言的自然流动,使一种远较有韧性因而远较适应于表达复杂化,精微化的现代感应性的艺术手段,得到充分的发挥。"①其散文美包括两层意思:一是语言的口语美。诗语是在口语基础上提炼而创造出来的,清新活泼,富有人情味,容量较大;二是形式的自由性。诗人把外在韵律消融到诗的内部骨骼中,形成一种情绪的节奏旋律,不过分讲究音节和韵脚。这种诗体在根本上区别于五四时期的散文化诗体。艾青认为这类诗体并不比格律诗容易掌握,虽然"不押韵,但有音乐性。他的诗是单纯强调韵脚的音乐性的人写不出来的,是现代人的诗。"②大众化运动中诞生了中国政治抒情诗、大众歌谣诗、大众朗诵诗、长篇叙事诗等,其基本的诗体建设就是"大众歌调",途径是利用民间的通俗形式、提倡诗歌与音乐结合,在旧形式的基础上创造新的形式,借鉴民歌诗体的形式创作,拿萧三的话说即"向民族几千年的诗词学习,向民间歌谣学习,注意民族形式。"③其诗体特征就是鲁迅在20世纪30年代初致《新诗歌》编者的信中所概括的:"新诗先要有节调,押大致相近的韵,给大家容易记,又顺口,唱得出来",体式"大体整齐"。④ 这种诗体同五四以来新诗形式相比,有两大新要求:一是语言大众化,用口语节奏,是对五四以来新诗基本是白话书面语的反拨;二是要有节调,能吟唱,接续我国古典诗歌和民歌可以吟唱的传统。我们把这种诗体称为"民族化半格律体"。它同散文美

---

① 卞之琳:《〈戴望舒诗集〉序》,《人与诗:忆旧说新》,北京,三联书店1984年版,第66页。
② 艾青:《答〈诗探索〉编者问》,见艾青:《诗论》,上海,复旦大学出版社2005年版,第175页。
③ 萧三:《论诗歌的民族形式》,载《文艺战线》第一卷第5号,1939年11月16日。
④ 鲁迅:《致窦隐夫》,原载《新诗歌》第二卷第4期,1934年12月。

的自由体、诗节式的格律体三足鼎立,奠定了新诗体基本格局。

三

　　新韵律运动、纯诗化运动和大众化运动建设诗体所依据的诗歌资料、诗学观念和诗体规范都是不同的,在多种合力的综合运动中分别选择了格律体、自由体和半格律体,从总体上说各自的诗形同诗质是协调的,是不能互换的,从而在诗质和诗形的结合上显示了现代诗体不同的美学品格和文体特征,表明中国现代诗歌的成长。在多元建设实践中,虽然事实上各种诗体之间是有吸收有交融的,但是在理论及创作上又强烈地表现出互相排斥,都毫无例外地走向偏至。石灵总结新月诗人在提倡规律时,认为同自由诗招致了诗是容易写的末路一样,格律诗体也招致了形式主义的恶果,弊端的根源还是在其规律本身。"象征派的在中国诗坛能够抬头和立脚,就由于它是对于规律诗的反动。象征派主张不要音乐的成分,即诗的效果可以不借助于规律。"①从象征诗派到现代诗派提倡散文美的自由体,在诗体建设上同样取得重要实绩。但是其诗体同样存在弊病。孙作云在 20 世纪 30 年代写成《论"现代派"诗》,在对现代派诗的成就和流弊作了分析后,提出对新诗的六条要求,其中三条是"内容是健康而不是病态的","意境凄婉的诗固不摒弃;但更要求粗犷的,有力的诗歌","表现时代的诗歌"。② 从正面揭示了现代派诗的弊端:格局狭小,表现在从生活细微处和个人心灵里发现诗,结果逃避现实钻进象牙塔;运用暗示的思维学,借助意象中介,语言精致陌生,造成诗的朦胧晦涩,结果是诗的社会功能和接受读者走向狭窄;接续传统诗歌中纯粹的一路,存在委婉阴柔之美,拿徐迟的话来说就是"属于感伤的男子"。对此予以校正的就是大众化运动,在诗与生活关系上主张面向生活,把握现实,在诗的表达方面要求明白晓畅,鼓动人心,在语言形式上

---

　　①　石灵:《新月诗派》,见杨匡汉编:《中国现代诗论》上,广州,花城出版社 1985 年版,第 295 页。
　　②　孙作云:《论"现代"派诗》,载《清华周刊》第 43 卷第 1 期,1935 年 5 月 15 日。

主张面向大众的白话,具有中国气派和民族风格。但其创作中存在公式化和概念化,诗体单调、简陋和粗粝,那时的郭沫若就说过,"我要充分地写出那些高雅文士们所不喜欢的残暴的口号和标语"。这无疑会给现代诗体建设带来危机。正是多元诗体探索中的偏至,到抗战进入相持阶段以后,随着文学为抗战短期效用的追求趋冷,诗人们开始考虑"加深文艺的深度",新诗创作和风格开始出现新的变化,这就是冷静、沉炼,现代诗体演变进入到一个崭新阶段。

这时期诗体建设最重要的特点,就是在融合中确立规范。这在 20 世纪40 年代被称为"自觉的现代化运动",在 20 世纪 50 年代以后被称为"统一诗歌"。在融合中确立规范时期,出现过三次大的诗体建设波峰,这就是七月诗人推动的自由诗运动,九叶诗人倡导的新诗戏剧化,新中国成立后的民族形式探索。尤其是前两次波峰更是自觉地立足现代诗体建设既有传统,在融合和综合中形成诗体的丰富性、复杂性和包容性的美学特征,突破了新诗史上既有的新诗与旧诗、社会使命与诗艺建设、自由与格律、明白与含蓄、纯诗化与大众化、向内开掘与向外拓展、语言精致与语言通俗等两极思维的制约,推进了现代诗体规范的确立。

七月诗派呼应时代要求,深化现实主义传统。作为诗派的核心人物胡风在《七月》半月刊创刊号《代致辞》中,一方面表示反对新月诗派的"形式的限制"和现代诗派"以形式来挽救内容的空虚",认为"这些,在战前是存在的,但战后大半消失了。因为是无法表现今天的情绪与现实生活";另一方面又表示反对新诗创作的概念化倾向,说"在神圣的火线后面,文艺作家不应只是空洞地狂叫,也不应作淡漠的细描"。① 这成为他全部诗论的基本点。在扬弃的基础上把新诗大众化和纯诗化综合起来,成为七月诗人的诗体建设策略,而其理论基础就是艾青提出的真善美相统一的诗歌美学。七月诗派自由诗体的美学特征是崇高美,其精神品质是鲁迅和胡风的主观战斗精神。由于七月诗体突出抒情主人公形象,并要求主体精神通过具体形象表现,因此必然要求有适应这种诗质的诗歌语言体式,"诗的形式就不单

---

① 胡风:《七月》半月刊创刊号《代致辞》1939 年第 1 期。

纯是一般意义上的形式,而是和内容不可分割地成为整个诗的有机组成部分。"①因此,七月诗人进行了自由诗体的再创造。艾青在戴望舒探索的基础上,进一步探讨诗的散文美,其创作给自由诗体带来两大特色:散文句式的复杂化和内在情绪的旋律化。七月诗人在胡风理论和艾青创作的引导下创作,其自由诗体具有民族气派,首先是在诗中突出抒情主人公形象,把追求个性解放和民族解放结合起来。他们的诗歌是从民族的坚实土壤里滋生出来的,自觉不自觉地成为这个民族的"自我表现",无疑会在自由诗体中透露出民族气派的信息。其次,七月诗人把诗美追求和诗人使命统一起来,在形式上所表现的弹性与功力,语言上的朴素、自然和明朗,意象上所反映的个人独创性,是和社会内涵一致的,即"把诗人从沉寂的书斋里,从肃穆的讲坛上呼唤出来,让它在人民的苦难和斗争中接受磨炼,用朴素、自然、明朗的真诚声音,为人民的今天和明天歌唱,这便是中国自由诗的战斗传统。"②第三,诗歌语言秩序表现为:大多用自由的无韵体,诗句错落变化;大多注意建行中力与美的有机结合;大多讲究新诗的旋律节奏。自由诗的情绪内在律动在语言秩序上体现为:落实在诗行群的组合上,即当情绪的内在律动特强的那一段外化为旋律时,对应的诗行群用对称或排比;落实在诗行组合上,即诗行组合中对诗行长短作有机的搭配,以增强旋律表现;落实在押韵上把无韵改为有韵,起一种辅助作用;落实在收尾上,凡表现一种激越、壮烈或深沉情调的诗,应以双音组煞尾为主,凡表现一种轻快、飘忽或欣喜情调的诗,应以三言音组煞尾为主。旋律化节奏规范的确立,标志着现代自由诗发展正在走向成熟。

　　九叶诗派同样追求着对偏至传统的综合,并在综合中建设现代诗体。陈敬容认为,现代是个复杂的时代,作为现代人总不可能单纯,而中国新诗史上既有传统是"两个极端":一个尽是反映现实,一个总是躲进艺术,现代诗人需要的是"这一切的综合"。③ 基于此,九叶诗人理论家袁可嘉在现代

---

① 　绿原:《白色花·序》,北京,人民文学出版社1981年版。
② 　绿原:《白色花·序》,北京,人民文学出版社1981年版。
③ 　陈敬容:《真诚的声音——略论郑敏、穆旦、杜运燮》,载《诗创造》第12辑,1948年6月20日。

诗体建设上借鉴英美新批评诗学,把古今中外诗分成"排斥的诗"和"包容的诗"。袁可嘉认为当时新诗有两类是"排斥的诗"需要抛弃,一是现实主义诗歌,为具体的(以艺术为政争工具的说法)目的服役,强调诗人的现实意识以及诗歌社会功能,沦陷为抒情感伤和政治感伤;另一是现代主义纯诗,为虚幻的(如艺术为艺术学说)目的服役,要质是逃避现实躲进心灵。在此基础上,袁可嘉提出现代诗应是包含的诗,要体现"现实、象征、玄学的新的综合传统"。这体现在诗体建设中,就是由过去的情感和感性的解放发展成为理性的高扬,建构自身的启蒙叙事和现代性话语秩序,创造兼有散文化长处的律化诗体形式。具体体现一是戏剧化结构:有沉思气质的内向诗人里尔克式地借助事物本质精神的认识来表现自我,把情思意绪投诸相应事物上,形成了情思流动跳跃,而物象相对静止,具有雕塑美的潜隐结构;善于以理性透视现实的外向诗人奥登式地通过对象心理隐微的探索来表现自我,刻画人物心态,把主观爱憎隐藏在语气、节奏和比喻中,形成了事态流动跳跃,具有活泼流体美的历时态结构。① 二是现代性话语。新诗运动中诞生的白话新诗的"白话"影响到后来的抗战诗和政治诗和口号诗,语言贫乏,趋向口语化和散文化形式;而纯粹诗歌或者追求语言晦涩欧化,或者呈现古色古香,作为新诗语言的现代汉语的张力和魅力没有能够充分开拓。九叶诗人使用的是典型的现代词汇和现代句法结构。这是最直白、淳朴和简单的现代汉语,语法结构完整,没有白话新诗语言的散文化和政治化,也没有象征语言的"新奇"和"陌生",还没有现代诗派语言的古典风韵。这种语言的"震惊"效果来自"现实、象征和玄学"的高度综合,是语言、诗和思想的综合。三是节制性体式。诗人们超越了放纵情思与限制情思的二律背反范畴,在吸收散体长处的同时,不约而同地约束以凝练与蕴藉,使诗体成为理性节制的形式。这种纳情思于节律、自由中求法度的物化体式,吻合了"非个人化"的智慧倾向,为沉思型品格的诗找到了合体的衣裳。

虽然七月诗派和九叶诗派都试图在新诗既有传统基础上通过"综合"来确立现代诗体规范,但是受战争环境的制约和战时文学观念的影响,七月

---

① 罗振亚:《中国现代主义诗歌史论》,北京,社会科学文献出版社 2002 年版,第 140 页。

诗人和九叶诗人的探索没有能够持之以恒,走向辉煌。20世纪40年代以后主流文化是大众文化,大众诗体从解放区在新中国成立后走向全国,创造中国气派和作风的观念成为主导倾向,所以新中国成立后的诗体建设试图通过综合大众化的探索成果,确立新诗的民族形式规范。新中国成立之初,《文艺报》刊出专栏笔谈"新诗歌的一些问题",基本话题是诗歌的民族形式,克服诗体建设"和中国古典的诗歌脱节,和民间的诗歌也脱节"的倾向,以后多次争论始终沿着这一趋向进行。之所以如此,主要是现代诗体诞生后相对忽视本土诗歌资源,远离民族诗歌传统;同时新中国成立后我国进入一个第二次世界大战后国际冷战格局造成的意识形态的阶级斗争强化的政治环境,它堵塞了与西方进行文化和文学交流的通道,在政治文化的主导下排斥五四以来诗体多元探索成果。这期间所要确立的规范,就是毛泽东在1959年新民歌运动中提出的诗体建设理论,即"古典同民歌这两个东西结合,产生第三个东西。形式是民族的形式,内容应该是现实主义与浪漫主义的对立统一"。[①] 20世纪50—70年代现代诗体基本上就是这种理论的实践。

四

在古典和民歌基础上发展新诗的民族形式,在政治文化和计划经济的制约下走向统一诗歌,走向形式单调,最终走向"文化大革命"中诗体建设的穷途末路。粉碎"四人帮"以后,新诗创作开始"复兴"。诗论家要求我们记住1980年,因为"这一年是我国新诗重要的探索期、艺术上的分化期。诗坛打破了新中国成立以来单调平稳的一统局面,出现了多种风格、多种流派同时并存的趋势。"[②]这是一个新旧蜕变的过渡时期,诗体建设的基本特点首先是对中断了的现代诗体多元探索传统的"回归"和"超越",并"促进新

---

① 见《建国以来毛泽东文稿》第七册,北京,中央文献出版社1993年版,第124页。
② 徐敬亚:《崛起的诗群》,载《当代文艺思潮》1983年第1期。

诗在艺术上迈出了崛起的一步,从而标志着我国诗歌全面生长的新开始"。① 就诗体建设的"回归"来说,其中有归来的七月诗人和九叶诗人,继续着 20 世纪 40 年代的探索。他们通过恢复和重建某种历史传统,为"文化大革命"结束后的诗体建设找到一个可靠的逻辑起点,提供一种合理的历史根据。20 世纪 50 年代成长起来而后遭受厄运的诗人归来,继续着恢复现实主义传统,诗体风格更加悲壮厚重。从地下走到地上的朦胧诗人,诗体探索引人注目,但郑敏早就指出:"如果将 80 年代朦胧诗及其追随者的诗作与上世纪已经产生的新诗各派大师的力作对比,就可以看出朦胧诗实在是 40 年代中国新诗库存的种子在新的历史阶段的重播与收获。"② 就现代主义技巧说,朦胧诗体是对 20 世纪 40 年代九叶诗体不到位的回归,建构的是独特的精英独白体。其语体特征是:突出抒情主体,以众人皆醉我独醒的姿态,向大众"启蒙",在文化经验中成为理性的化身和民众的导师。表现手法精致,突破诗歌大众化和公众化,以优雅典范的贵族态度和言语去表现、创造精致的艺术品。节制的自由诗体,诗都贯穿着简洁、跳跃、含蓄的格调,很少直接吟唱,很少大喊大叫。他们很注重构思的奇巧,诗情的凝重,选取沉静、徐缓的节奏,符合他们深刻的观察,符合他们冰冷的主调。

过渡期在恢复历史与现实联系的同时,还有"开启"的维度。就诗体建设而言,先锋诗人在 20 世纪 80 年代中期以后立足个人写作立场,解构传统诗体规范,自觉地以独立品格和现代性追求进行诗体实验。这种实验同这一时期现代诗歌由共名走向无名、由昔日的"文化旋涡中心"而游走于当今"文化边缘地带"同步。第三代诗人从解构传统诗体出发,提出反体裁,主张削平深度的反意象,从非和谐出发反结构,从现象还原出发冷抒情,反语言精致的自动写作。20 世纪 90 年代诗人并不坚持"反体裁",但还是站在反对政治写作、集体写作和纯诗写作的个人写作立场,更沉潜地继续着第三代诗人对传统诗体的解构。先锋诗人实验诗体,是要求人们"必须重新来发现一种崭新的精神趣味"。人们尽可以指责其没有产生成熟的现代诗

---

① 徐敬亚:《崛起的诗群》,载《当代文艺思潮》1983 年第 1 期。
② 郑敏:《新诗百年探索与后新诗潮》,载《文学评论》1998 年第 4 期。

体,但却无法否认实验所体现的独立品格与探险精神。实验诗体呈现若干走向。

一是宣叙调性。这是一种糅合着情绪宣泄的叙事,并形成谣体调性。基本特点一是语言与节奏的复沓,安排了密度较高的叠字叠句,有意拉长的链条式句型,省略句中标点造成悠长中见短促的韵律,倾诉的自语式语态中加入幽默轻松油滑谐趣的成分。二是突破了传统的意象结构而形成意绪结构。意象是诗人的情思在直觉空间中的"团化",而意绪是诗人情绪、意念、潜意识在直觉中的"序化"。意绪结构和意象结构在时空坐标上分别显示时间序列和空间框架的特性。三是宣叙调性诗体用来抒写平常的生活和平常的事件,抒情主体成为"普通人对于自身处境的彻悟",诗人在诗中掺入粗话俗语,采用嬉皮笑脸方式,与平民的笑骂声和细屑的市尘认同。这类诗体的叙事大致形成两种类型:抒写"生活流"和叙写"意识流"。

二是反讽文本。反讽被现代诗歌运用,更多地体现了诗的矛盾语义状态,似是而非的悖论状态,从而形成反讽文本。第三代诗人的反讽文本主要有:诗人言说的是"此",但诗人又用另一些词语创造语境去否定它,表达的真实意思却是"彼",如蓝色的《轨带》;诗人言说的是"此",但诗的语境却蕴涵着讽刺,表达的真实意思却是"彼",如王小龙的《外科病房》;反讽关系存在于叙述者和隐含作者、读者的态度的对照中,叙述者呈现在诗中的是"此",而隐含作者、读者对"此"已有明确认识,其认识正好是"彼"。反讽在20世纪90年代成为一种独特的文本形态,最重要的文本特征就是"喜剧精神",体现的是传统的反讽必须有谐谑讽刺意味的品格规定。20世纪80年代文体特征是崇高和悲剧性,20世纪90年代诗歌却在严肃风格中渗入了喜剧性因素,以在挽歌和喜剧之间达成某种微妙的平衡,这样做的结果就形成了一种更加精微而感人的风格,同悲剧一样崇高。这就是反讽文本先锋实验的意义。

三是语感诗体。语感,就是诗的语言和诗所表达的诗人的内在生命同构的自动言说。语感的外在形式是诗歌语言的语音组合、词语组合和诗行诗节组合形式,但其内在形式是情绪的旋律和生命的律动,因此它是语言的声音和生命的天籁的高度契合。强调语言的语感是从新诗初期就开始的,但真正建立语感诗学和诗体的,却始于第三代诗人,如于坚就认为,"生命被表现为语感,语感是生命的有意味的形式——语感的抑扬顿挫,也是意义的抑扬顿挫,又是语言的抑扬顿挫。"①语感诗体有两大特点,一是诗歌语言的语感出自生命,与生命同构的本真状态;二是诗歌语言的语感流动,呈自动或半自动性质。由语感诗体的倡导,发展为先锋诗人的口语诗,甚至发展为一种不和谐的语音组合和词语搭配以及诗行组织。

四是叙事形态。20世纪90年代诗歌提出"叙事性"问题,是为了消除意识形态写作虚妄的"不及物"而作的努力,是为了更好地反映生活矛盾。西川在《90年代与我》中说:"在抒情的、单向度的、歌唱性的诗歌中,异质事物互破或相互进入不可能实现。既然诗歌必须面向世界敞开,那么经验、矛盾、悖论、噩梦,必须找到一种能够承担反讽的表现形式,这样,歌唱的诗歌必须向叙事的诗歌过渡。"②叙事形态诗体的基本特征,一是抒写日常生活,着眼于日常的情感和个人的生活,尤其是人的现实的生存状态。这样就打破了意识形态的幻觉,青春浪漫的抒情,故作高雅的精致,开始使诗质与细小琐碎凡俗的事物接轨,热衷具体、个别、烦琐、破碎的记事。二是抒写主体淡化。叙事形态的诗打破了诗人的意识形态幻觉,使诗人不是在旧的知识、权力的框架内思想并写作,由此实现文化态度、心情、知识甚至人生态度的转变,第一次具有了强盛的叙述别人的能力和高度灵魂的自觉性。这样,诗的主体就成为叙述者、对话者、旁观者,甚至是零度表达。三是陈述语言平缓。叙述方式絮絮叨叨,力图去除节奏、韵脚等外在音韵成分,而追求一种平和迟缓的诉说语风的独特文本。

五

百年中国现代诗体建设的主要成果有以下几点。

---

① 于坚、韩东:《太原谈话》,载《作家》1988年第4期。
② 西川:《90年代与我》,载《诗神》1997年第7期。

　　一是适应现代要求形成了现代自由诗体、现代格律诗体、现代散文诗体和现代半格律诗体等。各类诗体体现的是不同的语言话语秩序组织,因而具有不同的审美品格。各类诗体诞生以后,都在发展途中形成自己的流脉传统,催生了一批具体的亚类诗体,并且相互影响、互渗丰富了整个现代诗体建设成果。相对而言,自由诗体始终占据主导地位,这种趋势突出地体现在现代先锋诗人的探索中,其中的根本问题是"现代诗自由灵性促使它在内容上追求无论是抒情、分析,抑或叙述的即兴随机;追求思维'诗想'的活感性乃至非理性;热衷于非平衡、非和谐的结构组织(除图像诗外);甚至引入更多刺激的、动荡的、审丑的、变幻的因素,这一切所集结的合力,都大大瓦解了诗的成型化趋势。"①当然,现代格律诗体和半格律诗体仍然会在现实生活中探索前行。

　　二是适应现代要求显示了诗歌语言的现代性建设成果。五四期诞生的"白话新诗"运用白话反对古诗从而开创新诗文体是一种语言策略,就其姿态和功用看,"白话"是作为一种工具来使用的,并未纳入到新诗本体建设的视域内来建设,一种真正的现代诗歌艺术语言并未因此而诞生。由这一传统引领的,后来的抗战诗、政治诗和口号诗,语言贫困,其口语化和散文化倾向削弱了其艺术力量。但经过20世纪20年代中后期新月诗人、象征诗人和20世纪30年代现代诗人的纯粹诗歌语言的探求,诗歌语言犹如"已经和传说中的流萤般认不出它腐草底前身了"(梁宗岱语)。以后又经过七月诗人和九叶诗人等的探索,中国诗歌的语言形式方才显示出它的"现代性"特征。20世纪八九十年代先锋诗人进一步开展诗歌语言革命,从返回生命本真和生活真实出发,渴望诗歌语言从本文到本文的文学经验的转承模式中解放出来,转而同写作主体存在、同生命的原初体验和观察融合起来,开展了诗体(语言)实验。这种持续不断的探索,推进了现代诗歌语言现代性规范的确立。

　　三是适应现代要求创造了极其丰富的现代诗歌的自由语体。语体是诗歌文体的重要标识。诗歌一般采用抒情语体,其规范体现在语体声音层、选

①　陈仲义:《扇形的展开》,杭州,浙江文艺出版社2000年版,第378页。

词构句层和修辞传达层。而事实上,诗人创作往往超越这种类似于"语言规则"的规范,而使用"言语规则",即从规范语体走向自由语体。百年中国现代诗体建设的重要成果就是自由语体的创造,其基本线索,一是文体敞开,除了使用抒情语体以外,还使用小说的叙述语体,戏剧的对话语体等。二是主体呈现,除了突出主体形象外,还注意隐藏主体形象,甚至创造主体分层、众声喧哗、戏剧独白等语体。三是除了抒写主观情思外,还创造意象/意境、非个人化、抒写经验、体验或玄思,叙写生态、心态和情态等抒写方式。四是除了按语序轴使语言沿水平线进展外,还按联想轴使语言呈共时结构表达。五是除了进行诗体建构外,还进行诗体解构,由个人写作引出"诗是怎样的"到"诗是这样的"转变。六是除了诗体精致优美的模式外,还通过实验追求现象还原、意识还原、语言还原。在百年现代诗歌语体的流变中,最重要的是形成了三类诗体,这就是崇高的集团宣示、精致的精英独白和卑下的个体私语,前两种语体平行交织在从五四到 20 世纪 80 年代诗歌中,这是同中国现代社会的特殊矛盾紧紧地联系在一起的,也同诗人面对社会使命和艺术使命所作出的选择有关,这就大致形成的现代诗史上向内转和向外走的传统。到 20 世纪 80 年代后期,第三代诗人开始宣布群体写作和纯诗写作时代结束,坚持个人写作,就出现了第三种语体,即"私语"。

四是适应现代要求把语体品格稳定地发展成诗体风格。虽然百年中国现代诗体由于破大于立的文体革命缺乏自律性,众神狂欢影响了文体的成熟,但还是形成了一些具有风格意义的现代诗体,大致可以分成时代诗体、流派诗体和个人诗体。就时代诗体说,自由诗体就具有时代的特征,具体到某一个时期也总有能够体现时代社会文化思潮的诗体,如五四时期的胡适之体、郭沫若为首的自由诗体,大众化运动中的大众诗体,新中国成立后政治抒情诗体等。就流派诗体说,每一个有影响的现代诗歌流派,都有体现其流派特色的代表性诗体,如新月诗派的新格律诗体,20 世纪 30 年代现代派的纯诗体,20 世纪 40 年代以崇高为主要特征的七月诗体,以新诗戏剧化为主要特征的九叶诗体,解放区的叙事民歌诗体等。还有就是个人诗体,杰出诗人的诗歌,以他的广泛影响为人效法,这就形成了个人诗体。当然,个人诗体往往与时代诗体和流派诗体联系在一起的。百年中国现代诗体流变中,形成风格的个人诗体有胡适之体、郭沫若的自由诗体、闻一多和徐志摩的格律诗体、冰心的小诗体,艾青的散文诗体,戴望舒的现代诗体,郭小川的新辞赋体,纪宇的朗诵诗体等。时代诗体、流派诗体和个人诗体三者紧密联系,而以流派诗体处于关键地位。因为流派集中地体现着一个时代审美的要求,不少杰出诗人也往往是某个诗歌流派的代表。

五是适应现代要求初步确立了中国现代诗歌的多种体式。在百年诗歌文本的建设中,诗人们通过多方吸收营养,创造了功能和特征各异的诗歌体式。就容量来说,有长诗体、小诗体、中篇诗章、组诗体等;就体裁来说,除自由体、格律体、半格律体外,还有散文诗体、戏剧诗体、歌谣体等;就功能来说,有大众诗歌、纯粹诗歌、政治抒情诗歌、生活抒情诗歌,精英独白诗歌,鼓点诗歌,哲理诗歌等;就格律来说,有连续形式、诗节形式、固定形式,即使固定形式既有移植的如十四行体,也有继承的如词曲体,还有自创的如新辞赋体、新鼓词体等。这些具体体式的创造,丰富了现代诗歌创作,为现代诗歌文本的建设奠定了基础。

六是适应现代要求探索了中国现代诗歌的韵律节奏。文体同语言诸要素关系密切,韵律节奏是现代诗歌体裁成形的要素。新诗诞生依赖诗体解放,冲破传统诗歌的诗式和诗则,核心是格律形式;然而新诗成形又要依赖诗体与诗则,即要重建现代诗歌韵律节奏。在现代诗体建设中,诗人们把韵律节奏区分为外在声韵节奏(外在律)和内在情调节奏(内在律),自由诗体重内在律而呈现外在律,格律诗体重外在律而传达内在律。在百年探索中外在律的声韵节奏形成了音组排列和意群对称两大节奏体系,内在情调旋律同样形成了诗行群组合、诗行组合、押韵方式和收尾方式等若干规律,基本确立了现代诗歌的韵律节奏的规则和框架。进入 20 世纪 80—90 年代以后,先锋诗人在此基础上解构传统规则,在实验中探索叙事形态、宣叙调性和语感诗体等,开辟了现代诗歌语流韵律节奏范型建构的多种可能性。

附录二　新诗的民族民间诗歌资源论

说到中国新诗的发生与发展的资源,人们普遍重视的是域外现代诗潮和中国古典诗歌的影响,相对而言忽视我国民族民间诗歌资源的影响。其实,中国新诗的观念、诗质、诗体、诗语等方面,始终得到了宋元以来白话俗体诗歌尤其是歌谣资源的滋养,中国新诗所具有的真实、自由、民间等独特的精神品质,都同获得俗体歌谣资源滋养有关。

一

中国新诗的发生可以界定在 19—20 世纪之交的诗界革命至五四文学革命的 20 年间。其内在动力,一是利用诗歌进行思想启蒙以新民,二是通过革新以推动诗歌现代化转型。这两方面动力都推动着学者和诗人面向民族民间诗歌资源。从启蒙说,在民族危亡关头,中国知识分子疾呼"启民智"、"新民德",简短、土俗、真挚的民间白话诗歌自然成为近便的传播新思想的有效工具。从诗歌建设说,"民间即生活于传统的下层的民众具有传统中最富有道德价值的那部分内容,这部分被压抑的传统(如胡适的'白话传统')正是传统中可以转化或激活为现代性要素的内容,因此,持有这部分传统的下层民众自然成为'五四'学者瞩目的走向现代而不是回到古代的现实力量。"①新诗发生的这种内在要求,开始建立起新诗与民族民间诗

① 卢晓辉:《现代性与民间文学》,北京,社会科学文献出版社 2004 年版,第 152 页。

歌资源的联系,并成为新诗借用民族民间诗歌资源的逻辑起点。

对于民族民间诗歌资源的借用,贯穿新诗整个成长过程,重要时期大致有四个。一是诗界革命时期。诗界革命的取向是"求新声于异邦",即新意境和新语句,但又强调"须以古人之风格入之",即强调诗的民族风格和传统体式。近代知识分子对民间文学各种体裁的认识不同,但基本共识是歌谣、童谣、寓言不但具有教育功能,而且借鉴歌谣可以改良诗歌创作。黄遵宪努力实践"我手写我口",注意民间歌谣资源,尤其是客家山歌的形式、语言和表现手法。他从中获得的不单纯是宣传的工具,而是诗歌本身弃旧迎新的审美追求,"正由于他能重视民间文学,从那里汲取营养,所以他的诗能摆脱因袭模拟,而有着一定的清新泼辣的气息。"①他在 1902 年写信给梁启超倡杂谣新诗体,并创作出《军歌》等。梁启超在《饮冰室诗话》中肯定新体诗,并在刊物发表歌谣诗。这绝非偶然,那时的白话报发表歌谣体新诗成为风气。尤其是出现了大量的歌诗体,代表着诗界革命时期诗体革新的最高成就。学者认为它是"从旧体诗演变为'五四'新诗的一种过渡形式"②,开始冲破传统诗歌格律,语言通俗,句式自由,诗乐结合,韵散杂糅,呈现出自由化、通俗化、散文化倾向。

二是五四新诗运动时期。五四文学革命主张推倒雕琢的阿谀的贵族文学,建设平易的抒情的国民文学;推倒陈腐的铺张的古典文学,建设新鲜的立诚的写实文学;推倒迂腐的艰涩的山林文学,建设明了的通俗的社会文学。在民主和科学精神引导下,人的文学和平民文学成为基本取向。由此,新诗运动自觉把眼光投向民间,选择通俗白话。胡适尝试白话新诗虽遭攻击,但其取法宋元白话却得到普遍赞同。后来成为《学衡》中坚梅光迪在1916 年初也说:文学革命自当从"民间文学"入手,此无待言。五四新诗运动取法宋元以来白话和俗体,自然地导致以民间文学形式和思想来推动运动的思维方向。在此基础上,出现北京大学歌谣征集和研究活动。"它发生在五四新文化运动的前夕,带给人们一个眼光向下看的关注民众百姓的

---

① 任访秋:《中国近代文学作家论》,郑州,河南人民出版社 1984 年版,第 48 页。
② 龚喜平:《近代"歌体诗"初探》,载《西北大学学报》1985 年第 3 期。

视角;它标志着中国最具有先进思想的知识分子,已经从文学的角度找到了一个冲破封建文化重围的缺口,是近代文化启蒙运动的一个完整、有力的总结和五四新文化运动一个坚实、精彩的开端。"①歌谣征集简章和刘半农《答王敬轩书》同时刊在《新青年》第 4 卷第 3 号,这是富有象征意义的精心安排。周作人提出征集歌谣目的,一是学术的,一是文艺的,并引意大利的卫太尔的话说"'根据在这些歌谣之上,根据在人民的真情感之上,一种新的民族的诗也许能产生出来。'所以这种工作不仅是在表彰现在隐藏着的光辉,还在引起当代的民族的诗的发展"。② 事实是,在民间歌谣成为推动着新诗发生的重要资源后,新诗运动中诞生了大量歌谣体新诗。

三是新诗大众化时期。当文学革命向革命文学转变以后,自然地提出了革命文学同工农结合的问题。如成仿吾在 1928 年就提出:"我们要努力获得阶级意识,我们要使我们的媒质接近工农大众的用语,我们要以农工为我们的对待。"③由此提出了"普罗文学的大众化"问题,认为五四文学严重脱离大众,转圜在小资产阶级知识分子圈子,文学的大众化就是要获得无产阶级意识,以工农大众为对象和接近大众用语这三项。诗歌大众化终于在20 世纪 30 年代初左翼文艺运动的推动下发展成为主潮,中国诗歌会开展大众诗歌运动,基本主张是:"捉住现实"和"大众歌调"。④ 所谓"大众歌调"就是借用民族民间诗歌资源,以此来实践新诗的现实社会使命和俗体发展方向。这场运动在抗战背景下得到充分发展,歌谣诗、快板诗、朗诵诗和说唱诗等成为主导的新诗样式,在 20 世纪 40 年代的解放区还出现了追求"中国作风和中国气派"的民歌体新诗创作的高潮。

四是新中国成立后十七年。这时期的基本线索是在古典和民歌的基础上发展新诗。20 世纪 40 年代解放区诗歌在确立工农兵文艺方向的过程中,完成了诗歌发展方向转换,但深入的诗论建设和创作实践留待新中国成立后去完成。因此,如何利用民间诗歌和中国古代诗歌资源,在创造新的诗

---

① 王文参:《五四新文学的民族民间文学资源》,北京,民族出版社 2006 年版,第 86 页。
② 周作人:《歌谣发刊词》,载《歌谣周刊》1922 年 12 月 17 日第 1 号。
③ 成仿吾:《从文学革命到革命文学》,载《创造月刊》第 1 卷第 9 期,1928 年 2 月 1 日。
④ 同人:《新诗歌发刊词》,载《新诗歌》创刊号,1933 年 2 月 11 日。

歌方向上,把它转换成一种适应现实需要并为人民群众喜闻乐见的诗歌形式,也就成为诗人集中思考的问题。这时期诗界开展的多次讨论试图解决这一问题,终于发展成全民的"新民歌运动"。学者探讨过这场运动的现代来源:"人们常常将这场运动的发生归咎于与之丝丝相连的具体历史和社会环境。实际上,如果从新诗自身发展的历程去追溯,我们仍能清楚地发现它的某些内部根源。'新民歌运动'可被看做'五四'以来新诗走向'大众化'(民间化乃至民族化)的一次努力。只不过,众所周知,这次努力最终以'古典'+'民歌'的极端模式纳入了政治化的轨道,从而适得其反地将诗推向它的反面即'非诗',新诗的'大众化'也未能真正实现,而是越来越远离这一目标。"①民间诗歌资源对新中国成立后新诗发展影响巨大。

　　以上四个时期的后两个时期在百年新诗历程中占50年时间,其间新诗发展的主导倾向是向民族民间诗歌资源借鉴,而前两个时期持续也有20多年,向民族民间资源借鉴推动新诗发生是重要倾向,因此研究新诗无法忽视其同民族民间诗歌资源的紧密联系。

二

　　新诗的现代化,是同新诗的世界性和民族性紧密结合着的。面向域外的开放而获得的世界性,面向传统的继承而获得的民族性,面向现实的创造而获得的自创性,三者融合铸就了新诗现代品格。新诗民族性资源的借鉴,包括古典诗歌传统和民间诗歌传统,而新诗特别重视民间诗歌资源有其必然性。这是因为新诗发生基本上是一场借助俗文学(大众的民间文学)向传统进行挑战的反叛举动,它在某种意义上就是"大众化";而新诗的发展始终伴随着思想启蒙、社会救亡的主题,出于接受群体的考虑,诗人们不得不寻找一条直接有效的途径,将思想观念以民众易于接受的方式予以表达;

---

　　①　张桃洲:《"新民歌运动"的现代来源》,见《现代汉语的诗性空间》,北京,北京大学出版社2005年版,第60页。

百年新诗建设中趋向现代性和审美性,也要求新诗同时面向域外诗歌资源和本土民族诗歌资源的借鉴。

在新诗发展途中,民族民间诗歌资源已经成为一种内在素质融会在新诗成长的过程中。

表现在诗美方面。最重要的是确立"真"的诗美学。新诗发生期的诗学观念是破假立真。刘半农把旧诗的精神指为"假",认为虚假诗风和虚假道德互为表里,又同虚伪社会相依为命,从而成为维系封建制度的罪恶渊薮。胡适新诗创作论的核心就是"真",要求的新诗美学是"具体性",包括鲜明的感觉印象,平实的意境和经济的生活情节。刘半农在《我之文学改良观》中提到"崇实主义",在《诗与小说精神上之革新》中准确地把握写实主义的基本特点。陈独秀在《现代欧洲文艺史谭》中把中国传统文学说成是古典主义和理想主义阶段的文学,认为新文学发展必须有个"写实主义"阶段。而这"真"的诗美学,在新诗发生阶段主要是从民族民间诗歌资源中获得滋养的,具体说就是从民间歌谣中汲取求真意识、自由个性和淳朴风格,从而建设起新诗的现代价值观和美学观。黄遵宪借用民间文学特别是客家民歌创作,努力实践他的言文一致主张和求真理论,对以后新诗求真理论起到先导作用。刘半农等在新诗运动中开展歌谣征集和研究活动,是因为民歌是"永远清新的野花香","它的好处,在于能用最自然的言词,最自然的声调,把最真实的情感发抒出来。""自由的空气,在别种文艺中多少总要受到些裁制的,在歌谣中却永远是纯洁的,永远是受不到别种东西的激扰的。"①民歌"真实"、"自然"的美学特征,在新诗发生和发展中成为一种传统产生着重要影响,规定着新诗品格。

表现在诗质方面。"文胜质",是新诗运动对旧诗之弊的概括。刘半农认为"文胜质"的结果,一是"专讲声调格律",二是情感表达俗气。破除旧诗"文胜质",就要推动诗歌走向现实,走向世俗,走向民间,推动诗歌表现新意境和新思想,在精神品质方面走向现代化。民族民间诗歌资源的借鉴,

---

① 刘半农:《〈国外民歌译〉自序》,见鲍晶编:《刘半农研究资料》,天津,天津人民出版社1985年版,第219页。

则是破除"文胜质"的重要途径。周作人在《中国民歌的价值》中就明确地说："民歌的特质，并不偏重在有精彩的技巧与思想，只要能真实表现民间的心情，便是纯粹的民歌。民歌在一方面原是民族的文学的初基，倘使技巧与思想上有精彩的所在，原是极好的事；但若生成拙笨的措辞，粗俗的意思，也就无可奈何。"①民歌的特质就是其"质"的自然抒写，而且这种"质"是世俗的、现实的、社会的。因此，对民歌"诗质"的借鉴就推动着中国新诗同现实、同民间的紧密联系，使新诗诗质趋向现代化。20世纪30年代初中国诗歌会推动诗歌大众化，其直接指向的正是新月和现代派诗唯美的颓废的诗的本质，虽是偏颇之论，但却也在证明着诗歌大众化运动强烈地面向现实、面向世俗的精神品质。新诗诗质基本趋向是表现现实，较好地实践了陈独秀关于建设国民文学、写实文学和社会文学的主张，这同有效接受民族民间诗歌资源滋养是分不开的。我们同意王文参的评价："从民间文学的角度为新文学寻找资源，可以为当代文学发展提供平民精神、质朴情感和创新艺术形式的参考，增添文学创作中的人文精神；在对民间文学和作家文学关系的历史思考中，唤起'眼光向下'、'走向民间'的关照情怀，使读者能从当代文学作品中读出更深厚的亲切感、乡情感、质朴感和自然感。"②

　　表现在诗体方面。新诗是在冲破旧诗形式后发生的，它需要实现诗体解放。黄遵宪探索过新诗体，尤其是在1902年提出建立"杂谣体"："当斟酌于弹词、粤讴之间，或三或九，或七或五，或长短句"③，体现了自觉的诗体意识。新诗运动中，诗人更是从诗体解放、形式自由角度自觉借鉴民间歌谣体式创作新诗，其意义是丰富了发生期新诗的诗体，帮助诗歌从旧体束缚中获得解放，通过大众喜闻乐见的民间诗体，推动新诗发生的平民性、启蒙性和通俗化，出现了借用民间歌谣的创作、模仿歌谣体创作和创作歌谣体新诗。这些都直接影响到中国百年新诗的面貌。20世纪30年代以后多次讨论新诗形式问题，都注意到民族民间诗歌资源的借用，中国诗歌会诗歌、抗战诗歌、解放区的民族史诗，以及新中国成立后在民歌和古典基础上探索新

① 周作人：《中国民歌的价值》，载《歌谣周刊》第6号1923年1月21日。
② 王文参：《五四新文学的民族民间文学资源》，北京，民族出版社2006年版，第11页。
③ 黄遵宪著，钱仲联笺注：《人境庐诗草笺注》，上海，上海古籍出版社1981年版，第1245页。

诗体式都是有力的证据。民族民间诗歌资源对于中国新诗诗体建设影响深刻。毛泽东同志曾给"新体诗歌"确立过形式标准:"(一)精练,(二)有韵,(三)一定的整齐,但不是绝对的整齐。"①其重要资源正是民歌的"有韵"(能诵易记)和"非律"(没有形式上的束缚)。民间诗歌资源对于新诗影响最大的是诗体建设,无论现代自由体还是格律体,都深刻地接受了这种影响。

表现在诗语方面。新诗语言同旧诗的重要区别就是使用白话。中国文学从先秦以后书面语与口语脱节,口耳相传的歌谣、传说、神话等,都被认为是不登大雅之堂的民间作品。因此,倡导白话新诗必然要重视活在民间的白话口头语言。事实上,初期白话诗人都在自觉地向民间歌谣学习诗语,胡适要求诗人通过学习俗歌自然流利的风格来改变生硬文句,郭沫若认为抒情诗中的妙品最是些俗歌民谣,因为在那里言语的生成与诗的生成是同一的。新诗运动中参与歌谣研究的众多语言学家,从歌谣中获得现代语言发展规律的启示,从而推动着白话文学发展。可以说,新诗白话诗语的成立是离不开民间歌谣资源借鉴的。到了五四以后,周作人认为语体诗的长处,还不曾有人将他完全表达出来,根基并不稳固,所以他投入较多精力研究民谣的语言特征和审美价值。到20世纪30年代初的新诗大众化运动中,瞿秋白等认为五四新诗运动并未真正解决诗歌语言问题,新式士大夫和平民百姓没有共同的语言,因此中国要再来一次"俗语文学革命运动",从而掀起了又一次新诗向民间歌谣诗语学习的高潮,推动着诗语更加趋向民族化、趋向本土化,趋向民间化。在解放区民歌体抒情诗和叙事诗的创作中,诗人更是自觉地学习民歌的风格和语言,创作了一批富有民族气派和风格的作品。新中国成立后通过新诗形式和语言的多次讨论,一些诗人自觉地汲取民间诗语创作,田间的新七言体、闻捷的新九言体、李季的鼓词体、郭小川的词曲体,以及众多的民歌体,都倾向大众口语。民间诗歌资源对于新诗语言的影响同样是深刻的。

---

① 毛泽东1957年同臧克家、袁水拍的谈话,转引自陈晋:《毛泽东与文艺传统》,北京,中央文献出版社1992年版,第328页。

三

民族民间诗歌资源直接深刻影响着中国新诗的发生和发展。就新诗发生说,其贡献在于:第一,歌谣运动是五四新文学运动的有力一翼,其高扬打倒贵族文学,建设平民文学的旗帜,起着新文学理论建设的推动作用,给予新文学精神品质深远影响;第二,歌谣运动使革新先驱"从许多歌谣上,可以看得出变迁的路径;又从其本身上,可以找到永久生命的艺术之所在。故前者可供研究史诗的参考,后者可为现代创作新诗者的根据",①给新诗建设新型文体以借鉴;第三,为无产阶级大众化文学主流确立,提供了最丰厚最坚实的基础,甚至直接提供了现成的形式。正如洪长泰对五四歌谣运动历史价值所做的论述:"它揭开了现代新诗改革运动的帷幕,引起了广大知识分子对歌谣反映的大量社会问题的注意,同时促进了文人学者接近普通民众,而这后一点是最重要的。知识分子们从此由尊重民间文学,到认识到自己所处的与民众对立的传统位置,最后转向自身的世界观改造。"②这成为一种传统,影响到新诗的发展。当新诗发展出现偏向时,它会以一种强大的力量推动新诗发展转型。20 世纪 30 年代的诗歌大众化运动,所体现的不仅是对于诸如新月和现代诗派这样的文学流派转换,而且是对于整个五四以后新诗发展方向的转换。就是新诗从个人的抒情过渡到时代的愤呼,从新诗基本走着纯诗化趋向到面向现实面向大众的趋向,从新诗基本局限在雅文学范围扩大到俗文学天地。这种转换,在一定意义上形成了一条发展新诗的新路线,使新诗诞生后交织着的诸如引进西方诗艺与发扬中国传统、雅与俗、知识分子主体有工农群众主体等矛盾得以充分展开。这无疑有利于新诗走上更加健全的发展道路。而且,这种方向转换是从救亡图存的需要衍生出来的,所以更有其合理性。

---

① 何植汉:《搜集歌谣的附带收获》,载《歌谣周刊》第 36 号,1923 年 12 月 9 日。
② [美]洪长泰:《到民间去》,董晓萍译,上海,上海文艺出版社 1993 年版,第 85 页。

新诗发生和发展接受民族民间诗歌资源影响,是否体现着新诗的现代趋向历来存在分歧意见。我们认为,诗的现代化着重体现在诗的功能的大拓展和诗的文体的大解放上,特别是诗的世俗功能受到高度重视。现代诗歌打破诗体森严的等级制度,浪漫诗歌把民间歌谣视为与其他诗体同样价值的诗体。中国新诗运动接受民族民间诗歌资源不仅在客观上同世界诗歌现代运动取同一步调,而且直接接受西方浪漫主义重视民歌思潮的影响。更重要的是,它与中国文学的五四现代转型精神完全一致。新诗发生和发展重视民族民间资源体现的正是新文化运动所创造的民间意识和平等意识,它推动知识分子"向民间去"、"劳工神圣",重视民间文化,形成博大、进取的时代精神。我国近代民族民主革命的目标是建立独立自主的现代民族国家,文学的民族化问题的提出和实践,是与文学的现代化问题的提出和实践具有同等重要意义。而民族化的追求正是新诗发生发展过程中接受民族民间诗歌资源的价值趋向。在中国特定的背景下,知识分子仅仅接受"现代化"是不够的,因为其接受的在本质上还是西方的话语,而西方话语是完不成创造一个现代民族国家使命的。正是在这样"意识到的历史内容"的呼唤下,我国的现代性信念赋予"民族化"和"大众化"特殊的现代化含义。

当然,强调新诗的民族民间诗歌资源的现代价值,绝对不是主张把民谣等直接作为新诗发展的范本。新诗的发生和发展对民间诗歌资源只能是接受影响后的超越,事实上中国新诗主潮也没有沿着民间歌谣的道路发展。其根本原因一是观念的,歌谣是"平民的文学"的材料,而平民文学是个存在很多时代局限的文学意识;二是精神的,歌谣有传统文化的痕迹,具有天然的保守性,同新诗需要充分表现时代面貌和现代情感形成矛盾;三是诗体的,民间歌谣偏重叙事,形式单调,口语通俗,无法成为一种现代主流诗歌传统。就民族民间诗歌资源对于新诗建设的实际价值说,在充分肯定积极的方面以外,还要指明其消极的影响,需要正确评价新诗借鉴民族民间诗歌资源过程中的四种趋向。

一是面向现实。民间歌谣是民众口头创造,是"饥者歌其食,劳者歌其事",因此具有鲜明的面向现实的特征。诗界革命中黄遵宪提出学习歌谣创造新体诗,就强调"弃史籍而采近事"。刘光汉在20世纪初《中国白话报》上撰文说要为学生编三本歌谣集,第一种是《板荡集》,主题是"主攘夷立论,教唱歌的人,个个晓得民族主义";第二种是《出车集》,主题是"主尚武立论的,教唱歌的人,个个晓得国民精神";第三种是《民劳集》,主题是"主哀民立论的,教唱歌的人,个个晓得君权不好"。五四白话诗人也重视歌谣的社会教育和启蒙价值,利用歌谣去推动新诗面向现实、面向世俗。这种传统深刻地影响到以后新诗的发展。新诗建设始终面临着两个课题,一是诗艺的建设,一是社会的救亡和思想的启蒙,民间诗歌资源的影响集中在后一方面,即强调诗人面向现实,承诺社会历史使命,其结果往往导致诗歌忽视诗艺建设,一味强调诗歌教育意义和社会功能,甚至成为政治宣传和标语口号。中国诗歌会倡导"大众歌调",落脚在新诗"理解现制度下各阶级的人生,着重大众的生活的描写","有刺激性的,能够推动大众的","有积极性的,表现斗争或组织群众的",开始了新诗社会政治模式的建构,最终把诗的政治社会化倾向引向极端。虽然新诗的社会政治模式建立的成因很多,但民间诗歌资源影响却是不容忽视的因素。

二是面向大众。新诗发生期重视民族民间诗歌资源,是同诗歌面向平民的观念有关的,这是有进步意义的。但是,由五四新文学中平民文学对抗贵族文学,导致了20世纪文学建设中的"平民"和"贵族"两个概念的对立,这种对立在以后的革命、战争和建设年代里演化成为知识分子与工农大众的对立,并多次掀起诗歌大众化运动,逐步通过政治权威和思想宣传建立起一套文艺大众化的理论,创作出大量的通俗的诗歌作品。这在一定的历史时期也有其合理性,但在这过程中有两个偏向给新诗造成消极影响。首先是把工农大众同知识分子对立起来,认为前者是革命动力,后者是革命对象,由此导致面向工农大众的诗歌得到肯定,而面向知识阶层的诗歌受到排斥,其直接后果就压抑了新诗艺术的多元探索,尤其是妨碍了文人唯美诗体建设,影响了新诗艺术和体式的成熟。其次是把通俗化等同于大众化,把诗歌强行引向通俗浅显的道路。其实,五四新诗运动倡导平民文学并没有把它与通俗文学混为一谈,周作人在《平民文学》中就说:"平民文学绝不是通俗文学。白话的平民文学比古文原是更为通俗,但并非单以通俗为唯一之目的。因为平民文学不是专做给平民看的,乃是研究平民生活——人的生活——的文学。他的目的,并非要想将人类的思想趣味,竭力按下,同平民一样,乃是将平民的生活提高,得到适当的一个地位。"①借鉴民族民间诗歌不是要使新诗走向民间歌谣道路,而是要利用其资源建设新诗,新诗面向平民,不是把自身的艺术水准拉到平民的位置,而是要提高民众达到雅俗共赏。

三是面向本土。新诗的发生和发展,始终存在着两个方面资源:外国的和本国的,而在本国资源中重要者就是民间诗歌资源。新诗现代性的形成,是在积极借鉴域外各民族特别是近现代诗歌,加以合理化和适用性的融合,变为既能与世界先进民族诗歌沟通又能与我国民族化和时代性相融的过程中实现的。但是在新诗发展途中,经常出现的偏向是强调新诗面向民族民间传统而排斥面向域外的开放,基本的表现就是扬俗抑雅,扬工农大众主体抑知识分子主体,扬面向现实抑提高诗艺,而其援为例证的往往就是民族民间诗歌资源。朱自清在《论雅俗共赏》中描述了 20 世纪前半期中国出现的"通俗化"文艺思潮情况,认为新时代给我们带来了新文化,知识分子推动新文学运动,"有种种欧化的新艺术。这种文学和艺术都不能让小市民来'共赏',不用说工农大众。于是乎有人指出这是新绅士也就是新雅人的欧化,不管一般人能够了解欣赏与否。他们提倡'大众语'运动。但是时机还没有成熟,结果不显著。抗战以来又有'通俗化'运动。这个运动已经转向大众化。'通俗化'还分雅俗,还是'雅俗共赏'的路,大众化却更进一步要达到那没有雅俗之分,只有'共赏'的局面。"②在这以后的诗歌大众化运动更是排斥域外诗歌资源的借鉴,把古典和民歌基础上发展新诗作为唯一的发展方向,给中国新诗的发展造成了消极影响是极其深刻的。

四是面向俗体。新诗是在冲破旧诗束缚中获得诗体形式的,五四散文诗、自由诗、歌谣诗和新格律诗体建设,都接受过民间歌谣诗体营养。在以后新诗发展途中,总体来说是诗体多元发展,呈现争妍斗奇的局面。但是,在新诗诗体建设中,不少诗人常用民族民间俗体作为标准,要求诗歌体式直

---

① 周作人:《平民文学》,载《每周评论》第 5 号,1919 年 1 月 19 日。
② 朱自清:《朱自清诗文选集》,北京,人民文学出版社 1957 年版,第 245 页。

接使用或稍作改造使用俗体写诗。事实上,中国民间俗体形式单调,句式简单,结构单纯,节调呆板,语言浅显,这就决定了它总体上无法适应现代生活和现代情思的表达,20世纪三四十年代采用俗体形式创作的诗歌很多,但鲜有优秀作品传世。尤其是民间歌谣只能在特殊阶段内带动诗歌创作的潮流,如需要战斗性、讽刺性强的时代思潮,却不能真正成为新诗的主导倾向引导新诗的艺术发展。民间歌谣的工具实用性和精练高超的技巧之间存在悖论,因此无论从艺术方法上或者概念术语上,其对新诗的影响都无法和西方诗歌相比。1936年3月《歌谣周刊》复刊后,朱光潜发表《研究歌谣后我对于诗的形式问题意见》,说自己研究歌谣后总结出中外诗歌共同之处就是有一个固定的形式,包括:(1)有规律的音节(声);(2)有规律的收声(调);(3)有规律的章句。并说新诗借用民谣形式规律的原则是"随时变迁",即"对于诗的形式,我主张随时变迁,我却也反对完全抛弃传统。我相信真正的诗人都能做到'从心所欲不逾矩'的功夫"①。这才是对待歌谣俗体的科学态度,可惜用此态度研究歌谣的诗人在新诗史上实在太少了。

---

① 朱光潜:《研究歌谣后我对于诗的形式问题意见》,载《歌谣周刊》第2卷第2期,1936年4月1日。

主要参考文献

王国维:《王国维文学美学论著集》,太原,北岳文艺出版社,1987 年版。

叶嘉莹:《王国维及其文学批评》,石家庄,河北教育出版社,1997 年版。

梁启超:《饮冰室诗话》,北京,人民文学出版社,1959 年版。

李平、杨柏岭:《梁启超传》,合肥,安徽人民出版社,1997 年版。

董四礼:《梁启超学术思想评传》,北京,北京图书馆出版社,1996 年版。

赵翼:《瓯北诗话》,北京,人民文学出版社,1963 年版。

袁枚:《随园诗话》,北京,人民文学出版社,1960 年版。

陈衍:《石遗室诗话》,沈阳,辽宁教育出版社,1998 年版。

钱仲联:《陈衍诗论合集》,厦门,福建人民出版社,1999 年版。

章太炎:《章太炎全集》,上海,上海人民出版社,1985 年版。

张明观:《柳亚子传》,北京,社会科学文献出版社,1997 年版。

黄遵宪:《人境庐诗草笺注》,钱仲联笺注,上海,上海古籍出版社,1981 年版。

苏曼殊:《苏曼殊全集》,马以君笺注,北京,北新书局,1928 年版。

鲁迅:《鲁迅全集》,北京,人民文学出版社,1981 年版。

木斋:《宋诗评译》,桂林,广西师范大学出版社,1996 年版。

[美]费正清:《剑桥中华民国史》,北京,中国社会科学出版社,1994 年版。

[美]费正清:《剑桥中国晚清史(1800—1911 年)》上卷,北京,中国社会科学出版社,1993 年版。

[美]费正清、刘广京:《剑桥中国晚清史(1800—1911 年)》下卷,北京,

中国社会科学出版社,1993 年版。

[美]洪长泰:《到民间去——1918—1937 年的中国知识分子与民间文学运动》,董晓萍译,上海,上海文艺出版社,1993 年版。

吕思勉:《吕著中国近代史》,上海,华东师范大学出版社,1997 年版。

何晓明:《百年忧患》,上海,东方出版中心,1997 年版。

许纪霖、陈达凯:《中国现代化史》第一卷,上海,上海三联书店,1995 年版。

黄霖:《近代文学批评史》,上海,上海古籍出版社,1993 年版。

郑晓芳:《中国近代文学的历史轨迹》,上海,上海书店出版社,1999 年版

游国恩等:《中国文学史》,北京,人民文学出版社,1964 年版。

王晓明:《二十世纪中国文学史论》第一、二、三卷,上海,东方出版中心,1997 年版。

王永生:《中国现代文论选》,贵阳,贵州人民出版社,1982 年版。

舒芜等:《中国近代文论选》,北京,人民文学出版社,1959 年版。

郭绍虞:《中国历代文论选》,上海,上海古籍出版社,1979 年版。

陈子展:《中国近代文学之变迁 最近三十年中国文学史》,上海,上海古籍出版社,2000 年版。

许霆:《中国现代诗歌理论经典》,苏州,苏州大学出版社,2007 年版。

周良沛:《中国现代新诗序集》上、下,深圳,海天出版社,2006 年版。

杨匡汉、刘福春:《中国现代诗论》上、下,广州,花城出版社,1985 年版。

杨匡汉、刘福春:《西方现代诗论》,广州,花城出版社,1988 年版。

王运熙:《中国文论选·近代卷》上、下,南京,江苏文艺出版社,1996 年版。

贾植芳:《中国现代文学社团流派》上、下卷,南京,江苏教育出版社,1989 年版。

郭延礼:《中西文化碰撞与近代文学》,济南,山东教育出版社,1999 年版。

王锦厚:《五四新文学与外国文学》,成都,四川大学出版社,1996 年版。

郭延礼:《中国近代文学发展史》第三卷,济南,山东教育出版社,1990年版。

郭延礼:《中国近代翻译文学概论》,武汉,湖北教育出版社,1998年版。

方汉奇:《中国近代报刊史》,太原,山西人民出版社,1981年版。

马卫中:《光宣诗坛流派发展史论》,苏州,苏州大学出版社,2000年版。

周作人:《中国新文学的源流》,上海,华东师范大学出版社,1995年版。

陈伯海:《近四百年中国文学思潮史》,上海,东方出版中心,1997年版。

陈万雄:《五四新文化的源流》,北京,三联书店,1997年版。

汤哲声:《中国文学现代化的转型》,南京,南京大学出版社,1995年版。

栾梅健:《二十世纪中国文学发生论》,桂林,广西师范大学出版社,2006年版。

孟泽:《何所从来——早期新诗的自我诠释》,北京,九州出版社,2011年版。

钱理群:《中国现代文学三十年》,北京,北京大学出版社,1998年版。

[美]格里达:《胡适与中国的文艺复兴》,鲁奇译,南京,江苏人民出版社,1983年版。

李欧梵:《现代性的追求》,北京,三联书店,2000年版。

任访秋:《中国近现代文学研究文集》,郑州,河南人民出版社,1992年版。

辛笛:《20世纪中国新诗辞典》,上海,汉语大词典出版社,1997年版。

赵家璧:《中国新文学大系·理论建设集》,上海,上海良友图书印刷公司,1935年版。

赵家璧:《中国新文学大系·文学论争集》,上海,上海良友图书印刷公司,1935年版。

赵家璧:《中国新文学大系·诗集》,上海,上海良友图书印刷公司,1935年版。

赵家璧:《中国新文学大系· 史料索引》,上海,上海良友图书印刷公司,1935年版。

新诗社编辑部:《新诗集》(第一编),上海,上海新诗社出版部,1920

年版。

许德邻:《分类白话诗选》,上海,上海崇文书局,1920 年版。

北社:《新诗年选》(1919 年),上海,上海亚东图书馆,1922 年版。

胡适:《胡适文集》,欧阳哲生编,北京,北京大学出版社,1998 年版。

胡怀琛:《〈尝试集〉批评与讨论》,上海,上海泰东图书馆,1922 年版。

吴奔星、李兴华:《胡适诗话》,成都,四川文艺出版社,1997 年版。

耿云志:《胡适论争集》,北京,中国社会科学出版社,1998 年版。

吴奔星、徐放鸣:《沫若诗话》,成都,四川文艺出版社,1984 年版。

宗白华、田汉、郭沫若:《三叶集》,上海,亚东图书馆,1923 年版。

黄淳浩:《郭沫若书信集》,北京,中国社会科学出版社,1992 年版。

闻一多:《闻一多论新诗》,武汉,武汉大学出版,1985 年版。

鲍晶:《刘半农研究资料》,天津,天津人民出版社,1987 年版。

孙玉蓉:《俞平伯研究资料》,天津,天津人民出版社,1986 年版。

诸孝正、陈卓团:《康白情新诗全编》,广州,花城出版社,1990 年版。

朱金顺:《朱自清研究资料》,北京,北京师范大学出版社,1981 年版。

贾植芳:《文学研究会资料》,郑州,河南人民出版社,1985 年版。

饶鸿竞等:《创造社资料》,厦门,福建人民出版社,1985 年版。

林同华:《宗白华全集》,合肥,安徽教育出版社,1994 年版。

刘增人、冯光廉:《叶圣陶研究资料》,北京,十月文艺出版社,1988 年版。

陈绍伟:《中国新诗集序跋选》,长沙,湖南文艺出版社,1986 年版。

张允侯:《五四时期的社团》,北京,三联书店,1979 年版。

祝宽:《五四新诗史》,西安,陕西师范大学出版社,1987 年版。

草川未雨:《中国新诗坛的昨日、今日和明日》,北京,北平海音书局 1929 年版;上海,上海书店 1985 年影印版。

潘颂德:《中国现代新诗理论批评史》,上海,学林出版社,2002 年版。

叶维廉:《中国诗学》,北京,三联书店,1992 年版。

孙玉石:《中国现代主义诗潮史论》,北京,北京大学出版社,1999 年版。

龙泉明:《中国新诗流变论》,北京,人民文学出版社,1999 年版。

钟军红:《胡适新诗理论批评》,北京,人民文学出版社,2005 年版。

贾植芳:《中国现代文学社团流派》上、下,南京,江苏教育出版社,1989 年版。

朱寿桐:《中国现代主义文学史》上、下卷,南京,江苏教育出版社,1998 年版。

朱寿桐:《汉语新文学通史》上、下卷,广州,广东人民出版社,2010 年版。

刘福春:《新诗纪事》,北京,学苑出版社,2004 年版。

王光明:《现代汉诗的百年演变》,石家庄,河北人民出版社,2003 年版。

王珂:《新诗诗体生成史论》,北京,九州出版社,2007 年版。

王珂:《百年新诗诗体建设研究》,上海,上海三联书店,2004 年版。

高玉:《现代汉语与中国现代文学》,北京,中国社会科学出版社,2003 年版。

刘继业:《新诗的大众化和纯诗化》,北京,北京大学出版社,2008 年版。

许霆:《新诗理论发展史(1917—1927)》,兰州,甘肃文化出版社,1994 年版。

刘纳:《嬗变》,北京,中国社会科学出版社,1998 年版。

刘纳:《创造社与泰东图书局》,南宁,广西教育出版社,1999 年版。

沈卫威:《回眸"学衡派"》,北京,人民文学出版社,1999 年版。

王文参:《五四新文学的民族民间文学资源》,北京,民族出版社,2006 年版。

姜涛:《"新诗集"与中国新诗的发生》,北京,北京大学出版社,2005 年版。

后　记

　　进入 21 世纪以来,我的新诗研究主要集中在百年中国现代诗体流变方面,相继出版了《百年中国现代诗体流变史论》、《百年中国现代诗体流变综论》和《新诗格律与格律体新诗》等著作。伴随着这一研究,总是有着一个挥之不去的直觉,那就是新诗发展中许多纠缠不清的问题,大多可以从新诗的发生里面觅到最早的缘由。凭着直觉的感悟,我就开始进入新诗发生研究,尤其是新诗诗体的发生研究。当我在《西南大学学报》上发表《新诗发生与百年诗体建设》时,国内著名的诗学专家吕进先生在"主持人语"中说,从新诗发生论视角看,"现代诗学许多基本问题几乎都是未决问题,一直在盼望着后来者的开拓与开创,盼望着后来者'发前人之已发'和'发前人之未发'。"吕进先生接着指出:论文"从新诗的源头出发,从对待旧体诗的褊狭、对待定型诗的片面、对待自由诗与格律诗的对峙的定式思维,研究新诗的诗体问题,比较客观地完成了自己的论题。从方法论的角度,这篇论文给了我们这样的启示:现代诗学的研究要寻求历史的厚度。现代诗学要克服思维定式,超越理论惰性,更新知识结构,调整感觉系统,才能具有锐气和明慧。"吕进先生的厚爱自不敢当,但先生所肯定的我的研究路径及价值却鼓舞着我,使我能够充满信心地去完成论稿写作。在此,我要衷心感谢吕进先生的鼓励。

　　凭着直觉的感悟进入,体现的是写作的兴趣。而进入以后我深感自己闯入到一个多维编织的网络系统之中,因为新诗发生其实就是这多维编织的网络中的一个结。新诗的发生绝不只是接受西方影响的产物,也不只是发端于五四前夕新诗运动,更不是胡适等人意气闹事的结果,而是一个历史必然的发生过程,是一个各种矛盾交织运动的产物。新诗发生实际上要回答的是中国诗歌如何在特定的社会背景中实现现代转型的问题。虽然不少学者已经进入新诗发生空间并获得许多可供学习的成果,但是因为我论新诗发生选择的是从诗歌文本(诗体)切入的小叙事方式,把研究重点放在文学自身的发展和文体的演进规律上,努力体现诗歌文学本体研究的进展,所以始终觉得没有能够很好把握这一课题。因此,无奈我的研究就不能只是凭着兴趣,而必须拓展理论思维,根据研究课题的特点采用多维交织的方式去叙述中国新诗的发生。我的研究面对的多维网络主要线索是:

一是新诗发生的时空线索。中国新诗发生之源可以追溯到明清之际社会格局和文化精神的变动之中,新诗发生的真正起点则是19—20世纪之交的清末新陈嬗代之时,而"真正的白话新诗"诞生则是在五四新诗运动之中。本书把19—20世纪之交到五四时期这一中国诗歌由古典到现代的转型分成四个时期来叙述,即19世纪末的诗界革命到20世纪初的辛亥革命时期,再到民国五六年以后的新诗运动和五四期诗体解放运动。

二是新诗发生的历史动因。新诗发生是自庚子以来一系列社会变动和思想革命综合因素互动的必然结果,拿康白情在《新诗底我见》中的概括即"实在是必然的倾势"。其主要动因可以归纳为:社会生活的剧烈变动,文学发展的内在推动,域外思想的输入扰动,现代媒体的传播空间,以及与此联系着的现代知识分子队伍形成等。

三是新诗发生的内涵线索。新诗发生是汉诗在特定历史条件下的现代转型,据此我把新诗发生视为中国诗歌在特定社会生活和思想文化环境中,诗质、诗体和诗语这些内涵趋向现代化的转型,因此,诗质的现代性、诗语的现代性和诗体的现代性成为考察新诗发生的重要视角,并且力图把诗质、诗语、诗体的现代化贯穿论述的始终。

四是新诗发生的生产要素。新诗的生产主体是现代知识分子,其主要通过诗学观念、新诗创作和新诗发表三个环节来推动新诗发生。诗学观念包括鼓吹论争和诗学更新,新诗创作包括创作和翻译,新诗发表主要涉及的是现代传媒的发生空间。当然还有读者群体的呼应,它对于新诗"合法性"和新诗审美性的确立,同样具有不可忽视的意义。

五是新诗发生的多种资源。先驱者自觉地从"诗歌"角度多方借鉴资源,以此来实现汉诗的现代转型,资源是新诗发生研究的重要话题。主要资源是域外现代诗运动的资源,它使新诗发生成为世界现代诗运动的组成部分;是古代传统诗歌的借鉴,它使新诗发生成为汉诗内部矛盾运动的产物;是民族民间诗歌资源营养的吸取,它使新诗发生成为五四文学转向的重要组成部分。历来人们重视的是域外资源移用,这是有根据的,但相对忽视传统诗歌资源对于新诗发生的意义却有偏颇。

六是新诗发生的多样体式。诗体,一般所指是有序化的语言文本,起有序性作用的是语调、节律、排列、音韵、行句等,在音韵上、句法上、词汇上、结构上都呈现出有序性。因此研究新诗发生不仅要宏观地论述诗质、诗语、诗体诸要素的现代进化,还要注意到具体的诗体发生,包括发生期的自由诗体、散文诗体、歌谣诗体和格律诗体等。

以上就是新诗发生呈现在我面前的多维网络结构,我进入这种结构以后只能力图真实地去把握和呈现新诗发生的种种复杂性。在此过程中,我确立了贯穿新诗发生所有问题的基本观点,这就是:中国新诗的发生,就是中国诗歌由古典型向现代型的转变,就是中国诗歌趋向现代化的过程。由此来统率诸多发生问题:一是"现代化"首先是个时间的观念。新诗发生不是一蹴而就的,也不是用有人偶然发难可以解释的,它是个现代化的过程。我把新诗发生的时限界定在19世纪到20世纪之交到五四文学革命期间,推动新诗发生的社会因素,主要就是这一时期急剧的社会变动、文学的内在规律、中西文化的碰撞和媒体的影响推动等因素。二是"现代化"又是个价值的观念。新诗现代转变就是现代品格的形成,包括诗质的现代性、诗语的现代性和诗体的现代性,正是在诗歌文体要素三元互动的转型过程中实现了新诗的发生。三是"现代化"还是个创新的观念。新诗现代品格就是面向世界的开放而获得的世界性,面向传统的继承而获得的民族性,面向现实的创造而获得的自创性。就主观因素来说,新诗发生同诗人的翻译、创作和理论探讨紧密联系,三元互动促使中国诗歌在特定背景中发生渐变到质变最终完成新诗发生。四是新诗发生与百年诗体建设关系密切。新诗发生直接影响到百年诗体建设,造成百年诗体基本格局和基本面貌。研究新诗发生,要立足现代反思其诗质、诗语和诗体革新对百年新诗发展的影响。根据我对"中国新诗发生"的理解,书稿以中国诗歌现代转型的时间为基本线索,以诗质现代化、诗语现代化和诗体现代化为主要内涵,以客观社会因素和主体创新精神为发生动力,多角度地论述新诗发生,力图体现历史的逻辑与审美的逻辑结合,体现社会的研究方法与本体的研究方法结合。

以上研究内容和研究方法,就决定了书稿的基本框架。全书采用的是一种网状结构,以呈现新诗发生的复杂性。全书内容加上余论和附录,各块内容之间交叉互补。大致说来,第一章到第七章部分是按照时间线索分期具体论述诗质、诗语和诗体现代化的演进历程,显然这是全书内容的重点。在分期论述诗质、诗语和诗体现代化演进过程中,结合着论述多种社会因素的推动作用。其中有些问题本想抽出专题来谈,但是写作中发现无法抽出,所以就分散在相关章节中谈,如发生中的现代媒体作用,就在第一章第四节中专列"从新派诗创作到白话报刊发表到诗歌新变"一点,在第二章中注意论说南社创作与报刊的关系,在第三章中专列"现代媒体的传播"一节。第八章到第十一章部分选择新诗发生中的几个重要问题进行专题论述,其中第八章专论世纪诗论与新诗发生,第九章专论白话运动与新诗发生,第十章专论新诗脱胎旧体的过程,第十一章专论国外诗潮对新诗发生的影响。基于新诗发生对于百年诗体建设影响研究考虑,书稿又列入了"余论",就新诗发生中的若干问题进行反思;放入了"附录一",论百年中国现代诗体流变史。书稿还放入了"附录二",论民族民间诗歌资源对于新诗的影响(载《中国雅俗文学研究》2008 年第 2—3 辑),主要用来弥补书稿在这方面论述的不足。"余论"和"附录"在我看来也是关乎中国新诗发生的重要话题。

进入"中国新诗发生"这一课题,已经有将近十年时间了。在这期间,我抽出有关章节改成专题论文,陆续在《江海学刊》、《文艺理论研究》、《文学评论》、《西南大学学报》、《文艺争鸣》等刊物发表,借此求教方家。同时,我申报了江苏省社会科学基金项目,获得基金重点项目资助并顺利结项。这些都激励着我在此课题上继续耕耘,终于在 2011 年获得了国家社科基金后期项目资助。现在出版的就是在省和国家基金资助项目基础上形成的修改稿,因为自己还是觉得不能尽如人意,所以在书名上冠以"论稿"。

　　本书出版得到了方方面面的关心帮助。我要感谢刊物发表部分成果给予的肯定与鼓励,感谢国家和江苏省哲学社会科学规划办的立项资助,感谢国家和省的基金评审专家对于课题提出的指导意见,感谢人民出版社的编辑出版,感谢所有给予我学术研究关心的同事和亲友。既然新诗发生就是中国诗歌由传统到现代的转型过程,所以这一课题绝对不是单角度几个人就能够完成的,需要更多的同人持续不断地去探究,甚至需要不同学科学者不同角度的探究。对于我来说,本书稿出版只是自己关于本课题研究的一个阶段性成果,深入研究还有待今后的继续努力。